UMA VOZ AO VENTO

Também de Francine Rivers

AMOR DE REDENÇÃO
A ESPERANÇA DE UMA MÃE
O SONHO DE UMA FILHA
A PONTE DE HAVEN

A Marca do Leão ❖ Livro 1

FRANCINE RIVERS

Tradução
Sandra Martha Dolinsky

4ª edição
Rio de Janeiro-RJ / São Paulo-SP, 2024

VERUS
EDITORA

Editora
Raïssa Castro

Coordenadora editorial
Ana Paula Gomes

Copidesque
Maria Lúcia A. Maier

Revisão
Cleide Salme

Capa
Adaptação da original (© Ron Kaufmann)

Ilustração da capa
© Robert Papp, 2008

Projeto gráfico e diagramação
André S. Tavares da Silva

Título original
A Voice in the Wind
Mark of the Lion, book 1

ISBN: 978-85-7686-698-5

Copyright © Francine Rivers, 1993, 2002, 2012
Todos os direitos reservados.
Edição publicada mediante acordo com Browne & Miller Literary Associates, LLC.

Tradução © Verus Editora, 2018
Direitos reservados em língua portuguesa, no Brasil, por Verus Editora. Nenhuma parte desta obra pode ser reproduzida ou transmitida por qualquer forma e/ou quaisquer meios (eletrônico ou mecânico, incluindo fotocópia e gravação) ou arquivada em qualquer sistema ou banco de dados sem permissão escrita da editora.

Verus Editora Ltda.
Rua Argentina, 171, São Cristóvão, Rio de Janeiro/RJ, 20921-380
www.veruseditora.com.br

CIP-BRASIL. CATALOGAÇÃO NA FONTE
SINDICATO NACIONAL DOS EDITORES DE LIVROS, RJ

R522v

Rivers, Francine, 1947-
   Uma voz ao vento / Francine Rivers ; tradução Sandra Martha Dolinsky. - 4. ed. - Rio de Janeiro, RJ : Verus, 2024.
   23 cm.   (A Marca do Leão ; 1)

Tradução de: A Voice in the Wind - Mark of the Lion, book 1
ISBN 978-85-7686-698-5

1. Romance americano. I. Dolinsky, Sandra Martha. II. Título. III. Série.

18-49721   CDD: 813
                                                        CDU: 82-31(73)

Revisado conforme o novo acordo ortográfico.

Seja um leitor preferencial Record.
Cadastre-se no site www.record.com.br e receba
informações sobre nossos lançamentos e nossas promoções.

Atendimento e venda direta ao leitor:
mdireto@record.com.br ou (21) 2585-2002

*Com amor para a minha mãe,
Frieda King,
um verdadeiro exemplo de serva humilde*

SUMÁRIO

Prefácio   9

Parte I: JERUSALÉM   11

Parte II: GERMÂNIA   33

Parte III: ROMA   51

Parte IV: ÉFESO   367

Epílogo   493

Glossário   495

Agradecimentos   503

PREFÁCIO

Quando eu me tornei cristã renascida, em 1986, quis compartilhar minha fé com os outros. No entanto, não queria ofender ninguém nem arriscar "perder" velhos amigos e familiares que não compartilhavam da minha crença em Jesus como Senhor e Salvador. Fiquei hesitante e me calei. Mas, frustrada e envergonhada de minha covardia, me lancei à busca da fé de um mártir. E o resultado foi *Uma voz ao vento*.

Enquanto escrevia a história de Hadassah, aprendi que coragem não é algo que podemos fabricar por nossos próprios esforços. Mas, quando nos entregamos de todo o coração a Deus, ele nos dá coragem para enfrentar o que vier e as palavras certas para dizer quando somos chamados a nos levantar e expressar nossa fé.

Eu ainda me considero uma cristã em luta, cheia de falhas e defeitos, mas Jesus me concedeu a ferramenta da escrita para usar na busca de respostas. Cada personagem que escrevo representa um ponto de vista diferente enquanto busco a perspectiva de Deus, e todos os dias encontro algo nas Escrituras que fala diretamente a mim. Deus é paciente comigo, e, pelo estudo de sua Palavra, estou aprendendo o que ele quer me ensinar. Quando ouço de um leitor que foi tocado por uma de minhas histórias, é somente Deus que deve ser louvado. Todas as coisas boas vêm do Pai, e ele pode usar qualquer coisa para alcançar e ensinar seus filhos — até mesmo uma obra de ficção.

Meu principal desejo quando comecei a escrever ficção cristã era encontrar respostas para perguntas pessoais e compartilhá-las em forma de histórias. Agora, eu quero muito mais. Anseio que o Senhor use minhas histórias para fazer com que as pessoas tenham sede de sua Palavra, a Bíblia. Espero que ler a história de Hadassah desperte em você a ânsia pela verdadeira Palavra, Jesus Cristo, o Pão da Vida. Rezo para que você, ao terminar de ler este livro, pegue a Bíblia com um novo ânimo, na expectativa de vivenciar um verdadeiro encontro com o Senhor. Que busque as Escrituras pela alegria de estar na presença de Deus.

Amado, entregue-se de todo o coração a Jesus Cristo, que o ama. Enquanto você beber do poço profundo das Escrituras, o Senhor vai refrescá-lo e purificá-lo, moldá-lo e recriá-lo por meio de sua Palavra Viva. Pois a Bíblia é o alento de Deus, que dá vida eterna àqueles que o procuram.

Francine Rivers

JERUSALÉM

1

A cidade intumescia silenciosamente sob o sol escaldante, apodrecendo como os milhares de corpos que jaziam onde haviam caído, em batalhas de rua. Um vento quente e opressivo soprava do sudeste, carregando consigo o fedor putrefeito da decadência. E, fora dos muros da cidade, a própria Morte esperava na pessoa de Tito, filho de Vespasiano, e dos sessenta mil legionários ansiosos para destruir a cidade de Deus.

Antes mesmo que os romanos atravessassem o vale dos Espinhos e acampassem no monte das Oliveiras, facções em conflito dentro das muralhas da cidade de Jerusalém já haviam preparado o caminho para sua destruição.

Saqueadores judeus, que fugiam como ratos diante das legiões romanas, haviam caído recentemente sobre Jerusalém e assassinado seus cidadãos proeminentes, tomando o templo sagrado. E, lançando a sorte para designar o clero, transformaram uma casa de oração em um mercado de tirania.

Sem demora, atrás dos ladrões chegaram rebeldes e zelotes. Dirigidas por líderes rivais — João, Simão e Eliézer —, as facções em guerra lutavam em fúria entre os três muros. Inflados de poder e orgulho, retalharam Jerusalém em uma mancha sangrenta.

Quebrando o Shabat e as leis de Deus, Eliézer invadiu a Fortaleza Antônia e assassinou os soldados romanos que estavam ali dentro. Os zelotes se enfureceram, matando mais milhares, que tentavam levar a ordem de volta a uma cidade enlouquecida. Foram criados tribunais ilegais e zombou-se das leis humanas e divinas quando centenas de homens e mulheres inocentes foram assassinados. No caos, casas repletas de milho foram queimadas. Logo se seguiu a fome.

Em seu desespero, os judeus justos oravam fervorosamente para que Roma atacasse a grande cidade, uma vez que acreditavam que então, e somente então, as facções em Jerusalém se uniriam por uma só causa: *libertar-se* das mãos de Roma.

Com a chegada de Roma, e com suas odiadas insígnias erguidas, seu grito de guerra ecoou por toda a Judeia. Eles tomaram Gadara, Jotapata, Bersebá,

Jericó e Cesareia. As poderosas legiões marcharam sobre os passos de peregrinos devotos que provinham de todos os cantos da nação judaica para adorar e celebrar os gloriosos dias sagrados da Festa dos Pães Ázimos — a Páscoa. Dezenas de milhares de inocentes chegaram à cidade e se viram em meio a uma guerra civil. Zelotes fecharam os portões, encarcerando a todos. Roma procedeu à invasão, até que o som da destruição ecoou por todo o vale do Cédron e contra os muros de Jerusalém. Tito sitiou a antiga Cidade Santa, decidido a acabar definitivamente com a rebelião judaica.

Josefo, general judeu da derrotada cidade de Jotapata, que havia sido capturado pelos romanos, chorou e gritou do alto do primeiro muro lançado abaixo pelos legionários. Com a permissão de Tito, ele clamou a seu povo que se arrependesse, advertindo que Deus estava contra eles, que as profecias da destruição estavam prestes a se realizar. Aqueles poucos que o ouviram e conseguiram evitar os zelotes durante a fuga chegaram aos gananciosos sírios — que os dissecaram pelas peças de ouro que haviam supostamente engolido antes de desertar da cidade. Aqueles que não deram atenção a Josefo sofreram a fúria da máquina de guerra romana. Após cortar todas as árvores de uma área que perfazia quilômetros, Tito construiu máquinas de cerco que lançaram uma infinidade de dardos, pedras e até mesmo cativos para dentro da cidade.

Da praça do mercado na Cidade Alta até a Acra e o vale do Tiropeon entre uma e outra, a cidade se contorcia em revolta.

Dentro do grande templo de Deus, o líder rebelde João derreteu os vasos sagrados de ouro para si mesmo. Os justos choraram por Jerusalém, a noiva dos reis, a mãe dos profetas, a casa do pastor Davi. Despedaçada por seu próprio povo, ela restou destruída e desamparada, aguardando o golpe de morte pelas mãos de odiados gentios estrangeiros.

A anarquia destruiu Sião, e Roma estava pronta para destruir a anarquia... a qualquer momento... em qualquer lugar.

Hadassah abraçava sua mãe, que chorava copiosamente, enquanto afastava o cabelo negro de seu rosto magro e pálido. Quando mais jovem, sua mãe era linda. Hadassah se lembrava de vê-la soltar os cabelos, que lhe caíam sobre as costas em ondas espessas e brilhantes. Eram sua glória suprema, como dizia seu pai. Agora, eram opacos e ásperos, e as faces, antes coradas, estavam fundas e sem cor. A barriga estava inchada pela desnutrição, e os ossos das pernas e dos braços destacavam-se sob a pele acinzentada.

Levantando a mão de sua mãe, Hadassah a beijou com ternura. Parecia uma garra ossuda, flácida e fria.

— Mamãe?

Não houve resposta. Hadassah olhou para a irmã mais nova, Lea, deitada em um catre sujo no canto, do outro lado da sala. Felizmente, ela estava dormindo, a agonia da lenta inanição brevemente esquecida.

Hadassah acariciou o cabelo de sua mãe novamente. O silêncio pousava sobre ela como uma mortalha quente. A dor em seu estômago vazio era quase insuportável. No dia anterior, ela havia chorado amargamente quando sua mãe dera graças a Deus pela refeição que Marcos conseguira lhes arranjar: o escudo de couro de um soldado romano morto em batalha.

Quanto tempo até que todos eles morressem?

Sofrendo em silêncio, ela ainda ouvia seu pai falando com ela com sua voz firme, mas gentil:

— É impossível aos homens evitar o destino, mesmo quando o veem de antemão.

Ananias havia dito essas palavras poucas semanas atrás, mas parecia uma eternidade. Ele havia orado aquela manhã toda, e Hadassah sentira muito medo. Ela sabia o que o pai ia fazer, o que sempre havia feito. Ele se postaria diante dos incrédulos e pregaria sobre o Messias, Jesus de Nazaré.

— Por que tem que sair de novo e falar com essas pessoas? Você quase morreu da última vez.

— Essas pessoas, Hadassah? Elas são seus parentes. Eu sou da tribo de Benjamim. — Ela ainda podia sentir o toque suave dele em sua face. — Temos que aproveitar todas as oportunidades que tivermos para falar a verdade e proclamar a paz. Especialmente agora, quando há pouco tempo para tantos.

Então, ela se agarrara a ele.

— Por favor, não vá. Pai, você sabe o que vai acontecer. O que faremos sem você? Você não pode trazer a paz. Não há paz neste lugar!

— Não é da paz do mundo que eu falo, Hadassah, e sim de Deus. Você sabe disso. — Ele a abraçara. — Shhh, minha criança. Não chore assim.

Mas ela não o soltara. Hadassah sabia que eles não o ouviriam — eles não queriam ouvir o que seu pai tinha a dizer. Os homens de Simão o retalhariam diante da multidão, como um exemplo do que poderiam esperar aqueles que falavam pela paz. Já havia acontecido com outros.

— Preciso ir. — Suas mãos eram firmes e seus olhos gentis. Ele inclinara o queixo, dizendo: — Haja o que houver, o Senhor estará sempre com vocês. — Então a beijara e a abraçara, assim como a seus outros dois filhos. — Marcos, você ficará aqui com sua mãe e suas irmãs.

Agarrando-se à mãe e a sacudindo, Hadassah suplicara:

— Você não pode deixá-lo ir! Desta vez não!

— Cale-se, Hadassah. A quem está servindo argumentando contra seu pai?

A reprimenda da mãe, embora pronunciada com suavidade, atingira-a com força.

Muitas foram as vezes em que sua mãe dissera que, quando uma pessoa não servia ao Senhor, sem querer servia ao maligno. Lutando contra as lágrimas, Hadassah obedecera e não dissera mais nada.

Rebeca colocara a mão no rosto de barba grisalha do marido. Ela sabia que Hadassah tinha razão; ele poderia não voltar, provavelmente não voltaria. No entanto, se fosse a vontade de Deus, talvez uma alma pudesse ser salva por meio de seu sacrifício. Talvez uma só fosse suficiente. Seus olhos estavam marejados, e ela não podia — não ousava — falar. Tinha medo de se juntar às súplicas de Hadassah para que ele ficasse a salvo naquela pequena casa. E Ananias sabia melhor do que ela o que o Senhor queria dele.

Ele pousara sua mão sobre a dela, e Rebeca tentara não chorar.

— Lembre-se do Senhor, Rebeca — ele dissera solenemente. — Estamos juntos no Senhor.

E ele não voltara.

Hadassah se inclinou sobre a mãe de forma protetora, com medo de perdê-la também.

— Mãe?

Silêncio. A respiração de Rebeca era superficial. O que ocupava Marcos por tanto tempo? Ele havia saído ao amanhecer. Certamente o Senhor não o levaria também...

No silêncio da pequena sala, o medo de Hadassah crescia enquanto acariciava distraidamente os cabelos da mãe. *Por favor, Deus. Por favor!* As palavras não saíam, pelo menos não com sentido. Havia apenas um gemido dentro de sua alma. Por favor o quê? Que os mate já de fome antes que os romanos cheguem com espadas? Ou antes que sofram a agonia de uma cruz? *Deus, Deus!* Sua súplica saiu aflita, desamparada e tomada de medo. *Ajuda-nos!*

Por que haviam ido para aquela cidade? Ela odiava Jerusalém.

Hadassah lutava contra o desespero dentro de si. O sentimento havia se tornado tão denso que parecia um peso físico, puxando-a para um poço escuro. Tentou pensar em tempos melhores, em momentos mais felizes, mas os pensamentos não vieram.

Pensou nos meses havia muito passados, quando partiram da Galileia, sem imaginar que ficariam presos na cidade. Na noite anterior à entrada deles em Jerusalém, seu pai montara acampamento em uma encosta com vista para o monte Moriá, onde Abraão quase sacrificara Isaque. Ele lhes contara histórias de quando era menino e vivia fora da cidade grande; falara até alta noite sobre as leis de Moisés, sob as quais crescera. Falara dos profetas. De Jeová, o Cristo.

Naquela ocasião, Hadassah dormira e sonhara com o Senhor alimentando os cinco mil em uma encosta.

Recordou que seu pai havia despertado a família ao amanhecer. E recordou que, à medida que o sol se elevava, a luz refletia no mármore e no ouro do templo, transformando a estrutura em um farol ardente de esplendor flamejante, visível a quilômetros de distância. Ainda podia sentir o espanto diante de tal glória.

— Oh, pai, é tão lindo.

— Sim — dissera ele solenemente. — Mas, muitas vezes, coisas de grande beleza estão cheias de grande corrupção.

Apesar da perseguição e do perigo que os esperavam em Jerusalém, seu pai estava pleno de alegria e expectativa quando adentraram os portões. Talvez agora mais parentes dele escutassem, talvez mais entregassem seu coração ao Senhor ressuscitado.

Poucos crentes do Caminho permaneceram em Jerusalém. Muitos haviam sido presos, alguns apedrejados, ainda mais levados a outros lugares. Lázaro, suas irmãs e Maria Madalena haviam sido expulsos; o apóstolo João, um querido amigo da família, havia saído de Jerusalém dois anos antes, levando a mãe do Senhor consigo. No entanto, o pai de Hadassah ficara. Uma vez por ano, ele voltava a Jerusalém com a família para se reunir com outros crentes em um cenáculo. Ali, eles compartilhavam pão e vinho, assim como o Senhor Jesus havia feito na noite anterior a sua crucificação.

Este ano, Shimeon Bar-Adonijah apresentara os elementos da refeição de Páscoa:

— O cordeiro, o pão ázimo e as ervas amargas da Páscoa têm tanto significado para nós quanto para nossos irmãos e irmãs judeus. O Senhor preenche cada elemento. Ele é o Cordeiro perfeito de Deus, que, embora sem pecado próprio, assumiu para si a amargura de nossos pecados. Assim como foi dito aos judeus cativos no Egito que colocassem o sangue de um cordeiro na porta para que a ira e o julgamento de Deus passassem sobre eles, Jesus derramou seu sangue por nós, para que permaneçamos irrepreensíveis diante de Deus no dia do julgamento, que se aproxima. Nós somos filhos e filhas de Abraão, pois é por nossa fé no Senhor que somos salvos em sua graça.

Durante os três dias seguintes, eles jejuaram e oraram e repetiram os ensinamentos de Jesus. No terceiro dia, cantaram e se alegraram, repartindo o pão uma vez mais para celebrar a ressurreição de Jesus. E todos os anos, durante a última hora da reunião, o pai de Hadassah contava sua história. Este ano não havia sido diferente. A maioria tinha ouvido sua história muitas vezes antes, mas sempre havia pessoas novas para a fé. E era para essas pessoas que seu pai falava.

Ele se levantara; era um homem simples, de barba e cabelos grisalhos e olhos escuros, cheios de luz e serenidade. Não havia nada de notável nele. Mesmo quando falava, era um homem comum. Era o toque da mão de Deus que o fazia diferente dos outros.

— Meu pai era um homem bom, um benjamita que amava Deus e que me ensinou a lei de Moisés — começou a dizer, enquanto caminhava calmamente, olhando nos olhos as pessoas sentadas ao seu redor. — Ele era comerciante perto de Jerusalém e se casou com minha mãe, filha de um lavrador pobre. Não éramos nem ricos, nem pobres. Por tudo que tínhamos, meu pai dava glória e graças a Deus. Quando chegou a Páscoa, fechamos nossa lojinha e entramos na cidade. Minha mãe ficou com algumas amigas, preparando-se para a Páscoa. Meu pai e eu ficamos no templo. Ouvir a Palavra de Deus era enfadonho, e eu sonhava em ser escriba. Mas isso não aconteceu. Quando eu tinha catorze anos, meu pai faleceu, e, sem irmãos ou irmãs, foi necessário que eu assumisse o negócio dele. Os tempos eram muito difíceis, e eu era jovem e inexperiente. Mas Deus foi bom. Ele nos proveu.

Ele fechara os olhos.

— Então, uma febre se apoderou de mim. Lutei contra a morte. Podia ouvir minha mãe chorando e gritando a Deus. Rezei: "Senhor, não me deixa morrer. Minha mãe precisa de mim. Sem mim, ela ficará sozinha, sem ninguém para provê-la. Por favor, não me leva agora!" Mas a morte veio. Cercou-me como a fria escuridão e me abraçou.

O silêncio na sala era quase tangível. Os ouvintes aguardavam o final.

Não importava quantas vezes Hadassah ouvisse essa história, nunca se cansava dela, e o relato nunca perdia seu poder. Enquanto seu pai falava, ela sentia a força sombria e solitária que o reclamava. Arrepiada, segurava as pernas contra o peito, enquanto ele prosseguia:

— Minha mãe conta que alguns amigos já me levavam pela estrada até o meu túmulo quando Jesus passou. O Senhor a ouviu chorar e teve piedade. Minha mãe não sabia quem ele era quando parou a procissão do funeral, mas havia muitos seguidores com ele, além de doentes e aleijados. Então ela o reconheceu, pois ele me tocou e eu me levantei.

Hadassah queria saltar e gritar de alegria. Algumas pessoas que a rodeavam choravam, com o rosto transpassado de admiração e espanto. Outras queriam tocar seu pai, colocar as mãos sobre um homem que havia sido arrancado da morte por Jesus Cristo. Tinham tantas perguntas. *Como se sentiu quando se levantou? Você falou com ele? O que ele lhe disse? Como ele era?*

No cenáculo, na reunião de crentes, Hadassah se sentia forte e segura. Ali, podia sentir a presença de Deus e seu amor. *Ele me tocou e eu me levantei.* O poder de Deus era capaz de superar qualquer coisa.

Então eles deixavam o cenáculo, e, enquanto seu pai levava a família de volta para a pequena casa onde ficavam, o medo sempre presente de Hadassah tornava a aumentar. Ela rezava para que seu pai não parasse para falar. Quando ele contava sua história aos crentes, eles choravam e se alegravam. Mas, para os incrédulos, ele era risível. A euforia e a segurança que ela sentia com aqueles que compartilhavam sua fé se dissolviam quando via o pai diante de uma multidão descrente, pronta para persegui-lo.

— Ouçam-me, oh, homens de Judá! — gritava ele, atraindo as pessoas. — Ouçam as Boas-Novas que tenho para lhes dar.

No começo, eles ouviam. Ele era um homem velho, e as pessoas eram curiosas; profetas eram sempre uma distração. Ele não era eloquente como os líderes religiosos, falava simplesmente o que se passava em seu coração. E as pessoas riam e zombavam dele. Alguns jogavam legumes e frutas podres, outros o chamavam de louco, outros ainda ficavam furiosos com sua história de ressurreição e gritavam, chamando-o de mentiroso e blasfemo.

Dois anos antes, ele havia sido espancado tão gravemente que dois amigos tiveram de levá-lo de volta à casinha alugada onde eles sempre ficavam. Elcana e Benaías tentaram argumentar com ele:

— Ananias, você não deve voltar aqui — dissera Elcana. — Os sacerdotes sabem quem você é e querem silenciá-lo. Eles não são tolos a ponto de arriscar um julgamento, mas há muitos homens malvados que fariam a vontade de outros por um único shekel. Tire a terra de Jerusalém dos sapatos e vá a algum lugar onde a mensagem seja ouvida.

— E onde mais seria senão aqui, onde nosso Senhor morreu e ressuscitou?

— Muitos daqueles que testemunharam sua ressurreição fugiram com medo da prisão e da morte nas mãos dos fariseus — dissera Benaías. — Até Lázaro deixou a Judeia.

— Para onde ele foi?

— Disseram-me que levou suas irmãs e Maria de Magdala para a Gália.

— Não posso sair da Judeia. O que quer que aconteça, é aqui que o Senhor me quer.

Benaías ficara em silêncio por um longo tempo, até que assentira lentamente, sentenciando:

— Então, será como o Senhor quiser.

Elcana concordara, descansando a mão na do pai de Hadassah.

— Selomite e Ciro permanecem aqui. Eles o ajudarão quando você estiver em Jerusalém. Estou levando minha família para fora da cidade, e Benaías vem comigo. Que a face de Deus brilhe sobre você, Ananias. Você e Rebeca estarão em nossas orações. E seus filhos também.

Hadassah chorara ao ver desaparecerem suas esperanças de deixar aquela cidade miserável. Sua fé era fraca. Seu pai sempre perdoara aqueles que o atormentavam e atacavam, enquanto ela orava para que conhecessem todos os fogos do inferno por causa do que haviam feito com ele. Muitas vezes, ela orava para que Deus mudasse a vontade de Ananias e o enviasse a outro lugar que não Jerusalém. A algum lugar pequeno e pacífico, onde as pessoas o ouvissem.

— Hadassah, sabemos que Deus usa todas as coisas para o bem daqueles que o amam, daqueles que são chamados segundo seus propósitos — sua mãe dizia com frequência, tentando confortá-la.

— O que há de bom em apanhar? O que há de bom em ser cuspido? Por que ele tem que sofrer assim?

Nas pacatas colinas da Galileia, onde o mar azul se estendia diante dela e os lírios do campo às suas costas, Hadassah podia acreditar no amor de Deus. Em casa, nessas colinas, sua fé era forte. Sua fé a aquecia e fazia seu coração cantar.

Em Jerusalém, porém, ela lutava. Agarrava-se à fé, mas a via se afastar dela. A dúvida era sua companheira, e o medo, avassalador.

— Pai, por que não podemos crer e permanecer em silêncio?

— Nós somos chamados a ser a luz do mundo.

— Eles nos odeiam mais a cada ano que passa.

— O ódio é o inimigo, Hadassah, não as pessoas.

— Mas são as pessoas que batem em você, pai. O próprio Senhor não nos disse para não atirar pérolas aos porcos?

— Hadassah, se eu morrer por ele, morrerei cheio de alegria. O que eu faço é pelo seu bom propósito. A verdade não sai e volta vazia. Você deve ter fé, Hadassah. Lembre-se da promessa. Nós somos parte do corpo de Cristo, e em Cristo temos a vida eterna. Nada pode nos separar. Nenhum poder na Terra, nem mesmo a morte.

Ela pressionara o rosto contra o peito dele e sentira a túnica de tecido áspero que ele usava se esfregar contra sua pele.

— Por que consigo crer em casa, pai, mas não aqui?

— Porque o inimigo sabe onde você é mais vulnerável. — Pousou a mão sobre a dela. — Você se lembra da história de Jeosafá? Os filhos de Moabe, Amom e monte Seir se voltaram contra ele com um poderoso exército. O Espírito do Senhor pairou sobre Jaaziel e Deus disse por meio dele: "Não temais, nem vos assusteis por causa desta grande multidão, porque a peleja não é vossa, mas de Deus". Enquanto eles cantavam e louvavam ao Senhor, o próprio Deus montou uma emboscada contra seus inimigos. E, pela manhã, quando os israelitas chegaram à vigia do deserto, viram os corpos dos mortos. Ninguém escapou. Os israelitas nem sequer levantaram a mão na batalha e venceram.

Beijando a cabeça da filha, ele dissera:

— Fique firme no Senhor, Hadassah. Fique firme e deixe-o lutar suas batalhas. Não tente lutar sozinha.

Ela suspirou, tentando ignorar a queimação no estômago. Como sentia falta dos conselhos do pai na solidão silenciosa daquela casa. Se cresse em tudo que ele havia lhe ensinado, ela se alegraria por seu pai estar com o Senhor. Mas sofria a perda, que crescia e se derramava sobre ela em ondas, espalhando-se com uma raiva confusa e estranha.

Por que seu pai teve que ser um louco por Cristo? As pessoas não queriam ouvir, não acreditavam. Seu testemunho as ofendia. Suas palavras as deixavam com ódio. Por que ele não pôde, só uma vez, ficar em silêncio e dentro dos limites seguros daquela casinha? Ele ainda estaria vivo, ali, naquela sala, confortando-as e dando-lhes esperança, em vez de deixá-las para se defender sozinhas. Por que ele não podia ter sido sensato uma única vez e esperado a tempestade passar?

A porta se abriu devagar, e o coração de Hadassah se sobressaltou, trazendo-a de volta ao sombrio presente. Ladrões haviam invadido casas pela rua, assassinando os ocupantes por um pedaço de pão. Mas foi Marcos quem entrou. Ela voltou a respirar, aliviada ao vê-lo.

— Tive tanto medo por você — sussurrou com sentimento. — Você passou horas fora.

Ele fechou a porta e desabou, esgotado, contra a parede, perto de sua irmã.

— O que você encontrou?

Ela esperou que ele tirasse de dentro da camisa o que houvesse encontrado. Qualquer alimento tinha de ser escondido, porque alguém poderia atacá-lo para roubar.

Marcos olhou para ela, impotente.

— Nada. Nada mesmo. Nem um sapato gasto, nem um escudo de couro de um soldado morto. Nada.

Ele começou a chorar, os ombros tremendo.

— Shhh, você vai acordar a Lea e a mamãe.

Suavemente, Hadassah aconchegou sua mãe novamente sob o cobertor e foi até ele. Abraçou-o e inclinou a cabeça contra seu peito.

— Você tentou, Marcos. Eu sei que tentou.

— Talvez seja a vontade de Deus que morramos.

— Não sei se quero mais saber da vontade de Deus — disse ela sem pensar. Seus olhos logo ficaram marejados. — A mamãe disse que o Senhor proverá — continuou, mas suas palavras soaram vazias.

Sua fé era muito fraca. Ela não era como seu pai e sua mãe. Até Lea, tão jovem, amava o Senhor de todo o seu coração. E Marcos parecia aceitar a morte. Por que sempre ela tinha que questionar e duvidar?

Tenha fé. Tenha fé. Quando não tiver mais nada, tenha fé.
Marcos estremeceu, tirando Hadassah de seus pensamentos sombrios.

— Eles estão jogando corpos no Wadi er-Rababi, atrás do templo sagrado. Milhares, Hadassah.

Ela recordou o horror do vale de Hinom. Era lá que Jerusalém descartava os animais mortos e imundos e descarregava os excrementos humanos. Cestas de cascos, entranhas e restos de animais do templo eram levados para lá e despejados. Ratos e aves carniceiras infestavam o local, e frequentemente o fedor era carregado através da cidade pelos ventos quentes. Seu pai chamava o local de Geena.

— Não foi longe daqui que nosso Senhor foi crucificado — disse Marcos, passando a mão pelos cabelos. — Eu fiquei com medo de chegar mais perto.

Hadassah fechou os olhos com força, mas a pergunta surgiu firme e crua, contra sua vontade. Teria seu pai sido levado àquele lugar, profanado e deixado para apodrecer sob o sol quente? Ela mordeu o lábio e tentou espantar tal pensamento.

— Eu vi Tito — Marcos contou, em tom monótono. — Ele passou a cavalo com alguns de seus homens. Quando viu os corpos, ele gritou. Não consegui ouvir suas palavras, mas um homem disse que ele estava desafiando Jeová, dizendo que aquilo não era coisa dele.

— Se a cidade se rendesse agora, ele mostraria misericórdia?

— Se ele pudesse conter seus homens... Eles odeiam os judeus e querem vê-los destruídos.

— E a nós também — disse ela, estremecendo. — Eles não saberão a diferença entre os crentes do Caminho e os zelotes, não é? Judeus sediciosos ou justos, ou até cristãos, não fará diferença. — Sua visão estava borrada por causa das lágrimas. — Essa é a vontade de Deus, Marcos?

— O papai disse que não é vontade de Deus que nenhuma pessoa sofra.

— Então, por que devemos sofrer?

— Nós arcamos com as consequências do que fizemos a nós mesmos e do pecado que governa este mundo. Jesus perdoou o ladrão, mas não o tirou da cruz. — Ele passou a mão pelos cabelos. — Eu não sou sábio como o papai. Não tenho respostas para o motivo, mas sei que há esperança.

— Que esperança, Marcos? Que esperança pode haver?

— Deus sempre deixa alguma.

O cerco persistia, e, enquanto a vida em Jerusalém declinava, o espírito de resistência dos judeus seguia em sentido contrário. Hadassah permaneceu abrigada em sua pequena casa, ouvindo o horror que se espalhava lá fora. Um homem passou gritando e correndo pela rua:

— Eles subiram no muro!

Quando Marcos saiu para ver o que estava acontecendo, Lea ficou histérica. Hadassah foi até sua irmã e a segurou com firmeza. Ela mesma estava próxima da histeria, mas cuidar de sua jovem irmã ajudou a acalmá-la.

— Vai ficar tudo bem, Lea. Fique quieta. — Suas palavras não faziam sentido nem a seus próprios ouvidos. — O Senhor está cuidando de nós — disse, acariciando gentilmente a irmã.

Era uma ladainha de mentiras reconfortantes, pois o mundo estava desmoronando ao redor deles. Hadassah olhou para a mãe do outro lado do quarto e sentiu as lágrimas voltarem. Rebeca lhe sorriu debilmente, como se tentasse tranquilizá-la, mas foi em vão. O que seria deles?

Marcos voltou, anunciando que a batalha nos muros era furiosa. Os judeus haviam virado o jogo e estavam fazendo os romanos retrocederem.

No entanto, naquela noite, sob o manto da escuridão, dez legionários entraram furtivamente pelas ruínas da cidade e tomaram a Fortaleza Antônia. A batalha chegou até a entrada do templo sagrado. Embora repelidos novamente, os romanos reagiram, derrubando alguns alicerces da fortaleza e invadindo o Pátio dos Gentios. Na tentativa de desviá-los, zelotes atacaram os romanos no monte das Oliveiras. Fracassaram e foram destruídos. Os prisioneiros foram crucificados diante das muralhas para que todos presenciassem.

Houve calma novamente. E então um novo horror, mais devastador, se espalhou pela cidade quando correu o rumor de que uma mulher faminta havia comido o próprio filho. A chama do ódio pelos romanos se transformou em um incêndio.

Josefo gritou de novo a seu povo que Deus estava usando os romanos para destruí-los, cumprindo as profecias dos profetas Daniel e Jesus. Os judeus reuniram palha, madeira seca, betume e piche e fecharam os claustros. Os romanos avançaram, e os judeus recuaram, atraindo-os para o templo. Uma vez lá dentro, os judeus incendiaram seu local sagrado, matando queimados muitos legionários.

Tito recuperou o controle de seus soldados enfurecidos e ordenou que apagassem o fogo, mas, mal haviam conseguido salvar o templo, os judeus atacaram novamente. Dessa vez, nem todos os oficiais de Roma puderam conter a fúria dos legionários romanos, que, movidos pelo desejo de sangue judeu, incendiaram o templo e mataram todas as pessoas que encontraram pelo caminho, saqueando a cidade conquistada.

Os homens caíam às centenas enquanto as chamas envolviam a cortina babilônica, bordada de finas linhas azuis, escarlates e roxas. No alto do telhado do templo, um falso profeta gritava ao povo para subir e se entregar. Os gritos de agonia de gente sendo queimada viva atravessavam a cidade, misturando-se aos terríveis sons de batalha nas ruas e vielas. Homens, mulheres, crianças, todos caíram pela força da espada.

Hadassah tentou tirar essas terríveis cenas da mente, mas o som da morte estava em todos os lugares. Sua mãe morreu no mesmo dia quente de agosto que Jerusalém sucumbiu, e durante dois dias Hadassah, Marcos e Lea esperaram, sabendo que os romanos os encontrariam mais cedo ou mais tarde e os destruiriam, como haviam feito com todos os demais.

Alguém correu, fugindo pela rua estreita. Outros gritaram ao serem retalhados sem piedade. Hadassah teve vontade de fugir, mas para onde poderia ir? E quanto a Lea e Marcos? Recuou para as sombras escuras do pequeno aposento e abraçou sua irmã.

Mais vozes masculinas. Mais alto. Mais perto. Uma porta foi derrubada não muito longe. Pessoas gritaram. Uma a uma, foram silenciadas.

Fraco e magro, Marcos se postou diante da porta, trêmulo, rezando baixinho. O coração de Hadassah batia forte, o estômago vazio se contraindo em uma bola dolorida. Ouviu vozes de homens na rua. Falavam em grego, num tom desdenhoso. Um deles deu ordens para invadir todas as casas próximas. Outra porta foi derrubada. Mais gritos.

O som de sapatos com sola de tachas chegou à porta deles. O coração de Hadassah batia descontroladamente.

— Oh, Deus...

— Feche os olhos, Hadassah — Marcos instruiu, estranhamente calmo. — Lembre-se do Senhor — disse ele quando a porta se abriu.

Marcos emitiu um som áspero e caiu de joelhos. A ponta ensanguentada de uma espada atravessou-lhe as costas, manchando de vermelho a túnica cinza. O grito agudo de Lea encheu o pequeno aposento.

O soldado romano chutou Marcos, liberando a espada.

Aterrorizada, Hadassah não conseguiu emitir um único som. Imóvel, olhou para o homem, para sua armadura coberta de poeira e do sangue jorrado de seu irmão. Os olhos do homem brilhavam por trás da viseira. Quando deu um passo à frente, erguendo a espada ensanguentada, Hadassah se moveu depressa, instintivamente. Jogou Lea no chão e caiu sobre ela. *Oh, Deus, que tudo acabe depressa*, rezou. *Permite que seja rápido*. Lea permaneceu calada. O único som era o da respiração rouca do soldado, misturada aos gritos da rua.

Tércio apertou ainda mais a espada e fitou a jovem emaciada que cobria uma garota ainda menor. Ele deveria matá-las e acabar logo com isso! Esses malditos judeus eram uma praga para Roma. Comendo os próprios filhos! Destruindo as mulheres, não nasceriam mais guerreiros. Essa nação merecia ser aniquilada. Ele deveria simplesmente matá-las e acabar logo com isso.

O que o impedia?

A garota mais velha olhou para ele, os olhos escuros tomados pelo medo. Era tão franzina, exceto por aqueles olhos, grandes demais para o rosto pálido. Alguma coisa nela minou a força de morte do braço de Tércio. Sua respiração foi se acalmando, os batimentos cardíacos diminuíram.

Ele tentou se lembrar dos amigos que havia perdido. Diocles havia sido morto por uma pedra enquanto construía as máquinas de cerco. Malcenas fora derrubado por seis lutadores quando violaram o primeiro muro. Capaneu havia sido queimado até a morte quando os judeus atearam fogo ao próprio templo. Albion ainda sofria pelos ferimentos de um dardo judeu.

No entanto, o calor em seu sangue esfriara.

Tremendo, Tércio baixou a espada. Alerta a qualquer movimento que a menina fizesse, olhou ao redor da minúscula sala. A névoa vermelha que cobria sua visão desapareceu. Ele havia matado um menino, que jazia em uma poça de sangue ao lado de uma mulher. Ela parecia em paz, como se estivesse dormindo. Tinha os cabelos cuidadosamente penteados e as mãos sobre o peito. Ao contrário daqueles que escolheram despejar seus mortos no riacho, essas crianças haviam mantido a mãe com dignidade.

Ele havia ouvido falar de uma mulher que comera o próprio filho, e isso alimentara seu ódio contra os judeus, fruto de dez longos anos na Judeia. Não queria nada mais que os arrancar da face da Terra. Os judeus sempre foram sinônimo de problemas para Roma — rebeldes e orgulhosos, recusavam-se a se curvar diante de nada além de seu único deus *verdadeiro*.

Um deus verdadeiro. A boca rígida de Tércio se contorceu em um sorriso sarcástico. Eram uns tolos, todos eles. Acreditar em um só deus não era apenas ridículo, era incivilizado. E, com todos os seus protestos sagrados e sua persistência obstinada, eram uma raça bárbara. Veja o que haviam feito com seu próprio templo.

Quantos judeus ele matara nos últimos cinco meses? Não se dera o trabalho de contar quando foi de casa em casa, guiado pela sede de sangue, caçando-os como animais. Pelos deuses, ele havia saboreado aquilo, contabilizando cada morte como um pequeno troco simbólico pelos amigos que haviam sido tirados dele.

Por que hesitava, então? Estaria com pena de uma sórdida fedelha judia? Seria misericordioso matá-la e livrá-la da miséria. Ela estava tão magra que ele poderia derrubá-la com um sopro. Tércio deu outro passo em sua direção; poderia matar as duas garotas com um único golpe. Tentou reunir vontade para fazê-lo.

A garota esperava. Era evidente que estava aterrorizada, mas não pedia misericórdia, como muitos haviam feito. Tanto ela quanto a criança embaixo estavam imóveis e quietas, olhando para ele.

O coração de Tércio se apertou, e ele se sentiu fraco. Respirou fundo e expirou bruscamente. Soltando uma maldição, enfiou a espada na bainha que carregava no flanco.

— Vou poupá-las, mas não vão me agradecer por isso.

Hadassah entendia grego. Era uma língua comum entre os legionários romanos, de modo que era ouvida em toda a Judeia. Ela começou a chorar. Ele a pegou pelo braço e a puxou para levantá-la.

Olhou para a menininha deitada no chão. Ela estava de olhos abertos, fixos em algum lugar distante para o qual sua mente escapara. Não era a primeira vez que ele via esse olhar. Ela não duraria muito.

— Lea — chamou Hadassah, assustada com o olhar vago nos olhos da irmã. Ela se abaixou e a abraçou. — Minha irmã — disse, tentando despertá-la.

Tércio sabia que a menina já estava praticamente morta e faria mais sentido deixá-la ali. Porém a maneira como a garota mais velha tentava tomar a criança em seus braços e levantá-la despertou sua piedade. Até mesmo o leve peso da criança era demais para ela.

Afastando Hadassah, Tércio ergueu a garotinha fácil e gentilmente e a colocou sobre o ombro como um saco de cereais. E, pegando a mais velha pelo braço, empurrou-a porta afora.

A rua estava quieta, os outros soldados haviam seguido em frente. Ouviam-se gritos distantes. Ele caminhava depressa, ciente de que a menina lutava para se manter em pé.

O ar da cidade era fétido de morte. Havia corpos por todos os lados, alguns mortos por soldados romanos que saqueavam a cidade conquistada, outros mortos de fome, inchados e apodrecendo, depois de dias abandonados. O olhar de horror no rosto da menina fez Tércio se perguntar por quanto tempo ela havia ficado presa naquela casa.

— Sua grande Cidade Santa — ele disse e cuspiu na terra.

Hadassah sentiu o braço doer quando os dedos do legionário se cravaram em sua carne. Ela tropeçou na perna de um homem morto, cujo rosto estava coberto de larvas rastejantes. Os mortos estavam em toda parte. Ela sentiu que ia desmaiar.

Quanto mais andavam, mais terrível era a carnificina. Os corpos em decomposição jaziam enroscados como animais abatidos. O cheiro de sangue e morte era tão pesado que Hadassah cobriu a boca.

— Onde deixamos os cativos? — Tércio gritou para um soldado que separava os mortos.

Outros dois soldados estavam retirando um camarada romano de entre dois judeus. Alguns legionários apareceram com o fruto da pilhagem do templo. As carroças já estavam carregadas de turíbulos de ouro e prata, pratos, cortadores de pavio, panelas e candeeiros. Empilhavam-se pás e potes de bronze, bem como bacias, incensários e outros artigos usados no serviço do templo.

O soldado olhou para Tércio, lançando um olhar apressado a Hadassah e Lea.

— Naquela rua, ao redor do grande portão, mas essas duas não parecem valer o esforço.

Hadassah olhou para o mármore outrora imaculado do templo, que, a distância, parecia uma montanha coberta de neve. Estava enegrecido, pedaços haviam sido arrancados por pedras do cerco, e o ouro, derretido. Paredes inteiras haviam ruído. O templo sagrado era apenas mais um lugar de morte e destruição.

Ela se movia lentamente, sentindo-se mal e aterrorizada por tudo que via. A fumaça queimava-lhe os olhos e a garganta. Enquanto seguiam ao longo da parede do templo, ela podia ouvir o som crescente e ondulante de horror que saía dele. Sua boca estava seca e seu coração batia cada vez mais rápido quando se aproximaram do portão do Pátio das Mulheres.

Tércio deu um empurrão na menina.

— Se desmaiar, mato vocês duas.

Havia milhares de sobreviventes dentro do pátio; alguns gemiam em sua miséria, outros choravam seus mortos. O soldado a empurrou portão adentro, e Hadassah viu a multidão maltrapilha diante de si. Lotavam o pátio. A maioria era magra, faminta, frágil, desesperançada.

Tércio baixou a criança do ombro. Hadassah segurou Lea e tentou sustentá-la. Desabou, fraca, apoiando a irmã no colo. O soldado deu meia-volta e se afastou.

Milhares de pessoas andavam a esmo, procurando parentes ou amigos. Alguns se amontoavam em grupos menores, chorando, enquanto outros, sozinhos, olhavam fixos para o nada — como Lea. O ar era tão abafado que Hadassah mal podia respirar.

Um levita rasgara sua túnica azul e laranja puída e gritava em agonia:

— Meu Deus! Meu Deus! Por que nos abandonaste?

Uma mulher ao lado dele começou a lamentar miseravelmente, o vestido cinza manchado de sangue e rasgado no ombro. Um velho enrolado em farrapos do que outrora fora uma túnica preta e branca sentava-se sozinho, apoiado na parede do pátio, movendo os lábios. Hadassah sabia que ele era proveniente do Sinédrio, e suas vestes simbolizavam o traje do deserto e as tendas dos primeiros patriarcas.

Misturados entre a multidão estavam os nazareus, com seus cabelos longos trançados, e os zelotes, com calças sujas e esfarrapadas e camisas sobre as quais usavam coletes curtos com uma franja azul de ambos os lados. Despidos de suas facas e arcos, ainda assim pareciam ameaçadores.

De repente estourou uma briga. Mulheres começaram a gritar. Uma dúzia de legionários romanos entrou e matou os adversários, bem como vários outros cujo único delito era estarem próximos ao rebuliço. Um oficial romano se postou nos altos degraus e gritou com os cativos. Apontou mais alguns homens entre a multidão, que foram arrastados para ser crucificados.

Hadassah conseguiu levantar Lea e ir para um lugar mais seguro, perto da parede e do levita. Quando o sol se pôs e caiu a escuridão, manteve Lea perto de si, tentando compartilhar com ela seu calor. Mas, de manhã, Lea havia morrido.

O rosto doce de sua irmã estava livre do medo e do sofrimento. Seus lábios se curvavam em um sorriso gentil. Hadassah a abraçou contra o peito, embalando-a. A dor crescia e a preenchia com um desespero tão profundo que ela não conseguia nem chorar. Nem se deu conta quando um soldado romano surgiu à sua frente, tentando tirar Lea de seus braços. Então apertou a irmã ainda mais.

— Ela está morta. Entregue-a.

Hadassah escondeu o rosto na curva do pescoço da irmã e gemeu. O romano já vira mortes o suficiente, de modo que aquilo não o tocava mais. Bateu em Hadassah uma vez, fazendo-a soltar a irmã, e a chutou para o lado. Atordoada e dolorida, ela ficou olhando impotente enquanto o soldado levava Lea para uma carroça repleta de cadáveres empilhados, largados ali durante a noite. Sem nenhum cuidado, jogou o corpo frágil da menina sobre a carroça.

Abraçada às pernas, Hadassah fechou os olhos e chorou.

Os dias se passavam lentamente. Centenas de pessoas morriam de fome, desespero e desesperança. Alguns cativos foram levados para cavar valas comuns.

Havia rumores de que Tito dera ordens para demolir não só o templo, mas a cidade inteira. Somente as torres de Fasael, Hípico e Mariane deveriam ficar em pé para fins defensivos, e uma parte do muro ocidental. Uma coisa assim não acontecia desde que o rei da Babilônia, Nabucodonosor, destruíra o templo de Salomão. Jerusalém, a amada Jerusalém, deixaria de existir.

Os romanos levaram milho para os cativos. Alguns judeus, ainda não subjugados pelo domínio romano, recusaram suas porções em um último e fatal arroubo de rebeldia. Mais graves eram os doentes e os debilitados, aos quais os romanos negavam comida porque não queriam desperdiçar milho com aqueles que provavelmente não sobreviveriam à marcha em direção à Cesareia. Hadassah era uma das últimas, de modo que não recebeu comida alguma.

Certa manhã, ela foi levada com os outros para fora das muralhas da cidade. Observou com horror a cena a sua frente. Milhares de judeus haviam sido crucificados diante das ruínas de Jerusalém. Aves de rapina se divertiam com eles. O solo no local do cerco havia absorvido tanto sangue que era vermelho e duro como tijolo, mas a terra em si estava além de tudo que Hadassah poderia esperar. Exceto pela grande e horrível floresta de cruzes, não havia sequer uma árvore, um arbusto, nem mesmo uma folha de grama. Um páramo se estendia diante dela, e, às suas costas, jazia a poderosa cidade, ainda sendo reduzida a escombros.

— Continuem andando! — gritou um guarda, fazendo o chicote sibilar perto dela e estalar nas costas de um homem.

Outro à frente dela gemeu profundamente e desmaiou. Quando o guarda puxou a espada, uma mulher tentou detê-lo, mas ele lhe deu um soco e, com um golpe rápido, abriu uma artéria no pescoço do cativo desfalecido. Pegando-o pelo braço, o guarda o arrastou até a beira do barranco e o empurrou. O corpo rolou lentamente até o fundo, onde se acomodou nas rochas, em meio aos demais cadáveres. Outro cativo ajudou a mulher chorosa a se levantar, e eles prosseguiram.

Os captores colocaram todos sentados à vista e ao som do acampamento de Tito.

— Parece que teremos que suportar o triunfo romano — disse um homem amargamente.

Pelas borlas azuis em seu colete, via-se que era um zelote.

— Fique calado ou será isca de corvos, como aqueles outros pobres tolos — sibilou alguém.

Enquanto os cativos observavam, as legiões se formaram e marcharam em unidades bem compactas diante de Tito, que resplandecia em sua armadura dourada. Havia mais cativos que soldados, mas os romanos se moviam como uma grande fera de guerra, organizada e disciplinada. Para Hadassah, a cadência rítmica de milhares de homens marchando em formação perfeita era assustadora. Uma simples voz ou sinal poderia fazer centenas de homens se moverem como um só. Como alguém poderia pensar que era possível superar algo assim? Eles preenchiam o horizonte.

Tito fez um discurso, por vezes interrompido pelos aplausos dos soldados. Em seguida, os prêmios foram apresentados. Com suas armaduras radiantes, que brilhavam ao sol, os oficiais se postaram diante dos homens. Listas de homens que haviam realizado grandes façanhas na guerra foram lidas. O próprio Tito colocou coroas de ouro na cabeça dos agraciados e ornamentos dourados no pescoço. A alguns, deu longas lanças douradas e escudos de prata. Cada qual foi premiado com a honra da promoção a uma patente superior.

Hadassah olhou ao redor e viu o ódio amargo de seus companheiros. Ter de testemunhar essa cerimônia era como derramar sal em suas feridas abertas.

O espólio foi distribuído entre os soldados. Tito discursou novamente, elogiando seus homens e desejando-lhes grande fortuna e felicidade. Em júbilo, os soldados o aclamaram enquanto Tito descia entre eles.

Por fim, ordenou que se desse início ao banquete. Uma grande quantidade de bois aguardava nos altares dos deuses romanos, e, ao comando de Tito, os animais foram sacrificados. Certa vez, o pai de Hadassah dissera que a lei judaica exigia o derramamento de sangue como expiação dos pecados. Ela sabia que os sacerdotes realizavam sacrifícios diariamente dentro do templo sagrado, como um constante lembrete da necessidade de arrependimento. No entanto, seu pai e sua mãe haviam lhe ensinado desde cedo que Cristo derramara seu sangue como expiação dos pecados do mundo, que a lei de Moisés havia sido cumprida nele e que o sacrifício de animais não era mais necessário. Sendo assim, ela nunca vira animais sacrificados, e foi com grande horror que testemunhou todos aqueles bois serem mortos como oferendas de agradecimento. A visão de tanto sangue derramando-se sobre os altares de pedra a deixou nauseada. Sentindo engulhos, Hadassah fechou os olhos e se virou.

Os bois mortos foram distribuídos ao exército vitorioso para um grande festim. O aroma tentador de carne assada espalhou-se pelo ar noturno, atingindo os sentidos dos cativos famintos. Mesmo se houvessem lhes oferecido um pouco da refeição, os judeus justos se recusariam a comer. Melhor o pó e a morte que carne sacrificada a deuses pagãos.

Por fim, os soldados se aproximaram e pediram aos cativos que formassem uma fila para receber sua ração de milho, trigo e cevada. Debilmente, Hadassah se levantou e se manteve em pé na longa fila, certa de que a comida lhe seria negada novamente. As lágrimas borravam seus olhos. *Deus, Deus, que seja feita a sua vontade.* Juntando as mãos em concha ao chegar sua vez, ela esperava ser afastada de lado. Mas, em vez disso, sementes douradas se derramaram da colher na palma de suas mãos.

Ela quase podia ouvir a voz de sua mãe: "O Senhor proverá".

Olhou o jovem soldado nos olhos. Seu rosto, ressecado pelo sol da Judeia, era duro, sem emoção alguma.

— Obrigada — disse em grego com humildade, sem pensar em quem ele era ou no que poderia ter feito.

Os olhos dele cintilaram. Alguém a empurrou por trás e a amaldiçoou em aramaico. Ela se afastou, sem saber que o jovem soldado ainda a observava. Ele mergulhou a colher de novo no barril, derramando milho nas mãos do próximo da fila, sem tirar os olhos dela.

Hadassah se sentou na encosta. Estava separada dos outros, sozinha dentro de si. Inclinando a cabeça, apertou o milho com as mãos. A emoção cresceu.

— Preparas uma mesa diante de mim na presença de meus inimigos — sussurrou, trêmula, e começou a chorar. — Oh, Pai, me perdoa. Emenda meus caminhos. Mas gentilmente, Senhor, para que não me reduzas a nada. Estou com medo. Pai, estou com tanto medo! Preserva-me pela força de teu braço. — Abriu os olhos e as mãos novamente. — O Senhor provê — disse suavemente e comeu devagar, saboreando cada grão.

Quando o sol se pôs, Hadassah se sentia estranhamente em paz. Mesmo com toda a destruição e morte à sua volta, com todo o sofrimento que a esperava, ela sentia a proximidade de Deus. Fitou o claro céu noturno; as estrelas brilhavam, e soprava um vento suave, fazendo-a recordar a Galileia.

A noite estava quente, ela havia comido... Ela viveria. "Deus sempre deixa uma esperança", dissera Marcos. De todos os membros de sua família, a fé de Hadassah era a mais vacilante; seu espírito, o mais desconfiado e temerário. De todos eles, ela era a menos digna.

— Por que eu, Senhor? — perguntou, chorando baixinho. — Por que eu?

GERMÂNIA

GERMANIA

2

Atretes levantou a mão, indicando a seu pai que uma legião romana avançava rumo à clareira. Ocultos pela floresta, os guerreiros germanos esperavam. Cada um segurava uma frâmea — lança bastante temida pelos romanos, em virtude de sua lâmina fina, curta e muito afiada, capaz de perfurar armaduras e ser arremessada com precisão a uma grande distância ou usada no combate corpo a corpo.

Ao ver que era o momento certo, Atretes baixou a mão. Seu pai imediatamente lançou o grito de guerra, que se elevou e se espalhou no horizonte enquanto o exército inteiro cantava para Tiwaz, seu deus da guerra, por trás de escudos. Marcobo, líder dos brúcteros, unificador de todas as tribos germânicas, juntou-se a ele, assim como o restante das tribos brúctera e batava — cem homens ao todo. O som horrível e caótico reverberava vale abaixo como um rugido dos demônios do Hades. Sorrindo, Atretes viu os legionários perderem o ritmo. E foi nesse instante que os membros das tribos inundaram as encostas para o ataque.

Surpreendidos e confundidos pelos gritos bárbaros, os romanos não ouviram seus comandantes ordenarem a formação em tartaruga. Os comandantes sabiam que essa manobra militar — pela qual os homens se aproximavam e dispunham os escudos bem juntos uns dos outros, dos lados e acima da cabeça, formando uma armadura impenetrável, semelhante ao casco de uma tartaruga — era sua única defesa contra os bárbaros. No entanto, ao ver uma horda de guerreiros ferozes e quase nus, armados com lanças pendendo dos flancos, a legião quebrou as fileiras, dando aos membros da tribo uma vantagem bem oportuna. Frâmeas voaram, legionários caíram.

O pai de Atretes, Hermun, encabeçava a formação em cunha, que deu início ao ataque. Seu elmo de chefe brilhava. Ele guiou sua tribo, saindo da densa floresta de abetos, enquanto os guerreiros catos desciam a encosta. Com cabelos compridos, a maioria dos membros da tribo não usava nada mais que um sago — capa protetora curta, presa ao ombro com um simples broche de bronze — e se armava unicamente com um escudo de ferro e couro e uma frâmea. Somente os chefes mais ricos portavam espada e usavam elmo.

Soltando o grito de guerra, Atretes lançou sua frâmea enquanto corria. A lança atravessou a garganta de um tribuno romano, fazendo sua bandeira cair ao solo. Outro romano pegou a insígnia, mas Atretes o alcançou e quebrou suas costas com um golpe de punhos. Arrancando a lança do homem morto, atravessou com ela outro soldado.

Mulheres e crianças correram pela encosta e se sentaram, gritando e torcendo por seus guerreiros. A batalha não duraria muito, pois o elemento surpresa era apenas uma vantagem momentânea. Assim que os romanos dominassem a situação, os guerreiros germanos bateriam em retirada. Eles sabiam que tinham poucas chances em uma batalha prolongada contra as forças altamente treinadas de Roma. Nos últimos meses, os tribais haviam usado a tática que melhor funcionara: importunar os flancos do exército, golpear rapidamente e recuar assim que a batalha começasse a virar.

Atretes disparou sua lança, que atravessou a armadura de um centurião. Fez sua promessa a Tiwaz e bateu com o escudo na cabeça de um opositor enquanto arrancava o gládio — uma espada curta — de um centurião morto, mal conseguindo aparar os golpes de outros dois romanos. Ele não estava acostumado a lutar com espada curta e sabia que tinha que recuar antes que fosse dominado.

O pânico inicial que tomara a legião desaparecera. Havia oficiais montados em meio à balbúrdia, empunhando espadas e gritando ordens. As fileiras estavam se fechando novamente, e o treinamento e a disciplina dos romanos impactavam seus atacantes.

Atretes viu seu irmão, Varus, cair. Agitando a espada, amputou o braço de um romano. Quando tentou chegar até o irmão, outro centurião o atacou, e foi difícil se manter vivo ante a habilidade do guerreiro com o gládio. Atretes bloqueou sucessivos ataques. Usando a força bruta, jogou todo o peso de seu poderoso corpo contra o centurião e o lançou sobre outros três.

— Atrás de você, Atretes! — gritou seu pai.

Ele se inclinou bruscamente e continuou andando, brandindo a espada rapidamente, quebrando ossos ao cortar a virilha de seu oponente e lhe perfurar o abdome. O homem gritou e caiu antes que Atretes pudesse retirar a espada.

O centurião que Atretes havia derrubado se recuperara e retornava para o combate. Sem espada, Atretes rolou e pegou a perna do atacante, derrubando-o. Saltando sobre ele, agarrou sua cabeça e chacoalhou forte, quebrando-lhe o pescoço. Arrancando o gládio dos dedos sem vida, ele se levantou e atacou um romano que furtava a espada de um tribal caído. Atretes acertou a lateral exposta do pescoço do homem e um jato de sangue salpicou seu rosto. Largando a espada, arrancou uma frâmea do cadáver de um soldado enquanto corria.

Ele não conseguia ver o elmo dourado de seu pai, e as tropas germanas perdiam força enquanto os soldados romanos se reagrupavam e ostentavam a organizada destruição pela qual eram famosos. Marcobo, com o braço esquerdo pendendo na lateral do corpo, gritou para que seus homens recuassem. Ao contrário do pensamento romano, as tribos não viam nada de desonroso em recuar quando a batalha virava. O batavo seguiu o exemplo e recuou, deixando a tribo de Atretes para trás e vulnerável. Atretes sabia que a prudência exigia que os catos voltassem para o bosque com os outros, mas seu sangue estava quente, sua mão ainda era forte. Atacou dois romanos, soltando seu grito de guerra.

Seu tio caiu com um dardo romano fincado no peito. Seu primo Rolf tentou alcançá-lo e foi atacado por um centurião. Rugindo de fúria, Atretes atacava sem cessar, abrindo um buraco na lateral do elmo de um legionário e cortando o braço de outro. Muitos homens de sua tribo estavam caindo, e por fim a prudência falou mais alto. Atretes gritou para os demais membros da tribo que se dirigissem à floresta. Desapareceram na mata, deixando os romanos frustrados e mal equipados demais para persegui-los.

A oitocentos metros da colina, Atretes encontrou sua irmã Marta de joelhos, limpando um ferimento no ombro do marido. O irmão dele estava inconsciente ao lado, com a perna enrolada firmemente, sangrando.

Com suor escorrendo pelo rosto pálido, Usipi fez uma careta sob as mãos rápidas e seguras de Marta.

— Seu pai — disse ele. E levantou levemente a mão, apontando.

Atretes correu pela floresta e encontrou sua mãe segurando seu pai. Havia um buraco na lateral do elmo do chefe, e o bronze dourado sangrava. Atretes soltou um grito selvagem e caiu de joelhos.

Com o semblante pálido e contorcido, a mãe trabalhava febrilmente em uma ferida aberta no abdome nu do marido. Ela chorava enquanto empurrava suas entranhas de volta para dentro e tentava fechar a ferida.

— Hermun — implorou. — Hermun, Hermun...

Atretes segurou os pulsos sangrentos da mãe, interrompendo seus esforços frenéticos.

— Deixe-o.

— Não!

— Mãe! — Ele a sacudiu com mãos firmes. — Ele está morto. Você não pode fazer mais nada.

Ela se aquietou, relaxando a rígida resistência. Ele a soltou, as mãos ensanguentadas de sua mãe caindo frouxas sobre as pernas. Atretes fechou os olhos de seu pai e acomodou-lhe as mãos no peito imóvel.

Sua mãe ficou paralisada por um longo momento, até que, com um soluço, inclinou-se para a frente e puxou a cabeça ensanguentada do marido para seu colo. Usando a borda da capa curta, enxugou o rosto dele como se fosse uma criança.

— Vou levá-lo até os outros — disse Atretes.

Sua mãe levantou os ombros de Hermun, e Atretes o ergueu do chão. Lágrimas molhavam seu rosto duro enquanto ele tropeçava sob o peso do corpo do pai, caindo de joelhos. Lutando contra a exaustão, cerrou os dentes e se ergueu. Cada passo era um esforço brutal.

Quando chegaram onde estava sua irmã e Usipi, ele depositou cuidadosamente seu pai ao lado do corpo de Dulga e Rolf, que as outras mulheres da família conseguiram resgatar. Respirando pesadamente e sentindo a fraqueza percorrer sua coluna, Atretes pegou o talismã esculpido que seu pai usava no pescoço e apertou a imagem de madeira na palma da mão. Era esculpida no carvalho do bosque sagrado e protegera Hermun durante muitas batalhas. Atretes tentou tirar forças daquilo, mas sentiu um profundo desespero.

A batalha estava perdida, e seu pai, morto. A liderança recairia sobre ele, se fosse forte o bastante para mantê-la. Mas era isso que ele queria?

As profecias de Veleda, a vidente dos brúcteros, que ficava escondida em sua torre onde nenhum homem podia vê-la, estavam se provando falsas. Embora Caio Júlio Civil e seus rebeldes houvessem destruído as legiões da fronteira, a rebelião estava fracassando. Passado um ano, a liberdade não estava mais ao alcance deles.

Vespasiano subira ao poder após um período de doze meses que vira três imperadores caírem. Agora, sob o comando do filho mais novo do governante, Domiciano, outras oito legiões foram enviadas contra Caio Júlio Civil. Veleda havia profetizado que a juventude de Domiciano venceria Caio Júlio, mas o menino chegara à fronteira à frente de suas legiões, em vez de se esconder atrás delas. Reputadamente treinado como gladiador, parecia determinado a provar que ele próprio era um comandante tão habilidoso quanto seu pai, Vespasiano, e seu irmão, Tito. E a jovem larva estava conseguindo.

Vencendo as forças rebeldes, Domiciano os fez cativos. Ordenou que os homens de Caio Júlio Civil fossem dizimados. Os prisioneiros foram enfileirados e cada um dos dez homens foi crucificado. Com Caio Júlio acorrentado e a caminho de Roma, a unidade das tribos que o apoiavam estava falindo. As facções estavam se separando. Muitos batavos foram levados cativos. Um a cada três homens da tribo de Atretes estava morto.

Atretes sentia a raiva crescer enquanto olhava para o pai. Apenas uma semana atrás, o líder dos catos havia lançado pedaços de galhos e cascas de um dos carvalhos sagrados sobre um pano branco. Ele não conseguira ler um sinal claro, mas o sacerdote havia dito que os relinchos do cavalo branco garantiriam a vitória.

Vitória! Que vitória? Acaso até seus deuses se voltaram contra eles? Ou os deuses romanos se mostraram mais poderosos que o grande Tiwaz?

Enquanto levavam seus mortos para a aldeia, outros tribais se reuniram, informando que os romanos haviam marchado para o norte.

Atretes cortou madeira para construir a sepultura do pai, enquanto a mãe vestia o marido com suas melhores peles e preparava o banquete fúnebre. Ela arrumou suas melhores tigelas, copos e travessas de cerâmica ao lado do marido e os encheu com mingau de aveia grossa e hidromel forte. Carnes de cordeiro e de porco foram assadas e colocadas nas travessas. Ao término da celebração, Atretes ateou fogo à sepultura. Outros fogos brilhavam na escuridão.

— Está pronto — disse sua mãe, com lágrimas correndo pelas faces. Então pousou a mão gentil sobre Atretes. — Amanhã à noite você reunirá os homens no bosque sagrado.

Ele sabia que sua mãe presumia que ele se tornaria chefe.

— Isso é com os sacerdotes.

— Eles já escolheram você, assim como nossos homens. Quem seria mais adequado? Não foi seu comando que eles seguiram sem questionar quando a batalha virou? E os catos foram os últimos a abandonar o campo de batalha.

— Isso só aconteceu porque meu pai havia caído, não por grande valor meu.

— Você será o chefe, Atretes. Hermun sabia que esse dia chegaria. Foi por isso que ele o treinou, guiando você mais que aos outros filhos. Quando você nasceu, os sinais nos disseram que se tornaria um grande líder.

— Os sinais já erraram antes.

— Não nisso. Alguns assuntos não são questão de escolha. Você não pode lutar contra o destino. Lembra-se da noite em que seu pai o levou perante o conselho e lhe deu um escudo e uma frâmea?

— Sim — disse ele, controlando o sofrimento enquanto fitava as chamas, que deixaram o corpo de seu pai visível quando as paredes ruíram.

Ele apertou os punhos. A última coisa que queria era a escravidão da liderança.

— Você se tornou homem aquela noite, Atretes. E sua masculinidade cresceu desde então. Você matou seu primeiro inimigo aos catorze anos. — Ela sorriu, e seus olhos azuis marejados brilharam. — Você mal tinha bigode para raspar sobre o inimigo morto, mas raspou seu rosto até esfolar para seguir a tradição. — Ela o apertou. — Você tinha quinze anos quando tomou Ania como noiva, dezesseis quando perdeu a ela e a seu filho no parto. Dois anos depois, triunfou sobre invasores brúcteros e foi honrado com a permissão de retirar o anel de ferro do dedo. Seu pai disse que você lutou melhor que qualquer guerreiro que ele já vira. Ele tinha orgulho de você. — Ela apertou o braço dele. — Eu tenho orgulho de você!

Então se calou, as lágrimas correndo por seu rosto enquanto olhava as chamas.

— Tivemos paz por dois anos.

— E então Caio Júlio Civil veio até nós e nos falou da rebelião em Roma — disse Atretes.

— Sim. — Ela o fitou novamente. — E de uma chance de liberdade.

— Vespasiano assumiu o controle, mãe.

— Vespasiano é um homem. Nós temos Tiwaz do nosso lado. Você não ouviu as profecias de Veleda? A liberdade não virá para nós como um presente, Atretes. Teremos que lutar por ela.

Ele passou a mão pelos cabelos loiros e olhou para as estrelas. Se ao menos tivesse o conhecimento de um sacerdote e pudesse ler a resposta nos céus. Ele queria lutar! Queria tanto que seus músculos se retesavam e seu coração batia mais rápido. Atretes se sentia mais vivo quando estava em batalha, lutando pela vitória e por sua própria vida. Como chefe, ele teria outras coisas para pensar, outras pessoas para considerar.

— Quando você era menino, sonhava em deixar a tribo e fazer parte do séquito de Marcobo — disse sua mãe calmamente.

Atretes a fitou com surpresa. Acaso ela sabia tudo que estava em sua mente? Ela tocou o rosto do filho com ternura.

— Você nunca falou isso por lealdade a seu pai, mas ele sabia, assim como eu. Atretes, você tem outro destino. Eu li os sinais quando você nasceu. Você vai conduzir seu povo à liberdade.

— Ou à morte — concluiu ele, sombrio.

— Muitos morrerão — disse ela solenemente. — Inclusive eu.

— Mãe — ele a advertiu.

Mas ela apertou seu braço, silenciando-o.

— Assim será. Eu vi.

Seus olhos azuis se tornaram vagos e aflitos.

— Seu nome será conhecido em Roma. Você vai lutar como nenhum outro homem da tribo dos catos já lutou e triunfará sobre cada inimigo. — Sua voz era estranha e distante. — Uma tempestade que atravessará o Império e o destruirá se aproxima. Virá do norte, do leste e do oeste, e você será parte dela. E há uma mulher, uma mulher de cabelos e olhos escuros, de modos estranhos, a quem você vai amar.

Ela ficou em silêncio, pestanejando, como se saísse de um sono profundo.

O coração de Atretes batia acelerado. Ele já vira sua mãe assim algumas vezes e sempre sentia um frio no estômago. Se ela fosse outra pessoa, Atretes teria ignorado suas palavras como as de uma mãe que sonha com a grandeza para seu filho. Mas ele não podia fazer isso, pois sua mãe era uma respeitada vidente e adivinha, reverenciada por alguns como uma deusa.

Seu semblante se desanuviou. Ela suspirou e sorriu tristemente.

— Você precisa descansar, Atretes. Precisa estar pronto para o que está por vir. — Desviou o olhar para as brasas brilhantes da sepultura. — O fogo está quase no fim. Deixe-me em paz com Hermun — ela pediu suavemente, o rosto brilhando como ouro sob a luz cintilante.

Isso aconteceu horas antes de Atretes conseguir dormir. Quando se levantou do catre ao amanhecer e saiu da maloca, viu sua mãe recolhendo os ossos de seu pai das cinzas e colocando-os em um vaso de barro para enterrar.

Mais quatro homens haviam morrido de ferimentos provenientes das batalhas antes de o sol alcançar o zênite, e novas sepulturas estavam sendo construídas.

Então, chegou a Atretes a notícia de que um desertor havia sido capturado. Ele sabia que os homens esperavam que ele liderasse o conselho. Sabia o que tinha de fazer, mas julgar um homem, mesmo alguém como Wagast, não lhe agradava.

Os homens se reuniram no bosque de carvalhos. O alto conselho se sentou perto da árvore sagrada. O ar noturno era fresco e úmido. Sons de sapos e corujas ecoavam, sinistros, ao redor dos homens reunidos. Atretes assumiu uma posição humilde, na esperança de que a liderança recaísse sobre Rud ou Holt, e não sobre ele. Eles eram homens aptos, mais velhos.

Gundrid, o sacerdote, tirou as imagens do tronco oco do carvalho sagrado e as acomodou nos galhos inferiores. Murmurando encantamentos e orações, desembrulhou e segurou no alto os chifres dourados, adornados com símbolos esculpidos.

Quando o sacerdote baixou o elemento sagrado, Atretes permaneceu imóvel. Os olhos azuis pálidos do homem passaram lentamente de um homem a outro e descansaram sobre ele. O coração de Atretes começou a bater forte. O sacerdote se aproximou dele, e ele sentiu o suor brotar da pele. Somente os sacerdotes e o chefe podiam tocar as imagens sagradas e os grandes chifres. Quando o sacerdote os estendeu a ele, Atretes viu que em um chifre havia as imagens de um homem de três cabeças segurando um machado, e uma cobra alimentando sua cria. No outro, um homem com chifres segurava uma foice e conduzia uma cabra.

Atretes sabia que, se tocasse os chifres sagrados, seria declarado o novo chefe supremo. Os homens já ovacionavam e erguiam suas lanças, confirmando-o.

Controlando o nervosismo, ele deixou sua frâmea no chão ao seu lado e estendeu as mãos, grato por estarem firmes. Quando o sacerdote soltou o ídolo sagrado nas mãos dele, Atretes se levantou, erguendo os grandes chifres. Os homens ovacionaram mais alto e sacudiram suas lanças em aclamação. Atretes convocou Tiwaz, e sua voz profunda atravessou a floresta.

O sacerdote acendeu as lanternas de incenso enquanto Atretes levava os chifres para o altar. Quando ali os depositou, ele se ajoelhou para receber a bênção do sumo sacerdote. Gundrid pediu a Tiwaz que guiasse o novo chefe supremo da tribo, que lhe desse força e sabedoria. Atretes sentiu o rosto e o corpo se aquecerem quando o sacerdote orou para que se lhe encontrasse uma esposa e que a união dos dois fosse frutífera.

Quando Gundrid terminou a oração, Atretes se levantou e pegou a adaga que lhe foi oferecida. Com um golpe rápido, abriu uma veia no pulso. No silêncio, segurou o braço e ofereceu o próprio sangue, derramando-o sobre os chifres sagrados.

Gundrid lhe entregou um pano branco para estancar o sangramento. Atretes o enrolou forte no pulso e desatou a fina alça de couro que segurava uma bolsinha na cintura. Sua mãe a havia preparado para ele como uma oferenda aos deuses. Quando o sacerdote verteu o conteúdo na lanterna do incenso, uma pequena chama sibilou e explodiu em tons vermelhos e azuis brilhantes, arrancando um arquejo assustado dos homens.

Gundrid oscilava e gemia, enquanto o ar se enchia de um aroma doce e inebriante. Ele ergueu as mãos no ar, adorando em êxtase, a linguagem irreconhecível, exceto para Tiwaz e as divindades da floresta. Os outros sacerdotes pousaram as mãos em Atretes, guiando-o novamente para o altar. Atretes se ajoelhou e beijou os chifres, enquanto eles também se cortavam com facas sagradas e o abençoavam, derramando seu sangue sobre ele.

Seu coração batia cada vez mais rápido. Sua respiração se acelerava. O doce odor do incenso fazia sua cabeça flutuar com visões de animais alados e corpos bronzeados que se contorciam, presos em combate mortal dentro das chamas sagradas. Jogando a cabeça para trás, gritou selvagemente, a excitação crescendo de forma tão avassaladora que pensou que fosse explodir. Sua voz profunda ecoou na floresta escura.

Gundrid se aproximou, e, quando pousou as mãos em Atretes, elas queimavam como fogo. Ele inclinou a cabeça para trás e deixou que a marca fosse feita em sua testa.

— Beba — disse Gundrid, levando uma taça de prata aos lábios de Atretes.

Atretes a esvaziou, o coração desacelerando os batimentos trovejantes enquanto provava a mistura de sangue e hidromel forte.

Estava feito. Ele era o novo chefe.

Erguendo-se, tomou o lugar de honra e enfrentou, soturno, sua primeira tarefa: executar um de seus amigos mais antigos.

Wagast foi arrastado perante o conselho e jogado diante de Atretes. O rosto do jovem estava coberto de suor, a boca se repuxava nervosamente. Quando

Atretes olhou para ele, lembrou que Wagast recebera seu escudo e sua frâmea um mês antes dele próprio.

— Eu não sou covarde! — gritava Wagast desesperadamente. — A batalha estava perdida! Atretes, eu vi seu pai cair. Os batavos estavam correndo para o bosque.

— Ele largou o escudo — acusou Rud.

Seu rosto barbeado era duro, bronzeado e intransigente à luz do fogo. Não havia um crime mais baixo do qual um homem pudesse ser acusado, independentemente de quão jovem ou inexperiente fosse.

— Ele foi arrancado das minhas mãos! — gritou Wagast. — Eu juro!

— Você tentou recuperá-lo? — perguntou Atretes.

Wagast desviou os olhos.

— Não consegui chegar até ele.

Os homens murmuraram, repudiando a alegação de Wagast. Rud o fitou com nojo, com seus olhos azuis ferozes.

— Eu mesmo o vi correndo do campo de batalha como um cachorro assustado — gritou para Atretes e o conselho. — O castigo por covardia está definido. Não há como suspendê-lo. Nossa lei exige que ele morra!

Os homens brandiram suas espadas, mas sem muito fervor. Ninguém gostava de executar um membro da tribo. Quando Atretes ergueu sua espada, o julgamento foi encerrado. Wagast tentou fugir, rolando e chutando os homens que iam pegá-lo. Gritando por misericórdia, foi arrastado para a beira de um pântano. Cravando os calcanhares no chão macio, lutava violentamente, soluçando e implorando.

Desgostoso, Atretes deu-lhe um soco. Então, içando-o, ele mesmo o jogou no pântano. Dois anciãos colocaram uma barreira sobre Wagast e a seguraram com longas varas, prendendo o jovem no pântano.

Quanto mais Wagast se debatia, mais rápido afundava. Quando sua cabeça submergiu, ele agitou os braços, tentando se segurar a alguma coisa. Um ancião puxou sua vara e a atirou para o lado. Os outros fizeram o mesmo. Wagast se agarrava à barreira com os dedos enlameados. Por fim, afrouxando-os, eles se soltaram quando as últimas bolhas romperam a superfície.

Os homens ficaram em silêncio. Não havia triunfo em uma morte assim. Melhor morrer sob o peso de uma espada romana que se perder na vergonha e no esquecimento do pântano.

Atretes se voltou para o homem solitário, de cabelos grisalhos, parado a um lado. Pôs a mão no ombro de Herigast e o apertou com força.

— Você era amigo de meu pai. Todos nós sabemos que é um homem honrado e não o culpamos pela covardia de seu filho.

Um tremor passou pelo rosto duro do homem, que logo se tornou imóvel, sem emoção alguma. Atretes sentiu piedade, mas demonstrou apenas um grave respeito.

— Você é bem-vindo em meu fogo — disse e abandonou o pântano.

Os outros o seguiram. Somente Herigast ficou para trás. Quando todos se foram, ele se abaixou, encostou a testa em sua frâmea e chorou.

Severo Albano Majoriano já havia lutado contra essa imunda tribo de germanos. Nos últimos dois meses, eles haviam perseguido várias legiões romanas, atacando inopinadamente e então desaparecendo após cortar um pedaço das fileiras como uma névoa mortal. Mesmo assim, embora ele esperasse um ataque dos tribais germanos, e até contasse com isso, o comandante romano ficou atordoado com a ferocidade que estava enfrentando.

No instante em que ouvira o grito de guerra, Severo sinalizara um contra-ataque. Esses germanos sórdidos jogavam sujo, atacando como uma cobra venenosa que aparecia do nada e logo rastejando depressa de volta para a toca. E a única maneira de matar uma cobra era cortando-lhe a cabeça.

Sem ser vista, a cavalaria tomou posição. As fileiras começaram a fazer a conversão treinada. Enquanto a horda de guerreiros nus corria saindo de entre as árvores, Severo viu que o líder, com seu cabelo loiro voando atrás dele como uma bandeira, corria à frente de sua matilha de lobos. O soldado sentiu raiva, quase imediatamente substituída por uma sombria determinação. Ele acorrentaria aquele jovem bárbaro. Conduzindo seu cavalo adiante, Severo gritou mais ordens.

Atacando diretamente a legião, o jovem bárbaro usou sua lança ensanguentada com tanta habilidade que os romanos da linha de frente se afastaram, aterrorizados. Destemido, Severo sinalizou novamente. As trombetas deram um comando e a cavalaria saiu de trás dos tribais. Havendo sobrevivido ao ataque inicial, as fileiras romanas se fecharam uma vez mais, movendo-se para tomar o que os bárbaros pudessem lhes dar, atraindo-os para a armadilha da legião.

Severo passou com seu cavalo por entre a massa de guerreiros que agitava suas espadas furiosamente. Ele conhecia o suficiente a tática de guerra germana para perceber que só tinha alguns minutos antes que os homens voltassem para a floresta para preparar uma emboscada. Se eles se livrassem dos legionários, estes desapareceriam de novo, só para atacar mais tarde. Mesmo nesse momento, Severo viu que o líder dos germanos havia percebido a armadilha e gritava com seus homens.

— Peguem o gigante! — rugiu Severo, atacando com mais ímpeto.

Ele se abaixou, e uma frâmea errou sua cabeça por pouco. Ferindo outro atacante com a espada, praguejou:

— O gigante! Peguem-no! O *gigante*!

Atretes soltou outro assobio pungente, sinalizando a seus homens que recuassem. Rud caiu com um dardo nas costas; Holt gritava loucamente aos outros. Alguns atravessaram as linhas, mas Atretes foi pego. Ele enfiou a ponta cortante de sua lança em um soldado e levantou a base, acertando o queixo de outro que o atacava por trás. Antes que pudesse liberar a lâmina, outro soldado o empurrou pelas costas. Aproveitando o impulso e segurando firme a frâmea, Atretes rolou e se levantou, liberando a arma e enfiando a ponta da lança afiada no abdome de um inimigo.

Viu um clarão ao lado e se deslocou, sentindo o ardor de um ferimento à espada no ombro direito. Um comandante avançava a cavalo em sua direção, gritando. Meia dúzia de soldados se aproximou de Atretes e o cercou.

Atretes soltou um grito de guerra selvagem e se dirigiu ao soldado mais jovem que se aproximava, amassando a lateral do elmo do rapaz e perfurando-lhe a virilha. Quando outro se lançou para cima dele, Atretes se abaixou bruscamente e deu meia-volta, batendo com o calcanhar no rosto do soldado. O comandante romano avançou na direção dele, mas Atretes conseguiu rolar e se levantar rapidamente, erguendo as mãos e bradando tão alto que fez o garanhão do comandante empinar. Esquivando-se dos cascos, Atretes recuperou sua frâmea.

Os romanos recuaram assim que a lança estava em suas mãos novamente. Lutando para controlar seu cavalo, o comandante gritou ordens para suas tropas. Seu rosto estava vermelho de fúria.

Atretes não via como escapar e resolveu levar consigo o máximo de soldados sórdidos que pudesse. Arreganhando os dentes, ele gingava o corpo, esperando o ataque. Quando um soldado entrou no círculo, ele o encarou, segurando a lança com as duas mãos. O soldado balançou a espada e se moveu para a direita, enquanto os outros o encorajavam. O romano atacou primeiro. Aparando o golpe facilmente, Atretes cuspiu no rosto do homem antes de empurrá-lo para longe. Irado, o soldado pulou. Esperando por isso, Atretes se esquivou, ergueu a base de sua frâmea e a girou, acertando com um baque forte a lateral da cabeça do legionário imprudente. Quando o soldado tombou, Atretes cortou-lhe a jugular. O legionário se contorceu violentamente durante alguns segundos e morreu.

Outro soldado se aproximou agitando a espada. Atretes se afastou para o lado e girou, com medo de que a lâmina de algum inimigo o acertasse pelas costas. Mas não o acertou. Parecia que aqueles romanos queriam que seu último assassinato fosse uma competição.

O segundo soldado foi logo neutralizado com um corte profundo na coxa. Atretes o teria matado se outro não houvesse entrado depressa no círculo e bloqueado o ataque da frâmea. O ferido foi arrastado para trás, e Atretes enfrentou um terceiro adversário, em quem acertou golpes rápidos e certeiros, fazendo-o recuar. O círculo se partiu e logo se fechou depressa novamente. Um romano diante de Atretes abaixou o escudo com força, fazendo-o clangorar contra a longa cabeça metálica da lança, ao mesmo tempo brandindo a espada. Atretes se abaixou bruscamente e girou, acertando a parte de trás da cabeça do homem com a longa empunhadura de sua lança. O soldado caiu com o rosto na terra, e ali permaneceu, imóvel.

Os homens estavam furiosos e gritavam, encorajando outros dois a desafiar o bárbaro. Atretes se moveu com tanta agilidade que os dois bateram um no outro. Rindo, o germano chutou poeira neles e cuspiu. Se ele morresse, morreria desprezando seus inimigos.

Montado em seu garanhão preto, Severo observava o jovem germano lutar. Embora estivesse cercado por soldados e sua morte fosse certa, o bárbaro zombava abertamente dos adversários. Enquanto Severo olhava, o gigante brandia sua arma, formando um amplo círculo e rindo alto conforme os soldados romanos recuavam. Quando outro o desafiou, ele fez um trabalho rápido, usando a lança como espada e porrete.

Passando por cima do homem caído, ele segurava a arma com as duas mãos e sorria ferozmente, provocando os outros naquela língua bárbara que só um membro da tribo germana era capaz de entender. Quando mais um adversário se aproximou, Atretes se moveu tão rápido que o soldado passou direto por ele. O homem tentou se controlar, mas era tarde demais. O bárbaro bateu com uma extremidade da lança no elmo do soldado e, girando a outra ponta, cortou impiedosamente o pescoço exposto.

— Já chega! — gritou Severo, furioso. — Vocês pretendem morrer um a um? Acabem com ele!

Quando três homens entraram no círculo desejando o sangue do jovem germano, o comandante gritou novamente:

— *Eu o quero vivo!*

Embora Atretes não entendesse as ordens, pelo olhar no rosto de seus oponentes, sabia que algo havia mudado. Eles passaram a usar a espada para bloquear seus golpes, mas não para devolvê-los. Talvez quisessem mantê-lo vivo para crucificá-lo. Com um grito irado, atacou furiosamente. Se tivesse chegado a sua hora, ele receberia a morte com a frâmea nas mãos.

Mais soldados se fecharam sobre ele, golpeando-o com seus escudos. O maior segurou a lança, enquanto outro bateu com a lateral da espada na cabeça de

Atretes. Gritando furiosamente para Tiwaz, Atretes abaixou sua frâmea e bateu com a testa no rosto do adversário. Quando o homem caiu, o germano avançou sobre outros dois. Esquivou-se de um escudo, mas, antes que pudesse levantar a arma novamente, sentiu o golpe da lateral de uma espada e ficou brevemente atordoado. Chutou forte a virilha de um atacante, mas outro golpe nas costas fez seus joelhos se dobrarem. E mais um o derrubou.

Instintivamente, ele rolou e tentou se levantar, mas quatro homens agarraram seus braços e pernas. Eles o forçaram para baixo, enquanto outro tentava arrancar a lança de seu punho fechado. Atretes continuava dando seu grito selvagem, lutando e se debatendo. O comandante romano desmontou e se postou diante dele. Deu uma ordem, baixinho, e a base de uma espada acertou a têmpora de Atretes. Ele segurou forte sua frâmea, até que a escuridão o dominou.

Atretes acordou lentamente. Desorientado, não sabia onde estava. A visão estava desfocada, e, em vez do aroma limpo da floresta, o cheiro de sangue e urina enchia suas narinas. A cabeça latejava e ele sentia gosto de sangue na boca. Tentou se levantar, mas só conseguiu se erguer alguns centímetros antes que o som das correntes atravessasse dolorosamente suas têmporas como facas, fazendo-o relembrar sua derrota. Gemendo, afundou de volta.

A profecia de sua mãe zombava dele. Ela havia dito que ele passaria invicto por todos os inimigos, mas ali estava ele, acorrentado a um pedaço de madeira, aguardando um destino desconhecido. Ele havia falhado com seu povo e consigo mesmo.

"Se morrermos, morreremos como homens livres!", seus guerreiros haviam gritado quando ele lhes oferecera escolher entre levar a tribo para o norte ou continuar a luta contra o domínio romano. Como era amarga essa promessa em sua garganta agora, pois nem ele nem seus homens jamais consideraram a possibilidade de ser feitos cativos. Sem medo da morte, eles haviam entrado na batalha tentando matar tantos inimigos quanto pudessem. Todos os homens estavam condenados a morrer. E Atretes e seus homens sempre acreditaram que a morte para eles chegaria em batalha.

Ali, acorrentado, Atretes conheceu a humilhação da derrota. Lutou violentamente contra as correntes que o atavam, mas desmaiou. Despertando novamente momentos depois, esperou que a tontura e a náusea passassem antes de abrir os olhos.

Virou a cabeça e tentou avaliar sua posição. Estava em um pequeno aposento construído com grossos troncos. A luz do sol passava por uma janela pequena e alta, fazendo-o apertar os olhos quando sua cabeça doeu. Estava estirado e acorrentado a uma grande mesa. Até o sago lhe fora tirado. Ele se mexeu lentamente, testando as correntes, enquanto a dor lhe lambia ombros e costas. Correntes curtas e grossas estavam presas a algemas de ferro em torno dos pulsos e tornozelos.

Dois homens entraram na sala.

Atretes se ergueu um pouco, forçando as amarras. Proferiu um palavrão curto e sórdido, insultando-os. Eles saboreavam placidamente a vitória. Um deles, vestindo uma armadura magnífica e um manto escarlate, segurava um elmo de bronze debaixo do braço. Atretes o reconheceu como o alto oficial que se postara diante ele, regozijando-se, ao término da batalha. O outro usava uma túnica finamente tecida e uma capa de viagem escura, ambas demonstrando riqueza.

— Ah, então você está consciente — disse Severo, sorrindo para os olhos azuis e ferozes do jovem guerreiro. — É uma satisfação saber que está vivo e que tem um pouco de juízo. Meus homens gostariam de vê-lo açoitado e crucificado, mas tenho planos mais lucrativos para você.

Atretes não entendia latim nem grego, mas os modos insolentes do oficial atiçaram sua natureza rebelde. Ele lutou violentamente contra as correntes, indiferente à dor que lhe causavam.

— Muito bem, o que você acha dele, Malcenas?

— Ele rosna como uma besta. E fede — disse o comerciante.

Severo riu suavemente e se endireitou.

— Dê uma boa olhada nele, Malcenas. Acho que você vai considerá-lo fora do comum, e o preço que estabeleci por ele é mais do que justo.

A raiva de Atretes aumentou ainda mais quando o comerciante se aproximou e iniciou um ávido escrutínio. Quando o homem estendeu a mão para tocá-lo, Atretes deu um bote, forçando as correntes. A explosão de dor que sentiu na cabeça e no ombro só o irritou ainda mais. Ele cuspiu no homem.

— Porco romano nojento! — praguejou e se debateu.

Malcenas fez uma careta, tirou um pano da manga e limpou delicadamente a túnica.

— Esses germanos não são melhores que animais. E que língua bárbara falam!

Severo pegou o jovem pelos cabelos, forçando sua cabeça para trás.

— Um animal, sim. Mas que animal! Tem o rosto de Apolo e o corpo de Marte.

O germano se debateu violentamente, tentando afundar os dentes no braço do homem que o atormentava. Severo puxou-lhe a cabeça para trás novamente, segurando-o mais firme desta vez.

— Você sabe muito bem, Malcenas, que basta um olhar neste jovem bárbaro bem formado e as mulheres de Roma ficarão loucas pelos jogos. — Ele olhou para o rosto corado do comerciante e inclinou um canto da boca com cinismo. — E alguns homens também, penso eu, a julgar pelo olhar em seu rosto.

Malcenas apertou os lábios carnudos. Não conseguia desviar os olhos do jovem guerreiro. Ele sabia que os germanos eram ferozes, mas olhar nos olhos azuis desse guerreiro o fazia estremecer de medo. Mesmo com o bárbaro acorrentado, Malcenas não se sentia seguro. Isso o excitou. Ah, mas dinheiro era dinheiro, e Severo exigia uma fortuna por esse cativo.

— Ele é muito bonito, Severo, mas é treinável?

— Treinável? — Severo riu e soltou os cabelos loiros do guerreiro. — Você deveria ter visto que luta bárbara. Ele é melhor que qualquer gladiador que pisou na arena nos últimos dez anos. — Seu sorriso desapareceu. — Matou mais de uma dúzia de legionários treinados nos primeiros minutos de batalha. Foram necessários quatro soldados experientes para detê-lo. Eles não conseguiram arrancar aquela frâmea ensanguentada de sua mão. Não antes que eu o nocauteasse. — Deu uma risada irônica. — Não creio que ele precise de muito treinamento. Basta mantê-lo acorrentado até que você esteja pronto para soltá-lo na arena.

Malcenas admirava os músculos retesados daquele jovem e poderoso corpo. Untado, pareceria um deus de bronze. E aquela crina de longos cabelos loiros... Os romanos amavam loiros!

— Mesmo assim — disse Malcenas com um suspiro pesaroso, na esperança de reduzir o preço estabelecido por Severo —, o que você pede é demais.

— Ele vale a pena. E ainda mais!

— Nem o próprio Marte vale esse preço.

Severo deu de ombros.

— É uma pena que você não possa pagar. — Gesticulou em direção à porta. — Venha, vou lhe vender outros dois de qualidade inferior.

— Você não vai negociar?

— É um desperdício do meu tempo e do seu. Prochorus vai comprá-lo sem barganhar por alguns milhares de sestércios.

— Prochorus!

Ao mencionar o concorrente, Malcenas sentiu uma fúria momentânea.

— Ele chega amanhã — acrescentou Severo.

— Muito bem — disse o comerciante, sombrio e impaciente. — Vou ficar com ele.

Severo sorriu.

— Sábia decisão, Malcenas. Você é um homem perspicaz quando se trata de carne humana.

— E você, meu caro Severo, tem o coração duro de um comerciante.

— Deseja ver os outros?

— Você disse que eram inferiores. Ofereça-os a Prochorus. Vou colocar meu selo no contrato por este, e os fundos serão transferidos para você assim que eu voltar a Roma.

— Muito bem.

Malcenas foi até a porta fechada e bateu. Um homem vestindo uma túnica simples entrou depressa. O comerciante indicou Atretes. Ele sabia que a viagem até o *ludus*, a escola de treinamento para gladiadores, não seria curta.

— Fique de olho nele, Quintus. Está ferido. Não quero que sangre até a morte antes de chegar ao *ludus* em Cápua.

ROMA

ROMA

3

Décimo Vindácio Valeriano serviu-se de mais vinho e largou o jarro de prata sobre uma mesa de mármore. Olhou para seu filho, que estava deitado no divã com um olhar indolente no rosto bonito. O jovem testava a paciência do pai. Estavam conversando havia mais de uma hora e Décimo ainda não chegara a lugar nenhum com ele.

Marcus tomou um gole do vinho italiano e assentiu.

— Excelente vinho, pai.

O elogio encontrou um olhar duro. Como sempre, seu pai tentava direcioná-lo no caminho que havia escolhido para seu filho. Marcus sorriu para si mesmo. Seu pai esperava mesmo que ele capitulasse? Ele era cria dele, afinal. Quando o velho Valeriano perceberia que seu filho tinha suas próprias ideias a realizar, seu próprio caminho a seguir?

Seu pai era um homem inquieto, dado a ataques de ira quando não conseguia o que queria. Com perseverança, ele continuava. Seu comportamento aparentemente calmo, como Marcus bem sabia, era apenas uma máscara que escondia um temperamento ardente.

— Vespasiano, com toda a sua inteligência e habilidade tática como general, ainda é um plebeu, Marcus. E, como plebeu, odeia a aristocracia que quase destruiu nosso Império. Um membro do Senado afirmou que seu genealogista rastreou a linhagem do imperador até Júpiter. Vespasiano riu em suas barbas.

Marcus deu de ombros e se levantou do divã.

— Ouvi dizer, pai. Ele afastou quatro senadores cuja linhagem de sangue remontava a Rômulo e Remo.

— Se você acredita nessas bobagens...

— É meu interesse acreditar. Esse flaviano admite abertamente ser filho de um cobrador de impostos espanhol, e essa pode ser sua ruína. Ele é um plebeu que tomou as rédeas de um império fundado em linhagens reais.

— Só porque você é o maior cão, não significa que é o mais inteligente ou o melhor. Vespasiano pode não ter linhagem, mas é um líder nato.

— Compartilho sua admiração por Vespasiano, pai. Galba era um idiota senil, e Otão, um estúpido ganancioso. Quanto a Vitélio, suspeito de que a única razão pela qual ele queria ser imperador era ter riqueza para se empanturrar com fígado de ganso e língua de colibri. Nunca vi um homem comer com tanta paixão — disse, e seu sorriso seco desapareceu. — Vespasiano é o único homem forte o suficiente para manter o Império unido.

— Exatamente. E ele precisará de senadores fortes e jovens para ajudá-lo.

Marcus sentiu o sorriso endurecer. Então era isso. Ele se perguntava por que seu pai havia cedido tão facilmente quando Marcus recusara sua sugestão de um casamento adequado. Agora fazia sentido. O pai tinha um assunto maior a abordar: a política. Isso sim era um esporte sangrento, segundo o modo de pensar de Marcus.

Os deuses não haviam sido gentis com seu pai nos últimos anos. O incêndio e a rebelião lhe custaram vários armazéns e milhões de sestércios em bens destruídos. Ele culpava Nero, apesar dos esforços do imperador de culpar a seita cristã pela conflagração. As pessoas próximas a Nero tinham ciência de seu sonho de redesenhar e reconstruir Roma, renomeando-a como Nerópole. Mas, em vez disso, aquele louco conseguira destruir a cidade.

Roma estava tomada de rebeliões devido à má administração de Nero.

O imperador Galba provou ser um tolo. Quando ordenou que todos aqueles que haviam recebido presentes e pensões de Nero devolvessem nove partes de dez ao tesouro, garantiu sua própria morte. Em poucas semanas, a guarda pretoriana entregou sua cabeça a Otão e proclamou o comerciante falido novo imperador de Roma.

Roma cambaleou.

Otão não foi melhor. Quando as legiões de Vitélio invadiram a Itália e acabaram com as guarnições do norte da guarda pretoriana, Otão suicidou-se. No entanto, uma vez no poder, Vitélio piorou a situação, renunciando a suas responsabilidades pelas corrupções de seu ex-escravo, Asiático. Vitélio, porco sórdido que era, retirara-se para viver uma vida de epicurista glutão e preguiçoso.

Enquanto o poder se alternava como a maré, a convulsão se espalhava por todo o Império. A revolta da Judeia prosseguia. Outra foi deflagrada na Gália. Tribos germanas unidas sob o comando de Civil, treinado pelos romanos, atacavam postos avançados de fronteira.

Roma caiu de joelhos.

Coube a Vespasiano reerguê-la. Quando chegou às províncias a notícia da desintegração do governo, as legiões de generais proclamaram Vespasiano seu imperador e defenderam sua proclamação enviando o general Antônio e um grande exército à Itália para destronar Vitélio. Derrotando um exército em Cremona, Antônio marchou para Roma, matando as tropas de Vitélio. O próprio Vitélio foi encontrado escondido no palácio, sendo arrastado seminu pelas ruas.

Os cidadãos o atacaram com esterco e o torturaram sem piedade. Mas nem com sua morte as massas e os soldados ficaram satisfeitos. Eles mutilaram o corpo de Vitélio, arrastando-o pela cidade, e por fim descartaram o que sobrou dele no lodoso Tibre.

— Você não diz nada? — Décimo perguntou, franzindo a testa.

As palavras de seu pai tiraram Marcus do devaneio. Ele havia visto pessoas demais morrerem nos últimos anos para desejar uma carreira política. Homens jovens, cujo único erro fora apoiar o homem errado, estavam mortos. A verdade é que Vespasiano era um homem honrado e capaz, acostumado a lutar. No entanto, para Marcus, isso não significava que ele não poderia ser vítima do veneno de uma concubina ou da adaga de um assassino.

— Muitos dos meus amigos tinham ambições políticas, pai. Himeneu e Áquila, por exemplo. E o que aconteceu com eles? Foram condenados a se suicidarem quando Nero suspeitou de traição, sem nenhuma evidência além da palavra de um senador invejoso. E Pudêncio foi assassinado porque seu pai era amigo pessoal de Otão. Appicus foi cortado à espada quando Antônio invadiu Roma. Além disso, considerando a vida da maioria dos nossos imperadores, e como acabaram, não considero a política uma ocupação particularmente saudável ou honrosa.

Décimo se sentou, impondo-se uma calma que estava longe de sentir. Ele conhecia o olhar no rosto de Marcus. Se a poderosa vontade de seu filho pudesse ser adequadamente canalizada para algo diferente dos prazeres egoístas...

— Marcus, reconsidere. Com Vespasiano no poder, este é um momento oportuno para ambições políticas. É um bom momento para encontrar um caminho digno para sua vida — aconselhou. — Os tempos andam turbulentos, mas agora estão sob o reinado de um homem justo e inteligente. — Ele viu o olhar irônico no rosto de seu filho e foi direto ao ponto. — Um milhão de sestércios comprará um lugar na ordem equestre e um assento no Senado.

Marcus sufocou a raiva e expressou seu humor sardônico:

— Para que eu possa me tornar parte de uma classe que você sempre desprezou?

— Para que você possa se tornar parte da nova ordem de Roma!

— Eu sou parte disso, pai.

— Mas à margem do poder. — Décimo se inclinou para a frente, de punhos cerrados. — Você poderia possuir uma grande parcela disso.

Marcus deu uma risada derrisória.

— Antígono quase empobreceu no esforço de cortejar a plebe. Você evita os jogos, pai, mas, como bem sabe, financiá-los é uma necessidade política. Seja qual for o custo, a multidão deve ser apaziguada. Pelos deuses, você veria uma vida de trabalho derramada na areia de uma arena que se recusa a visitar? Ou deveríamos derramar milhares de sestércios em festas para aqueles aristocratas glutões que você tanto odeia?

Décimo conteve seu temperamento ao ouvir suas próprias palavras sendo-lhe devolvidas. Era um método de debate que Marcus costumava usar — e que Décimo detestava.

— Um momento de grande motim pode ser uma grande oportunidade.

— Ah, concordo plenamente, pai. No entanto, os ventos da política são rápidos demais para mudar, e não tenho vontade de ser levado para longe por causa deles. — Ele sorriu com os lábios fechados e ergueu o cálice. — Minhas ambições estão em outra direção.

— Comer, beber e aproveitar a vida — disse Décimo, sombrio.

Marcus respirou profundamente antes de ceder a sua crescente ira.

— E torná-lo mais rico do que você já é — revidou, inclinando a boca com cinismo. — Se quer deixar uma marca no Império, pai, faça-o em cedro e pedra. Nero nos destruiu com fogo, Galba, Otão e Vitélio com rebeliões. Deixe a casa de Valeriano fazer parte do reerguimento de Roma.

Os olhos de Décimo eram sombrios.

— Prefiro que você almeje a honra de se tornar senador a ter que vê-lo buscar dinheiro, como qualquer comerciante comum.

— Eu não o chamaria de comum, meu senhor.

Décimo bateu seu cálice na mesa de mármore, derramando vinho.

— Você é um insolente. Estamos discutindo o *seu* futuro.

Marcus abaixou seu cálice também e aceitou o desafio.

— Não, você está tentando ditar os planos que fez sem me consultar. Se deseja um Valeriano no Senado, fique com o assento. Desculpe-me por desapontá-lo novamente, meu pai, mas tenho meus próprios planos para minha vida.

— Você se importaria de me dizer quais são esses planos?

— Aproveitar o pouco tempo que tenho na Terra. Sustentando-me sozinho, é claro, como sabe muito bem.

— E você se casará com Arria?

Marcus sentiu o sangue ferver à menção seca de Arria. Seu pai reprovava a atitude dela, um espírito livre. Aborrecido, Marcus desviou o olhar e viu sua mãe e sua irmã se aproximarem pelos jardins. Ele se levantou, aliviado por poder acabar com aquela discussão. Não queria dizer nada de que se arrependesse mais tarde.

Sua mãe lhe lançou um olhar interrogativo quando ele avançou para cumprimentá-la.

— Está tudo bem, Marcus? — perguntou quando ele se inclinou para beijar-lhe a face.

— Não está sempre tudo bem, mamãe?

— Você e papai estão conversando há muito tempo — disse Júlia, atrás de sua mãe, intrometendo-se sutilmente.

— São apenas negócios — explicou ele e beliscou a bochecha da irmã levemente, com carinho. Aos catorze anos, ela estava ficando bem bonita.

Febe entrou no triclínio, uma espaçosa sala de jantar com mobiliário e decoração elegantes, à frente de seu filho. Normalmente esse aposento lhe dava uma sensação de prazer, mas nesse momento ela mal notou o entorno. Seus olhos estavam fixos no marido — Décimo parecia tenso, o cabelo grisalho caindo na testa úmida.

Ela se sentou a seu lado no divã e descansou a mão na dele.

— Não correu tudo bem? — perguntou suavemente.

Curvando os dedos sobre os dela, ele os apertou levemente. Viu a preocupação nos olhos da esposa e tentou aliviá-la. Eles estavam casados havia trinta anos, e apesar de a paixão haver arrefecido havia muito tempo, o amor se aprofundara.

— Marcus desdenha a honrosa ocupação na política.

— Honrosa? — Júlia riu alegremente, surpresa. — Você usando *honrosa* na mesma frase que *política*, papai? Você detesta os políticos. Nunca teve nada de bom a dizer sobre eles, e agora sugere que Marcus se torne um político? Não pode estar falando sério!

Marcus sorriu amplamente diante da franca explosão de sua jovem irmã. Ela que dissesse a primeira coisa que lhe viesse à cabeça antes de avaliar o bom humor de seu patriarca — ou melhor, a falta dele.

— Parece que, apesar das frequentes observações de nosso pai sobre a duvidosa legitimidade da maioria dos senadores, ele sempre abrigou aspirações secretas de ver um Valeriano no Fórum.

— Oh, mas seria maravilhoso! — disse Júlia, e seus olhos castanho-escuros brilharam. — Marcus, já posso ver você diante do Senado.

Ela se levantou e fez uma pose dramática. Elevando o queixo encantador, recolheu a bainha de seu *palus* — um manto elegantemente bordado — e caminhou de um lado para o outro diante de seu irmão e seus pais, com a mão no peito e uma expressão tão grave no rosto que até Décimo sorriu.

— Sente-se, menina levada — disse Marcus, puxando-a para o divã.

Júlia, incontrolável quando estava com o espírito alegre, pegou sua mão, dizendo:

— Você seria o senador mais bonito, Marcus.

— Bonito? Essa descrição cairia melhor para o belo Scorpus — ele contrapôs, referindo-se a um rico comerciante que havia chegado de Éfeso para fazer negócios com seu pai.

Júlia havia ficado bastante impressionada com seus olhos escuros e sua pele morena.

— É verdade que ele tem um catamita?

— Júlia! — Febe repreendeu, chocada ao ouvir sua filha falar de tais coisas.

A menina fez uma careta.

— Desculpe, mamãe.

— Onde você ouve essas coisas?

— Papai estava dizendo a Marcus que não confia em um homem que tem um catamita, e Marcus disse que...

— Há quanto tempo você estava escutando atrás da porta? — o irmão interrompeu depressa, silenciando-a antes que ela pudesse falar demais.

Ele estava irritado, tanto porque ela havia escutado sua conversa com o pai na biblioteca como porque havia envergonhado sua mãe, que ficara claramente chocada com palavras tão livres. Júlia sabia mais do mundo aos catorze anos que a mãe deles aos quarenta e quatro. Talvez porque a mãe não quisesse saber.

— Eu estava passando e ouvi.

Tarde demais, Júlia viu o descontentamento no rosto da mãe e tratou de mudar de assunto rapidamente:

— Você será senador, Marcus?

— Não. — Ele encontrou o olhar de seu pai. — Se você quer ter um braço na política, auxilie o pobre Antígono.

— Antígono? — perguntou Décimo. — O cachorrinho que vende estátuas para a aristocracia?

— Obras de arte, pai, não estátuas.

Décimo bufou, derrisório.

Marcus encheu novamente o cálice do pai e lhe entregou.

— Antígono me disse esta tarde que está pronto para cortar os pulsos em virtude do custo dos jogos que patrocinou na semana passada. Você poderia ter seu próprio senador pela bagatela de algumas centenas de milhares de sestércios. Ele já tem influência sobre o imperador por meio do filho de Vespasiano, Domiciano. Ele e Antígono treinam juntos no *ludus*. É só uma questão de tempo até Antígono estar no Senado, a menos que se mate primeiro, é claro.

— Duvido que Antígono cause sérios danos a si mesmo — disse Décimo, seco. — Exceto por acidente.

— Antígono admira Sêneca, e você sabe que Sêneca pregou sobre o suicídio. Se Antígono morrer, perderemos uma grande vantagem — Marcus observou, com voz divertida e tingida de cinismo.

Febe ficou consternada.

— Eu pensei que Antígono fosse seu amigo, Marcus.

— E é, mãe — disse ele gentilmente. — Desesperançado, no momento — E fitou seu pai. — A ambição política muitas vezes leva à pobreza.

Décimo apertou os lábios. O que o filho dizia era verdade. Ele sabia que mais de um senador cometera suicídio quando suas fortunas se dissolveram sob as responsabilidades do cargo. "Cortejando a plebe", como dissera Marcus. Palavras apropriadas. E a plebe era como uma amante cara e infiel.

Então ele abrandou:

— Descubra quais são suas necessidades e as discutiremos.

Marcus ficou surpreso com a capitulação de seu pai. Ele esperava um longo e árduo debate antes de conseguir tirar um denário dele. Disse um preço que fez seu pai erguer a sobrancelha.

— Eu disse a Antígono nas termas esta tarde que meu pai é um sábio e generoso benfeitor.

— É mesmo? — perguntou Décimo, dividido entre o orgulho e a raiva pela audácia do filho.

Sorrindo, Marcus ergueu seu cálice em saudação.

— Você verá que Antígono é um amigo dos mais gratos. Nós discutimos os contratos de construção durante algum tempo antes de eu chegar a casa esta noite. Ele foi muito agradável.

Décimo percebeu que seu filho já havia começado a realizar os próprios planos.

— E o que você vai construir, Marcus? Templos para a deusa Fortuna?

— Nada tão grandioso assim, pai. Casas para sua nova e nobre aristocracia, creio. E cortiços para os plebeus, se desejar.

Consternada com a tensão entre pai e filho, Febe acenou com a cabeça para um escravo parta parado à porta.

— Pode nos servir agora.

O parta fez um sinal, e dois jovens escravos gregos entraram em silêncio e se sentaram discretamente em um canto. Um soprava uma flauta de pã, enquanto o outro acariciava suavemente uma lira. Uma escrava egípcia carregava um prato de prata com fatias de porco assado — um dos porcos engordados em florestas de carvalho.

— Eu prometi a Antígono que lhe contaria sua decisão esta noite — disse Marcus, escolhendo um pedaço de carne.

— Você tinha certeza de que eu concordaria — Décimo observou, secamente.

— Você me ensinou a nunca deixar escapar uma oportunidade. Ela pode não voltar.

— Gostaria de não lhe ter ensinado certas coisas.

Terminado o primeiro prato, outro foi posto diante deles. Júlia olhou as frutas e escolheu um cachinho de uvas sírias. Marcus mordeu um pêssego persa. O parta continuava ereto e imóvel à entrada. Quando os cálices se esvaziavam, a garota egípcia os reabastecia.

— O mármore é facilmente obtido em Luna e Paros — disse Décimo, avaliando a ideia de Marcus. — Mas o cedro está se tornando escasso no Líbano, e seu preço, elevado. Seria melhor se importássemos madeira da Grécia.

— Por que não da Gália? — perguntou Marcus.

— Ainda há muita agitação nessa região. Se tiver contratos para cumprir, você precisará de material disponível, não a caminho.

O parta fez um sinal para a egípcia para que lhes levasse as pequenas vasilhas com água morna perfumada. Quando ela se inclinou para colocar uma vasilha diante de Marcus, ergueu os olhos para fitá-lo, transmitindo uma mensagem clara. Sorrindo levemente, Marcus mergulhou as mãos na vasilha, enxaguando os dedos sujos de carne e sumo de frutas. Ele pegou a toalha que a garota lhe oferecia e deixou seu olhar passear sobre ela, que esperava suas ordens.

— Pode ir, Bitia — disse Febe gentilmente, dispensando a garota.

A jovem egípcia não era a primeira escrava da família Valeriano a se apaixonar por seu filho, como Febe bem sabia. Marcus era bonito e bem torneado, exalava virilidade. Sua moral não era a que Febe desejava que fosse — era, de fato, oposta a tudo o que ela havia lhe ensinado desde pequeno. Quando uma linda jovem se mostrava disposta, Marcus prontamente se dispunha a obsequiá-la. Bem, já havia jovens romanas dispostas demais no círculo social de Marcus para que ele tirasse vantagem inadequadamente, em sua própria casa, de uma escrava egípcia apaixonada.

A desaprovação de sua mãe divertia Marcus, mas ele honrou seu pedido silencioso. Jogou a toalha de mão sobre a mesa e se levantou.

— Transmitirei a Antígono sua decisão, pai. Ele ficará muito aliviado. E eu lhe agradeço.

— Você vai sair de novo? — perguntou Júlia, desapontada. — Oh, Marcus! Você chegou há apenas algumas horas e ficou conversando com o papai a maior parte do tempo. Nós nem tivemos a chance de conversar!

— Não posso ficar esta noite, Júlia. — Ele se inclinou e beijou-lhe a face. — Eu lhe contarei sobre os jogos quando voltar — sussurrou para que só ela ouvisse.

Décimo e Febe observaram seu filho sair. Júlia se levantou com um salto e o seguiu. Febe gostava de ver como Júlia era devotada ao irmão mais velho, e quão profundo era o carinho dele pela jovem irmã. Havia uma diferença de oito anos entre os dois. Os outros dois filhos entre eles, Febe havia perdido ainda bebês.

No entanto, ultimamente, a proximidade dos dois a preocupava. Júlia era animada e apaixonada — uma natureza facilmente corrompida. E Marcus se tornara um franco epicurista, que via pouco propósito na vida além de ganhar dinheiro e aproveitar os prazeres que a vida podia oferecer. Mas Febe pensava que não podia culpar os jovens, homens e mulheres, que abraçavam essa filosofia, pois, nos últimos anos, a turbulência e o derramamento de sangue haviam levado muitos. A vida era incerta. No entanto, ela se incomodava com tais atitudes.

O que havia acontecido com a decência? O que acontecera com a pureza e a fidelidade? A vida era mais que prazer. Era dever e honra. Era construir uma família. Era cuidar daqueles que não tinham recursos para cuidar de si mesmos.

Ela olhou para Décimo, que estava profundamente absorto. Febe tocou sua mão novamente, chamando sua atenção.

— Eu gostaria de ver Marcus casado e estabelecido. O que ele disse sobre uma aliança com os Garibaldi?

— Disse não.

— Você não poderia convencê-lo? Olímpia é uma garota adorável.

— Como você acabou de notar, Marcus sabe escolher lindas jovens, escravas ou não — Décimo ironizou. — Eu não imaginei que o casamento exerceria grande fascínio sobre ele.

Ele se perguntava se seu filho ainda seria tolo o suficiente para estar apaixonado por Arria. Mas duvidava disso.

— A vida dele está ficando sem rumo — disse Febe.

— Não sem rumo, meu amor. Autocentrada. Indulgente. — Décimo se levantou, atraindo a esposa para si. — Ele é como muitos de seus jovens amigos aristocráticos. Considera a vida uma grande caçada. Toda experiência é uma presa a ser devorada. Hoje em dia, poucos pensam no que é bom para Roma.

Eles entraram no peristilo, o grande corredor que cercava o pátio. Passaram pelas colunas de mármore branco e saíram para o jardim. Era uma noite quente e as estrelas brilhavam no céu limpo. O caminho serpenteava entre os arbustos podados e as árvores floridas. Havia uma estátua de mármore de uma mulher nua no canteiro de flores e, do outro lado da passarela, sua homóloga masculina — formas perfeitas brilhando à pálida luz do luar.

A mente de Décimo vagara para o dia em que Marcus fizera a barba pela primeira vez. Juntos, eles haviam levado seus bigodes para o templo de Júpiter. Marcus fizera sua oferenda e se tornara um homem. Parecia que havia sido ontem — mas já fazia uma vida. Durante os anos intermediários, Décimo vira o menino passar por treinamento militar e de retórica. Mas, em algum ponto do caminho, ele havia perdido o controle. Ele havia perdido seu filho.

— Eu esperava convencer Marcus de que uma nova ordem poderia trazer mudanças muito necessárias para o Império — disse ele, colocando a mão sobre a de Febe, que descansava em seu braço.

— Não é uma ocupação digna reconstruir Roma? — ela perguntou suavemente, colocando a outra mão sobre a dele.

Décimo parecia tão perturbado, e não estava bem ultimamente. Mas ele não falava sobre o que o incomodava. Talvez fosse apenas preocupação com o futuro de Marcus. E de Júlia.

— Roma precisa ser reconstruída — ele afirmou.

Mas sabia que Marcus pouco se importava com o Império, exceto quando este o afetava pessoalmente. O filho não tinha motivos altruístas para querer reconstruir casas romanas. Sua única motivação era aumentar a riqueza dos Valeriano. Não se pode abusar da vida sem meios para isso, e o dinheiro era o que os propiciava.

Décimo supunha que ele próprio era o culpado pela obsessão de Marcus com o dinheiro. A maior parte de sua vida havia sido gasta na construção da fortuna dos Valeriano, por meio de vários empreendimentos. Ele havia começado em Éfeso, como coproprietário de um pequeno navio. Agora se estabelecera em Roma, supervisionando toda uma frota mercante. Seus navios viajavam por todos os mares conhecidos e voltavam com cargas provenientes da maior parte dos países do Império: gado e lã da Sicília; escravos da Britânia; animais selvagens das costas da África; essências, pedras preciosas raras e eunucos de Parta e da Pérsia; cereais do Egito; canela, aloé e láudano da Arábia.

As caravanas da família Valeriano viajavam até a China para buscar seda, corantes e medicamentos; outras iam para a Índia, retornando com pimenta, especiarias e ervas, além de pérolas, ônix, diamantes e granadas. O que quer que desejassem os mercados romanos, as caravanas e os navios dos Valeriano forneciam.

Desde a infância de Marcus, Décimo tinha consciência do brilho de seu filho. Ele tinha dom para ganhar dinheiro. Suas ideias eram astutas, sua intuição sólida. E, ainda mais importante, ele podia ler a alma dos homens. Décimo tinha orgulho das habilidades naturais do filho, mas reconhecia um lado do caráter dele que o afligia. Apesar de todo seu encanto e inteligência, Marcus usava as pessoas.

Décimo se lembrava da primeira vez que percebera como Marcus se tornara insensível. Já fazia três anos, quando o rapaz tinha dezenove anos.

— Há mais ouro na areia que nos cereais, pai.

— As pessoas *precisam* de cereais.

— Elas querem os jogos, e não se pode ter jogos sem areia para absorver o sangue derramado.

— Há centenas de pessoas passando fome, precisando de comida. Temos que pensar no que é melhor para o nosso povo.

Pela primeira vez, seu filho o desafiara.

— Traga dois navios, um carregado com cereais e outro com areia, e veja qual carga venderá e será descarregada primeiro. Se forem os cereais, farei o que me pede no próximo ano. Mas, se for a areia, você me dará a administração de seis navios, para fazer com eles o que eu quiser.

Décimo acreditava que a necessidade superaria a vontade. Ou, talvez, simplesmente esperava que isso acontecesse.

No fim, Marcus teve seus seis navios. Era difícil para Décimo admitir que estava aliviado por saber que o filho os encheria de madeira e pedras, e não mais de areia ou de vítimas da arena.

Ele suspirou. Febe estava errada ao dizer que a vida de Marcus não tinha rumo. O rapaz era obstinado na busca por riqueza e prazer — e conseguia ambos.

À porta da frente, Marcus vestiu a capa e beijou a testa de Júlia.

— Vou levá-la aos jogos quando for um pouco mais velha.

Ela bateu o pé de sandálias delicadas.

— Eu odeio quando você me trata com condescendência, Marcus. — Quando ele abriu a porta, ela se agarrou ao braço dele. — Por favor, Marcus. Você prometeu.

— Não prometi nada — disse ele, divertido.

— Sim, prometeu. Oh, Marcus, não é justo. Eu nunca fui aos jogos, e simplesmente morreria se não conseguisse ir.

— Você sabe que a mamãe cortaria a minha cabeça se eu a levasse.

— Ela lhe perdoaria qualquer coisa, você sabe. Além do mais, a mamãe não precisa saber. Você poderia dizer que me levou a um passeio em sua nova carruagem. Leve-me ao anfiteatro por uma hora ou duas. Por favor! Oh, Marcus, é tão humilhante ser a única das minhas amigas que nunca viu uma competição de gladiadores!

— Vou pensar.

Júlia sabia que ele estava desconversando. Recuou um pouco e inclinou a cabeça.

— Glafira me disse que você levou Arria. E ela é só três anos mais velha que eu.

— Arria é Arria — disse ele.

— Não é romano não ir aos jogos!

Marcus colocou rapidamente a mão sobre a boca de Júlia e a fez calar.

— Mais explosões como essa, e você pode esquecer.

Lágrimas encheram os olhos de Júlia, e ela cedeu.

— Concordando ou não com você, agora não é o melhor momento para eu a levar a lugar algum.

— Porque você decepcionou o papai com sua falta de ambição nobre? — ela debochou.

— Não vejo nada de nobre na política. Nem no casamento.

A menina arregalou os olhos.

— Papai quer que você se case? Com quem?

— Ele apenas insinuou, não fez sugestões.

Embora Júlia o deleitasse com suas fofocas intermináveis, ele não queria que sua rejeição a Olímpia chegasse à porta dos Garibaldi por meio de uma das amigas infantis de Júlia. Além disso, não era Olímpia que ele havia rejeitado, e sim o casamento em si. A simples ideia de passar o resto da vida com uma única mulher era assustadora.

Ele havia considerado brevemente se casar com Arria durante o auge de seu caso apaixonado. Mas o bom senso o manteve em silêncio. Arria, a linda e excitante Arria. No começo, só de pensar nela sentia nascer a excitação. Às vezes ele sentia o sangue correr só de a observar gritando ao ver dois gladiadores lutarem na arena. Arria ainda era agradável, encantadora e espirituosa, mas, apesar de todos os seus consideráveis encantos, Marcus começara a se entediar com ela.

— Você e papai estiveram juntos por mais de uma hora. Você simplesmente não quer me dizer quem é. Ninguém nunca me diz nada. Eu não sou mais um bebê, Marcus.

— Então pare de agir como se fosse. — Ele lhe deu um beijo na face. — Tenho que ir.

— Se você não me levar ao anfiteatro, vou dizer a mamãe o que eu ouvi sobre você e a esposa de Patrobus.

Chocado, ele só pôde rir.

— Você não ouviu isso nesta casa — disse. — Foi uma das suas amiguinhas sórdidas, aposto.

Ele a sacudiu e lhe deu uma palmada firme no traseiro. Ela deu um grito de dor e se soltou. Seus olhos escuros cintilavam de fúria.

Ele sorriu para ela.

— Se eu concordar em levá-la...

Júlia se acalmou instantaneamente diante da capitulação do irmão, e em seu lindo rosto floresceu um sorriso triunfante.

— Eu disse *se*, sua bruxinha. Se eu concordar, não será porque você ameaçou repetir rumores sobre a esposa de um senador!

Ela deu pulinhos graciosos.

— Você sabe que eu não falaria nada.

— Mamãe não acreditaria em você, se falasse — disse ele, sabendo que seus pais nunca acreditavam no pior dele.

Júlia também sabia disso.

— Eu quero ir aos jogos há tanto tempo!

— Provavelmente você vai desmaiar na primeira vez que vir sangue.

— Eu prometo que não vou envergonhar você, Marcus. Nem hesitarei, por mais sangue que haja. Eu juro. Quando vamos? Amanhã?

— Não tão cedo. Vou levá-la da próxima vez que Antígono os apresentar.

— Oh, Marcus, eu o amo. Eu o amo tanto — disse ela, abraçando-o.

— Sim, eu sei. — Ele sorriu carinhosamente. — Desde que consiga o que quer.

4

Marcus saiu e respirou fundo o ar noturno. Estava feliz por estar fora de casa. Ele amava o pai, mas tinha outras maneiras de pensar sobre as coisas. Por que trabalhar, se não for para aproveitar os frutos de seu trabalho?

Ele havia observado a vida de seu pai. O velho Valeriano levantava-se às sete e passava duas horas no átrio, o pátio central, distribuindo pensões aos clientes, a maioria dos quais não havia trabalhado por anos. Depois tomava um leve café da manhã e partia para os armazéns. No final da tarde, ele se exercitava no ginásio e relaxava nas termas, conversando com aristocratas, políticos e outros comerciantes prósperos. Em seguida voltava para casa para jantar com sua esposa e sua família e depois se retirava com seus livros. O dia seguinte era igual ao anterior. Dia após dia após dia.

Marcus queria mais da vida. Ele queria sentir o sangue correr pelas veias como nas corridas de bigas, ou como quando testemunhava uma boa luta de gladiadores, ou como quando estava com uma bela mulher. Ele gostava da lassidão de se embebedar com vinho, ou de uma noite de paixão e prazer. Gostava de saborear iguarias novas e raras. Gostava de ver dançarinas, ouvir cantores e assistir a peças.

A vida era uma fome para ser saciada. A vida devia ser engolida de uma vez, e não tomada aos goles. Mas a vida custava dinheiro... muito dinheiro.

Apesar de todos os discursos e da postura de seu pai, Marcus tinha certeza de que não era a honra que comandava Roma e o mundo. Eram o ouro e a moeda. O dinheiro comprava alianças e acordos comerciais; o dinheiro pagava os soldados e as máquinas de guerra que expandiam os limites do Império. O dinheiro comprava a *Pax Romana*.

Marcus caminhava a passos decididos pelo monte Aventino. A cidade estava cheia de ladrões à espera de uma vítima desavisada.

Mas ele estava atento. Seus reflexos eram rápidos; sua adaga, afiada. Ele quase receberia de bom grado um ataque. Uma boa e sangrenta luta poderia fazê-lo extravasar as frustrações que seu pai despertara com suas demandas e expectativas. Por que esse súbito desdém de seu pai pelo dinheiro, sendo que o homem passara a vida toda o acumulando? Marcus deu uma risada áspera. Pelo menos, ele era honesto na busca pelas riquezas; não fingia desprezar aquilo que lhe propiciava o estilo de vida que queria.

O ruído de rodas sobre pedras foi ficando mais alto à medida que Marcus se aproximava das vias. Carretas e carroças cheias de mercadorias subiam pela cidade, criando um barulho enlouquecedor, maior que o da maioria das batalhas. Ele deveria ter saído de casa mais cedo, antes da suspensão da proibição da entrada de veículos com rodas em Roma.

Marcus atravessou os becos e seguiu pelas ruas sinuosas, tentando evitar o trânsito. Manteve-se perto dos muros para não ser atingido pelos dejetos despejados das janelas altas. Atravessando uma avenida principal, viu uma carroça virar. Os barris de vinho se libertaram de suas cordas e saíram rolando. Homens gritaram, cavalos relincharam. O condutor grego usou seu chicote em um homem que tentava levar um barril. Mais dois homens começaram a brigar na rua.

Marcus foi atropelado por um vendedor que carregava uma garrafa de vinho, uma cesta de pães e um presunto. Praguejando, empurrou-o para o lado, abriu caminho por entre a multidão e se dirigiu para a ponte do Tibre. O cheiro de excremento era intenso. Pelos deuses, ele desejava um pouco de ar fresco do campo! Talvez investisse em terras ao sul de Cápua. A cidade estava crescendo, e os preços se elevariam.

Atravessou a ponte e caminhou para o sul em direção aos Jardins de Júlio. A casa de Antígono não ficava longe, e a caminhada lhe fez bem.

Um escravo negro abriu a porta. O etíope tinha mais de um metro e oitenta de altura e uma compleição poderosa. Marcus o olhou de cima a baixo e concluiu que devia ser uma das novas aquisições africanas do amigo.

Antígono havia falado sobre a compra de um gladiador treinado para servir como guarda-costas. Marcus achava que era uma despesa injustificada, uma vez que o jovem aristocrata ainda não estava em posição de ter sua vida ameaçada.

— Marcus Luciano Valeriano — disse ao escravo.

O negro se curvou profundamente e o conduziu à grande sala de banquetes, além do átrio.

Uma atmosfera deprimente preenchia a sala mal iluminada. Dois jovens corpulentos, usando tanga e coroa de folhas de louro, tocavam acordes melancólicos em uma flauta de pã e uma lira. Os amigos de Antígono falavam em voz baixa. Alguns estavam reclinados em divãs, bebendo e comendo. Patrobus ocupava um divã, tendo a seu lado um prato cheio de iguarias. Marcus não viu a esposa do senador, Fannia, e se perguntou se ela havia ido à casa de campo, conforme o planejado.

Ele avistou Antígono, reclinado, deliciando-se com os serviços de uma encantadora escrava númida. Marcus se aproximou. Cruzando os braços, apoiou-se casualmente em uma coluna de mármore, ostentando nos lábios um sorriso zombeteiro enquanto os observava.

— Ah, Antígono, quando deixei sua augusta presença esta tarde, você estava contemplando uma viagem pelo rio Estige. E aqui o encontro, adorando Eros.

Antígono abriu os olhos e tentou focá-los. Aprumando-se, dispensou a garota com um leve empurrão e se levantou, trêmulo, claramente embriagado.

— Você veio a um funeral ou a uma celebração, meu caro Marcus?

— A uma celebração, é claro. Eu lhe dei minha palavra, não foi? Você terá o que necessita ainda esta semana.

Antígono suspirou com grande alívio.

— Que os deuses sejam louvados por sua generosidade. — Notando o olhar sardônico de Marcus, o jovem aristocrata acrescentou depressa: — E de sua família, é claro.

Ele bateu palmas, despertando da letargia meia dúzia de convidados.

— Parem de tocar isso e ofereçam-nos algo mais animado! — Fez um sinal impaciente para um escravo. — Traga-nos mais vinho e comida.

Antígono e Marcus se sentaram e começaram a discutir seus planos para os jogos que o primeiro promoveria em homenagem ao imperador.

— Precisamos de algo novo e emocionante para entreter nosso nobre Vespasiano — disse Antígono. — Tigres, talvez. Você disse que uma de suas caravanas chegou há alguns dias, não é?

Marcus não tinha a intenção de vender tigres a Antígono e ser pago com fundos de seu próprio tesouro familiar. Um presente de meio milhão de sestércios era suficiente, não havia necessidade de acrescentar animais valiosos.

— Talvez as pessoas recebam melhor uma reconstituição de uma das batalhas mais bem-sucedidas do imperador na Judeia.

— Soubemos que Jerusalém foi destruída — disse Antígono. — Cinco meses de cerco à cidade abandonada e milhares de soldados assassinados. Ah, mas vale a pena saber que aquela raça sórdida foi quase eliminada.

Ele estalou os dedos e um escravo se aproximou rapidamente com uma bandeja de frutas. Antígono escolheu uma tâmara.

— Tito levou noventa mil prisioneiros para a Cesareia — acrescentou.

— Então a Judeia finalmente está em paz — observou Marcus.

— Em paz? Ha! Enquanto houver um judeu vivo haverá insurreição, nunca paz!

— A força de Roma reside em sua tolerância, Antígono. Nós permitimos que nosso povo adore os deuses que escolherem.

— Desde que adorem o imperador também. Mas esses judeus? Parte desse problema começou porque eles se recusaram a aceitar oferendas para nosso imperador no templo. Eles alegavam que o sacrifício de *estrangeiros* contaminaria seu local sagrado. Bem, agora eles não têm um local sagrado.

Ele riu, e a tâmara estourou em sua boca.

Marcus aceitou o vinho oferecido por uma parta encantadora.

— Quem sabe agora eles desistam dessa sua fé fútil.

— Alguns talvez, mas aqueles que se dizem justos nunca cederão. Os tolos se prostram diante de um deus que não podem ver e se recusam até a morte a baixar a cabeça um milímetro sequer diante da única e verdadeira divindade, o imperador.

Patrobus se acomodou em um divã próximo.

— Pelo menos, eles são mais interessantes que os covardes cristãos — disse. — Ponha um judeu contra qualquer um e você verá como ele luta com ferocidade. Mas coloque um cristão na arena e ele se ajoelhará e cantará a seu deus invisível, morrendo sem levantar um dedo sequer para se defender. — Pegou outra iguaria da travessa de prata. — Eles me dão náuseas.

Marcus se lembrava muito bem das centenas de cristãos que Nero havia mandado matar. Ele mesmo havia encharcado alguns de piche e betume e os incendiado para servir como tochas para os jogos. O povo tinha sede de sangue cristão por acreditar nas alegações do imperador de que o culto havia incendiado Roma ostensivamente para cumprir a profecia cristã de que o mundo acabaria em fogo. Mas a plebe não sabia dos sonhos de Nero: uma nova cidade com seu nome.

Assistir a homens e mulheres morrerem sem lutar deixava em Marcus uma vaga sensação de inquietude, uma agitação que o corroía. Patrobus os chamava de covardes; mas Marcus não tinha certeza de concordar com tal avaliação. Um covarde sairia correndo ao se ver diante de um leão; não ficaria firme diante dele.

Antígono se inclinou para Marcus, sorrindo.

— A bela Arria chegou — sussurrou.

Arria chegava dos jardins, rindo, com outras duas jovens, o corpo esbelto elegantemente vestido com uma estola branca, ostentando na cintura estreita um cinto largo dourado cravejado de pedras preciosas, à semelhança de um que ela tinha visto em um gladiador na arena. Ela havia branqueado os cabelos escuros com espuma batávia, e os cachos agora loiros estavam trançados e rodeavam intrincadamente a cabeça orgulhosa. Pequenos cachos ficaram soltos para emoldurar o rosto delicado. Marcus sorriu levemente. Pureza e fragilidade femininas. Quantos homens haviam sido enganados por essa doce imagem, sob a qual havia um apetite voraz, por vezes até bizarro?

Ela olhou ao redor até vê-lo. Sorriu. Ele conhecia muito bem aquele olhar, mas não lhe respondia mais como no começo do caso entre os dois. Embora lhe retribuísse o sorriso, ele quase desejava que ela não estivesse ali. A liberdade que ele sentia um momento antes desapareceu quando ela atravessou a sala.

— Marcus, sempre leal — ela soltou, com uma leve ironia na voz suave, enquanto se reclinava graciosamente no divã onde ele estava. — Ouvimos a música mudar nos jardins. Soube que você salvou nosso querido Antígono da ruína financeira.

Imaginando o motivo do tom cortante de Arria, ele pegou sua pequena mão pálida e a beijou. Seus dedos estavam frios e trêmulos. Algo estava errado.

— Somente por enquanto — disse Marcus. — Até que ele possa ocupar um assento no Senado e começar a partilhar o tesouro público.

A tensão na boca de Arria se suavizou.

— O ar noturno é refrescante, Marcus.

— Ah, sim. Aproveite enquanto pode — Antígono sugeriu, curvando os lábios em um sorriso irônico.

Aquela tarde mesmo, nas termas, Antígono havia sondado Marcus sobre Arria. "Por que será, Marcus, que, quando a paixão de uma mulher por certo homem cresce, a dele por ela diminui?" Parecia evidente para todos, exceto para a jovem, que Marcus estava cada vez mais cansado dela.

Marcus se levantou e descansou a mão de Arria em seu braço. Foram para os jardins, andando à luz do luar pelo caminho de mármore. Marcus não subestimava Arria. Ela não seria descartada facilmente. Ela estava com ele havia mais tempo que com todos os outros amantes. Marcus sabia que isso tinha menos a ver com sua destreza que com sua natureza. Embora tivesse se apaixonado por ela desde o início, ele nunca havia caído completamente sob seus feitiços — uma experiência à qual a jovem Arria não estava acostumada.

— Você viu a última estátua de Antígono? — ela perguntou.

— Afrodite?

Embora Antígono estivesse mais que satisfeito com o trabalho de seus artesãos gregos, Marcus não se comovera com a obra concluída. Ele não achava que Antígono teria um grande lucro com aquela luxuosa criação. Seu pai estava certo na avaliação das obras de arte de Antígono. Um bufo de escárnio era tudo que mereciam.

— Não é um deus desta vez, meu amor. Acho que é a melhor obra que ele já fez. Antígono deveria pedir uma fortuna por ela, mas a está escondendo só para si. Ele me mostrou no início da noite, mas ninguém mais a viu.

Ela o guiou pelo caminho até os limites dos jardins.

— Está ali, atrás do bosque.

Em um leito de flores perto de um alto muro de mármore, estava a estátua de um homem em pé atrás de uma linda jovem de cabelos longos e fluidos. A cabeça dela estava inclinada para o lado, os olhos baixos. As mãos do homem descansavam no ombro e no quadril dela. O escultor colocara força nessas mãos, de modo que parecia que o homem estava tentando virar a garota para abraçá-la. O corpo jovem e delicado dela emanava resistência e inocência. No entanto, havia uma paixão contida nela também. Ela olhava para baixo, os lábios se abrindo como se estivesse tentando respirar. O conflito parecia ser menor nele do que em sua parceira.

— Veja o rosto do homem — disse Arria. — É possível sentir seu desejo e sua frustração. É muito... tocante, não é? — Ela abanou o próprio rosto.

Surpreso por encontrar algo tão magnífico na coleção de Antígono, Marcus ficou impassivelmente estudando a obra. A avaliação de Arria fora aguçada. Era uma obra-prima e valeria um bom dinheiro. No entanto, ele sabia que tudo que dissesse seria repetido para Antígono e só serviria para elevar o preço da escultura se ele decidisse vendê-la. Marcus observou as linhas puras e elegantes do mármore branco com ar de indiferença.

— É um pouco melhor que o habitual.

— Você não tem olhos, Marcus?

— Suponho que ele conseguirá um preço melhor por isso do que pela maioria do lixo que vende.

Se fosse dele, Marcus não se desfaria da escultura. Mas sua renda não dependia de que uma equipe de entalhadores criasse deuses e deusas de pedra para os jardins de homens ricos.

— Lixo? Isto é uma obra-prima, e você sabe muito bem.

— Já vi uma dúzia de outras exatamente iguais em metade dos jardins do Palatino.

— Mas nenhuma tão sugestiva.

Verdade, Marcus tinha que admitir. A garota era tão real que parecia que, se ele a tocasse, sentiria o calor de sua pele.

Arria esboçou um sorriso.

— Antígono disse que mandou esculpir o homem atrás dela por recato.

Marcus riu baixinho.

— E desde quando Antígono se preocupa com recato ou com os censores?

— Ele não quer ofender os tradicionalistas em um momento tão vulnerável de sua carreira política — disse Arria. — Você gostou, não é? Posso ver por esse brilho avarento em seus olhos. Você possui alguma estátua de Antígono?

— Não. Os artesãos dele têm uma visão comum, e eu nunca gostei de mulheres corpulentas.

— Antígono nunca esculpe mulheres corpulentas, Marcus. Elas são voluptuosas. Certamente, você sabe a diferença. — Ela olhou para ele. — Fannia é corpulenta.

Então, Arria havia ouvido os rumores sobre o breve encontro de Marcus com a esposa do senador. Não gostou do olhar possessivo no rosto dela.

— De curvas generosas é uma descrição muito melhor dela, Arria, e muito mais precisa.

Os olhos escuros de Arria cintilaram.

— Ela parece um pombo gordo!

— Arria, meu doce, é lamentável que você acredite em tudo que ouve.

Ela ergueu o queixo.

— A maioria dos boatos não começa sem uma base de verdade.

— Não é incrível você saber muito mais sobre as minhas atividades do que eu?

— Não zombe de mim, Marcus. Eu sei que é verdade. Fannia esteve aqui, e bastante arrogante por causa disso.

— Pelos deuses — disse ele, contrariado. — O que você fez? Você a questionou diante de Patrobus?

Era em momentos como esse que Marcus achava as mulheres de modo geral um maldito estorvo.

— Patrobus estava tão ocupado se empanturrando com fígado de ganso que não prestou atenção alguma.

— Ele dá pouca atenção a Fannia. Isso é parte do problema dela.

— E uma das razões pelas quais ela estava no ponto para que você a colhesse. É isso? Suponho que vai me dizer que se encontrou com ela nos Jardins de Júlio só por pena da triste situação dela.

— Abaixe seu tom de voz!

Ele não havia colhido nada. A própria Fannia se aproximara dele durante um dos jogos. Só mais tarde ele a encontrara nos jardins e passara uma tarde longa e ardente com ela.

— Ela é uma porca — disse Arria.

Marcus cerrou os dentes.

— E você, minha querida Arria, é um tédio.

Atordoada pelo ataque inesperado, ela ficou paralisada por um breve instante, antes de seu orgulho irromper e ela tentar esbofeteá-lo. Mas Marcus pegou seus pulsos com facilidade e riu de seu destempero.

— Eu sou um tédio? — ela repetiu em lágrimas, o que a enfureceu ainda mais. — Seu cachorro infiel!

— Você teve seus momentos de infidelidade, minha querida. Aquele reciário, por exemplo. Lembra? Você mal pôde esperar para me contar tudo.

— Eu fiz aquilo para lhe provocar ciúme!

Arria ficaria feliz de saber que ele ardera de fúria quando ela relatara cada detalhe de seu encontro com um gladiador. Ele a soltou, contrariado com a cena que ela fazia e com o próprio temperamento instável. Arria mordeu o lábio, observando-o por um momento.

— O que está acontecendo conosco, Marcus? Houve um tempo em que você não suportava ficar longe de mim. — E, agora, era ela quem sentia uma sede insaciável dele.

Marcus quase lhe disse a verdade, mas decidiu que era melhor apelar à vaidade da amante.

— Você é como a deusa Diana, adora caçar. Você me capturou há algum tempo.

Ela sabia que ele estava tentando acalmá-la.

— Mas eu não tenho mais você, não é, Marcus? — disse calmamente, sentindo a penetrante pontada da perda.

Seus olhos se encheram de lágrimas, que ela não tentou deter. Talvez as lágrimas o comovessem, como haviam comovido outros antes dele.

— Pensei que eu significava algo para você.

— E significa — disse ele, puxando-a para seus braços.

Ele levantou-lhe o queixo e a beijou. Mas ela virou o rosto, trêmula. Ele voltou-lhe o rosto novamente e a beijou outra vez, sentindo-a menos resistente.

— Eu sempre a admirei, Arria. Sua beleza, sua paixão, seu espírito livre. Você quer se deleitar com a vida, e é assim que deve ser. Você quer experimentar tudo. Como eu.

— Você é o único homem que eu amei, Marcus.

Ele riu. Não pôde evitar.

Arria se soltou dos braços dele e o fitou, esquecendo-se das lágrimas.

— Como você pode rir quando lhe digo que o amo?

— É que você é uma doce mentirosa. Tão rápido e convenientemente se esqueceu de Aristóbulo, Sosípatro, Chuza e vários outros? Inclusive Fadus, pobre homem. Acho que você só queria ver se poderia tirá-lo do gladiador. Houve apostas por causa desse pequeno episódio. Fortunas foram perdidas quando você realmente conseguiu fazê-lo se apaixonar por uma mulher.

Arria esboçou um sorriso, sentou-se em um banco e cruzou as pernas. Olhando para ele com petulância, disse:

— Mas Fannia, Marcus. Devo objetar. É humilhante demais. Ela é pelo menos dez anos mais velha que eu e nem de longe tão bonita.

— Nem tão experiente — acrescentou ele.

Ela levantou a cabeça.

— Então, você não ficou particularmente satisfeito com ela.

— Não é da sua conta.

Ela apertou os lábios.

— Vai se encontrar de novo com ela?
— Também não é da sua conta.
Os olhos escuros de Arria brilhavam.
— Você é injusto, Marcus. Eu lhe conto tudo.
— Porque você é indiscreta. — Ele ergueu o canto da boca com ironia. — E cruel.
Ela arregalou os olhos sensuais.
— Cruel? — disse inocentemente. — Como pode me acusar de crueldade se não fiz nada além de lhe agradar desde o começo?
— Quando um homem está apaixonado por uma mulher, não quer ouvir todos os detalhes dos casos dela com outros.
— E você estava apaixonado por mim? — Ela se levantou e se aproximou dele. — Eu magoei você, Marcus? De verdade?
Ele viu a satisfação nos olhos dela.
— Não — respondeu com franqueza, observando sua frustração.
Ela o havia enfurecido, sim. Inflamara-o com frequência. No entanto, nunca acertara o alvo de seu coração. Mas ela não era a única. Ele nunca se entregara totalmente a uma paixão, por nada nem por ninguém.
Ela passou o dedo pelo maxilar dele.
— Então você não me ama?
— Eu acho você uma distração agradável.
Ao ver o descontentamento de Arria, ele inclinou a cabeça e roçou os lábios contra os dela.
— Às vezes, mais que uma distração.
Ela parecia perturbada.
— Você algum dia me amou, Marcus?
Ele deslizou o dedo levemente por sua face macia, desejando que o assunto amor não houvesse sido mencionado.
— Acho que não sou capaz disso. — E a beijou lentamente. Território familiar.
Talvez fosse esse o problema entre eles. Não havia mais mistério, nenhuma grande paixão de sua parte. A sensação da pele suave de Arria, o cheiro de seus cabelos e o sabor de sua boca já não o deixavam louco. Até suas conversas haviam se tornado repetições aborrecidas. Tudo que Arria queria de verdade era falar de si mesma. O resto era subterfúgio.
— Não estou preparada para terminar — disse ela sem fôlego, inclinando a cabeça para trás.
— Eu não disse que era necessário.
— Eu conheço você melhor do que Fannia.

— Não vai esquecer Fannia?

— Você poderia? Oh, Marcus, ninguém será tão excitante quanto eu. — Ela passou as mãos pelo corpo dele. — Eu estive no templo de Astarte hoje e a sacerdotisa me deixou assistir ao que ela fez com um dos adoradores. Quer que eu lhe mostre o que ela fez, Marcus? Você gostaria?

Excitado, embora sentindo uma inexplicável repulsa, Marcus a empurrou para longe.

— Outra hora, Arria. Aqui não é lugar.

Ele estava atento a outras coisas. Os risos que provinham da casa. Uma melodia alegre tocada em uma flauta de pã. Ele queria se afogar em vinho esta noite, não em uma mulher.

Arria parecia aborrecida, mas, por mais que tentasse, Marcus não sentia nada por ela.

A luz das tochas tremeluziu, atraindo seu olhar para a estátua novamente. Observando-o, Arria tentou controlar as emoções tumultuadas. Apertou os lábios quando viu Marcus estudar a estátua dos jovens amantes com muito mais interesse do que olhava para ela. Ela desejava ouvi-lo implorar, como Chuza fazia.

Mas Marcus não era como Chuza, e ela não queria perdê-lo. Ele era rico, bonito, e havia algo nele... uma paixão profunda e inquieta que mexia com ela.

Engolindo o orgulho, Arria passou o braço pelo dele.

— Você gostou da estátua, não é? É muito boa. Duvido que Antígono se desfaça dela. Está apaixonado por eles.

— Veremos — disse Marcus.

Voltaram para a casa para participar da festa. Pensativo, Marcus se reclinou no divã, perto de Antígono. O vinho fluía livremente enquanto conversavam sobre política. Entediada, Arria mencionou o fascínio de Marcus pela estátua dos amantes. Antígono rapidamente mudou de assunto. Marcus comentou sobre a possibilidade de futuras necessidades financeiras, lamentando o custo de organizar jogos para a multidão, festas para a aristocracia e outras obrigações custosas de um cargo político. Antígono logo viu a necessidade de ser generoso.

— A estátua estará nos jardins dos Valeriano até o fim da próxima semana — ofereceu grandiosamente.

Marcus sabia como funcionava a mente de Antígono. Convenientemente, ele esquecia as promessas que fazia quando bêbado. Sorrindo ligeiramente, Marcus se serviu de mais vinho, completando também a taça de Antígono.

— Eu cuidarei de tudo — disse, fazendo um sinal a um dos escravos.

O semblante de Antígono se apagou quando Marcus deu ordens para que a estátua fosse removida para sua casa dentro de uma hora.

— Você é generoso, Antígono — disse Arria. — Especialmente com Marcus, que tem tão pouca consideração pela verdadeira beleza.

Inclinando-se com indolência, Marcus sorriu para ela com ironia.

— A verdadeira beleza é rara, e quase nunca reconhecida por quem a possui.

Corando de raiva, Arria se ergueu graciosamente. Sorrindo, colocou a mão esbelta, coberta de joias, no ombro de Antígono.

— Vá com cuidado, querido amigo, para não se vender à ambição de um plebeu — disse.

Antígono a observou se afastar e sorriu para Marcus.

— A bela Arria já ouviu falar sobre seu encontro amoroso com Fannia.

— Uma mulher é um prazer; duas, uma maldição — disse Marcus, voltando a conversa para a política e os contratos de construção.

Poderia ser útil para ele contar com Antígono no Senado. Ao nascer do sol, Marcus teria todas as garantias de que precisava para divulgar seu nome como construtor por toda a Roma e encher seus cofres com talentos de ouro.

Seu objetivo seria alcançado. Antes de completar vinte e cinco anos, ele superaria a riqueza e a posição de seu pai.

5

Hadassah estava na longa fila de homens e mulheres judeus, enquanto os negociantes de escravos efésios, ricamente vestidos, passavam entre os cativos procurando os mais saudáveis. Havia sido oferecida proteção em certa medida aos cativos judeus enquanto marchavam com Tito, mas agora, que haviam partido para Alexandria, os negociantes de escravos caíam sobre eles, escolhendo-os, como abutres à procura de carniça para devorar.

Setecentos homens entre os mais aptos e bonitos haviam partido com Tito, marchando para o sul novamente com suas legiões para presenciar os restos de Jerusalém antes da viagem ao Egito. De lá, eles iriam a Roma. Tito apresentaria seus cativos no Triunfo e os enviaria para os jogos na arena.

Uma mulher gritou quando um guarda romano lhe arrancou a túnica esfarrapada para permitir que o negociante a examinasse melhor. Quando ela tentou se cobrir com as mãos, o guarda lhe bateu. Soluçando, ela ficou parada sob o olhar dos dois homens.

— Essa não vale um sestércio — disse o negociante, com nojo, e seguiu em frente. O romano jogou a túnica rasgada na mulher.

As mulheres mais bonitas já haviam sido usadas pelos oficiais romanos e depois vendidas nas cidades pelas quais tinham marchado. As que restavam formavam um grupo heterogêneo: idosas e crianças na maioria, e outras que eram muito pouco atraentes para chamar a atenção dos soldados romanos. No entanto, embora não fossem belas, tinham uma qualidade: haviam sobrevivido a meses de marcha e grandes dificuldades. Em todas as cidades pelas quais Tito passara, haviam sido realizados jogos, e milhares de cativos haviam morrido. No entanto, essas poucas permaneceram vivas.

Quando Tito tomou a princesa Berenice, filha de Herodes, como amante, houve um breve período de esperança de que os judeus fossem poupados de mais jogos. Eles rezaram para que Berenice os libertasse, como a rainha Ester havia feito séculos antes. No entanto, o amor de Tito pela bela e jovem princesa não representou a salvação de seu povo. Arenas em Cesareia de Filipe, Ptolemais, Tiro, Sídon, Berito e Antioquia haviam sido cobertas de sangue judeu. Dos milhares que deixaram Jerusalém, só haviam sobrado essas poucas e fracas mulheres.

Hadassah havia sofrido como os outros. A morte viajava com os cativos na estrada, conduzindo-os através do calor, poeira, comida escassa, doenças e celebrações da vitória romana. Quando as legiões de Tito e os cativos chegaram a Antioquia, menos da metade dos que haviam sido retirados da Cidade Santa continuava viva.

O povo de Antioquia correu da cidade para receber Tito como um deus. Mulheres seguiam o filho do imperador com olhares de corça, acompanhadas de seus filhos. Os judeus livres de Antioquia lutavam entre si, provocando o ódio dos sírios. Torrões de terra atingiram Hadassah e os outros enquanto andavam, e os sírios gritavam insultos aos cativos, exigindo que fossem destruídos. Os guardas romanos por fim expulsaram os agressores. Correu o rumor de que os sírios queriam que Tito levasse os judeus livres de sua cidade consigo, mas Tito se recusou, irritando-se com suas incessantes demandas. Afinal, o que ele faria com mais judeus nas mãos? O país deles havia sido destruído, a Cidade Santa estava em ruínas, e ele tinha tudo de que precisava para os jogos. Quem os queria?

Os sírios exigiram que as mesas de bronze sobre as quais haviam sido gravados os privilégios judeus fossem retiradas de Antioquia, porém, uma vez mais, Tito se recusou a fazê-lo. Deu um passo à frente e, por razões que só ele conhecia, proclamou que os judeus livres de Antioquia continuariam a desfrutar de todos os privilégios que sempre haviam tido. Se isso não acontecesse, os sírios responderiam a Roma.

Enquanto a vida dos judeus de Antioquia ficava assim garantida, a dos miseráveis cativos era cada vez mais precária. Determinado a evitar futuros conflitos na província romana da Judeia, Tito começou a espalhar os sobreviventes judeus por todos os países do Império Romano. Havia sempre procura por escravos saudáveis, e grandes contingentes foram comprados, amarrados juntos e conduzidos para navios destinados a todas as províncias do Império.

Alguns judeus foram enviados para os porões de uma centena de navios, onde passariam o resto da vida operando os remos. Outros foram mandados para a Gália, para cortar árvores e fornecer madeira para expandir as cidades romanas. Grandes grupos foram enviados para a Espanha para trabalhar com gado ou em minas de prata. Mais centenas foram mandadas para a Grécia para cortar e carregar mármore nas pedreiras. Os mais rebeldes e orgulhosos foram vendidos a seus ancestrais inimigos, os egípcios. Esses morreriam cavando areia e carregando barcaças — areia destinada às arenas do Império, responsáveis por absorver o sangue judeu derramado para entretenimento da plebe romana.

As melhores prisioneiras foram vendidas; sobraram as mais fracas e feias. Hadassah estava entre as últimas cem a ser dispersadas. O negociante que as examinava estava procurando tecelãs, mãos para o campo, criadas domésticas e prostitutas. Apertando as mãos, ela rezava para se livrar da última possibilidade.

— Que tal esta? — disse um soldado romano, puxando uma mulher da fila. O efésio escuro a olhou com aversão.

— Mais feia que qualquer coisa que eu já vi.

Ele continuou andando, falando com desprezo das mulheres que restavam.

— Lembre-se de que estou comprando escravas para servir de prostitutas no templo de Ártemis. Precisam ser minimamente atraentes.

O coração de Hadassah bateu depressa, com repugnância, quando ele se aproximou. *Senhor, faz que passe por mim. Faz-me invisível.* Era melhor limpar dejetos que servir a uma deusa pagã.

O traficante de escravos parou diante dela. Hadassah pousou os olhos nos pés dele, calçados com finas sandálias de couro costuradas com cores brilhantes. O rico linho de sua túnica era azul e limpo. Ela sentia frio e enjoo enquanto ele continuava a encarando. Não ergueu a cabeça.

— Esta tem potencial — disse o homem de repente.

Pegou o queixo de Hadassah e inclinou seu rosto para cima. Ela olhou naqueles olhos frios e quase desmaiou.

— Ela é muito jovem — o soldado contrapôs.

— Como conseguiu sobreviver? — O negociante virou o rosto dela para a esquerda e para a direita. — Vamos ver seus dentes, garota. Abra a boca.

Seu queixo tremia, mas ela obedeceu.

— Bons dentes.

— Ela é muito magra — disse o romano.

Ele voltou a inclinar o rosto dela, observando-a com atenção.

— Comida decente mudará isso.

— Ela é feia — apontou o soldado.

O comerciante olhou para o jovem soldado e sorriu.

— Não tão feia para você não se interessar. Já a usou?

Afrontado e enojado com a sugestão, o legionário romano ficou rígido.

— Eu nunca a toquei.

— Por que não?

— Ela é uma das justas.

O homem riu.

— Uma das justas — zombou. — Mais uma razão para eu a comprar. Metade dos homens de Éfeso não gostaria de nada mais do que ter acesso a uma judia justa.

Ele olhou para Hadassah novamente, esticando a boca em um sorriso que fez o estômago dela revirar. Um músculo do rosto do soldado romano pulsava.

— O que me importa se você vai pagar trinta peças de prata por uma garota que estará morta antes de chegar a Éfeso? — disse.

— Ela me parece saudável o suficiente e sobreviveu por muito tempo. Duvido que os rigores do que ela precisaria fazer no templo a fossem matar.

— Aposto meu sal que ela se matará antes de chegar a Éfeso.

— Por que ela faria isso?

— Obviamente você não conhece os judeus. Esta preferiria morrer a servir a um deus que considera pagão. — Ele pegou a frente da túnica de Hadassah e a puxou para a frente. — Mas aqui está. Leve-a. Um judeu a menos para eu me preocupar.

Hadassah ficou gelada quando o negociante a fitou de novo. O suor brotava de sua pele. Seu sangue abandonou o rosto e ela cambaleou. O romano apertou bruscamente sua túnica, segurando-a para a inspeção contínua do efésio.

O negociante a observou atentamente, apertando os olhos.

— Talvez você tenha razão. Ela parece pronta para cair morta agora mesmo. — Fez um gesto de desprezo com a mão e seguiu em frente. — Todas essas judias sujas... Eu prefiro as egípcias.

O jovem soldado a soltou e começou a seguir o negociante. Impulsivamente, Hadassah pegou sua mão.

— Que Deus o abençoe por sua misericórdia — disse e a beijou.

Ele puxou a mão.

— Você já me agradeceu uma vez, lembra? Eu lhe dei uma colherada de cereal, e você... — Ele fez uma careta. — Eu vi você orar. Quilômetro após quilômetro, mês após mês, rezando. De que adiantou?

Lágrimas encheram os olhos de Hadassah.

— De que adiantou? — ele repetiu, irritado, como se esperasse uma resposta.

— Ainda não sei.

Ele franziu a testa, examinando os olhos da garota.

— Você ainda acredita, não é? Você é uma tola. Todos vocês são uns tolos. — E começou a se afastar, mas olhou para ela de novo com o rosto rígido. — Eu não lhe fiz nenhum favor. Os escravos do templo são muito bem tratados. Especialmente as prostitutas. Talvez você tenha motivos para me amaldiçoar com o tempo.

— Nunca.

— Volte para a fila.

— Eu nunca vou amaldiçoá-lo — disse ela, fazendo o que ele mandara.

O negociante comprou dez mulheres e partiu. Outro negociante, grego, surgiu no dia seguinte. Hadassah foi comprada como escrava doméstica. Amarrada a outras dez mulheres, foi conduzida pelas ruas de Antioquia. Meninos pequenos escuros corriam ao lado das mulheres, atirando esterco e gritando palavras grosseiras. Uma judia gritou com eles, histérica, e o esterco virou pedras. Os guardas do negociante expulsaram os meninos e em seguida despiram e açoitaram a mulher que gritara. Para piorar sua humilhação, eles a fizeram andar o restante do caminho nua.

Os mastros do navio se erguiam diante de Hadassah, e o cheiro de mar a dominou, trazendo consigo profundas memórias da Galileia e de sua família. Cega pelas lágrimas, ela caminhou aos tropeços em meio às outras mulheres quando foram empurradas para a prancha do navio.

Hadassah subiu degraus íngremes e seguiu pelo estreito corredor, entre fileiras de escravos de galé, que cheiravam a ranço e operavam remos. Etíopes de pele negra, bretões de olhos azuis e gauleses de cabelos escuros a olharam sem emoção alguma quando ela passou. Uma segunda escada foi baixada para o porão do navio. Um fedor doentio de fezes, urina, suor e vômito a recebeu.

Quando desceu, viu formas sombrias se movendo. Durou um momento, até que seus olhos se acomodaram à escuridão e ela percebeu que era a segunda tripulação de escravos.

— Mulheres — disse um deles em grego. Essa única palavra demonstrava quantos anos haviam se passado desde que ele vira uma.

As cordas foram afrouxadas e a grade baixada com brusquidão. As trancas foram passadas. Em segundos, a mulher nua foi agarrada, e seu grito foi rapidamente sufocado quando surgiram outros sons, mais horríveis. Chorando, Hadassah se afastou, tentando não ouvir os sons da luta desesperada na escuridão. Estourou uma briga entre dois homens. O ventre escuro do navio parecia um Sheol, um túmulo, balançando, e Hadassah se escondeu, aflita, nos mais distantes recessos da escuridão.

Por fim, a briga cessou e ela ouviu uma mulher soluçar histericamente. Quando alguém a chutou e lhe disse para calar a boca, ela rastejou sobre as tábuas fétidas. Então se aproximou, e Hadassah estendeu a mão e a tocou. A mulher pulou bruscamente, mas Hadassah disse com suavidade:

— Há espaço aqui, ao meu lado.

Ela pôde sentir o tremor intenso da mulher quando se aconchegou ao seu lado na escuridão. Ela não parava de tremer. Hadassah tocou a pele gelada e úmida da mulher. Não tinha palavras para confortá-la, embora quisesse fazê-lo desesperadamente. A mulher começou a chorar novamente, desta vez sufocando o som contra os joelhos.

Hadassah sentiu a garganta se fechar. Tirou a sobreveste e a entregou à mulher, ficando apenas com a longa túnica cinza.

— Vista isto — disse com delicadeza.

Tremendo violentamente, a mulher fez o que ela pediu. Hadassah passou os braços em volta dela e a aconchegou, acariciando-lhe os cabelos sujos e emaranhados, como costumava fazer com sua mãe.

— Bem-aventurada a mulher estéril que nunca vê seu filho chegar a isto — gemeu alguém.

O silêncio recaiu sobre os ocupantes do navio. Somente o ranger da embarcação, a cadência do tambor tocado para os escravos de galé e o deslizar dos remos o quebravam. A grade era aberta e fechada várias vezes por dia, e os escravos descansados subiam, enquanto os exaustos eram mandados para baixo. Às vezes, um chicote era agitado bruscamente, provocando um suspiro de dor em alguém mais lento.

Dia e noite eram iguais. Hadassah dormia, acordando quando as trancas eram retiradas e a grade aberta e fechada para a troca dos escravos ou a distribuição das parcas rações. O balanço do navio aumentava a miséria de alguns, fazendo-os enjoar na fétida escuridão. O ar era denso e malcheiroso. Hadassah desejava um sopro de ar fresco e sonhava com a Galileia.

Uma tempestade atingiu o navio quando navegava ao longo da costa lícia. A embarcação empinou e tombou violentamente contra as ondas, enquanto o vento rugia, implacável. Os escravos entraram em pânico, lutando para buscar onde se segurar e implorando em meia dúzia de línguas a meia dúzia de deuses para que os salvassem.

A água gelada invadiu a embarcação, encharcando a túnica esfarrapada de Hadassah enquanto ela se segurava em uma costela do navio.

Tremendo, ela se segurava e rezava silenciosamente em meio aos gritos. O navio se ergueu tão abruptamente que pareceu flutuar sobre a água. Então despencou de repente, fazendo o estômago de Hadassah despencar junto.

A embarcação bateu no mar com um forte ruído de rachadura e estremeceu inteira, como se estivesse desmoronando.

— Vamos morrer! Deixem-nos sair!

Os homens se agarravam freneticamente à grade enquanto mais água se derramava sobre eles.

— Deixem-nos sair! Deixem-nos sair!

Quando o navio balançou de novo, alguém caiu sobre Hadassah, fazendo-a se soltar. Ela deslizou para longe e bateu em uma viga, enquanto o navio se elevava novamente. O rugido do mar era como uma fera selvagem. O navio oscilou para um lado, e ela sentiu a água gelada lavá-la. *Oh, Pai, ajuda-nos! Salva-nos como salvaste os discípulos no mar da Galileia.* Ela procurou onde se segurar, mas não encontrou nada. Então algo atingiu fortemente sua cabeça, e o ruído foi ficando distante. Ela flutuou na escuridão, sem sentir nada.

A cadência constante do tambor e o ruído dos remos a despertaram. O som do mar batendo na proa e nos costados do navio fez silenciar suas têmporas latejantes. Hadassah pensou que havia sonhado. A cabeça doía; a túnica e o cabelo estavam encharcados. O porão estava inundado. Dois escravos enchiam odres e os enganchavam em uma corda para serem içados e esvaziados.

Uma mulher se sentou ao lado de Hadassah e tocou sua sobrancelha.

— Como está se sentindo? — perguntou.

— Minha cabeça dói um pouco. O que aconteceu?

— Você a bateu durante a tempestade.

— Então acabou.

— Faz tempo. As equipes mudaram quatro vezes desde que acalmou. Eu ouvi o guarda dizer que estamos passando por Rodes. — Ela abriu um pano sujo e o estendeu a Hadassah. — Guardei alguns grãos.

— Obrigada — disse, aceitando a oferta.

— Você me deu sua túnica — a mulher respondeu. Nesse momento, Hadassah soube quem era ela.

Dias e noites se passaram em um silêncio sombrio. Enquanto a imundície, a pouca comida, a falta de privacidade e o abuso desumanizavam algumas, tudo isso levava Hadassah a Deus. Seu pai dizia que o sofrimento gerava resistência, para que a pessoa se fortalecesse para o que quer que estivesse por vir. Ela não gostava de pensar no que estava por vir. Havia muitas possibilidades horríveis. A morte vinha de muitas maneiras.

Deus era onisciente, todo-poderoso, onipresente, e seu pai sempre lhe assegurara que tudo funcionava para o bom propósito de Deus. No entanto, Hadassah não conseguia encontrar nenhum propósito para o que ela e as pessoas que a rodeavam estavam sofrendo. Assim como ela, outros simplesmente estavam em Jerusalém na hora errada. Haviam sido presos como coelhos diante de uma matilha de cães. Zelotes ou romanos, ela não via nenhuma diferença. Todos eram homens violentos.

Muitos amigos de sua família acreditavam que o fim dos tempos, de que Jesus havia falado, estava chegando, que o Senhor retornaria e reinaria sobre a vida. Alguns chegaram até a vender tudo que possuíam e entregaram o dinheiro à igreja. E então ficaram sentados, esperando o fim. Seu pai não fora um desses. Ele continuara como sempre, trabalhando no comércio.

— Deus voltará a seu tempo, Hadassah. Ele disse aos discípulos que viria como um ladrão à noite. Por esse motivo, não acredito que ele será esperado. Nós só sabemos que ele virá, mas não nos é permitido saber quando.

Certamente, a destruição do templo e da cidade de Sião eram sinais de que o fim do mundo estava chegando. Sem dúvida, o Senhor retornaria nesse momento. Ela queria que ele voltasse; ansiava por ele. No entanto, uma sensação profunda dentro dela a advertia contra resgates rápidos. Deus nem sempre intervinha. Nas Escrituras, ele havia usado nações pagãs para subjugar Israel.

— "Vinde, e tornemos para o Senhor" — sussurrou a mulher —, "porque ele despedaçou e nos sarará; fez a ferida, e no-la atará. Depois de dois dias nos ressuscitará: ao terceiro dia nos levantará, e viveremos diante dele."

Com voz trêmula, Hadassah prosseguiu de onde a mulher havia parado, recitando as palavras do profeta Oseias.

— "Conheçamos, e prossigamos em conhecer ao Senhor; a sua saída, como a alva, é certa; e ele a nós virá como a chuva, como a chuva serôdia que rega a terra."

A mulher pegou a mão dela.

— Por que é só na escuridão que lembramos o que nos sustentou na luz? Eu não pensava nas palavras do profeta desde a infância, e agora, nesta escuridão, elas me vieram mais claramente que no dia em que as ouvi. — Ela chorou baixinho. — Jonas deve ter sentido esse mesmo desespero sombrio dentro da barriga da baleia.

— Oseias estava falando de Jeová e da Ressurreição — disse Hadassah, sem pensar.

A mulher soltou sua mão e a fitou na escuridão.

— Você é *cristã*? — A palavra soou como uma maldição.

Amedrontada, Hadassah não respondeu. Sentiu o frio da animosidade da mulher. O silêncio que se ergueu entre elas era mais denso que um muro. Hadassah queria dizer algo, mas não conseguiu encontrar as palavras.

— Como pode acreditar que o nosso Messias veio? — sibilou a mulher. — Acaso fomos libertados dos romanos? Acaso nosso Deus reina? — E começou a chorar.

— Jeová veio para expiar nossos pecados — sussurrou Hadassah.

— Eu vivi com a lei de Moisés por toda a minha vida. Não me fale em expiação — disse a mulher, com o rosto assolado pela tristeza e por uma amarga emoção.

Ela se levantou e se afastou, sentando-se perto de outras mulheres. Ficou olhando para Hadassah por um longo tempo e então virou o rosto.

Hadassah encostou a cabeça nos joelhos e lutou contra o desespero.

Quando o navio chegou a Éfeso, as escravas foram levadas para o convés e amarradas novamente. Hadassah se embriagou do ar fresco do mar. Depois de longos dias e noites no porão do navio, demorou um pouco até que seus olhos se ajustassem à luz do sol e ela pudesse ver ao redor. As docas fervilhavam. Havia trabalhadores por todos os lados, fazendo suas tarefas. Calafetadores bronzeados trabalhavam em andaimes, vedando um navio aportado ao lado daquele que levara Hadassah. À esquerda havia outro navio romano. *Sburarii* se esforçavam escada acima, carregando sacos de areia. Descendo vagarosamente pelas tábuas, jogavam o balastro em uma carroça, que levaria os sacos para uma arena de efésios.

Outros trabalhadores, chamados *sacrarii*, carregavam sacos de grãos e os largavam sobre balanças. *Mensores* os pesavam e anotavam nos livros-razões. Um homem tropeçou e uma caixa caiu no mar. Um *urinator* nu mergulhou para pegá-la.

Ordens eram gritadas de meia dúzia de navios no mesmo número de línguas. Um chicote estalou novamente e o guarda encarregado do grupo de Hadassah gritou para que as mulheres descessem a rampa. Elas foram conduzidas por uma rua, por entre barracas de mercado repletas de clientes clamorosos. Muitos pararam para olhar para elas. Outros gritaram insultos:

— Judias fedorentas!

Hadassah ardia de vergonha. Os piolhos rastejavam por seus cabelos, sua túnica fedia, manchada de excrementos humanos. Uma grega cuspiu quando ela passou, e Hadassah mordeu o lábio para não chorar.

Elas foram levadas para as termas. Uma mulher robusta tirou sua túnica esfarrapada e raspou sua cabeça. Humilhada, Hadassah desejava morrer. Pior ainda foi quando a mulher esfregou um unguento malcheiroso em todas as curvas e fendas de seu corpo.

— Fique em pé ali até eu a mandar enxaguar — a mulher instruiu secamente.

O unguento queimava como fogo. Após vários minutos excruciantes, a mulher ordenou que ela fosse para a sala seguinte.

— Esfregue-se bem ou farei isso por você — disse.

Hadassah obedeceu, grata por se livrar da sujeira encrustada que havia acumulado em seu corpo durante a longa viagem. O unguento havia matado os vermes. Ela foi banhada com água gelada e a mandaram para as termas.

Hadassah entrou em uma sala ampla que continha uma enorme piscina feita de mármore branco e verde. Havia um guarda ali, e ela entrou depressa na água para esconder a nudez. O homem praticamente nem a notou.

A água quente suavizou a pele ardente de Hadassah. Ela nunca havia estado em uma terma romana e olhava em volta, admirada. As paredes eram murais de azulejos, tão maravilhosamente lindos que demorou um momento até ela perceber que as cenas representavam deuses pagãos seduzindo mulheres terrenas. Sentiu as faces queimarem e baixou o olhar.

O guarda ordenou que ela e as outras saíssem da piscina e fossem para outra câmara, onde receberam toalhas cinza para se secarem. Entregaram-lhes roupas; Hadassah vestiu pela cabeça a túnica castanha simples e a sobreveste marrom-escura. Enrolou o pano listrado vermelho e marrom ao redor da cintura duas vezes e o amarrou firme. As longas extremidades puídas pendiam sobre seus quadris. Recebeu um pano marrom-claro para cobrir a cabeça nua. Ela o amarrou na nuca para prendê-lo. Por fim, puseram nela a vergonhosa gargantilha dos escravos, contendo uma plaquinha de ardósia pendurada.

O proprietário entrou quando elas estavam prontas. Quando se postou na frente de Hadassah, ele a observou com atenção. Então pegou a ardósia e escreveu algo nela antes de passar para a próxima.

Amarradas juntas, elas foram levadas ao mercado de escravos. O proprietário regateou com o leiloeiro até que a comissão foi acordada. Em seguida um vendedor ambulante foi mandado ao movimentado cais para atrair a multidão.

— Mulheres judias à venda! — gritou. — As melhores prisioneiras de Tito aos preços mais baixos!

Quando uma multidão se reuniu, o proprietário desamarrou uma mulher e ordenou que ela se posicionasse sobre uma enorme mesa redonda que parecia uma roda de oleiro. Um escravo seminu levava uma corda sobre o ombro largo, esperando a ordem para girar.

Objetos e insultos foram lançados pelos espectadores contra a mulher.

— Tire a roupa dela e deixe-nos ver o que está vendendo! — gritou um.

— Malditos judeus! Mande-as para os cães na arena!

A mulher se mantinha ereta, olhando para a frente, enquanto a roda girava para que os presentes pudessem ver todos os lados da mercadoria oferecida.

Alguns, no entanto, buscavam escravas para a família. Uma a uma, as mulheres foram vendidas como cozinheiras, tecelãs, costureiras, governantas, auxiliares de cozinha e carregadoras de água. Conforme cada uma era vendida, descia da grande roda e era conduzida com uma corda a seu novo dono. Hadassah se sentia desamparada vendo-as ir embora.

Ela foi a última a ficar na roda.

— Esta é pequena e magra, mas fez a marcha de Jerusalém até Antioquia, de modo que é forte. Dará uma boa escrava doméstica! — disse o leiloeiro, abrindo os lances a trinta sestércios, como havia feito com as outras.

Como ninguém os ofereceu, ele baixou o preço para vinte e cinco, depois para vinte e então para quinze sestércios.

Um homem magro, de toga branca com guarnição roxa, por fim a comprou. Ela desceu da roda e ficou parada diante dele com a cabeça inclinada em reverência e as mãos cruzadas. Quanto mais ele a observava, mais apertada parecia a gargantilha de bronze. Quando ele puxou o pano da cabeça de Hadassah, ela ergueu os olhos só o tempo suficiente para fitar seus olhos consternados.

— Que pena que rasparam sua cabeça — disse ele. — Com cabelo, você poderia parecer mais uma mulher.

Ele jogou o pano para ela, e Hadassah o amarrou depressa na cabeça novamente.

— Eu me pergunto qual é o deus que está brincando comigo desta vez — ele murmurou, aborrecido, quando pegou a corda que amarrava os pulsos de Hadassah e começou a caminhar rapidamente pelas docas.

Ela tinha que dar dois passos a cada um dele, apressando-se para acompanhá-lo. Seu flanco começou a doer.

Procopus a arrastava atrás de si, perguntando-se o que fazer com ela. Sua esposa, Ephicharis, cortaria sua cabeça se ele a levasse para casa. Ephi desprezava os judeus, chamava-os de traidores e dignos de extermínio. O filho de sua melhor amiga havia sido morto na Judeia. Ele balançou a cabeça. Por que havia comprado a garota? E o que faria com ela agora? Dez sestércios por esse ácaro. Que ridículo.

Ele estava vagando pelas docas, cuidando de sua vida, sonhando em navegar para Creta e deixar todos os seus problemas para trás, quando seguira aquele pregador. Ficara curioso para ver as cativas judias e sentira uma piedade nada familiar quando aquela não conseguira comprador.

Ele não deveria ter ido às docas. Deveria ter ido às termas para uma massagem. Sua cabeça doía. Ele estava com fome e furioso consigo mesmo por sentir pena daquela jovem. Se tivesse se mantido quieto, alguém a estaria levando por uma corda nesse momento, e ele não teria que lidar com o problema.

Talvez ele a desse de presente a Tibério, que gostava de garotas jovens, especialmente das jovens demais para engravidar. Ele olhou para ela. Hadassah ergueu os grandes olhos castanhos para ele e logo os baixou de novo. Estava morrendo de medo. E por que não deveria estar? A maior parte de sua raça estava morta. Centenas de milhares deles, pelo que Procopus ouvira falar. Não que os judeus não merecessem o extermínio, depois de todos os problemas que haviam causado a Roma.

Ele franziu o cenho com força. Tibério não iria querê-la. Ela era só pele e ossos, e grandes olhos escuros e sofridos. Nem um sátiro se excitaria com alguém assim. Quem mais, então?

Clemência, talvez. Ela poderia precisar de outra criada, mas ele não sentia vontade de enfrentar sua virulenta amante nesse dia. Duvidava que lhe dar de presente uma escrava o tornasse benquisto para ela, especialmente porque ele não tivera tempo de ir ao joalheiro comprar o adorno necessário para pôr diante de seus olhos avaros. Clemência ainda estava furiosa por causa do broche que ele lhe dera. Ele não havia percebido que ela era tão astuta, nem considerara a possibilidade de que Clemência o avaliasse tão rápido.

"Depois de todas as suas promessas, como ousa me dar uma imitação?", gritara ela, atirando a linda joia em sua cabeça. As mulheres ficavam grotescas, pouco atraentes quando choravam, especialmente se as lágrimas eram inspiradas pela raiva. O semblante normalmente encantador de Clemência havia se retorcido, formando uma máscara tão feia que Procopus recolhera o adorno desprezado e saíra da casa às pressas. No entanto, sua esposa aceitara o broche com a devida apreciação.

Diversos centuriões romanos montavam guarda sobre uma fila de escravos esfarrapados e emaciados, amarrados juntos para embarcar em um navio. Havia quarenta ou mais homens e mulheres no grupo.

— Para onde vai? — perguntou Procopus ao comandante, que estava no topo da rampa de carga.

— Roma — respondeu o homem.

Hadassah sentiu o coração se apertar. Olhou para os cativos e sabia o destino deles. *Oh, Deus, poupa-me, por favor.*

— São judeus?

— O que parecem? Cidadãos romanos?

— Está interessado em mais um? — perguntou Procopus, puxando a corda e Hadassah para a frente. — Quinze sestércios e é sua.

O romano riu, derrisório.

— Dez, então.

O romano o ignorou.

— Ela foi forte o bastante para marchar de Antioquia até aqui. E é forte o suficiente para o que quer que você tenha em mente para aqueles escravos.

— Não será necessária força para eles.

— Eu a vendo por sete sestércios.

— Eu não pagaria nem uma moeda por um judeu — disse o romano. — Suma da minha vista.

Procopus empurrou Hadassah para a frente.

— Fique com ela, então! De graça! Leve-a para Roma com os demais. — E largou a corda. — Entre na fila com os outros — ordenou. — Você não é mais minha responsabilidade.

Hadassah observou o homem se afastar e sentiu o breve brilho de esperança morrer aos poucos.

— Mexa-se — disse o legionário, empurrando-a.

Quando ela chegou ao topo da rampa, olhou para o rosto do comandante. Sua pele era curtida por anos de campanha; ele a encarou com olhos duros e frios.

Festo desprezava os judeus. Muitos amigos seus haviam morrido nas mãos traiçoeiras deles, de modo que ele não tinha piedade nem de uma garotinha como aquela. Ele notara os lábios de Hadassah se mexerem enquanto ela subia a rampa e soube que estava implorando salvação a seu deus invisível. Ela era a única judia do grupo que o olhava no rosto, diretamente nos olhos.

Ele pegou a corda e a puxou para fora da fila. Ela o fitou novamente. Ele viu apenas medo, nenhum traço de rebeldia.

— Seu destino é Roma — disse ele. — Sabe o que isso significa, não é? A arena. Eu vi você rogar a seu deus que a salvasse, mas ainda assim está indo para Roma, não é?

Ela não disse nada, e ele ficou ainda mais irritado.

— Você entende grego?

— Sim, meu senhor.

Sua voz era suave, mas firme. Festo endureceu os lábios.

— Parece que seu deus invisível não pretende poupar você afinal, certo? O que você tem a dizer sobre isso?

Ela olhou para ele:

— Se Deus quiser que eu morra, eu morrerei. Nenhum poder na Terra pode mudar isso.

Palavras simples, pronunciadas em um tom muito baixo por uma garota frágil, mas nelas jaziam as sementes de uma rebelião ainda mais sangrenta. Festo apertou os lábios novamente.

— Existe apenas um poder verdadeiro nesta Terra, garota, e é o poder de Roma. — Ele fez um sinal com a cabeça para o centurião que aguardava. — Leve-a para baixo com os outros.

6

Com as correntes chacoalhando e as algemas se cravando fundo nos tornozelos, Atretes foi forçado a descer da carroça assim que ela adentrou os portões do *ludus* de Cápua. Malcenas havia comprado mais nove homens no caminho para o sul, vários apenas pelo porte. Atretes logo percebeu que eles não tinham estômago para sangue nem inteligência para uma boa luta. Como animais de carga, seguiam todas as ordens que lhes eram dadas. O guerreiro germano os desprezava.

Atretes se movia lentamente, o corpo dolorido em virtude da surra que levara após a última tentativa de fuga.

— Entre na fila — ordenou o guarda, agitando o chicote.

Atretes prendeu a respiração quando sentiu nas costas as agulhadas de dor. Amaldiçoou o guarda e foi empurrado para a fila.

Emitindo ordens, Malcenas caminhava pela fileira de homens acorrentados.

— Fique ereto! — gritou para um.

Um guarda cutucou um escravo, obviamente doente, para endireitá-lo. Os outros prisioneiros mantinham os olhos baixos e submissos. Exceto Atretes, que mantinha as pernas separadas e olhava abertamente para o comerciante, mostrando todo o ódio que corria dentro dele. Um guarda deu-lhe uma forte chicotada nos ombros. Afora uma leve contração, Atretes não se alterou.

— Já chega — disse Malcenas antes de estalar o chicote novamente. — Não quero que ele fique mais marcado do que já está.

Consumido pela dor, Atretes estreitou os olhos diante da luz do sol, tentando observar os arredores e avaliar qualquer possibilidade de fuga. Muros de pedra altos e largos o cercavam. Barras de ferro, portas pesadas e guardas armados e alertas pressagiavam um sombrio futuro de servidão forçada diante do inimigo. À sua frente, homens treinavam para a arena. Queriam transformá-lo em um gladiador, então?

Foi fácil identificar o instrutor, pois era alto, de compleição forte, e usava uma túnica de couro fortemente blindada. E era o único que carregava um gládio, que permanecia embainhado, mais para impressionar do que por qualquer outra coisa, pois não precisava dele para se proteger ou para fazer cumprir suas ordens.

Malcenas notou o olhar fixo do jovem germano e sorriu maliciosamente.

— Este é Tharacus. É bom não irritá-lo como me irritou nas últimas semanas. Ele é conhecido por cortar a garganta de escravos apenas para servir de exemplo aos outros.

Atretes havia aprendido um pouco de grego durante as poucas semanas de cativeiro, mas não deu importância à ameaça de Malcenas. Fez um movimento súbito, como se fosse atacar o negociante, e riu do rápido recuo do romano. Era o único prazer que restava a Atretes: ver um homem que se intitulava "mestre" recuar com medo dele.

— Se você tivesse nascido cato, nós o teríamos afogado no pântano — zombou.

Malcenas não precisava entender germano para saber que havia sido brutalmente insultado. Com o rosto vermelho de raiva, tirou o chicote do guarda e atingiu Atretes no peito, arrancando-lhe pele. Atretes respirou fundo, mas não se mexeu. Olhou para o comerciante e cuspiu em seus pés.

— Scorpus está chegando — disse um dos guardas quando Malcenas ergueu novamente o chicote.

Abaixando-o, Malcenas o jogou de volta a um guarda próximo.

— Fique de olho nele.

— Devíamos matá-lo — murmurou o guarda.

— Ele é o único que vale a pena vender — disse Malcenas, soturno.

Mas, recordando-se de que tinha convidados, ele se voltou com um sorriso confiante e uma prudente saudação.

Atretes viu um homem ladeado por dois guardas armados cumprimentar o "mestre". O recém-chegado tinha aparência de soldado, mas se vestia como um pacato aristocrata romano. Após uma breve avaliação, Atretes voltou a atenção para os homens que treinavam por trás da grade. Formavam um grupo heterogêneo, proveniente do extremo mais distante do Império Romano. Bretões tatuados, gauleses de pele cor de azeitona e negros africanos se moviam a cada grito de comando. Armados apenas com espadas de madeira, treinavam sob a voz profunda de Tharacus.

— Golpear, defender, movimentar para cima e para os lados, bloquear, virar, golpear. *De novo.*

Atretes analisou o complexo em busca de possíveis rotas de fuga. Suas esperanças diminuíram rapidamente; ele nunca tinha visto um lugar tão fortificado. Os muros eram largos e altos, as portas, pesadas e equipadas com ferrolhos e fechaduras duplas, e havia guardas armados por todos os lados. Alguns olhavam para ele, como se pudessem ler sua mente, preparados para detê-lo.

Ele ouviu o riso irritante de Malcenas e sentiu o sangue ferver. Atretes ansiava por ter o pescoço gordo do comerciante entre suas mãos. Mesmo que fosse a última coisa que fizesse no mundo, ele queria ter a satisfação de matar aquele romano.

— Então, Scorpus? Vê algum que se adapte a suas necessidades? — perguntou Malcenas, presunçosamente consciente de que o rico proprietário do *ludus* havia fixado a atenção no germano desafiador. — Ele é lindo, não é? — disse, tentando não parecer ávido.

— Não estou interessado em beleza, Malcenas — Scorpus respondeu secamente. — Força e resistência são aspectos muito mais lucrativos.

— Ele tem ambas.

— Onde você o conseguiu?

— Na fronteira da Germânia. Era o líder de uma das tribos e matou mais de vinte soldados em uma única batalha.

— Um típico exagero, Malcenas. Ele é novo demais para ser líder — disse Scorpus, caminhando pela fileira de homens.

Ele observava cada defeito: de dentes ruins a pele amarelada. Malcenas estava nervoso e argumentava sem entusiasmo, voltando frequentemente o olhar para o germano. Obviamente, estava ansioso para se livrar do bárbaro.

Scorpus voltou para o jovem e o observou novamente. Malcenas parecia desconfortável. O suor brotava-lhe da testa e do lábio superior.

— Pela aparência dele, apanhou bastante. Por quê, Malcenas? Ele se opôs a seus avanços?

O negociante não viu graça no comentário.

— Ele tentou fugir — respondeu. — Quatro vezes.

Fez sinal para seus guardas se aproximarem. Só faltava Scorpus ser atacado dentro de sua própria escola. E aquele jovem bárbaro era louco o bastante para fazer isso.

Scorpus observou o movimento dos guardas. O germano o encarou, confiante. Malcenas suava de medo do jovem, e Scorpus achou isso divertido. Os olhos azuis que o fitavam eram ferozes e cheios de ódio. Uma ferocidade indômita que valia a pena comprar.

— Quanto quer por ele?

— Cinquenta mil sestércios — disse Malcenas, fazendo uma rápida e muda oração a Marte para se livrar do bárbaro.

— *Cinquenta mil?*

— Ele vale.

— Todos eles juntos não valem cinquenta mil sestércios. Onde você os encontrou? Colhendo uvas ou construindo estradas? Nas minas, talvez? Eles têm a inteligência e a vivacidade das pedras. — Exceto o germano, que parecia ter certa inteligência, algo desejável, mas perigoso.

Malcenas barganhou um pouco, mas Scorpus balançou a cabeça, observando outros dois. O comerciante rangia os dentes; queria se livrar daquele jovem germano, mesmo que isso significasse vendê-lo por menos do que valia. O jovem demônio já havia matado um dos seus guardas no caminho, e Malcenas sabia que o que o germano mais queria era matá-lo também. Ele via isso naqueles olhos frios toda vez que o fitavam. Sentia isso nesse momento, além de um arrepio na nuca e um nó no estômago.

— Vendo-lhe o germano por quarenta mil sestércios, mas é o mais baixo que consigo chegar.

— Fique com ele, então — retrucou Scorpus. — Quanto quer por este? — perguntou, olhando para um gaulês que Malcenas havia comprado de uma equipe de manutenção de estradas.

Como de costume, Scorpus tinha razão quanto a sua avaliação do estoque de Malcenas. A maioria dos homens da fila não tinha inteligência o bastante para durar nem cinco minutos na arena.

— Dez mil — disse Malcenas, sem sequer olhar para o homem que estava precificando.

Olhou cautelosamente para o germano, sentindo o frio daqueles olhos azuis diretamente na medula. Ele não andaria nem mais um metro com aquele diabo.

— Coloque o germano para lutar contra Tharacus se acha que ele não vale o preço que eu lhe dei.

Se não conseguisse vender o germano, Malcenas teria a satisfação de vê-lo morrer.

Scorpus olhou para ele, surpreso.

— Tharacus? — Riu sem humor. — Quer vê-lo morto antes de ser vendido? Ele não duraria um minuto lutando com Tharacus.

— Coloque uma frâmea em suas mãos e veja o que ele é capaz de fazer — disse Malcenas, desafiando-o.

Scorpus sorriu, debochado.

— Acho que você tem medo dele, Malcenas. Mesmo com todos os seus guardas para protegê-lo.

A provocação o atingiu em cheio. Se não fosse por Malcenas, Scorpus teria que sair de suas extravagantes instalações para procurar estoque para seu centro de treinamento. Rangendo os dentes, Malcenas disse com frieza:

— Ele tentou fugir quatro vezes. Da última vez, matou um dos meus homens. Quebrou o pescoço dele.

Scorpus ergueu as sobrancelhas.

— Quatro tentativas... — Tornou a olhar para o jovem germano. — Ele tem certo ar, não é? Parece que tudo o que mais deseja é beber seu sangue. Tudo bem, Malcenas. Vou tirá-lo de suas mãos. Trinta mil sestércios.

— Fechado — disse Malcenas, longe de ficar satisfeito com o pouco lucro que teria. — E os outros?

— Só ele.

— O gaulês é forte e tem boa compleição.

— Só o bárbaro.

Malcenas deu um passo para trás quando ordenou a seus guardas que retirassem as correntes das pernas de Atretes.

— Certifiquem-se de que as mãos dele estejam firmemente acorrentadas para trás antes de retirar as correntes dos tornozelos — ordenou.

Scorpus riu com desdém, mas Malcenas estava amedrontado demais para se ofender.

O coração de Atretes batia rápido. Ele ficou parado calmamente enquanto os ferrolhos foram abertos e as correntes puxadas, correndo pelas argolas dos outros escravos. Uma chance, era tudo que ele teria — uma chance. Tiwaz o veria morrer como guerreiro. O guarda puxou as correntes pelas argolas das algemas dos tornozelos, liberando outros quatro escravos antes de chegar a Atretes.

Outro guarda respirava em seu cangote, dizendo:

— Se tentar alguma coisa, vou abatê-lo como o cachorro que é.

Ele puxou com força as correntes em torno dos pulsos de Atretes para se certificar de que estavam bem firmes.

Quando a corrente vibrou, livre das algemas dos tornozelos, o sangue de Atretes pegou fogo e ele entrou em ação. Jogando o peso do corpo contra o guarda atrás dele, levantou a perna e chutou a virilha do homem à frente. Lançando seu grito de guerra, livrou-se de outro que tentou derrubá-lo e correu para Malcenas, que gritava ordens freneticamente enquanto fugia desesperado em busca de proteção.

Rindo, Scorpus viu os guardas de Malcenas tentarem controlar o germano. Quando ficou claro que eles o temiam mais que o próprio chefe e não podiam detê-lo, Scorpus estalou os dedos e seus guardas assumiram o controle da situação.

— Pode voltar agora e observar, Malcenas! — zombou. — Nosso germano está sob controle.

Atretes lutava violentamente, mas os homens de Scorpus eram mais fortes e mais rápidos. Trabalhando juntos, dois usaram sua força total contra ele, enquanto um terceiro passou uma corda grossa ao redor de seu pescoço. Com as mãos acorrentadas às costas, Atretes não conseguiu se soltar. Ficou sem ar, e o sangue não conseguia chegar ao cérebro. A corda foi apertada. Agitando-se violentamente enquanto sufocava, caiu de joelhos. Sua visão ficou turva e ele tombou para a frente, na terra, quando sentiu o peso do joelho de um homem no meio de suas costas. A corda foi afrouxada, mas não removida, e Atretes pôde puxar o ar para dentro dos pulmões ardentes. Ficou boqueando e praguejando no solo.

— Levantem-no — ordenou Scorpus, indolente.

Malcenas se aproximou com cautela, o rosto pálido e molhado de suor.

— Sabino, quero que traduza exatamente o que eu disser. — O guarda assentiu e fez o que Scorpus ordenou. — Meu nome é Scorpus Proctor Carpophorus e sou o seu dono. Você fará o juramento de gladiador e será surrado com varas, queimado com fogo ou morto com aço se me desobedecer. Está me entendendo?

Atretes cuspiu nos pés de Scorpus, que estreitou os olhos.

— Você tinha razão em pedir cinquenta mil sestércios, Malcenas. Pena que não insistiu no preço.

A um sinal, Atretes foi submetido a uma surra selvagem, ainda olhando em silêncio para Carpophorus, recusando-se a prestar juramento. Scorpus fez um sinal com a cabeça ao guarda e a surra recomeçou.

— Eu me considero um homem de sorte por me livrar dele — disse Malcenas, satisfeito. — É bom tomar cuidado especial em relação a ele. Se ele não prestar o juramento agora, vai pensar que venceu você.

Scorpus interrompeu a surra com um movimento de mão.

— Existem outras maneiras de fazer um homem como ele capitular. Não desejo alquebrar seu espírito, apenas sua vontade. — Scorpus olhou para Sabino. — Marque-o e coloque-o no Buraco.

Atretes entendeu a ordem para que o marcassem como escravo de Roma e soltou um grito de raiva, debatendo-se violentamente enquanto os guardas o arrastavam para a porta, guarnecida com grades de ferro. A porta foi fechada com estrondo e trancada enquanto os guardas o empurravam para a forja, onde um ferro com emblemas na ponta era colocado nas brasas vermelhas. Atretes lutou com mais força, sem se importar quando o cordão se apertou, sufocando-o. Era melhor morrer que levar a marca de Roma.

A mão de um guarda escapou de Atretes e ele bateu contra uma mesa. O outro, atrás dele, praguejou e chamou mais dois para poderem segurá-lo mais firme. Atretes caiu e foi mantido no chão enquanto o ferro quente passava pelas camadas de pele de seu calcanhar. Ele não conseguiu conter um grito gutural de dor quando a marca o queimou profundamente e o fedor enjoativo e doce de sua própria carne em brasa encheu o ar. Em seguida puxaram-no para levantá-lo novamente.

Atretes foi levado por um corredor de pedra escada abaixo e então por outro. Uma porta pesada se abriu e suas correntes foram removidas; forçaram-no a ficar de joelhos e o empurraram com força para dentro de uma pequena câmara escura. A porta bateu atrás dele e uma barra caiu solidamente diante dela, fazendo o som ecoar no cérebro de Atretes. Ele queria gritar. As paredes o apertavam; o teto de pedra era tão baixo que ele não podia se sentar, e a cela tão pequena que ele não conseguia esticar as pernas. Empurrou a porta com toda a força, mas ela nem se mexeu. Praguejou e ouviu a risada dos guardas enquanto suas botas cravejadas de tachões ecoavam suavemente, conforme se afastavam.

— Aposto com você — disse Sabino. — Um dia é quanto vai demorar para ele começar a gritar por misericórdia.

Outra porta se fechou, e então o silêncio.

O pânico o dominou. Atretes fechou os olhos com força, lutando para se controlar quando as paredes da pequena câmara pareciam esmagá-lo. Rangendo os dentes, não emitiu som algum, sabendo que, se o fizesse, cederia ao terror que o dominava. Seu coração batia forte e era difícil respirar. Chutou a porta com todas as suas forças, ignorando a dor latejante da marca, até ferir os calcanhares.

Atretes ofegava de medo e suava abundantemente. *Um dia é quanto vai demorar para ele começar a gritar.* Repetiu para si as palavras diversas vezes, até que a raiva se sobrepôs ao medo.

Horas se passaram na escuridão total.

Para evitar enlouquecer, Atretes se encolheu de lado e tentou se imaginar nas florestas de sua terra natal. Não tinha água, não tinha comida. Sentia cãibras nos músculos e gemia de dor, incapaz de se esticar para aliviá-las. Os piolhos rastejavam sobre ele e mordiam sua carne. Ele chutou a porta de novo e amaldiçoou Roma a cada respiração.

— Ele vai cooperar agora — disse um guarda.

A porta se abriu. Quando o guarda se abaixou, Atretes chutou-lhe o rosto e o fez voar para trás. Tentou manter a porta aberta, mas o segundo guarda a fechou com força e trancou novamente. Atretes podia ouvir o guarda ferido praguejar em germano.

— Parece que dois dias não melhoraram a disposição dele — observou outro.

— Deixe-o apodrecer lá! Está me ouvindo? Você vai apodrecer aí!

Atretes gritou palavrões e chutou a porta. Seu coração batia forte e sua respiração era rápida e curta.

— Tiwaz! — gritou, enchendo a câmara com seu grito de guerra. — *Tiwaz!*

Gritou o nome de seu deus até ficar rouco, então se enrolou em uma bola, lutando contra o medo que mais uma vez o dominava.

Asfixiado na escuridão, devaneando em pesadelos, ele perdeu a noção do tempo. Quando a porta se abriu, pensou que estava sonhando, mas soube que não quando mãos fortes o pegaram pelos tornozelos e esticaram suas pernas, fazendo a dor correr por todo o seu corpo. Sentiu cãibras e não conseguiu se levantar. Alguém levou uma cabaça a seus lábios, e ele engoliu a água que se derramava. Arrastado para se levantar, dois guardas o carregaram pelos braços. Levaram-no para uma grande sala e o jogaram em uma piscina de pedra.

— Você está fedendo! — o guarda disse em germano, jogando uma esponja no peito de Atretes. O nariz do homem estava machucado e inchado, e Atretes soube que era o guarda que ele havia chutado. — Lave-se ou faremos isso por você.

Atretes olhou para ele com desprezo.

— Como um tribal se transformou em um serviçal em Roma? — perguntou com seus lábios rachados.

O guarda endureceu o rosto.

— Eu ouvi você gritar na noite passada. Mais um dia no Buraco e você perderia a cabeça e toda a honra que acha que ainda lhe resta. Assim como aconteceu comigo!

Ele apertou os punhos e se lavou, sentindo os dois guardas nas proximidades. Eles conversavam, e Atretes soube que o nome do germano era Gallus, romanizado.

Gallus notou que Atretes o observava e voltou toda sua atenção para ele.

— Fui feito cativo, assim como você, e me tornei escravo em Roma. Eu fiz o melhor que pude. — Ele ergueu um pedacinho retangular de marfim com algo escrito, que pendia de uma corrente no pescoço. — Foram necessários sete anos de luta na arena, mas ganhei minha liberdade. — Largou o marfim. — Você poderia fazer o mesmo, talvez até em menos tempo, se quisesse.

Atretes olhou para as paredes de pedra e o guarda armado no alto da escada. Então, olhou Gallus nos olhos.

— Não vejo liberdade aqui. — Levantou-se, nu e pingando. — Eu me seco, ou o prazer será seu?

Gallus pegou uma toalha de uma prateleira e a jogou no peito de Atretes.

— Cuidado, escravo. Ou você aprende, ou vai morrer. A escolha é sua, para mim tanto faz. — Indicou com a cabeça uma estante de roupas. — Pegue uma túnica, um cinto e um manto e vista-se.

Atretes olhou para a escada; sua mente se agitou, mas ele notou quando outro guarda se juntou ao primeiro.

— Eu não tentaria nada se fosse você — disse Gallus, apertando a empunhadura de seu gládio.

Cerrando os dentes, Atretes vestiu a roupa e subiu a escada. Dois guardas iam à frente dele e dois atrás. Não queriam correr riscos. O corredor era longo, com celas uma após a outra, de ambos os lados. Gallus parou e abriu uma.

— Sua nova casa. Até que você seja vendido.

— Ele não parece muito ansioso para entrar — um guarda comentou com desdém, empurrando Atretes com brusquidão para dentro do pequeno aposento.

Atretes se encolheu quando a porta foi fechada e a grade baixada.

— Durma bem — disse Gallus através da grade.

A câmara sombria tinha dois metros de comprimento por pouco mais de um de largura. Um colchão fino de palha descansava sobre uma laje de pedra. Embaixo, havia um pote de barro para suas necessidades. Havia rabiscos nas paredes de pedra. Atretes não sabia ler, mas os desenhos eram suficientemente claros. Homens lutando e morrendo. Homens e mulheres copulando. Traços, um após o outro, como se um homem houvesse contado os dias que passara ali. Um nicho havia sido esculpido na parede de trás para um ídolo — uma deusa pavorosa, agachada, com uma dúzia de seios.

As sombras lançadas por uma tocha tremeluziam através de uma abertura gradeada acima de sua cabeça. Atretes ouviu calçados romanos raspando a pedra e olhou para cima; viu um guarda o espiando brevemente antes de prosseguir em sua ronda.

Atretes se sentou no catre. Passando os dedos pelos cabelos, manteve as mãos na cabeça por um longo tempo, até que se recostou contra a parede de pedra fria. Ele tremia de novo, por dentro e por fora.

Horas se passaram antes de ele ouvir portas se abrirem e outras pessoas entrando pelo corredor. Alguém sussurrou e um guarda gritou exigindo silêncio. Uma porta de cada vez foi aberta e fechada, e os homens foram trancados em suas celas para passar a noite. Seguiu-se um longo silêncio. Atretes ouviu um homem chorar.

Deitado na laje de pedra, ele fechou os olhos e tentou visualizar as florestas da Germânia, o rosto de amigos e familiares. Não conseguiu. Tudo que podia ver em sua mente era o *ludus* e aqueles homens executando movimentos ensaiados.

Os sons do guarda andando de um lado para o outro surgiam com regularidade sombria, martelando no cérebro de Atretes que não haveria fuga daquele lugar. A não ser a morte.

Ele acordou com o grito de um guarda e ficou à espera de que abrissem a porta. Mas passaram adiante. Atretes ouviu os homens saindo do alojamento, e então o silêncio se fechou ao redor de si novamente. Ele se sentou, agarrado à borda da laje de pedra.

Por fim, Gallus abriu a porta.

— Tire o manto e siga-me — ordenou.

Dois outros guardas apareceram atrás dele quando Atretes saiu para o corredor. Sentia-se fraco e se perguntou se pretendiam alimentá-lo ou o deixariam morrer de fome. Eles o levaram ao complexo de treinamento e a Tharacus, o lanista, ou chefe dos treinadores.

O rosto de Tharacus era curtido e duro, os olhos escuros e sagazes. Uma cicatriz atravessava uma das faces, e lhe faltava metade de uma orelha. Ele também usava um retângulo de marfim no pescoço, o que significava que havia ganhado sua liberdade na arena.

— Temos um novo escravo da Germânia — bradou para a formação de homens. — Ele acha que é um lutador, mas sabemos que todos os germanos são uns covardes. Quando lutam, eles se escondem atrás das árvores e se valem de emboscadas! Então, assim que a batalha se vira contra eles, como sempre acontece, correm para a floresta.

Alguns homens riram, mas Atretes ficou em silêncio, rígido, observando Tharacus caminhar de um lado para o outro diante dos aprendizes. O calor dentro dele aumentava a cada insulto que o lanista pronunciava, mas os guardas alertas e bem armados postados a cada poucos metros ao redor dos escravos convenceram Atretes de que não havia nada que ele pudesse fazer.

— Sim, sabemos que os germanos são bons em correr — disse Tharacus, provocando ainda mais Atretes. — Agora, vamos ver se eles conseguem ficar e lutar como homens. — Parou à frente dele. — Qual é seu nome, escravo? — perguntou em um dialeto germano. Atretes o fitou tranquilamente e não respondeu. Tharacus bateu-lhe forte no rosto. — Vou perguntar de novo — disse, com um pequeno sorriso. — Seu nome.

Atretes sugou ruidosamente o sangue que saía de sua boca cortada e cuspiu na areia. Um segundo soco o derrubou. Sem pensar, Atretes atacou, mas o lanista o chutou e puxou o gládio. Atretes sentiu a ponta da espada na garganta antes que pudesse fazer outro movimento.

— Vai dizer seu nome — Tharacus ordenou em tom monótono — ou eu acabo com você agora mesmo.

Atretes fitou o rosto implacável que pairava acima dele e soube que Tharacus falava sério. A morte seria bem-vinda se ele estivesse em pé com uma frâmea na mão, mas ele não perderia sua honra simplesmente morrendo de costas na terra.

— Atretes — rosnou, olhando para o lanista.

— Atretes — repetiu Tharacus, com a espada ainda em posição para desferir um golpe rápido e mortal. — Ouça bem, jovem Atretes. Obedeça e vai sobreviver. Desafie-me de novo e eu corto sua garganta como um porco e o penduro pelos pés, e você vai sangrar até a morte diante do *ludus* inteiro, para que todo mundo veja.

Ele forçou a ponta da espada só o suficiente para rasgar a pele e arrancar algumas gotas de sangue, mostrando que não se tratava de uma ameaça vazia.

— Entendeu? *Responda*. Você entendeu?

— Sim — disse Atretes, rangendo os dentes.

Tharacus recuou e embainhou o gládio.

— Levante-se.

Atretes se levantou.

— Disseram-me que você sabe lutar — disse o lanista com um sorriso zombeteiro. — Até agora, você não demonstrou nada além de estupidez. — Fez um sinal com a cabeça para um guarda. — Dê-lhe um bastão.

Ele pegou um bastão para si e assumiu posição de luta.

— Vamos ver do que você é capaz.

Atretes não precisou de um segundo convite. Avaliou o peso do bastão em suas mãos enquanto andava ao redor do lanista, esquivando-se, defendendo golpes e lançando alguns bastante sólidos, antes de Tharacus fazer um giro rápido e colocar seu bastão debaixo do queixo do germano. Outro golpe rápido na parte de trás das pernas o fez cair, e outro na lateral da cabeça o manteve no chão. Aturdido, Atretes ficou caído de bruços, arfando.

— Você não é bom o bastante para sobreviver na arena — disse Tharacus com desprezo, chutando o bastão de Atretes. Então jogou o seu para o guarda e se postou próximo à cabeça do germano. — *Levante-se!*

Com o rosto ardendo de vergonha, Atretes se levantou. Com todos os músculos rígidos, aguardou a próxima humilhação do lanista. Mas Tharacus dispersou os outros, que seguiram com seus instrutores para várias partes do complexo.

Tharacus voltou a atenção para Atretes.

— Scorpus pagou um alto preço por você. Eu esperava um desempenho melhor.

Com o orgulho ferido, Atretes cerrou os dentes e não disse nada. Tharacus sorriu com frieza.

— Ficou surpreso por ser derrubado tão rápido, não é? Ah, mas você ficou acorrentado durante cinco semanas, e depois no Buraco por quatro dias. Talvez isso explique sua fraqueza e a confusão em sua mente. — O comportamento de Tharacus havia mudado sutilmente. — Arrogância e estupidez vão matá-lo mais rápido que a falta de habilidade. Tenha isso em mente e poderá sobreviver.

Voltando ao trabalho, Tharacus o observou com olhar crítico.

— Você precisa de mais peso, exercício e condicionamento. E será testado. Quando eu tiver certeza de que você vale o meu tempo, se juntará aos outros para treinar. — Ele apontou com a cabeça em direção a um grupo heterogêneo de homens que se exercitavam no canto mais distante do complexo. — Até então, ficará sob o comando de Trófimo.

Atretes olhou para um homem baixo e musculoso que gritava com uma dúzia de homens que pareciam provir das minas, não de um campo de batalha. Sorriu com desdém. Tharacus puxou o gládio e bateu com a lateral dele em Atretes, pressionando o aço frio contra seu abdome.

— Fui informado de que você matou um guarda romano no caminho para cá — disse. — Você não parece ter medo de morrer. Creio que só se preocupa com a forma como isso poderia acontecer. O que é bom. Um gladiador que tem medo da morte é uma desgraça. Mas estou avisando, Atretes: não toleramos nenhum tipo de revolta aqui. Se encostar a mão em um guarda, você vai amaldiçoar o dia em que nasceu.

Atretes sentiu o sangue fugir do rosto quando Tharacus correu o gládio para baixo e para cima, devagar, fazendo-o sentir o gume contra sua masculinidade.

— Creio que você preferiria morrer com uma espada nas mãos a ser castrado, certo? — Tharacus riu baixinho. — Agora vai me ouvir, não é, jovem Atretes? — Ele pressionou a ponta da espada perigosamente mais perto, não mais zombando. — Disseram-me que você se recusou a fazer o juramento de gladiador quando Scorpus lhe ordenou. Vai fazê-lo agora para mim, ou vai virar eunuco. Há muita procura por eunucos em Roma.

Atretes não tinha escolha. Obedeceu à ordem.

Tharacus embainhou o gládio.

— Agora vejamos se um bárbaro germano tem honra e coragem para defender sua palavra. Vá para Trófimo.

Atretes passou o restante da manhã correndo por uma série de obstáculos, mas, depois de ficar acorrentado dentro de um cubículo durante semanas e sem comer por vários dias, ele se cansou depressa. Mesmo assim, os outros se saíram pior que ele. Um homem acusado de indolência foi chicoteado a cada passo do percurso.

Ao som de um assobio, Trófimo os reuniu em fila única. Entraram no refeitório, que era feito de grades de ferro. Atretes pegou a vasilha de madeira que uma escrava lhe entregou. Seu estômago se apertou dolorosamente ao cheiro de comida. Sentou-se em um longo banco com os outros e esperou, enquanto duas mulheres carregando baldes passavam pela fila de homens servindo porções de carne e ensopado de cevada. Tudo, até a comida, era calculado ali. A carne formaria músculos, e o rico grão cobriria as artérias com uma camada de gordura, o que impediria que um homem ferido sangrasse rápido até a morte. Outra mulher entregou generosos pedaços de pão, seguida por outras que vertiam água em copos de madeira.

Atretes comeu vorazmente. Quando esvaziou sua vasilha, uma mulher esbelta de cabelos escuros serviu-lhe mais cozido. Então passou para outro, que batera seu copo na vasilha para chamá-la.

Quando a mulher voltou e abasteceu a vasilha de Atretes mais uma vez, o bretão tatuado ao lado dele sussurrou em grego:

— Vá devagar, senão vai sofrer nos exercícios da tarde.

— *Nada de conversa!* — gritou Trófimo.

Atretes comeu depressa o restante do ensopado quando receberam a ordem de se levantar. Enquanto saíam, ele largou sua vasilha e seu copo de água dentro de um barril cortado ao meio.

Parado debaixo do sol, Atretes se sentia sonolento enquanto Trófimo instruía sobre a necessidade de desenvolverem força e vigor para a arena. Não havia feito uma refeição completa durante semanas, e o peso da comida em seu estômago era agradável. Fez com que se recordasse das festas que sempre se seguiam a uma batalha vitoriosa e de como os guerreiros se empanturravam de carne assada e cerveja, até não poderem fazer muito mais que contar histórias e rir.

Trófimo os levou a uma área de exercícios, onde vários *pali* haviam sido erguidos no interior dos muros gradeados. Os *pali* — rodas montadas deitadas no chão — tinham grossos postes no centro. Duas espadas forradas de couro sobressaíam de cada poste, uma à altura da cabeça de um homem e outra à dos joelhos. Uma manivela controlada por escravos acionava as engrenagens que faziam girar as rodas e as espadas embainhadas à velocidade que o instrutor ordenasse. Quem estivesse em pé na roda teria que pular a espada inferior e se abaixar depressa antes que a mais alta lhe acertasse a cabeça.

Trófimo mandou que Atretes e o bretão fizessem a demonstração. Eles tomaram seus lugares na primeira roda, enquanto um aprendiz númido acionava a manivela. Quando o poste girou, Atretes pulou e se abaixou a cada vez que a espada estava prestes a atingi-lo. Na sexta vez, o bretão foi atingido na testa e caiu de costas da roda. Atretes continuou firme.

— Mais rápido — ordenou Trófimo.

O númido girou a manivela mais depressa. Atretes estava se cansando, mas seguiu em frente. Seus músculos ardiam. A comida que pesava em seu estômago se revirava, mas o poste não parava de girar.

Trófimo observava, impassível. O peito de Atretes arfava. A espada alta roçou sua cabeça, e ele mal conseguiu pular a inferior. O suor penetrava seus olhos.

Ele olhou para Trófimo e sentiu uma explosão de dor no meio do nariz. Voou para trás e bateu forte no chão. Gemendo, rolou, levantou-se e vomitou. Jorrava sangue do nariz quebrado. Não muito longe, Gallus ria dele. Rastejando para se afastar da roda, Atretes balançou a cabeça, tentando desanuviá-la.

Trófimo mandou que outros dois subissem à roda e se aproximou de Atretes.

— Ajoelhe-se e incline a cabeça para trás.

A ameaça de castração feita por Tharacus pendia sobre Atretes, e ele assumiu a posição submissa, conforme ordenado. Trófimo segurou sua cabeça, posicionou os polegares em cada lado do nariz quebrado e trabalhou sobre a cartilagem.

— Seu erro foi olhar para mim.

Atretes cerrou os dentes, temendo se humilhar ainda mais se desmaiasse. O sangue escorria por sua boca e queixo, manchando a túnica marrom. Trófimo não afastou as mãos até que a cartilagem estalou e voltou ao lugar.

— As mulheres gostam de olhar coisas bonitas — comentou com um sorriso.

Ele lavou as mãos em um balde de água que um escravo segurava. Pegou uma esponja e a atirou para Atretes.

— Você precisa de vigor para uma boa luta — disse, secando as mãos em uma toalha que o escravo lhe entregou. — Quando o sangramento parar, junte-se aos outros.

Deixou cair a toalha na terra ao lado de Atretes e voltou sua atenção aos próximos dois na roda.

Atretes pressionou a esponja no rosto latejante. A água fresca aliviava a dor, mas não a raiva ou o constrangimento. Ouviu um baque e um gemido quando outro homem foi logo derrubado.

— Próximo! — gritou Trófimo.

A tarde se arrastava. Trófimo não levou os homens para outra seção do complexo enquanto cada um deles não deu várias voltas na roda.

O sol seguia alto, queimando os aprendizes, já de volta à pista de obstáculos. Mesmo cansado, com a túnica encharcada de sangue e suor, Atretes conseguiu fazer os exercícios sem muita dificuldade. Ele havia passado a vida nas florestas da Germânia; correr por entre obstáculos não era novidade para ele. Abaixar-se para desviar de galhos, pular raízes e pedregulhos e ziguezaguear por entre os pinheiros era sua segunda natureza.

Outros que haviam sido comprados de minas e campos tropeçavam e caíam, arfando e se levantando só quando o chicote zunia no ar e lhes atravessava as costas. Mas para Atretes, quando sua barriga se esvaziou, os obstáculos que aqueles romanos haviam montado passaram a ser brincadeira de criança.

Trófimo estava contrariado com o desempenho de alguns aprendizes.

— Há quantos dias fazemos isso, e ainda assim vocês não conseguem completar o percurso! Seria bom observarem o germano! Se tem uma coisa que um germano sabe fazer é correr!

Atretes ardeu de raiva quando recebeu a ordem de fazer o percurso mais duas vezes, enquanto os outros observavam.

Quando ouviram outro assobio, os homens entraram no edifício e desceram uma escada em direção às termas. Exausto, Atretes descansou os antebraços sobre a pedra, sentado na banheira. Seu nariz latejava e cada músculo de seu corpo doía. Ele molhou a esponja e a pressionou na nuca. A água lhe fez bem, assim como saber que havia tido um bom desempenho.

O único som na câmara iluminada por tochas era a água correndo para dentro das banheiras. Todos estavam quietos. Quatro guardas se postavam dentro da sala. Por mais que desejasse matar um deles, Atretes sabia que Tharacus ficaria feliz de cumprir sua ameaça.

Ele recebeu uma túnica limpa. Já vestidos, receberam ordens de subir a escada. Após outra refeição de carne e ensopado de cevada, que Atretes comeu com moderação, os aprendizes foram levados às celas e trancados para passar a noite. Ele pegou o pesado manto que deixara na laje de pedra e o esticou sobre o fino colchão de palha.

Durante toda sua vida, ele não quisera nada além de sentir seu sangue quente correr, ser guerreiro e lutar. Havia honra em arrasar um inimigo que invadisse suas terras; havia honra em lutar para proteger seu povo; havia honra em morrer em batalha. Mas não havia honra em matar seus pares para entreter a plebe romana.

Atretes olhou para cima, por entre as barras de ferro, e viu as sombras cintilando nas paredes do corredor. Estava cansado demais para sentir qualquer coisa, exceto uma profunda vergonha e uma fúria inútil pelo que o destino lhe reservava.

7

Júlia se espremia, tentando passar pelas pessoas à sua frente para ver a arena embaixo. Sentiu o aperto da mão de Marcus em seu braço.

— Não tenha pressa, Júlia — disse ele, divertido, observando o assistente enquanto falava. — O locário nos mostrará nossos assentos quando chegar nossa vez.

— Eu pensei que você tinha um camarote especial.

— E tenho, mas está ocupado hoje. Além do mais, pensei que você gostaria de se sentar entre a multidão e sentir a verdadeira excitação dos jogos.

Os espectadores já se aglomeravam no anfiteatro, pulando os degraus e chegando às fileiras de assentos, chamadas cáveas. Havia três muros circulares, os *baltei*, em quatro seções sobrepostas. A seção mais alta e menos desejável era a *pullati*. A mais próxima da arena era o pódio, onde o imperador se sentava. Os cavaleiros e os tribunos ficavam atrás e acima, no primeiro e no segundo *maeniana*. O terceiro e o quarto *maeniana* eram reservados aos patrícios.

— Por que está demorando tanto? — perguntou Júlia, exasperada. — Não quero perder nada.

— Eles estão tentando ajeitar a multidão. Não se preocupe, irmãzinha, você não vai perder nada. Eles nem apresentaram o patrocinador ainda.

Ele entregou seus passes de marfim ao assistente e segurou firmemente o cotovelo de Júlia enquanto ela subia os degraus íngremes. O assistente os levou à fileira certa e entregou as placas de marfim novamente para Marcus checar os números dos assentos de pedra.

— As primeiras horas serão um tédio — disse Marcus enquanto ela se sentava. — Não sei como permiti que você me convencesse. A luta de verdade ainda vai demorar.

Júlia mal ouvia as queixas de Marcus, completamente fascinada com a multidão. Centenas de pessoas estavam presentes, desde os patrícios mais ricos aos mais reles escravos. Seu olhar se fixou em uma mulher que descia os degraus com um escravo sírio de túnica branca que a seguia de perto. Ele carregava uma proteção contra o sol e uma cesta, sem dúvida repleta de vinho e iguarias.

— Marcus, veja aquela mulher. Ela deve estar vestindo uma fortuna em joias! Aposto que essas pulseiras pesam cinco quilos cada e são cheias de pedras preciosas.

— Ela é esposa de um patrício.

Ela fitou o irmão.

— Como pode parecer tão entediado com tanta coisa emocionante?

Ele havia ido aos jogos uma centena de vezes. Talvez mais. A única parte que apreciava eram os combates mortais, e estes ainda demorariam horas.

— Porque estou mesmo entediado. Eu apreciaria mais se cortassem todas essas preliminares.

— Você prometeu que me deixaria ficar o tempo que eu quisesse, Marcus, e vou ficar para ver tudo. Além do mais, as placas diziam que Celerus vai lutar hoje. Otávia disse que ele é maravilhoso.

— Para quem gosta de trácios cheios de cicatrizes, que usam armas com a habilidade de um touro em pleno ataque...

Júlia ignorou o sarcasmo do irmão. Desde que ele começara a construir casas no monte Aventino, só falava de negócios, do preço da madeira e de quantos escravos mais precisaria comprar para cumprir seus contratos. Ela esperara demais por esse momento para permitir que o mau humor do irmão por perder algumas horas de trabalho estragasse tudo. Afinal, ela era a única entre suas amigas que nunca havia ido aos jogos. Ela merecia se divertir. E sorveria cada som, cada visão e cada momento.

No entanto, uma ponta de dúvida a fez franzir a testa. Seus pais pensavam que ela e Marcus haviam ido fazer um passeio no campo. Era apenas uma mentirinha, não uma enganação de verdade. Marcus a levara para passear em sua carruagem antes de irem para ali. Qual era o problema, uma vez que seus pais não eram razoáveis? As regras deles eram injustas e ridículas. Só porque o pai desprezava os jogos não queria dizer que ela e Marcus tinham que pensar igual. Seu pai era pudico e tradicional; um hipócrita. Até ele já havia frequentado os jogos, embora dissesse que havia feito isso apenas quando as razões sociais e políticas o exigiram.

"Causa-me repugnância ouvir mulheres jovens gritando por um homem que não é nada mais que um ladrão ou assassino", dissera ele ainda outro dia. "Celerus percorre a arena pomposo como um galo, e luta só o suficiente para sobreviver. No entanto, consideram-no um deus."

Júlia agradeceu aos deuses por Marcus, que não sabia lhe negar nada. Ele era justo e razoável, e disposto a se arriscar à ira de seu pai para lhe dar os mesmos privilégios que suas amigas possuíam.

— Estou muito feliz por você ter me trazido, Marcus. Agora minhas amigas não poderão mais zombar de mim — disse ela, colocando a mão sobre a dele.

Distraído, ele lhe deu um leve sorriso.

— Divirta-se e não se preocupe com nada.

Marcus estava pensando sobre o que seu pai havia dito acerca do uso de escravos, em vez de homens livres, para atender aos contratos de trabalho. Décimo afirmava que os escravos eram a razão pela qual Roma estava se tornando frouxa. Homens livres precisavam de trabalho e propósito. Marcus dizia que homens livres exigiam um salário muito alto, e ele poderia comprar um escravo, usá-lo até que o serviço fosse feito e vendê-lo quando os projetos fossem concluídos. Dessa forma, ele economizaria dinheiro durante a execução do trabalho e teria mais lucro quando terminasse. Seu pai se enfurecera com tal lógica, alegando que, para Roma sobreviver, teria que contratar seus próprios cidadãos, em vez de importar escravos de outros lugares.

Júlia se inclinou e passou o braço pelo do irmão.

— Não precisa se preocupar que não vou dizer uma palavra a papai sobre você ter me trazido aos jogos.

— Isso me deixa muito aliviado — disse ele.

Ela se afastou, ofendida pelo tom paternalista de Marcus.

— Eu sei guardar segredo.

— Eu não lhe contaria nenhum!

— E isto não é um segredo? Papai o esfolaria vivo se soubesse que você me trouxe aqui.

— Só de olhar para seu rosto esta manhã ele viu que você não estava indo passear no campo.

— Ele não proibiu você de me tirar de casa.

— Talvez ele saiba que você encontraria outra maneira de vir. Talvez ele prefira que você venha comigo, e não com uma de suas amigas avoadas.

— Eu poderia ter vindo com Otávia.

— Ah, sim, a pequena e inocente Otávia.

Ela não gostou de seu tom cínico.

— Ela vai ao banquete cerimonial na noite anterior aos jogos e vê todos os gladiadores de perto.

— Sim, é verdade — disse Marcus secamente, bem ciente do fato. — Otávia faz muitas coisas que eu não gostaria que minha irmã fizesse.

— Não vejo por que você a desaprova. O pai dela sempre a acompanha.

Marcus não fez nenhum comentário, certo de que qualquer informação que fornecesse sobre Drusus seria repetida para Otávia. Drusus não era rico o suficiente para representar uma ameaça, mas tinha influência e dinheiro para ser um incômodo.

Júlia cruzou as mãos sobre o colo. Marcus estava tentando fazê-la se sentir culpada. Era cruel da parte dele, e ela não se deixaria atrair para uma discussão sobre o pai. Não nesse momento. Ela tinha plena ciência de que estava desobedecendo a seus desejos, mas por que deveria se sentir culpada? Marcus vivia por conta própria desde os dezoito anos; ele não se curvava ao ridículo senso de moral do pai. Então, por que ela deveria? Seu pai era irracional, ditador e enfadonho. Ele esperava que ela estudasse e se preparasse para ser uma boa esposa, como sua mãe. Bem, isso era bom para sua mãe, que parecia gostar de uma vida tão mundana, mas Júlia queria mais. Ela queria emoção. Queria paixão. Queria experimentar tudo que o mundo tinha a oferecer.

Marcus se ajeitou no assento. Estava com os olhos estreitados de tédio. Júlia apertou os lábios. Não lhe interessava que ele estivesse entediado. E a irritava o fato de ele defender a atitude do pai, especialmente porque os dois andavam se estranhando ultimamente. Eles discutiam constantemente, por qualquer coisa.

Ela olhou para o irmão e viu a linha rígida de sua mandíbula. A mente de Marcus divagava. Júlia já tinha visto aquele olhar no rosto dele com frequência o bastante para saber que estava pensando em alguma rusga que tivera com o pai. Mas não era justo; ela não permitiria que nada estragasse esse dia. Nem seu pai, nem Marcus, nem ninguém.

— Otávia disse que viu Arria nos banquetes mais de uma vez.

Marcus curvou os lábios com cinismo. Júlia não estava dizendo nada que ele já não soubesse.

— Arria faz muitas coisas que eu não gostaria que você fizesse.

Por que todos esperavam que ela fosse diferente dos outros?

— Arria é linda e rica, e faz o que quer. Eu gostaria de ser exatamente como ela.

Marcus riu sem humor.

— Você é doce e descomplicada demais para ser como ela.

— Suponho que diz isso como um elogio — retrucou Júlia, desviando o olhar e bufando discretamente.

Doce e descomplicada! Ele também poderia ter dito enfadonha. Ninguém a conhecia de verdade, nem mesmo Marcus, que a conhecia melhor do que ninguém. Para ele, Júlia era sua irmãzinha, alguém a quem mimar e importunar. Seus pais a viam através de uma nuvem de suas próprias expectativas e passavam o tempo todo tentando moldá-la para atender-lhes. Júlia invejava a liberdade de Arria.

— Ela virá hoje? Eu gostaria de conhecê-la.

— Arria?

— Sim, Arria. Sua amante.

A última pessoa que Marcus queria que sua irmã conhecesse era Arria.

— Se ela vier, ainda demorará horas. Não chegará enquanto a verdadeira sangria não começar. E quando ela chegar, meu doce, vai se sentar com Antígono, não conosco.

— Quer dizer que Antígono não se sentará aqui? — perguntou ela, surpresa.

— Ele se sentará no camarote do patrocinador.

— Mas você sempre se senta com ele.

— Não desta vez.

— Por que não?

Ela ficou indignada quando se deu conta da possibilidade de que o jovem aristocrata se considerasse importante demais para se sentar com o filho de um comerciante de Éfeso.

— Nós deveríamos estar sentados no camarote do patrocinador. Considerando que o dinheiro do papai está pagando por tudo isso, não creio que seja do interesse de Antígono nos excluir.

— Acalme-se. Não foi desprezo da parte dele. Eu nos excluí — disse Marcus.

Ele não tinha nenhuma intenção de deixar sua irmã perto de seu amigo lascivo e de sua amante amoral. Marcus queria que Júlia se divertisse, não que fosse corrompida após apenas uma tarde quente na arena. Antígono já havia comentado uma vez que Júlia estava se tornando uma jovem encantadora, e isso fora suficiente para alertar Marcus de suas intenções. A irmã era muito impressionável e provavelmente seria presa fácil de um ataque da experiência de Antígono. Marcus pretendia se assegurar de que isso não acontecesse. Ela tinha que permanecer intacta até se casar com um homem da escolha de seu pai, depois poderia fazer o que quisesse.

Uma careta se formou momentaneamente no rosto de Marcus. Seu pai já havia escolhido, mas Júlia não seria informada enquanto todos os arranjos não fossem feitos. Seu pai havia contado a Marcus sua escolha apenas uma hora atrás, pouco antes de Júlia entrar na sala.

— Os arranjos para o casamento de sua irmã estão sendo feitos — dissera ele. — O anúncio será ainda este mês.

Marcus ainda estava atordoado. Se o pai tivesse suspeitado de que estava levando Júlia aos jogos, não teria permitido. Ele havia olhado para o pai com cautela, perguntando-se por que ele estava falando sobre o noivado.

— Eu nunca afrouxei as rédeas com Júlia, em nenhuma circunstância — dissera Marcus para tranquilizá-lo. — Ela é minha irmã, e protegerei sua reputação.

— Eu sei disso, Marcus, mas nós dois sabemos que Júlia tende a ser excitável. Ela poderia ser facilmente corrompida. Você deve protegê-la sempre que possível.

— Da vida? — perguntara Marcus.
— Do entretenimento inútil e sórdido.
Marcus ficara rígido, ciente de que a observação era direcionada a seu próprio estilo de vida. No entanto, ele não discutira.
— Quem escolheu para ela?
— Cláudio Flacco.
— *Cláudio Flacco!* Não poderia encontrar alguém pior para Júlia!
— Estou fazendo o que acho melhor para sua irmã. Ela precisa de estabilidade.
— Flacco vai matá-la de tédio.
— Ela terá filhos e se contentará.
— Pelos deuses, pai, não conhece sua própria filha?
Décimo ficara rígido, os olhos escuros inquietos.
— Você é tolo e cego no que diz respeito a sua irmã. O que Júlia quer não é o que é melhor para ela. E considero você parcialmente responsável por isso.
Marcus dera meia-volta, ciente de que sua raiva poderia fazê-lo dizer algo de que mais tarde se arrependeria.
— Marcus, cuide para que Júlia não se ponha em risco enquanto estiver sob seus cuidados!
Ele sabia que Flacco era um homem de linhagens impecáveis — uma característica que seu pai desprezava abertamente, mas que cobiçava secretamente. Flacco também possuía certa riqueza e reputação. No entanto, Marcus suspeitava de que a verdadeira razão da escolha do pai era a moralidade rigorosa e a visão tradicional de Flacco. O homem tivera apenas uma esposa e, pelo que Marcus tinha ouvido, permanecera fiel enquanto ela vivera. Já haviam se passado cinco anos desde que ela morrera ao dar à luz, e o nome de Flacco nunca esteve ligado a nenhuma outra mulher. Ou ele era celibatário, ou homossexual.
Por tudo isso, Marcus não acreditava que esse casamento daria felicidade a Júlia. Flacco era muito mais velho que ela, e um intelectual. Esse homem seria uma companhia enfadonha para uma garota com o temperamento de Júlia.
— Você está cometendo um erro, pai.
— O futuro de sua irmã não lhe diz respeito.
Júlia havia escolhido esse momento para entrar na sala, evitando, assim, que Marcus expressasse sua opinião sobre tal afirmação. Quem conhecia Júlia melhor do que ele? Ela era como Marcus, exasperada sob as restrições de uma moral que já não existia em parte alguma do Império.
A caminho da arena, ele havia dado a Júlia as rédeas e deixado que ela conduzisse os cavalos a um galope selvagem. *Ela tem apenas quinze anos... Deixe-a sentir o vento da liberdade no rosto antes que papai a entregue a Flacco e ela tenha*

que ficar trancada atrás dos altos muros de um palácio no Aventino, pensara ele, sombrio. O mesmo sangue quente que corria em suas veias corria nas de Júlia, e pensar no destino que a aguardava deixava-o doente. De certa maneira, queria permitir à irmã a aventura que ela desejasse, mas a honra da família e a ambição de Marcus não tolerariam isso.

O alerta de seu pai havia sido claro, embora não expresso: mantenha sua irmã longe de seus amigos, especialmente de Antígono. O alerta era desnecessário. Além da necessidade de proteger a pureza de Júlia para salvaguardar a reputação da família, Marcus não queria complicar ainda mais sua relação com Antígono. Ele conhecia seu amigo aristocrata bem demais para confiar nele em relação a Júlia. Antígono a seduziria e se casaria com ela só para garantir acesso futuro aos cofres dos Valeriano. Marcus não era tolo. Havia sido necessário um investimento substancial na carreira de Antígono para obter os contratos de construção que ele cobiçava, mas Marcus não tinha intenção de permitir um casamento que lhe geraria obrigações permanentes.

Ele já tinha os contratos, de modo que poderia provar suas próprias habilidades em uma escala mais ampla. Em três ou quatro anos, Antígono seria inútil para ele. Embora o considerasse divertido e até inteligente, Marcus era sábio o suficiente para saber que seu amigo não duraria no Senado. Ele gostava muito de vinho e dinheiro, e era indiscreto demais. Um dia, Antígono daria uma festa, ficaria muito bêbado e falaria livremente. Então seduziria a esposa do patrício errado e acabaria com uma ordem imperial de cortar os pulsos. Marcus pretendia que já houvesse certa distância política entre eles antes desse momento.

A exclamação de Júlia o trouxe de volta ao presente.

— Oh, Marcus, é tão emocionante que mal posso suportar!

As arquibancadas estavam tomadas de homens, mulheres e crianças. O barulho subia e descia, como o refluxo das ondas. Marcus não via muito que lhe interessasse, de modo que se recostou indolentemente, determinado a suportar o tédio matinal. Júlia se sentava com as costas eretas e os olhos arregalados, fascinada, absorvendo tudo que acontecia ao seu redor.

— Uma mulher está olhando para você, Marcus.

Ele mantinha os olhos estreitados por causa da luz do sol.

— Deixe que olhe — disse com indiferença.

— Talvez você a conheça. Por que não abre os olhos e vê quem é?

— Porque é inútil. Se for bonita, vou querer ir atrás dela, mas tenho que ficar e proteger minha linda e inocente irmã.

Rindo, ela bateu nele.

— E se eu não estivesse aqui?

Ele abriu um olho e procurou a mulher mencionada. Fechou-o de novo, dizendo:

— Não há mais razão para discutir.

— Há outras olhando — sussurrou Júlia, orgulhosa por estar sentada ao lado dele.

Os Valeriano podiam não ter sangue real, mas Marcus era muito bonito e tinha um ar de confiança masculina. Os homens, assim como as mulheres, sempre o notavam. Isso agradava a Júlia, porque, quando olhavam para ele, acabavam olhando para ela também. Ela havia feito preparativos especiais para esse dia e sabia que estava ótima. Sentiu o olhar ousado de um homem a algumas fileiras de distância e fingiu não notar. Teria pensado que ela era amante de Marcus? A ideia lhe pareceu divertida. Queria parecer sofisticada e desinteressada, mas sabia que a cor ardente que tomava suas bochechas acabava com sua inocência.

O que Arria faria nessas circunstâncias? Fingiria não notar o olhar explícito do homem? Ou retribuiria?

Soaram as trombetas, surpreendendo-a.

— Acorde, Marcus! Os portões estão se abrindo! — Júlia exclamou, animada, inclinando-se para a frente.

Marcus bocejava amplamente enquanto começavam os enfadonhos procedimentos preliminares. Geralmente, ele chegava mais tarde para evitar os terríveis pronunciamentos em homenagem a quem financiasse os jogos do dia. Nesse dia, Antígono puxaria o desfile, com suas bandeiras esvoaçantes. Ninguém se importava com quem pagava, desde que os jogos continuassem. Na verdade, às vezes as pessoas gritavam insultos a patrocinadores que demoravam muito para anunciar sua participação na produção.

Júlia aplaudiu descontroladamente quando surgiram as bigas com os patrocinadores e os duelistas.

— Veja! Eles não são maravilhosos?

A empolgação dela divertia Marcus.

Como principal patrocinador dos eventos desse dia, Antígono ia à frente do desfile. Estava esplendidamente vestido de branco e dourado, com a guarnição roxa — a custo conquistada — que denotava seu novo, mas delicado, cargo de senador. Ele acenava para a multidão enquanto seu condutor lutava para controlar o par de majestosos garanhões. Depois de dar uma volta e meia no circuito, o condutor virou a biga e a parou diante da plataforma do imperador. Antígono, com a veia dramática de um ator, apresentou o discurso que Marcus havia escrito na noite anterior. A multidão aprovou sua brevidade; o imperador, sua eloquência. Com grandiosidade, Antígono fez um sinal, e os duelistas desceram dos veículos para se exibir para a multidão, que os ovacionava.

Júlia ofegou, apontando para um gladiador que retirava a capa vermelha brilhante. Debaixo dela, usava uma armadura de bronze polida.

— Oh, olhe para ele! Não é lindo?

Seu elmo continha plumas de avestruz tingidas de amarelo, azul e vermelho. Ele marchou ao redor da arena para que os espectadores pudessem vê-lo bem. Marcus curvou os lábios com ironia. Dessa vez, ele concordava com o pai. Celerus parecia um galo caminhando. Júlia, por outro lado, estava tão fascinada que parecia pensar que ele era o homem mais bonito do mundo. Até que a próxima meia dúzia de gladiadores tirasse a capa e se juntasse a ele.

— O que é aquele ali? — perguntou Júlia, apontando.
— Qual?
— Aquele com a rede e o tridente.
— É um reciário. Eles vão colocá-lo para lutar contra um mirmilão, aqueles com cristas em forma de peixe no elmo, ou com um secutor. Vê aquele homem ali, totalmente armado? É um secutor. Eles têm que perseguir os oponentes até cansá-los.

— Gostei do mirmilão — disse Júlia, rindo. — Um pescador contra um peixe.

Suas faces estavam coradas, e seus olhos brilhavam de um jeito que o irmão jamais vira. Marcus estava feliz por tê-la trazido.

Ela aplaudiu quando as trombetas dispararam de novo.

— Aquele ali é um trácio? — perguntou, apontando para um gladiador alto que carregava um escudo oblongo e um elmo emplumado. Portava também um gládio, uma lança e uma capa no braço direito. — Otávia disse que os trácios são os mais excitantes!

— É um samnita. Aquele com a adaga curva e o escudo pequeno redondo é que é um trácio — explicou Marcus, incapaz de sentir muito entusiasmo por qualquer um deles.

Celerus parou diante de um camarote de mulheres ricamente vestidas e balançou os quadris. Elas gritaram com luxúria, aprovando. Quanto mais explícitas eram as brincadeiras dele, mais alto elas riam e gritavam, e as pessoas ao redor se divertiam. Vários homens desceram pelas fileiras, empurrando os presentes para chegar à borda, poder se inclinar e jogar flores para o famoso gladiador.

— Celerus! Celerus! Eu te amo! — gritou um deles para o gladiador.

Com os olhos e a boca abertos, Júlia absorvia tudo. Marcus desviou a atenção dela dos *amoratae* — como eram chamados os entusiastas dos gladiadores —, apontando os melhores aspectos dos outros lutadores. Mas a atenção dela ficava indo e voltando. Depois que Celerus deu uma volta inteira e passou pelo camarote novamente, as mulheres se levantaram, gritando seu nome sem parar, uma tentando superar a outra para chamar sua atenção. Para o desânimo de

Marcus, Júlia se levantou com elas, capturada pela histeria. Irritado, ele a puxou para baixo.

— Solte-me! Eu quero vê-lo melhor — ela protestou. — Estão todos em pé e não consigo ver nada!

Marcus cedeu. Na verdade, por que não a deixar ter um pouco de emoção, para variar? Ela havia passado a maior parte da vida presa dentro de casa, sob o olhar vigilante e excessivamente protetor de seus pais. Era hora de ela ver um pouco do mundo fora das altas muralhas e dos jardins esculpidos.

Júlia subiu em seu assento e ficou na ponta dos pés.

— Ele está olhando para mim! Espere só até eu contar a Otávia. Ela ficará tão enciumada! — Rindo, ela acenava e gritava o nome dele com as outras. — Celerus! Celerus!

As mulheres gritaram mais alto, mas de repente Júlia ficou paralisada, boquiaberta. Arregalou os olhos e sentiu o rosto pegar fogo. Marcus puxou a mão da irmã e ela se sentou depressa a seu lado, fechando os olhos firmemente enquanto os gritos das mulheres se transformavam em um frenesi.

Ele riu da expressão no rosto da irmã. Celerus tinha notório orgulho de seu corpo e gostava de mostrá-lo à multidão — todas as partes que quisessem.

Marcus sorriu.

— Então — disse, com toda a falta de tato de um irmão mais velho —, viu bem?

— Você podia ter me avisado!

— E estragar a surpresa?

— Eu odeio quando você ri de mim, Marcus.

Erguendo o queixo, ela o ignorou. As mulheres ainda gritavam alto, e ela estava ficando atordoada. O que aquele homem horrível estava fazendo agora? Houve um grande protesto no camarote, e depois, uma a uma, as mulheres se sentaram. Júlia vislumbrou Celerus de novo, afastando-se. Ele se juntou aos outros diante da plataforma do imperador, e, estendendo o braço direito, todos recitaram o credo do gladiador.

— *Ave, Imperator, morituri te salutant!* — "Ave, Imperador, aqueles que estão prestes a morrer o saúdam!"

Apesar de tudo que Otávia havia dito, Júlia não achara Celerus bonito. Na verdade, faltavam-lhe vários dentes, e ele tinha uma cicatriz feia na coxa e outra no rosto. Mas alguma coisa nele havia feito seu coração bater forte e sua boca secar. Ela estava desconfortável sentada ao lado do irmão, atento e divertido. Para piorar as coisas, o jovem sentado algumas fileiras abaixo olhava para ela também, e sua expressão provocava um nó no estômago de Júlia.

— Você está vermelha, Júlia.

— Eu odeio você, Marcus! — ela exclamou, quase chorando de raiva. — Odeio quando se diverte à minha custa!

Marcus ergueu levemente as sobrancelhas diante da veemência da irmã. Talvez ele tivesse se tornado imune às exibições grosseiras de alguns bustuários, ou homens funerários, como eram chamados. Nada mais o surpreendia, ao passo que tudo chocava e animava Júlia. Ele pousou a mão sobre a dela.

— Desculpe-me — pediu com sinceridade. — Respire fundo e acalme-se. Acho que estou tão acostumado com esses espetáculos que já não me chocam.

— Eu não estou chocada — disse ela. — E, se rir de mim de novo, vou contar a papai e mamãe que me trouxe aos jogos contra a minha vontade!

O humor de Marcus logo se alterou diante do tom imperioso e da ameaça ridícula de Júlia. Ela passara os últimos dois anos implorando para assistir aos jogos. Marcus olhou para ela com os olhos estreitados e sardônicos.

— Se vai se comportar como uma criança mimada, terei que levá-la para casa, onde é o seu lugar!

Ela viu que ele falava sério. Abriu os lábios, e lágrimas brotaram em seus olhos escuros.

Marcus praguejou baixinho. Ele conhecia aquele olhar arrasado e sabia que ela era capaz de explodir em lágrimas tempestuosas, fazendo com que ele parecesse um grosseirão abusivo.

Ele segurou com força o pulso de Júlia e disse:

— Se você chorar agora, vai nos humilhar diante de todo o povo romano, e juro que nunca mais assistirei aos jogos com você.

Ela engoliu as lágrimas e os protestos. Virando a cabeça para o outro lado, apertou as mãos e ficou rígida pelo esforço de controlar as emoções. Marcus às vezes era muito cruel. Ele podia provocá-la, mas, quando ela se defendia, ameaçava levá-la para casa?

Marcus a observou por um momento e franziu o cenho. Estava ansioso para que Júlia conhecesse a recreação favorita de Roma. Ela era facilmente excitável, mas certamente não era como algumas daquelas mulheres que exageravam tanto que entravam em uma crise histérica impudica.

Júlia comprimiu os lábios, sentindo que seu irmão a observava. Se ele estivesse esperando que ela se desculpasse, esperaria para sempre. Ele não merecia, depois de rir dela.

— Vou me comportar, Marcus — ela proferiu com solenidade. — Não vou envergonhá-lo.

O bom senso de Marcus dizia para levá-la para casa imediatamente, antes do início da sangria. Ela ficaria com raiva, até evitaria falar com ele por alguns dias. Mas ele descartou a ideia, não queria decepcioná-la. Ela havia esperado tempo demais por essa experiência e talvez isso explicasse seu estado altamente emotivo.

Ele pegou a mão dela e a apertou.

— Se for demais para você, iremos embora — disse, sério.

Ela se sentiu aliviada.

— Oh, não será, Marcus. Eu juro.

Ela passou o braço pelo dele. Recostando-se no irmão, ergueu os olhos com um sorriso radiante.

— Você não vai se arrepender de ter me trazido. Não vou nem me encolher quando Celerus cortar a garganta de alguém.

As trombetas soaram, anunciando as apresentações preliminares — sem sangue — que eram feitas para aquecer a multidão. Mesmo assim, Júlia ficou encantada com os *paegniari*, que simulavam lutas. Ela batia palmas e gritava incentivos, atraindo a atenção dos participantes mais experientes, que a consideravam mais divertida que a apresentação. A seguir se apresentaram os *lusorii*, que lutavam com seriedade, mas pouco dano podiam causar um ao outro com suas armas de madeira.

O sol erguia-se alto e quente. Não soprava vento algum na arena, e Marcus via a transpiração umedecer a testa pálida de Júlia. Ele tocou sua mão, e a achou fria.

— Vou comprar um odre de vinho — disse, temendo que ela desmaiasse de calor.

Ela precisava de algo para beber e um guarda-sol. Marcus estava tão absorto em seus pensamentos que não fizera os arranjos necessários. Normalmente, Arria levava vinho, comida e um escravo para segurar o guarda-sol sobre eles.

— Fique aqui e não fale com ninguém.

Em poucos minutos, o jovem romano que a encarava tomou o lugar de Marcus.

— Seu amante a abandonou — disse ele em grego, com sotaque comum.

— Meu irmão não me abandonou — ela corrigiu rigidamente, sentindo as faces queimarem. — Ele foi comprar vinho e retornará em breve.

— Seu irmão — ele repetiu, satisfeito. — Eu sou Nicanor, de Cápua. E você?

— Júlia — respondeu devagar, lembrando o que Marcus havia dito, mas querendo ter algo para contar a Otávia.

— Adorei seus olhos. Olhos assim podem fazer um homem perder a cabeça.

Ela corou, e seu coração disparou. Seu corpo inteiro se aqueceu de vergonha. Ele não estava vestido à altura da classe dela, mas havia algo mundano nele que a excitava. Seus olhos eram castanhos, de cílios densos, e a boca, carnuda e sensual.

— Meu irmão me disse para não falar com ninguém — ela continuou, erguendo o queixo novamente.

— Seu irmão é sábio. Muitos aqui desejariam tirar proveito de uma mulher tão jovem e encantadora. — Sua voz profunda era como uma carícia. — Você é uma verdadeira filha de Afrodite.

Lisonjeada e fascinada, Júlia ouvia. Ele falou longa e fervorosamente, e ela sorveu suas palavras, deliciosamente excitada. No entanto, quando com a mão calosa ele tocou seu braço nu, o feitiço se quebrou. Com um ofego, ela recuou. Nicanor olhou para além dela e partiu rapidamente.

Marcus se sentou ao lado de Júlia e jogou o pesado odre de vinho no colo dela.

— Fazendo novos amigos?

— O nome dele é Nicanor. Ele se sentou ao meu lado e começou a conversar comigo, e eu não sabia o que fazer para que fosse embora. Ele disse que eu era linda.

— Pelos deuses, Júlia, você ficou trancada em casa por tempo demais. Você é muito crédula.

— Gostei dele, embora fosse comum. — Ela olhou por cima do ombro. — Acha que ele vai voltar?

— Se voltar, Antígono terá carne extra para jogar a seus leões.

Marcus serviu vinho em um copinho de cobre e o entregou a ela.

As trombetas de guerra soaram, anunciando os primeiros embates com armas afiadas. Júlia esqueceu Nicanor, engolindo o vinho depressa e entregando o copo de volta a Marcus para poder se inclinar para a frente. Antígono havia contratado músicos, e, enquanto os lutadores combatiam, soavam trompas e chifres. Bloqueando vários golpes, o defensor tomou a ofensiva, e flautas trinaram. A multidão gritava incentivos e conselhos a seus favoritos. O embate durou algum tempo, e até Júlia ficou desapontada.

— Eles sempre demoram tanto?

— Frequentemente.

— Eu quero que o reciário vença.

— Mas não vai — disse Marcus, assistindo à luta sem muito interesse. — Ele já está se cansando.

— Como você sabe?

— Pela maneira como está segurando o tridente. Observe, veja como está caindo e balançando para um lado. Ele está muito aberto, o trácio vai acabar logo com isso.

Um treinador acossava o trácio, enquanto outro chicoteava o reciário e gritava para que lutasse mais. A multidão assobiava e insultava, esperando impacientemente por uma morte. O treinador do reciário escolheu o momento errado para agitar o chicote, pois se enroscou no tridente, dando ao trácio a abertura de que necessitava. Ele enfiou sua espada certeira e profundamente, e o reciário caiu.

— Oh! — disse Júlia, consternada, quando a multidão gritou e aplaudiu.
— Você tinha razão, Marcus.

O reciário estava de joelhos, apertando o ventre, o sangue escorrendo sobre a tanga.

— Esse já era! — gritavam as pessoas com os polegares voltados para baixo.
— *Jugula! Jugula!*

O trácio olhou para o imperador. Vespasiano virou o polegar para baixo sem interromper sua conversa com um senador.

O trácio se voltou e colocou a mão na cabeça do reciário. Ele a inclinou e, com um golpe rápido, abriu a jugular do homem. Um jato de sangue espirrou nele antes que o moribundo caísse para trás com espasmos e acabasse imóvel em uma poça de sangue.

Marcus olhou para Júlia e viu que ela estava com os olhos fechados, cerrando os dentes.

— Sua primeira morte — ele comentou. — Você olhou?
— Olhei.

Ela apertava a frente da túnica com a mão. Abriu os olhos de novo e viu um africano vestido como Mercúrio dançando pela areia em direção ao homem caído. Como o guia divino das almas dos mortos para as regiões infernais, ele arrastou o corpo porta afora. O gladiador vitorioso recebeu um ramo de palmeiras, enquanto outros meninos africanos raspavam a areia manchada de sangue e se afastavam depressa para a apresentação da próxima dupla.

Júlia estava pálida e trêmula. Seu irmão passou a ponta dos dedos em sua fronte úmida e a sentiu fria.

— Talvez devamos ir embora.
— Não. Não quero ir embora. Fiquei um pouco enjoada por um momento, Marcus, mas já passou. — Seus olhos escuros brilhavam, dilatados. — Eu quero ficar.

Marcus a avaliou e balançou a cabeça, orgulhoso. Seu pai havia dito que ela era fraca demais para os jogos, mas estava errado.

Júlia era uma verdadeira filha de Roma.

8

Enoque sabia que corria risco pelo que fizera. Seu amo havia aprovado a compra de sete escravos, mas não dissera para comprar judeus. Ele sozinho tomara essa decisão, apesar de saber que seu senhor preferia os gauleses e bretões. Mas, tendo visto seu povo ser levado às centenas da Judeia a Roma e mandado às arenas para morrer, ele não poderia desperdiçar a única oportunidade que tinha de salvar pelo menos alguns.

Todos os judeus sofreram, não só os que participaram da rebelião. O meio *shekel* previamente recolhido de judeus romanos para a manutenção do templo de Jerusalém era agora usado para financiar a construção de um anfiteatro colossal. Escravos judeus carregavam as pedras, cativos judeus estariam entre os primeiros a morrer na arena, e cidadãos judeus financiavam a maior parte.

Enoque lutava entre a raiva e a tristeza de ver em que sua terra natal e seu povo haviam se transformado. Até essa manhã, ele era impotente para fazer qualquer coisa que pudesse salvar um só membro de sua raça. E agora tinha sete sob seus cuidados. Mas tinha medo. Nenhum deles era adequado para o trabalho duro necessário na propriedade. Mesmo limpos, barbeados e vestidos com túnicas frescas, eram patéticos e sem espírito. Quatrocentos sestércios cada, e nenhum deles valia metade disso.

Ele olhou para a garota, perguntando-se por que havia se arriscado a comprá-la. Para que serviria? No entanto, ao olhar em seus olhos, ele havia sentido a mão de Deus sobre si e ouvira uma voz firme e suave: *Salve esta*. Enoque a comprara sem hesitar, mas agora se preocupava com o que seu amo diria. Seu senhor estava esperando gauleses e bretões, e ele estava levando sete judeus alquebrados e uma garotinha com olhos de profetisa. Enoque orou fervorosamente pela proteção de Deus.

Abrindo o ferrolho do portão ocidental, levou os sete escravos para dentro dos altos muros da propriedade de seu senhor. Conduziu-os pela trilha por trás da casa, colocou-os em fila na sala onde seu amo distribuía as refeições todas as manhãs e deu-lhes instruções para ficar eretos e calados, manter os olhos no chão e falar apenas se o senhor lhes dirigisse pessoalmente a palavra.

— Esperem aqui enquanto falo com meu amo. Orem para que ele aceite cada um de vocês. Décimo Vindácio Valeriano é gentil para um romano, e, se ele concordar com a compra, vocês serão bem tratados. Que o Deus de nossos pais proteja todos nós.

Décimo estava com sua esposa no peristilo, onde ela girava uma margarida entre os dedos graciosos e ouvia seu marido.

Enoque pensou que seu senhor parecia distraído e de mau humor, mas, inspirando profundamente e reunindo coragem, se aproximou. Esperou que seu amo notasse sua presença e lhe desse permissão para falar.

— Meu senhor — disse ele —, voltei com sete escravos para sua inspeção.

— Gauleses?

— Não, meu senhor. Não havia nenhum disponível. Nem bretões. — Esperando que a mentira não fosse evidente em seu rosto, prosseguiu: — Eles são da Judeia, senhor. — E viu os lábios de seu amo se apertarem.

— Os judeus são a raça mais traiçoeira do Império, e você trouxe sete para minha casa?

— Enoque é judeu — disse Febe com um sorriso — e nos serve fielmente há quinze anos.

Enoque agradeceu a Deus por ela estar presente.

— Com isso, serve a si mesmo — rebateu Décimo, olhando para o homem com frieza.

Se o escravo pretendia se defender, mudara de ideia. Ficou em silêncio.

— Esses escravos são adequados para trabalho pesado?

— Não, meu senhor — respondeu com sinceridade —, mas, com comida e descanso, serão.

— Não tenho tempo nem vontade para mimar rebeldes.

A esposa do romano tocou o braço do marido.

— Décimo, você culparia um homem por ter compaixão? — perguntou ela suavemente. — É o povo dele. Enoque tem nos servido lealmente. Pelo menos vamos olhar e ver se são adequados para nossos propósitos.

Mas não eram.

— Pelos deuses — Décimo soltou baixinho.

Ele tinha visto muitos cativos, de muitas nações, mas nenhum tão patético como esses sobreviventes da destruição de Jerusalém: fracos, desanimados e sem espírito.

— Oh — Febe gemeu, sentindo piedade em seu coração gentil.

— Eles estavam destinados à arena, meu senhor, mas juro por meu Deus que atenderão às suas necessidades do mesmo modo que eu lhes atendi — disse Enoque.

— Ela tem pouco mais que a idade de Júlia. — Febe olhava para a jovem cujos olhos eram escuros de sofrimento e de certa sabedoria. — A garota, Décimo — disse baixinho. — Independentemente do que decida sobre os outros, eu a quero.

Ele franziu o cenho e olhou para a mulher.

— Com que propósito?

— Para servir à Júlia.

— À Júlia? Ela não é adequada para nossa filha.

— Confie em mim, Décimo. Por favor. Essa garota servirá muito bem à nossa Júlia.

Décimo olhou para a garota novamente, observando-a com mais atenção e se perguntando o que havia nela que fizera sua esposa tomá-la após rejeitar tantas outras. Febe estava procurando uma escrava para a filha deles havia algum tempo. Dezenas delas lhe haviam sido apresentadas, mas nenhuma a contentara. E agora, sem a menor hesitação, ela escolhera uma jovem judia, emaciada, muito feia e provavelmente filha de um zelote assassino.

Marcus e Júlia entraram no pátio rindo, animados. Mas se aquietaram quando viram os escravos. Ele observou os sete com aversão.

— Judeus recém-chegados da Judeia? — disse com surpresa. — O que estão fazendo aqui?

— Preciso de escravos para a propriedade.

— Achei que você preferia gauleses e bretões.

Décimo o ignorou e disse a Enoque que os seis homens fossem enviados à propriedade nos Apeninos.

— A garota ficará aqui.

— Você os comprou mesmo? — perguntou Marcus, chocado. — Até ela? — disse, lançando um olhar de desdém à garota. — Nunca o vi desperdiçar dinheiro, pai.

— A garota servirá à Júlia — Febe repetiu.

Júlia olhou de sua mãe para a escrava e de novo de uma à outra.

— Oh, mãe, não pode estar falando sério! Ela é terrivelmente feia. Eu não quero uma escrava feia para me servir! Quero uma serva como a de Otávia!

— Você não terá isso. A escrava de Otávia pode ser linda, mas é falsa e arrogante. Não se pode confiar em uma escrava como ela.

— Então Bitia! Por que Bitia não pode me servir?

— Bitia não serve para você — disse Febe com firmeza.

Marcus sorriu com ironia. Ele sabia muito bem por que sua mãe não queria que Bitia servisse à Júlia e suspeitava também saber as razões de Febe para comprar essa escrava em particular. Esboçou um sorriso sem humor. Não via graça na moralidade judaica, mas uma escrava para vigiar e proteger sua irmã seria bom.

— Qual é seu nome, criança? — perguntou Febe gentilmente.

— Hadassah, minha senhora — ela respondeu baixinho, envergonhada pela avaliação desdenhosa do jovem romano e pelos protestos chorosos da garota.

Sua vida oscilava como o equilíbrio da conversa deles. Ela apertou as mãos diante do corpo e manteve os olhos baixos, ciente de que se a dona da casa enfraquecesse e ela voltasse para o mercado de escravos morreria na arena.

— Mas olhe para ela — disse Júlia com repugnância. — Seu cabelo está cortado como o de um menino, e ela é tão magra!

— Comida adequada a fará ganhar peso, e seus cabelos vão crescer — disse Febe calmamente.

— Não é justo, mãe. Eu deveria poder escolher minha serva pessoal. Otávia escolheu a dela. Ela tem uma etíope muito exótica, cujo pai era um chefe tribal.

Marcus riu.

— Diga a Otávia que esta é parente da princesa Berenice.

Júlia fungou.

— Ela nunca acreditaria. Só de olhar para essa garota, Otávia vai saber que não pode ser parente da mulher que roubou o coração de Tito.

— Então, diga que sua escrava é filha de um sumo sacerdote. Ou que nasceu profetisa de seu deus invisível e tem poderes de prever o futuro.

Hadassah olhou furtivamente para o romano debochado. Era muito bonito; os cabelos escuros eram curtos e se enrolavam suavemente na fronte. De ombros largos e cintura estreita, vestia uma túnica branca e um cinto de couro e ouro intrincadamente trabalhado. As tiras de couro de suas sandálias dispendiosas se amarravam firmemente em torno das panturrilhas fortes e musculosas. As mãos eram fortes e lindamente torneadas, e tinham um único adorno: um anel de sinete de ouro no dedo indicador. Cada centímetro dele revelava a arrogância de sua criação e afluência.

Em contraste com a força física do jovem, sua irmã era delicada. Hadassah ficou encantada com sua beleza etérea. Mesmo reclamando, a voz da garota era cultivada e doce, e o rubor de irritação em suas faces dava um toque de cor a sua pele pálida. Ela usava uma toga azul-clara com guarnição dourada. Os cabelos escuros caíam em cachos sobre a cabeça, mantidos no lugar por presilhas de ouro e pérolas que combinavam com os brincos. Ao redor do pescoço, exibia um pesado pingente de uma deusa pagã.

Marcus notou que a escrava observava sua irmã. Não viu amargura ou inimizade em sua expressão, apenas surpresa e fascínio. Ela olhava para Júlia como se sua irmã fosse uma criatura belíssima jamais vista. O jovem achou graça e pensou que talvez sua mãe tivesse razão, afinal. Apesar de todas as devastações do holocausto judeu que a garota tinha vivido, havia doçura em seu rosto e uma gentileza que poderia acalmar o espírito selvagem e inquieto de Júlia.

— Fique com ela, Júlia — ele incentivou, sabendo que uma palavra sua convenceria a irmã mais rápido que qualquer coisa que a mãe e o pai pudessem dizer.

— Acha mesmo que eu deveria? — perguntou Júlia, surpresa.

— Ela tem certa qualidade misteriosa — disse ele, com expressão neutra.

Marcus podia sentir a ira de seu pai. Deu um beijo em Júlia e em sua mãe e se despediu. Em seguida olhou para Hadassah com olhos zombeteiros, e o coração dela disparou. Ela ficou aliviada quando Marcus partiu. Graças a ele, a garota capitulou, observando-a melhor e fazendo corar as faces pálidas de Hadassah.

— Vou ficar com ela — disse Júlia, eloquente. — Venha comigo, garota.

— O nome dela é Hadassah, Júlia — Febe repreendeu-a suavemente.

— Hadassah, então. Venha comigo — repetiu, imperiosa.

A escrava a seguiu obedientemente, observando as maravilhas daquela mansão. Os pisos eram de mosaicos brilhantes, e as paredes, de mármore. Havia urnas gregas ao lado das portas, e cortinas da Babilônia pendiam nas paredes. Elas atravessaram um pátio aberto exuberante, com arbustos e flores, adornado com estátuas de mármore. Hadassah ouviu o som calmante de água correndo de uma fonte. Corou ao ver a estátua de uma mulher nua no meio da pequena piscina.

Sua senhora a conduziu a um aposento repleto de roupas.

— Todas essas coisas precisam ser guardadas — Júlia apontou, enquanto se reclinava em uma cama.

Hadassah começou a trabalhar, recolhendo togas, túnicas e xales do chão e de banquinhos. Sentia sua senhora observando-a enquanto trabalhava e dobrou cuidadosamente as roupas antes de guardá-las.

— Dizem que Jerusalém é uma cidade sagrada — disse Júlia.

— Sim, minha senhora.

— Não restou nada dela?

Hadassah se aprumou lentamente, alisando uma túnica macia.

— Muito pouco, minha senhora — respondeu baixinho.

Júlia fitou os olhos escuros da garota. Os escravos geralmente não olhavam seus senhores no rosto, mas Júlia não se ofendia por essa garota a encarar. Talvez ela não soubesse como se comportar.

— Meu pai esteve em Jerusalém há muitos anos — disse. — Ele viu seu templo. Disse que era muito bonito. Oh, não tão bonito quanto o templo de

Ártemis em Éfeso, claro, mas uma maravilha de se ver. É lamentável que tenha desaparecido!

Hadassah se virou e começou a ajeitar os frascos e vasilhas na penteadeira.

— O que aconteceu com sua família, Hadassah?

— Estão todos mortos, minha senhora.

— Eles eram zelotes?

— Meu pai era um humilde comerciante da Galileia. Estávamos em Jerusalém para passar a Páscoa.

— O que é Páscoa?

Hadassah contou como Deus tomara o primogênito de todos os egípcios porque o faraó não permitira que Moisés e seu povo partissem, mas poupara todos os israelitas.

Júlia a ouvia; tirou as presilhas do cabelo.

— Se seu deus é tão poderoso, por que não interveio e salvou seu povo dessa vez?

— Porque eles o rejeitaram.

Júlia franziu o cenho, sem entender.

— Os judeus são muito estranhos — disse e abandonou o assunto dando de ombros, indiferente.

Então se voltou e deixou cair os cabelos sobre os ombros. Passou os dedos entre eles, adorando a sensação de suavidade. Ela tinha lindos cabelos. Marcus sempre dissera isso.

— É ridículo acreditar em algo que não se pode ver — disse e pegou um pente de casco de tartaruga. Começou a pentear os cabelos pretos luxuriosos e se esqueceu da escrava.

Quando Marcus a levaria aos jogos novamente? Ela adorara vê-los e queria voltar o mais rápido possível.

— O que deseja de mim agora, senhora?

Júlia pestanejou, irritada com a interrupção de seus doces pensamentos. Olhou para a garota miserável e depois para o quarto. Estava tudo perfeitamente arrumado. Até as cobertas haviam sido alisadas e as almofadas afofadas.

— Penteie meu cabelo — ordenou e viu a garota empalidecer quando lhe estendeu o pente. — Você sabe arrumar cabelos, não é?

— E-Eu... eu posso trançar seu cabelo, senhora — balbuciou.

— Não sei por que minha mãe a comprou. Que utilidade tem para mim se não consegue nem arrumar meus cabelos? — Júlia jogou o pente na garota assustada e foi correndo para a porta. — Bitia! *Bitia!* Venha de uma vez.

A egípcia correu para o quarto.

— Sim, minha senhora.

— Ensine esta imbecil a arrumar meu cabelo. Já que tenho de ficar com ela, que pelo menos aprenda a desempenhar seus deveres.

— Sim, senhora.

— Ela sabe trançar — disse Júlia com sarcasmo.

Hadassah observava a garota egípcia trabalhar habilmente. Achou o penteado maravilhoso, mas sua senhora não ficou satisfeita.

— Faça de novo.

Depois da segunda vez, Júlia arrancou as presilhas douradas dos cabelos e sacudiu a cabeça com raiva.

— Está pior do que antes. Vá embora! Você é pior do que esta imbecil. — Lágrimas encheram seus olhos escuros. — Não é justo eu não poder escolher minha própria serva!

— Tem os cabelos mais bonitos que eu já vi, minha senhora — Hadassah elogiou sinceramente.

— Não é de admirar, considerando o que fizeram com os seus — retrucou Júlia, mordaz, pensando que a garota só pretendia adulá-la.

Ela olhou para Hadassah. A jovem judia parecia magoada e baixara os olhos. Júlia franziu o cenho, sentindo uma pontada de arrependimento por sua dureza. A garota a deixava desconfortável. Ela desviou o olhar.

— Venha aqui. Eu quero uma escrava que saiba arrumar meu cabelo como o de Arria, amante de meu irmão, e você vai aprender agora!

Chocada e corada pelas palavras descuidadas de sua jovem senhora, Hadassah pegou o pente com dedos trêmulos e fez exatamente o que Júlia lhe disse.

Foram para a sala de banho, e Júlia ordenou que Hadassah mesclasse aromas na água morna.

— Estou tão entediada — disse Júlia. — Você conhece alguma história?

— Somente as de meu povo.

— Conte-me uma, então — pediu a jovem, desesperada por um entretenimento dentro dos confins de sua vida mundana.

Ela recostou a cabeça no mármore e ouviu a voz calma e firme da escrava.

Hadassah lhe contou a história de Jonas e a baleia. Não pareceu entusiasmar sua senhora, então, quando terminou, contou a do jovem pastor que lutou contra o gigante Golias. Essa agradou muito a Júlia.

— Ele era bonito? Gostei dessa história. Otávia vai gostar.

Hadassah procurava agradar a sua jovem senhora, mas era difícil. A garota só pensava em si, sempre preocupada com seus cabelos, sua pele e suas roupas, e Hadassah não sabia nada sobre o refinado cuidado a essas coisas. Mas, por necessidade, aprendia depressa. Ela só havia ouvido falar de óleos perfumados e tintas usadas para realçar a beleza de uma mulher, mas nunca os vira. Ficava fascinada ao ver Júlia esfregar óleo perfumado na pele pálida. E não cessava de arrumar o cabelo de sua senhora, até que Júlia se cansava de ficar sentada. Nada ficava exatamente do jeito que ela queria.

Quando a família se reunia no triclínio para as refeições, Hadassah ficava em pé ao lado do divã de Júlia reabastecendo seu cálice com vinho aguado e segurando uma vasilha de água morna e uma toalha para Júlia enxaguar e secar os dedos. A conversa ia de política a festivais e negócios. Hadassah ficava em silêncio, parada, ouvindo com ávido interesse — mas tendo o cuidado de não demonstrar.

Os Valeriano a deixavam fascinada com suas discussões acaloradas e óbvias diferenças de opinião. Décimo era rígido e dogmático, facilmente irascível com o filho, que não concordava com ele em nada. Júlia só provocava e atiçava os debates. Febe era pacificadora; fazia Hadassah recordar sua própria mãe: calada, despretensiosa, mas com uma força que pacificava a família quando as discussões se tornavam calorosas demais.

Certa vez, apareceu Otávia.

— Ela é tão feia — disse, olhando Hadassah com aversão. — Por que sua mãe a escolheu para você?

Júlia sentiu seu orgulho ferido e respondeu, erguendo o queixo:

— Ela é feia, mas conta histórias maravilhosas. Venha aqui, Hadassah, converse com Otávia sobre o rei Davi e seus homens poderosos. Ah, e conte-lhe sobre o homem de seis dedos.

Corando, Hadassah obedeceu, com timidez.

— Ela conhece outras também — disse Júlia quando Hadassah terminou. — Contou-me sobre uma torre que explica de onde vieram todas as línguas. Totalmente ridícula, claro, mas divertida.

— Bem, acho que é interessante — Otávia admitiu. — Minha escrava fala pouca coisa em grego.

Ela e Júlia saíram de braços dados para caminhar. Sentaram-se em um banco próximo de uma estátua de Apolo nu. Hadassah permaneceu por perto, enquanto as duas jovens riam e sussurravam. A bela etíope de Otávia não disse uma palavra, mas de vez em quando seus olhos altivos pousavam com ódio em sua senhora.

Ouvindo-as, Hadassah se sentia constrangida com a conversa liberal de Otávia. Mas ficava ainda mais preocupada com o arroubo de Júlia e seu claro desejo de absorver cada palavra e ideia que a amiga tinha a oferecer.

— É verdade que você vai se casar com Cláudio Flacco? — perguntou Otávia, após uma longa descrição de um festival ao qual ela havia ido e das aventuras que lá havia desfrutado.

A alegria de Júlia subitamente desapareceu.

— Sim — respondeu, arrasada. — Está tudo arranjado. Como meu pai pôde fazer uma coisa dessas comigo? Cláudio Flacco é quase tão velho quanto ele.

— Seu pai é um efésio e cobiça o bom sangue romano.

Júlia inclinou a cabeça e seus olhos escuros cintilaram. Não era nenhum segredo que o pai de Otávia, Drusus, era parente distante dos Césares por meio de uma irmã ilegítima de um dos filhos de Augusto.

Otávia gostava de relembrar a Júlia que corria uma gota de sangue real em suas veias — era uma espetadinha para que Júlia percebesse como tinha sorte de ter uma amiga com conexões tão ilustres.

— Não há nada de errado com nosso sangue, Otávia.

O pai de Júlia poderia comprar Drusus num simples estalar de dedos. O que lhes faltava em sangue real, a família mais que compensava em riqueza.

— Não se ofenda com tudo, Júlia — riu Otávia. — Se meu pai pudesse me casar com Cláudio Flacco, ele o faria. Cláudio vem de uma longa linhagem de aristocratas romanos e ainda conserva uma parte da fortuna de sua família, porque sempre foi suficientemente esperto para evitar cargos políticos. Talvez não seja tão ruim se casar com ele.

— Não me importa a linhagem real. Só de pensar nele me tocando já fico doente.

Corando, Júlia estremeceu e desviou o olhar.

— Como você é criança! — Otávia se inclinou para a frente e pousou a mão sobre a de Júlia. — Basta fechar os olhos, acabará em poucos minutos — riu.

Desapontada, Júlia mudou de assunto.

— Marcus me levou de novo aos jogos. Foi tão emocionante! Meu coração disparou, e houve momentos em que mal pude respirar.

— Celerus é maravilhoso, não é?

— Celerus! Não! Não entendo por que você está tão encantada com ele. Há outros muito mais bonitos.

— Você deveria ir à festa na noite anterior aos jogos. De perto, ele é magnífico.

— Eu o acho feio, com todas aquelas cicatrizes...

Otávia riu.

— Mas são justamente as cicatrizes que o tornam tão excitante. Sabe quantos homens ele matou? Cinquenta e sete. Sempre que ele olha para mim, só consigo pensar nisso. Ele é insuportavelmente excitante.

Gelada, chocada com as palavras das duas, Hadassah se mantinha em silêncio ali perto, com a cabeça baixa e os olhos muito fechados. Desejava ser cega e surda, para não ver o rosto animado das duas nem ouvir suas palavras insensíveis. Como podiam falar de modo tão casual de homens mortos, ou ser tão indiferentes em relação à própria e preciosa inocência? Otávia parecia orgulhosa de haver perdido a dela, e Júlia bastante ansiosa para perder a sua.

Elas se levantaram.

— Diga-me o que Marcus planeja fazer estes dias — pediu Otávia, tentando parecer casual, entrelaçando o braço no de Júlia novamente.

No entanto, Júlia não se deixou enganar. Sorrindo levemente, falou sobre Arria e Fannia enquanto atravessavam o jardim. Independentemente de toda a adoração de Otávia por Celerus, Júlia sabia que ela o esqueceria em um piscar de olhos se Marcus lhe sorrisse uma única vez.

Inquieto, Marcus se levantou da cama e foi para o peristilo. Ouvindo o som de grilos sob o pálido luar, passou a mão no peito, fitando o pátio. Não conseguia dormir, mas não encontrava motivo algum para tanta inquietação. Seu projeto de construção estava indo bem; o dinheiro estava entrando. Arria havia ido para o campo passar algumas semanas, libertando-o de sua presença e de seus ciúmes. Ele havia passado a noite com amigos, desfrutando uma conversa esclarecedora e a atenção das escravas de Antígono.

Sua vida ia bem e só melhorava, assim como sua saúde. Então, por que aquela inquietação desagradável e a vaga insatisfação?

Saiu para tomar um pouco de ar fresco. Como até o peristilo o sufocava, atravessou a porta arqueada no extremo norte do pátio, dirigindo-se aos jardins. Vagou pelos caminhos, enquanto sua mente pulava de uma coisa a outra — as remessas de madeira da Gália, Arria e sua possessividade repentina e extremamente irritante, o pai e sua desaprovação a tudo que ele fazia... Seus nervos estavam à flor da pele.

Parou sob a treliça coberta de rosas e inalou o cheiro adocicado. Talvez estivesse preocupado com Júlia, e por isso andasse tão nervoso. Ela estava revoltada com os arranjos do casamento. Havia explodido em lágrimas aquela noite e gritara ao pai que o odiava. Ele a mandara para o quarto, e ela ficara lá a noite toda com aquela sua criada estranha.

Um movimento chamou sua atenção e ele se voltou. A pequena judia de Júlia saíra pela porta do peristilo. Ele apertou os olhos, vendo-a seguir o caminho não muito longe da treliça, onde permanecia despercebido. O que ela estava fazendo ali fora? Ela não tinha nada a fazer nos jardins àquela hora tardia.

Ele a observou caminhar pela trilha. Sabia que ela não queria fugir, pois estava indo na direção contrária à porta do muro ocidental. Ela parou no largo cruzamento de duas trilhas de paralelepípedos, tirou o xale que lhe cobria a cabeça e se ajoelhou sobre as pedras. Juntou as mãos e inclinou a cabeça.

Marcus arregalou os olhos de espanto. Ela estava rezando para seu deus invisível! Ali no jardim. Mas por que na escuridão, escondida dos olhares dos outros? Ela deveria ter ido com Enoque à pequena sinagoga onde ele e outros judeus se reuniam. Curioso, o rapaz se aproximou. Ela estava completamente imóvel, o perfil iluminado pelo luar.

Parecia aflita. Mantinha os olhos fechados e movia os lábios, mas não falava em voz alta. Lágrimas corriam por seu rosto. Gemendo levemente, ela se deitou de bruços nas pedras, com os braços estendidos, e então Marcus a ouviu murmurando palavras em um idioma que ele não entendia. Seria aramaico?

Ele se aproximou, estranhamente agitado ao ver a escrava prostrada diante de seu deus. Muitas vezes ele havia visto sua mãe rezar para as divindades protetoras dos lares no larário, onde ficavam seus santuários e altares, mas ela nunca se prostrava. Devotada a essas divindades, ela ia todas as manhãs deixar bolos salgados como oferendas e pedir proteção para seus entes queridos. Seu pai não punha os pés no larário desde que os dois filhos mais novos haviam morrido de febre. O próprio Marcus tinha pouca fé em deuses, embora adorasse o dinheiro e Afrodite. O dinheiro lhe servia; Afrodite apelava a seus sentidos. Ele acreditava que qualquer poder verdadeiro que um homem possuísse estava dentro de si, dependia de sua própria vontade e esforço, não de um deus qualquer.

A escrava se levantou. Era pequena e esbelta, diferentemente de Bitia, com suas curvas voluptuosas, boca carnuda e olhos sensuais. A pequena judia ficou por um longo momento à luz da lua com a cabeça inclinada, aparentemente relutante a deixar o tranquilo jardim. Inclinou a cabeça para trás, de modo que o luar se derramou sobre seu rosto. De olhos fechados, um sorriso suave se formou em seus lábios. Marcus viu em seu rosto erguido uma paz que nunca sentira, uma paz pela qual ansiava e buscava.

— Você não deveria estar no jardim a esta hora da noite.

Ela deu um pulo ao ouvir a voz de Marcus e parecia que ia desmaiar quando o viu caminhar em sua direção. Ficou tensa e completamente imóvel, apertando o fino xale que caía sobre os ombros.

— Esta é uma prática habitual sua? — Ele inclinou a cabeça ligeiramente de lado, tentando interpretar o rosto de Hadassah. — Rezar a seu deus todas as noites enquanto a família dorme?

O coração dela batia acelerado. Teria ele adivinhado que ela era cristã, ou ainda acreditava que era judia?

— A senhora me disse que era permitido — respondeu com voz visivelmente trêmula.

Era uma noite quente, mas de repente ela sentiu frio, depois calor de novo ao ver que ele usava apenas uma tanga.

— Minha mãe ou Júlia lhe disse isso? — ele perguntou, parando a poucos metros dela.

Ela olhou para ele, mas logo baixou os olhos em reverência.

— Sua mãe, senhor.

— Então suponho que seja permitido, desde que sua devoção não interfira em seus deveres para com minha irmã.

— A senhora Júlia estava dormindo tranquilamente quando eu saí, senhor. Senão, não a teria deixado.

Marcus a observou por um longo momento. Como esses judeus podiam se prostrar diante de um deus que não conseguiam ver? Não fazia sentido para ele. Com exceção de Enoque, Marcus não gostava deles nem confiava neles. Também não sabia se confiava nessa garota nem se a queria dentro de casa. Ela era fruto da destruição de Jerusalém, portanto tinha razão — se não direito — de sentir hostilidade em relação aos romanos. E ele queria Júlia segura.

No entanto, essa garota parecia inofensiva, tímida até. Mas as aparências podiam enganar. Ele ergueu uma sobrancelha, dizendo:

— Roma tolera todas as religiões, exceto aquelas que pregam a rebelião — afirmou, testando-a. — O desejo dos judeus pelo sangue romano já dura anos, e é por isso que sua Cidade Santa hoje está em ruínas.

Hadassah não respondeu. O que ele dizia era verdade. Marcus viu apenas consternação em sua expressão. Ele se aproximou para poder observar melhor seu rosto, e então ela reagiu. Hadassah ergueu o queixo levemente, e ele viu que sua seminudez a assustava. Ele sorriu, divertindo-se diante do desconforto dela. Quanto tempo fazia que não via uma garota envergonhada de verdade por alguma coisa?

— Não tenha medo, garota, não tenho o menor desejo de tocá-la — disse ele, mas continuou observando-a.

Ela havia ganhado peso nas últimas semanas, e seus cabelos agora caíam suaves, como um gorro escuro, sobre o rosto pequeno. Estava longe de ser bonita, mas não era mais feia. Vendo-o calado, ela o fitou, e Marcus sentiu a escuridão de seus olhos, a misteriosa profundidade que havia neles. Franziu levemente o cenho.

— Posso voltar para a casa agora, senhor? — ela perguntou, sem olhá-lo.

— Ainda não.

Ele permaneceu firmemente parado no caminho. Suas palavras saíram mais duras do que ele havia pretendido, e ela parecia pronta para fugir. Mas para isso Hadassah teria que entrar no jardim florido, e Marcus duvidava de que ela tivesse coragem de tentar.

Alguma coisa o intrigava naquela garota. Talvez fosse a inebriante combinação de medo e inocência. Fazia-o lembrar a estátua que comprara de Antígono, que se encontrava na colina a poucos metros de onde estavam. Ele pensou na bela Bitia aproveitando o tempo que podia para estar com ele. Mas essa garota claramente desejava estar em qualquer lugar, menos ali, junto dele no jardim. Marcus via o medo nela e se perguntava se era só porque ele era romano, inimigo de seu povo, ouse seria algo mais simples que isso. Afinal estavam sozinhos, e ele estava parcamente vestido.

— Seu nome — disse ele. — Eu esqueci.
— Hadassah, senhor.
— Hadassah.

Ela estremeceu. Seu nome parecia estranho nos lábios dele. E, de certa maneira, bonito.

— Hadassah — ele repetiu de novo, e, como uma carícia, o som de sua voz profunda despertou-lhe emoções que ela nunca sentira antes. — Por que insiste em adorar um deus que a abandonou?

Surpresa com a pergunta, ela o olhou. Por que ele queria falar com ela sobre qualquer coisa? Ele estava ali, parado diante dela, belo e viril, representando a própria Roma: poderoso, rico e cheio de tentações assustadoras.

— Você deveria escolher outro — disse ele. — Suba a Via Sacra e escolha os deuses que quiser. Escolha um que seja mais gentil com você do que esse invisível diante do qual se prostrou há pouco.

Ela abriu os lábios, sentindo o rosto quente e corado. Quanto tempo ele passara observando-a? Ela havia procurado a solidão do jardim à noite pensando que teria privacidade, que ninguém a veria. Pensar que ele a estivera observando o tempo todo fez seu corpo gelar.

— Então? Não sabe falar?

Ela balbuciou uma resposta.

— Meu Deus não me abandonou, meu senhor.

Ele riu com sarcasmo.

— Sua Cidade Sagrada é uma ruína, seu povo está espalhado pela face da Terra e você é escrava. E diz que seu deus não a abandonou?

— Ele me manteve viva. Tenho comida, abrigo e bons senhores.

Marcus ficou surpreso com sua aceitação e gratidão.

— Por que acha que seu deus lhe concedeu um favor tão generoso? — perguntou com mais sarcasmo.

Ao que ela respondeu simplesmente:

— Para que eu possa servir.

— Você diz isso porque acha que é o que eu espero que diga? — Ela baixou a cabeça. — Olhe para mim, pequena Hadassah. — Quando ela fez o que ele ordenara, Marcus se impressionou novamente com seus olhos, escuros e maravilhosos, naquele pequeno rosto oval. — Não lhe importa ter perdido sua liberdade? Diga-me a verdade. Vamos, garota, fale!

— Todos nós servimos a alguém ou a algo, meu senhor.

Ele sorriu.

— É uma suposição interessante. E a quem eu sirvo? — Vendo-a tímida demais para responder, usou seu charme para persuadi-la. — Não vou lhe fazer mal, pequena. Pode responder sem medo de retaliação. A quem você acha que eu sirvo?

— A Roma.

Ele riu.

— A Roma — repetiu, sorrindo. — Garota tola. Se todos servimos a alguma coisa, eu sirvo a mim mesmo. Sirvo a meus próprios desejos e ambições. Atendo às minhas próprias necessidades do meu jeito, sem a ajuda de nenhuma divindade.

Enquanto falava, ele se perguntava por que admitia essas coisas a uma mera escrava, a quem nada disso jamais poderia interessar. E se perguntava por que ela parecia tão triste.

— Esse é o propósito da vida, não é? — Marcus zombou, irritado por ver uma escrava olhando para ele com algo parecido com piedade. — Perseguir e agarrar a felicidade onde for possível. O que você acha?

Ela ficou em silêncio, cabisbaixa. De repente, ele sentiu vontade de sacudi-la.

— O que você acha? — perguntou de novo, ordenando desta vez.

— Eu não acredito que o propósito da vida é ser feliz. Acho que é servir. Ser útil.

— Para um escravo, talvez seja verdade — disse ele, desviando o olhar. Estava cansado. Exausto.

— Acaso não somos todos escravos daquilo que adoramos?

As palavras dela fizeram Marcus fitá-la novamente. O belo rosto dele se endureceu, ostentando desprezo e arrogância. Ela o havia ofendido; assustada, Hadassah mordeu o lábio. Como ousara falar tão livremente com um romano, que poderia matá-la por mero capricho?

— Então, pelo que diz, como eu sirvo a mim mesmo, sou escravo de mim mesmo. É isso que está dizendo?

Ela deu um passo para trás, lívida.

— Eu imploro seu perdão, meu senhor. Não sou filósofa.

— Não recue agora, pequena Hadassah. Fale mais para que eu possa me divertir. — Mas ele não parecia divertido.

— O que eu poderia lhe oferecer? Acaso tenho alguma sabedoria para lhe transmitir? Sou uma simples escrava.

O que ela dizia era verdade. Que respostas uma escrava teria para lhe oferecer, e por que ele estava no jardim com ela? Algo o incomodava. Ele queria saber algo dela. Queria perguntar que tipo de interação tinha com seu deus invisível para ter passado o que passara e ainda ter aquele olhar de paz que ele via e invejava. Mas, em vez disso, disse bruscamente:

— Seu pai também era escravo?

Por que ele a atormentava?

— Sim — ela respondeu baixinho.

— E qual era o mestre dele? No que ele acreditava?

— Ele acreditava no amor.

Era tão banal que ele estremeceu. Já ouvira isso de Arria e de seus amigos muitas vezes. *Eu acredito no amor, Marcus.* Ele supunha que era por esse motivo que ela passava tanto tempo nos templos, saciando-se com isso. Ele sabia tudo sobre o *amor*. O amor o deixava vazio e exausto. Ele podia se perder em uma mulher, afogar-se na sensação e no prazer, mas, quando tudo acabava e ele ia embora, continuava faminto — faminto de algo que nem sabia definir. Não, o amor não era a resposta. Talvez fosse como ele sempre supusera: o poder propiciava a paz, e o dinheiro comprava o poder.

Por que ele pensava que poderia aprender algo com essa garota? Ele mesmo já conhecia a resposta, não é?

— Pode voltar para a casa — disse secamente, afastando-se para ela passar.

Hadassah o fitou. O rosto bonito de Marcus estava profundamente vincado, refletindo seus pensamentos turbulentos. Marcus Valeriano tinha tudo o que o mundo podia oferecer a um homem. No entanto, lá estava ele, calado e estranhamente desolado. Acaso toda a sua arrogância e afluência eram apenas sinal de uma aflição interior? Hadassah ficou sensibilizada. E se ela lhe falasse sobre o amor a que se referia? Ele riria ou a mandaria para a arena?

Ela tinha medo de falar de Deus para um romano. Sabia o que Nero havia feito. E sabia o que acontecia todos os dias na arena. Então guardou para si seu conhecimento.

— Que o senhor encontre a paz, meu amo — disse ela suavemente e se virou.

Surpreso, Marcus a fitou. Ela falara gentilmente, como se quisesse consolá-lo. Ele a observou até ela sumir de vista.

9

Marcus se viu observando a jovem judia toda vez que ele estava em casa. Ficava imaginando o que havia nela que o fascinava tanto. Ela era devotada a sua irmã e parecia sentir o humor e as necessidades de Júlia, atendendo-lhe com gentileza e humildade. Bitia havia servido a Júlia antes de Hadassah, mas a egípcia não tinha carinho por ela. Júlia era irascível e difícil. Bitia *obedecia*, mas essa jovem judia *servia*. Marcus podia ver isso na maneira como ela pousava a mão no ombro de Júlia quando sua irmã ficava agitada. Ele nunca havia visto ninguém fora sua mãe tocar Júlia dessa maneira. E o que mais o surpreendia era que o toque de Hadassah parecia acalmar a menina.

O anúncio do casamento de Júlia feito pelo pai havia posto a casa em alvoroço, e Hadassah à prova. Assim que as palavras saíram da boca do pai, Júlia tivera um ataque histérico e desde então vivia com os nervos à flor da pele.

— Não vou me casar com ele! Não vou! — ela gritara ao pai na noite em que ele havia contado a novidade. — Você não pode me obrigar! Eu vou fugir! Eu vou me matar!

O pai lhe dera uma bofetada no rosto. Ele nunca havia feito isso antes, e Marcus ficara surpreso demais para fazer algo além de se aprumar no divã e bater com o cálice na mesa.

— Décimo! — exclamara sua esposa, tão chocada quanto Marcus.

Não que Júlia não merecesse, mas, mesmo assim, dar-lhe uma bofetada no rosto era imperdoável. A garota ficara calada, aturdida, com a mão na face.

— Você me bateu — dissera, incrédula. — Você me bateu!

— Não vou aturar sua histeria, Júlia — o pai advertira, pálido, cerrando os dentes. — Se falar comigo nesse tom, vou lhe dar mais uma bofetada, entendeu?

Os olhos de Júlia se encheram de lágrimas tempestuosas enquanto ela apertava as mãos.

— O que eu faço é pelo seu próprio bem, e se você tivesse bom senso entenderia. Você se casará com Cláudio Flacco; ele é um homem muito respeitado e possui uma propriedade considerável nos Apeninos, que você professa amar mais que Roma. Ele foi um marido atencioso e fiel para a esposa antes de ela morrer e também o será para você.

— Ele é um velho decrépito.

— Ele tem quarenta e nove anos e boa saúde.

— Eu não vou me casar com ele, estou lhe dizendo! Não vou! — gritara Júlia novamente, em prantos. — Eu o odiarei se me obrigar. Eu juro. Eu o odiarei até o último dia da minha vida! — E saíra correndo da sala.

Marcus saíra correndo atrás, mas a voz suave de sua mãe o detivera.

— Marcus, deixe-a. Hadassah, cuide dela.

Marcus vira a garota sair depressa da sala.

— Precisava disso, pai? — rosnara Marcus, fervendo de raiva, apesar da calma polida que aparentava.

Pálido e tenso, Décimo olhara para a própria mão. Apertando os punhos, fechara os olhos e saíra sem dizer uma palavra.

— Marcus — dissera a mãe, pousando a mão firmemente em seu braço quando ele ameaçara se levantar e segui-lo —, deixe-o em paz. Não ajudará Júlia em nada se você ficar do lado dela.

— Ele não tinha o direito de bater nela.

— Ele tinha o direito de pai. Muito do que está acontecendo com o Império se deve a pais que não disciplinaram os filhos. Ela não tinha o direito de falar com seu pai do jeito que falou!

— Talvez não tivesse o direito, mas certamente tinha motivo! Cláudio Flacco. Pelos deuses, mãe! Você deve ser contrária a esse arranjo.

— Na verdade, não. Cláudio é um bom homem. Júlia não conhecerá sofrimento com ele.

— Nem prazer — respondera o filho.

— A vida não é só prazer, Marcus.

Ele balançara a cabeça com raiva e saíra da sala. Passado algum tempo, rumara para o quarto de Júlia. Queria ver por si mesmo se a irmã estava bem. Ela ainda estava chorando, mas não tão histérica, e a jovem judia a abraçava como uma mãe, acariciando seus cabelos e falando com ela. Ele ficara escondido à porta, observando-as.

— Como meu pai pôde pensar em me casar com aquele velho miserável? — gemera Júlia, agarrada à garota como a um talismã.

— Seu pai a ama, senhora. Ele deseja apenas seu bem.

Cautelosamente Marcus recuara, mas permanecera no corredor, ouvindo.

— Não, ele não me ama — gritara Júlia. — Ele não se importa comigo. Você não o viu me bater? Só o que ele quer é me controlar. Não posso fazer nada sem aprovação expressa dele, e estou cansada disso. Eu queria que Drusus fosse meu pai. Otávia pode fazer o que quer.

— Às vezes, esse tipo de liberdade não vem do amor, minha senhora, e sim da falta de cuidado.

Marcus esperara outra explosão de Júlia diante daquela declaração, mas um longo silêncio se seguira.

— Você diz coisas estranhas, Hadassah. Em Roma, se você ama alguém, deixa-o fazer o que quiser... — Júlia murmurara, a voz quase sumindo.

— E o que deseja fazer, senhora?

Marcus se assomara e vira Júlia ficar calada por um momento, confusa e perturbada.

— Tudo — dissera ela, franzindo a testa. — *Tudo* — repetira, agitada —, exceto me casar com o flácido Cláudio Flacco.

Ele segurara o riso ao ouvir a avaliação de Júlia acerca de Cláudio. Observara sua irmã atravessar o aposento e ir até a penteadeira, de onde pegara um frasquinho de um caro perfume grego.

— Você não entende, Hadassah. O que você pode saber? Às vezes, sinto que sou mais escrava que você.

Frustrada e chorando debilmente, ela jogara longe o frasco, quebrando-o contra a parede. O perfume escorrera pelo mosaico de crianças brincando entre uma profusão de flores, enchendo o quarto com seu cheiro enjoativo.

Júlia se sentara pesadamente, ainda aos prantos. Marcus achara que Hadassah o veria à porta quando tentasse fugir da raiva de sua irmã, mas ela não saíra. Ela se levantara e fora até Júlia. Ajoelhando-se, pegara as mãos da garota e falara com ela suavemente — suavemente demais para que ele ouvisse.

Então Júlia parara de chorar e assentira, como se respondesse a algo que Hadassah perguntara. Ainda segurando suas mãos, Hadassah começara a cantar baixinho em hebraico. Júlia fechara os olhos e ouvira, mesmo — como Marcus sabia — sem entender o idioma. Ele também não entendia. No entanto, parado nas sombras, ele também se pegara ouvindo, não as palavras, mas a doce voz de Hadassah. Perturbado, ele se afastara.

— Júlia se acalmou? — perguntara sua mãe quando ele se juntara a ela na fonte.

— Parece que sim — dissera Marcus, distraído. — Aquela pequena judia está lançando um feitiço sobre ela.

Febe sorrira.

— Ela é muito boa para Júlia. Eu sabia que seria. Eu vi alguma coisa nela no dia em que Enoque a trouxe para nós. — Passara a mão na água clara da fonte. — Espero que não enfrente seu pai por causa da decisão dele.

— Cláudio Flacco não emociona uma mulher com o temperamento de Júlia, mãe.

— Júlia não precisa de emoção, Marcus. Ela já a tem dentro de si, e pode queimá-la como uma febre. Ela precisa de um homem que a estabilize.

— Cláudio Flacco vai fazer mais que estabilizá-la, mãe. Ele vai matá-la de tédio.

— Acho que não. Ele é um homem brilhante e tem muito a oferecer.

— De fato, mas Júlia já demonstrou interesse em filosofia ou literatura?

Febe suspirara pesadamente.

— Eu sei, Marcus. Eu pensei nas dificuldades. Mas quem você escolheria? Um de seus amigos? Antígono, talvez?

— Absolutamente não.

Ela rira baixinho diante da resposta tão rápida.

— Então, tem de concordar: Júlia precisa de um marido maduro e estável. Esses traços geralmente não são encontrados em um homem mais novo.

— Uma jovem quer coisas além de maturidade e estabilidade em um homem, mãe — dissera ele secamente.

— Qualquer jovem com bom senso percebe que o caráter e a inteligência ultrapassam em muito o encanto, as belas feições ou o corpo.

— Duvido que tal sabedoria tranquilize Júlia.

— Apesar da histeria, Júlia se curvará diante da decisão de seu pai. — Febe cruzara as mãos e olhara para o filho. — A menos que você a incite a se rebelar.

Ele apertara os lábios.

— Ela não precisa ser incitada, mãe. Júlia tem suas próprias ideias!

— Você sabe bem a influência que tem sobre sua irmã, Marcus. Se você fosse falar com ela...

— Ah, não. Não me envolva nisso. Se minha opinião contasse, Júlia escolheria quem quisesse.

— E quem sua irmã escolheria?

Marcus recordara o jovem vigarista da arena. Um camponês, provavelmente. Sentira-se irritado ao lembrar o episódio e cerrara a mandíbula. Todas as jovens ficavam caidinhas por um rosto bonito; sua irmã não era exceção. Mesmo assim, isso não mudava sua opinião.

— Cláudio Flacco não é adequado para ela.

— Acho que você está errado, Marcus. Veja, o que seu pai não lhe disse é que não foi ele quem procurou Cláudio Flacco. Foi Cláudio quem veio até nós. Ele está apaixonado por Júlia.

Cláudio Flacco e Júlia trocaram hóstias de trigo chamadas *far* diante dos olhos atentos de dois sacerdotes do templo de Zeus. Ela estava pálida e indiferente. Quando Cláudio pegou sua mão e a beijou levemente, ela olhou para ele e corou. Décimo ficou tenso, esperando uma explosão. Ele viu as lágrimas encherem os olhos dela e sabia que sua filha era capaz de se envergonhar diante de todos.

Tudo era quietude na câmara do templo; os ídolos de mármore pareciam quase vigilantes. O rosto de Marcus era uma máscara sombria, seus olhos escuros faiscando. Ele havia argumentado longa e duramente contra essa união. Chegou até a sugerir coempção, ou compra de noiva, tipo de casamento facilmente dissolvido por divórcio. Décimo se recusara a pensar nisso.

— Você não fará essa sugestão a Cláudio, ou trará vergonha a nossa família! Não pensou que é muito mais provável que *ele* queira se divorciar de sua irmã no futuro? Por mais beleza e vivacidade que Júlia tenha, ela é vaidosa, egoísta e volúvel. Essa combinação cansa depressa qualquer homem. Ou não aprendeu isso com Arria?

Marcus ficara pálido de raiva.

— Júlia não é como Arria.

— O casamento por *confarreatio* com um homem como Cláudio vai assegurar que ela não fique como Arria.

— Você confia tão pouco assim em sua própria filha?

— Eu a amo mais que a minha própria vida, mas não sou cego a seus defeitos.

Décimo sacudiu a cabeça tristemente. Ele sabia que a beleza desvanecia rapidamente quando encarnada pelo egoísmo, e o charme de Júlia era uma ferramenta de manipulação. Marcus enxergava apenas o que queria ver em sua irmã: uma criança vivaz e obstinada. Ele não via aquilo em que ela poderia se transformar se tivesse rédeas soltas. Por outro lado, com o marido certo, Júlia poderia amadurecer e se tornar uma mulher como sua mãe.

Júlia precisava de estabilidade e direcionamento. Cláudio Flacco lhe forneceria ambos. Décimo concordava que ele não era o sonho de uma jovem, mas havia coisas mais importantes: honra, família, dever. Ele queria assegurar um futuro respeitável para sua filha, e nenhuma racionalização por parte de seu filho irritadiço seria capaz de dissuadi-lo. A liberdade desmedida gerava destruição. Um dia, talvez seus dois filhos entendessem e o perdoassem.

Décimo viu sua filha levantar o queixo levemente e dar um sorriso corajoso a Cláudio. Sentiu uma onda de orgulho e alívio. Talvez ela tivesse a sensatez de perceber o bom homem com quem acabava de se casar e sua adaptação fosse mais fácil que o esperado. Pelos deuses, ele a amava tanto! Talvez ela não fosse a tola que ele temia que fosse. Ele pegou a mão de Febe e a apertou levemente, satisfeito por testemunhar que Júlia se casara diante dos sacerdotes por *confarreatio*, a união mais tradicional, indissolúvel até a morte. Seus olhos marejados ardiam; ele recordou o dia de seu próprio casamento e o amor que sentia por sua noiva assustada. E Décimo ainda a amava.

Otávia foi a primeira a abraçar Júlia após a cerimônia, enquanto os convidados cercavam o casal para felicitá-lo. As vozes se misturavam e ecoavam dentro da câmara sagrada. Os sacerdotes foram até Décimo, que lhes pagou e recebeu o documento que atestava a união. Febe colocou várias moedas em suas mãos, pedindo-lhes baixinho que queimassem incenso e fizessem sacrifícios para abençoar o casamento. Décimo havia sido generoso, e eles prometeram fazê-lo, seguindo seu caminho com as moedas tilintando nas bolsas.

Décimo observava sua bela filha com uma pontada de dor enquanto ela recebia os votos de felicidade dos convidados. Cláudio levaria Júlia para uma breve viagem após a festa dessa noite. Depois de algumas semanas, ele planejava levá-la para sua propriedade rural perto de Cápua, onde viveriam. Claro, Décimo aprovava, sabendo que era o melhor para ela. Assim, Júlia ficaria longe das influências destrutivas de jovens como Otávia e Arria, com suas ideias modernas de independência e imoralidade. E ficaria longe de Marcus.

Oh, mas como ele sentiria falta dela, sua única filha.

— Então está feito — disse Febe baixinho, sorrindo para ele por entre as lágrimas. — Todas as batalhas acabaram e a guerra por fim foi vencida. Acho que eles vão prosperar, Décimo. Você fez bem. Um dia, ela lhe agradecerá.

Eles se uniram aos convidados e saíram para a luz do sol. Cláudio estava ajudando Júlia a se sentar na liteira coberta de flores. Décimo sabia que Cláudio seria um marido atencioso e paciente; observou-o enquanto se juntava a Júlia e pegava sua mão. Que ele a adorava era óbvio, mas ela parecia tão jovem, tão vulnerável.

Enquanto a procissão se deslocava lentamente pelas ruas de Roma, as pessoas gritavam para os recém-casados. Alguns jovens toscos gritavam comentários indecentes, que fizeram corar as faces de Febe enquanto ela se recostava ao lado de Décimo. Protegida atrás dos altos muros de sua casa, ela vivia isolada de grande parte do comportamento licencioso e grosseiro dos cidadãos.

Décimo sentia falta do silêncio do campo, das águas límpidas do mar Egeu, das colinas de sua terra natal. Ele estava cansado de Roma.

Febe se sentou ao lado dele debaixo do toldo, encostando seu quadril no dele. Depois de todos esses anos juntos, ele ainda sentia um forte desejo por sua esposa; mesmo com os pensamentos de morte que o deprimiam e a dor, que havia sido intermitente no início, mas que já era uma companheira constante agora. Ele pegou sua mão, entrelaçando os dedos nos dela. Febe sorriu para ele. Acaso ela suspeitava do que ele sabia? Que sua doença estava piorando?

Os convidados se reuniram no triclínio para o banquete de celebração. Décimo quisera um número pequeno; não menos que as Graças, nem mais que as Musas. Febe se certificara de que o salão fosse decorado com uma profusão de flores aromáticas e coloridas. Décimo não partilhava de sua crença de que o doce aroma das flores neutralizaria a fumaça das lamparinas — nem os efeitos do vinho, que correria livremente noite adentro. Ele estava cansado, a dor sempre presente consumia suas forças e o cheiro enjoativo das flores o deixava nauseado.

Cláudio e Júlia tiraram os sapatos e se deitaram no primeiro divã, enquanto os demais tomavam seus lugares em outros ao redor. Aproximando-se, Cláudio falou com ela suavemente. Ela corou. Passada a cerimônia de casamento, Júlia parecia mais animada.

Décimo esperava que Cláudio lhe fizesse filhos rapidamente. Com uma criança em seu peito, Júlia se contentaria mais facilmente em ser uma esposa romana. Ela cuidaria da casa, como Febe a havia treinado para fazer. Sua mente estaria ocupada com a educação dos filhos e os cuidados da família, não com jogos e fofocas indecentes.

Enoque estava parado à entrada. Décimo acenou com a cabeça para que os escravos servissem os *gustus*, as entradas.

Na cozinha, Hadassah observava Sejanus arrumar os pródigos aperitivos em travessas de prata. O aroma de alimentos exóticos e deliciosos enchia o aposento quente e lhe dava água na boca. O cozinheiro ajeitou cuidadosamente cada úbere de leitoa, formando uma estrela, e acrescentou generosas colheradas de água-viva, ervas e ramos para completar o desenho. Outra travessa exibia uma escultura de fígado de ganso disposto em um ninho, e cunhas feitas de ovos arranjadas para parecer as penas brancas.

Hadassah nunca tinha visto uma comida assim nem inalado tais aromas celestiais. Os serviçais conversaram sobre o casamento de Cláudio e Júlia.

— Nosso amo deve estar suspirando de alívio por casá-la.

— Flacco andará ocupado.

— Ela é uma graça quando não está de mau humor.

A conversa fluía ao redor de Hadassah. A maioria dos servos desejava que Júlia fosse infeliz, pois não gostava de seus modos arrogantes e suas explosões. Hadassah não participava das fofocas. Ela observava com fascínio enquanto Sejanus trabalhava.

— Nunca vi comida assim — comentou, impressionada com as criações do cozinheiro.

— Não é como a do palácio, mas é o melhor que posso fazer — disse ele, erguendo os olhos quando Enoque entrou.

Ele enxugou o suor da testa e observou as bandejas com olhar crítico, fazendo os últimos ajustes.

— Tudo tem um aroma e uma aparência tão maravilhosos, Sejanus — elogiou Hadassah, sentindo-se privilegiada por vê-lo fazer os preparativos finais.

Satisfeito, ele foi generoso.

— Você pode comer tudo que sobrar.

— Ela não tocará em nada disso — disse Enoque, secamente. — Úberes de leitoa, lampreias, ouriços-do-mar, ovas de peixe, bezerros cozidos no leite da mãe — ele censurou, estremecendo de aversão enquanto olhava tudo aquilo, elegantemente servido. — Nossa lei nos impede de comer qualquer coisa impura.

— Impura?! — rebateu Sejanus, ofendido. — Seu deus judeu sugaria o prazer da boca do mais pobre órfão. Ervas amargas e pão sem fermento! Isso é o que os judeus comem.

Enoque ignorou o cozinheiro e fez um sinal a vários escravos para que pegassem as travessas. Olhou para Hadassah com ar de severidade paterna.

— Você terá que se lavar depois de servir esta noite.

Encolhendo-se por dentro diante da observação tão insensível sobre a perfeição culinária de Sejanus, ela olhou para o cozinheiro como se pedisse desculpas. O rosto do homem estava vermelho de raiva.

— Pegue esta travessa — ordenou Enoque, apontando com nojo para os úberes de leitoa. — Procure não tocar em nada disso.

Ela pegou a travessa e saiu da cozinha atrás dele. Quando Hadassah colocou o prato diante de Júlia, a menina estava rindo com Otávia. Dispensando a escrava, mergulhou os dedos nas águas-vivas e nas ovas, enquanto Cláudio pegava um úbere de leitoa recheado com mariscos. Enoque servia o vinho com mel em cálices de prata enquanto vários músicos tocavam flautas e liras.

Hadassah se recostou na parede, aliviada ao ver Júlia rindo e conversando. No entanto, suspeitava de que era mais para impressionar seus amigos, e não por estar feliz de verdade. Apesar de todo o brilho e a alegria, havia um vazio em Júlia que doía em Hadassah. Ela poderia acalmá-la, poderia servir-lhe, poderia amá-la, mas não poderia preencher esse vazio.

Deus, ela precisa de ti! Ela pensa que as histórias que eu lhe conto são apenas para sua diversão. Ela não ouve nada. Senhor, sou tão inútil.

Hadassah sentia muita ternura em relação a Júlia; uma ternura semelhante à que sentira por Lea. Enquanto servia calada, ela mergulhava na beleza da noite. O som de uma flauta de pã e de liras se espalhava docemente pelo salão, enquanto os músicos tocavam em um canto. Tudo era tão bonito! As pessoas com suas togas e joias, a sala decorada com flores, as almofadas coloridas, a comida... No entanto, Hadassah sabia que, apesar de tanta celebração e generosidade, havia pouca alegria na sala aquela noite.

Décimo Valeriano estava pálido e cansado. Febe Valeriano estava claramente preocupada com ele, mas tentava não incomodá-lo fazendo-lhe perguntas.

Otávia flertava ousadamente com Marcus, que parecia aborrecido com seus avanços, para não dizer com a celebração em si. Havia um toque de falsidade no riso de Júlia, como se ela estivesse determinada a parecer feliz para manter as aparências, mais por Otávia que por sua própria família. Ninguém além de Cláudio se enganava; ele estava apaixonado, alheio a tudo menos à beleza de sua jovem esposa.

Hadassah passara a gostar profundamente da família a quem servia. Rezava por todos eles incessantemente. Na festa, eles pareciam tão próximos, no entanto eram levados em direções opostas, cada um lutando contra o outro e contra si mesmo. Seria da natureza romana estar constantemente em guerra? Décimo, um homem que construíra sua riqueza sozinho, esforçava-se agora para consertar aquilo que sua afluência havia provocado em seus filhos. Febe, sempre leal e amorosa, buscava bênçãos e consolo em seus ídolos de pedra.

Hadassah orava por Júlia mais que por todos os outros juntos, pois Deus havia lhe dado a missão de lhe servir, e a garota era vítima dos mais fortes traços de caráter de todos. Ela possuía uma vontade igual à do pai, e uma lealdade mais feroz, embora menos seletiva, que a da mãe. E uma paixão ardente como a que Marcus tinha a reputação de ter.

Reclinado no divã com Otávia, Marcus tolerava seu assédio. Ela se mexeu e roçou o quadril contra o dele. Ele sorriu com sarcasmo e pegou uma cunha de ovo, mergulhando-a no fígado de ganso. Ela tinha a sutileza de uma gata.

Ele imaginava o que Arria estaria fazendo. Ela ficara com raiva quando ele lhe informara de que seu pai se recusara a convidá-la para o casamento ou para as festividades. E ainda mais furiosa quando soubera que Drusus e Otávia compareceriam. Considerava Drusus nada mais que um plebeu abençoado pela deusa Fortuna. Como o pai de Marcus, Drusus comprara sua cidadania e a respeitabilidade romanas.

— Seu pai acha que não sou boa o bastante para você, não é? — dissera Arria na noite anterior, enquanto estavam juntos após os jogos.

— Ele acha que a maioria das jovens de hoje são espíritos muito liberais.

— É uma maneira educada de dizer que ele me considera pouco melhor que uma prostituta. Ele acha que *eu* corrompo *você*, Marcus? Não é capaz de adivinhar que foi o contrário?

Marcus rira.

— Sua reputação precede a minha. Essa foi uma das razões pelas quais eu a persegui com tanta loucura, para descobrir o motivo de tanta falação! — dissera ele, beijando-a demoradamente.

Mas ela não esquecera o assunto.

— O que Júlia tem a dizer sobre todos esses arranjos?

Ele suspirara, impaciente.

— Ela aceitou o inevitável — dissera, tentando disfarçar a gravidade de sua voz.

— Pobre garota. Eu tenho pena dela. — O tom de zombaria na voz de Arria irritara Marcus. — Ela não será muito mais que uma peça da mobília depois que declararem os votos e trocarem *far* diante dos sacerdotes. Ela não terá mais direitos — acrescentara Arria.

— Cláudio não vai abusar dela.

— Nem excitá-la.

Marcus observava Cláudio e sua irmã no primeiro divã. Era óbvio que ele estava fascinado. Observava tudo que Júlia fazia com uma aprovação que deixava claro a todos os presentes que estava apaixonado. Júlia estava zonza, não porque estivesse feliz com o casamento, mas porque Enoque mantinha seu cálice cheio de vinho com mel. Embriagada, ela não sentiria dor — nem prazer.

Hadassah se mantinha por perto, como sempre fazia — serenidade em meio ao caos. Com o olhar, ela acompanhava a família e os convidados. Enquanto a observava, Marcus tentava adivinhar seus sentimentos por cada um — preocupação por seu pai, admiração por sua mãe, ternura por Júlia, curiosidade sobre Cláudio.

O que sentiria por ele?

Ele não falara com ela desde a noite em que a vira orar, embora Hadassah estivesse sempre ao lado de Júlia. Ele nunca a ouvia falar mais que uma ou duas palavras, mas Júlia dizia que Hadassah frequentemente lhe contava histórias divertidas sobre seu povo. Ela relatara a história de um bebê filho de uma escrava que havia sido deixado nos juncos do Nilo e depois fora encontrado e criado por uma princesa. Outra história contava de uma judia que se tornara rainha da Pérsia e salvara seu povo da aniquilação; e outra de um homem de Deus que havia sido jogado em uma cova de leões, mas sobrevivera uma noite inteira e saíra ileso. Para Marcus, as histórias da garota não eram nada mais que contos para passar uma tarde longa e tediosa. No entanto, ao vê-la, ele quase desejava poder escapar da festa e ir para o jardim com ela para ouvi-la falar. Ela lhe contaria alguma história ou ficaria sentada à luz do luar tremendo de medo dele, como da última vez em que haviam estado lá?

Hadassah sentiu o olhar dele e retribuiu. Seus olhos escuros e inquisitivos o queimaram brevemente. Ele levantou a mão e ela foi até ele no mesmo instante.

— Sim, meu senhor?

Sua voz era doce e suave. Sua expressão, a de uma escrava: obediente, indiferente. Ele ficou inexplicavelmente irritado.

— Você ainda ora à noite no jardim? — perguntou, esquecendo a presença de Otávia ao seu lado no divã.

— Os judeus oram em todos os lugares — a garota disse com desdém. — Não que adiante muito.

Marcus apertou os lábios quando a expressão de Hadassah ficou ainda mais velada. Desejou não ter lhe perguntado nada tão pessoal, pelo menos não na presença de outra pessoa. Otávia continuava escarnecendo os judeus, mas ele não lhe dava atenção.

— O que há no cardápio da *cena*, Hadassah? — ele perguntou, como se esse tivesse sido seu único interesse ao chamá-la. Por que a havia chamado, afinal?

Ela falou com voz monocórdia, recitando os itens que seriam servidos como prato principal:

— Veado-pardo assado, lampreia do estreito da Sicília, pombo recheado com porco e pinhões, trufas, tâmaras de Jericó, uvas-passas e maçãs cozidas em mel, meu senhor.

Era o mesmo tom que Bitia usava ao falar com ele na frente da mãe do rapaz. Mas, quando estavam sozinhos, a voz dela era muito mais rica e profunda.

Ele observou o formato fino da boca de Hadassah, seu pescoço delgado, onde a pulsação batia violentamente, e então fitou seus olhos mais uma vez. Ela não se mexeu, mas ele a sentiu se retrair. Acaso Hadassah o via como um leão, e ela a presa? Marcus não queria que ela tivesse medo dele.

— Você acompanhará Júlia para Cápua?

— Sim, meu senhor.

Ele teve uma sensação de perda, e isso o incomodou. Levantou ligeiramente a mão, dispensando-a.

— Ela é muito sem graça. Por que sua mãe a comprou para Júlia?

Sem graça? Marcus olhou para Hadassah de novo quando ela tomou seu lugar perto da parede. Simples, talvez. Tranquila, certamente. No entanto, havia uma beleza em Hadassah que ele não conseguia definir. Algo que transcendia o físico.

— Ela não tem presunção alguma.

— Como qualquer escravo deveria ser — disse Otávia.

— E sua etíope é assim? — ele retrucou secamente.

Otávia sentiu a animosidade e mudou de assunto. Afundando os dedos no fígado de ganso, Marcus deixou que ela falasse sem lhe dar muita atenção. A mente dela estava nos jogos; ela sabia mais do que uma senhora deveria saber a respeito de vários gladiadores. Depois de alguns minutos, ele se cansou dela e passou a ouvir as conversas ao redor. Mas tinha pouco interesse nas vinhas e pomares de Cláudio.

O prato principal foi servido, e ele se pegou observando Hadassah novamente quando ela retirou a travessa com os úberes de leitoa, substituindo-a por outra com assado de veado diante de Júlia e Cláudio. Ninguém parecia notá-la — ninguém exceto ele, que sentia a presença dela com todas as fibras de seu ser.

Seria apenas porque estava entediado, procurando distração? Qualquer distração? Ou havia mesmo algo de extraordinário nela por baixo daquela aparência comum? Era o que ele se perguntava toda vez que a via.

Quando ela retirou a bandeja de aperitivos da mesa, ele observou suas mãos firmes e esbeltas. Quando ela se afastou, o olhar dele pousou sobre o suave balanço de seus quadris estreitos. Seis meses em posse da família haviam transformado aquela judia miúda e emaciada em uma jovem atraente de olhos escuros, lindos e misteriosos.

Ele sabia que Hadassah tinha mais ou menos a idade de Júlia, talvez quinze ou dezesseis anos. O que passaria pela cabeça dela ao ver sua senhora se casar? Desejaria ter um marido e uma família? Não era incomum que escravos de uma casa se casassem. Havia alguém na casa de Marcus que despertasse o interesse dela? Enoque era o único judeu e tinha idade para ser pai dela. Os outros escravos judeus que Décimo havia comprado haviam sido mandados para a propriedade do campo.

Hadassah ajeitou a bandeja diante de Júlia para que os melhores pedaços fossem fáceis de pegar. Quando ela se curvou, Marcus observou seus tornozelos finos e seus pés pequenos. Fechou os olhos. Ela havia sobrevivido à destruição de seu país e de seu povo; havia marchado milhares de quilômetros por algumas das terras mais áridas do Império; tinha visto e experimentado coisas que ele mal podia imaginar, mesmo se quisesse. E não queria.

A música calma foi ficando agitada. Ele não conseguia tirar da cabeça o fato de Hadassah ir para Cápua com sua irmã. E daí se fosse? O que ela era para ele além de uma escrava da casa de seu pai, que servia à sua irmã?

Bitia começou a dançar, distraindo-o brevemente com seus movimentos ondulantes e os rodopios de véus coloridos. Ela provocou excitação em Drusus, inclusive no sério Flacco, tão solícito para com sua esposa já embriagada. Marcus sentia-se amargo. Pensar em sua irmã com aquele marido velho o deixava doente; a ideia de não ter a presença silenciosa de Hadassah na família o deprimia.

Os músicos tocavam enquanto um poeta recitava e a sobremesa foi servida — bolos licorosos e tâmaras recheadas com nozes. Marcus se sentia impotente naquela casa. Ele ainda estava sob os auspícios de seu tirânico pai; era um filho, não um homem com direitos próprios. Era voluntarioso e frequentemente travava batalhas com Décimo, e, apesar de saber que a morte um dia o faria vencedor, não era o tipo de vitória pela qual esperava ansiosamente.

Embora raramente se entendessem, ele amava o pai. Eles eram muito parecidos, ambos teimosos em suas ideias. Décimo progredira sozinho de marinheiro a rico comerciante; era dono de uma frota considerável de navios. Mas, descontente com a própria posição, Marcus queria ir além. Queria pegar a fortuna que seu pai havia construído e diversificar, espalhar a riqueza por meio de outras empresas e por outras províncias, para que a fortuna da família não dependesse apenas da boa vontade de Netuno ou Marte. Até o momento, seu pai resistia e segurava as rédeas, apesar de Marcus haver conseguido lucros consideráveis com os seis navios que o pai lhe dera para administrar. Ele investira esses lucros em madeira, granito, mármore e na construção de edifícios. E flertava com a ideia de investir em cavalos nobres criados para corridas.

Aos vinte e um anos, já era bem-sucedido e respeitado por seus pares. Aos vinte e cinco, superaria seu pai em riqueza e posição. Talvez então, e somente então, Décimo Valeriano visse que tradição e valores arcaicos tinham que dar lugar ao progresso.

Hadassah voltou para a cozinha, dispensada por Cláudio pelo restante da noite. Ela tinha visto a expressão nos olhos de Júlia: um brilho de raiva por ele ousar dispensar sua escrava pessoal... e, depois, o olhar de espanto e medo de uma virgem.

Sejanus pediu a Hadassah para lavar as panelas e os utensílios de cozinha. Mandou as outras duas escravas limparem as mesas da sala de jantar, uma vez que a celebração estava suspensa para que os convidados dormissem.

— Imagino que você vai ter que se limpar em águas mais puras depois de lavar essas panelas — disse ele, ainda irritado com as observações de Enoque. — Só as mãos — acrescentou. — Ou terá que se lavar da cabeça aos pés, só para se certificar de que é uma judiazinha limpa e boa de novo?

Ela mordeu o lábio e olhou para ele, notando a mágoa por trás daquela pergunta cortante.

— Lamento por você ter sido insultado, Sejanus. — Sorriu, desejando que ele entendesse. — Tudo estava lindo e tinha um cheiro delicioso. Júlia e os outros adoraram cada pedaço.

Sejanus pegou a panela que ela havia lavado e a pendurou.

— Por que você precisa se desculpar pelo que ele disse?

— Enoque é comprometido com a lei. Se ele não tivesse pensado que eu estava prestes a quebrá-la, não teria dito nada.

Mais tranquilo, Sejanus a observava lavar os utensílios, secá-los e guardá-los. Ele gostava dessa jovem escrava. Ao contrário dos outros, a quem era preciso dizer o que fazer, Hadassah via o que precisava ser feito e fazia. Os outros demoravam para cumprir seus deveres e resmungavam o tempo todo. Ela não reclamava de nada e servia como se lhe fosse um deleite. Aprendia depressa e até ajudava os outros quando o tempo permitia.

— Falta muito ainda — disse ele. — Bitia e as outras garotas se cansaram e foram dormir. Os músicos e todos os outros comeram. Todos exceto Enoque, com medo de morrer de constipação. Sente-se e coma alguma coisa. Tudo que você comeu esta noite foi pão. Pegue um pouco de queijo e vinho. — Ele se sentou no banco em frente à mesa. — Experimente o úbere de leitoa. Eu sei que você nunca teve nada de bom na vida. Que mal pode fazer?

Nenhum, Hadassah sabia, não em relação à contaminação. Não era o que ela pusesse na boca que a contaminaria, e sim o que saísse dela, fossem palavras indelicadas, caluniosas, fofoqueiras, arrogantes ou blasfemas. No entanto, ela não podia comer essa comida porque Enoque, que ainda vivia sob a lei judaica, a abominava. Ele salvara Hadassah da arena, levara-a até aquela bela casa, para aquelas pessoas que ela amava. Ele era um irmão de raça para ela. Comer aquilo o desonraria e insultaria, e ela não podia fazer isso, independentemente de quanto sua boca se enchesse de água de vontade de provar um pouco.

No entanto, ela considerava Sejanus um amigo também, e se recusar a provar o que ele havia preparado com tanto esforço o magoaria. Ela observou o rosto dele e viu que aquilo era um teste à sua lealdade. Enoque era duro, orgulhoso e às vezes fanático, mas mostrara ser compassivo e corajoso, arriscando-se a salvar a vida dela e dos seis homens que levara para aquela casa. Sejanus era igualmente orgulhoso e se ofendia facilmente. E também era vivaz e generoso, e contava piadas aos escravos enquanto trabalhavam.

A comida tinha um cheiro tão delicioso que seu estômago se contraía de fome. Ela não havia comido nada desde o início da manhã. A tentação de provar aquelas iguarias era grande, mas Enoque era mais importante para ela.

— Não posso — disse, desculpando-se.

— Por causa de sua maldita lei — ele soltou, contrariado.

— Estou jejuando, Sejanus.

Ele entenderia isso. Até mesmo os pagãos jejuavam.

— Por Júlia? — perguntou. — Já não é suficiente que você reze por ela todos os dias? Por que largar a comida também? O jejum não vai suavizar o coração dela. Nem uma dúzia de sacrifícios de sangue conseguiria isso!

Ela se voltou e lavou os utensílios restantes; não queria ouvir críticas a sua senhora. Júlia tinha defeitos, era egoísta e arrogante. Mas também era jovem, bonita e vibrante. Hadassah a amava e temia por ela. Júlia estava tão desesperada para ser feliz.

Hadassah nunca estivera entre pessoas como os Valeriano, que tinham tanto e, ainda assim, tão pouco. Eles precisavam do Senhor, mas ela não tinha coragem de lhes contar os milagres maravilhosos que sabia. Ela havia tentado, mas as palavras ficaram presas em sua garganta. O medo a mantinha em silêncio. Toda vez que surgia uma oportunidade, ela se lembrava das arenas que vira no caminho ao sair de Jerusalém e ouvia os gritos de terror e dor que às vezes assombravam suas noites. Nenhum membro dessa família acreditaria que seu pai morrera e fora ressuscitado por Jesus; nem mesmo Enoque, que conhecia a Deus. O que eles fariam seria condená-la à morte.

Por que me poupaste, Senhor? Eu sou inútil para eles, pensava com desespero.

Bem, ela contava a Júlia as histórias que seu pai havia lhe contado na Galileia. Mas, para a menina, eram apenas entretenimento; ela não tirava nenhuma lição delas. Como Júlia poderia escolher a verdade se não tivesse ouvidos para ouvir? Como poderia buscar Cristo se não sentia necessidade de um Salvador? Apesar das histórias que Hadassah lhe contava, histórias das Escrituras sobre a intervenção de Deus por seu povo, Júlia não entendia. Ela tinha certeza de que cada pessoa havia sido colocada nesta terra para aproveitar tudo que pudesse e fazer o que desejasse. Júlia não apenas não sentia necessidade de um Salvador; ela não queria um.

Hadassah via a riqueza e o conforto que os Valeriano apreciavam como uma maldição para eles. Por causa dessas coisas eles não sentiam necessidade de Deus. Eles viviam aquecidos, bem alimentados e lindamente vestidos e abrigados; desfrutavam de ricos entretenimentos e eram atendidos por um grande séquito de escravos. Somente Febe adorava um deus, mas sua devoção era a ídolos de pedra que não podiam lhe dar nada, nem paz e alegria.

Hadassah balançou a cabeça com tristeza. *Como se chega a pessoas que não sentem necessidade ou desejo de um Salvador?*, perguntou-se. *Deus, o que faço para fazê-los ver que estás aqui no jardim deles, que habitas sua casa, se não seu coração? Eu sou impotente. Sou uma covarde. Estou falhando com Júlia, Senhor. Estou falhando com todos eles. Sob os sorrisos e as risadas, eles estão perdidos. Deus, tu és tão grande! Nem todos os deuses e deusas de Roma juntos poderiam erguer uma alma dentre os mortos como tu fizeste. No entanto, eles não vão acreditar.*

— Eu não quis magoá-la — disse Sejanus, aproximando-se.

Ele notara a expressão aflita que atravessara o rosto da garota instantes atrás e se sentia culpado. Sejanus tinha pouca consideração por Júlia; muitas vezes a ouvira gritar em um ataque de fúria e vira seu rosto tão jovem distorcido pela emoção selvagem. No entanto, por alguma razão inexplicável, essa escrava a amava e lhe servia com devoção.

— Você não precisa se preocupar com Júlia — ele falou, tentando reconfortá-la. — Ela encontrará o próprio caminho.

— Mas será que esse caminho vai lhe trazer paz?

— Paz? — repetiu Sejanus, rindo. — Essa é a última coisa que Júlia quer. Ela é muito parecida com o irmão, só que Marcus a ultrapassa em inteligência. Ele tem a astúcia do pai, mas nem um centésimo de sua moral. Mas não é culpa dele, é culpa das rebeliões — acrescentou depressa, justificando o rapaz. — Ele viu muitos de seus jovens amigos serem assassinados ou receberem ordens de cometer suicídio. É compreensível que tenha adotado a filosofia do "Viva o presente, porque amanhã você estará morto".

— Ele não parece satisfeito.

— Alguém neste mundo está satisfeito? Só os tolos e os mortos estão.

Hadassah terminou as tarefas que Sejanus lhe atribuíra e procurou algo mais para fazer por ele. Juntos, limparam os balcões, descartaram os restos de comida, lavaram e poliram as travessas e as guardaram. O cozinheiro falava da Grécia com orgulho:

— Os romanos possuem o mundo, mas invejam os gregos. Os romanos só sabem fazer guerra, não sabem nada sobre beleza, filosofia e religião. O que eles não roubam, imitam. Nossos deuses e deusas, nossos templos, nossa arte e literatura. Eles estudam nossos filósofos. Os romanos podem ter nos conquistado, mas nós os remodelamos.

Hadassah ouvia o orgulho mesclado ao ressentimento.

— Sabia que nosso amo nasceu em Éfeso? — perguntou Sejanus. — Ele era filho de um comerciante pobre que trabalhava perto das docas. Por sua própria inteligência, se tornou um grande homem. Comprou a cidadania romana. Foi uma atitude sábia — disse, justificando a deslealdade. — Ao fazer isso, evitou certos impostos e obteve vantagens sociais para ele e sua família.

Hadassah conhecia algumas dessas vantagens. O apóstolo Paulo havia sido libertado da prisão mais de uma vez por causa da cidadania romana. E, se alguém tivesse que morrer, melhor que fosse rápido por uma espada que pendurado em uma cruz. Os cidadãos romanos eram executados com piedade. Paulo havia sido decapitado, ao passo que Pedro, galileu, fora crucificado de cabeça para baixo depois de ser obrigado a ver sua esposa ser torturada e assassinada.

Hadassah estremeceu. Às vezes esquecia a visão horripilante dos milhares de cruzes diante dos muros de Jerusalém. Mas essa noite ela as viu de novo — e o rosto dos homens pendurados nelas.

— Tenho coisas da senhora Júlia para embalar ainda — justificou Hadassah, dando boa-noite a Sejanus.

A lamparina a óleo ainda estava acesa no quarto vazio de Júlia. Quatro baús já estavam cheios e trancados e outros dois continuavam abertos. Hadassah pegou uma túnica azul-clara e a dobrou cuidadosamente, colocando-a sobre uma amarela já no baú. Recolheu o restante das coisas de Júlia e as embalou. Fechou os baús e os trancou. Endireitou-se e observou o quarto. Com um suspiro, sentou-se em um banquinho.

— É desolador, não é?

Febe estava à porta e viu a jovem escrava se sobressaltar ao ouvi-la. Ela parecia pequena e desamparada, sentada com os baús trancados a sua volta. Hadassah se levantou e fitou a senhora.

— Fico imaginando como ela está — disse Febe, entrando no quarto.

— Bem, minha senhora — Hadassah respondeu.

A mulher sorriu.

— Não consegui dormir. Muita agitação — suspirou. — Já sinto saudades dela. Você parecia sentir falta dela também.

Hadassah sorriu.

— Ela é tão cheia de vida.

Febe passou a mão pela superfície lisa da penteadeira de Júlia, despida de seus cosméticos, perfumes e caixinhas de joias. Levantou levemente a cabeça e olhou para Hadassah.

— Cláudio mandará alguém buscar as coisas de Júlia.

— Sim, minha senhora.

— Provavelmente até o fim da semana — prosseguiu, olhando ao redor do quarto. — Não é uma viagem difícil até Cápua. Há um belo campo no caminho. Você terá bastante tempo para desempacotar as coisas de Júlia e preparar tudo para a chegada dela a seu novo lar.

— Tudo estará pronto para ela, minha senhora.

— Eu sei.

Febe olhou para a jovem e sentiu um profundo afeto por ela. Hadassah era gentil e fiel, e, apesar de Júlia ser difícil, Febe sabia que essa jovem judia amava sua filha.

Ela se sentou na cama de Júlia.

— Fale-me sobre sua família, Hadassah. O que seu pai fazia para ganhar a vida?

— Ele era comerciante de recipientes de barro, minha senhora.

Febe fez um gesto para Hadassah se sentar no banquinho perto da cama.

— Ele lhes dava uma boa vida?

Por que ela fazia perguntas tão pessoais? Por que essa fina romana estava interessada nela?

— Nunca passamos fome — disse Hadassah.

— Ele fazia os recipientes de barro ou apenas vendia?

— Fez muitos, alguns simples e outros muito bonitos.

— Era diligente e trabalhador, mas criativo, então — comentou Febe.
— Pessoas de outras províncias o procuravam.

Embora comprassem seus produtos, ela sabia que eles iam mais para ouvir sua história. Ela se lembrava das inúmeras vezes que ouvira seu pai falar com um estranho que já tinha ouvido falar de sua ressurreição.

Febe viu lágrimas brilhando nos olhos da escrava e se entristeceu.

— Como ele morreu?
— Não sei. Ele saiu para falar às pessoas e nunca mais voltou.
— Falar às pessoas?
— Sobre a paz de Deus.

Febe franziu o cenho. Ia dizer algo, mas hesitou.

— E sua mãe? Está viva?
— Não, minha senhora — disse Hadassah, baixando a cabeça.

Febe viu as lágrimas que a garota tentava esconder.

— O que aconteceu com ela? E com o restante de sua família?
— Minha mãe morreu de fome poucos dias antes de as legiões romanas tomarem Jerusalém. Os soldados passaram de casa em casa, matando todos que encontravam. Um entrou na casa onde estávamos e matou meu irmão. Não sei por que não matou a mim e a minha irmã também.
— O que aconteceu com sua irmã?
— O Senhor levou Lea na primeira noite de cativeiro.

O Senhor a levou... Que jeito estranho de falar. Febe suspirou e desviou o olhar.

— Lea — repetiu suavemente. — Que nome bonito.
— Ela ainda não tinha dez anos.

Febe fechou os olhos. Pensou em seus dois filhos que haviam morrido de febre. Muitas vezes as febres assolavam a cidade, cercada de pântanos e frequentemente atingida pelas cheias insalubres do grande Tibre. E aqueles que sobreviveram a essa enfermidade, como Décimo, sofriam ataques de calafrios ano após ano. Outros tossiam até os pulmões sangrarem e então morriam.

A vida era tão incerta, como atestava o testemunho de Hadassah. Ela perdera em Jerusalém todas as pessoas que amava. Falava da paz de Deus, mas mesmo com os deuses não parecia haver garantias. Não importava quantas horas Febe passasse implorando a Héstia, deusa do coração; a Hera, deusa do casamento; a Atena, deusa da sabedoria; a Hermes, deus das viagens; e a uma dúzia de outros deuses domésticos para que protegessem seus entes queridos. Haveria outro deus ou deusa mais poderosa para tirá-los dela?

E Décimo, seu amado, estava doente, tentando esconder isso de todos. Lágrimas faziam arder os olhos de Febe enquanto ela apertava as mãos. Ele achava mesmo que poderia esconder algo dela?

— Está angustiada, minha senhora — disse Hadassah, pousando a mão sobre as dela.

Febe se surpreendeu com o toque carinhoso da garota.

— O mundo é um lugar inconstante, Hadassah. Nós somos destruídos pelos caprichos dos deuses — ela suspirou. — Mas você sabe disso, não é? Você perdeu tudo: família, lar, liberdade.

Ela observou Hadassah à luz da lamparina: a curva suave das faces, os olhos escuros, o corpo esbelto. Tinha visto Marcus olhando a garota com curioso fascínio. Hadassah não era nem um ano mais velha que Júlia — devia ter dezesseis anos, no máximo —, mas era totalmente diferente da filha. Tinha uma humildade conquistada à custa de muito sofrimento. E havia algo mais... uma doce e rara compaixão que iluminava seus olhos escuros. Talvez, apesar de sua tenra idade, ela também possuísse sabedoria.

Febe pegou firmemente a mão de Hadassah.

— Eu confio minha filha a você, Hadassah. Peço que a vigie e cuide dela sempre. Muitas vezes ela será difícil, até mesmo cruel, mas não acredito que jamais o seja deliberadamente. Júlia foi uma criança muito doce e amorosa; essas qualidades ainda estão dentro dela. Ela precisa desesperadamente de uma amiga, Hadassah, uma verdadeira amiga, mas Júlia nunca escolheu com sabedoria. Foi por isso que eu escolhi você naquele dia, quando Enoque a trouxe para nós com os outros cativos. Eu vi em você alguém que poderia estar ao lado de minha filha em todas as circunstâncias. — Ela buscou os olhos da jovem. — Você me promete fazer isso?

Como escrava, Hadassah não tinha escolha a não ser fazer a vontade de seus amos. No entanto, ela sabia que a promessa que a senhora lhe pedia não era por esse motivo. Febe Luciana Valeriano havia falado, mas Hadassah sentia que o próprio Deus lhe pedia que amasse Júlia em todas as circunstâncias, independentemente do que acontecesse desse dia em diante. Não seria fácil, pois Júlia era voluntariosa, egoísta e insensata. Hadassah sabia que podia afirmar que tentaria. Podia dizer que faria o melhor possível. Qualquer uma dessas respostas satisfaria à senhora, mas nenhuma satisfaria ao Senhor. *Será feita a sua ou a minha vontade?*, o Mestre perguntara. Ela tinha que escolher. Não no dia seguinte, e sim naquele momento, naquele quarto, diante daquela testemunha.

Febe sabia muito bem o que estava pedindo. Às vezes, era difícil até para ela amar a própria filha, especialmente nos últimos dias, quando Júlia havia tornado a vida miserável para Décimo, que agia só pensando no bem dela. Júlia queria o que queria a todo custo, mas dessa vez não conseguira. Febe viu luta no rosto da escrava e ficou satisfeita por ela não ter respondido imediatamente. Uma resposta rápida em breve seria uma promessa esquecida.

Hadassah fechou os olhos e respirou lentamente.
— Sua vontade será feita — disse com suavidade.
Febe sentiu uma onda de alívio por Júlia ficar aos cuidados de Hadassah. Ela confiava nessa garota e, naquele momento, sentiu uma profunda e duradoura ternura por ela também. Um escravo leal valia seu peso em ouro. Seus instintos em relação à compra dessa pequena judia estavam certos.
Ela se levantou. Pousando a mão no rosto de Hadassah, sorriu por entre as lágrimas.
— Que seu deus sempre a abençoe.
Então passou a mão pelos cabelos escuros e suaves da escrava, como faria uma mãe, e abandonou o quarto em silêncio.

10

Atretes corria pela estrada mantendo o ritmo extenuante que Tharacus impunha cavalgando ao seu lado. Tharacus alternadamente o insultava e o encorajava, controlando o animal em um trote constante. O elegante garanhão bufava e agitava ferozmente a crina branca, querendo avançar, enquanto os pesos que Atretes carregava pareciam mais pesados a cada quilômetro percorrido. Rangendo os dentes para suportar a dor, o germano prosseguia, com o corpo encharcado de suor, os músculos retesados e o peito queimando.

Tropeçando uma vez, Atretes se recuperou e praguejou. Se o treino continuasse assim, ele sucumbiria e passaria vergonha. Focava a mente em chegar ao próximo marco e, quando o alcançava, decidia chegar ao próximo.

— Pare — ordenou Tharacus.

Atretes deu mais três passos e parou. Dobrando-se, agarrou os joelhos e puxou o ar para os pulmões famintos.

— Endireite-se e beba isto — disse o lanista, sucinto, jogando-lhe um odre de água.

Com a boca seca, Atretes virou o odre e bebeu avidamente. Antes de jogá-lo de volta, verteu água no rosto e no peito. Devolveu o odre e ficou andando de um lado para o outro, até a respiração voltar ao normal e o calor de fornalha do corpo diminuir.

— Você está chamando atenção, Atretes — Tharacus comentou, sorrindo e indicando o outro lado da estrada.

Atretes olhou e viu duas jovens em um pomar de pêssegos. Uma delas usava uma fina túnica de linho branco, e a outra, uma marrom com a sobreveste de um tom mais claro amarrada na cintura com uma faixa listrada.

— Ela parece um cervo pronto para fugir - — debochou Tharacus. — É como se nunca tivessem visto um homem seminu antes — riu com cinismo. — Veja como a mulher o encara.

Atretes estava cansado demais para se deixar afetar pela atenção atrevida de uma garota bonita ou pelo choque de uma pequena judia. Nem, na verdade, pela zombaria de seu lanista. Ele ansiava por repouso e pelo frio silencioso de sua cela. Já havia descansado o suficiente para recomeçar, mas Tharacus parecia estar com vontade de se divertir.

— Dê uma boa olhada nela, Atretes. Bonita, não é? Você vai encontrar muitas como ela quando entrar na arena. As mulheres da aristocracia vão clamar por sua atenção. E os homens também. Eles vão lhe dar qualquer coisa: ouro, joias, o próprio corpo... O que você pedir e do jeito que pedir. — Ele sorriu levemente e prosseguiu: — Tinha uma mulher que me esperava quando eu lutava. Ela queria que eu a tocasse com as mãos ainda grudentas do sangue de uma boa matança. Isso a deixava quase louca de paixão. — Seu sorriso se tornou um riso sardônico. — Fico imaginando o que aconteceu com ela.

Ele fez o cavalo dar meia-volta. Atretes olhou de novo para o outro lado da estrada, para a garota de branco à sombra da árvore. Ele a encarou com ousadia, até ela desviar o olhar. A pequena judia falou com ela, e ambas voltaram pelo pomar. A garota de branco olhou por cima do ombro para ele, ergueu a bainha e começou a correr. Seu riso alegre chegou a Atretes.

— Os romanos gostam de loiros — disse Tharacus. — Aproveite a adoração enquanto dure, Atretes. Agarre o que puder! — Bateu de leve no germano com a ponta do chicote. — Ela já foi. Comece a correr. Vire à esquerda na encruzilhada e volte pelas colinas — ordenou, fazendo-o pegar a estrada íngreme.

Atretes esqueceu a garota e recomeçou a correr. Estabeleceu um ritmo uniforme que sabia que poderia manter, mas Tharacus gritou para que o alcançasse. Preparando-se, subiu a colina, controlando a respiração.

Ele já estava havia quatro meses seguindo um treino extenuante no *ludus*. No primeiro mês, havia sido treinado por Trófimo. Tharacus o observara atentamente e logo assumira o treinamento. Transferindo seus demais aprendizes a Gallus e aos outros, Tharacus passava a maior parte do tempo com Atretes. Exigia dele mais que do restante e lhe ensinava truques que não compartilhava com ninguém mais.

— Se você me ouvir e aprender, poderá sobreviver por tempo suficiente para ganhar a liberdade.

— Fico honrado por sua atenção — disse Atretes por entre os dentes apertados.

Tharacus sorriu com frieza.

— Vou transformá-lo num campeão. Se você conseguir sobreviver, conquistarei reputação suficiente para ganhar um lugar no grande *ludus* de Roma, em vez de passar o resto da vida nesta coelheira.

Ao contrário de muitos outros, Atretes se regozijava nos exercícios. Tendo treinado a vida toda como guerreiro, ser treinado como gladiador era só uma expansão de suas habilidades. E ele prometeu a si mesmo algum dia usar contra Roma tudo que aprendesse.

Com esse objetivo, ele se tornara especialista com o gládio; se bem que Tharacus lhe atribuía com mais frequência o tridente e a rede dos reciários. Várias vezes Atretes jogara a rede de lado, frustrado, e atacara seu oponente com tanta ferocidade que Tharacus fora forçado a interceder ou perderia um aprendiz.

Era a raiva que fazia Atretes seguir em frente. Ele a usava para se motivar nas longas corridas, para afastar a depressão que o tomava à noite enquanto ouvia as botas dos guardas fazendo ronda, para alimentar o desejo de aprender todas as formas possíveis de matar um homem, esperando um dia ganhar a liberdade para não ser obrigado a obedecer a ordens de ninguém novamente.

Atretes não fazia amigos. Ele se mantinha distante dos outros gladiadores. Não queria saber o nome de nenhum cativo, de onde vinham ou como haviam sido capturados. Algum dia ele poderia ter de enfrentar um deles na arena; poderia matar um estranho sem o menor arrependimento, mas matar um amigo era algo que o assombraria para sempre.

Ele viu o *ludus* ao longe e tomou mais fôlego. Suas pernas devoraram o trecho plano da estrada. Tharacus dava ao cavalo rédea suficiente só para avançar. Em sua posição no muro, um guarda deu um assobio estridente, e, em resposta, o portão do complexo se abriu.

Tharacus desmontou e jogou as rédeas para um escravo, dizendo:

— Para as termas, Atretes, e depois peça a Phlegon uma massagem. — Esboçou um sorriso. — Você foi bem hoje. Será recompensado.

Entrando no vestiário, Atretes tirou a tanga úmida, pegou uma toalha e entrou na câmara do tepidário. A água era quente e calmante. Ele relaxou e se lavou com tranquilidade, ignorando os outros que falavam baixinho para que os guardas não ouvissem. Então entrou na próxima câmara, o caldário, mais próxima das caldeiras. Atretes respirava o ar vaporoso enquanto um escravo esfregava seu corpo com azeite e o raspava com um estrígil.

Na câmara seguinte, Atretes mergulhou no frigidário. A água fria provocou um choque agradável, e ele percorreu a extensão da piscina, ida e volta. Segurando-se na borda, balançou a cabeça, espirrando água como um cachorro se sacudindo. Voltou ao tepidário para alguns minutos de repouso antes que lhe ordenassem ir à sala de massagem.

Phlegon era rude. Ele bateu e massageou os músculos de Atretes até afrouxarem. Era como se tudo naquele lugar sórdido tivesse sido projetado para quebrar o corpo e depois reconstruí-lo, transformando a carne em aço.

Atretes comeu com vontade o cozido de carne e cevada e em seguida marchou com os outros de volta ao bloco de celas. Trancafiado para dormir, se esticou no banco, com o braço atrás da cabeça. Tentou não pensar em nada, mas o murmúrio de vozes masculinas e uma porta se abrindo o despertaram. Alguém estava indo em direção a sua cela. Ele se sentou e se recostou contra a pedra fria; seu coração batia forte.

A tranca de ferro cedeu e a porta pesada se abriu. Gallus ficou parado ali fora com uma escrava. Ela entrou na cela sem olhar para Atretes, e Gallus trancou a porta. Sem dizer uma palavra, a garota se aproximou e ficou parada diante dele. Atretes se levantou, olhando para ela. Lembrou-se da linda jovem de branco que o observara à sombra de um pessegueiro e sentiu uma onda de raiva e desejo. Ele poderia derramar seu ódio sobre ela e saboreá-lo. Mas essa garota era mais como a pequena escrava judia. E, quando Atretes estendeu a mão para tocá-la, o fez sem nenhuma animosidade.

Depois, Atretes foi para o outro lado da cela. Ouviu pés raspando acima e soube que um guarda o espiava. A marca da humilhação tomou seu rosto, e ele teve de sufocar o desejo de gritar. Havia se transformado em pouco mais que um animal para ser observado.

A garota foi até a porta, bateu duas vezes e ficou à espera. Atretes ficou de costas para ela, menos em razão de sua própria vergonha e mais em consideração pela dela. A tranca correu e a porta foi aberta, depois fechada e trancada novamente. A escrava se foi. A recompensa que Tharacus lhe prometera havia sido dada.

Uma solidão profunda e debilitante tomou conta de Atretes. E se ele tivesse falado com ela? Ela teria respondido? Ela já havia ido até ele antes, e ele percebera seu apelo tácito para que não dissesse nada, nem sequer olhasse para ela. A moça havia ido até ali porque fora enviada para lhe servir. Ele aceitara, para liberar a tensão insuportável que a escravidão lhe causava, mas não havia calor, nem amor, nem humanidade. Ela lhe dava uma satisfação física fugaz, sempre seguida de um banho de vergonha.

Ele se deitou sobre o banco de pedra e colocou o braço atrás da cabeça, olhando para as grades. Recordou sua esposa rindo e correndo pela floresta, com a trança loira batendo nas costas. Lembrou-se de quando fazia amor com ela na relva sob o sol. Recordou a ternura que compartilhavam. A morte a levara cedo demais. Sentiu os olhos arderem e se sentou, lutando contra o desânimo que o fazia querer esmagar a cabeça na parede de pedra.

Acaso não era mais um homem? Seis meses nesse lugar o haviam transformado em um animal que cedia aos instintos mais básicos? Seria melhor se estivesse morto. Atretes afastou os pensamentos de suicídio. Os guardas estavam sempre atentos às tentativas, mas os homens encontravam maneiras de se matar, apesar de todos os esforços para evitar. Um homem comera um copo de cerâmica antes que os guardas pudessem detê-lo. Morrera em poucas horas com o interior lacerado. Outro pusera a cabeça entre os raios da roda de treino, quebrando o pescoço. O último, duas noites atrás, rasgara seu manto e tentara se enforcar nas grades.

Atretes achava que não havia honra em tirar a própria vida. Quando morresse, queria levar consigo o máximo de romanos possível, ou daqueles que servissem a Roma. Por fim, fechou os olhos e dormiu, sonhando com as florestas escuras da Germânia e com a falecida esposa.

Tharacus não o fez correr no dia seguinte. Em vez disso, levou-o a uma pequena arena de demonstração. Juntou-se a ele em uma série de exercícios de aquecimento e alongamento. Atretes observou os quatro guardas armados que se postavam equidistantes dentro dos muros e olhou os camarotes dos espectadores. Scorpus estava ali, com um negro alto que vestia uma túnica vermelha com guarnição dourada.

— Vamos ver se pode me superar, Atretes — disse Tharacus em germano, jogando-lhe um dos dois bastões grossos e compridos. Ele se agachou e se deslocou para um lado, agitando o bastão repetidamente e com grande habilidade, em expectativa. — Vamos — instou, zombando de Atretes. — Ataque-me, se tiver coragem. Mostre que aprendeu alguma coisa.

O peso do carvalho era agradável nas mãos de Atretes. As pontas da vara haviam sido cobertas com couro. Scorpus ordenara esse confronto por um de dois motivos: ou o africano era rico e estava procurando um pouco de entretenimento, ou ele próprio estava comprando um gladiador. Nenhuma das duas opções era motivo de orgulho para Atretes. E, com Scorpus fora de alcance, ele concentrou todo seu ódio contra Tharacus.

Movendo-se devagar e cautelosamente em torno do instrutor, Atretes procurou uma abertura. Tharacus fez um movimento brusco, mas ele o bloqueou, e o som de madeira contra madeira ecoou na arena. O lanista deslocou seu peso, virou-se depressa e acertou a lateral da cabeça de Atretes, abrindo-lhe um corte ao lado do olho.

A raiva corria quente com o sangue de Atretes, mas, com a força do condicionamento e de sua vontade, ele a subjugou. Levou mais dois golpes e em seguida acertou dois, fazendo Tharacus se desequilibrar. Usando o calor de sua ira para se fortalecer, tomou a ofensiva. Havia aprendido a olhar nos olhos do oponente, e não em suas mãos, para saber o que ele pretendia. Bloqueou dois ataques e lançou a longa vara contra o rim de Tharacus, captando o olhar assustado do lanista enquanto caía. Traçou um círculo rápido com o bastão e apontou para a cabeça de Tharacus. O treinador se esquivou e se levantou. A uma palavra dele, os guardas intercederiam. Mas ele não disse nada.

O som dos toques rápidos e afiados dos longos bastões ecoava pela pequena arena. O suor brotava de ambos, e os dois grunhiam a cada golpe poderoso.

Vendo que estavam equiparados demais para obter alguma vantagem, Atretes largou o bastão e agarrou Tharacus, usando toda a sua força contra o queixo do lanista. Ele conhecia todos os truques de Tharacus. O instrutor tentaria dar-lhe uma rasteira, mas, quando ele fez o movimento, Atretes ergueu o joelho com determinação. Tharacus ofegou e seus olhos cintilaram de dor. Seus dedos foram se afrouxando. Atretes o acertou com o joelho novamente e em seguida usou o bastão para derrubá-lo.

Pelo canto do olho, viu o movimento de um guarda quando Tharacus caiu. Sabia que tinha pouco tempo. Soltando a longa vara, caiu sobre o lanista, agarrou-lhe o elmo com a mão esquerda e o puxou. Tharacus arregalou os olhos e tentou evitar o golpe que ele próprio havia ensinado; gritou uma ordem, mas era tarde demais. Atretes bateu com a base da mão contra o nariz de Tharacus, fazendo a cartilagem estalar e entrar em seu cérebro.

Dois guardas o puxaram para longe do corpo convulsivo de Tharacus. Atretes jogou a cabeça para trás em júbilo e lançou seu grito de guerra. A adrenalina ainda corria por seu corpo; livrou-se de um dos guardas e deu um soco no abdome do outro, fazendo o gládio do homem sair da bainha quando ele caiu. O terceiro e o quarto guardas puxaram suas espadas.

— *Não o matem!* — Scorpus gritou no camarote.

As espadas voltaram para as bainhas, e os guardas usaram uma rede para derrubar Atretes. Enredado como um animal selvagem, ele foi imobilizado de bruços na areia e o gládio foi retirado de sua mão. Puseram-lhe algemas nos pulsos e tornozelos, e ele foi forçado a se levantar, cuspindo palavrões em grego. Em seguida o colocaram diante do camarote dos espectadores.

Arfando, Atretes encarava Scorpus e seu convidado, gritando as palavras mais sujas que havia memorizado nos seis meses que passara no *ludus*. Scorpus o fitava, lívido e paralisado. O homem negro sorriu, disse algo para Scorpus e saiu do camarote.

Em menos de uma hora, Atretes estava acorrentado dentro de outra carroça com um gaulês, um turco e dois bretões de outros *ludi* capuanos. O negro ia à frente em uma liteira ensombrada, carregada por quatro escravos.

O nome do africano era Bato. Era propriedade do imperador Vespasiano e ocupava a prestigiosa posição de lanista chefe do *ludus* de Roma.

Atretes estava sendo levado ao coração do Império.

— Diga a ele que estou com dor de cabeça — Júlia ordenou com desdém, sem sequer olhar para o escravo parado à porta com o pedido educado de Cláudio para que ela se juntasse a ele na biblioteca.

Continuou com o jogo de lançar ossinhos no chão, observando-os enquanto se chocavam no piso de mármore. Como não ouviu Hadassah falar nem a porta se fechar, ergueu os olhos. E viu o olhar suplicante da escrava.

— Diga a ele — ordenou imperiosamente, e Hadassah não teve escolha senão transmitir a mensagem de sua senhora.

— Eu ouvi — Persis anuiu em voz baixa e se afastou.

Hadassah fechou a porta com cuidado e olhou para sua jovem senhora. Ela era tão egoísta e tola a ponto de negar ao marido a menor cortesia? Como Cláudio Flacco se sentiria?

Ao ver o olhar de Hadassah, Júlia se pôs na defensiva:

— Não estou com vontade de passar outra noite enfadonha na biblioteca enquanto ele fala de filosofia. Como vou saber ou me interessar pelo que Sêneca pensava?

Ela recolheu os ossos do chão e os apertou. Seus olhos estavam marejados. Por que ninguém a deixava em paz? Por fim os jogou com força e, desanimada, sentou-se sobre os calcanhares.

Hadassah se curvou e recolheu cada um dos ossos.

— Você simplesmente não entende — disse Júlia. — Ninguém entende.

— Ele é seu marido, minha senhora.

A menina ergueu o queixo.

— Isso significa que eu devo atender a todos os seus chamados, como uma escrava?

Hadassah só podia se perguntar o que Cláudio Flacco faria quando lhe dissessem que sua jovem esposa se recusava a ir até ele com a frágil desculpa de uma dor de cabeça. No início, Júlia havia representado o papel de noiva alegre, mais para impressionar os amigos que para agradar ao marido. Uma vez fora de Roma, ela se tornara dolorosamente polida. E já instalada em Cápua, ficara petulante.

Cláudio Flacco era um homem de uma paciência monumental, mas o atrevimento de Júlia rejeitando-o sem rodeios poderia acabar com essa virtude. Nos últimos seis meses, Cláudio ignorara o mau humor de Júlia. Mas a desobediência e a descortesia absolutas certamente provocariam sua ira. Hadassah tinha medo por sua senhora. Acaso os maridos romanos batiam em suas esposas?

Para ser sincera, Hadassah também estava contrariada. Acaso Júlia era tão cega a ponto de não ver que Cláudio Flacco era doce, gentil e inteligente? Ele era um marido digno para qualquer jovem. Cláudio fazia tudo que podia para entreter Júlia: apresentava-a a seus amigos, levava-a para passear de biga pela Campânia, comprava-lhe presentes. No entanto, Júlia lhe dava pouca consideração em troca. Sua gratidão era superficial, como se o que ele fazia fosse seu mero dever.

— Ele é gentil com a senhora — disse Hadassah, procurando uma maneira de argumentar com a garota.

— Gentil — Júlia desdenhou, bufando. — É gentil me obrigar a receber sua atenção quando eu não a quero? É gentil exigir seus direitos, se só de pensar nele sinto repulsa? Não quero passar a noite com ele. — Ela levou as mãos ao rosto. — Odeio quando ele me toca — disse e estremeceu. — Sua carne é pálida como a morte.

Hadassah sentiu o calor tomar seu rosto.

— Só de pensar nele fico doente. — Júlia se levantou, foi até a janela e olhou para o pátio.

Hadassah ficou olhando para as mãos que mantinha cruzadas, sem saber o que dizer para acalmar sua senhora. Aquela conversa a deixava constrangida. O que ela sabia sobre as intimidades da vida conjugal? Talvez fosse insuportável para Júlia, e Hadassah não devesse julgá-la tão rapidamente.

— Talvez seus sentimentos mudem quando tiver filhos — disse.

— Filhos? — Júlia repetiu, voltando os olhos escuros para Hadassah. — Não estou pronta para ter filhos. Eu ainda nem vivi. — Passou a mão por uma tapeçaria babilônia. — Os deuses devem concordar comigo, pois ainda não carrego uma criança, e não por falta de tentativas de Cláudio. Ah, ele tenta sem parar. Com todas as grandes esperanças de meu pai sobre uma linhagem real, talvez a semente de Cláudio seja ruim.

Sua amargura se transformou em diversão ao olhar para Hadassah. Ela riu.

— Você está vermelha.

Mas seu sorriso logo desapareceu, e ela se reclinou em um divã. Observou um afresco na parede: homens e mulheres saltitando em um vale na floresta. Eles riam, alegres. Por que sua vida não podia ser assim? Por que ela tinha que ter um marido tão velho e enfadonho? Teria que ficar trancada naquela vila em Cápua pelo resto da vida? Ela ansiava pela emoção de Roma. Sentia falta da inteligência de Marcus. Júlia queria aventura. Cláudio nem consentia em levá-la a um dos *ludi* para assistir a um treino de gladiadores...

— Você se lembra do gladiador que vimos? — perguntou Júlia, sonhadora. — Ele era lindo, não? Como Apolo. Sua pele era da cor do bronze, e seus cabelos dourados como o sol. — Ela pousou a mão delicadamente na barriga. — Ele me fez tremer por dentro. Quando olhou para mim, me senti pegando fogo.

Ela se voltou, pálida, com os olhos brilhando pelas lágrimas da amarga decepção.

— Mas eu tenho Cláudio, que faz meu sangue gelar.

Hadassah recordou o gladiador. Júlia insistira em passar pelo pomar no dia seguinte e no próximo, mas por sorte ele e seu treinador não haviam aparecido mais.

Júlia ficou imóvel, esfregando as têmporas.

— Estou com dor de cabeça — disse. — Basta pensar em Cláudio que sinto dor de cabeça.

Tardiamente, ocorreu-lhe que Cláudio poderia estar com raiva em virtude de sua recusa. Não era apropriado que uma esposa recusasse alguma coisa a seu marido. Júlia pensou em sua mãe e se sentiu culpada. Ela quase podia ver seu olhar de reprovação e ouvir sua recriminação, gentil, mas cortante.

Júlia mordeu o lábio, irritada. Nunca tinha visto Cláudio com raiva. Seu coração começou a bater forte.

— Provavelmente ele não vai acreditar, mas eu realmente não me sinto bem. Vá e fale com ele por mim — ordenou, indicando a porta com a mão. — Peça-lhe minhas sinceras desculpas e explique que vou tomar um longo banho e depois vou me deitar. Chame Catia para mim. Persis deve ter dito a Cláudio que eu estava jogando ossos.

Hadassah chamou a serva macedônia e seguiu pelo corredor interno até a biblioteca. A grande casa estava quieta e silenciosa.

Cláudio estava sentado à mesa com um pergaminho aberto à frente. A luz da lamparina fazia as faixas acinzentadas de seu cabelo brilharem, parecendo brancas. Ele ergueu os olhos.

— Persis já me informou de que a senhora Júlia está com dor de cabeça. — Seu tom era seco, e sua expressão indiferente, mas não irada. — Ela mudou de ideia?

— Não, meu senhor. A senhora Júlia pede desculpas e lamenta não estar se sentindo bem. Ela vai tomar um banho e se recolher.

Cláudio fez uma careta. Isso significava que ele fora dispensado antes de o sol se pôr. Ele não se enganou nem se chateou com as desculpas de Júlia. Na verdade, ficou aliviado. Recostou-se um pouco e expirou devagar. Tentar entreter Júlia estava se tornando um tédio. Em seis meses de casamento, Cláudio aprendera muito sobre sua jovem esposa, mas pouca coisa que o fizesse admirá-la. Ele sorriu dolorosamente. Ela era linda e feita para ser admirada, mas infantil e egocêntrica. E ele era um velho tolo, voando alto nos braços de Eros.

Da primeira vez em que vira Júlia, ele ficara impressionado com a semelhança dela com Helena, sua amada esposa. Pensara — ou melhor, sonhara — que talvez fosse até a reencarnação dela. Ficara enfeitiçado, ébrio de esperança, agarrando-se a uma possibilidade inexistente. Mas os deuses estavam só brincando com ele.

Pensar em Helena o enchia de solidão. Ele recordava sua doce presença com um desejo que doía. Todos os anos que havia passado com ela não foram suficientes. Uma vida inteira não teria sido suficiente.

Helena era calada, pensativa, doce, gostava de se sentar com ele naquela sala durante horas. Falavam de tudo — artes, deuses, filosofia e política. Até mesmo os assuntos mundanos e cotidianos sobre os quais ele conversava com seu supervisor interessavam Helena. Júlia tinha um temperamento agitado e explosivo. Cláudio sentia as paixões ingovernáveis se debatendo constantemente dentro dela, paixões que ele não podia acessar só por possuí-la. Ela era linda, mais bonita que Helena, com curvas finas e uma suavidade de puro mármore. Mas era inquietante.

Nada lhe interessava, exceto, talvez, os *ludi* de gladiadores que povoavam Cápua. Ela queria visitar um desses lugares bárbaros e ver como os gladiadores treinavam. Queria saber tudo sobre eles. Sempre que ele tentava levar a conversa a pensamentos mais esclarecedores, ela a dirigia de volta àqueles pobres infelizes que viviam atrás dos altos muros, encarcerados em celas escuras.

Talvez ele esperasse demais dela. Júlia era jovem e inexperiente, tinha a mente ágil, mas seus interesses eram muito limitados. Sua Helena fora uma mulher dada às coisas do intelecto; Júlia, às coisas materiais. Embora ele se deleitasse com o corpo adoravelmente jovem de Júlia, o prazer ia se tornando mais breve, e o efeito, mais desanimador. Com Helena, ele compartilhara paixão e ternura. Às vezes, eles riam e conversavam até adormecer. Júlia suportava-o em um martírio silencioso enquanto ele a possuía. Ele nunca ficava no aposento dela mais que o necessário.

A solidão insuportável de viver sem Helena permanecia com Cláudio. Ele havia pensado que, se se casasse com a jovem e vibrante Júlia, poderia superá-la. Como estava errado! Eles não tinham nada em comum. Aquilo que ele confundira com amor havia sido apenas a necessidade física de um homem tolo.

Como Cupido devia estar rindo depois de atirar sua flecha de forma tão direta e verdadeira. Cláudio perdera a cabeça, mas não o coração, e agora tinha o resto da vida para se arrepender de sua tolice.

Ele desenrolou o pergaminho ainda mais e se perdeu no estudo das religiões do Império. Era um assunto digno de mantê-lo ocupado até que Hades, o deus do submundo, reivindicasse sua alma.

Na manhã seguinte, ele viu sua jovem esposa caminhando pelos jardins com sua escrava. Júlia estava sentada em um banco de mármore colhendo flores, enquanto a escrava, em pé, falava. Júlia ergueu os olhos uma vez e fez uma breve observação e a seguir um gesto para que a escrava continuasse. Ele ficou observando por um longo tempo enquanto a escrava falava, e então foi se juntar a elas, curioso para ouvir o que a garota estava dizendo.

Júlia o viu chegar e a decepção tomou seu semblante. Hadassah também o viu e abandonou a história. Júlia mordeu o lábio inferior, imaginando se Cláudio a repreenderia por ter se recusado a estar com ele na biblioteca na noite anterior. Mas ele não disse nada. Hadassah manteve o silêncio apropriado à aproximação de seu senhor. Júlia esperava que Cláudio dissesse o que tinha a dizer e fosse embora.

Ele se sentou ao lado de sua esposa no banco.

— Sua escrava estava falando com você.

Ele viu o rubor se espalhar pelo rosto de Hadassah.

— Ela estava me contando outra de suas histórias.

— Que tipo de histórias?

— Sobre seu povo. — Júlia arrancou mais uma flor. — As histórias ajudam a passar o tempo quando há pouco a fazer.

Ela levou a flor ao nariz e inalou o perfume doce e forte.

— Histórias religiosas? — perguntou Cláudio.

Júlia o fitou através dos cílios, rindo suavemente.

— Para um judeu, tudo é religioso.

Ele observou a escrava com mais interesse.

— Eu gostaria de ouvir algumas dessas histórias quando você puder dispor dela, minha querida. Estou fazendo um estudo comparativo das religiões. Seria interessante ouvir o que sua escrava tem a dizer sobre os fundamentos da fé dos judeus em um deus invisível.

E foi assim que, da próxima vez que Cláudio enviou Persis para convocar sua esposa, Júlia lhe mandou saudações e lamentos — e Hadassah em seu lugar.

11

Marcus segurava firme as rédeas de seu novo garanhão branco enquanto o conduzia pela multidão que se aglomerava perto dos portões da cidade. O cavalo era um animal majestoso, recentemente chegado da Arábia, e o barulho e a confusão deixavam-no nervoso. Marcus logo viu que estava avançando pouco a pé, de modo que o montou.

— Afastem-se ou serão pisoteados! — gritou a vários homens à sua frente.

O garanhão jogou a enorme cabeça para trás e empinou, agitado. Marcus o açulou para a frente e viu que os pedestres abriam caminho rapidamente.

Fora dos muros de Roma, a estrada estava repleta de viajantes que queriam entrar na cidade. Os mais pobres iam a pé, carregando tudo que possuíam dentro de um saco às costas, ao passo que os mais ricos eram carregados em liteiras sofisticadas ou ocupavam bigas douradas, adornadas de cortinas vermelhas. Redas de quatro rodas e quatro cavalos passavam lotadas de passageiros, enquanto císios, mais rápidos e mais leves, com duas rodas e dois cavalos, abriam caminho. Os condutores de carroças puxadas por bois, carregadas de mercadorias, não tinham pressa, sabendo que teriam que esperar até o pôr do sol, quando a proibição de circulação de seus veículos fosse suspensa.

Marcus seguiu para o sul pela Via Appia, orgulhoso de sua nova aquisição. Permitiu que o animal galopasse, com a cabeça alta e orgulhosa sacudindo raivosamente, querendo correr. A estrada estava cheia de representantes de províncias distantes, oficiais romanos, legionários, comerciantes e escravos de uma dúzia de principados conquistados. Ele percorreu os subúrbios e passou por um grupo de escravos da construção, prisioneiros e soldados, todos trabalhando na melhoria de um trecho da estrada que levava a novas vilas nas colinas. Novos conjuntos residenciais surgiam como ervas daninhas em todas as encostas da cidade.

A respiração foi se tornando mais fácil conforme passava. Precisava se afastar da urgência da cidade, do barulho incessante e das obrigações irritantes. Havia quase terminado de construir os *insulae* — grandes e altos edifícios de apartamentos que ocupavam um quarteirão cada um — perto do Campo de Marte e do mercado de gado. As pessoas já faziam fila para conseguir um apartamento, uma vez que eram mais bem construídos que a maioria e menos propensos a arder em chamas. O retorno financeiro em breve lhe acenaria. A vila no Capitólio estava pela metade e já tinha quatro ofertas, uma melhor que a outra. Ele não havia aceitado nenhuma. Uma vez concluída, planejava abrir a vila para um pequeno grupo de convidados afluentes e, no tempo certo, realizar um leilão particular, com isso elevando ainda mais os preços.

Seu pai o pressionava para que assumisse mais responsabilidades na empresa de navegação, mas suas próprias empresas estavam indo tão bem e lhe tomavam tanto tempo que Marcus sempre as recusava. Que desafio representaria assumir um negócio já estabelecido?

Ele queria construir seu próprio nome e seu próprio pequeno império dentro do Império. E era o que estava fazendo. Sua reputação só fazia aumentar com os contratos que Antígono havia arranjado por meio de suas conexões políticas.

Antígono era outra razão pela qual Marcus queria sair de Roma por alguns dias. Estava cansado de ouvi-lo reclamar sobre seus problemas e implorar por dinheiro. Além do mais, ele criticava muito livremente os que estavam no poder.

E também queria certa distância de Arria. Ele deixara de procurar sua companhia, mas ela ainda o procurava. Arria lhe havia dito que Fannia estava se divorciando de Patrobus e dizendo a todos que tinha um amante, e Marcus não queria mais esse problema sobre seus ombros. Fez uma careta ao recordar o tom magoado e irritado de Arria.

— É você, Marcus?

— Não vejo Fannia desde o banquete que Antígono deu antes dos Jogos Apolinários — ele respondera com sinceridade. — Você estava lá, não se lembra? Nadou nua para os sátiros na fonte de Antígono.

Ela estava bêbada e ficara extremamente irritada quando o vira nos jardins com Fannia. Ele a havia jogado na fonte, mas duvidava de que Arria se lembrasse.

Ela passara a ir a todos os festivais e banquetes em que Marcus estivesse, ficando como um carrapicho a seu lado. Mordida por sua rejeição, ela havia dito aos amigos que estava cansada dele, mas era óbvio que ainda o queria. Sua persistência era embaraçosa.

Havia certo alívio em seu status de homem livre. Ele poderia fazer o que quisesse, quando quisesse e com quem quisesse. Por uns breves dias havia apreciado Mallonia, uma amiga de Tito, o filho do imperador. Por intermédio dela, Marcus havia sido apresentado a Tito. O Flávio mais novo andara deprimido pelo fim de seu caso de amor com a princesa judia, Berenice. Embora ela fosse sua cativa, fora ela que o cativara. Marcus pensava nos rumores que circulavam pelo Império acerca de Tito querer se casar com uma judia. Ele não havia acreditado, até conhecer Tito. Se Vespasiano não houvesse ordenado o fim do romance, Tito poderia realmente ter se casado com ela.

Tito nunca deveria ter pensado em se casar com uma mulher de uma raça tão bárbara. Talvez tenha sido uma combinação de muitos meses de campanha, sob o forte calor do sol judeu. Mulheres deviam ser conquistadas e desfrutadas, não virar a vida de um homem de cabeça para baixo ou levar o Império à rebelião.

Marcus pensou em Hadassah, mas logo se desfez da imagem de seu rosto gentil. Voltou seus pensamentos para as pedreiras. Ele havia se tornado sócio de duas, a um dia de distância de Roma, após ouvir um rumor de um de seus agentes. Um dos escravos do palácio de Vespasiano ouvira uma conversa entre o imperador e vários senadores sobre o lago de Nero, perto da Casa Dourada. Vespasiano tencionava drenar o lago e transformá-lo em um enorme anfiteatro com capacidade para acomodar mais de cem mil plebeus.

Seriam necessárias toneladas de pedras, e onde melhor comprá-las que nas pedreiras mais próximas de Roma? Era certo que Marcus possuía apenas uma participação muito pequena nas pedreiras, mas mesmo uma pequena parte valeria uma fortuna quando esse projeto colossal se iniciasse.

Sorrindo, Marcus afrouxou as rédeas do garanhão e seguiu a galope pela estrada. A velocidade e o poder do animal o estimulavam, fazendo seu sangue correr. O garanhão diminuiu o ritmo após várias balizas. Marcus sorveu o ar fresco do campo.

Ele imaginava como Júlia estaria com seu velho Cláudio. Fazia meses que não a via. Ela não o esperava, e a perspectiva de surpreendê-la lhe agradava.

Ele comprou comida em um mercado ao ar livre em um dos pequenos povoados e seguiu caminho. Passou por um rico viajante que ordenava a seus escravos que montassem uma tenda para passar a noite. Com o tamanho do séquito do homem e a frequência dos legionários romanos passando pela estrada, havia menos probabilidade de um ataque ao ar livre. E passar a noite em uma pousada local era um convite para ser roubado ou coisa pior.

Marcus tinha amigos pelo caminho, mas optou por não parar. Queria ficar sozinho, ouvir o silêncio e os próprios pensamentos. Escolheu um lugar para dormir bem afastado da estrada, escondido por uma formação rochosa.

A noite estava quente, e ele não precisava de fogo. Tirou a sela e a manta de seu cavalo e o acariciou. Havia um pequeno córrego e muita grama para ele pastar. Amarrou o garanhão ao alcance de ambos e se deitou sob as estrelas.

O doce silêncio cantava em seus ouvidos como se houvesse sereias por perto. Ele se entregou, saboreando o momento de paz. No entanto, cedo demais, a paz o abandonou quando sua mente foi invadida pelas dezenas de decisões comerciais que precisava tomar nas próximas semanas. Parecia que, quanto mais bem-sucedido era, mais complicada sua vida se tornava. Até fugir por alguns dias lhe exigira um esforço monumental.

Pelo menos ele não tinha a posição social de seu pai. Não tinha que se sentar em uma curul todas as manhãs e distribuir dinheiro para vinte ou mais clientes de chapéu nas mãos. Eles sempre se demoravam, pediam conselhos, ofereciam lisonjas e se curvavam em falsos agradecimentos.

Seu pai era um homem generoso, mas havia momentos em que até ele se ressentia das moedas doadas. Dizia que isso tirava o desejo dos homens de trabalhar para si mesmos. Por alguns denários, eles vendiam seu amor-próprio. Mas, na verdade, que escolha tinham os romanos se a população fora engrossando com cada província conquistada e os bens estrangeiros dominavam o mercado? Trabalhadores romanos livres exigiam salários mais elevados que escravos provincianos. Os romanos achavam que estavam acima do salário comum. Já os efésios como seu pai aproveitavam todas as oportunidades.

Nascido e criado na Cidade Eterna, Marcus se sentia dividido por duas lealdades. Ele era mais romano que efésio, no entanto seu pai ainda sentia suas raízes fincadas em Éfeso. Algumas noites antes, Décimo havia esbravejado:

— Posso ter comprado a cidadania romana, mas em meu sangue sempre serei um efésio. Como você!

Marcus pensou na veemência de seu pai.

— Antes era importante ser romano, para garantir proteção e oportunidades — dissera Décimo, explicando suas razões para se tornar um cidadão de Roma. — Custou tempo e esforço. Era uma honra conferida a poucos que a mereciam. Hoje em dia, qualquer homem que possa pagar o preço pode ser romano, seja aliado ou inimigo! O Império se transformou em uma prostituta barata e, como tal, está doente e apodrecendo por dentro.

Décimo parecia motivado e falava com irritante rapidez da pátria que havia deixado mais de duas décadas antes. Nem mesmo a competente liderança de Vespasiano acalmava suas terríveis suposições em relação ao Império. Era como se alguma força desconhecida tentasse atrair o velho Valeriano de volta a Éfeso.

Marcus suspirou e pensou em coisas mais agradáveis e menos perturbadoras. Mallonia, com seus olhos verdes e truques experientes; Glafira, com suas curvas suaves e voluptuosas. No entanto, quando adormeceu, a mulher que encheu seus sonhos foi uma jovem judia de mãos levantadas para o céu, para seu deus invisível.

Júlia ficou delirantemente feliz ao ver o irmão. Jogou-se em seus braços, rindo, agradecida por ele ter ido visitá-la. Ele a ergueu e a beijou com carinho. Em seguida a colocou no chão, passou o braço ao redor de seus ombros e foram para o pátio. Ela havia crescido um pouco nos meses que passara sem vê-la e estava mais encantadora que nunca.

— Onde está seu marido babão?

— Provavelmente na biblioteca, com seus pergaminhos — respondeu ela, dando de ombros e fazendo um gesto de desdém com a mão. — O que o traz a Cápua?

— Você — disse ele, orgulhoso de vê-la tão linda.

Os olhos dela brilhavam por causa dele.

— Vai me levar a um dos *ludi*? Cláudio não tem tempo com seus estudos, e morro de vontade de ver como treinam os gladiadores. Vai, Marcus? Oh, por favor. Seria muito divertido.

— Não vejo nenhum problema nisso. Há algum em particular que você queira visitar?

— Há um não muito longe daqui. Pertence a um homem chamado Scorpus Proctor Carpophorus. Ouvi dizer que é uma das melhores instalações de treinamento da província.

Os jardins de Cláudio eram extensos e bonitos. Numerosos escravos podavam, cortavam e reviravam o solo para manter as trilhas perfeitas. Pássaros voavam e cantavam nos galhos altos de árvores centenárias. A família de Cláudio possuía essa vila havia muitos anos. Sua esposa, Helena, morrera ali. Marcus não viu nenhum sinal de o fantasma dela haver esfriado a felicidade conjugal de Júlia. Ela parecia mais feliz que no dia em que foram trocados os votos.

— Como está com seu marido? — Marcus perguntou com um sorriso provocador.

— Bem — disse Júlia com um sorriso malicioso. — Às vezes caminhamos pelos jardins, às vezes conversamos. — Ela riu diante do sorriso perverso que ele lhe deu. — Isso também, mas não muito frequentemente nos dias de hoje, graças aos deuses.

Uma breve careta cruzou o rosto de Marcus quando ela correu à frente e se sentou em um banco de mármore sob a sombra de um antigo carvalho.

— Conte-me tudo sobre Roma, Marcus. O que está acontecendo por lá? Que fofocas eu perdi? Estou morrendo de vontade de saber.

Marcus falou por algum tempo, enquanto sua irmã absorvia tudo que ele dizia. Uma escrava apareceu com vinho e frutas. Ele nunca a tinha visto antes. Júlia a dispensou e sorriu para ele.

— O nome dela é Catia. Encantadora, não é? Tente não engravidá-la enquanto estiver aqui, Marcus. Isso irritaria o senso de propriedade de Cláudio.

— Você vendeu a pequena judia que mamãe lhe deu?

— Hadassah? Eu não me separaria dela por nada! Ela é devotada e obediente e tem sido muito útil para mim nos últimos meses.

Havia uma mensagem escondida na última parte de sua declaração, pois ele viu malícia nos olhos da irmã. Marcus sorriu com ironia.

— É mesmo?

— Cláudio está encantado com ela — continuou, parecendo se divertir.

Uma súbita onda de emoção sombria explodiu dentro de Marcus. Ele não conseguia avaliar seus sentimentos, pois o nó que sentia no estômago era muito desconfortável.

— E você está satisfeita com essa situação? — ele perguntou baixinho, controlando a voz.

— Mais que satisfeita. Estou feliz!

O sorriso de Júlia diminuiu ao ver o olhar no rosto do irmão. Ela mordeu o lábio como uma criança, subitamente insegura.

— Não precisa me olhar assim. Você não entende como era horrível, Marcus. Eu quase não podia suportar.

Cada vez mais irado, Marcus pegou o pulso de Júlia, que desviou o olhar.

— Ele foi cruel com você?

— Não exatamente cruel — ela respondeu, olhando-o constrangida. — Apenas *persistente*. Ele se tornou enfadonho, Marcus. Não me deixava em paz nem uma noite sequer. Então, tive a ideia de lhe mandar Hadassah. Não há nada de errado nisso, há? Ela é só uma escrava. Deve me servir da maneira que eu decidir. Cláudio parece perfeitamente satisfeito com o arranjo. Ele não se queixou.

O sangue latejava na cabeça de Marcus.

— Será um escândalo se ela engravidar antes de você.

— Não me importo. Ele pode fazer o que quiser, desde que me deixe em paz. Não consigo suportar que ele me toque. — Ela se levantou e se afastou, enxugando as lágrimas das faces pálidas. — Eu não o via há meses, e agora você está com raiva de mim.

Ele se levantou e foi até ela. Pegou-a pelos ombros com firmeza.

— Não estou com raiva de você — disse gentilmente. — Shhh, pequena.

Ele a fez virar e a abraçou. Marcus sabia que arranjos assim funcionavam em muitas famílias. Que lhe interessava se sua irmã havia decidido realizar tais práticas em sua própria casa? Desde que estivesse feliz, que diferença fazia?

Mas fazia diferença. Ele disse a si mesmo que era a preocupação com o casamento de sua irmã que o deixava desconfortável. Mas pensar em Cláudio Flacco tendo as duas, sua irmã e Hadassah, deixava-o irado. Mais do que ele julgava possível.

Cláudio se juntou a eles. Ele era robusto para um homem de cinquenta anos e estava satisfeito com o casamento. Marcus o observou ao lado de Júlia, do restante da tarde até o anoitecer. Uma coisa era certa: Cláudio não estava mais apaixonado por ela. Ele a tratava com reservas e polida consideração, mas a faísca havia desaparecido.

Júlia estava descontraída e questionava Marcus sobre Roma. Não fazia esforço algum para incluir Cláudio na conversa, quase o ignorando descaradamente. Quando ele participava, ela o ouvia com um ar de tédio e sofrimento que fazia Marcus se encolher por dentro. No entanto, Cláudio raramente tinha algo a dizer. Ele ouvia educadamente a conversa, mas não parecia muito interessado em assuntos de Estado ou no que havia ocorrido nos vários festivais. Parecia distraído e imerso em seu devaneio particular.

Eles se reclinaram nos divãs para fazer a refeição noturna. Um suculento leitão alimentado com carvalho foi servido como prato principal, mas Marcus tinha pouco apetite e comeu com moderação. Bebeu mais vinho que o habitual, e a tensão nele aumentou em vez de se dissipar com a bebida.

Hadassah esperava Júlia. Após um primeiro e breve olhar para a judia, Marcus não a fitara novamente. No entanto, notara que Cláudio a olhava repetidas vezes. Ele até sorrira uma vez, um sorriso carinhoso que fez Marcus apertar seu cálice de vinho. Júlia parecia perfeitamente satisfeita.

Os músicos tocavam flauta de pã e lira, sons suaves para aliviar um coração perturbado. Após as frutas finais, Cláudio ergueu seu cálice de ouro e o virou. O vinho tinto salpicou o chão de mármore em libação a seus deuses, terminando, assim, a refeição.

Júlia quis se sentar nos jardins.

— Marcus e eu temos muito que conversar, Cláudio — disse ela, passando o braço no do irmão e deixando claro que a companhia de seu marido não era desejada.

Marcus notou que o homem sorriu calorosamente, aliviado, antes de responder:

— Claro, minha querida — inclinando-se para beijar sua face.

Marcus sentiu os dedos tensos da irmã em seu braço. Cláudio se endireitou e olhou para ele.

— Vejo você pela manhã, Marcus. Se precisar de alguma coisa, basta pedir a Persis. — E então os deixou.

— Quer um xale, minha senhora? — perguntou Hadassah. — Está frio esta noite.

Sua voz suave cortou o coração de Marcus, e ele sentiu uma onda de raiva irracional contra ela. Hadassah saiu da sala e voltou com um xale de lã, que colocou ternamente sobre os ombros de Júlia. Ele a observava abertamente, mas ela não ergueu os olhos para encontrar os dele. Hadassah se inclinou ligeiramente e deu um passo para trás.

Sentados no jardim, Júlia queria que Marcus falasse sobre todas as lutas de gladiadores que ele havia visto nos últimos meses. Ele a divertiu com várias histórias de lutas que deram errado.

— O bretão deixou cair a espada e começou a correr ao redor da arena. Ele era pequeno e muito rápido e fazia o gaulês parecer um boi pesado. O bretão deve ter passado por sua espada três vezes, mas não pensou em pegá-la. A multidão rugia às gargalhadas.

Júlia também riu.

— O gaulês o alcançou?

— Não. A luta ficou tão chata que o gaulês foi retirado da arena e no lugar dele entrou uma matilha de cães treinados. O bretãozinho não durou muito depois disso. Em poucos minutos a luta acabou.

Júlia suspirou.

— Eu vi um gladiador há algum tempo, correndo com seu treinador pela estrada. Ele era muito rápido. Teria alcançado esse bretão facilmente. — Ela pousou a mão na coxa de Marcus. — Quando você vai me levar ao *ludus*?

— Dê-me um dia para descansar da viagem. Depois discutimos isso — ele respondeu com um sorriso distraído.

Por mais que tentasse, ele não conseguia evitar que sua mente voltasse para Hadassah.

— Não quero discutir isso. Toda vez que discuto com Cláudio, ele muda de assunto. Diz que não tem tempo para me levar. Ele tem tempo, simplesmente não quer ir. Se você se recusar, vou encontrar uma maneira de ir a um *ludus* sozinha.

— Ainda me ameaçando com consequências terríveis, como vejo — ele observou, sorrindo para ela.

— Não é engraçado. Você não pode imaginar como é chato viver no campo.

— Você adorava o campo.

— Por uma semana ou duas, quando eu era criança. Sou uma mulher agora, Marcus. Estou cansada de jogar ossos e dados.

— Então tenha filhos — disse ele, beliscando a bochecha da irmã, divertido.

— Carde lã e teça, como mamãe.

Os olhos de Júlia brilhavam de ressentimento.

— Muito bem — ela soltou com dignidade e se levantou.

Rindo, Marcus a pegou pelo pulso e a fez sentar novamente.

— Eu vou levá-la, irmãzinha. Depois de amanhã, tomarei as providências necessárias.

O rosto dela se iluminou no mesmo instante.

— Eu sabia que você não me decepcionaria.

O ar da noite esfriou e eles entraram.

Marcus usou a fina banheira de Cláudio. Achou divertido quando Júlia lhe enviou Catia. Ela segurou a toalha quando ele saiu da água e se ofereceu para esfregar seu corpo com óleos perfumados e raspá-lo. No entanto, ele a dispensou, preferindo o massagista de Cláudio. Havia cavalgado por horas e dormido no chão duro; seus músculos doíam, e não era da mão suave de uma mulher que ele necessitava. Talvez mais tarde.

Enquanto o escravo massageava seus músculos, ele pensava em Hadassah.

Mais relaxado após a massagem, retirou-se para um quarto de hóspedes espaçoso e reclinou-se na cama. Olhou com desconfiança para o afresco de crianças brincando em um campo florido. Talvez esse aposento fosse reservado para um bebê.

Um pensamento negro surgiu em sua mente. Qual era a possibilidade de Júlia ter filhos, se ela permitia que a escrava ocupasse seu lugar?

Já era tarde. Júlia já havia ido para a cama fazia tempo e não precisaria mais de sua escrava. Ele se perguntou se Hadassah ainda ia escondida ao jardim à noite para orar a seu deus. Pensando em encontrá-la sob a luz do luar, ele se levantou e saiu. Como não a encontrou, entrou de novo na casa e chamou um escravo.

— Traga Hadassah para mim — ordenou e viu o breve brilho de surpresa nos olhos do servo antes que ele escondesse seus sentimentos.

— Perdão, meu senhor, mas ela está com meu amo.

— Com seu amo? — repetiu Marcus, sombrio.

— Sim, meu senhor. Meu amo a convocou após o jantar. Posso lhe trazer alguma coisa? Gostaria de um pouco de vinho? — Limpou a garganta, nervoso, e baixou a voz. — Quer que eu traga Catia?

— Não. — O jantar acabara havia horas. Estariam juntos todo esse tempo? Carregado de ira, seu sangue pulsava nas veias. — Onde ficam os aposentos do seu amo?

— Meu amo não está em seus aposentos, senhor. Ele está na biblioteca.

Marcus o dispensou com um movimento de cabeça. Interromperia o que quer que houvesse entre Cláudio Flacco e Hadassah. Não podia imaginar por que Júlia havia sido tão tola a ponto de permitir que ele fosse tão longe. Saiu de seu quarto e foi pelo corredor em direção à biblioteca. A porta estava aberta.

Quando Marcus se aproximou, ouviu Cláudio falar.

— De todas essas inúmeras leis que você me contou nos últimos dias, qual é, então, a mais importante, a que suplanta todas as outras?

— "Amarás ao Senhor teu Deus de todo o teu coração, de toda a tua alma e de todo o teu entendimento." Esse é o grande e primeiro mandamento. E o segundo, semelhante a esse, é: "Amarás ao teu próximo como a ti mesmo". Desses dois mandamentos dependem toda a lei e os profetas.

Marcus entrou e os viu sentados juntos. Hadassah estava na beirada de um banquinho, com as costas eretas e as mãos cruzadas no colo. Cláudio estava mais confortável em seu divã, com o olhar fixo no rosto dela. Marcus se apoiou indolentemente na porta, tentando manter a calma em meio à raiva que sentia.

— E se o seu próximo for seu inimigo? — soltou, indiferente.

Cláudio ergueu os olhos, surpreso. Obviamente não gostara da intrusão. Marcus não deu importância e voltou a atenção para Hadassah. Ela se levantara e, cabisbaixa, aguardava que seu amo a dispensasse.

— Pode ir, Hadassah — disse Cláudio e se levantou.

Marcus não se afastou da porta, bloqueando a passagem de Hadassah. Ele a observou, dos cabelos escuros até os pés pequenos. Então esperou que ela levantasse a cabeça e olhasse para ele, mas ela não o fez.

— Entre e sente-se, Marcus — Cláudio convidou, ajeitando a tinta e as penas e enrolando um pergaminho sobre a mesa.

Marcus se endireitou levemente, e Hadassah passou. Ele ouviu seus passos suaves no corredor.

— Leva alguns dias para nos acostumarmos ao silêncio, depois de Roma — disse Cláudio, sorrindo com comiseração.

Marcus entrou na biblioteca. Não era o silêncio que o mantinha acordado.

— Posso lhe oferecer um vinho? — o homem perguntou e serviu um cálice antes que Marcus respondesse.

Estendeu-o ao jovem. Marcus o pegou e o viu servir outro para si. Cláudio estava relaxado; seus olhos brilhavam mais agora do que quando estava com Júlia, durante a tarde. Parecia que Hadassah era uma companhia estimulante.

— Desculpe ter interrompido algo entre você e a escrava de minha irmã — Marcus disse duramente.

— Não há por que se desculpar — Cláudio respondeu, reclinando-se em seu divã. — Podemos continuar amanhã. — Ajeitou-se confortavelmente. — Queria falar sobre sua irmã?

— Sua esposa?

Cláudio sorriu ligeiramente.

— Quando ela se digna — disse com pesar. Tomou um gole de vinho e fez um gesto para que Marcus se sentasse. — Se quer minha permissão para levá-la a um dos *ludi* locais, está dada. Vou lhe passar alguns nomes.

— Vou fazer os arranjos amanhã.

— Isso era tudo em que estava pensando, Marcus?

Ele sentia a tensão do jovem; sentia até sua raiva, mas não podia entender o motivo.

— Está tudo bem entre você e Júlia? — perguntou Marcus.

— Ela disse que não está? — retrucou Cláudio, com certa surpresa.

Marcus sabia que estava pisando em terreno arenoso. Estava na casa de Cláudio Flacco, não na dele. E Júlia era esposa de Cláudio, e Hadassah, sua escrava. Marcus não tinha o direito de questionar o tratamento que outra pessoa dispensava a sua esposa ou como usava seus escravos.

— Não — respondeu devagar. — Ela me disse que está contente. — Ele estreitou os olhos frios. — Júlia é muito inocente.

Cláudio o observou com mais atenção.

— O que está pensando de verdade, Marcus?

Ele decidiu ser franco:

— Em seu relacionamento com a escrava de minha irmã.

— Hadassah? — Cláudio se sentou e deixou o vinho. — Sua irmã ganhou minha gratidão eterna quando a enviou para mim. Ela é a primeira judia que fala livremente sobre sua religião. A maioria nos vê como pagãos. Engraçado, não? Toda religião vê os outros como pagãos, mas há uma profunda arrogância em relação ao monoteísmo dos judeus. Hadassah, por exemplo, é uma serva humilde, devotada e obediente. No entanto, há uma qualidade intransigente na fé que ela tem em seu deus. — Ele se levantou e foi até seus pergaminhos. — Hadassah me fascina. Obtive mais conhecimento sobre a história e a cultura religiosa judaicas nos últimos dois meses do que em anos. Ela sabe muito sobre suas Escrituras, apesar de a maioria das mulheres judias ser excluída do estudo da Torá. Aparentemente, seu pai lhe ensinava. Ele deve ter sido um livre-pensador. Escute isto.

Cláudio desenrolou seu pergaminho e colocou um peso sobre ele.

— "Deus meu, Deus meu, por que me desamparaste? Por que estás afastado de me auxiliar e das palavras do meu bramido? Deus meu, eu clamo de dia, porém tu não me ouves; também de noite, mas não acho sossego."

Então ergueu os olhos.

— Consegue ouvir a angústia nisso? Ela tinha lágrimas nos olhos na noite em que citou essas passagens para mim. Não eram apenas palavras poéticas para ela. — Passou o dedo pelas colunas escritas. — Ela disse que a queda de Jerusalém foi predita por causa da iniquidade de seu povo. Hadassah acredita que seu deus tem uma mão sobre tudo que acontece na Terra.

— Como Zeus.

Cláudio ergueu os olhos.

— Não. Não é como Zeus. O deus dela é absoluto; ele não compartilha seu domínio com outros deuses e deusas. Ela diz que ele é imutável. Ele não pensa como um homem. Espere um minuto, vou ler suas próprias palavras a esse respeito. — Puxou outro pergaminho e o espalhou sobre a mesa, procurando novamente nos escritos. — Aqui está. "Deus não é homem, para que minta; nem filho do homem, para que se arrependa. Porventura, tendo ele dito, não o fará? Ou, havendo falado, não o cumprirá?" — Cláudio ergueu os olhos, brilhantes e divertidos. — Ela me contou uma história engraçada com essa passagem das Escrituras. Era sobre um rei chamado Balaque, que contratou um profeta chamado Balaão para amaldiçoar Israel. No caminho para encontrar o rei, o jumento de Balaão parou na estrada porque um anjo com uma espada bloqueou o caminho.

— Um anjo? — repetiu Marcus, inexpressivo.

— Um ser sobrenatural que trabalha para o deus deles — disse Cláudio rapidamente. — Hadassah disse que esses seres apareceram para os homens durante toda a história. São portadores de mensagens, como Mercúrio. São servos do deus. Enfim, o profeta tentou bater no jumento para fazê-lo andar, mas o animal ficou firme e, no fim, *falou* com ele. — Cláudio riu. — Quando o profeta chegou ao rei, toda vez que tentava amaldiçoar Israel, a maldição se transformava em bênção.

Ele largou o pergaminho e o enrolou depressa, colocando-o em uma pilha com os demais. Marcus olhou para eles e imaginou quantas horas com Hadassah aquilo representava.

— Hadassah acredita que seu deus tem um interesse pessoal por nós, sejamos judeus ou não. Ela disse que as Escrituras judaicas são a luz que ilumina o caminho de sua vida. — Ele gesticulou, indicando outro pergaminho. — Ela afirma que é impossível que seu deus minta. Quando ele faz uma promessa, ele a mantém até o fim dos tempos. Sua bondade nunca acaba e sua compaixão nunca falha.

Marcus soltou uma risada sardônica.

— Tito me disse que mais de um milhão de judeus foram mortos na destruição de Jerusalém e milhares foram crucificados. Se esse é o tipo de bondade e compaixão que o deus dela confere a seu povo, é incrível que os judeus não lotem os templos de Ártemis e Apolo.

— Eu penso igual. Nós também discutimos isso. Ela considera a destruição de Jerusalém uma justa punição sobre Israel por sua infidelidade. Diz que seu deus usa a guerra, a aflição e o sofrimento como meio de atrair seu povo novamente. É um conceito interessante, não é? A aflição como meio de protegê-los e restringi-los em sua fé! Ela disse outra coisa intrigante. Aparentemente, um homem chamado Jesus de Nazaré profetizou a destruição de Jerusalém. Seu próprio povo o crucificou, mas ela disse que todos os profetas judeus tiveram um fim ruim. Alguns judeus adoram esse Jesus como o filho encarnado de seu deus. Eles se dizem cristãos. É um culto judeu.

— Você deve lembrar que Nero tentou aniquilá-los após o incêndio de Roma — disse Marcus.

— Sim. Uma das crenças deles é que o mundo acabará em chamas, e esse Cristo retornará com um exército e criará seu próprio império na Terra.

Marcus estava pouco interessado no estudo comparativo de Cláudio sobre cultos religiosos do Império.

— Então, estou correto em concluir que você não está dormindo com ela?

O homem levantou os olhos dos pergaminhos.

— Com Júlia?

— Hadassah.

— Hadassah? Ela é apenas uma criança.

— Ela tem a idade de minha irmã — Marcus observou com frieza.

Cláudio corou. Passou-se um longo e doloroso momento antes de responder devagar, com grave dignidade:

— Sua irmã é minha esposa, Marcus. Você tem minha palavra de que serei tão fiel a ela quanto fui a Helena.

Marcus raramente se sentia constrangido, mas sentiu-se nesse momento, ao ver o olhar no rosto de Cláudio. Ele não só o magoara como também abrira uma velha ferida.

— Eu estava preocupado com minha irmã — disse, tentando justificar sua imperdoável rudeza. — Desculpe-me se o insultei.

Mais um longo tempo se passou até Cláudio falar:

— Está desculpado.

Marcus terminou seu vinho e pousou o cálice sobre a mesa.

— Tenha uma boa noite, Cláudio — disse calmamente e saiu da biblioteca.

— Ele foi para Roma! — Júlia exclamou, jogando o xale de lado e afundando-se em seu divã, desapontada.

— Seu irmão, minha senhora? — perguntou Hadassah, recolhendo o xale e dobrando-o com cuidado.

— Não. O gladiador que vimos na estrada cinco semanas atrás. Eu descobri que o nome dele é Atretes. Ele matou o lanista no *ludus* e foi vendido para um homem chamado Bato, que treina os gladiadores do imperador. Foi levado para Roma há um mês.

Ela desviou o olhar, e a amargura vincou seu lindo rosto.

— E eu estou presa aqui em Cápua. Otávia o verá lutar antes que eu. E provavelmente vai beber vinho com ele em uma das festas antes dos jogos. — Seus olhos se encheram de lágrimas de autopiedade.

Embora Hadassah houvesse se treinado para não demonstrar em suas expressões nada do que sentia, ficou aliviada pelo fato de o gladiador ter ido embora. Talvez agora Júlia o tirasse da cabeça e se voltasse para o marido. Cláudio não a decepcionaria. Ele era gentil e inteligente, sensível e doce. Conhecendo os sentimentos de Júlia, Cláudio não a pressionaria por seus direitos conjugais. Se Júlia se permitisse, poderia aprender a amá-lo pelo homem que era.

Hadassah rezava incessantemente por ambos.

Ela passava longas horas na biblioteca com Cláudio. Isso a entristecia, pois ele era um homem solitário. Sua busca de conhecimento ocupava, mas não satisfazia sua mente. Ela tentava lhe oferecer o conhecimento de Deus por meio das Escrituras que seu pai lhe ensinara. Queria falar com ele sobre Cristo. Mas como poderia? Se ele não acreditasse em um Criador, na queda do homem ou na necessidade de redenção, rejeitaria o Senhor.

Cláudio não parecia compreender a importância de nada do que ela dizia. Assim como acontecia com Júlia, as lições da verdade eram apenas histórias para passar o tempo, algo para ele anotar em um de seus pergaminhos. O santo Deus estava no meio de uma pilha, entre inúmeros deuses de todo o Império, apenas como mais um culto ou uma religião interessante de Roma.

Isso entristecia Hadassah. Cláudio estava perdido, e ela estava falhando com ele assim como falhava com Júlia. Ela estava falhando com o Senhor. Seu pai saberia o que dizer para abrir os olhos e os ouvidos deles para Jesus.

Algo mais incomodava Hadassah tanto quanto a futilidade da busca de Cláudio pelo conhecimento mundano. Júlia se afastava cada vez mais do marido. E agora, em vez de procurar a esposa, Cláudio convocava Hadassah. No começo, ela só ficava na biblioteca durante a noite, depois que Júlia não precisava mais dela. E eles sempre discutiam a cultura e a religião judaicas. Mas, durante a última semana, Cláudio a convocara duas vezes no meio do dia quando ela estava servindo a Júlia e a seu irmão. Nesse dia ele a chamara para ficar nos jardins assim que Marcus tirara Júlia da vila para se divertir.

Persis fora buscá-la. Ele administrava os escravos da casa, era dedicado a Cláudio e desprezava o tratamento que Júlia dispensava a seu amo.

— Você deu ao meu senhor razão para viver de novo — dissera ele enquanto a conduzia até Cláudio. — Todos nós pensávamos que ele se mataria quando perdeu a senhora Helena. Ele se casou com a senhora Júlia porque elas se parecem. Foi um truque cruel dos deuses. — Ele fizera uma pausa e colocara a mão no braço de Hadassah. — Oferecer você ao meu amo foi o único ato desinteressado que a senhora Júlia fez desde que chegou aqui. Você tem feito bem para ele. — Indicara com a cabeça a porta aberta. — Ele a espera nos jardins.

Hadassah estava mortificada de vergonha. Sabia que os escravos que tinham contato com Júlia não gostavam dela. Mas esperavam que Cláudio rejeitasse a esposa em favor de uma mera escrava? Isso não! Ela se dirigira a Cláudio relutante, envergonhada por estar em sua presença ao ar livre.

Cláudio falara sobre gladiadores. Embora, como todos os romanos, assistisse aos jogos, testemunhar a morte de um homem era repugnante para ele. O fascínio de Júlia por esse assunto o perturbava.

— Ela frequentou os jogos muitas vezes em Roma?

— Não, meu senhor. O irmão a levou poucas vezes.

— Décimo incentivava isso?

Hadassah corara. Cláudio sorrira.

— Você não estará quebrando uma confiança sagrada se me contar algo sobre minha esposa, Hadassah. O assunto morrerá aqui.

— O amo não sabia — dissera ela.

— Foi o que pensei, mas imagino que ele suspeitava. É difícil impedir Júlia de fazer o que quer.

Ele perguntara se os judeus tinham grandes guerreiros. Hadassah lhe contara sobre Josué, que tomara Jericó e inculcara o temor a Deus nos cananeus. Contara como o filho do rei Saul, Jônatas, e seu escudeiro subiram uma colina e derrubaram uma guarnição de filisteus, virando a maré de uma guerra inteira. Contara também a história de Sansão.

Cláudio rira com pesar.

— Parece que esse Sansão de vocês tinha uma fraqueza fatal por mulheres infiéis. Primeiro uma esposa traidora, depois uma prostituta em Gaza e, por fim, a bela mas astuta Dalila.

Ele balançara a cabeça, caminhando ao lado da escrava com as mãos cruzadas às costas.

— Um rosto e um corpo bonitos cegam um homem mais depressa que um atiçador de fogo nos olhos. — Ele suspirara. — Todos os homens são escravos de suas próprias paixões, Hadassah? Todos os homens são tolos quando se trata de mulheres? — Ele olhava para a frente, com a mente distante. — Como eu mesmo fui um idiota ao me casar com Júlia?

Aflita pelas palavras e pelo humor dele, Hadassah parara e, sem pensar, pousara a mão no braço de Cláudio. Ele parecia tão desanimado, tão desesperado, que ela teve vontade de confortá-lo.

— Não pense assim, meu senhor. Não foi um erro se casar com minha senhora. — Ela procurava freneticamente uma maneira de explicar e justificar os defeitos da jovem. — Júlia não tem experiência. Dê tempo a ela.

Cláudio sorrira com tristeza.

— Sim, ela é inexperiente. Nunca sofreu dificuldades, nunca sentiu fome ou falta de qualquer coisa. Nada nunca lhe foi tirado. — Ele falava sem rancor. — Mas o tempo não vai mudar nada.

— Tudo acontece para o bem, meu senhor.

— Algo de bom veio de meu casamento com ela. — Ele tocara a face de Hadassah gentilmente. — Eu tenho você.

Cláudio sorrira com pesar enquanto o calor se espalhava pelas faces de Hadassah e ela baixava os olhos.

— Não fique angustiada, minha querida. Após as primeiras semanas de casamento com Júlia, percebi que minha vida seria como uma terra infértil. Agora, enquanto eu tiver você, posso suportar qualquer coisa.

Cláudio erguera o queixo de Hadassah e fitara seus olhos cheios de lágrimas por um longo momento, observando-a com ternura.

— A paixão não dura mais que um momento, mas a compaixão dura a vida toda — dissera ele calmamente. — Um homem precisa de um amigo, Hadassah. Alguém com quem possa conversar e em quem confiar.

Ele se curvara e dera-lhe um beijo na testa, como o pai de Hadassah fazia. Aprumando-se, afagara seus braços e pegara firmemente suas mãos.

— Eu sou grato. — Beijara sua mão e a soltara, saindo e deixando-a sozinha no jardim. Ela se sentara em um banco e chorara.

Agora, observando a expressão sombria de Júlia enquanto olhava pela janela para o jardim, irritada porque um gladiador havia ido para Roma, Hadassah se perguntava o que poderia fazer para encorajar e renovar o amor de Cláudio por sua jovem esposa. Não estava certo ele se voltar para Hadassah.

— O amo está na biblioteca, minha senhora. Creio que apreciaria sua companhia — disse gentilmente.

Júlia lhe lançou um olhar frágil.

— Cláudio me mata de tédio. Melhor ele acariciar seus pergaminhos que a mim. — Ela suspirou e se voltou novamente, parecendo mais uma criança vulnerável que uma jovem esposa petulante e egoísta. — Estou cansada e minha garganta está seca.

Hadassah lhe serviu um cálice de vinho.

— Seus pés estão empoeirados, minha senhora. Gostaria de lavá-los?

Júlia fez um gesto de indiferença, e Hadassah foi buscar a bacia.

Marcus entrou. Hadassah sentiu o estômago se retorcer estranhamente quando ele cumprimentou a irmã. Sentiu o pulso acelerar quando ele se aproximou. Era como se a mera presença dele fizesse sua pele pinicar e seu sangue aquecer. Manteve os olhos baixos enquanto se ajoelhava e derramava água sobre os pés empoeirados de Júlia. Em seguida, verteu óleo perfumado na palma das mãos e começou a massagear os pés de Júlia gentilmente enquanto os dois conversavam.

— Gostou da visita ao *ludus*, irmãzinha? Ou ficou chateada com a ausência de seu germano? — Ele falava com diversão, sem julgamento.

— Foi bom. A disputa entre o reciário e o trácio foi divertida.

— Não parece muito animada — disse ele, observando Hadassah massagear os pés da irmã. Suas mãos pareciam gentis, mas firmes. — Eu estive conversando com Cláudio. Ele estuda bastante as religiões do Império.

— Não estou nem um pouco interessada no que Cláudio anda fazendo — Júlia rebateu, irritada com a menção a seu marido.

— Seria sensato se interessar — Marcus alertou, sem rodeios.

Hadassah sentiu o olhar dele em sua nuca intensamente, como se ele a estivesse tocando. Ela notara seu olhar mais de uma vez durante sua visita: sombrio, cativante e... acusador.

— Cláudio é livre para fazer o que quiser — disse Júlia. — Pelos deuses, como eu queria ser livre como um homem!

Ela puxou os pés para trás abruptamente, espirrando água no rosto de Hadassah.

— Seque meus pés — ordenou com raiva. — Vou dar uma volta no jardim. — Lançou ao irmão um olhar sombrio. — Sozinha.

— Como seu coração desejar, irmãzinha — disse Marcus, zombeteiro. — Um humor tão doce merece a solidão.

Quando Júlia saiu, Hadassah recolheu o pano úmido, o frasco de óleo perfumado e a bacia de água suja. Ia sair quando Marcus bloqueou seu caminho.

— Não tenha tanta pressa. Meus pés também estão sujos — ele falou. — Esvazie a bacia naquela planta e volte aqui.

Hadassah fez o que ele ordenou. Quando ela voltou, Marcus se sentou no divã. Ela se ajoelhou aos pés dele e tirou-lhe as sandálias com mãos trêmulas. Pegou o jarro meio cheio e quase o deixou cair. Segurando bem a alça, derramou água sobre os pés de Marcus e deixou o jarro de lado novamente. Podia sentir sua atenção fixa nela enquanto despejava o óleo e esfregava a palma das mãos antes de começar a massagear seus pés. Ele emitiu um som profundo, que provocou uma explosão de sensações estranhas no estômago de Hadassah.

— Que tipo de relacionamento existe entre você e o marido de minha irmã? — perguntou, sombrio.

A pergunta a surpreendeu e confundiu.

— Ele está interessado na religião de meus antepassados, meu senhor.

— Somente em sua religião? Nada mais?

De súbito, Marcus se aproximou, pegou o queixo de Hadassah bruscamente e a fez levantar a cabeça. Ao ver suas faces coradas, ficou irritado.

— Responda! Você se tornou sua concubina?

— *Não*, meu senhor — disse ela, corando profundamente. — Nós falamos sobre meu povo e meu Deus. Hoje ele falou sobre gladiadores e a senhora Júlia.

Ele suavizou o toque. Ela o fitou com olhos sinceros e inocentes. Marcus a soltou e ela baixou novamente a cabeça.

— Ele nunca a tocou?

— Não da maneira que insinua, meu senhor.

O calor da raiva o dominou.

— De que maneira, então?

— Ele pousou a mão em meu ombro hoje. Segurou minhas mãos e...

— E?

— E as beijou, meu senhor. — Ela ergueu os olhos. — Disse que todo homem precisa de um amigo, mas não é certo que seja eu, meu senhor. Eu lhe suplico, fale com sua irmã, meu senhor. Incentive-a a ser gentil com o marido. Não mais que gentil, se ela assim desejar. Ele é um homem solitário, não é certo que tenha de recorrer a uma escrava em busca de companhia.

— Você ousa criticar Júlia? — disse Marcus e notou Hadassah corar e logo empalidecer. — Por suas palavras, deduzo que ela é negligente para com seus deveres e indelicada com o marido.

— Não foi minha intenção criticar, meu senhor. Que Deus faça o mesmo comigo, e mais, se eu estiver mentindo. — Ela o fitou, implorando. — A senhora Júlia é infeliz. Portanto, o marido dela também é.

— O que você espera que eu faça em relação a isso?

— Ela ouve o senhor.

— Acha que se eu falar com Júlia vai mudar alguma coisa? — *Menos do que ela poderia pensar.* — Termine meus pés — disse ele, secamente.

E Hadassah o fez, com as mãos trêmulas. Secou cuidadosamente os pés de Marcus e amarrou suas sandálias. Ele se levantou e se afastou, com as emoções em rebuliço.

Ele não precisava que Hadassah lhe dissesse que o casamento de sua irmã estava se desintegrando e que Júlia não fazia nada para impedir. Isso o preocupava, mas o que mais o corroía era pensar em Hadassah passando horas com Cláudio na privacidade da biblioteca. Ela dissera que Flacco precisava de um amigo. Era só disso que ele precisava? Marcus dizia a si mesmo que queria ajeitar o casamento de Júlia para o bem da felicidade da irmã. Mas de repente viu a verdade: não era por sua irmã, mas para que Cláudio deixasse Hadassah em paz. E essa chocante percepção o afetou profundamente.

Marcus olhou para Hadassah enquanto ela recolhia a toalha, o frasco de óleo e a bacia. A cada vez que a via, ela estava mais encantadora. Não que ele pudesse ver uma grande mudança física nela; ainda era muito magra, os olhos muito grandes, a boca muito cheia, a pele muito escura. Seu cabelo havia crescido até os ombros, porém ainda assim, analisando-a criticamente, ela continuava sem graça. Mas havia algo de bonito nela.

Ele notou que ela estava tremendo e sentiu uma estranha pontada de culpa por tê-la assustado. Hadassah era apenas uma escrava. Ele não deveria se importar com seus sentimentos, mas se importava. Muito. Ele odiava o modo como Cláudio a olhava.

E, enquanto a observava e mergulhava na sensação que sua proximidade lhe provocava, Marcus foi abalado por outra percepção: estava com ciúme! Pelos deuses, que piada! Ele estava com ciúme de uma *escrava*. Ele, um legítimo cidadão romano, estava ali, fascinado por uma pequena judia magricela, de grandes olhos escuros, que tremia de medo dele. Arria morreria de rir!

A situação era ridícula, embora não incomum. Antígono mantinha casos com seus escravos, homens e mulheres. Marcus pensou em Bitia, procurando-o no sigilo da escuridão, ardente e ansiosa. Não, não era incomum usar um escravo para uma conveniente gratificação sexual.

Ele viu Hadassah derramar a água no vaso de uma palmeira e deixar o cântaro vazio na bacia. Tudo que tinha a fazer era lhe dar uma ordem. Seu coração acelerou. Ela se endireitou com a bacia e o cântaro nas mãos; a toalha úmida cobria seu braço. Atravessando a sala, colocou os dois em um armário e o frasco de vidro em cima, com meia dúzia de outros. Endireitou-se de novo, com a toalha úmida na mão.

Marcus olhava seu corpo delgado, coberto por um vestido de lã marrom e uma faixa listrada que proclamava sua linhagem: judia. Os judeus tinham um senso de moralidade ridiculamente rígido. Virgindade até o casamento, fidelidade até a morte. Suas restrições desafiavam a natureza humana, mas ele poderia fazê-la quebrar todas as suas leis com uma única palavra. Tudo que tinha a fazer era dar-lhe uma ordem, e ela seria obrigada a obedecer. Se não o fizesse, ele poderia puni-la da maneira que quisesse, até com a morte, se assim o desejasse. Marcus tinha o poder sobre a vida dela nas mãos.

Ela o fitou.

— Deseja mais alguma coisa, meu senhor?

Todas as mulheres com quem ele já havia estado foram até ele de bom grado, ou até o perseguiram — Bitia, Arria, Fannia e muitas outras antes e depois delas. Se ele desse a ordem a Hadassah, ela se desmancharia em seus braços ou choraria copiosamente, sentindo-se maculada?

Ele sabia. Ela não era como as outras.

— Deixe-me sozinho — pediu asperamente.

E foi só quando voltou a Roma que se deu conta: pela primeira vez na vida, ele colocara os sentimentos de outra pessoa acima dos seus.

12

Atretes não estava preparado para o esplendor e a magnificência de Roma. Nas densas florestas da Germânia, ele havia visto os legionários disciplinados e experientes com suas armaduras e saias de couro e latão. Havia enfrentado a desprezível crueldade dos superiores. No entanto, nunca imaginara a fervilhante população de Roma, a cacofonia de línguas, a massa de cidadãos e estrangeiros andando pela cidade como formigas, as brilhantes colunas e edifícios de mármore, a enorme diversidade de Roma.

A principal artéria local, a Via Appia, fervilhava de viajantes de uma dúzia de regiões pertencentes ao Império, todos clamando para entrar. As carroças entupiam a estrada, quase grudadas umas nas outras, esperando que a proibição de circulação fosse suspensa, ao pôr do sol, e que os portões se abrissem. Bato, a serviço do imperador, estava à frente da fila. Os guardas romanos já haviam examinado seus documentos e verificado a carga de gladiadores. Os portões se abriram, e Atretes pôde sentir a adrenalina quando as carroças, charretes, bois e pessoas começaram a pressionar às suas costas para entrar na cidade.

O barulho e o movimento dentro dos portões faziam a cabeça de Atretes girar. Gregos, etíopes, bretões selvagens, gauleses bigodudos, espanhóis camponeses, egípcios, capadócios e partas seguiam pelas estradas lotadas. Um romano descansava dentro de uma liteira coberta por um fino véu, a qual era carregada por quatro bitínios. Outra, carregada por numídios, passou por ele. Árabes com seus *keffiyeh* brancos e vermelhos misturavam-se a bárbaros da Dácia e da Trácia. Um grego xingou um comerciante sírio.

Ao longo das ruas havia lojas. Tabernas salpicavam as ruas de ambos os lados, lotadas de clientes. No meio, tão apertados que pareciam dividir paredes comuns, havia vendedores de frutas e livreiros, perfumistas e chapeleiros, tintureiros e floristas. Alguns gritavam anunciando seus produtos e serviços aos passantes. Um soprador de vidro chamava a atenção para sua loja, realizando sua arte com um estilo dramático, enquanto um fabricante de sandálias anunciava seus calçados em cima de uma caixa. Uma mulher gorda de toga azul, seguida por duas crianças igualmente gordas de branco, entrou em uma joalharia para comprar mais daquilo que já ornamentava seus cabelos, pescoço, braços e dedos. Do outro lado da rua, uma multidão se reunia para ver dois legionários robustos discutirem com um curtidor de couro. Um ria enquanto o outro empurrava o comerciante contra uma pilha de artigos de couro.

Acorrentado na carroça, observando a cidade, a cabeça de Atretes latejava. Surpreso, ele só conseguia olhar em silêncio. Em todas as direções via edifícios: pequenas lojas e grandes empórios; prédios miseráveis e casas extravagantes; templos de mármore gigantescos, com colunas brancas reluzentes, e alguns menores, de ladrilhos dourados — os *fana* —, que abrigavam os devotos.

Roma era multicolorida. Edifícios maciços de granito e alabastro cinza e vermelho, pórfiro vermelho-arroxeado do Egito, mármore preto e amarelo da Numídia, cipolino verde de Eubeia e a rocha branca das pedreiras de Carrara, perto de Luna. Casas de madeira, tijolo e estuque caiado. Até as estátuas eram pintadas com cores berrantes, algumas cobertas por tecidos vívidos.

Em meio à grandeza, o mau cheiro da cidade imperial provocou vertigem em Atretes e fez seu estômago revirar. Ele sentia falta do ar fresco e limpo de sua terra natal, do cheiro pungente dos pinheiros. Podia sentir o aroma adocicado de carne cozida misturado ao do Tibre poluído e do horroroso sistema de esgoto da cidade, a Cloaca Máxima. Uma mulher jogou dejetos da janela do segundo andar de um edifício, quase acertando uma escrava grega que carregava pacotes para sua senhora. Outro pedestre foi menos afortunado. Encharcado de dejetos, ele xingava a mulher aos berros. Ela simplesmente deixou o balde de lado e colocou uma cesta de roupas no peitoril da janela. Enquanto ele gritava, a mulher o ignorava e pendurava várias túnicas em um varal.

Atretes sentia falta da simplicidade de sua aldeia, do conforto da casinha de madeira e do fogo purificador. Sentia falta do silêncio, da privacidade.

Homens e mulheres de todas as nacionalidades observavam a ele e aos outros na carroça. Avançavam lentamente no tráfego pesado, e havia tempo de sobra para que as pessoas se aproximassem fazendo comentários e sugestões ofensivos. Pareciam achá-lo particularmente interessante. Um homem o tocou de maneira que fez os pelos na nuca de Atretes se arrepiarem. Ele avançou, louco para quebrar o pescoço do homem, mas as correntes o impediram. Bato deu a ordem e vários guardas se aproximaram da carroça para manter os admiradores afastados. Mas isso não os impediu de segui-los e gritar propostas obscenas.

Na Germânia, homens que desejavam homens eram afogados em um pântano, e assim sua perversidade ficava escondida do mundo para sempre. Ah, mas em Roma eles falavam abertamente de suas paixões sórdidas, gritando-as nos telhados, nas esquinas e ruas, enquanto se exibiam orgulhosamente como pavões.

Atretes sentiu um desprezo ardente no coração. Roma, supostamente pura e majestosa, era um pântano fedorento de gente vulgar se afogando na imundície da depravação. Seu ódio aumentou, e um orgulho ainda mais feroz foi crescendo dentro dele. Seu povo era puro, imaculado por aqueles que havia conquistado. Roma, em contrapartida, abraçava e absorvia suas conquistas. Roma tolerava todos os excessos, aceitava todas as filosofias, encorajava qualquer abominação. Roma se misturava a tudo e a todos.

Quando a carroça passou pelos portões da Grande Escola, Atretes se sentiu aliviado por estar em um ambiente familiar. Era como se dentro dos grossos portões e dos altos muros de pedra da escola de gladiadores ele estivesse em casa. Era um sentimento perturbador.

Havia pouca diferença entre esse *ludus* e o de Cápua. O de Roma possuía um grande edifício retangular com um pátio aberto no meio, onde alguns homens treinavam. Ao redor do pátio estendia-se um corredor coberto com quartinhos que se abriam para o interior. Havia uma cozinha, um hospital, um arsenal, aposentos para treinadores e guardas, uma prisão com grilhões, ferros de marcar e chicotes. Então, esse *ludus* também devia ter uma pequena cela solitária onde um homem não tinha espaço para se sentar nem para esticar as pernas. A única coisa que faltava era um grande cemitério. Era contra a lei enterrar os mortos dentro dos muros de Roma.

Mesmo depois que os portões foram fechados, Atretes podia ouvir os sons da cidade. Já estava escuro, o sol havia se posto e as tochas iluminavam o caminho. Ele lutou contra o desespero que o dominou quando foi levado para seu quarto. Se escapasse daquele lugar, teria de atravessar a cidade e passar pelos portões e pelos guardas. E, ainda que conseguisse sair de Roma, estava tão longe de sua terra natal que não saberia voltar.

Ele começou a entender por que cada homem era revistado antes de entrar em sua cela e por que os guardas andavam de um lado para o outro durante as longas e escuras horas da noite. A morte começava a parecer uma companheira.

―――✠―――

Sua vida passou a seguir uma rotina novamente. Na Grande Escola, a comida era melhor e mais abundante que no *ludus* de Scorpus Proctor Carpophorus. Atretes se perguntava se teria outro lanista igualmente arrogante e estúpido para substituir Tharacus.

Bato demonstrou ser um tipo de homem diferente daqueles que Atretes conhecera até agora, durante o cativeiro. O etíope era inteligente e perspicaz. Mais duro que Tharacus, nunca recorria à zombaria, à humilhação ou ao abuso físico desnecessário para conseguir o que queria de seus aprendizes. Atretes sentia um respeito relutante por ele, sentimento que racionalizava dizendo a si mesmo que Bato não era romano, portanto era aceitável. Ouvindo as conversas dos outros, ele soube que compartilhava uma semelhança com o negro. Bato havia sido líder de sua tribo, filho mais velho de um chefe morto em batalha por uma legião romana.

Sob a tutela de Bato, Atretes aprendeu a ser tão habilidoso com a mão esquerda quanto era com a direita. Para que ganhasse músculos, o africano o fazia usar armas duas vezes mais pesadas do que aquelas que usaria na arena. Fazia-o lutar com gladiadores muito mais experientes, vários dos quais já haviam lutado na arena. Duas vezes Atretes foi ferido no treinamento. Bato nunca interrompia a luta ao primeiro sangue que corresse. Esperava até a vida estar por um fio para bloquear um golpe fatal.

Atretes se exercitava mais que os outros cativos. Calado, ouvia e observava, estudando cada homem com cuidado, sabendo que sua vida dependia do que aprendesse naquele lugar sórdido.

Ocasionalmente algumas mulheres iam ao *ludus* — romanas que achavam divertido mostrar seus dotes para os gladiadores. Sob os olhos atentos de vários guardas armados, elas se exercitavam com os aprendizes. Vestindo túnicas curtas como as dos homens, expunham as pernas. Atretes olhava para elas com desdém. Arrogantes, elas insistiam que eram tão boas quanto qualquer homem, enquanto exigiam ser mimadas.

A mãe de Atretes havia sido uma mulher forte, capaz de entrar em uma batalha quando necessário. No entanto, nem uma vez ele a ouvira alegar que era melhor que qualquer homem, ou até mesmo igual, nem o mais fraco membro da tribo. Seu marido fora Hermun, chefe dos catos, e não havia ninguém que o igualasse. Sua mãe também era a melhor vidente e feiticeira da tribo. Era considerada uma deusa por direito próprio.

Atretes pensou em Ania, sua jovem esposa. Sua doçura despertara nele um terno desejo de protegê-la. Ele queria defendê-la de todo mal, mas os deuses da floresta a tiraram dele, assim como seu filho.

Ele olhou para uma jovem romana que se exercitava com os homens. Nenhuma mulher de sua tribo andaria por aí vestida como um homem, brandindo uma espada como se a simples menção ao fato de ela ser mulher fosse motivo de raiva e vergonha. Atretes retorceu os lábios de desprezo. Essas romanas iam ao *ludus* cheias de desdém pelos homens, mas se esforçavam para ser iguais a eles.

Ele notou que elas nunca desafiavam os mais bem treinados. Escolhiam o novato mais franzino no qual testar a lâmina, pavoneando-se quando arrancavam sangue. Assim, acreditavam que provavam ser iguais. Que piada! Todos com quem elas lutavam eram restringidos por leis tácitas — só mulheres romanas livres lutavam com os gladiadores, mas um arranhão naquela pele branca poderia custar a vida de um homem, a menos que a mulher fosse justa e rapidamente intercedesse para poupá-lo.

Outras mulheres iam à academia também, não para lutar, mas para assistir por trás dos limites seguros dos balcões. Bato permitia isso porque alguns gladiadores se esforçavam mais sob o olhar de uma mulher, especialmente se ela fosse bonita. Eles faziam flexões e se arrumavam, fazendo papel de bobos enquanto as mulheres riam, reclinadas nos divãs com vista para o pátio. Outros, como Atretes, ignoravam sua presença, treinando a mente nas lições ainda por aprender.

Homens romanos também iam à escola de gladiadores para treinar, mas Atretes era mantido longe deles. Ele estava ali havia três meses quando um jovem aristocrata que se considerava um gladiador experiente o vislumbrara e dissera a Bato que queria desafiá-lo. Bato tentara convencê-lo do contrário, mas o jovem romano, confiante em sua própria habilidade, insistira.

Bato chamara Atretes e indicara o homem, dizendo:

— Faça uma boa luta, mas não tire sangue dele.

O germano olhara para o jovem aristocrata, que treinava movimentos com o gládio, e sorrira para Bato.

— Por que eu ia querer tirar sangue de um romano?

Atretes mantivera uma distância controlada, permitindo ao jovem que avançasse e mostrasse sua coragem e habilidade. Atento e cauteloso no início, o bárbaro testava seu oponente até conhecer suas fraquezas. Em poucos minutos, parecia até que o jovem tolo era o mestre. Atretes brincara com ele até que o suor cobrira o rosto e o corpo do romano, e o medo brilhara vividamente em seus olhos.

— Recue, Atretes — gritara Bato.

— Isso é o melhor que Roma tem a oferecer? — dissera Atretes.

Sorrindo, fizera um movimento rápido e cortara o rosto do romano. O homem ofegara e cambaleara para trás, deixando cair o gládio, e Atretes deixara uma fina linha de sangue no peito dele. À vista do sangue, uma onda de calor explodira no cérebro do bárbaro e ele soltara um grito de guerra, erguendo a espada e levando-a para trás. Ela batera contra o aço de Bato quando este bloqueara o golpe.

— Outro dia — o africano dissera calmamente, pegando a empunhadura da espada de Atretes com os dedos fortes como um torno.

Respirando pesadamente, Atretes fitara os olhos escuros do lanista e vira total compreensão neles.

— Outro dia — concordara, rangendo os dentes e renunciando à sua arma.

Tendo recuperado o orgulho para se levantar e sacudir a poeira, o romano voltara para a pequena arena, com ar de dignidade, para pegar seu gládio.

— Você vai se arrepender por ter me cortado — dissera ele, olhando para Atretes.

— Que palavras corajosas — respondera Atretes, rindo com desdém.

O homem caminhara em direção à porta.

— Volte se conseguir encontrar sua coragem! — gritara Atretes em grego, a linguagem comum de Roma. — Achei que os romanos tinham sede de sangue. Eu lhe darei sangue! O seu próprio, garotinho. Em uma taça, se desejar. — Rira novamente. — Uma libação para seus deuses!

Após o bater da porta, Atretes sentira o silêncio recair sobre o pátio. Bato estava sombrio. Os dois guardas se mantiveram calados enquanto levavam o bárbaro para seus aposentos. Ele esperava ser chicoteado e posto na solitária por causa de seu comportamento, mas, em vez disso, Bato lhe enviara uma mulher. Não uma escrava cansada da cozinha, e sim uma jovem prostituta com imaginação e senso de humor.

A porta se abrira e ela ficara olhando para ele, com um guarda logo atrás. Era jovem e bonita e vestia roupas elegantes de banquetes romanos.

— Ora, ora — dissera, sorrindo e olhando-o da cabeça aos pés quando entrara na cela. — Bato disse que eu ia gostar de você.

Ela rira, enquanto ele ficara paralisado, em choque, olhando para ela, o som como uma música havia muito esquecida.

O guarda só voltara ao amanhecer.

— Minha gratidão — Atretes dissera a Bato no dia seguinte.

O homem sorrira.

— Achei que você deveria ter alguma coisa boa antes de morrer.

— Há coisas piores que a morte.

O sorriso de Bato desaparecera, e ele assentira sombriamente.

— Tanto o sábio quanto o idiota morrem, Atretes. O que importa é morrer bem.

— Eu sei como morrer bem.

— Ninguém morre bem em uma cruz. É uma morte lenta, desonrosa, e seu corpo fica despojado para o mundo ver. — Ele encarou Atretes. — Você não fez o que eu mandei ontem. Foi um erro tolo, pelo qual talvez não sobreviva. Vencer um romano em uma luta justa é uma coisa, Atretes. Mas zombar deliberadamente dele e humilhá-lo é outra. O jovem que você teve tanto prazer em derrotar é filho de um respeitado senador, e também é amigo íntimo e pessoal de Domiciano, o filho mais novo do imperador.

Ele deixara que as palavras surtissem efeito. O sangue de Atretes gelara.

— Então, quando devo ser crucificado? — perguntara sem emoção, sabendo que teria de encontrar uma maneira de se suicidar.

— Quando o imperador desejar.

Alguns dias depois, Bato chamara Atretes de lado.

— Parece que os deuses lhe sorriram. O imperador disse que muito tempo e dinheiro foram investidos em você para desperdiçá-lo em uma cruz. Ele ordenou que você entre nos jogos na semana que vem. — Bato pousara a mão no ombro de Atretes. — Ainda faltam dois meses para completar seu treinamento, mas pelo menos você vai morrer com uma espada na mão.

Atretes vestia uma elaborada armadura dourada. Desprezou a capa vermelha e o elmo dourado com plumas de avestruz, jogando ambos de lado quando lhe foram entregues. Um escravo os pegou novamente e os estendeu a Atretes, que disse ao homem, em termos inequívocos, onde poderia enfiá-los.

Contrariado e com o rosto rígido, Bato explicou:

— Você não vai usar isso para lutar. São só para as cerimônias de abertura. Você vai tirar a capa diante da multidão. Faz parte do espetáculo.

— Deixe que outra pessoa desfile por aí usando penas. Eu não farei isso.

Bato sacudiu a cabeça e o escravo saiu com os apetrechos.

— Pele de urso, então. Combina mais com um bárbaro. A menos que você prefira não usar nada. É um costume germano lutar nu, não é? A multidão vai adorar.

Durante os dias seguintes, Bato passou mais tempo com ele, ensinando-lhe truques e movimentos que poderiam salvar sua vida. O lanista o treinou até ficarem exaustos, depois o mandou às termas e ao massagista. Nenhuma mulher foi enviada a seus aposentos, mas Atretes não se importou. Estava cansado demais para aproveitar. Nesse ritmo, não teria forças para lutar na arena, muito menos para sobreviver à provação.

Dois dias antes dos jogos, Bato o fez se exercitar, mas lhe permitiu descansar bastante. Na última noite, ele foi à cela de Atretes.

— Você será levado para outros aposentos amanhã. Sempre é realizado um banquete antes dos jogos, diferente de tudo que você já viu, Atretes. Ouça meu conselho: coma e beba com moderação. Abstenha-se de mulheres. Tenha foco e guarde sua força para os jogos.

Atretes ergueu a cabeça.

— Nada de prazer antes de morrer? — perguntou, zombando.

— Preste atenção ao que eu digo. Se os deuses forem misericordiosos, você sobreviverá. Caso contrário, pelo menos fará uma boa luta. Você não vai envergonhar seu povo.

As palavras de Bato atingiram o coração de Atretes, e ele assentiu. Bato estendeu a mão e Atretes a apertou com firmeza. O lanista parecia sombrio. Com um sorriso torto, o germano disse:

— Quando eu voltar, quero minha recompensa.

Bato riu.

— Se você voltar, terá uma.

Seis homens da Grande Escola lutariam nos Jogos Plebeus. Eles foram levados a uma antessala, onde esperariam até que um contingente de guardas chegasse e os levasse aos aposentos embaixo da arena. Os outros cinco gladiadores na sala já haviam lutado antes. Atretes era o único recém-chegado. Também era o único com grilhões nos pulsos e tornozelos.

O trácio era grande e forte. Atretes havia treinado com ele uma vez e sabia que era mecânico, de movimentos previsíveis. Sua maior ameaça era a força bruta, pois ele a usava como um aríete. O parta era outra história. Mais magro e mais ágil, ele batia depressa. Os dois gregos eram bons lutadores, mas Atretes já havia treinado com ambos e sabia que os poderia vencer.

O último homem era um judeu que de alguma forma havia conseguido sobreviver à destruição de sua terra natal na ocasião da vitória de Tito. Seu nome era Caleb, e ele era forte e bonito. Responsável por vinte e duas mortes, era a maior ameaça. Atretes o observou com cuidado, desejando ter tido a oportunidade de treinar com ele no *ludus*. Assim ele saberia como o homem lutava, saberia o que esperar, o que procurar e como contra-atacar para levar vantagem.

O judeu mantinha a cabeça inclinada e os olhos fechados, aparentemente mergulhado em uma espécie de meditação estranha. Atretes ouvira dizer que os judeus adoravam um deus invisível. Talvez o deus deles fosse como seus deuses da floresta. Presentes, mas esquivos. Ele notou que os lábios do homem se mexiam em uma prece silenciosa. Embora relaxado e profundamente concentrado, Atretes sentiu que o homem estava atento ao entorno — o que se confirmou quando o judeu, tendo percebido que Atretes o observava, ergueu a cabeça e olhou diretamente em seus olhos. O germano sustentou o olhar, tentando encontrar no homem uma possível fanfarronice. O que viu, porém, foi coragem e determinação.

Eles se encararam por um longo momento, avaliando-se sem animosidade. O judeu era mais velho e muito mais experiente. Seu olhar fixo dizia a Atretes que ele seria mortal.

— Seu nome é Atretes, certo? — disse ele.

— E o seu, Caleb. Vinte e duas mortes em seu crédito.

Uma emoção velada ensombrou as feições do homem, e ele sorriu sem humor.

— Ouvi dizer que você tentou matar um convidado do *ludus*.

— Ele pediu.

— Peço a Deus que não nos ponha um contra o outro, jovem Atretes. Compartilhamos o ódio por Roma, e me entristeceria muito matá-lo.

Caleb falava com uma sinceridade tão profunda e uma confiança tão natural que o pulso de Atretes acelerou. Ele não respondeu. Era melhor deixar Caleb acreditar que sua juventude e inexperiência o faziam um homem fácil de matar. Excesso de confiança podia ser a fraqueza do homem e a única ferramenta que Atretes poderia usar para sobreviver a uma luta com ele.

Os legionários do imperador chegaram. Foram atribuídos dois a cada gladiador, e um extra a Atretes. Sorrindo com frieza, ele se levantou, e as mordidas de seus grilhões fizeram a raiva correr dentro dele. Por que ele andava arrastando os pés, enquanto os outros caminhavam a passos largos? Viu Bato na entrada.

— Diga a esses cães que eu não vou fugir da luta.

— Eles já sabem. Estão com medo de que você coma um dos convidados romanos no banquete antes dos jogos.

Atretes riu.

Bato ordenou que os grilhões dos tornozelos fossem removidos para que Atretes pudesse andar livremente. Flanqueado pelos guardas, o germano seguiu os outros por um túnel de várias centenas de metros, iluminado por tochas. A pesada porta de madeira se fechou atrás deles. No final do túnel havia uma câmara iluminada. Quando entraram, uma segunda porta foi fechada e trancada. Outra se abriu para um labirinto de câmaras que ficava sob o anfiteatro e a arena.

Leões rugiam de algum lugar na escuridão e Atretes sentiu os pelos da nuca se arrepiarem. Não havia vergonha maior que servir de comida aos animais. Os gladiadores, com seus guardas, atravessaram os estreitos e frios corredores de pedra e subiram as escadas, chegando às câmaras inferiores de um palácio. Atretes ouviu música e risadas quando entraram em um salão de mármore. Havia enormes portas duplas esculpidas no final do salão; dois escravos com túnicas brancas de guarnição vermelha e dourada estavam prontos para abri-las.

— Eles chegaram! — gritou alguém com entusiasmo, e Atretes viu que a sala estava cheia de homens e mulheres, todos romanos, vestindo togas ricas e coloridas.

Uma jovem, que usava um cinto de joias e pouca coisa mais, parou de dançar quando viu Atretes e os outros marcharem até o meio do grande salão, o centro das atenções. Homens e mulheres o avaliaram como a um cavalo, comentando sobre seu porte musculoso.

Atretes observava os outros gladiadores com interesse casual. Os trácios, os partas e os gregos pareciam desfrutar a situação. Foram em direção ao estrado, na outra extremidade do salão, sorrindo e fazendo comentários para várias jovens que os observavam. Apenas Caleb permanecia distante. Atretes seguiu seu exemplo, focando o olhar nos honrados convidados aos quais estavam sendo cerimoniosamente apresentados. Seu coração deu um salto quando ele reconheceu o homem que estava no centro.

Os guardas os puseram em fila diante da plataforma, e Atretes ficou cara a cara com Vespasiano, o imperador romano. À direita estava seu filho mais velho, Tito, conquistador da Judeia; à esquerda, Domiciano.

Atretes se concentrou em Vespasiano. O imperador tinha uma compleição poderosa e a postura de um soldado. O cabelo grisalho era bem aparado, e o rosto, curtido e profundamente marcado por anos de campanha. Tito, não menos impressionante, estava sentado próximo, com três belas jovens dependuradas nele. Domiciano parecia menos imponente em comparação. E era uma facada no orgulho de Atretes admitir que fora esse adolescente que quebrara a unidade das tribos germanas. Ele avaliou a distância que teria de pular para pegar um deles e viu que seria impossível. Mas só a ideia de quebrar o pescoço de um fez seu sangue pulsar.

Vespasiano o observava, impassível. Atretes o fitava com frieza, desejando que seus pulsos não estivessem presos e que tivesse um gládio nas mãos. Diante dele, no tablado, estava sentado o todo-poderoso de Roma. Guardas se alinhavam nas paredes da câmara, e dois se postaram atrás do bárbaro. Mais um passo em direção à plataforma e seria o último.

Atretes não prestou atenção ao grandioso anúncio feito pelo centurião nem seguiu os outros cinco gladiadores quando levantaram os punhos em saudação a César. Vespasiano ainda o fitava. Houve um sussurro. Atretes ergueu os pulsos agrilhoados e deu um sorriso sardônico. Pela primeira vez, ficou feliz pelas correntes. Elas o salvaram da humilhação de prestar homenagem a um romano. Ele deixou seu olhar ir de Vespasiano a Tito e Domiciano e depois voltar, permitindo que vissem toda a força do seu ódio.

Os dois guardas o tomaram pelos braços e todos foram levados do grande salão para uma câmara menor. Ele foi empurrado para um divã.

— Você será honrado esta noite — disse um secamente. — E amanhã estará morto.

Atretes viu os outros gladiadores sendo conduzidos aos divãs de honra. Alguns convidados do imperador os seguiram até essa sala e os cercaram. Uma linda jovem romana ria e acariciava o parta como se fosse um cão de estimação.

Diversos homens e mulheres também se aproximaram de Atretes, olhando-o e comentando sobre sua incrível robustez. Ele devolvia o olhar com desprezo e repugnância.

— Acho que este aqui não gosta que falem muito sobre ele — observou secamente um homem bonito e vigoroso.

— Duvido que ele entenda grego, Marcus. Os germanos têm fama de ser fortes, mas burros.

Marcus riu.

— Pelo olhar dele, Antígono, eu diria que ele entendeu você muito bem. Vou apostar neste. Ele tem certo olhar...

— Eu vou apostar no grego de Arria — disse outro enquanto se afastavam. — Ela disse que ele tem um tremendo vigor.

— Sem dúvida ela já o experimentou — Marcus retrucou enquanto se aproximava para examinar melhor o parta.

Atretes se perguntava quanto tempo duraria ser "honrado". Bandejas de iguarias foram levadas até ele, mas ele as desprezou. Como nunca tinha visto aquele tipo de comida nem sentido seu cheiro, não confiava naquilo. Ele bebeu vinho com moderação e sentiu o sangue se aquecer ao ver algumas escravas parcamente vestidas girando e ondulando em uma dança erótica.

— É uma pena, Orestes — um homem comentou com outro a seu lado, ambos parados diante de Atretes. — O germano parece preferir as mulheres.

— Pena mesmo — o outro suspirou.

Atretes apertou o maxilar e a mão que segurava o cálice. Sentiu o escrutínio sórdido dos dois e jurou que, se alguém colocasse a mão nele, o mataria.

Um riso chamou a atenção de Atretes. Um dos gregos havia puxado uma escrava para seu colo e a beijava. Ela gritava e tentava fugir, enquanto os romanos ao redor riam e o encorajavam a tomar mais liberdades. No divã, a alguns metros de distância, o parta se entupia de vinho e de todo tipo de iguarias. *É bom mesmo que esse tolo aproveite, porque será a última refeição que ele vai fazer na vida se eu tiver a sorte de enfrentá-lo amanhã*, pensou Atretes.

Caleb estava reclinado em um divã, bem atrás dos outros. Não tinha cálice de vinho nas mãos e o prato diante dele estava intocado. Uma mulher atrás dele murmurava algo enquanto acariciava seus ombros, mas ele não lhe dava atenção. Seus olhos estavam meio fechados, sua expressão, perdida e sombria. Ela insistiu durante algum tempo, mas depois, irritada, se afastou.

Ninguém se sentou no divã de Atretes. Vespasiano ordenara que as correntes de seus pulsos fossem removidas, mas os guardas estavam alertas e prontos para o caso de ele tentar algo. Até os convidados foram avisados para manter uma distância segura dele.

— Os germanos são loucos — ouviu alguém dizer.

Parecia que metade dos presentes o observava, esperando testemunhar um ataque de raiva irrefletida. Várias jovens bem-vestidas olhavam avidamente para todas as suas partes. Ele cerrou os dentes. Todas as mulheres romanas eram tão ousadas assim? Tentando ignorá-las, ele ergueu seu cálice de vinho e tomou um gole. Elas foram em direção a ele até chegar perto o suficiente para que Atretes ouvisse claramente o que estavam dizendo. Acaso o julgavam surdo ou estúpido?

— Domiciano disse que o nome dele é Atretes. É lindo, não? Eu adoro loiros.

— Ele é selvagem demais para o meu gosto. Esses olhos azuis me dão calafrios.

— Ohhh — soltou uma, abanando-se dramaticamente. — A mim dão febre.

Muitas riram baixinho, e outra perguntou:

— Quantos homens você acha que ele já matou? Acha que terá chance amanhã? Domiciano me disse que ele vai lutar contra o trácio de Fadus, que é tão bom quanto Caleb.

— Eu vou apostar neste. Você viu o olhar dele quando foi levado para a sala? E ele não saudou César.

— Como poderia? Ele estava acorrentado.

— Dizem que os germanos lutam nus — outra segredou em voz baixa.

— Acha que Vespasiano o deixará nu para as lutas amanhã?

Uma riu, dizendo:

— Oh, espero que sim. — O riso das outras se uniu ao dela. — Vou sugerir isso.

— Arria! Pensei que você gostasse do parta.

— Estou cansada dele.

E Atretes estava cansado delas. Voltando ligeiramente a cabeça, olhou fixamente para os olhos castanhos da mais bonita entre as cinco jovens — aquela que havia dito que sugeriria que ele lutasse nu. A massa de tranças e cachos de um loiro improvável parecia pesada demais para seu pescoço delgado, cercado de pérolas raras. Ela era linda. Notando que ele a observava, ela ergueu uma sobrancelha para suas amigas e sorriu para ele. O olhar ousado de Atretes não a fez corar.

— Acha que devíamos estar tão perto?

— O que você acha que ele vai fazer? Me agarrar? — disse Arria em um tom ronronante, ainda com um sorriso nos olhos, como se o desafiasse a fazer exatamente isso.

Atretes continuou a encará-la. Ela estava usando um cinto de joias como o do grego. Ele sustentou o olhar por mais um momento. Em seguida levantou o cálice, bebeu lentamente um gole de vinho e voltou a atenção para as escravas, como se fossem muito mais sedutoras.

— Acho que você acabou de ser insultada, Arria.

— É o que parece — ela respondeu friamente.

Elas se afastaram, aliviando Atretes de sua presença irritante. Ele imaginou novamente por quanto tempo teria de suportar aquela noite de "prazer". Permitiu que seu cálice de vinho fosse reabastecido e tentou fechar a mente para a alegria ao redor, que agredia sua alma.

Por fim, eles foram retirados do banquete e, um a um, trancados em pequenas celas abaixo do anfiteatro. Atretes se esticou na laje de pedra e fechou os olhos, disposto a dormir. Sonhou com as florestas de sua pátria, com ele próprio parado entre os anciãos enquanto sua mãe profetizava que o filho levaria a paz a seu povo. O ruído de uma batalha o fez se contorcer e gemer, e um dos guardas bateu forte em sua porta, despertando-o. Mas ele adormeceu novamente e sonhou que estava em um pântano. Sentia-se sugado pelos tornozelos e, lutando para se libertar, afundava cada vez mais. O peso da terra úmida o pressionava, puxando-o para baixo, até que ficou submerso, sem conseguir respirar. Então ouviu sua mãe e os outros da aldeia gritando. O ar estava tomado pelos gritos de seu povo que morria, e ele não conseguia se libertar do peso da terra.

Com um grito rouco, Atretes se sentou, saindo do pesadelo com uma forte sacudida. Só então percebeu onde estava. O suor escorria por seu peito, apesar do frio das paredes de pedra. Controlando a respiração, passou as mãos nos cabelos.

Sua mãe havia dito que ele levaria paz a seu povo. Que paz? Que paz, senão a da morte? Quantos catos ainda estavam vivos e livres nas florestas da Germânia? Que fim levara sua mãe? E o restante deles? Seriam, como ele, todos escravos de Roma agora?

Tomado de raiva, ele apertou os punhos. Trêmulo, se deitou, tentando descansar para a batalha que tinha pela frente. Mas sua mente estava cheia de imagens de violência, alimentadas por sua sede de vingança.

Amanhã. No dia seguinte ele morreria, mas com uma espada nas mãos.

13

*O*s guardas foram buscá-lo no meio da manhã, levando uma pesada pele de urso. Ele foi conduzido por um corredor à luz de tochas, enquanto os outros caminhavam rumo à confusão atrás da Porta Pompae, o portão principal para as procissões que seguiam para o Circo Máximo. A luz solar foi como um golpe.

— O imperador chegou e as cerimônias de abertura começaram — gritou um guarda.

Seu contingente os urgiu a entrar nas bigas que esperavam para levá-los à arena para que pudessem ser exibidos diante dos milhares de espectadores que se aglomeravam nos assentos.

Atretes foi posto em uma biga com Caleb.

— Que Deus esteja conosco — disse o judeu.

— Qual deus? — retrucou Atretes, apertando os dentes enquanto se preparava para o passeio.

A multidão gritou selvagemente quando eles apareceram, acompanhados por uma dúzia de outras bigas que levavam gladiadores de outras escolas. A visão e o barulho de tantos milhares enchendo o Circo Máximo fizeram as mãos de Atretes suarem e seu coração bater forte. Trombetas retumbaram, pessoas assobiavam e milhares de vozes se elevaram, até que a própria Terra pareceu tremer.

A pista tinha sessenta metros de largura de um lado e se estendia diante dele por mais de quinhentos metros. No centro se erguia uma enorme plataforma, a espina. Feita de mármore, media pelo menos setenta metros de comprimento e seis de largura e servia de plataforma para estátuas e colunas de mármore, fontes que jorravam água perfumada e altares para uma dúzia de deuses romanos. Atretes passou por um pequeno templo de Vênus, onde os sacerdotes queimavam incensos pagos pelos condutores. No centro da espina, Atretes viu o imponente obelisco proveniente do Egito. Apertando os olhos para protegê-los da claridade, viu a bola dourada no topo, brilhando como um sol.

Na extremidade da espina, erguiam-se duas colunas, sobre as quais havia barras transversais de mármore. No topo das travessas havia sete ovos de bronze — os símbolos sagrados de Castor e Pólux, gêmeos celestiais e santos patronos de Roma — e sete golfinhos, consagrados ao deus Netuno.

O condutor fez a biga girar bruscamente, quase acertando uma das metas, os postes cônicos que se erguiam como ciprestes para proteger a espina e impedir que fosse danificada durante as corridas. Os cones tinham seis metros de altura e possuíam cenas de batalhas romanas esculpidas em relevo. Atretes observava tudo enquanto sua biga se dirigia para o outro lado da pista, em fila com mais duas.

Eles viraram mais uma vez e pararam diante da tribuna, onde estava o imperador com os outros oficiais dos jogos. Caleb desceu. Atretes fez o mesmo, sentindo o calor subir da areia. O sol castigava, e Atretes queria jogar longe a pele de urso. Toldos de cores brilhantes estavam sendo desenrolados sobre cordas, ensombrando as fileiras superiores de espectadores. Sua boca estava seca. Ele desejava uma das finas túnicas de lã do *ludus*.

Caleb saiu caminhando pela borda da arena com os braços estendidos para receber os gritos de seus admiradores. Os outros gladiadores fizeram o mesmo, ostentando seus peitorais incrustados de prata e ouro. Alguns carregavam espadas com pedras preciosas. Os elmos cintilantes eram cobertos com plumas de avestruz e pavão. Nas braçadeiras e coxotes viam-se gravadas cenas de batalha. Deslumbrados, os espectadores gritavam em deleite o nome de seus favoritos e zombavam dos outros, especialmente de Atretes com sua pele bárbara, parado em silêncio com as pernas esticadas e os pés firmes no chão. Alguns espectadores gritavam seu nome e riam.

A plebe era uma massa de vermelho, branco, verde e azul, segundo as cores de suas facções, representando a equipe de bigas que apoiavam. Os que acompanhavam o imperador usavam predominantemente vermelho. O *editor*, como era chamado o organizador e mestre de cerimônias dos jogos, parou diante da tribuna de Vespasiano. Quando desceu da biga, os espectadores se levantaram e agitaram cartazes: "Diocles Proctor Fadus: amigo do povo!" Sorrindo e se curvando, o homem de toga roxa acenou para o povo e fez um breve discurso perante o imperador.

Os gladiadores se apresentaram diante de Vespasiano, inclusive Atretes. Erguendo a mão em uma rígida saudação com os outros, gritou:

— Ave, César! Aqueles que estão prestes a morrer o saúdam!

Essas palavras repugnantes ficaram presas na garganta de Atretes e ele fechou a mão, mantendo-a no ar um pouco mais que os outros. Subindo novamente na biga com Caleb, ele se preparou para o último circuito ao redor da pista antes que o veículo atravessasse os portões.

— Agora é só esperar — disse Caleb enquanto descia.

— Quanto tempo? — perguntou Atretes, caminhando ao lado dele em direção aos recintos onde seriam mantidos até serem chamados para as batalhas.

Grupos de mulheres empurravam os guardas que os rodeavam, gritando o nome de Celerus, Orestes e Promethius.

— Não há como saber. Uma hora, um dia. O verdadeiro espetáculo não são os jogos. São os espectadores. Quando começa uma corrida, eles rasgam as próprias roupas e a própria pele, desmaiam de tanta excitação, dançam como loucos e apostam todos os sestércios que têm em uma equipe. Eu já vi perdedores se venderem a um comerciante de escravos por algumas moedas só para poder apostar. Chamam isso de hipomania. Os romanos são loucos pelos cavalos.

Atretes deu uma risada amarga.

— Então, nós somos apenas um entretenimento entre as corridas.

— Sinta raiva, isso lhe dará mais força. Mas não deixe que ela domine seu pensamento. A menos que sua vontade seja morrer. — Ele olhava para Atretes enquanto caminhavam. — Já vi homens baixarem a guarda deliberadamente, para assim levarem um golpe mortal.

— Não vou baixar a guarda.

Caleb sorriu sem humor.

— Eu vi você lutar. Você tem muita raiva, está cego por ela. Veja a multidão à sua volta, jovem Atretes. Esses conquistadores do mundo são escravos de suas paixões, e um dia elas os derrubarão.

O guarda abriu uma das celas e Caleb entrou no corredor iluminado por tochas. Voltando-se, olhou diretamente nos olhos de Atretes e disse:

— Você tem muito em comum com Roma.

A porta se fechou, bloqueando a visão.

Atretes só foi convocado no início da tarde. Quando saiu de sua cela, recebeu uma espada de duas mãos e nenhuma armadura. Os escravos limpavam os restos de duas bigas destruídas e raspavam a areia. Perdizes assadas eram jogadas para a multidão. Recostada, a maioria dos espectadores comia e bebia, atordoada pela luz do sol e pelo vinho.

Tirando a pesada pele de urso, Atretes foi para a arena encontrar seu oponente, um mirmilão, equipado como um gaulês, com uma insígnia de peixe no elmo. A multidão recebeu Atretes com vaias e assobios. Enquanto ele avançava, jogavam-lhe ossos de perdiz. Ignorando-os, ele se postou ao lado do gaulês e encarou o imperador, levantando a arma em saudação. Então voltou-se para enfrentar seu oponente.

Eles se moviam em círculos, procurando uma abertura. O gaulês era pesado e fez a primeira investida. Ele privilegiava o braço direito e usou o corpo para bloquear Atretes quando o bárbaro germano aparou sua espada. Atretes se abaixou quando o gaulês fez um movimento e, levantando o punho, arrancou o elmo de seu oponente. Aproveitando a fração de segundo de vantagem, atacou o flanco do gaulês com a espada. Puxou a arma de volta e o homem caiu de joelhos. Levantando a cabeça lentamente, o ferido caiu para trás. Ficou apoiado sobre o cotovelo por alguns segundos antes de morrer. Atretes se afastou quando a multidão explodiu em gritos de escárnio. Sentiam-se enganados pela brevidade da luta.

Pegando a arma do gaulês, Atretes a ergueu no ar e lançou seu grito de guerra a Tiwaz. Abaixando os braços, caminhou de um lado para o outro diante da tribuna.

— Eu matei dez legionários de vocês antes de ser capturado! — gritou para o imperador e os oficiais. — Foram necessários quatro para me segurar e me acorrentar. — Levantou a espada para a multidão. — O germano mais fraco vale mais que uma legião de romanos de ventre amarelo!

Surpreendentemente, a multidão rugiu, ovacionando. Os aplausos e risos atiçaram os nervos de Atretes, que cuspiu na areia.

— Deem-no a Celerus! — gritou um tribuno cercado por membros de seu regimento.

Atretes apontou o gládio diretamente para ele.

— Covarde! Desça aqui! Ou seu sangue romano é aguado? — O magistrado começou a abrir caminho pelo corredor, mas alguém o puxou para trás. Atretes riu alto. — Seus homens temem por você! — provocou.

Outros dois se levantaram.

— *Celerus! Celerus!* — Centenas se juntaram ao coro, mas outro jovem oficial pulou na arena, exigindo uma armadura e uma arma.

— Pela honra de Roma e daqueles que morreram na fronteira germana! — gritou, avançando pela areia para encontrar Atretes.

Eles eram fisicamente semelhantes, e a multidão se calou ao ouvir o choque de espadas. Nenhum dos dois recuou no início. Apenas bloquearam golpes um do outro, tentando abrir vantagem. Atretes se esquivou de um giro e levou o ombro ao peito do romano, jogando-o para trás e fazendo o jovem oficial cair de joelhos. O romano conseguiu rolar para longe e se levantar. Atretes deu um salto para trás quando viu o resplendor do gládio, o qual abriu um talho de quinze centímetros em seu peito. Escorregando em uma poça de sangue onde o gaulês havia caído, Atretes foi ao chão pesadamente.

A multidão se levantou em massa, gritando com selvageria enquanto o oficial se jogava para a frente e enroscava as pernas no germano. Atretes viu o gládio subir para o golpe da morte e deu um chute entre as pernas do homem, fazendo-o se dobrar em agonia. Rolando para longe, Atretes se levantou e agitou a espada com todas as suas forças, cortando através do protetor de pescoço do oponente.

O corpo decapitado caiu na poeira e a multidão se calou.

Arfando, Atretes se voltou e ergueu a espada ensanguentada, desafiando o regimento do oficial. Exaltada, a multidão gritou novamente, mas outros dois legionários foram impedidos de saltar na arena pelos soldados do imperador. Vespasiano fez um sinal e um reciário se adiantou.

Atretes sabia que tinha de fazer o papel de secutor, ou "perseguidor", e pegar o homem da rede. Também sabia que a vantagem era do reciário. Sua rede tinha pequenos pesos de metal para que se abrisse em um círculo largo quando lançada. Se fosse capturado, Atretes teria poucas chances de se defender. Ele já estava cansado dos dois primeiros embates, de modo que não se mexeu.

— Não é você que eu procuro — disse o reciário em voz alta, recitando o canto tradicional. — Procuro um peixe! — Fingiu que ia atirar a rede, mas a puxou de volta.

Atretes ficou onde estava, esperando que o reciário fosse até ele. Arrogante, o gladiador zombava dele, dançando em volta de Atretes e chamando-o de bárbaro covarde. A multidão urrava pedindo que lutassem. Os legionários gritavam "Galinha!", mas Atretes os ignorava. Não tinha a intenção de se esgotar correndo atrás do homem da rede. Ele só observava e esperava o momento certo.

O reciário se exibia lançando a rede com movimentos elaborados. Jogou-a aos pés de Atretes com a intenção de fazê-lo se enroscar, mas o germano deu um salto para trás.

— Por que está fugindo? — zombou o reciário, balançando a rede de um lado para o outro enquanto avançava.

Quando ele a ergueu, Atretes a segurou, bloqueando o tridente e acertando uma joelhada no estômago do reciário. Enroscou a rede ao redor da cabeça do homem, chutou-o, fazendo-o cair de joelhos, e enfiou a ponta do gládio na nuca dele, matando-o.

A multidão se levantou mais uma vez, ovacionando descontroladamente. Respirando com dificuldade, Atretes se afastou do reciário caído. Seus músculos tremiam de exaustão e pela perda de sangue. Apoiando-se em um joelho, ele balançou a cabeça, tentando clarear a visão.

Vespasiano fez um sinal com a cabeça e Atretes viu um trácio entrar na arena. *Celerus*. Apertando mais o gládio, se levantou e se preparou para lutar novamente, sabendo que dessa vez morreria.

Milhares de espectadores se levantaram, agitando lenços brancos — uma inesperada demonstração da preferência por Atretes. Vespasiano olhava da multidão para o bárbaro germano. Tito se inclinou para o pai e disse algo. O rugido foi aumentando até que o estádio pareceu tremer de tanto barulho. Pedaços de tecido branco ondulavam em todas as direções, dando ao imperador uma mensagem clara: poupe o bárbaro, deixe-o lutar outro dia.

Atretes não queria misericórdia da plebe romana. A raiva pulsava em suas veias, dando-lhe força. Ele caminhou em direção ao trácio, gritando:

— Lute comigo!

— Você está ansioso para morrer, germano! — gritou Celerus de volta, sem se mexer.

Olhou para o imperador à espera de um sinal, mas não recebeu nenhum. Atretes continuou avançando e Celerus se voltou para encará-lo de espada em punho. O rugido da multidão se tornou ameaçador, lenços brancos se agitando em conjunto, como o rufar de um tambor. Vespasiano fez um sinal e o lanista de Celerus lhe ordenou que parasse. Bato e quatro guardas da Grande Escola entraram na arena.

— Eu vou morrer do jeito que escolher! — disse Atretes em posição de luta, segurando a espada com as duas mãos.

Bato estalou os dedos e os guardas se espalharam e avançaram. Dois sacudiam chicotes. Ao sinal do africano, um chicote disparou e se enrolou na espada de Atretes e outro serpenteou ao redor de seu tornozelo. Com as mãos sujas de sangue, ele não conseguiu segurar o gládio. Soltando-o, bateu com o cotovelo na lateral da cabeça de um guarda e chutou outro. O terceiro puxou o chicote tenso, desequilibrando o germano o suficiente para que os outros guardas o agarrassem com firmeza. Dominado, Atretes tentava se soltar. Ao não conseguir, lançou seu grito de guerra. Bato enfiou o cabo do chicote entre os dentes dele para silenciá-lo e com muito custo o tiraram da arena.

— Ponham-no em cima da mesa!

Alguns homens vieram para prestar auxílio aos guardas de Bato, e Atretes foi acorrentado e jogado sobre uma estrutura de madeira. Debatendo-se, lutava com os homens que tentavam contê-lo.

— Estanquem o ferimento — ordenou um homem com uma túnica manchada de sangue, gesticulando impacientemente para outro que lavava as mãos em uma bacia de barro. — Ele perdeu muito sangue — disse a Bato e gritou para outro: — Deixe esse aí, ele está praticamente morto. Diga a Drusus que pode pegá-lo para dissecar, se for rápido. Depois de morto, a lei proíbe. Depressa com isso, e volte aqui. Preciso de ajuda com este! — Ele olhou de Atretes para Bato. — Ele vai lutar de novo?

— Hoje não — respondeu Bato, soturno.

— Ótimo. Assim fica mais fácil. — O médico pegou um cântaro e derramou sangue em um cálice. Em seguida misturou ópio e ervas. — Isto vai lhe dar forças e saciar sua sede de sangue. Segure a cabeça dele. Ou vai beber, ou se afoga. — O cirurgião puxou as bochechas de Atretes e verteu a beberagem em sua boca.

O bárbaro engasgou, mas o cirurgião continuou derramando o líquido. Um homem entrou gritando; nem o médico nem Bato se encolheram. O lanista se inclinou, mas Atretes mal podia ver seu rosto devido às lágrimas de raiva. Esvaziado o cálice, o cirurgião se afastou. Atretes soltou um soluço e xingou em germano. Seu corpo tremia violentamente. O médico se inclinou sobre ele novamente, olhando-o nos olhos.

— O ópio está fazendo efeito.

— Costure-o — disse Bato.

O cirurgião trabalhou depressa e em seguida foi para outro gladiador, que havia sido levado para lá carregado em seu escudo. Bato se postou ao lado da mesa. Curvou os lábios em um sorriso sem humor.

— Melhor morrer que receber a misericórdia romana, não é, Atretes? Você não quer dever sua vida à plebe romana. Foi isso que o deixou louco de raiva. — Pegando-o pelos cabelos, Bato segurou a cabeça de Atretes para trás. — Você vai desperdiçar sua única chance de vingança. Está ao seu alcance — sibilou por entre os dentes, os olhos escuros flamejando. — Você só pode se vingar de Roma na arena! Quer ser um conquistador? Então seja! Pegue as mulheres deles, o dinheiro deles. Deixe que Roma rasteje a seus pés e o venere. Deixe que façam de você um dos seus deuses! — Ele o soltou e se endireitou. — Caso contrário, você e o que sobrou do seu clã terão morrido por nada.

14

— Todos acham que é minha culpa — disse Júlia, pálida, na cama, enquanto as lágrimas escorriam por suas faces. — Eu vejo como me olham. Eles me culpam pela morte de Cláudio. Eu sei que sim. Não é minha culpa, Hadassah. Não é, certo? Eu não queria que ele fosse atrás de mim. — Seus ombros tremiam enquanto ela soluçava.

— Eu sei que não — Hadassah murmurou suavemente, contendo as próprias lágrimas enquanto tentava consolar sua senhora, tão perturbada.

Júlia nunca queria machucar as pessoas. Ela simplesmente não pensava em ninguém além de si mesma, nem avaliava as consequências de suas ações.

A trágica manhã da morte de Cláudio começara com Júlia se queixando de estar entediada. Ela queria ir a uma exibição particular em um *ludus* de gladiadores e precisava que Cláudio a acompanhasse. Acostumado a suas queixas, ele não se dera o trabalho de ouvi-la. Estava concentrado em seus estudos. Júlia o pressionara e ele se recusara, educadamente lhe informando que estava terminando uma tese sobre o judaísmo. Júlia saíra da biblioteca, lutando para não ter uma explosão de raiva ali mesmo. Trocara de roupa e solicitara uma biga.

Mais preocupado com a reputação de seu amo que com a de sua senhora, Persis informara a Cláudio que Júlia havia deixado a vila sem escolta. O homem ficara irritado por ser novamente interrompido por causa de Júlia. Um cálice de vinho acalmara seus nervos. Ele supunha que em Roma era permitido que uma jovem casada andasse por aí desacompanhada, mas na Campânia isso não era apropriado. Persis se oferecera para mandar alguém atrás dela, mas Cláudio recusara. Era hora de ele e Júlia conversarem claramente. Mandara buscar um cavalo na estrebaria.

Uma hora depois, o cavalo voltara para casa sem ele.

Alarmado, Persis reunira vários outros servos e saíra para procurar seu amo. Encontraram Cláudio a três quilômetros do *ludus*, com o pescoço quebrado em virtude de uma queda.

Chorando pela morte de Cláudio, Hadassah ficara inquieta, preocupada com Júlia. A casa estava um caos e ninguém iria atrás da moça. Persis a amaldiçoara.

Júlia chegara à noitinha, coberta de poeira e desgrenhada. Como ninguém fora ajudá-la, largara a biga e entrara intempestivamente, gritando por Hadassah, que correra até ela, aliviada por vê-la bem, mas sem saber como contar sobre o acidente de Cláudio.

— Mande encher a banheira com água quente e perfumada e me traga algo para comer — ordenara Júlia secamente, caminhando em direção a seu quarto.
— Estou faminta e empoeirada.

Hadassah passara rapidamente as instruções, quase certa de que não seriam cumpridas, e fora depressa atrás de sua senhora.

Júlia andava pelo quarto como uma gata arisca. Seu rosto estava corado e sujo, exceto pelas marcas brancas deixadas pelas lágrimas. Não notara o rosto pálido de Hadassah nem seu nervosismo.

— Eu estava preocupada, minha senhora. Onde esteve?

Júlia se voltara, imperiosa.

— Não se atreva a me questionar! — gritara, frustrada. — Não responderei a uma escrava sobre o que faço ou deixo de fazer! — Jogara-se tristemente no divã. — Não responderei a ninguém, nem a meu *marido*.

Hadassah lhe servira vinho e lhe entregara o cálice.

— Sua mão está tremendo — dissera Júlia, olhando para ela. — Estava tão preocupada assim comigo? — Deixara o copo de lado e pegara a mão de sua escrava. — Pelo menos alguém me ama.

Hadassah se sentara ao lado dela e pegara suas mãos.

— Onde esteve?

— Eu estava indo para Roma, mas então vi que seria inútil. Meu pai simplesmente me mandaria de volta. Assim, aqui estou novamente, prisioneira nesta chatice de lugar.

— Então não foi ao *ludus*?

— Não, não fui — dissera Júlia, cansada, torcendo os lábios. — Não seria apropriado que eu fosse sem escolta — justificara com raiva, soltando uma risadinha de deboche. — Marcus diria que eu penso como uma plebeia.

Ela se levantara e se afastara. Hadassah sentia a tensão se acumulando novamente, a tempestade vindo à tona. Como contaria a Júlia sobre Cláudio? As emoções de sua senhora já estavam confusas. Até mesmo as suas não estavam mais sob controle.

Júlia tirara várias presilhas dos cabelos e as jogara na penteadeira. Como caíram no chão, Hadassah se curvara para pegá-las.

— Eu deveria ter ido ver os jogos — dissera Júlia. — Um pequeno escândalo talvez fizesse Cláudio despertar para seus deveres como meu marido. Será que espera que eu fique sentada o resto da vida enquanto ele se enterra naque-

les estudos chatos sobre as religiões do Império? Quem lê isso? Diga! Não interessa a ninguém. — Seus olhos se encheram de lágrimas de raiva e autopiedade.
— Eu o desprezo.

— Oh, minha senhora — dissera Hadassah, mordendo o lábio, incapaz de conter as lágrimas.

— Eu sei que você gosta dele, mas Cláudio é tão *enfadonho*. Apesar de todo seu suposto intelecto, ele é o homem mais tedioso que já conheci. E não me importo que ele saiba o que eu penso. — Voltando-se para a porta, ela a abrira e gritara através do jardim do peristilo. — Está me ouvindo, Cláudio? Você é um tédio!

Horrorizada diante do comportamento de sua senhora, Hadassah não se contivera. Correra para a porta, afastara a moça e a fechara.

— O que está fazendo? — Júlia gritara estridentemente.

— Minha senhora, por favor, cale-se! Ele está morto! Quer que todos a ouçam?

— O quê? — perguntara Júlia debilmente, sem poder acreditar, e empalidecera.

— Ele foi atrás da senhora. Encontraram-no a caminho do *ludus*. Caiu do cavalo e quebrou o pescoço.

Com um olhar selvagem, Júlia recuara, como se tivesse sido atingida.

— Pelos deuses, que tolo!

Horrorizada, Hadassah a fitara, suas emoções confusas. Júlia dizia que Cláudio era um tolo por ter caído do cavalo ou por ter ido atrás dela? Por um instante, Hadassah a detestara, mas logo fora tomada pela vergonha. Ela havia falhado em seu dever. Deveria ter impedido Júlia de sair de casa. Deveria ter ido atrás dela.

— Ele não pode estar morto. O que vou fazer agora? — gritara Júlia, tomada pela histeria.

Décimo Valeriano fora avisado da morte de Cláudio. Hadassah sabia as providências que deveria tomar para o funeral, mas Júlia, a única com autoridade para isso, era incapaz de tomar decisões no estado em que se encontrava. O corpo de Cláudio estava em seus aposentos, lavado, enrolado, apodrecendo.

Persis chorava por Cláudio como um filho choraria a perda de um pai. As escravas domésticas também lamentavam. Os jardineiros estavam calados e sombrios. Os escravos se reuniam e conversavam, e nenhum trabalho era feito.

Júlia tinha razão. Todos a culpavam. E atribuíam a Hadassah também uma pequena parte da culpa, pois ela servia a Júlia e lhe era totalmente leal. Na verdade, ela também servira a Cláudio, passando horas ajudando-o com seus estudos, mas não era um deles.

O sofrimento de Júlia era inspirado pela culpa, e sua histeria assumiu a forma de um medo irracional de que os escravos quisessem vê-la morta. Ela se recusava a sair do quarto. Não comia nem conseguia dormir.

— Eu nunca deveria ter me casado com ele — disse Júlia um dia, pálida e perturbada. — Eu deveria ter me recusado, sem me importar com o que meu pai dissesse. Esse casamento foi um desastre desde o início. Cláudio não estava feliz. Eu não era a esposa que ele queria. Ele queria alguém como sua primeira esposa, que se contentava em estudar pergaminhos enfadonhos. — E começou a chorar de novo. — Não é culpa minha que ele esteja morto. Eu não queria que ele fosse atrás de mim. — Suas lágrimas se transformaram em raiva irracional. — A culpa é do meu pai. Se ele não tivesse insistido em me casar com Cláudio, nada disso teria acontecido!

Hadassah fazia o possível para aliviar os medos dela e fazê-la raciocinar, mas Júlia não a ouvia. Ela se recusava a comer, aterrorizada de pensar que um dos escravos da cozinha pudesse envenená-la.

— Eles me odeiam. Viu como ela me olhou quando trouxe a bandeja? Persis dirige a casa e me odeia tanto quanto amava Cláudio.

Quando por fim ela dormia, acordava com pesadelos. Hadassah estava assustada com as emoções indisciplinadas de sua senhora e com os voos selvagens de sua imaginação.

— Ninguém quer lhe fazer mal, minha senhora. Eles só estão preocupados.

Isso era verdade, os escravos estavam preocupados. Tinham ouvido as acusações selvagens e infundadas de Júlia de que estavam tentando matá-la. Se Valeriano ouvisse e acreditasse, todos corriam o risco de ser executados.

Décimo Valeriano não apareceu. Ele havia ido a Éfeso a negócios logo antes do acidente de Cláudio. Só saberia quando voltasse. Febe Valeriano chegou com Marcus na tarde do terceiro dia. Catia entrou correndo e bateu na porta trancada dos aposentos de Júlia, anunciando sua chegada.

— Não abra a porta! — disse Júlia com o olhar selvagem pela falta de sono. — É um truque.

— Júlia — Febe chamou minutos depois. — Júlia, deixe-me entrar, querida.

Quando ouviu a voz de sua mãe, ela saiu voando da cama para a porta e a destrancou.

— Mamãe! — gritou, jogando-se nos braços de Febe e soluçando. — Todos querem me matar. Todos me odeiam. Eles queriam que eu estivesse morta, não Cláudio!

Febe levou a filha para dentro do quarto.

— Que bobagem, Júlia. Venha, sente-se. — E olhou para Hadassah. — Peça para alguém trazer minha bagagem aqui imediatamente. Tenho algo para dar a ela que vai acalmar seus nervos.

Hadassah viu Marcus parado na entrada. Seu rosto era sombrio de raiva e preocupação. Nem uma única palavra que Júlia havia dito era verdade, mas suas acusações precipitadas eram suficientes para destruir a vida de todos os escravos da casa se Marcus acreditasse nela. Júlia chorava copiosamente, agarrando-se à mãe.

Assim que Hadassah voltou com um dos serviçais atrás dela carregando a bagagem, Febe lhe pediu que pegasse uma pequena ânfora em sua caixa de cosméticos.

— Misture algumas gotas em um copo de vinho.

— Eu não vou beber vinho nesta casa! — gritou Júlia. — Eles o envenenaram!

— Oh, não, minha senhora — disse Hadassah, angustiada. Com as mãos trêmulas, ela serviu um pouco de vinho em um copo e bebeu metade. Estendeu o copo para mostrá-lo a Júlia e olhou para Febe com um olhar de apelo.

— Juro que ninguém quer lhe fazer mal.

Marcus tirou o copo das mãos de Hadassah.

— Onde disse que está a ânfora, mãe?

Ele a encontrou e derramou as gotas no vinho, entregando-o a sua mãe e observando enquanto a irmã chorosa bebia.

— Se não precisa de mim, mãe, tenho que tomar algumas providências — disse ele sombriamente.

Ela assentiu, entendendo o que ele queria dizer. Marcus pegou Hadassah com firmeza pelo braço e quase a empurrou para o corredor, fechando a porta atrás de si.

— Você parece uma morta-viva — disse, observando seu rosto pálido e as sombras escuras sob seus olhos. — Há quanto tempo Júlia está assim?

— Três dias, meu senhor. Desde que soube da morte de Cláudio.

Marcus ficou alarmado com a maneira familiar como Hadassah dissera *Cláudio*. Ela o amava?

— Foi um acidente infeliz, pela informação que recebemos — ele observou.

Os olhos de Hadassah se encheram de lágrimas, que ela claramente tentava conter. Por fim se derramaram e correram pelas faces.

— Vá descansar — ele ordenou secamente. — Falarei com você mais tarde.

Enquanto sua mãe consolava Júlia, Marcus assumiu o comando da casa. Ficou consternado com o estado em que se encontrava. Parecia que ninguém fazia nada havia dias. Cláudio nem sequer havia sido enterrado. Marcus ordenou que o fosse imediatamente.

— A esposa dele está enterrada aqui? — perguntou a Persis, que fez um sinal positivo com a cabeça. — Então, enterre seu amo ao lado dela. E depressa!

Todo o mobiliário dos aposentos de Cláudio foi queimado, e o quarto, lavado e arejado.

Isolado na biblioteca, Marcus analisou os meticulosos registros e diários relativos à casa e à propriedade circundante. Sorria cinicamente enquanto bebia vinho e fazia cálculos. Júlia se consolaria imensamente quando soubesse que a morte de Cláudio lhe deixara uma fortuna, embora ela pouco pudesse dizer sobre como distribuí-la.

Na ausência de seu pai, Marcus tinha plena autoridade para tomar as decisões que julgasse necessárias. Júlia nunca escondera sua aversão a Cápua, e Marcus sabia que ela não gostaria de permanecer ali. Ele tomou providências para que um advogado avaliasse a propriedade. O preço que Marcus estabeleceu fez o homem engasgar. Mas ele permaneceu firme.

— Eu vou lhe dar o nome de dois senadores que desejam uma propriedade na Campânia — disse, e o advogado anuiu.

Com a mãe em casa, Júlia estava mais calma. Pelo menos comia e dormia novamente. Marcus lhe comunicou a decisão de vender a vila, e ela esqueceu totalmente o sofrimento pela alegria de saber que voltaria para Roma.

— E quanto aos escravos? O que fará com eles?

— O que gostaria que eu fizesse?

— Quero que cada um vá para um lugar. Exceto Persis. Ele sempre foi desrespeitoso e deve ser enviado para as galés. Eu insisto — disse ela.

— Você não está em posição de insistir sobre nada — Marcus retrucou, irritado. — Agora você está sob os cuidados de nosso pai novamente, e eu sou o executor da propriedade na ausência dele.

Júlia o encarou.

— Eu não tenho nada a dizer sobre nada? Eu era a esposa de Cláudio.

— Não muito, pelo que você me contou.

— Você também me acusa! — ela exclamou, e as lágrimas rapidamente voltaram.

— Eu tive que abandonar meus próprios assuntos para vir resolver os seus. Cresça, Júlia! Não torne as coisas mais difíceis do que já são — Marcus se exasperou. Sua paciência com as lágrimas e a autocomiseração de Júlia estava chegando ao fim.

Ele ia para os jardins sozinho todas as noites, vagando sem rumo, sem descanso. Perguntava-se se Hadassah saía para rezar na escuridão como costumava fazer. Para que deus ele deveria rezar para resolver aquele caos? O que deveria fazer em relação aos escravos? Marcus sabia que tinha que tomar uma decisão, mas estava relutante.

Subiu a colina e se sentou sob um fano, um dos pequenos templos. Apoiando-se em um pilar de mármore, olhava a noite iluminada. Ele sabia que aquele casamento era um erro desde o início, mas nunca desejara mal a Cláudio. Júlia havia dito o suficiente nos últimos dias, revelando o desastre que eram as coisas. Para ele, a maior parte da culpa por isso era dela. Agora ela havia levantado outro assunto que ele tinha que resolver. Ninguém cuidava dela. Após alguns dias de observação, ele começava a se perguntar se algumas das acusações de Júlia não eram verdadeiras. Os escravos podiam não buscar ativamente sua morte, mas também não garantiam em nada sua proteção.

— Meu senhor?

Assustado, ele se endireitou. Seu coração se acelerou quando viu Hadassah parada nas sombras.

— Então você não desistiu de rezar para seu deus invisível — disse ele suavemente, relaxando mais uma vez contra o pilar.

— Não, meu senhor — ela respondeu, e ele notou o sorriso em sua voz. Ela se aproximou. — Posso lhe falar com sinceridade?

Ele assentiu com a cabeça.

— Não creio que o senhor Cláudio quisesse que Persis e os outros fossem tirados desta casa.

Ele apertou os lábios. Havia ido até ali para se afastar do problema por um tempo, e agora ali estava a última pessoa que ele esperava que o mencionasse.

— Persis culpa Júlia pela morte de Cláudio? — ele perguntou, sem rodeios.

Silêncio.

— Meu senhor, ninguém é culpado pelas atitudes dos outros.

Ele se levantou, irado.

— Você não respondeu à minha pergunta, o que já é uma resposta. As acusações de Júlia não são tão infundadas quanto pensei a princípio.

— Ninguém jamais tentou fazer mal a ela, senhor. Que Deus me castigue se o que digo não for verdade. Persis chora por seu amo como quem chora por um pai amado. Seu único pensamento era para o amo. O senhor Cláudio o trouxe para cá quando ele ainda era criança. Persis lhe serviu com amor e devoção, e o senhor Cláudio confiava nele para tudo e o tratava com carinho, como a um filho. Persis nunca desejou mal à sua irmã.

— Só tenho sua palavra sobre o que está dizendo — disse ele secamente.

— Por Deus vivo, meu senhor, eu não lhe mentiria.

Marcus acreditava nela, mas isso não mudava nada. Ele estava cansado.

— Sente-se comigo e me conte o que aconteceu naquele dia — pediu, batendo no mármore a seu lado.

Ela se sentou lentamente, com as mãos firmemente apertadas no colo. Ele queria pegar a mão dela e encorajá-la a confiar nele, mas sabia que tal atitude teria o efeito contrário.

— Conte tudo. Não precisa ter medo.

Ela lhe contou todos os fatos. Júlia queria ir ao *ludus*; Cláudio não. Ela fora sozinha, e ele fora buscá-la. Marcus já sabia disso pela própria irmã.

— Quando Cláudio foi encontrado e trazido de volta, quem foi procurar Júlia? — perguntou enfaticamente, sabendo que ninguém havia ido. E completou, antes que ela pudesse responder: — Ela me disse que estava a caminho de Roma.

Marcus ficara furioso quando Júlia lhe contara isso. Seu temperamento sempre fora mais forte que o bom senso.

— Você sabe o que pode acontecer com uma mulher sozinha na Via Appia? Ela seria um alvo fácil para ladrões ou coisa pior. Quem foi buscá-la, Hadassah?

— É minha culpa. Que Deus me perdoe, mas eu também não fui atrás da minha senhora, assim como os outros. Não sabia onde procurar ou o que fazer, então não fiz nada. Fiquei só aguardando, na expectativa. É mais culpa minha que de qualquer outra pessoa, porque o bem dela é minha responsabilidade.

Ele sentia raiva por ela implorar em favor deles e se oferecer em sacrifício.

— Você se culpa pela falta de atitude de todas as pessoas desta casa? Seus pensamentos sempre estiveram na minha irmã. Você não a deixou sozinha por um momento sequer depois que ela soube da morte de Cláudio. Estava exausta de cuidar dela quando cheguei. — Ele se levantou. — Talvez exista outra possibilidade que hesito em aceitar, mas na qual Júlia insiste desde minha chegada. Você teme pela vida dela?

— Não, meu senhor! — exclamou Hadassah, assustada com a direção dos pensamentos de Marcus. — Ninguém jamais foi uma ameaça para ela. Nunca.

— Tampouco lhe ofereceram ajuda — ele retrucou, afastando-se.

— Eles amavam Cláudio. Ainda o amam.

— Já chega! — interrompeu ele. — Não venha a mim interceder por eles.

— Eles são inocentes do que ela os acusa — disse Hadassah, demonstrando uma ousadia pouco característica de sua personalidade ao desafiá-lo.

Ele a fitou.

— Onde está a inocência de um escravo que negligencia seu dever, Hadassah? O pedido de Júlia para mandar Persis às galés é mais piedoso do que o que eu sei que deveria ser feito. Persis deveria morrer por não ter cuidado da segurança de sua senhora.

Hadassah soltou um leve suspiro.

— Eu sabia que era isso que o senhor estava pensando. — Ela se aproximou dele. — Por favor, Marcus, eu lhe imploro. Não peque derramando sangue inocente sobre sua cabeça.

Atônito por ouvi-la usar seu nome, ele a fitou. Os olhos dela brilhavam, marejados. Ele pensou em suas palavras. Ela havia ido implorar por Persis ou por ele?

— Dê-me uma razão para eu o poupar — pediu, sabendo que não havia nenhuma.

— Persis sabe ler, escrever e fazer contas.

— Outros também sabem.

— O senhor Cláudio o treinou para administrar todos os assuntos da propriedade.

Ele franziu o cenho.

— Por que um amo faria isso?

— Para que pudesse ficar livre para seus estudos. A senhora Júlia disse que o senhor vai vender a vila a um senador, que faria daqui um local de descanso ocasional. Um escravo com o conhecimento e as habilidades de Persis não seria inestimável para um proprietário ausente?

Ele riu baixinho.

— Belo argumento, pequena Hadassah. — Pensou no assunto, mas balançou a cabeça. — Os sentimentos de Júlia devem ser levados em consideração.

— Ela precisa de direção, não de vingança por um erro nunca cometido contra ela.

Marcus sabia que ela tinha razão, mas por que a vida de um escravo deveria importar tanto? Realizar os desejos de Júlia em relação aos escravos lhe daria um pouco de paz, porém, ao fazê-lo, machucaria Hadassah. E isso era algo que ele percebeu que não gostaria de fazer.

— Todo esse trágico fiasco foi criado por ela — disse ele, esfregando a nuca. Ele precisava de um longo mergulho nas termas e de uma massagem.

— O senhor não deve pensar que a culpa é dela — disse Hadassah.

Ele se surpreendeu por ela defender sua irmã com tanta facilidade.

— Ela desafiou o marido e ele foi atrás dela. Isso a faz culpada aos olhos de alguns.

— Ela não teve culpa pelo vinho que Cláudio bebeu antes de partir. Não teve culpa por ele não ser um bom cavaleiro e ter caído do cavalo. Nem sequer é culpada pela decisão dele de ir atrás dela. Cada pessoa responde pelas próprias ações, e mesmo assim é Deus quem decide.

— Então, por mero capricho de um deus invisível, Cláudio está morto — ele observou secamente.

— Não por capricho, meu senhor.

— Não? — retrucou, rindo brevemente. — Todos os deuses agem segundo seus caprichos. Por que o seu é diferente dos outros?

— Deus não é como os ídolos que os homens criam e lhes atribuem suas próprias ações e paixões. Deus não pensa e age como os homens. — Ela deu um passo em direção a ele, como se estando mais perto o fizesse entender. —

Cada um de nós é um dos fios tecidos na tapeçaria que Deus criou. Só ele vê o quadro completo, mas nem mesmo um pardal cai sem seu conhecimento.

Ela não falava como escrava, e sim como uma mulher que acreditava em todas as palavras que dizia.

— Todas as horas que você passou conversando com Cláudio na privacidade da biblioteca afrouxaram sua língua — observou ele. Ela baixou a cabeça, e ele estendeu a mão para levantar-lhe o queixo. — Você acha que a morte de Cláudio é parte de algum plano divino?

— Está zombando de mim.

Ele a soltou.

— Não. Fico pensando nesse deus que tão livremente dizima seu povo e mata um homem cujo único crime era entediar uma jovem esposa. Eu me pergunto por que você ainda adora esse deus cruel e não é suficientemente sábia para escolher outro.

Hadassah fechou os olhos. Falhava toda vez para explicar. Falhava até mesmo para tirar as próprias dúvidas.

Por que levaste Cláudio, Senhor? Por que, se eu me sentia tão perto dele? Por que agora, quando por fim consegui reunir coragem para falar de ti? Ele tinha tantas perguntas, e eu tentei explicar. Mas, Senhor, eu não cheguei a ele. Ele não entendia. Não acreditava completamente. Por que o levaste? E agora não consigo entender Marcus Valeriano também. Ele está determinado à destruição.

— Deus faz tudo acontecer para o bem — disse ela, mais para si do que para Marcus.

Ele deu uma risada suave e cínica.

— Ah, sim. Algo de bom já resultou disso. A morte de Cláudio deixou Júlia livre.

Ele viu Hadassah levar a mão ao peito ao ouvir suas palavras insensíveis. Com um calafrio, desejou poder pegá-las de volta, sabendo que a machucara. A tristeza dela pela morte de Cláudio Flacco era sincera.

— É uma dura realidade — disse ele sem rodeios.

Ela ficou em silêncio por um longo momento, até que falou suavemente:

— A senhora Júlia terá menos liberdade em Roma do que tem aqui, meu senhor.

Ele observou o rosto de Hadassah à luz da lua, mais curioso do que nunca.

— Você é muito perspicaz.

Quando Júlia percebesse que não teria controle algum sobre o dinheiro que herdara de Cláudio, ela não aceitaria. E logo se revoltaria, quando seu pai assumisse o comando de seus assuntos sociais também. Marcus sabia que seria arrastado para o caos que logo se instalaria. Sua mãe imploraria para que ele usasse sua influência sobre Júlia, enquanto o pai lhe ordenaria que não fizesse nada. Quanto a Júlia, ela usaria todos os meios que pudesse para fazer as coisas do seu jeito.

Possuir uma casa na Campânia tinha certos atrativos.

Marcus suspirou pesadamente. Pelo menos se livrara de um fardo. Já sabia o que faria com Persis e com os demais. Nada. Absolutamente nada.

— Pode ir para a cama agora, Hadassah. Você conseguiu o que queria. Deixe seus medos de lado: Persis e os outros serão poupados.

Hadassah falou tão baixinho que Marcus soube que ela não queria que ele ouvisse:

— Era por você que eu mais temia, Marcus.

Ele a observou enquanto ela se afastava e soube que todas as tardes que passara no jardim fora para esperar por ela; por ela e pela paz interior que ela traria consigo.

15

Décimo pegou a mão de Febe e a pousou em seu braço enquanto caminhavam pela trilha de paralelepípedos nos jardins adjacentes ao palácio do imperador. Havia estátuas de mármore pintadas no terreno bem cuidado, e as fontes borbulhavam com águas calmantes. Jovens riam e passavam por Décimo e Febe, enquanto outros casais também passeavam, aproveitando o esplendor do dia.

Entre uma profusão de flores primaveris havia uma estátua de mármore de uma donzela nua derramando água de um jarro. O som da água correndo acalmava Décimo.

— Vamos sentar aqui um pouco — disse ele e relaxou em um banco de pedra ao sol.

A viagem a Éfeso havia sido difícil, pois ele se cansava com facilidade. Os negócios sempre consumiam sua mente, mas ultimamente ele andava distraído, com muitos pensamentos estranhos e interligados. Sua doença trouxera consigo uma crise para seu espírito — uma doença da alma, se ele tivesse uma.

Por que ele havia trabalhado tão duro todos aqueles anos? Com que finalidade? Sua vida parecia tão fútil; suas conquistas, tão vazias. Sua família estava estabelecida, tinha posses e conforto garantido. Ele tinha uma posição na sociedade romana. No entanto, em vez de aproveitar a glória de suas conquistas, sua família estava dividida por ideologias opostas. Não havia mais união — ele e seu filho discutiam por tudo, desde política até como educar crianças, e sua filha lutava por independência. Ele havia trabalhado a vida toda para construir um império, para dar a seus filhos tudo que ele nunca teve, e conseguira ir além de suas mais loucas expectativas. Mas o que ganhara com isso, exceto um triunfo vazio?

Marcus era bonito, inteligente, perspicaz, falava bem. Júlia era linda, encantadora, cheia de vida. Ambos eram bem-educados e admirados por seus pares. No entanto, Décimo sentia um tormento mordaz, uma sensação de fracasso como pai.

Quem pensaria que a mente poderia ser um campo de batalha? Se não fosse por Febe, ele cortaria os pulsos e acabaria com o desespero de sua alma e a dor física que começava a consumir cada momento de sua vida.

Talvez fosse a aproximação da morte que lhe abrira os olhos e o fazia ver tão claramente. Ah, se ele fosse cego para tudo, provavelmente seria poupado dessa angústia emocional. Esperava que, ao visitar Éfeso, sua terra natal, encontrasse um pouco de paz. Mas não foi o que aconteceu.

Um escravo se aproximou, fazendo sombra sobre Décimo, mas ele o dispensou com impaciência. Precisava do calor do sol para espantar o frio do pressentimento que crescia em seu íntimo. Febe pegou a mão do marido e a levou ao rosto.

— Eu falhei — disse Décimo sem emoção.

— Em quê, meu amor? — perguntou ela gentilmente.

— Em tudo que era importante. — Ele apertou a mão da esposa como se fosse uma tábua de salvação.

Febe baixou a cabeça, recordando o último confronto entre Júlia e Décimo. A filha queria ir aos jogos, e o pai recusara a permissão, lembrando-lhe que ela estava de luto por Cláudio. A cena seguinte chocara Febe tanto quanto Décimo. A menina havia gritado que não se importava com Cláudio, afinal por que deveria chorar por um tolo que não sabia nem montar um cavalo? Décimo lhe dera uma bofetada, e Júlia ficara um instante em silêncio, atordoada, fitando-o em choque. Então sua expressão mudara de forma tão dramática que ela ficara quase irreconhecível. Era como se a frustração de seus desejos despertasse uma presença obscura dentro dela, e seus olhos arderam com uma fúria tão selvagem que Febe sentira medo.

— É culpa *sua* Cláudio estar morto — Júlia sibilara ao pai. — Chore você por ele, pois eu não vou. Fico feliz por ele estar morto, está me ouvindo? Fico feliz por estar livre dele. Pelos deuses, queria estar livre de você também!

Ela saíra correndo do peristilo e se trancara em seu quarto durante toda a manhã.

Febe fitou o rosto vincado do marido.

— Júlia não quis dizer aquilo, Décimo. Ela vai se desculpar.

Sim, ela pedira desculpas mais tarde, bem mais tarde, depois que Febe falara com ela e despertara a consciência que restava em sua filha. Décimo pensou nas súplicas e lágrimas de Júlia e em suas desculpas por sua abominável acusação e comportamento, mas era a expressão nos olhos dela durante a explosão que continuava gravada em sua memória. Ela o odiava, o suficiente para desejar sua morte. Foi terrível se dar conta de que a criança que ele criara e amava tanto o desprezava, assim como a tudo que ele considerava sagrado.

— Como é possível termos dois filhos tão contrários a tudo em que acreditamos, Febe? O que aconteceu com a virtude, a honra, os ideais? Marcus acredita que nada é verdadeiro e tudo é permitido. Júlia acha que a única coisa que importa é seu próprio prazer. Eu trabalhei a vida toda para dar a meus filhos tudo que nunca tive na idade deles: riqueza, educação, posição. E agora olho para eles e me pergunto se minha vida é simples vaidade. Eles são egoístas, não impõem a menor restrição aos próprios desejos. Não têm a menor fibra de caráter moral.

Suas palavras doeram em Febe, e ela tentou defender os filhos.

— Não os julgue tão duramente, Décimo. Não é culpa sua, nem minha, nem deles. É o mundo em que vivem.

— Um mundo feito por quem, Febe? Eles querem o controle total da vida deles. Querem se livrar dos padrões antigos. Basta ser agradável para ser certo. Eles querem destruir quem se meta no caminho de seus próprios prazeres. Exigem se libertar das correntes morais e não entendem que são justamente essas regras que mantêm o homem civilizado. — Fechou os olhos. — Pelos deuses, Febe, eu escuto nossa filha e sinto vergonha.

Lágrimas encheram os olhos da mulher e ela mordeu o lábio.

— Ela é jovem e inconsequente.

— Jovem e inconsequente — ele repetiu sem emoção. — E que desculpa encontramos para Marcus? Ele tem vinte e três anos, não é mais uma criança. Disse-me ontem que Júlia deve ser livre para fazer o que quiser. Disse que chorar por Cláudio é uma farsa. Febe, um homem morreu por causa do desafio voluntarioso e do egoísmo de nossa filha, e ela nem se importa! Marcus também é jovem demais para ter senso de honra e decência em relação ao que aconteceu na Campânia?

Febe desviou o olhar e escondeu as lágrimas, magoada pela dura avaliação sobre sua filha. Décimo ergueu-lhe o queixo.

— Eu não culpo você. É a mais gentil das mães.

Ela observou o rosto perturbado do marido, tão marcado pela fadiga.

— Talvez o problema seja esse.

Tocou a têmpora de Décimo. Ele tinha uma nova mecha grisalha nos cabelos. Marcus e Júlia não viam que o pai estava doente? Marcus tinha que discutir por tudo? Júlia tinha que o atormentar tanto com suas exigências infinitas?

Ele suspirou pesadamente e pegou a mão dela novamente.

— Tenho medo por eles, querida. O que acontece com uma sociedade quando todas as restrições são abolidas? Eu vejo nossos filhos encantados com o sangue derramado na arena. Vejo-os buscar o prazer sensual interminável. Aonde tudo isso vai levar? Como uma mente dissoluta pode ser livre se eles são escravos de suas próprias paixões?

— Talvez o mundo mude.

— Quando? Como? Quanto mais nossos filhos têm, mais querem, e menos consciência têm de como conseguir. Nós não somos os únicos que enfrentam essas crises. Eu ouço isso todos os dias nas termas. Os mesmos problemas afligem a maioria dos nossos amigos! — Inquieto, Décimo se levantou. — Vamos caminhar um pouco.

Ele e Febe caminharam pela trilha e passaram por um jovem casal que adorava Eros sob uma árvore florida. Um pouco mais ao longe, dois homens se beijavam em um banco. Décimo endureceu o semblante de repulsa. A influência grega permeava a sociedade romana, incentivando a homossexualidade e tornando-a aceitável. Décimo não condenava esse comportamento, mas também não o queria esfregado em sua cara.

Roma tolerava todo tipo de práticas abomináveis, aceitava qualquer ideia sórdida em nome da liberdade e dos direitos do homem comum. Os cidadãos já não exibiam comportamentos depravados somente em lugares privados, mas ostentavam-nos orgulhosamente em público. Aqueles que tinham valores morais não podiam mais andar livremente em um parque público sem ter que testemunhar uma cena revoltante.

O que havia acontecido com os censores públicos que protegiam a maioria dos cidadãos da decadência moral? A liberdade implicava abolir a decência? Significava poder fazer o que se quisesse e quando se quisesse, sem nenhuma consequência?

Décimo solicitou uma liteira. Estava ansioso para voltar para casa e se trancar dentro dos muros de sua pequena vila, desligando-se de um mundo ao qual não sentia mais pertencer.

Júlia jogou os ossos nos mosaicos do chão do quarto e riu, triunfante. Otávia gemeu.

— Você tem muita sorte, Júlia — disse e se endireitou. — Eu desisto. Vamos ao mercado.

Deixando os ossos espalhados pelo chão, Júlia se levantou.

— Meu pai não me dá dinheiro — revelou com tristeza.

— Nada? — a amiga perguntou, consternada.

— Eu gosto de pérolas, Otávia, e meu pai diz que são extravagantes e desnecessárias, visto que eu já tenho ouro e joias — ela explicou, imitando ridiculamente seu pai.

— Pelos deuses, Júlia. Tudo que você precisa fazer é exigir o que deseja. Que escolha terá seu pai além de liberar um pouco do dinheiro de Cláudio? Do contrário, ele vai manchar a reputação que tanto preza.

— Eu não ousaria fazer isso — disse Júlia, desanimada.

— O dinheiro é seu por direito, não é? Você se casou com aquele velho idiota. Merece alguma compensação pelo tempo que passou na Campânia!

— Marcus vendeu a propriedade. E investiu a maior parte do lucro para mim.

— Em quê? — perguntou Otávia com vivo interesse.

Marcus era conhecido pela perspicácia financeira. O pai de Otávia agradeceria qualquer informação que lhe chegasse sobre o irmão de Júlia.

— Não perguntei.

A amiga revirou os olhos.

— Você não deveria saber para onde seu dinheiro está indo?

— Eu confio no julgamento de Marcus.

— E eu disse que não deveria? Só estou sugerindo que é sábio que uma mulher seja informada. — Ela se serviu um pouco de vinho. — Eu tenho uma amiga que você precisa conhecer. O nome dela é Calabah. Foi casada com Áurio Lívio Fontano. Lembra-se dele? Baixo, gordo, feio e muito rico. Ele se sentava com Antígono e seu irmão nos jogos, às vezes.

— Não, não me lembro dele — disse Júlia, entediada.

Otávia fez um aceno com a mão.

— Não importa, querida. Ele está morto. Morreu de causas naturais; quais exatamente, eu não saberia dizer. Você ia gostar de Calabah — disse ela, tomando seu vinho enquanto mexia na caixa de joias de Júlia.

Pegou um broche de ouro e o examinou. Era simples, mas requintado, como sua dona. Soltando o broche na caixa, Otávia se voltou, dizendo:

— Calabah vai ao *ludus* para se exercitar com os gladiadores.

— As mulheres fazem isso? — perguntou Júlia, chocada.

— Algumas, sim. Eu não faria isso. Prefiro ir à festa antes dos jogos. É muito emocionante estar com um homem que pode morrer na arena no dia seguinte. — Ela agitou o vinho dentro do cálice e lançou a Júlia um sorriso de gato misterioso. — Você deveria ir qualquer hora.

— Meu pai jamais permitiria. Ele sabe o que acontece nessas festas.

— Diversão deliciosa, é o que acontece. Quando você vai se impor, Júlia? Você foi casada, é viúva e ainda se curva diante dos ditames de seu pai.

— O que quer que eu faça? Meu pai não é tão maleável quanto o seu, Otávia. E eu tenho que viver debaixo do teto dele.

— Bem. Ele saiu hoje, não é? E mesmo assim estamos aqui, entediadas, esperando que seu luto de doze meses acabe. — Ela terminou o vinho e deixou o cálice. — Para mim chega. Vou embora.

— Aonde vai?

— Fazer compras. Passear pelo parque. Talvez vá visitar Calabah, não sei. Francamente, Júlia, qualquer coisa é melhor que ficar aqui com você e ouvi-la se queixar de seu destino. — Ela pegou seu xale.

— Espere — Júlia gritou.

— Por quê? — disse Otávia com ar altivo. — Você se transformou em um ratinho doméstico e enfadonho desde que se casou com Cláudio. — Colocou o xale com cuidado sobre o penteado complexo. — Há quanto tempo está de luto? Três meses? Quatro? Mande-me uma mensagem quando estiver livre de suas obrigações sociais com essa farsa que você afirma que era um casamento feliz.

— Não vá embora, Otávia. Achei que você fosse minha amiga.

— Eu sou sua amiga, sua tolinha, mas não vou morrer de tédio só porque você não tem coragem de assumir o controle da própria vida!

— Muito bem — Júlia capitulou. — Eu irei com você. Vamos fazer compras e visitar sua amiga Calabah. A propósito, que nome é esse? Talvez possamos ir até os apartamentos de Marcus e ver se ele nos leva a uma festa. Que tal? Isso é assumir o controle de minha vida para você, Otávia?

Ela soltou um riso zombeteiro.

— Veremos se você tem coragem de fazer tudo isso.

Júlia olhou para ela e bateu palmas.

— Hadassah, depressa! Traga-me o *palus* lavanda, os brincos e o colar de ametista — ordenou, ciente de que Otávia cobiçava suas joias. Tirou a túnica de luto branca que usava, amassou-a e jogou no chão. — Ah, e não se esqueça do xale de lã. Vou sair com Otávia e talvez cheguemos tarde. — Riu alegremente. — Já me sinto melhor.

— Quanto tempo você demora para se arrumar? — perguntou Otávia, sorrindo levemente e se sentindo no controle total da situação. Era disso exatamente que ela gostava.

— Só mais um momento — disse Júlia e, sentando-se diante do espelho, maquiou-se com rapidez e habilidade. Parou e olhou para a amiga pelo espelho, com os olhos brilhantes. — Esqueça as compras, Otávia. Vamos ao *ludus* assistir ao treino dos gladiadores. Você não disse que podia fazer isso sempre que quisesse porque seu pai tem contatos na Grande Escola?

— Meu pai precisa avisar o lanista com antecedência, e ele partiu para Pompeia ontem. Ficará lá vários dias a negócios.

— Oh — disse Júlia, deixando na penteadeira seu pote de carmim. Atretes estava no *ludus*, e ela queria voltar a vê-lo.

— Não desanime de novo. Se quer ver homens, podemos ir ao Campo de Marte. Os legionários estão lá.

— Eu queria encontrar um gladiador que vi na Campânia. Só o vi de longe uma vez, quando ele estava correndo perto da vila de Cláudio. Ele era muito bonito. — Passou um pouco mais de creme e o esfregou nas bochechas. — Descobri que o nome dele é Atretes e que foi vendido para a Grande Escola.

— Atretes! — Otávia riu.
— Você o conhece?
— Todo mundo o conhece! Ele apareceu nos jogos há algumas semanas e transformou uma multidão ansiosa por seu sangue em fãs que querem adorá-lo.
— O que aconteceu? Conte-me tudo!

Otávia lhe contou, começando com o banquete antes dos jogos, Arria sendo insultada e acabando com o desempenho de Atretes na arena.

— Você não o veria mesmo que fôssemos ao *ludus*. Eles o mantêm bem longe dos visitantes romanos.
— Por quê?
— Quase matou o filho de um senador que quis lutar com ele. Aparentemente, Atretes não percebeu que era só um treino. Ele queria sangue.
— Que emocionante! Mas certamente Atretes não mataria uma mulher — disse Júlia.
— Ele parece capaz de qualquer coisa. Tem os olhos azuis mais frios que já vi.

Júlia ardia de inveja de Otávia, e de ira contra seu pai por lhe negar a oportunidade de participar das festas que antecediam os jogos.

— Você esteve com ele na festa?
— Fiquei com Caleb na noite em que Atretes foi apresentado pela primeira vez. Você já ouviu falar de Caleb. Ele tem vinte e sete mortes até agora. — Inclinou a cabeça. — Atretes é meio bárbaro demais para mim.

Hadassah entregou o *palus* a Júlia e o fez deslizar sobre ela enquanto as duas jovens conversavam. Fechou o cinto dourado e fez alguns ajustes para que a longa túnica valorizasse o corpo delgado de Júlia. Em seguida, fechou o colar de ametista enquanto sua ama colocava os brincos.

— Quer que eu refaça seu penteado, minha senhora? — perguntou Hadassah.
— Ela não fez nada para desmanchar os cabelos — comentou Otávia, impaciente.
— Eu daria qualquer coisa para Atretes passar as mãos nos meus cabelos — disse Júlia, rindo.

Voltando-se, levantou do banquinho em frente à penteadeira e tomou as mãos de Hadassah, subitamente séria.

— Não conte nada a meu pai, mesmo que ele exija uma explicação. Diga-lhe que fui adorar no templo de Diana.

Otávia gemeu.

— Diana não, Júlia. Hera, deusa do lar e do casamento.
— Oh, não importa — Júlia retrucou, soltando Hadassah. — Diga o nome de qualquer deus que queira. — Pegou o xale da mão da escrava e se voltou ale-

gremente em direção à porta, deixando o suave tecido de lã flutuar sobre o corpo. — Melhor ainda, diga a ele que fui ao boticário encontrar um veneno de ação rápida para mim. Ele vai gostar.

Saíram correndo da casa e desceram a colina até a multidão que se aglomerava perto das barracas de mercadorias.

Júlia gostou de atravessar as ruas lotadas, de chamar atenção quando passava. Sabia que era bonita, e os olhares que recebia levantou seu espírito após ficar tanto tempo trancada atrás dos altos muros da casa de seu pai. Ele ficaria furioso, mas ela não pensaria nisso agora; só estragaria o seu dia.

O pai estava empenhado em estragar sua vida inteira, se ela o permitisse. Ele era velho demais para lembrar como era ser jovem e tão cheio de vida que parecia que você ia explodir. Ele não acreditava mais nos deuses nem em nada que não fosse seus antigos padrões e sua moralidade arcaica.

O mundo estava se afastando das ideias antigas, e ele estava determinado a ficar parado no tempo. Pior ainda, estava determinado a fazê-la ficar parada também. Ele havia tentado com Marcus e falhara, e agora a sufocava com suas expectativas. Ela tinha que ser forte como seu irmão e não permitir que seu pai ditasse sua vida. Júlia não seria como sua mãe, que se satisfazia em viver atrás de uma fortaleza de pedra, servindo a seu marido como se ele fosse um deus. Ela tinha sua própria vida para viver e a viveria como bem quisesse. Iria às festas que antecediam os jogos e se divertiria com os gladiadores; assistiria aos Jogos Megalenses, que aconteceriam na próxima semana, e participaria das celebrações à deusa Cibele com seus amigos. E arranjaria uma maneira de conhecer Atretes.

— Quantos amantes você já teve, Otávia? — perguntou Júlia enquanto caminhavam, parando aqui e ali para ver bugigangas de terras estrangeiras.

A amiga riu.

— Perdi a conta.

— Eu gostaria de ser como você: livre para fazer o que quiser com quem eu quiser.

— E por que não pode?

— Meu pai.

— Você é uma tola, Júlia. Tem que assumir o controle de sua vida. Eles fizeram as escolhas deles e o que queriam. Por que você não pode fazer o mesmo?

— A lei diz que...

— A lei — Otávia interrompeu com desdém. — Você se casou com Cláudio porque seu pai assim o quis, e agora seu marido está morto. Tudo que ele tinha pertence a você. Marcus controla tudo, não é? Bem, seu irmão adora você. Use isso a seu favor.

— Não sei se eu poderia fazer isso — disse Júlia, perturbada com a forma como Otávia se expressara.

— Você faz isso o tempo todo — riu Otávia. — Só que por coisas sem importância, como escapulir para ver os jogos uma ou duas vezes, em vez de assumir o controle do dinheiro que lhe pertence. É justo que seu pai e seu irmão usem esse dinheiro, sendo que foi você que teve que dormir com aquele velho chato?

Júlia corou e desviou o olhar, ciente de que ela havia sido uma péssima esposa.

— Ele não era tão chato. Cláudio era brilhante.

Otávia riu.

— Tão brilhante que a matou de tédio. Foi o que você me disse em uma carta, ou não quer lembrar o que escreveu sobre ele?

De repente, Júlia sentiu dificuldade de respirar. Tremeu levemente, lembrando-se vividamente das outras coisas horríveis que havia dito sobre Cláudio. Otávia sabia que ele fora a cavalo atrás dela. Por que estava tocando naquele assunto se sabia que isso a perturbava?

— Não quero falar sobre ele, Otávia. Você sabe disso.

— Ele está morto. O que há para falar? Os deuses sorriram para você.

Júlia estremeceu. Para afastar os pensamentos sombrios, parou diante de uma barraca que exibia pingentes de cristal. O proprietário era um egípcio moreno e bonito. Falava grego fluentemente, mas com forte sotaque, o que lhe dava uma aura de mistério. Júlia examinou um dos pingentes com interesse. Sentiu sua temperatura fria, cercado por uma serpente que servia para segurar o longo cristal e enganchado em uma pesada corrente.

— Meu nome é Chakras, e trago esses cristais dos rincões mais distantes do Império. — O egípcio viu Júlia pegar um pingente. — É adorável, não? O quartzo rosa reduz desequilíbrios sexuais e ajuda a aliviar a ira, o ressentimento, a culpa, o medo e o ciúme.

— Deixe-me ver — pediu Otávia e o tirou de Júlia para olhar mais de perto.

— Também é conhecido por aumentar a fertilidade — Chakras completou.

Otávia riu e o entregou de volta a Júlia rapidamente.

— Tome, segure isto.

— Algo menos perigoso, talvez — disse Júlia, rindo da amiga.

Ela apontou outro colar.

— E este?

— Boa escolha — disse o homem, pegando-o com reverência. — A pedra da lua tem poderes de cura para o estômago e alivia ansiedade e depressão. Também ajuda no processo de parto e com problemas femininos. — Notando a careta de Otávia, acrescentou: — É um bom presente para uma mulher prestes a se casar.

— Eu gostei — disse Júlia, deixando-o de lado. — E aquele?

Ele pegou um lindo cristal lavanda e colocou-o em um pedestal coberto de tecido.

— É alexandrita, minha senhora, uma variedade de crisoberilo conhecida por curar males internos e externos.

— E isso impede de envelhecer? — perguntou Otávia.

— De fato, minha senhora — ele confirmou, vendo-a tocá-lo. Ele se voltou com cautela, de olho em Otávia, enquanto pegava vários outros pingentes. — A alexandrita também ajuda a equilibrar as emoções e irradia alegria. — Em seguida colocou um pálido cristal turquesa diante delas. — Esta água-marinha é uma variedade rara de berilo, conhecida por fortalecer as vísceras e purificar o corpo. Aumenta a clareza mental e ajuda na expressão criativa. Ela a deixaria em equilíbrio com os deuses.

— Meu pai gostaria deste — disse Júlia, deixando a água-marinha de lado. — Minha mãe acha que ele está doente.

— Oh, minha senhora, então deve ver este cristal de cornalina. É uma pedra com um alto poder de cura, abre o coração e encoraja a comunhão com os espíritos do submundo, livrando-nos da morte.

— Que vermelho bonito — Júlia se animou, pegando-o e rolando-o na mão. — Também gostei deste.

Colocou-o de lado com os pingentes de água-marinha, pedra da lua, alexandrita e quartzo rosa. Otávia ficou pálida, apertando os lábios, os olhos ardendo de inveja.

Chakras sorriu levemente.

— Experimente este, minha senhora — sugeriu, segurando um cristal transparente de cerca de oito centímetros.

— É grande demais — disse Júlia.

— Este cristal melhora e estimula o corpo e a mente. Permite que se comunique com o deus de sua escolha. A partir do instante que o colocar, sentirá o poder do cristal. Ele desperta os sentidos e aumenta seus encantos.

— Muito bem — Júlia elogiou, intrigada mais pela fascinante voz canora do homem que pelo cristal.

Colocou-o no pescoço com reverência.

— Sente o poder?

Júlia olhou para ele, que a encarou com uma intensidade sombria e ardente. Ela se sentiu desconfortável no início, mas logo depois muito calma.

— Sinto o poder, sim — disse, admirada. Tocou o pingente, distraída, incapaz de desviar o olhar de Chakras. — É adorável, não é, Otávia?

— É um pedaço de pedra em uma corrente — ela respondeu.

Chakras não desviava os olhos de Júlia.

— O cristal é a morada dos antigos deuses egípcios. Sua amiga está provocando a ira deles.

Otávia olhou para o homem e disse, irritada:

— Podemos ir agora, Júlia?

Ela observou o egípcio estender a mão e pegar suavemente o cristal, roçando a pele de Júlia.

— Só aqueles que merecem o poder podem tê-lo — disse Chakras, sorrindo de uma maneira que fez o rosto de Júlia se aquecer.

Otávia soltou um riso seco.

— Júlia, você pode comprar pérolas. Não desperdice um sestércio com vidro.

Júlia recuou levemente ao toque do comerciante, sentindo o peso do cristal cair entre seus seios novamente.

— Mas eles são tão lindos!

Chakras observou o caro colar de ametista que ela usava.

— O pingente de cristal claro custa um áureo — disse, sabendo que ela podia pagar isso e muito mais.

— Tanto assim? — Júlia perguntou, consternada.

Um denário equivalia a um dia de pagamento, e vinte e cinco denários correspondiam a um áureo.

— Ridículo — Otávia desdenhou, feliz por custar mais do que Júlia estava disposta a pagar. Os pingentes eram lindos, mas, se ela não pudesse ter um, também não queria que Júlia tivesse. — Vamos.

— O poder não é barato, minha senhora — disse Chakras com sua voz melódica e o forte sotaque, que evocava os mistérios do antigo Egito. — São pedras preciosas raras, criadas pelos deuses.

Júlia olhou para os pingentes que havia selecionado.

— Eu não tenho permissão para carregar dinheiro comigo em um mercado público.

— Pode preencher meu livro-razão e eu cuidarei de tudo, minha senhora.

— Eu sou viúva — ela explicou timidamente. — É meu irmão quem administra meu patrimônio.

— Não tem importância — disse o comerciante, puxando um livro-razão.

— Ela ainda não disse que quer comprar essas coisas — Otávia soltou, com raiva.

— Mas eu quero — disse Júlia, vendo Chakras anotar cada pingente. Ela deu o nome completo e o endereço de Marcus. Ele perguntou se ela residia com o irmão, e ela disse que não. — Moro com meu pai, Décimo Vindácio Valeriano.

— É um homem muito bom — disse Chakras, e não fez mais perguntas.
— Assine aqui, por favor.

Ele mergulhou a pena na tinta e entregou-a a Júlia. Depois que ela assinou, ele embrulhou os quatro colares com tecido de lã branca e os colocou em uma bolsinha de couro. Estendeu-o, fazendo uma solene reverência.

— Que o cristal claro que está usando lhe traga tudo que deseja e mais, minha senhora.

Júlia estava muito entusiasmada com suas compras e insistiu em parar em várias outras tendas. Comprou um perfume de frasco elegante, uma pequena ânfora selada de óleo perfumado e uma caixa de pó pintada.

— Juro por Zeus, Júlia, não vou carregar outro pacote para você — disse Otávia com raiva. — Você deveria ter trazido sua judiazinha.

Ela empurrou as coisas nos braços de Júlia e saiu andando, atravessando a multidão e desejando não ter incentivado a amiga a desafiar seu pai e sair.

Rindo, Júlia seguiu apressada atrás dela.

— Foi você que quis fazer compras!
— Eu queria olhar, não comprar tudo que visse.
— Você não comprou nada!

Otávia apertou os dentes ao ouvir o comentário de Júlia, irritada por sua amiga poder gastar tanto sem pensar duas vezes e ela não ter dinheiro para nada. Ignorou os argumentos de Júlia para que andasse mais devagar. Não tinha intenção de admitir a verdade. Ela não tirava da cabeça os colares na bolsinha de couro. Com o dinheiro de Júlia, qualquer um pensaria em comprar um presente para a amiga. Mas não, Júlia só pensava em si mesma!

— Otávia!

Engolindo o ressentimento, ela parou e a esperou. Empinou o nariz com altivez, dizendo:

— É tudo muito ordinário e de mau gosto aqui. Não vi nada que eu quisesse comprar.

Júlia sabia muito bem que Otávia havia gostado dos colares de cristal, mas não se veria obrigada a lhe dar um depois de ter tido que atravessar a rua lotada para alcançá-la. Olhou para a moça com a maior frieza que pôde.

— É uma pena. Eu estava pensando em lhe dar um dos pingentes — disse, sabendo que ela queria um, mas não podia pagar.

Marcus lhe havia dito que Drusus estava a um passo da ruína financeira. O suicídio seria a única maneira de salvar a pouca honra que lhe restava.

Otávia olhou para ela.

— É mesmo?

Júlia continuou andando.

— Bem, mas agora não mais. Não quero dar para minha melhor amiga algo ordinário e de mau gosto. — E olhou para trás, satisfeita com a expressão no rosto de Otávia. Estava cansada de seu jeito condescendente. — Talvez encontremos algo de seu gosto mais tarde.

Ambas estavam cansadas quando chegaram ao Campo de Marte. Júlia não queria se sentar debaixo da sombra de uma árvore; queria ficar ao ar livre, o mais perto possível dos soldados em treinamento. Otávia desejou não ter sugerido que fossem ver os legionários. Todos pareciam notar Júlia em seu *palus* lavanda e mal davam atenção a ela, vestida de azul. Irritada, Otávia fingiu estar entediada. Ela não gostava de ser ofuscada por Júlia; quando estavam juntas, estava acostumada a que olhassem para ela, não para a amiga. Talvez devesse emagrecer, mudar o penteado ou usar mais cosméticos. Assim, Júlia ficaria em segundo plano novamente. Olhou para a concorrente, sabendo que isso seria impossível. As diferenças entre elas só aumentavam.

A vida era mesmo injusta. Júlia havia sido beijada pelos deuses. Nascera em uma família rica, com todo o poder e o prestígio que uma fortuna podia comprar. Depois, casara-se com um velho rico que convenientemente quebrara o pescoço antes do fim do primeiro ano de felicidade conjugal, deixando-lhe uma fortuna — ainda que ela fosse tola demais para administrá-la, ao contrário de Otávia.

Vendo Júlia se divertir, Otávia ficou arrasada de inveja. A amargura a corroía. Seu pai estava sempre dando desculpas a seus credores; passava cada vez mais tempo com os clientes e à procura de novos que alimentassem seus cofres empobrecidos. Ela sabia que a viagem dele a Pompeia era um pretexto para fugir por um tempo. Ele havia gritado com ela no dia anterior, acusando-a de ser esbanjadora. Dissera que odiava "implorar" aos clientes. O que ele achava que Otávia sentia toda vez que tinha que implorar por dinheiro a seu próprio pai? Se eram tão pobres, talvez ele devesse desistir de apostar nos jogos. Ele nunca conseguia escolher um vencedor.

Por que ela tinha que ser filha de um tolo? Acaso não merecia ter tudo o que Júlia tinha? A única coisa que ela tinha para se vangloriar era sua escrava pessoal, filha do rei de uma tribo africana. Ela recordou a primeira vez que a levara à casa de Júlia, e depois vira a amiga envergonhada de sua judia feiosa. Mas irritava-a agora que até essa pequena vitória tivesse dado errado. Sua princesa africana era arrogante e intimidadora, e Otávia precisava lhe bater constantemente para fazê-la obedecer, ao passo que a humilde judia de Júlia lhe servia como se fosse seu único deleite.

O olhar de Otávia pousou sobre o requintado colar de ametista que circundava o pescoço delgado de Júlia. Os brincos, combinando, captavam a luz do sol. A inveja fez seu estômago revirar novamente, transformando o belo dia em uma verdadeira provação. Ela quase odiava Júlia, cuja bolsinha de couro repleta de joias compradas por um preço tão alto poucas horas atrás estava esquecida na grama.

Um jovem centurião passou com um garanhão cor de canela e sorriu maliciosamente, não para Otávia, e sim para Júlia, que corou como uma virgem — o que a fez ficar ainda mais bonita. A irritação de Otávia só aumentava.

— Você viu como ele me olhou? — suspirou Júlia, com os olhos escuros brilhando de excitação. — Ele não era bonito?

— E provavelmente burro como um asno — disse Otávia, mordida por ter sido ignorada por um homem. — Estou com calor, com fome e entediada, Júlia. Vou à casa de Calabah. — E se levantou.

Júlia se levantou depressa, frustrada por não poder mais observar os soldados, mas ansiosa por tudo que Otávia tinha em mente.

— Vou com você.

— Não sei se você vai gostar dela. Ela é muito sofisticada para você.

— Mas você disse antes que...

— Oh, eu sei o que disse — interrompeu Otávia com um movimento de mão. — Mas você vai ficar totalmente deslocada lá, Júlia.

Era verdade, mas não era por isso que ela estava dispensando Júlia. Se bem que poderia ser divertido deixar que a amiga a acompanhasse. Calabah provavelmente se divertiria com o provincianismo de Júlia. Otávia ansiava por isso. Talvez Caio Polônio Urbano também estivesse lá. A intensidade de seus olhos escuros e o toque de suas mãos frescas a faziam estremecer por dentro. Ela ouvira os rumores sobre ele, mas só o tornavam mais intrigante e perigoso. E tinha certeza de que ele estava interessado nela.

Júlia pegou a bolsinha de couro com os colares e os pacotes com perfume, óleo e pó. Otávia parecia determinada a excluí-la de tudo que fosse excitante.

— Se você me levar para conhecer Calabah, eu lhe darei um dos colares que comprei.

Otávia se voltou furiosa, com as faces em chamas.

— Que tipo de amiga você pensa que eu sou?

— Você queria um, não queria? — disse Júlia, igualmente furiosa, mas disfarçando os sentimentos com um sorriso ensaiado e uma vulnerabilidade fingida. — Então pode escolher aquele que quiser. — Fazendo malabarismos com as compras, estendeu a bolsinha de couro. — Eu ia lhe dar um antes, mas você estava sendo cruel falando sobre Cláudio sem parar.

Otávia hesitou, mas pegou a bolsinha.

— Você ia me dar um mesmo?

— Claro.

Chakras tinha muitos colares mais. Júlia poderia mandar Hadassah voltar e pegar outro para substituir o que a amiga escolhesse.

— Tudo bem, então — Otávia amansou, abrindo a bolsa e tirando os adornos. — Eu quero o de alexandrita.

Havia sido o mais caro. Ela o pegou, desembrulhou e o colocou no pescoço, descartando o pano branco.

Levaria Júlia à casa de Calabah. Seria divertido ver Calabah zombar sutilmente dela. Franziu o cenho por um instante, observando a linda amiga e lembrando como o centurião havia reagido a ela antes. Caio adorava mulheres bonitas, e Otávia não queria interferências no que tinha certeza de que era o começo de algo entre eles. Enfim, deu de ombros. Caio certamente não se interessaria por uma mimada infantil como Júlia.

Otávia se voltou e sorriu indulgentemente para a amiga.

— Calabah mora logo ali, subindo a colina das termas. Vamos?

16

Marcus entrou na casa. Por sorte, estava fresca e silenciosa. Enoque pegou sua capa vermelha.

— Meu pai e minha mãe estão descansando?
— Não, meu senhor. Eles foram caminhar no parque.
— E a senhora Júlia?
— Saiu com a senhora Otávia.

O rapaz franziu o cenho.

— Com a permissão de meu pai?
— Não sei, meu senhor.

Marcus estreitou os olhos para ele.

— Você não sabe — disse secamente. — Vamos, Enoque. Você sabe tudo o que acontece nesta casa. Ela pediu permissão a meu pai? Aonde foi com Otávia?
— Não sei, meu senhor.

Marcus ficou impaciente.

— A escrava foi com ela?
— Não, meu senhor. Hadassah está sentada em um banco no peristilo.
— Vou falar com ela.

Ele sorriu levemente quando viu Hadassah sentada, quieta, em um banco de mármore perto da parede. Estaria ouvindo a fonte e os pássaros cantando? Ela parecia perturbada e apertava as mãos no colo. Ele a observou durante alguns segundos e percebeu que ela estava rezando. Por causa da devoção dela, hesitou em se aproximar.

Então apertou os lábios, com raiva de si mesmo. Qual era o seu problema? Hadassah era uma escrava. Por que deveria se importar em perturbar suas orações ou qualquer outra coisa? Era a vontade de Marcus que importava, não a dela. Ele caminhou decidido em sua direção. Hadassah o ouviu e se levantou. Quando ela o fitou, ele sentiu uma sensação estranha no peito. Irritado, falou com dureza:

— Onde está minha irmã?
— Ela saiu, meu senhor.

— Aonde foi? — ele perguntou e a viu franzir o cenho levemente.

Ele quase podia ler seus pensamentos. Hadassah não queria trair Júlia. Calada, baixou a cabeça. A lealdade dela para com a irmã de Marcus o fez querer ser mais gentil.

— Não estou bravo com você, estou preocupado com Júlia. Ela deveria ficar de luto mais três meses, e duvido que meu pai tenha lhe dado permissão para deixar a vila com Otávia. Estou correto?

Hadassah mordeu o lábio, indecisa. Não queria mentir e não queria desobedecer à sua senhora. Expirou suavemente, perturbada.

— Ela disse que ia ao templo de Hera.

Marcus deu uma risada seca.

— Otávia nunca iria ao templo de Hera. Ela adora Diana ou qualquer outro deus ou deusa que incite sua promiscuidade.

Ao dizer isso, notou a hipocrisia em suas palavras, pois ele fazia o mesmo. Sentiu-se tomado pela raiva. Era diferente para um homem e para uma mulher. E especialmente diferente quando dizia respeito à sua irmã.

— Diga-me aonde elas foram, Hadassah. Eu sei que você quer protegê-la, mas é proteção permitir que ela faça algo estúpido e inconsequente? Otávia é conhecida por ser as duas coisas. Diga-me aonde elas foram! Vou encontrá-la e trazê-la para casa, eu juro. — E, quando terminou de falar, ele se perguntou por que estava se explicando para uma escrava ou lhe fazendo uma promessa.

Ela o fitou.

— Elas iam fazer compras e depois ao Campo de Marte.

— Para ver os legionários — disse Marcus, contrariado. — Isso é a cara da Otávia, embora ela prefira os gladiadores. Elas disseram mais alguma coisa?

— A senhora Otávia disse que queria visitar uma amiga.

— Você se lembra do nome dessa amiga?

— Acho que é Calabah.

— Pelos deuses! — explodiu Marcus. Calabah era pior que qualquer homem de má reputação que Otávia pudesse apresentar a Júlia. Ele ficou andando de um lado para o outro, furioso, esfregando a nuca. — Júlia não sabe onde está se metendo.

Ele tinha que trazê-la de volta, e rápido. Parou diante de Hadassah e a pegou pelos ombros.

— Ouça e me obedeça. Quando meu pai e minha mãe retornarem, evite-os. Esconda-se na cozinha, faça o que for necessário. Se eles a chamarem e perguntarem por Júlia, diga que foi ao templo de Hera, como ela deve ter instruído você a dizer. Só isso, não mencione Otávia. Não mencione o Campo de Marte ou qualquer outra coisa, entendeu?

— Sim, meu senhor. Mas e Enoque? — perguntou Hadassah, sabendo que ele estaria disposto a contar tudo a Décimo Valeriano. Ele não tinha grande carinho por Júlia, assim como nenhum escravo na casa. — Ele se sentirá obrigado a dizer a seu pai que ela saiu — acrescentou depressa, não querendo trazer problemas ao homem.

Marcus a soltou.

— Você tem razão — disse, praguejando baixinho. — Vou mandar Enoque fazer algo demorado para mim. Uma tarefa importante que exija sua atenção pessoal.

Ele olhou para Hadassah, que agora tinha o semblante aliviado.

— O senhor veio em resposta a minhas orações.

Ele riu.

— Você rezou para que eu viesse até você? — Ela corou e baixou a cabeça, balbuciando. — O que você disse, Hadassah? Não escutei.

— Eu pedi ajuda para Júlia, não o senhor especificamente.

Ele inclinou os lábios com tristeza.

— Que pena. E eu que pensei que era a resposta às orações de uma jovem — disse, divertindo-se com o embaraço dela. Ele levantou seu queixo e a viu corar ainda mais. — Como posso ser a resposta a suas orações, Hadassah?

— O senhor vai trazer minha senhora de volta em segurança.

— É um prazer saber que você tem tanta confiança em mim. — Ele cutucou levemente o queixo dela, do jeito que fazia com sua irmã, e sorriu, zombeteiro. — Talvez nós dois juntos encontremos uma maneira de evitar problemas para Júlia.

Seu jeito platônico rompeu a tensão, e, com uma expiração suave, ela riu.

— Deus o ouça, meu senhor.

Marcus nunca a vira rir antes. Vendo seu rostinho feliz e ouvindo aquele som tão doce, ele quase a beijou. A mudança nela o fez sentir um calor perturbador. Não era luxúria; isso ele conhecia bem. Aquilo era outra coisa. Era algo mais profundo, mais misterioso, que tinha menos a ver com os sentidos do que com o espírito — ou a "alma", como ela diria. Hadassah mexia com seu coração.

Ele percebeu quão pouco sabia sobre ela.

— Nunca ouvi você rir antes — disse, mas se arrependeu imediatamente quando a leveza do humor dela desapareceu.

Ela baixou a cabeça, e era mais uma vez a escrava.

— Desculpe, meu senhor. Eu...

— Você devia rir com mais frequência — ele comentou gentilmente.

Quando ela o fitou com surpresa, ele a olhou nos olhos. Centenas de perguntas surgiram em sua mente, seguidas de impaciência. Ele não tinha tempo para isso e não precisava de mais complicações em sua vida! Hadassah não era como Bitia, fácil de entender e de descartar.

— Fique longe dos meus pais até eu voltar. Se você não estiver disponível, eles não poderão lhe fazer perguntas.

Hadassah o observou enquanto ele se afastava. Por que ele a olhara daquele jeito? Ela levou as mãos ao coração acelerado, afundou no banco e fechou os olhos. O que era isso que ela sentia cada vez que ele se aproximava? Mal podia respirar. Suas mãos ficavam úmidas, sua língua travava. Bastava ele olhar para ela que Hadassah tremia. E, um momento atrás, ela se sentira tão aliviada pelos modos dele que o riso lhe escapara. O que ele devia pensar dela?

Mesmo se Marcus Valeriano não a olhasse, Hadassah ficava inquieta em sua presença. Ela queria que ele a olhasse, mas, quando o fazia, sentia-se desajeitada e tímida. Às vezes ela desejava que ele ficasse longe daquela casa, mas, quando ele não aparecia, ansiava por vê-lo novamente, só para saber que estava bem.

Seu pai certa vez lhe falara sobre a paixão de uma garota pela beleza física de um homem. Ele a advertira, mesmo sendo ela uma criança, a olhar por trás do rosto bonito de um homem, para buscar sua alma. "Um rosto bonito pode encobrir um grande mal", dizia ele. Marcus era lindo, como uma das estátuas perto do mercado. Às vezes ela olhava para ele e se esquecia de ver sua alma. Marcus não acreditava que tinha alma, nem acreditava em vida após a morte, como seus pais. Ela o ouvira dizer ao pai que, quando um homem morria, morria e ponto. Dissera que era por isso que queria tirar o máximo da vida.

O único deus na vida de Marcus era seu intelecto. Ele ria da fé de Hadassah e zombava de seu "deus invisível". Acreditava que o que determinava o futuro de um homem eram as oportunidades que ele agarrasse em seu caminho.

Bitia se vangloriava de ter poder sobre Marcus. Achava que, com o encantamento e o sacrifício certos, podia fazê-lo desejá-la. Hadassah não acreditava nela, mas tinha visto Bitia no jardim de manhã, envolta na fumaça perfumada que saía de seu incensário. E ele ia mesmo até ela. Frequentemente.

Hadassah levou as mãos ao rosto quente. Ela não tinha o direito de sentir nada por Marcus Valeriano. Rezava para que Deus eliminasse os sentimentos confusos que tinha por ele e abrisse seus olhos para melhor servir. Mas bastava Marcus aparecer que seu coração parecia querer saltar do peito.

Bitia dizia que Marcus era o melhor amante que ela já tivera. A egípcia dizia muitas coisas que Hadassah não queria ouvir. Ela não queria saber o que acontecia entre a escrava e seu amo.

Ela rezava para que Marcus Valeriano se apaixonasse e casasse com uma boa mulher, como sua mãe. Não queria vê-lo sucumbir aos feitiços obscuros de Bitia, que era tal qual o Egito nas Escrituras, sedutora e cheia de encantos, atraindo o homem para a destruição. Bitia parecia sábia nos caminhos do mundo, mas era completamente ignorante acerca do que atraía para si mesma. A ligação com os poderes das trevas poderia fazê-la conseguir o que desejava no momento, mas a que custo no fim?

Febe Valeriano acreditava que Bitia tinha poderes de cura e muitas vezes convocava a escrava a ir ao quarto do marido. No entanto, mesmo depois de algumas semanas, Décimo Vindácio Valeriano não apresentava melhora.

Décimo acreditava na tolerância religiosa, portanto todos os membros da casa podiam adorar seus deuses como bem quisessem. Muitos escravos adoravam em vários santuários e templos. Bitia era autorizada a ir diariamente ao santuário de Ísis, perto do Campo de Marte, assim como Enoque era autorizado a ir às orações matutinas em uma pequena sinagoga perto do rio, onde muitos judeus livres viviam e trabalhavam. A regra tácita entre os escravos da casa Valeriano era "viva e deixe viver". No entanto, quando Bitia começou a usar seus feitiços e poções em seu senhor, a tolerância de Enoque evaporou como chuva no deserto.

— Rezo para que Deus a leve antes que ela possa fazer mais mal ao mestre com sua magia negra — dissera ele enquanto acompanhava Hadassah ao mercado certa manhã.

— Enoque, ela acredita sinceramente que o que está fazendo vai curar nosso amo. Ela jejua, reza e medita para adquirir poderes que tem certeza de que lhe foram prometidos.

— E isso é desculpa para o que ela está praticando com ele?

— Não, mas...

— Ela é uma enganadora e uma feiticeira.

— A única enganada é ela, Enoque. Ela acredita em falsos deuses e falsos ensinamentos porque nunca ouviu a verdade.

— Você é muito jovem para entender o mal que existe no mundo.

— Eu vi o mal em Jerusalém muito antes de os romanos invadirem seus muros.

Ele estreitou os olhos.

— Do que está falando?

— Se Bitia conhecesse o Senhor, as coisas seriam diferentes para o amo e para ela.

Ele a olhou, surpreso.

— O que está sugerindo? Que eu faça da prostituta egípcia uma prosélita?

— As Escrituras dizem que Rute era moabita, mas por meio dela veio nosso rei Davi e, pela linhagem de Davi, o Cristo.

— Rute tinha Deus no coração.

— E como sabemos que Bitia não tem? Como Rute conheceria Deus se o marido e a sogra não lhe falassem dele?

— Não vou ficar discutindo as Escrituras com uma criança ignorante, Hadassah. O que você pode saber? Perdoe-me se pareço bruto, mas seu coração doce não vai mudar os caminhos do mundo ou de uma prostituta como Bitia!

Ela pousou a mão no braço dele.

— Não quero discutir, Enoque.

Então olhou para seu rosto, sabendo que, se Deus não o tivesse enviado para comprá-la naquele dia no mercado de escravos, ela teria morrido havia muito tempo na arena.

— Israel é a testemunha escolhida de Deus para o mundo. Como podemos ser testemunhas do único Deus verdadeiro se considerarmos a verdade uma posse nossa? Deus quer sua verdade para o mundo.

— Você daria o que é sagrado até aos impuros cães gentios? — perguntou Enoque, sacudindo a cabeça, triste e incrédulo. — Ouça bem, Hadassah. Fique longe de Bitia. Fique alerta. Ela é má. Não esqueça que foi a tolerância ao mal que destruiu nossa nação. Tenha cuidado, ou destruirá você também.

Hadassah queria chorar. Nem uma vez ela falara de Jesus. Nem uma palavra pronunciara sobre como o Senhor havia ressuscitado seu pai. Era como se sua língua estivesse colada à boca, e agora seu coração estava ainda mais pesado por ter mantido silêncio. Enoque a teria ouvido? Ela disse a si mesma que não. No entanto, a pergunta ficou sem resposta. Bitia não conhecia Deus; Enoque não conhecia seu Messias. E por quê? Porque o medo que Hadassah sentia da rejeição e da perseguição mantinha a verdade trancada em seu coração. O conhecimento que ela tinha era um tesouro escondido para ambos, e ela se apegava a ele, tirava forças dele, mas tinha muito medo de entregá-lo.

Um passarinho entrou no peristilo e pousou na estátua que Marcus chamava de *Paixão desprezada*. Hadassah apertou as têmporas e as esfregou suavemente. O pátio aberto estava tomado de luz, cor e os sons suaves da fonte, e ainda assim ela sentia a escuridão se fechando à sua volta. Ansiava a companhia de outros que compartilhassem suas crenças. Queria desesperadamente alguém com quem falar sobre Deus, da maneira como falava com seu pai.

Hadassah se sentia muito só. Enoque tinha suas leis e suas tradições; Bitia, seus falsos deuses e seus rituais. Júlia tinha fome de vida; Marcus, suas ambições. Décimo não acreditava em nada, ao passo que Febe se curvava diante de ídolos de pedra. Em certo sentido, eram todos iguais, cada um usando a religião para lhes dar o que achavam necessário — poder, dinheiro, prazer, paz, retidão, uma muleta. Eles obedeciam a suas leis individuais, faziam seus sacrifícios, realizavam seus rituais, enquanto esperavam que seus desejos fossem atendidos. Às vezes parecia que conseguiam, mas então ela via o anseio vazio em seus olhos.

Deus, por que não posso gritar a verdade aos quatro ventos? Por que não tenho coragem de falar como meu pai falava? Eu amo essas pessoas, mas não tenho palavras para alcançá-las. Tenho medo de dizer que elas estão erradas e que eu estou certa. Quem sou eu além de uma escrava? Como posso explicar que sou a única livre, e que são eles os cativos?

Hadassah pensou em Cláudio, em todas as horas que haviam passado juntos enquanto ele perguntava sobre Deus. Tudo que ela havia dito só fizera cócegas nas orelhas dele; nenhuma palavra mudara seu coração. Por que a Palavra penetrava e transformava alguns e parecia escapar a outros? Deus dizia para plantar a semente, mas por que ele não amaciava o solo?

Senhor, o que devo fazer para que me ouçam?

Febe surgiu no peristilo. Parecia tão cansada e tensa que Hadassah esqueceu a instrução de Marcus e foi até ela.

— Posso lhe trazer alguma coisa, minha senhora? Vinho fresco ou algo para comer?

— Um pouco de vinho, talvez — disse Febe, distraída, passando os dedos na água da fonte.

Hadassah entrou depressa e voltou com o vinho. Febe ainda estava sentada do mesmo jeito. A escrava depositou a bandeja e serviu um pouco de vinho para sua senhora, que pegou o cálice e o deixou intacto no banco.

— Júlia está descansando?

Hadassah ficou paralisada; mordeu o lábio, imaginando o que responder. Febe olhou para ela com a compreensão estampada nos olhos.

— Não importa, Hadassah. Onde está Bitia?

— Foi ao templo de Ísis logo depois que a senhora e o amo saíram.

A mulher suspirou.

— Então demorará horas. — Sua mão tremia enquanto segurava o cálice. — Meu marido precisa de distração. A doença dele... — Ela deixou o cálice de novo e, com as mãos frias, pegou a mão de Hadassah. — Eu ouvi você cantar para Júlia outra noite, alguma coisa em hebraico, acho. Era bonito. Seu amo está cansado, mas não consegue dormir. Talvez, se você cantar, ele possa descansar.

Hadassah nunca havia cantado para ninguém naquela casa além de Júlia. Ficou nervosa. Febe a conduziu para dentro, onde lhe entregou uma pequena harpa.

— Não tenha medo — sussurrou e atravessou a sala até seu marido.

Décimo Valeriano estava reclinado no divã e parecia mais velho que seus quarenta e oito anos. Estava esgotado, com o rosto pálido, mesmo depois de uma manhã sob a luz do sol. Mal notou Hadassah obedecendo ao comando silencioso de Febe para se sentar perto dele.

— Está tudo bem? — ele perguntou baixinho.

— Sim. Júlia não precisa de Hadassah no momento, e pensei que seria prazeroso ouvi-la cantar. — Então fez um sinal com a cabeça para a escrava.

A mãe de Hadassah lhe havia ensinado a tocar. Ela acariciou o instrumento, permitindo que as lembranças de sua família surgissem e trouxessem de volta a melodia de quando adoravam e louvavam juntos.

Tocando vários acordes simples, definiu as notas e começou a cantar suavemente.

— "O Senhor é meu pastor, não vou querer..." — cantou em hebraico primeiro, depois em grego e por fim em aramaico, o idioma que falara durante toda a vida. Quando terminou, baixou a cabeça e agradeceu a Deus em silêncio pela paz que o salmo do rei Davi lhe proporcionara.

Quando ergueu os olhos novamente, Febe a observava.

— Ele está dormindo — sussurrou.

Levando a ponta dos dedos diante dos lábios, fez um gesto gentil, dispensando Hadassah. A escrava deixou a pequena harpa em um banquinho e saiu silenciosamente.

Febe cobriu Décimo com uma manta. Então foi até o banquinho e pegou a harpa que Hadassah havia tocado. Abraçou-a e sentou-se perto do marido, com lágrimas correndo pelo rosto.

Calabah Shiva Fontano era a mulher mais fascinante que Júlia já conhecera.

— A vida é só um estágio para nos tornarmos um novo ser — disse a sua pequena reunião de convidadas. — Como mulheres, temos maior potencial para a divindade, porque a mulher é a procriadora da vida.

Júlia ouvia com entusiasmo as ideias rebeldes de Calabah. Ela falava com eloquência, apresentando filosofias novas e sedutoras que reverberavam em sua imaginação.

Otávia lhe contara muitas coisas interessantes sobre Calabah a caminho do Campo de Marte.

— Ela é rica, tem vários amantes e administra todos os seus assuntos financeiros, que incluem diversos negócios lucrativos.

— Que tipo de negócios?

— Não faço ideia, e seria grosseiro perguntar. Seja o que for, ela o faz bem, porque tem um estilo de vida opulento.

Júlia não sabia bem o que esperava encontrar quando conhecesse Calabah, mas tudo a respeito dela parecia singular. Ela era alta e atlética. Em vez de usar os cabelos no estilo intrincado da maioria das romanas, fazia uma trança simples nos seus, que eram de um bonito tom castanho-avermelhado. Não era linda. Os olhos eram de um tom turvo de verde, a pele bronzeada demais e a mandíbula muito acentuada, mas sua vitalidade e personalidade a tornavam deslumbrante. Sua simples presença parecia encher o aposento.

Otávia dissera que ninguém sabia nada sobre os antecedentes dela. Rumores diziam que conhecera Áurio Lívio Fontano em uma festa, onde era dançarina. Ele ficara encantado com suas habilidades de ginasta, e ela, com o dinheiro dele.

Fosse qual fosse sua história, em poucos minutos na presença de Calabah, Júlia já a admirava. Ali estava uma mulher que era tudo o que Júlia desejava ser: rica, disputada e independente.

— A vida nasce por intermédio da mulher — dizia Calabah a suas convidadas, que lhe respondiam com um suave "sim". — Quando um homem morre, ele clama pelo pai? Não! Ele grita pela mãe. Em cada uma de nós repousa a possibilidade inexplorada de quem realmente somos, deusas que esqueceram sua verdadeira identidade antes desta vida. A mulher é a fonte da vida, e só ela tem as sementes da divindade que podem brotar e elevá-la ao plano celestial. Nós somos portadoras da verdade eterna.

Júlia bem podia imaginar o que Marcus diria sobre tais ideias. Sorriu levemente ao pensar nisso. Calabah olhou para ela, erguendo a testa escura, inquisitiva.

— Não concorda, irmã Júlia?

A moça se sentiu desconfortável sob o olhar fixo da anfitriã e respondeu com outra pergunta:

— Ainda não decidi, mas gostaria de ouvir mais. Como conseguimos essa divindade de que você fala?

— Não dando poder aos homens — disse Calabah simplesmente, com um sorriso paciente, nada paternalista.

Ela se levantou e caminhou ao redor dos divãs ocupados da sala.

— Temos que alcançar nosso pleno potencial em todas as esferas para conquistar a divindade — continuou. — Temos que treinar nossa mente, exercitar nosso corpo, comungar com os deuses por meio da meditação e do sacrifício. — Parou ao lado de Otávia e acariciou seu ombro. — Dedicar mais tempo marchando e menos tempo atrás de prazeres.

Otávia corou, enquanto as outras riam. Sua mão ficou branca segurando o cálice dourado.

— Está zombando de mim, Calabah? Eu não sou cativa, como outras que conheço — disse e olhou para Júlia. — Tenho vida própria e sou livre para fazer o que quiser. Ninguém me diz quando levantar e quando sentar.

— Todas nós somos cativas em algum momento, querida Otávia. — Calabah sorriu levemente. — Você controla seu próprio dinheiro?

Os olhos de Otávia cintilavam fitando a mulher. Calabah estava bem ciente de sua verdadeira situação financeira. Elas haviam discutido sobre isso em particular alguns dias antes. Como Calabah podia tocar nesse assunto na frente de Júlia e das outras?

— Que pergunta gentil e cortante — ela rebateu, sentindo-se traída.

Calabah lhe lançou um sorriso condescendente.

— Melhor você usar a cabeça e se casar, em vez de perder tempo com gladiadores — disse, referindo-se às numerosas ligações de Otávia com eles.

A moça corou.

— Pensei que você fosse minha amiga.

— E sou. Uma amiga não fala a verdade? Ou prefere mentiras e lisonjas?

Otávia a fitou. Ela esperava que Calabah ficasse encantada por vê-la e igualmente encantada por humilhar Júlia com suas palavras. Mas, ao contrário disso, Calabah acolhia Júlia e apontava palavras mordazes para Otávia, que não as merecia. Sua raiva com tamanha injustiça a fez soltar a língua.

— Melhor um gladiador jovem e forte que um homem velho e fraco.

As outras se espantaram diante do insulto, mas Calabah riu suavemente.

— Cara Otávia, você ainda é muito sensível. Os homens vão usar isso como uma arma contra você. Estou avisando, linda irmã. Se continuar vivendo guiada pelas emoções, acabará apenas com as lembranças do prazer nos braços de um homem há muito morto.

Otávia tomou um gole de vinho e não disse mais nada, mas o ressentimento a queimava por dentro. Era fácil para Calabah dizer às outras que deveriam se casar, mas isso não era tão simples para Otávia. Seu pai não tinha dinheiro para oferecer um dote, e nenhum homem ofereceria um se tudo que ela tinha para dar em troca era um pai afundado em dívidas que provavelmente seria obrigado a se matar para salvar a própria honra.

Olhou para Júlia, que observava Calabah com o fascínio de uma criança. Ela engolia todas as ideias que Calabah vomitava, e seus olhos brilhavam diante de todas aquelas possibilidades. E Calabah parecia falar só para ela. Otávia apertou os lábios. A vida era mesmo injusta.

— Nossos deuses e deusas vieram à Terra para nos mostrar que podemos nos elevar à altura deles pelo puro poder de nossa mente — prosseguiu Calabah. — É verdade que os homens são mais fortes que as mulheres fisicamente, mas são governados por suas paixões. Não é Júpiter quem controla o céu com o poder, e sim Hera, com a mente.

Júlia tomou um gole de vinho, que deixava um sabor enjoativo na boca e uma sensação de tontura na cabeça. Uma jovem fez uma pergunta e a discussão se voltou para a política. Momentaneamente distraída, Júlia olhou ao redor da sala e notou que as paredes estavam cobertas de murais eróticos. Um deles, diretamente diante dela, retratava um homem e uma mulher entrelaçados. Atrás deles havia uma criatura alada com feições assustadoramente grotescas e um corpo misto de homem e mulher. Júlia não conseguia tirar os olhos da cena, até que as risadas chamaram sua atenção. Todas a observavam.

— É um deus da fertilidade? — perguntou, tentando resgatar certa dignidade.

— É a representação de meu marido acerca de Eros — explicou Calabah com um sorriso irônico.

Duas mulheres se levantaram para sair. Uma beijou Calabah na boca e sussurrou-lhe algo. Calabah balançou a cabeça e as conduziu até o pátio, onde um escravo esperava para levá-las até a porta.

— Temos que ir também — disse Otávia, levantando-se.

O dia havia sido um desastre desde o início. Sua cabeça latejava. Tudo que ela queria era se livrar de Júlia e ir para casa.

Calabah se voltou para elas, desapontada.

— Não vão embora, agora que estamos sozinhas. Não tive oportunidade de me familiarizar com sua amiga, Otávia.

— É tarde, e ela nem deveria ter saído de casa — disse Otávia, contrariada.

— Estou de luto — Júlia explicou e riu, constrangida. — Ou melhor, deveria estar.

Calabah riu também.

— Ela é um deleite, Otávia. Que bom que a trouxe para mim. — Pegou a mão de Júlia e a levou de volta ao divã. — Sente-se um pouco mais e conte-me tudo sobre você.

— Júlia — chamou Otávia, irritada. — Temos que ir.

Calabah suspirou, contrariada.

— Vá você, Otávia. Estou cansada de sua impaciência.

Ela arregalou os olhos.

— Estou com dor de cabeça — ganiu.

— Então vá para casa e descanse. Não precisa se preocupar com Júlia, farei com que chegue em casa em segurança. Agora, vá. Júlia e eu temos muito que conversar. E da próxima vez que vier, Otávia, venha com um humor melhor.

Calabah pediu desculpas a Júlia enquanto Otávia saía intempestivamente da sala.

— Aceita um pouco mais de vinho?

— Sim, obrigada. É muito bom.

— Que bom que gosta. Acrescentei algumas ervas especiais para abrir a mente.

Calabah fazia perguntas e Júlia respondia, sentindo-se mais relaxada com o passar do tempo. Era fácil conversar com a mulher, e Júlia se viu compartilhando com ela suas frustrações.

— Lutar contra seu pai não vai fazê-la conseguir o que quer. Você tem que usar lógica e raciocínio para ganhar o respeito dele — aconselhou Calabah. — Negocie gentilmente. Dê-lhe presentinhos, sente-se ao lado dele e ouça seus problemas. Dedique tempo a ele, bajule-o. Então peça o que deseja, e ele não vai recusar.

Um escravo entrou na sala e ficou parado, sem dizer nada, até Calabah notar sua presença.

— Marcus Luciano Valeriano está aqui perguntando pela irmã.

— Oh, pelos deuses — murmurou Júlia, nervosa, e se levantou. — Oh, acho que bebi vinho demais — disse e afundou novamente no divã.

Sua cabeça girava. Calabah riu e acariciou a mão dela.

— Não se preocupe com nada, Júlia. — E fez um sinal com a cabeça para o escravo. — Traga o irmão dela aqui.

Calabah pegou a mão de Júlia e a apertou levemente.

— Você e eu nos tornaremos boas amigas. — Ela a soltou e se levantou quando o escravo voltou à sala com Marcus. — Quanta gentileza vir me visitar, Marcus — disse Calabah com ironia.

— Júlia, vamos embora.

— Oh, Júlia. Parece que seu irmão não gosta de mim — Calabah ironizou. — Acho que ele tem medo de que eu a corrompa com novas ideias sobre feminilidade e nosso papel na sociedade.

Júlia olhava de um para outro.

— Vocês se conhecem? — perguntou, balançando levemente.

— Só de reputação — respondeu Calabah, com um sorriso venenoso. — Eu conheço Arria. Conheço Fannia. Conheço muitas mulheres que conheceram seu irmão.

Marcus a ignorou e foi até sua irmã, que oscilava, tentando se levantar.

— O que há com você? — perguntou suavemente.

— Ela bebeu um pouco de vinho a mais — disse Calabah, casualmente.

Marcus pegou Júlia pelo braço.

— Consegue andar ou terei que carregá-la para fora daqui?

Júlia se soltou dele com raiva.

— Por que todos ficam me dando ordens? Eu estava me divertindo pela primeira vez em meses, e você aparece e estraga tudo.

Calabah estalou a língua e foi até ela. Pousou a mão em seu braço e disse calmamente:

— Há sempre outro dia, irmãzinha. Vá em paz, ou Marcus cederá às paixões de que falamos antes e a jogará por cima do ombro como um saco de cereais. — E deu um beijo na bochecha de Júlia. Seus olhos cintilavam, divertidos, ao ver a expressão no rosto de Marcus. — Venha me ver sempre que quiser.

Fervendo de raiva, Marcus pegou Júlia pelo braço e a arrastou para fora dali. Ele a ergueu, a pôs na liteira coberta que os esperava e se sentou ao lado dela. O escravo de Calabah correu atrás deles e entregou-lhes os pacotes de Júlia. Quatro escravos apoiaram os cabos da liteira nos ombros e deram início à viagem para casa.

— Você é pior do que o papai — Júlia reclamou, fazendo beicinho e olhando brevemente para ele antes de voltar os olhos para o fino véu. — Nunca passei tanta vergonha na vida!

— Você vai sobreviver — disse ele secamente.

Ele conhecia Júlia bem o suficiente para saber que não adiantaria proibi-la de ver Calabah. Fazer isso garantiria que ela realmente o fizesse.

— Sugiro que você comece a pensar em uma boa história para contar a papai e mamãe, a menos que queira passar o restante do luto trancada no quarto, com um guarda à porta.

Júlia lhe lançou um olhar rebelde.

— Pensei que você estivesse do meu lado.

— E estou, mas todos os progressos que fiz com papai você jogou fora com essa tolice de hoje. Cale a boca e comece a pensar no que vai dizer quando chegarmos em casa.

— Como você sabia onde me encontrar? — perguntou Júlia, voltando bruscamente os olhos para ele. — Hadassah!

— Ela não traiu você — ele disse com dureza, vendo que não era improvável que Júlia jogasse toda a culpa na pequena judia. — Só me contou quando a forcei, e apenas porque quer vê-la segura. Hadassah sabe muito bem o que vai acontecer se você for descoberta.

Júlia ergueu a cabeça.

— Eu a mandei dizer a papai e mamãe que eu tinha ido adorar no templo de Hera.

— Foi exatamente o que ela me disse. O templo de Hera! — Deu um riso sarcástico. — Eu sei muito bem, e papai também saberá se Hadassah lhe der essa desculpa esfarrapada. Enoque me disse que Otávia foi visitá-la, e todo mundo em Roma sabe que sua amiga não está interessada em se curvar diante de uma deusa do lar, da casa ou do parto!

— Ela não é mais minha amiga.

— Como assim?

— Isso mesmo que você ouviu — disse Júlia, erguendo o queixo. — Estou cansada da condescendência e da arrogância de Otávia. Além do mais, Calabah é muito mais interessante.

Marcus contraiu o maxilar.

— Você gostou das ideias dela de que as mulheres são superiores aos homens, não é? Gostou da ideia de ser capaz de se tornar uma deusa.

— Gostei da ideia de ter controle sobre minha própria vida.

— Mas não é provável que isso aconteça em breve, querida irmã. A menos que possamos voltar para casa sem ser vistos.

No entanto, Febe já os esperava.

— Fui ao seu quarto faz tempo e você não estava lá. Onde esteve, Júlia?

Ela começou com a história sobre ir ao templo para adorar Hera, depois acrescentou que havia ido ao mercado comprar um amuleto de cura para o pai. Surpreendendo Marcus, tirou um pingente de cornalina de uma bolsa de couro.

— O vendedor me garantiu que é uma pedra com alto poder de cura. — Ela o entregou à mãe. — Se papai usasse, talvez se sentisse melhor.

Febe segurou o cristal de cornalina na mão, olhando para ele por um longo tempo. Ela não queria fazer mais perguntas, queria acreditar que a motivação de Júlia para sair de casa havia sido o desejo de adorar e comprar um presente para Décimo. Mas ela sabia, em seu coração, que não era verdade. O pingente de cornalina saíra de uma bolsa cheia de outros que Júlia comprara para si. O "presente" era, na verdade, um suborno — ou uma reflexão tardia.

Ela suspirou lentamente e devolveu o cristal à filha.

— Dê isto a seu pai quando seu luto terminar, Júlia. Se o der agora, ele vai querer saber quando e onde você comprou.

Júlia apertou o pingente na mão.

— Você não acredita em mim, não é? Minha própria mãe pensa o pior de mim! — disse, tomada de raiva e autocomiseração.

Guardou o pingente de cornalina de volta na bolsa, esperando que a mãe protestasse. Quando Febe não disse nada, lágrimas brotaram nos olhos da garota. Ela levantou a cabeça e viu o desapontamento nos olhos da mãe. A culpa a fez corar, mas a revolta venceu.

— Gostaria de ir para o meu quarto. Ou será que devo pedir sua permissão para fazer isso também?

— Pode ir, Júlia — disse Febe calmamente.

Júlia saiu intempestivamente da sala e atravessou o corredor. Febe observou sua linda e jovem filha se afastar, furiosa. Estava cansada de tentar fazer Júlia ser razoável. Às vezes ela se perguntava se seus filhos possuíam consciência. Eles nunca pensavam nas consequências de suas ações para os demais, especialmente para Décimo. Fitou Marcus.

— Ela foi ao templo para adorar? — perguntou, mas logo balançou a cabeça e se voltou. — Esqueça. Não quero obrigá-lo a mentir por ela. — Febe atravessou a sala e se afundou em uma cadeira.

Vendo sua mãe tão abatida, Marcus ficou preocupado.

— Ela é muito jovem, mamãe. Esse período de luto que o papai determinou não é razoável.

Febe não disse nada por um momento, lutando com os próprios sentimentos. Concordava com o filho, porque Décimo às vezes era severo em seus ditames, não levando em conta o fervor juvenil e as diferenças individuais. No entanto, nem Marcus nem Júlia entendiam a verdadeira questão. Ergueu a cabeça e olhou para ele solenemente.

— Seu pai é o chefe da família.

— Eu entendo isso muito bem — disse Marcus.

Essa era uma das razões pelas quais ele passava tão pouco tempo naquela casa e comprara seus próprios apartamentos.

— Então, respeite e obedeça.

— Mesmo quando ele está errado?

— Isso é uma questão de opinião, e Júlia é filha dele. Sua interferência só piora a situação.

Ele apertou as mãos.

— Você me culpa pelo que aconteceu hoje? — perguntou, furioso. — Eu nunca a encorajei a desobedecer às ordens de papai.

Febe se levantou.

— Na verdade, você encoraja, sim. Mas é cego demais para ver. Toda vez que discute abertamente com seu pai e o acusa de ser irracional e injusto, você encoraja Júlia a desafiá-lo e a pensar só em si mesma. E aonde ela foi hoje, Marcus? O que fez para agradar a si mesma?

— Você tem tão pouca confiança assim na moral de seus filhos?

Febe deu um sorriso sofrido.

— De que moral você está falando, Marcus? Da moral antiga, que diz que os filhos devem obedecer ao pai, ou da nova, que diz que eles devem fazer o que lhes agradar?

— Eu já tenho idade, mamãe. Júlia tem dezesseis anos e é viúva. Nenhum de nós é criança, mas parece que você e papai estão determinados a nos ver como tal. Somos indivíduos diferentes e temos o direito de buscar felicidade nos caminhos que nós mesmos escolhemos.

— Sem se importar com quanto isso vai custar para os outros? Ou para vocês mesmos? — Ela estava parada diante dele, triste e angustiada. — Você trilha despreocupado o caminho que escolheu, arrastando Júlia consigo, e não vê o que está por vir. Só vê o prazer do momento, não a dor futura.

Marcus deu um sorriso débil.

— Você esqueceu o que é ser jovem, mãe.

— Não esqueci, Marcus. Oh, não, não esqueci. A juventude não é panaceia para nenhuma geração. Mas o mundo de hoje é muito mais complexo, cheio de influências destrutivas. Júlia é muito influenciável. — Pousou a mão no braço do filho. — Não vê que seu pai não quer destruir o prazer dela, apenas protegê-la?

— Que mal há em uma jovem sair com a amiga para comprar bugigangas e ver os soldados treinarem no Campo de Marte?

Febe não tinha mais palavras para explicar. Baixou a cabeça, sabendo que outros argumentos seriam inúteis. Ao vê-la derrotada, Marcus se inclinou e lhe deu um beijo no rosto.

— Eu a amo, mamãe, e entendo seu ponto de vista, mas acho que vocês não dão crédito suficiente a Júlia.

— Ela é muito voluntariosa.

— Você e papai ficariam mais felizes com uma filha fraca? Eu duvido. Até agora, Júlia não teve nenhuma liberdade. Como ela vai conseguir administrá-la se nunca a teve?

— Muita liberdade pode arruinar a consciência.

— Pouca pode murchar a mente.

— E se seu pai concordasse em encurtar o período de luto e permitisse mais liberdade a Júlia, o que você acha que ela faria com isso?

Marcus pensou em Calabah Shiva Fontano.

— Vocês poderiam impor condições — disse ele. — Certas pessoas são aceitáveis, outras não.

— Vou discutir isso com seu pai mais tarde.

Dar liberdade a Júlia poderia ser a única maneira de conseguir paz naquela casa. Mas melhor ainda seria encontrar outro marido para ela...

17

Atretes levantou a cabeça da mesa de massagem e olhou desconfiado para Bato.

— O proprietário quer me pagar vinte áureos para passar uma noite na pousada dele? O que ele vai querer que eu faça?

— Nada além de se sentar na sala de jantar e dormir em uma de suas camas — disse o africano. — Você receberá muitas ofertas como essa, Atretes. Você entrou para a classe dos raros favorecidos, aqueles cujo número de mortes só aumenta. Vinte e uma agora em seu crédito, não é? E, quanto mais você matar, mais sua fama crescerá. E fama traz fortuna.

Atretes baixou a cabeça e fechou os olhos.

— E traz também liberdade? — perguntou, enquanto o massagista batia em seus músculos e os amassava habilmente.

— Um dia, talvez. Se os deuses continuarem sorrindo para você.

Atretes praguejou.

— Os deuses são inconstantes. O que é necessário para ganhar minha liberdade? Quanto custa? O que tenho de fazer?

Ele empurrou o massagista e se sentou. O massagista olhou para Bato, que fez um sinal com a cabeça indicando a porta, dispensando-o.

— Você talvez não ganhe a liberdade — disse Bato com franqueza. — Aumentando sua reputação, aumenta o preço da sua liberdade. O melhor que você pode esperar é a aposentadoria e a posição de lanista.

— Então vou me tornar um açougueiro — Atretes lamentou, dando à palavra o significado literal.

Ele não se ofendeu.

— Qual é a diferença entre o que eu faço e o que você fazia em sua terra? Eu preparo homens para lutar e morrer com honra. — Pousou a mão no ombro de Atretes. — Ouça meu conselho e viva bem enquanto pode. Aceite o que lhe oferecerem. No dia em que você matou Celerus, tornou-se o rei da arena romana. É uma posição invejável, desde que consiga mantê-la.

O germano riu sem humor.

— Eu entendo sua amargura, Atretes. A minha própria quase me destruiu, até que encontrei o equilíbrio. Você treinará constantemente, mas lutará apenas de quatro a seis vezes por ano. Não é uma vida ruim. Entre um jogo e outro, terá tempo de sobra para outras atividades.

— Como ganhar dinheiro? Com que propósito, se ele não compra minha liberdade?

— Dinheiro pode comprar muitas coisas. Celerus não morava no *ludus*. Ele tinha casa própria e uma equipe de criados.

Atretes olhou para Bato com surpresa.

— Eu pensei que ele era escravo.

— Um escravo que possuía escravos. Celerus era um lutador melhor que você — disse o lanista, com sua dura e habitual franqueza. — O que o derrotou foi a arrogância. Ele subestimou sua inteligência, e, pela primeira vez desde que o conheço, você não perdeu as estribeiras.

Atretes ficou pensativo. Ter um lugar para viver que não fosse uma cela de pedra era atraente. Ele se levantou do banco, se curvou sobre uma vasilha de água e lavou o rosto. Talvez Bato estivesse certo. Ele devia pegar o que pudesse, enquanto pudesse. Por pouco não fora estripado por Celerus duas semanas atrás; lembrava a expressão nos olhos do homem enquanto enfiava a espada em seu flanco. Não havia sido uma ferida mortal, só incapacitante. Fora a plebe romana que matara Celerus.

O som das massas gritando "*Jugula! Jugula!*" ainda ecoava em seus ouvidos. O sangue escorrendo de seu flanco, Celerus caindo de joelho diante de Atretes.

— Ouça-os gritando por meu sangue! Estavam apaixonados por mim uma hora atrás — dissera Celerus. A multidão gritara mais alto, o som crescente fazendo o chão vibrar. — Eles vão dar as costas a você também — profetizara e erguera a cabeça. Atretes vira seus olhos através da viseira do elmo. — Faça logo — pedira.

Atretes colocara a mão no elmo de seu oponente, inclinara a cabeça dele para trás e, com um movimento rápido da adaga, cortara-lhe a jugular. A multidão enlouquecera quando vira o sangue de Celerus jorrar no peito de Atretes. O homem caíra, mal se apoiando nos cotovelos, e morrera com um olhar confuso de amargura enquanto a plebe cantava em coro, extasiada:

— Atretes! Atretes!

Ele fechou os olhos e jogou mais água no rosto e no peito. Independentemente do que fizesse, não poderia lavar o sangue de suas mortes. Vinte e um homens haviam morrido por suas mãos.

Pegou uma toalha e se secou.

— Vou dormir na pousada do homem, mas diga que quero trinta áureos, ou não haverá acordo.

— Trinta serão. Eu fico com vinte: cinco para mim por ter feito o arranjo e quinze para mandar ao imperador, como uma oferta de boa vontade.

— Oferta de boa vontade? — repetiu Atretes, olhando-o com frieza. — Diga a Vespasiano para dormir na pousada do homem, e que os deuses infestem sua cama de pulgas!

Bato riu, mas logo ficou sério de novo.

— Seja sábio uma vez na vida, Atretes. O imperador é seu dono, quer você goste ou não. Você não pode modificar o que os deuses decretam. O imperador tem poder de vida e morte sobre você, e você já fez tudo a seu alcance para irritá-lo. Uma palavra de Vespasiano e você enfrentará os leões ou cães selvagens. É assim que deseja morrer?

Atretes jogou a toalha de lado.

— Se eu lhe der mais do que ganho, o estarei honrando? — perguntou.

— Sim, como é devido. Ele é o líder do império que derrotou a Germânia. Preciso lembrá-lo disso? Você não está diante dele como vencedor.

Atretes ergueu a cabeça.

— Eu não fui derrotado.

— Você ainda está liderando sua tribo? Ainda vive em sua Floresta Negra? Seu idiota! Já se perguntou por que você enfrenta homens como Celerus e não outros prisioneiros trazidos da fronteira?

Era uma prática comum os proprietários colocarem seus melhores gladiadores para lutar com não profissionais, garantindo com isso vitórias e protegendo seus investimentos. Vespasiano, no entanto, havia posto Atretes para lutar com os melhores profissionais, que detinham os mais impressionantes registros de mortes. A intenção era óbvia: ele o queria morto, mas de uma forma que lhe gerasse lucro e agradasse à plebe, promovendo dessa maneira sua própria popularidade.

— Eu sei por quê — respondeu Atretes.

— Se pressionar demais, o imperador vai jogá-lo aos leões.

Atretes cerrou os dentes. Virar comida de animais era uma morte tão vergonhosa quanto a crucificação, talvez até mais.

— Dê a Vespasiano seus quinze áureos — disse, fazendo uma reverência desdenhosa. Enquanto se afastava, acrescentou baixinho: — E que cada um seja uma maldição para ele.

Bato foi buscar Atretes aquela noite. Sonolento, Atretes se levantou. O africano lhe jogou uma túnica vermelha com guarnição dourada e lhe entregou um belo cinturão de couro e bronze. Por último, deu-lhe uma capa volumosa.

— Cubra seu cabelo. Será mais seguro para todos nós se você não for reconhecido quando sairmos.

Guardas esperavam no corredor. Atretes olhou inquisitivamente para Bato.

— Eu sou tão perigoso assim? Preciso de seis guardas?

O homem riu.

— Reze a seus deuses para não precisarmos deles.

Os guardas o cercaram quando foram para a cidade. As ruas estreitas estavam repletas de pessoas e carroças. Amigos se reuniam em torno das fontes, bebendo vinho e conversando.

— Fique de cabeça baixa — ordenou Bato, quando um grupo de jovens passou e parou para olhar para Atretes. — Vamos cortar por este beco. — Andaram depressa. Já nas sombras, diminuíram o passo. — Não é longe. Por sorte, a pousada de Pugnax fica perto do Circo Máximo.

Os soldados começaram a marchar. O som de seus calçados tachonados batendo nos paralelepípedos fazia Atretes recordar a legião que enfrentara na Germânia. Bato o cutucou, apontando para um muro de pedra com palavras pintadas.

— Vê o que está escrito?

— Não sei ler.

— Pois deveria aprender. Diz que você é o sonho de qualquer jovem. E há um anúncio para os próximos jogos. — Ele leu em voz alta ao passarem. — "Se o tempo permitir, vinte pares de gladiadores, fornecidos por Ostorius, com substitutos no caso de serem mortos rápido demais, vão se enfrentar nos dias 1, 2 e 3 de maio no Circo Máximo. O famoso Atretes vai lutar. Viva Atretes! As lutas serão seguidas de uma magnífica caçada selvagem. Viva Ostorius."

— Estou impressionado — disse Atretes, sonolento. — Quem é Ostorius?

— Ele está concorrendo a algum cargo político. Ouvi dizer que era comerciante. Vespasiano o apoia porque é de origem plebeia, mas Ostorius ainda precisa dos votos do povo. Financiando jogos, pode consegui-los.

— Ele é um bom líder?

— Ninguém se importa, desde que ele financie jogos e dê um pouco de pão para evitar a fome. Uma vez no cargo, Ostorius poderá fazer o que quiser.

— Estamos quase lá — anunciou um dos guardas —, e acho que teremos problemas.

No fim da rua havia uma pousada barulhenta, iluminada por lanternas. O lugar transbordava de gente, e ainda mais clamava para entrar. Bato parou, avaliando a situação.

— Parece que nosso amigo mencionou que você viria — disse sombriamente. — Vamos tentar pelos fundos.

Eles contornaram a multidão e pegaram outra rua estreita por trás da pousada. Havia homens e mulheres parados diante da porta dos fundos, gritando para que os deixassem entrar. Uma mulher se voltou e viu os guardas. Ela arregalou os olhos e deu um puxão no homem que a acompanhava.

— Atretes! Atretes! — gritou, e várias outras mulheres começaram a gritar quando o viram.

— Atretes! Atretes!

Ele ria. A excitação fazia seu sangue acelerar. Bato não achou nada divertido.

— É melhor correr!

— De mulheres? — disse Atretes, descrente.

Mas logo viu a multidão disparar em massa em direção a ele, todos empurrando e se acotovelando para serem os primeiros a chegar. Os guardas se posicionaram para bloqueá-los, mas a multidão passou por cima de dois. Uma mulher se jogou sobre Atretes, enroscando braços e pernas nele. Mergulhando os dedos em seus cabelos, ela o beijou, enquanto meia dúzia de outras o agarrava, gritando histericamente. Ele foi tomado por uma onda de pânico; afastou a mulher que pulara sobre ele, lutando para se livrar das outras. Sua capa foi rasgada e dezenas de mãos o agarraram com sofreguidão. Furioso, ele se debateu, sem se importar quem atingia nem com que força.

— Saia daqui ou elas vão despedaçá-lo! — gritou Bato, pegando uma mulher pelos cabelos e jogando-a para trás. Sua ação rápida deu ao gladiador uma abertura suficiente para escapar.

Atretes correu até o som de gritos histéricos desaparecer atrás dele. Bato logo o alcançou.

— Esconda-se aqui — ordenou, e se espremeram sob o vão de uma porta para recuperar o fôlego. Bato se assomou para olhar a rua. — Não vem ninguém. Acho que as deixamos para trás. — Olhou para Atretes e perguntou, rindo: — Então, como se sente sendo objeto de tanta afeição?

O germano lhe lançou um olhar insatisfeito e inclinou a cabeça para trás. Seu coração batia acelerado.

— Algum estrago grave? — perguntou Bato, sorrindo.

Atretes esfregou a cabeça.

— Fora os cabelos que me arrancaram e os puxões que quase me despedaçaram, acho que ainda estou intacto.

— Ótimo. Esperamos poder mantê-lo assim. — E voltou para a rua. — Eu conheço um lugar, não muito longe daqui, aonde podemos ir. Quanto mais cedo chegarmos, melhor. Com sua altura, seu porte físico e esse cabelo loiro, você é facilmente reconhecível. E aquelas mulheres devem estar espalhadas por todas essas ruas à sua procura.

— Isso tudo foi ideia sua, lembra? Trinta áureos! — Atretes praguejou. — Você não me avisou o que aconteceria. Todas as romanas são loucas assim?

— Quando elas têm seu ídolo ao alcance das mãos, ficam um pouco excitadas. Relaxe. Vou levá-lo em segurança para o *ludus*. E Pugnax conseguiu o que queria para arrecadar dinheiro. Você receberá seus dez áureos e mais alguns. Eu mesmo vou cuidar disso.

Entraram por um beco estreito que levava a um grande pátio cercado por edifícios.

— Eu passava muito tempo aqui — Bato comentou, parando diante de uma porta e batendo nela.

Como ninguém atendeu, ele bateu mais forte. Uma voz abafada perguntou quem era. O homem se identificou e a porta se abriu. Atretes entrou depois do treinador em uma sala escura. A porta fechou atrás deles e foi trancada com uma barra.

Uma mulher negra, alta e esbelta apareceu pela porta dos fundos. Tinha uma pequena lamparina de terracota na mão.

— Bato? — disse, com certa emoção na voz.

O lanista falou com ela em sua língua nativa. Ela não disse nada. Ele atravessou a sala, tirou a lamparina da mão dela e a colocou sobre uma mesa. Pousando a mão forte no rosto dela, falou com voz suave e tentadora. Ela respondeu baixinho, e Bato olhou para Atretes, voltando-se devagar.

— Esta é Chiymado — apresentou. — Uma velha amiga. Ela concordou em nos deixar ficar até amanhã. Há um quartinho nos fundos. Você pode dormir lá. Um dos serviçais vai lhe levar algo para comer. Voltaremos ao *ludus* pela manhã, quando a maior parte da cidade estiver dormindo.

Atretes assentiu e seguiu o serviçal para fora da sala. Levaram-lhe uma bandeja. Sentado no catre de palha, ele se apoiou na parede e bebeu o vinho. Embora estivesse com fome, deixou o pão velho. O quarto não era maior que sua cela e igualmente frio. Ficou imaginando se a pousada que tinha o nome dele pintado na porta não seria melhor. Como não havia entrado, jamais saberia. Quanto mais ele pensava nisso, mais irritado ficava.

Mais tarde, Bato apareceu e se apoiou no batente da porta.

— É quase de manhã. Sairemos em breve.

— Antes de voltar para o *ludus*, quero fazer uma visita a Pugnax — disse Atretes, batendo a garrafa de vinho vazia no chão e se levantando. — Aquelas harpias romanas já devem ter desaparecido.

Era quase o amanhecer e as ruas estavam vazias. Todos os foliões da noite anterior haviam voltado para a cama. Bato levou Atretes pelo labirinto de becos e ruas até chegarem à pousada. Não havia ninguém na frente. As cortinas e persianas estavam fechadas. Havia lixo espalhado pela rua. Bato bateu forte na porta.

— Vão embora! — gritou um homem de dentro, amaldiçoando-os. — Já disse que Atretes não está aqui! Vão para casa!

Furioso, Atretes deu um passo à frente para derrubar a porta. Bato o afastou e bateu novamente.

— É Bato, seu idiota. Abra a porta, ou nós dois vamos queimar esta pousada com você aí dentro!

Assim que Atretes ouviu a trava ser retirada e o trinco liberado, empurrou a porta e entrou.

— Você me deve trinta áureos pelo uso do meu nome em sua porta!

— Controle-se — retrucou Pugnax, nem um pouco intimidado. — Você terá o que prometi.

Pugnax era um homem sólido, da altura de Bato, orgulhoso de ostentar braços e peito musculosos. Seu cabelo era curto e grisalho, e ele carregava um pedaço retangular de marfim no pescoço, o que significava que era um gladiador livre. Ele sorriu diante da surpresa de Atretes, mostrando lacunas onde vários dentes haviam sido quebrados ou arrancados.

— Você deveria ter trazido mais guardas — disse Pugnax, olhando para Bato. — O bom é que esse belo camarada corre depressa, não é, meu velho amigo?

Bato riu.

— Nunca o vi correr tão rápido.

— Sente-se — disse Pugnax, empurrando Atretes para o centro da sala, em um tom que parecia mais uma ordem que um convite.

— Você devia ter esperado para pôr a placa — disse Atretes, sentando-se perto do braseiro para se aquecer. E pegando a túnica esfarrapada: — Você me deve roupas novas.

— Mais alguma coisa, Sua Senhoria? — Pugnax rebateu secamente.

— Uma refeição e uma cama decentes melhorariam o humor dele — Bato sugeriu. — E uma mulher, se houver alguma disponível.

— Mandei todas para casa.

Pugnax indicou com a cabeça uma longa mesa, onde um grande banquete de aperitivos estava congelando.

— Quanto à comida, isso tudo foi servido em sua homenagem — disse, pegando um pêssego e jogando-o para Atretes. — Faça bom proveito. Eu lhe prometo coisa melhor da próxima vez que vier.

— O que o faz pensar que eu voltaria para este buraco?

— Você gosta tanto assim de sua cela? — retrucou Pugnax, debochando e sorrindo para Bato. — Acho que ele tem medo de mulheres.

E riu quando Atretes se levantou da cadeira, lívido de raiva.

— Sente-se — ordenou Bato. — Pugnax já lutava com homens melhores que você antes de você nascer.

O homem riu profundamente.

— Vê-lo correr me fez recordar meus dias de glória. Lembra-se dos Jogos Apolinários, Bato? As mulheres correram atrás de mim aquele dia. — Seu sorriso desapareceu. — Todos sabiam meu nome naquela época. — Abriu os braços. — Agora, isso é tudo que eu tenho.

— Liberdade e uma propriedade — disse Bato.

— Impostos e dívidas. Eu vivia melhor quando era escravo.

Ele serviu três cálices de vinho, entregou o primeiro a Bato, o segundo a Atretes, depois ergueu o terceiro.

— Aos jogos. — E bebeu.

Pugnax e Bato falaram sobre a época em que eram jovens. Reviveram suas façanhas na arena, discutiram táticas de gladiadores mortos havia muito. Pugnax contou várias batalhas das quais havia participado e mostrou as cicatrizes que ganhara.

— O imperador Nero me deu a espada de madeira. Achei que era o melhor dia da minha vida. Só bem mais tarde descobri que a minha vida tinha acabado. O que resta para um gladiador aposentado?

— Quando eu conseguir minha liberdade, vou voltar para a Germânia — disse Atretes. — Então minha vida vai recomeçar.

Pugnax lhe deu um sorriso sombrio.

— Você ainda não entende, mas com o tempo vai entender. Você nunca estará tão vivo como agora, Atretes, enfrentando a morte todos os dias.

Bato se levantou, alegando que precisavam voltar antes do amanhecer. Pugnax lhe entregou a bolsa com os áureos. Deu a Atretes outra túnica, uma capa para vestir e um tapinha nas costas enquanto os levava até a porta.

— Vou mandar as mulheres fazerem fila da próxima vez — brincou, abrindo-lhe um sorriso desdentado. — Não mais que duas ou três de cada vez em cima de você.

Com os portões da cidade fechados para veículos, as ruas estavam calmas. Enquanto os cidadãos dormiam, os comerciantes se ocupavam armazenando os produtos entregues durante a noite e expondo as mercadorias para mais um dia.

— Pugnax é um tolo — disse Atretes. — Ele é livre, por que não volta para sua pátria?

— Ele tentou, mas sentiu que não pertencia mais à Gália. Sua esposa estava morta e os filhos foram adotados e criados por outras pessoas. Seu povo o recebeu bem por um tempo, mas depois passou a evitá-lo. Pugnax deixou a Gália como um simples pastor e voltou como um guerreiro.

— Eu não era pastor.

— O que há para você na Germânia? Uma jovem esposa prende seu coração? Acha que ela vai esperar dez anos, talvez vinte, para que você volte para ela?

— Eu não tenho esposa.

— Uma aldeia, então? O que resta dela? Escombros e cinzas? Uma população de mortos? Ou de escravos dispersos pelo mundo? Não há nada para você na Germânia.

Atretes não respondeu. Foi dominado pela velha e fútil raiva quando se lembrou de tudo que havia perdido. Bato parou na banca de um padeiro e comprou pão. Arrancou um pedaço e ofereceu a Atretes.

— Não sobrou nada para nenhum de nós, Atretes — disse sombriamente. — Eu era um príncipe, agora sou um escravo. Mas às vezes um escravo em Roma vive melhor que um príncipe em um país derrotado.

E voltaram para o *ludus* em silêncio.

Caio Polônio Urbano era o homem mais bonito que Júlia já tinha visto. Quando o conhecera, na casa de Calabah, ele não fizera mais que sorrir para ela e pegar sua mão, mas ela quase desmaiara sentindo a excitação correr por seu sangue.

Agora ela olhava para ele, do outro lado da sala, e depois para Calabah, que falava com as mulheres ali reunidas. Isso era o que ela queria, era onde queria estar. É verdade que seu pai havia relaxado as restrições que impusera a ela, mas isso não foi o suficiente para Júlia — especialmente porque uma das condições da indulgência de seu pai era que ela não fosse visitar Calabah. Longe de ceder, as visitas à mulher passaram a ser mais frequentes. Ela simplesmente mentia sobre aonde ia, enquanto fingia cuidadosamente atender aos desejos do pai. Assim, evitava o conflito e o sermão que receberia se Décimo soubesse que ela continuava amiga de Calabah.

Marcus também não aprovava Calabah. De fato, a desprezava. Por sorte, ele estava no norte da Itália a negócios e ficaria lá por vários meses. Com o irmão longe, seu pai ocupado com os negócios e sua mãe sem saber de nada do que se passava além dos muros da casa, Júlia podia fazer o que desejasse. Ser considerada amiga de Calabah era uma grande honra e a fazia se sentir importante. A mulher deixava claro para todos que a visitavam que Júlia era sua preferida. No entanto, a garota achava Caio Polônio Urbano muito mais interessante que as reuniões de Calabah.

Caio frequentava a vila de Calabah e Júlia ficava maravilhada com sua presença viril e poderosa. Bastava que ele olhasse para ela e sua mente era invadida de pensamentos proibidos. Otávia lhe havia dito que ele era amante de Calabah, mas essa informação indesejável só fazia aumentar seu carisma. Que tipo de homem poderia satisfazer uma mulher como Calabah? Certamente, um muito mais másculo que qualquer outro. E, se ele pertencia a Calabah, por que olhava para ela? Havia também o fato de que Otávia estava obviamente apaixonada pelo jovem — fato que só estimulava o interesse de Júlia por Caio.

Nesse momento, seus olhos escuros provocavam e acariciavam Júlia de tal modo que ela queria fugir dos sentimentos tumultuosos que ele lhe despertava. Ela se abanava, tentando se concentrar no discurso inflamado de Calabah, mas sua mente continuava vagando por pensamentos mais sensuais. Caio se levantou do divã. Quando se aproximou, o corpo de Júlia se aqueceu e formigou inteiro. Seu coração batia tão rápido e forte que ela temia que ele ouvisse.

Caio sorriu levemente e se sentou no divã. Notou que ela estava nervosa e um pouco assustada. Sua inocência o atraía e excitava.

— Você concorda com tudo que Calabah diz?
— Ela é brilhante.
— Não admira que ela goste de você.
— Você não a considera brilhante?
— De fato, ela está muito à frente de seu tempo — disse ele.

Enquanto conversavam sobre as ideias de Calabah, Caio percebeu quão pouco Júlia conhecia aquela mulher. Ele podia dizer que a jovem tinha uma visão limitada das pessoas fora de seu mundo — e, claro, Calabah só revelava o que queria que os outros vissem. Ela era muito astuta.

Caio estava certo de que Calabah tinha planos para a jovem Valeriano, mas não sabia quais. Ele tinha ciência de que a mulher nunca seduzia ninguém sem um propósito, e ela atraía Júlia para seu círculo íntimo, tratando-a com uma afeição que despertava ciúme nas outras, conhecidas havia muito mais tempo.

— Pensei que Otávia lhe agradasse mais, Calabah — dissera ele outra noite, posto que havia começado a perseguir Otávia por diversão. — Ela é domável.

Longe de se convencer com a afirmação, Calabah simplesmente sorrira discretamente e apontara os aspectos práticos pelos quais ele deveria pensar em ir atrás de Júlia.

— A família dela tem dinheiro e posição, Caio. Eles não têm conexões políticas, exceto pelo amigo de Marcus, Antígono. Você deve lembrar que ele ganhou uma posição na cúria há um ano. Uma ligação com ela pode ser benéfica para você.

— Se Marcus Valeriano desaprova você, imagino que dificilmente aprovaria um de seus amantes descartados.

Ela rira de seu humor sardônico.

— Eu não o descartei, Caio. Eu o libertei. Você sabe muito bem que estava ficando inquieto. Já notou a maneira como Júlia olha para você?

Seus lábios se curvaram em um sorriso predatório.

— Como poderia não notar? Ela é um deleite.

Mudar o foco da atenção dele de Otávia para Júlia Valeriano não seria uma tarefa difícil.

— A família de Júlia pode ser bastante útil para você.

— Está tentando se livrar de mim, Calabah? Eu a assustei com minha paixão?

— Eu nunca me assusto com nada, Caio, e menos ainda com um homem. Mas o que excita você não me excita. Estou tentando ser generosa e pensar no que é melhor para um amigo querido. Eu não sou mulher para você, Caio, mas acho que Júlia Valeriano é.

Caio sabia que Calabah nunca fazia nada sem motivos ocultos e se perguntava por que ela estava tão ávida para entregar uma de suas adoráveis seguidoras como uma oferenda no altar. E ficara intrigado.

— O que você sabe sobre ela?

— Observe-a nos jogos. Ela tem paixões tão intensas que ninguém nem suspeita. Nem ela mesma. Para você, ela é um solo intocado só esperando ser cultivado. Ela tem fome de vida. Plante as sementes que desejar, Caio, e veja-as crescer.

Calabah nunca se enganava em relação às pessoas. Caio passara a observar Júlia com um novo interesse. Ela era jovem e bonita, ia às reuniões de Calabah às escondidas, o que significava que agia em desobediência a seus pais e irmão. Também se aborrecia com o intelectualismo enfadonho e ansiava por emoção — uma combinação inebriante, que Caio certamente poderia lhe proporcionar em larga medida.

Ele sentiu o desejo crescer enquanto a observava, sabendo que ela notava seu escrutínio. Júlia o fitou, e ele sorriu. Ela abriu suavemente os lábios, e ele quase pôde sentir o calor de sua reação.

Ela se sentia atraída por ele, mas não se aproximava como Otávia, nem o sufocava como Glafira, nem fingia indiferença como Olívia. Júlia Valeriano olhava para ele com curiosidade desvelada. Quando ele olhava para ela, ela esperava expectante, em vez de fazer joguinhos como as outras.

Caio queria ver se Calabah estava certa em relação a Júlia. Queria ver quão longe ela iria.

— Venha caminhar comigo pelo jardim — disse ele.

— Calabah aprovaria? — Júlia perguntou, corando, embora a escuridão nos olhos dela fosse promissora.

— Você precisa da permissão de Calabah para fazer o que quiser? Talvez devamos testar a sinceridade da perspectiva filosófica dela. Ela não diz que uma mulher deve tomar as próprias decisões, lutar pela a felicidade, criar seu próprio destino?

— Eu sou convidada dela.

— Mas não sua escrava. Calabah admira uma mulher com ideias próprias, que luta pelo que quer.

Ele passou a mão levemente pelo braço dela. Sua pele era quente sob a lã macia do *palus* amarelo-claro. Ele ouviu sua suave expiração e sentiu a tensão reveladora de seu corpo. Sorriu, fitando os olhos castanhos de Júlia.

— Ah, e você, doce Júlia, quer pegar o touro pelos chifres, não é? Vamos para o jardim e vejamos que magia podemos operar juntos.

O rubor tomou as faces de Júlia novamente.

— Não posso — sussurrou.

— Por que não? — ele sussurrou de volta, provocando-a. E, notando que ela tinha muita vergonha de assumir, disse por ela: — Porque Calabah pode ficar com ciúme, e então você não seria mais bem-vinda aqui.

— Sim.

— Pode ficar tranquila. Eu sou apenas uma das muitas diversões de Calabah. Nós temos um acordo.

Júlia franziu o cenho.

— Você não está apaixonado por ela?

— Não — ele respondeu simplesmente e se inclinou, até seus lábios quase tocarem a orelha de Júlia. Então cochichou: — Vamos até o jardim para conversarmos a sós.

O mistério nos olhos dele abrigava uma paixão assustadora, mas ela queria acompanhá-lo. Gostava do calor que a dominava e do sangue que corria apressado em suas veias. O toque de Caio a fez esquecer onde estava, mesmo que sua mente a alertasse de que havia algo obscuro e velado nele. Mas ela não se importava. A sensação de perigo só fazia sua excitação aumentar. Ainda assim, ela se preocupava com Calabah. Não queria ofendê-la e tê-la como uma inimiga poderosa.

Júlia olhou para ela e viu que Calabah notou que Caio se afastara. Por um breve instante, sentiu uma emoção intensa vinda de Calabah, que logo se desvaneceu. Ela sorriu, como para incentivá-los. Júlia não viu sinal algum de ciúme ou aborrecimento escurecendo aqueles olhos misteriosos ou endurecendo suas feições serenas. Olhou para ela com um misto de súplica e dúvida.

— Júlia precisa de um pouco de ar fresco, Caio. Você a acompanharia até o jardim? — disse Calabah.

A garota sentiu o alívio a dominar, mas a sensação foi logo substituída por uma onda de calor quando Caio pegou sua mão e disse que seria um prazer.

— Você recebeu a bênção dela — disse ele enquanto saíam. — Vamos ficar aqui embaixo da treliça.

Quando Caio a tomou nos braços, Júlia instintivamente ficou rígida. Então ele a beijou e uma corrente de prazer acabou com toda sua resistência. As mãos dele eram fortes, e ela se derretia contra seu corpo. Quando ele recuou levemente, ela estremeceu.

— Comigo, você vai sentir coisas que jamais sonhou que poderia sentir — Caio murmurou com voz rouca, ficando mais ousado.

Um grito de consciência brotou dentro de Júlia diante das liberdades que ele estava tomando.

— Não — ela ofegou. — Você não deve me tocar assim.

Ele riu levemente e a puxou para si. Beijou-a de novo, silenciando o protesto e inflamando a paixão da jovem.

Ela passou as mãos pela fina lã da toga de Caio e percebeu seus músculos fortes. Sentir sua respiração pesada e perfumada fez os pelos de sua nuca se arrepiarem. Ela gemeu, impotente, enquanto ele a beijava.

Ele a estava machucando, mas Júlia não se importava.

— Cláudio Flacco fazia seu coração disparar desse jeito? — perguntou Caio.

Ela pensou que ia desmaiar, tamanha a intensidade do que estava sentindo.

— Se ele estivesse vivo, eu a tomaria dele, mesmo que precisasse matá-lo — disse ele, rouco.

O tom da voz de Caio a excitava e assustava. Enquanto olhava para seus olhos escuros e brilhantes e sentia o sangue ferver, Júlia sabia que precisava estar com ele, a qualquer custo.

— Oh, Caio, eu o amo. Farei o que quiser, qualquer coisa...

Então Caio soube quão longe ela iria. Claro, ele não forçaria nada agora. Teria tempo suficiente para isso quando ela estivesse totalmente em seu poder, sem chance de voltar atrás.

Ele sorriu. Calabah tinha razão sobre Júlia Valeriano. Essa garota havia sido feita para ele.

18

Hadassah tinha maus pressentimentos com a aproximação do dia do casamento de Júlia. Desde o momento em que Décimo Valeriano concordara com um casamento por coempção, Júlia parecia mais calma e feliz. Hadassah se perguntava por que seu amo sugerira a compra da noiva em vez do irrevogável *confarreatio*, mas Júlia já estava em pé perante os amigos, fazendo a tradicional declaração:

— *Ubi tu Gaius, ego Gaia*. — "Onde fores Gaius, serei Gaia."

Após seu pronunciamento, Caio Polônio Urbano a beijou e selou o compromisso com um anel de ferro.

Hadassah entendia por que Júlia estava apaixonada por ele. Urbano era um homem bonito, cheio de vida e de maneiras encantadoras. Décimo e Febe o haviam aprovado. Mesmo não tendo fatos ou fundamentos para o que sentia, Hadassah tinha certeza de que havia algo obscuro e sinistro sob a fachada suave daquele homem. Sempre que Caio a olhava, ela se sentia gelar sob aquele olhar fixo e sombrio.

No entanto, ela não tinha ninguém a quem confiar seus sentimentos. Marcus viajara a negócios e ainda demoraria mais de um mês para retornar. Se ele estivesse ali, ela poderia reunir coragem para falar sobre o assunto. Mas, quando voltasse, seria tarde demais. Os sacerdotes já haviam sido consultados e o dia de sorte para o casamento fora determinado. Júlia se casaria antes que seu irmão voltasse para casa.

— Não gostaria que seu irmão estivesse presente em seu casamento? — perguntou Hadassah.

— É claro que eu gostaria — ela respondeu —, mas os sacerdotes disseram que a segunda quarta-feira de abril é nosso dia de sorte. Atrasar o casamento desafiaria os deuses e correríamos o risco de um desastre. Além do mais, não posso esperar mais uma semana, muito menos um mês. Marcus poderia se atrasar ou mudar de planos. — Ela afundou na água morna de seu banho perfumado e sorriu. — E Marcus já me viu casar uma vez. Ficou entediado em meu último casamento, não imagino que acharia este mais interessante.

Todos pareciam tão satisfeitos com os preparativos que Hadassah começou a se perguntar se não estaria julgando o noivo mal. Ele passava horas com Décimo discutindo sobre política e comércio exterior. Pareciam concordar em quase tudo. Quanto a Febe, estava encantada com o futuro genro. Até as escravas da casa pensavam que os deuses haviam sorrido para Júlia, fazendo que Urbano se apaixonasse por ela.

No entanto, era como se a alma de Hadassah vislumbrasse algo malévolo e perigoso escondido sob os modos polidos e a boa aparência de Caio.

Na manhã do casamento, Júlia estava tensa, excitada, determinada a estar mais bonita do que nunca. Hadassah passou várias horas arrumando seus cabelos em um penteado elaborado de cachos e tranças entrelaçadas com um cordão de pérolas caras e raras. O *palus* de casamento de Júlia era da mais fina flanela branca, e ao redor de sua pequena cintura ela usava um cinturão de lã amarrado com um nó hercúleo, para dar sorte. Hadassah calçou os sapatos cor de laranja nos pequenos pés de sua senhora.

— Você está linda — Febe elogiou, e seus olhos se encheram de lágrimas de orgulho. Pegou a mão da filha e se sentou com ela na cama. — Está com medo?

— Não, mamãe — disse ela, divertida com a preocupação que viu nos olhos da mãe.

Se ela soubesse... Júlia estava ansiosa por Caio, tão ansiosa que mal se aguentava. Não havia sido falta de vontade que a mantivera longe da cama dele, e sim o senso de honra de Caio.

Febe ajeitou carinhosamente o véu laranja sobre a cabeça de Júlia, de modo que só o lado esquerdo de seu rosto era revelado. Estendeu-lhe três moedas de cobre.

— Uma para seu marido e duas para seus deuses domésticos — disse ela, dando um beijo no rosto da filha. — Que os deuses os abençoem com filhos.

— Oh, mamãe, *por favor*. Que os deuses aguardem com essa bênção. — Júlia riu, feliz. — Sou jovem demais para ficar amarrada a filhos.

Hadassah ficou nos fundos do templo enquanto Caio e Júlia juntavam as mãos. Ouviu o grito agudo de um porco sendo arrastado para o altar. Aterrorizado, o animal se debatia violentamente enquanto cortavam sua garganta. Seu sangue escorreu sobre o altar como um sacrifício sagrado para os noivos.

Sentindo náuseas, Hadassah correu porta afora. Trêmula, se sentou no degrau mais alto da escada, de onde podia ouvir a leitura do contrato de casamento. Apoiou a cabeça nos joelhos dobrados e ouviu a voz zumbidora do sacerdote ao ler os documentos, que tinham mais a ver com as obrigações do dote que com o compromisso vitalício de os noivos amarem um ao outro. Hadassah ficou triste. Apertando as mãos, rezou fervorosamente por sua senhora.

Quando a procissão de convidados passou, ela se levantou e os seguiu. A maioria das pessoas que participavam do casamento estava ali puramente para cumprir uma obrigação social a Décimo Valeriano, seu patrono. Os poucos que conheciam Júlia não tinham muita afeição por ela.

Os convidados acompanharam o casal até a vila de Caio, no lado mais distante do Palatino, onde seus escravos prepararam um banquete. Júlia esfregou óleo no batente das portas e pendurou uma guirlanda de lã. Deu a Caio uma das moedas de cobre. Ele lhe fez uma oferenda de fogo e água, renunciando, assim, ao controle de sua casa em favor de sua nova esposa.

Hadassah ajudou a servir no elaborado banquete que se seguiu, impressionada ao ver como a atmosfera era diferente da celebração do primeiro casamento de Júlia. Os amigos de Caio faziam comentários indecentes e riam alto. Júlia estava radiante, corava e ria quando seu novo marido se inclinava e sussurrava algo em seu ouvido. Talvez tudo desse certo. Talvez Hadassah estivesse errada sobre Urbano.

Convocada para a cozinha, ela recebeu uma bandeja de prata com fígado de ganso moldado no formato de uma fera horrível com genitais exagerados. Mortificada diante da oferenda obscena, largou a bandeja no balcão e se afastou, enojada.

— Qual é o seu problema? Se estragar meu trabalho, vou ser castigado por sua causa. O amo pediu expressamente esse prato. Agora pegue isto e sirva sua senhora.

— Não! — Hadassah exclamou sem pensar, horrorizada só de pensar em oferecer algo tão grotesco a Júlia.

O tapa que o cozinheiro lhe deu a jogou contra o armário.

— Pegue isto — ordenou a outro, que obedeceu com vivacidade. Ele se voltou outra vez e Hadassah recuou, com medo. Seu rosto latejava de dor. — Pegue aquela bandeja e sirva os convidados, *agora*.

Tremendo, ela se adiantou, aliviada ao ver que era só uma bandeja com uma dúzia de perdizes pequenas, douradas e brilhantes, cobertas com mel e especiarias. Sua cabeça ainda zunia quando entrou no grande salão de banquetes. Os convidados riam e encorajavam Júlia enquanto Caio mergulhava os dedos no dragão e os oferecia a sua noiva. A garota ria alegremente e lambia os dedos do marido. Sentindo repugnância, Hadassah se voltou para os convidados mais distantes da cena e ofereceu as perdizes.

Vários homens gritavam pedindo que os noivos fossem para a cama. Caio pegou Júlia no colo e a levou do salão.

Com a partida dos dois, alguns convidados começaram a ir embora. Drusus ajudou Otávia, pálida e chorosa, a se levantar do divã. Ela estava bêbada e mal podia caminhar. Décimo, que estava no divã de honra, levantou-se e ajudou Febe. Ela acenou, chamando Hadassah.

— Você vai voltar para casa conosco. Caio disse que já tem servos para Júlia e a liberou de suas obrigações para com ela. — Tocou o braço da escrava. — Não precisa ficar angustiada, Hadassah. Se Júlia precisar de você, mandará buscá--la. Enquanto isso, tenho deveres em mente para você.

Hadassah se adaptou rapidamente a seus novos deveres, servindo Febe com encanto. Elas gostavam de ficar trabalhando nos canteiros de flores dos jardins ou na sala de tecelagem com os teares. Hadassah adorava trabalhar no jardim para observar as plantas que brotavam com a aproximação da primavera. Ela amava a sensação do solo em suas mãos e o aroma de flores flutuando no ar fresco. As aves voavam entre as árvores e bicavam as sementes que Febe colocava para elas em comedouros abertos.

Décimo se juntava às duas ocasionalmente, sentando-se em um banco de mármore e sorrindo, cansado, enquanto conversava com Febe e a observava trabalhar. Ele parecia um pouco melhor — Bitia reivindicava o crédito por isso —, mas não recuperava as forças. Febe sentia que ele estava melhor porque vivia muito mais tranquilo agora que Júlia tinha um marido e estava feliz. Mas não estava curado do que quer que tivesse. Febe perdera a fé nas artes de cura da egípcia e parara de convocá-la para cuidar de Décimo. Passara a convocar Hadassah.

— Cante para nós, Hadassah.

Ela tocava a pequena harpa e cantava os salmos que seu pai havia lhe ensinado na Galileia. Fechando os olhos, ela podia fingir que estava lá novamente, com o cheiro do mar e os sons dos pescadores chamando um ao outro. Por um breve momento, ela podia esquecer todo o horror das coisas que haviam acontecido desde aquela última viagem a Jerusalém.

Às vezes ela cantava as canções de ninar que sua mãe cantava para ela e para sua irmãzinha, Lea. Doce Lea, como sentia sua falta! Na noite escura e silenciosa, ela pensava em como Lea havia fechado os olhos e a mente aos horrores desse mundo cruel e se fora pacificamente para estar na presença de Deus. Ela recordava as dolorosas lembranças de correr livremente por entre os lírios do campo com sua irmãzinha, rindo ao ver Lea pular como um coelho por entre as folhagens altas.

Hadassah tinha prazer em servir aos Valeriano, especialmente a Febe, que lhe lembrava um pouco sua própria mãe, atendendo às necessidades da casa com uma eficiência discreta. Assim como sua mãe passava uma hora em devoção a Jesus ao acordar, Febe entrava em seu larário e adorava seus deuses domésticos. Ela colocava biscoitos frescos nos altares, reabastecia o incenso e acendia os queimadores para que emanassem um aroma agradável a seus vários deuses de pedra. Suas orações não eram menos sinceras, por mais errônea que fosse sua fé.

Marcus entrou em Roma com uma forte sensação de volta ao lar. Estava muito satisfeito com os resultados de suas semanas de viagem; havia feito acordos com vários dos comerciantes com quem seu pai havia negociado no passado. Antes de ir para casa, foi às termas, ansioso para lavar o pó da estrada e ter um massagista amassando seus músculos para eliminar a dor de semanas de viagem.

Antígono estava no tepidário, mergulhado na água morna, com um séquito de bajuladores. Marcus os ignorou enquanto um escravo o enxaguava. Com um suspiro, mergulhou e se recostou na borda, fechando os olhos e deixando que a água o acalmasse.

Antígono dispensou seus amigos e se juntou a ele.

— Você ficou fora muito tempo, Marcus. Sua viagem foi rentável?

Conversaram um pouco sobre o comércio e a demanda romana por mais bens.

— Eu vi Júlia outra noite com o novo marido — disse Antígono.

Marcus arregalou os olhos.

— Com o quê?

— Pelos deuses, você não sabe? — Antígono perguntou. — Acho que ainda não viu sua família. Bem, deixe-me atualizá-lo sobre os eventos que ocorreram enquanto você estava ausente. Sua linda irmã se casou com Caio Polônio Urbano há várias semanas. Eu não fui convidado, uma vez que não conheço o cavalheiro. Você o conhece? Não? Uma pena. Todo mundo tem curiosidade a respeito de Urbano, mas ninguém sabe muito sobre ele além de que parece ter muito dinheiro. Como o ganhou é um grande mistério. Ele passa a maior parte do tempo nos jogos. Há rumores de que era amante de Calabah Shiva Fontano.

— Com licença, Antígono.

Marcus saiu da piscina apressado e foi direto para casa, onde encontrou seus pais no triclínio. Com um suave suspiro de alegria, sua mãe o abraçou. Ele ficou chocado com o grisalho nas têmporas de seu pai e com sua perda de peso.

— Parei nas termas e vi Antígono — soltou, sentando-se em um divã e aceitando o cálice de vinho que Enoque lhe servira.

— E ele lhe disse que Júlia se casou — Décimo adivinhou, vendo o brilho de raiva nos olhos do filho. — É uma pena que você não tenha vindo para casa primeiro e sabido por nós.

— Quando aconteceu?

— Já faz algumas semanas — disse Febe, virando a bandeja de carne fatiada, de modo que os pedaços melhores ficassem mais próximos dele. — Coma alguma coisa, Marcus. Você parece mais magro que da última vez que o vimos.

— O que vocês sabem sobre esse homem? — Marcus perguntou, desinteressado na comida.

— Ele trabalha com artigos importados e faz negócios com as fronteiras do norte — disse Décimo, servindo-se de mais vinho. — Afora isso, meus agentes puderam descobrir muito pouco sobre ele.

— E com tão pouca informação, você permitiu que Júlia se casasse com ele?

— Nós interrogamos algumas pessoas e descobrimos tudo que pudemos. Convidamos Caio a vir aqui várias vezes e o achamos inteligente, encantador e educado. Sua irmã está apaixonada por ele, e, ao que tudo indica, ele está igualmente apaixonado por ela.

— Ou pelo dinheiro dela.

Décimo ergueu a sobrancelha.

— É isso o que realmente o irrita? Não o fato de que perdeu o casamento de Júlia, mas que vai ter de abandonar o controle da propriedade de Cláudio?

Furioso, Marcus bateu o cálice na mesa.

— Caso tenha esquecido — disse firmemente —, eu assumi a responsabilidade porque você estava em Éfeso. Quando voltou, você me disse para continuar administrando a propriedade. Eu não tirei um denário de lucro de tudo que fiz por ela.

Décimo suspirou.

— Desculpe, sua preocupação sempre foi evidente. Eu o deixei no controle porque suas decisões eram sensatas. A propriedade de Júlia estava segura em suas mãos. Mas o peso dessa responsabilidade agora não recai mais sobre seus ombros.

— Não tão depressa, pai. Não vou renunciar ao controle até ter certeza de que esse marido de Júlia não é um vagabundo.

— Você não tem o direito legal de manter o controle da propriedade dela — disse Décimo com firmeza. — Quando Caio Polônio Urbano tomou sua irmã como esposa, tomou posse de tudo que ela possui, e isso inclui a herança de Cláudio.

Marcus pensou em Hadassah e sentiu um desconfortável nó no estômago. Ela era uma das posses de Júlia. Quem era esse Urbano e o que ele sentiria em relação à escrava judia de sua nova esposa? Embaraçado por seus sentimentos em relação a uma serviçal, ele se escondeu atrás das preocupações que diziam respeito a Júlia.

— E se ela quiser deixar os arranjos financeiros como estão?

— Já não é direito de Júlia tomar essa decisão.

Febe se levantou e foi até Marcus.

— Quando você vir como ela está feliz com Caio, vai se sentir melhor em relação à aprovação de seu pai ao casamento.

Marcus foi ver Júlia na tarde seguinte. Ela ainda estava na cama quando ele chegou à vila de Urbano, mas, ao ser informada de que seu irmão havia chegado, não perdeu tempo e se juntou a ele.

— Marcus! — gritou, jogando-se em seus braços. — Oh, estou tão feliz em vê-lo!

Ele ficou surpreso ao vê-la tão desgrenhada. Seu cabelo, longo até a cintura, estava despenteado, e seu rosto, sem nenhuma maquiagem. Ela parecia cansada e tremia, como se estivesse sofrendo os efeitos do intenso consumo de álcool. Havia uma marca vermelha e redonda em seu pescoço, prova perturbadora da paixão.

Ele a fitou, preocupado.

— Imagine minha surpresa quando voltei e recebi a notícia de que você havia se casado.

Júlia riu alegremente.

— Desculpe, mas não pude esperá-lo. Você estava fora havia dois meses e não mandou notícias avisando quando voltaria. Vai gostar de Caio, vocês têm muito em comum. Ele adora os jogos.

— Como você o conheceu?

Ela deu um sorriso malicioso.

— Calabah nos apresentou.

Ela apertou os lábios ao admitir que havia desafiado a ele e ao pai.

— Isso não é uma recomendação.

Júlia soltou as mãos de Marcus e se afastou.

— Sinto muito se você não gosta dela, Marcus, mas isso não faz nenhuma diferença para mim. — Ela se voltou e o encarou com raiva, na defensiva. — Agora posso fazer o que eu quiser. Não preciso mais da permissão do papai nem da sua para escolher meus amigos.

Marcus podia ver a influência de Calabah no comportamento da irmã.

— Eu não vim discutir com você. Vim para ver se está feliz.

Ela ergueu o queixo.

— Eu lhe asseguro que estou. Sou mais feliz agora do que já fui em toda a minha vida.

— Que bom. Fico feliz de ouvir isso — disse ele, visivelmente incomodado. — Congratulações por escapar de nossas garras e minhas desculpas por me intrometer em sua nova liberdade.

A postura desafiadora de Júlia evaporou diante da raiva dele, e ela se apressou a impedi-lo de ir embora.

— Oh, Marcus, não seja impossível! Você veio me ver, não vá embora. Eu não suportaria.

Ela o abraçou como sempre fazia, desde que era aquela criancinha que o idolatrava. Ele relaxou por um momento. Retrocedendo um pouco, ela continuou:

— Você não gosta de Calabah porque não a conhece como eu. — Segurou as mãos do irmão. — Eu não sou como a mamãe, você sabe disso. Não me satisfaço tecendo e atendendo às necessidades das outras pessoas acima das minhas. Eu quero emoção, assim como você, Marcus. Os deuses aproximaram Caio de mim.

Ele observou o rosto de Júlia procurando o resplendor de uma jovem noiva, mas em vez disso viu o esgotamento de um estilo de vida pervertido. Acariciou-lhe o rosto.

— Você está realmente feliz?

— Oh, estou. Caio é tão bonito e excitante! Quando ele não está aqui, só consigo pensar quando vai voltar. — Corou. — Não me olhe assim — disse, rindo. — Vamos, faça-me companhia. Ainda não comi e estou morrendo de fome.

Ela estalou os dedos e ordenou a um dos criados que lhe levasse algo para comer. Falou das festas que ela e Caio frequentavam, do tipo de que Arria sempre havia gostado.

— Eu vi Arria outra noite — contou Júlia, como se lesse os pensamentos do irmão. — Ela perguntou com quem você andava. Estava com um gladiador a tiracolo. Ele tinha cicatrizes por todo o corpo e era bem feio. — Reclamou do que a criada lhe serviu e a mandou voltar com pão e frutas frescas. — Sinto falta de Hadassah — disse, contrariada. — Ela sempre sabia o que eu queria. Essas criadas são tão lentas e estúpidas!

— O que você fez com ela? — perguntou Marcus, com todo o cuidado. Seu coração batia rápido, e um suor frio brotou de seu corpo.

— Caio não gosta de judeus porque são muito puritanos. Além do mais, não gostava dela porque era sem graça.

Urbano chegou antes que Marcus pudesse fazer mais perguntas. Júlia se levantou depressa quando o viu e correu para ele. Ele a beijou brevemente, fitando-a com um sorriso irônico, e sussurrou algo em seu ouvido. Júlia se encolheu levemente e se voltou.

— Marcus, este é Caio. Vou deixá-los sozinhos e me arrumar para ficar mais apresentável.

E saiu apressada, deixando o irmão a sós com seu novo marido.

— Você deve estar pensando que tipo de vida levamos, vendo sua irmã o receber tendo saído direto da cama — disse Caio, caminhando em sua direção.

Ficou claro para Marcus por que Júlia havia se apaixonado por Urbano. Ele era o tipo de homem que deixava muitas mulheres loucas — moreno, forte, destilando sensualidade. Seu sorriso enigmático era desafiador. Marcus o recebeu retribuindo-lhe o sorriso e sufocando o desejo de perguntar o que ele havia feito com Hadassah.

— Júlia fala sempre de você — continuou Urbano. — Para ela, é como se você fosse descendente dos deuses.

Ele se apoiou em um dos pilares de mármore com um olhar frio.

— As irmãs mais novas sempre idolatram os irmãos mais velhos — disse Marcus.

— Há uma diferença de idade considerável entre vocês.

— Perdemos dois irmãos para a febre.

— Ela nunca me falou sobre isso.

— Ela não os conheceu. Você tem família, Caio?

Caio se endireitou, caminhando em volta da fonte. Durante um longo tempo, o único som que se ouvia era o da água jorrando.

— Não — disse simplesmente. — Não até me casar com Júlia.

Então sorriu, e Marcus não sabia muito bem se gostava do que via no rosto dele.

— Seus pais me receberam de braços abertos — continuou, encarando Marcus.

— Eu vou reservar minhas boas-vindas até conhecê-lo melhor.

Caio riu.

— Você é um homem honesto. Animador.

Um criado entrou no peristilo e ofereceu vinho a Urbano. A um aceno de cabeça, o escravo se voltou para Marcus, que declinou. Urbano ficou bebendo seu vinho por um momento, observando o cunhado por sobre a borda de seu cálice de prata.

— Soube que você está administrando a propriedade de Júlia.

— Gostaria de ver a contabilidade?

— Quando for conveniente para você — disse Caio, baixando o cálice. — Em vista de tudo que ouvi sobre você, pensei que não seria tão colaborativo.

— Você é marido de minha irmã. O fardo da propriedade dela agora recai sobre você.

— De fato. É muito dinheiro.

Os olhos escuros de Caio se iluminaram, divertidos. Marcus se perguntava como ele sabia do montante da herança de Júlia, uma vez que nem ela sabia. Talvez seu pai tivesse lhe fornecido os detalhes, mas Marcus duvidava. Seu pai teria deixado o assunto a cargo dele.

— Talvez possamos fazer um acordo — Caio propôs lentamente. — Você poderia continuar administrando a propriedade e pagar uma quantia mensal preestabelecida.

Quanta objetividade, pensou Marcus com cinismo.

— Eu costumo cobrar uma taxa pelos meus serviços — disse ele secamente, não tendo intenção de se tornar um lacaio de Urbano.

— Mesmo para sua família? — perguntou Caio, zombeteiro.

— Uma porcentagem dos lucros — Marcus respondeu suavemente. — Uma porcentagem considerável.

Caio riu com delicadeza.

— Eu estava curioso para ouvir o que você diria. Sou capaz de administrar as coisas sozinho. Sabe, Marcus, você e eu temos muito em comum.

— Foi o que Júlia disse há pouco.

No entanto, ele gostou menos ainda de ouvir a observação vinda de Urbano. Irritado, Marcus ficou apenas o tempo que a educação exigia. Júlia voltou ao peristilo vestindo um requintado *palus* de lã. Exibia um colar de pérolas e tranças entre os cachos presos no alto da cabeça.

— Não são lindas? — disse, pegando as pérolas e mostrando-as ao irmão. Eram o adorno mais caro que uma mulher poderia ter. — Caio me deu em nossa noite de núpcias.

As olheiras de Júlia foram habilmente cobertas pela maquiagem, e tons rosados haviam sido aplicados na boca e nas faces pálidas. Se ele não a tivesse visto uma hora atrás, não adivinharia que ela estava cansada e de ressaca em virtude da festa a que Urbano a levara na noite anterior. A conversa animada de Júlia era irritante, e as provocações cheias de insinuações de Urbano a faziam rir. Incapaz de suportar aquilo mais um minuto sequer, Marcus deu uma desculpa e foi embora.

Deprimido, voltou para casa. Quando entrou, entregou a capa a Enoque. Ouviu a voz de seu pai na sala, onde ele encontrava seus clientes todas as manhãs, e foi se juntar a ele.

— Hadassah! — disse, vendo-a parada diante de seus pais. No entanto, assim que falou, sentiu-se envergonhado. — O que está acontecendo?

Décimo olhou para o filho e viu nele uma expressão que nunca tinha visto.

— Bitia acusou Hadassah de roubar.

Décimo não havia entendido o sentido da acusação até aquele momento. Com interesse crescente, percebeu que Marcus mal notava a escrava egípcia; na verdade, ele parecia ter olhos só para Hadassah.

— Roubar? — Marcus repetiu, afastando o olhar de Hadassah e entrando na sala.

Sentindo o coração se apertar, olhou para Bitia e viu seus olhos escuros brilhando de emoção. Marcus já tinha visto isso muitas vezes nos olhos de Arria para reconhecer o sentimento. Ela estava ardendo de ciúme de alguma coisa.

— Bitia tem provas? — perguntou com frieza.

— Estávamos falando sobre isso — disse Décimo.

Febe estava pálida e perturbada, sentada ao lado do marido. Hadassah estava calada diante dele, com a cabeça baixa, sem se defender. Na verdade, até o momento ela não havia dito nada.

— Que prova você tem contra Hadassah? — Marcus perguntou à egípcia.

— Eu vi com meus próprios olhos — disse Bitia com insistência e mencionou dois outros escravos da casa que poderiam corroborar sua história.

Décimo os chamou e eles afirmaram que tinham visto Hadassah dar uma moeda a uma mulher no mercado.

Marcus não podia acreditar no que estava ouvindo. A expressão de Bitia ficou arrogante e desagradável quando as outras testemunhas concordaram com ela. Ele sentiu uma forte aversão pela egípcia e se perguntou como a achara desejável um dia.

— Hadassah — disse Décimo, sombrio. Ela ergueu os olhos, pálida e assustada. — Isso é verdade? Você deu uma moeda a alguém no mercado?

— Sim, meu senhor.

Desejando que ela tivesse mentido, Décimo suspirou pesadamente. Ele teria que açoitá-la e se perguntava se ela seria capaz de suportar o castigo. Ele não gostava do olhar no rosto de Bitia; suspeitava de que a egípcia estava ressentida porque Hadassah fora chamada para atendê-los, e não ela.

— Saia, Bitia.

Se ele fosse forçado a punir Hadassah, não o faria na frente de uma escrava arrogante. Dispensou os outros também.

— Você sabe que o castigo por roubo é o açoitamento? — perguntou Décimo.

Hadassah pareceu se encolher, mas não se defendeu. Febe estava cada vez mais perturbada.

— Décimo, não posso acreditar que ela nos roubou. Ela sempre prestou contas exatas de...

Ele ergueu a mão, imperioso, e ela ficou em silêncio. Ele estava furioso por ser colocado nessa posição e se dirigiu a Hadassah.

— Nós avisamos a todos os escravos que entram em nossa casa qual é a penalidade por roubo. O que deu em você para doar um dinheiro que sua senhora lhe confiou?

— Eu apenas entreguei a moeda que o senhor me deu, meu senhor.

— A moeda que eu lhe dei? — repetiu ele, franzindo a testa.

— Meu *peculium*, senhor.

Décimo pestanejou. Todas as manhãs, ele se sentava em sua curul e distribuía uma moeda a suas dezenas de clientes. E também dava um quadrante a cada escravo, e mais a Enoque e ao cozinheiro. Ele não podia acreditar que uma escrava doaria seu *peculium*.

Febe se inclinou novamente e pousou a mão em seu braço.

— Hadassah sempre prestou contas de todas as moedas que eu lhe dei.

Franzindo o cenho, Décimo estudou a escrava atentamente.

— Você já deu algum dinheiro de sua senhora?

— Não, meu senhor. Só o que o senhor me deu como *peculium*.

— Mas por que você daria seu *peculium*?

— Eu não precisava dele, meu senhor, e aquela mulher precisava.

— Que mulher era essa?

— Uma que vi perambulando pela rua.

Marcus se aproximou, espantado diante do que ouvia.

— Você é uma escrava, não tem nada. O *peculium* é todo o dinheiro que jamais terá. Por que não guardou para si?

Ela manteve os olhos baixos.

— Eu tenho comida para me alimentar, meu senhor, um lugar quente para dormir, roupas para vestir. A mulher não tinha nada disso. O marido morreu há alguns meses e o filho é legionário na fronteira com a Germânia.

Décimo a fitou.

— Você, uma judia, deu dinheiro a uma romana?

Ela olhou para ele, com lágrimas nos olhos. Hadassah tremia de medo, mas queria que seu amo entendesse.

— Ela estava com fome, meu senhor. O quadrante que me deu foi suficiente para ela comprar pão.

Décimo se recostou, impressionado. Era inconcebível para ele que um escravo com algumas moedas desse tudo a um inimigo de seu povo.

— Pode ir, Hadassah. O *peculium* é seu, faça o que quiser com ele. Dê a quem quiser.

— Obrigada, meu senhor.

Ele a observou sair da sala, então olhou para Febe e viu seus olhos se encherem de lágrimas. Pegou sua mão e ela o fitou.

— Se Bitia fizer novas acusações, Décimo, eu gostaria de sua permissão para vendê-la.

— Venda-a agora mesmo, se quiser — ele respondeu e olhou para Marcus. — A menos que você queira levá-la para aquecer sua cama.

Marcus não havia percebido que seu pai tinha ciência de seus assuntos particulares, nem que estava disposto a discuti-los abertamente diante de sua mãe.

— Obrigado, mas não. Eu não quero mais nada com ela.

— Faça o que quiser — Décimo disse a Febe.

Ela se levantou e saiu da sala. Pai e filho se entreolharam. Marcus apertou os lábios.

— Bitia foi ao meu quarto por vontade própria da primeira vez.

— Tenho certeza disso, mas duvido que Hadassah faça o mesmo.

Marcus ficou rígido; seus olhos brilhavam.

— O que quer dizer?

— Você sabe muito bem o que quero dizer. — Décimo suspirou. — Júlia a devolveu a nós...

— Porque Urbano não gosta de judeus pudicos — Marcus interrompeu, com sarcasmo.

O pai ergueu as sobrancelhas, mas não fez comentários diante de tal revelação surpreendente. Ele andara mesmo se perguntando por que Hadassah havia sido mandada de volta.

— Parece que preciso lhe lembrar que você tinha reservas semelhantes em relação a ela quando sua mãe a comprou. Você dizia que ela poderia ter rancor contra todos os romanos, e que era feia, se bem me lembro. — Marcus não gostou de ser lembrado disso. Décimo sorriu, severo. — O fato é que Júlia a devolveu, e Hadassah está agora sob minha proteção.

Marcus riu diante de tal declaração.

— E você quer que eu mantenha as mãos longe dela — adivinhou, tentando pôr humor em seu tom, mas sem conseguir esconder o tremor na voz.

Décimo não disse nada por um momento; simplesmente avaliou o filho com um olhar fixo e frio.

— Você tem sentimentos por ela — afirmou e viu que sua escolha de palavras incomodou Marcus ainda mais. — Não creio que você tenha usado Hadassah. — E ergueu a sobrancelha, inquisitivo.

— Não — disse Marcus com firmeza. — Eu não a *usei*, pai. — A palavra era inquietante. — Eu nunca obriguei uma mulher a fazer minhas vontades.

— Existem outros meios de obrigar além da força física, como você bem sabe. Você é senhor, ela é escrava. Sua mãe nunca aprovou seu flerte com Bitia ou com as outras que vieram antes. E, francamente, eu nunca pensei muito sobre isso, até agora. Você é jovem, cheio de vida, Marcus. As mulheres sempre se sentiram atraídas por você. Parecia natural que você simplesmente tirasse proveito disso. — Ele se levantou de sua curul e desceu do estrado para se pôr diante do filho. — Mas essa garota é diferente. — Balançou a cabeça, ainda perplexo e impressionado. — Depois de tudo que Hadassah já passou, ela deu o que tinha para uma romana, mãe de um legionário. — Balançou a cabeça de novo e suspirou. Em seguida fitou o filho. — Hadassah não é como as outras, Marcus. Ela não é como qualquer outro escravo que já possuímos. — Na verdade, ela não era como qualquer outra pessoa que ele já tivesse conhecido.

Estendendo a mão, Décimo pegou o braço de Marcus, ao mesmo tempo imperioso e suplicante.

— Obtenha prazer com as outras e deixe essa garota em paz.

Depois que seu pai saiu da sala, Marcus se sentou na beira do estrado, passando a mão pelos cabelos. Ele não havia feito nenhuma promessa.

Como poderia, se só pensava em Hadassah?

19

Júlia tremia enquanto falava com Calabah. Ela sempre a entendia. Sempre a ouvia e lhe dava conselhos sobre o que fazer. Concordava com Júlia e demonstrava compaixão. A garota confiava o suficiente nela para lhe contar tudo o que acontecia em seu casamento. Não havia mais ninguém com quem pudesse conversar sobre Caio e suas exigências cada vez mais cruéis e bizarras.

— Ele me deu uma bofetada de novo na noite passada — disse Júlia, pousando os dedos na bochecha macia. Inclinou levemente o queixo para mostrar o inchaço. — Dá para ver? Bem aqui. Eu me tornei hábil em me maquiar nos últimos meses. — Sua boca tremia. — Calabah, tudo o que eu disse foi "Teve sorte nas corridas?", e ele gritou as obscenidades mais horríveis para mim e me culpou por perder. Disse que eu lhe dou sorte quando estou lá e que perdeu porque fiquei em casa. Eu estava me sentindo mal, não foi minha culpa. Caio me assustou e tentei sair do quarto, mas ele me agarrou, me sacudiu e me bateu. Disse que ninguém jamais vira as costas para Caio Polônio Urbano.

Calabah segurou sua mão e a acariciou.

— Você tem direito de saber o que ele está fazendo com o dinheiro da sua propriedade, Júlia.

— Não de acordo com ele. E meu pai concordaria com Caio. — Lágrimas brotaram de seus olhos. — Afinal — disse com amargura —, eu sou apenas uma mulher, uma posse a ser usada.

Mordendo o lábio, Júlia desviou o olhar, recuperando o controle de suas emoções.

— Às vezes eu tremo quando ele me olha, porque ainda o amo muito. Ele me faz sentir coisas tão celestiais, Calabah, do jeito como me toca e me beija... Mas, em outras ocasiões, tenho medo, tanto medo que quero fugir dele. — Olhou para a amiga com seus olhos escuros e preocupados. — Caio é sempre muito selvagem depois dos jogos. Ele me machuca, Calabah, e parece gostar disso. E me obriga a fazer coisas que eu não quero. — Ela baixou a cabeça, envergonhada, chorando.

Calabah ergueu seu rosto.

— Você pode me contar qualquer coisa. — Sorriu com ternura, divertida. — Eu não me choco facilmente, Júlia. Já vi e fiz muita coisa na vida para me surpreender com algo. — Ela franziu o cenho, passando levemente o dedo sobre a face inchada de Júlia. — Um jogo meio bruto é uma coisa, mas ele tem que ser um animal para machucá-la assim. — Calabah se levantou do divã. — Vou pegar um pouco de vinho.

Júlia relaxou um pouco. Calabah era sempre compreensiva. Ela não podia recorrer a mais ninguém. Não podia contar a Marcus nada sobre Caio, porque os dois já não se gostavam.

Marcus ficaria furioso se soubesse que Caio batera nela. Um confronto, sem dúvida, só pioraria as coisas. Ela também não podia conversar com a mãe. Na verdade, não queria. Sua mãe ficaria horrorizada ao saber dos apetites obscuros de Caio, isso se acreditasse. Febe era muito inocente. Júlia também não esperava que seu pai a ajudasse. Qualquer coisa que Caio fizesse, seu pai julgaria ser culpa dela e diria algo como: "O que você fez para acontecer isso?"

Lágrimas brotaram novamente de seus olhos e correram por suas faces. Como Calabah certamente não gostaria de vê-la tão vulnerável, Júlia enxugou o rosto depressa quando a viu voltar.

— Não sei o que eu faria sem você, Calabah. Não tenho mais ninguém com quem possa conversar.

— Você pode sempre contar comigo. Sabe que é sempre bem-vinda aqui. — Calabah sorriu e lhe entregou um cálice de prata. — Coloquei algumas ervas no vinho para acalmar seus nervos. Não precisa se preocupar, Júlia, não é nada que vai lhe fazer mal. Beba. — Segurou o cálice e o inclinou levemente. — Beba, você vai se sentir melhor.

Júlia bebeu com avidez, desejando se tranquilizar. O vinho e as ervas fizeram efeito rapidamente; ela suspirou e a tensão a abandonou.

— Está melhor, não é? — disse Calabah, sentando-se ao lado dela. — Agora, conte-me tudo que Caio fez com você. Cada detalhe. Talvez eu possa lhe dar alguns conselhos.

Júlia contou tudo. As palavras brotavam de sua boca. Ela contou a Calabah todos os atos cruéis e nojentos pelos quais tivera de passar e ficou satisfeita ao ver a raiva arder nos olhos da amiga. Caio não tinha o direito de tratá-la daquele jeito. Ela sabia que toda aquela ostentação de riqueza era fingimento e que a propriedade que ela possuía havia mudado as circunstâncias para ele. Eles viviam da riqueza que ela herdara de Cláudio. Caio deveria ser grato! Deveria tratá-la com respeito.

— Passo mal todas as manhãs quando acordo só de pensar no que ele pode fazer comigo.

— E você diz que ainda o ama? — perguntou Calabah.

Júlia fechou os olhos e baixou a cabeça, envergonhada.

— Sim — admitiu baixinho. — Isso é o mais terrível. Eu o amo tanto! Quando ele chega, meu coração, oh, meu coração...

— Mesmo quando ele a trata assim?

— Ele nem sempre é cruel. Às vezes é carinhoso como no começo. Oh, Calabah, às vezes ele me faz sentir como se estivesse no paraíso — disse Júlia. Ela queria que sua amiga entendesse.

Calabah entendia. Ela conhecia Caio muito bem. Mas conhecia Júlia ainda melhor. Ambos eram egoístas e passionais. Nesse momento, a emoção do relacionamento os mantinha juntos, mas não demoraria muito para que o descontentamento entre eles os levasse a buscar excitação em outros lugares.

Caio já vagava por aí, embora Júlia não soubesse. Seis meses após o casamento, ele passara várias horas aliviando as paixões mais sombrias com uma infeliz prostituta de um bordel exclusivo. Calabah ouvira isso da própria boca de Caio. Ele descrevera em detalhes o que fizera, na esperança de que ela se excitasse e se divertisse. Na verdade, ela sentira repugnância, embora não demonstrasse. Ele disse que usara uma prostituta porque não queria machucar sua esposa, que amava Júlia e não queria que sua outra natureza fugisse do controle. Calabah incentivava suas visitas clandestinas e o encorajava a conversar por uma razão: Júlia.

Se ela contasse a Júlia sobre a infidelidade de Caio nesse momento, isso abalaria a confiança entre elas. E Calabah não queria que isso acontecesse. Era melhor deixar o relacionamento deles em paz e permitir que as coisas se desenrolassem naturalmente, que Caio destruísse sozinho o amor de Júlia. Ele acabaria sendo indiscreto com seus assuntos. Acabaria se vangloriando de suas façanhas amorosas.

Talvez, antes desse tempo, Calabah soltasse algumas dicas para que uma amiga bem-intencionada, como Otávia, ouvisse. Otávia era mesquinha e invejosa. Adoraria saber da infidelidade dele e sem dúvida teria prazer em contar a Júlia que Caio estava procurando a companhia de outras mulheres. Júlia a odiaria por isso, mas ficaria mais esperta.

No entanto, enquanto Júlia não tivesse plena consciência da natureza sórdida de Caio, Calabah queria protegê-la de danos mais sérios.

— Você não deve contrariar seu marido nem despertar a ira dele, Júlia. É bobagem fazer perguntas. Você já sabe que isso o enfurece. Nunca o enfrente. Encontre outros meios de saber o que ele está fazendo com o tempo dele e com o seu dinheiro.

— Você está dizendo que eu devo ter espiões?

— Espiões? — Calabah repetiu, divertida. — Você faz soar tão terrível. Prefiro pensar neles como amigos que por alguns sestércios estariam dispostos a cuidar dos seus interesses.

— Não sei — disse Júlia, franzindo o cenho.

— É só uma ideia. — Calabah mudou de assunto.

A semente havia sido plantada e se enraizaria com o tempo. O comportamento abominável de Caio cuidaria disso. A desconfiança era um terreno fértil que precisava ser cultivado antes que outras coisas fossem plantadas e necessitava de tempo para crescer. A colheita valeria a paciência. Ela acariciou a coxa de Júlia de um jeito maternal.

— Conte comigo para o que precisar, Júlia, e esqueça o resto. Eu a amo como você é e não a mudaria por nada. Admito que nem todos os meus conselhos são adequados para sua situação, mas me dói saber que você está sofrendo tanto.

Júlia relaxou diante da segurança de Calabah e terminou seu vinho. Sentia-se deliciosamente alegre, mas às vezes ficava um pouco desconfortável sob o olhar impetuoso de Calabah.

— Estou cansada — Júlia reclamou. — Ando cansada o tempo todo ultimamente.

— Pobrezinha. Deite-se e descanse um pouco.

— Preciso ir para casa — disse Júlia, sonolenta. — Vamos sair esta noite.

Calabah passou a ponta dos dedos sobre a testa lisa e pálida da amiga.

— Você quer sair?

— Não sei — ela respondeu, e seus olhos foram se fechando. — Só quero dormir...

— Então durma, doce criança. Faça o que quiser.

Júlia sonhou que Hadassah acariciava sua fronte e cantava canções sobre seu deus estranho. Ninguém lhe servia tão bem quanto a pequena judia. Ela havia perdido sua presença serena e seus doces cuidados. Perdera suas histórias e suas músicas. Hadassah sempre antecipava suas necessidades, enquanto as escravas de Caio precisavam ser comandadas. Mesmo em seus sonhos, as escravas dele olhavam para ela com olhos frios e hipnóticos, como de cobras. Olhos que pareciam familiares e perturbadores. Olhos como os de Calabah.

Calabah a acordou no fim da tarde.

— Tenho uma liteira esperando para levá-la para casa — disse. — É melhor não se atrasar.

Mas já era tarde demais. Quando Júlia chegou, Caio a esperava, nervoso e desconfiado, criando na mente todos os cenários possíveis para despertar seu ciúme.

— Onde você estava?

Seu coração batia depressa e ele sentia a raiva crescer dentro de si — raiva de Júlia ou de si mesmo, ele não sabia. Por que havia permitido que seu temperamento saísse do controle na noite anterior? Ele não conseguia esquecer o olhar de Júlia depois que ele a esbofeteara. E se ela o abandonasse?

— Com quem você esteve a tarde toda?

— Fui visitar Calabah — disse Júlia, tentando fugir do seu toque. — Você está me machucando!

Ele a soltou imediatamente.

— Calabah — repetiu, imaginando o que Júlia teria ouvido dela e estreitando os olhos.

— Tomamos vinho e eu dormi um pouco.

Ela se encolheu quando ele se aproximou, mas dessa vez seu toque foi gentil.

— Tive medo que você tivesse me abandonado — disse ele.

Então inclinou o rosto dela para cima e para o lado. Sabia que ela andara chorando. Os olhos estavam um pouco inchados; a maquiagem, lavada de lágrimas. Mesmo assim, ela era linda. Ele olhou a marca em sua face e fez uma careta. Não queria machucá-la. Às vezes, era como se um animal dentro dele assumisse o controle e o fizesse atacar as coisas que ele mais estimava.

— Desculpe pela noite passada. — Lágrimas marejaram os olhos castanhos de Júlia, e ele se sentiu ainda pior. — Eu a amo, Júlia. Juro por todos os deuses. Se você não me perdoar, vou ficar louco... — Ele a beijou e sentiu sua resistência. Ficou desesperado. — Eu a amo. Eu a amo muito — sussurrou e beijou-a de novo, do jeito que ela gostava.

Depois de um longo momento, ela começou a se derreter, e a sensação de poder de Caio voltou, acompanhada de uma onda de prazer.

Enquanto ele pudesse despertar suas paixões, ainda seria seu dono. Eros sempre reinava com Júlia, assim como com ele. Eles eram muito parecidos. Ele a pegou nos braços, sentindo o sangue correr apressado.

— Vou compensar você.

Ela amava Caio quando estava assim, quando focava sua paixão em agradá-la. Só que, depois que fizeram amor, a sensação de vazio voltou, arrastando Júlia para um poço de depressão. Ah, se o prazer durasse para sempre...

Caio, no entanto, do outro lado do quarto, estava contente. Ele sabia como Júlia precisava dele, como o observava. Sabia que ela gostava de olhar para ele — outra confirmação do poder que exercia sobre ela.

Ele inclinou os lábios em um sorriso provocante e foi beijá-la.

— Adoro quando você me olha assim, como se eu fosse um deus — disse, fitando-a como se ela fosse uma posse preciosa.

Júlia escondeu a irritação que sentia com sua presunção.

— Temos que sair esta noite? Às vezes Antígono é tão enfadonho.

Caio vestiu sua túnica.

— É verdade, mas ele é útil.

— Marcus o considera um idiota.

— Pensei que eles fossem amigos.

— Eles são, mas isso não significa que Marcus não saiba dos muitos defeitos de Antígono. Ele só sabe falar de política ou da falta de dinheiro.

— Fique conversando com Arria. Você gosta dela.

— Ela só fica perguntando sobre Marcus. Tornou-se uma chata patética.

— Arria é uma mulher de talentos notáveis. Fico chocado de ver que Marcus perdeu o interesse nela. — Ele se voltou e notou a expressão de Júlia. Riu. — Não precisa me olhar assim. Eu só ouvi falar, não descobri por mim mesmo.

— Mas gostaria? — perguntou Júlia.

Ele se aproximou e se curvou para provocá-la.

— Não enquanto você continuar me agradando.

Quando notou o hematoma no rosto de Júlia, ele se endireitou, franzindo o cenho. Marcus não apareceria esta noite, mas, se Antígono visse a marca no rosto de Júlia, contaria ao amigo. Marcus poderia causar todo tipo de problemas, se quisesse, e Caio já tinha problemas suficientes.

— Você parece cansada — disse ele. — Fique em casa e descanse.

Júlia se comoveu com a preocupação dele, mas as observações que Caio fizera sobre Arria ainda estavam frescas em sua mente.

— Estou cansada, mas talvez seja melhor eu ir.

Ele a beijou de novo, com suavidade dessa vez.

— Não. Vou suportar a noite sem sua companhia e dizer a Antígono que você foi visitar seus pais.

Júlia se sentou, jogando os longos cabelos emaranhados sobre os ombros.

— Faz semanas que não os vejo. Talvez eu vá vê-los amanhã.

— Descanse um ou dois dias e depois vá — ele sugeriu. — Você está cansada. Eu não gostaria que eles tivessem ideias erradas sobre como vivemos. — Nem que vissem o hematoma que ele causara nela.

Caio estava tão tranquilo que Júlia decidiu arriscar mais.

— Quero trazer Hadassah de volta comigo quando for vê-los.

— Hadassah? — disse ele vagamente. — Quem é Hadassah?

— A escrava que minha mãe me deu.

— O que há de errado com as escravas que você tem aqui?

Se ela dissesse que elas não conseguiam atender suas necessidades, Caio provavelmente as mandaria buscar e bateria nelas na sua frente. E Júlia não queria isso.

— Hadassah sempre antecipou minhas necessidades. Nunca tive uma criada que fizesse isso, exceto ela.

O semblante de Caio ficou sombrio.

— Está falando da pequena judia, não é? Você sabe que eu não gosto de judeus. Eles são puritanos. Dão muita importância à pureza.

— A religião dela nunca atrapalhou seu serviço a mim. E, quanto à pureza, eu a mandei para Cláudio.

Caio olhou para ela com surpresa.

— Ele a queria? Pelo que me lembro, ela é feia.

— Bem — disse ela, vendo que sua mentira não seria convincente —, Cláudio não estava interessado nela dessa forma. Ele só queria conversar.

Caio riu.

— Isso é o que acontece quando você se casa com um velho impotente.

O riso dele incomodou Júlia, e ela desejou não ter mencionado Cláudio. Seu primeiro casamento era motivo de diversão para Caio. Em uma das primeiras festas a que eles foram, ele contara a seus amigos toda a história pessoal dela, com humor, como se fosse um caso divertido — ela, a Bela Jovem, obrigada a se casar com o Velho Tolo.

Caio tecera uma história hilária para seus amigos, de um velho impotente que perseguia uma jovem donzela pelo campo sem nunca conseguir pegá-la, até que, por fim, ele caíra e quebrara o pescoço.

No começo, a história de Caio aliviava a culpa de Júlia e fazia o casamento parecer ridículo, como uma das farsas que eles viam no teatro. Depois de tanto ouvi-la, no entanto, a diversão perdeu o sentido. Agora, cada vez que ele zombava de Cláudio, Júlia se sentia envergonhada. Cláudio não era tão velho, nem era idiota. Era, sim, suficientemente inteligente para multiplicar a fortuna de sua família, ao passo que Caio só parecia capaz de perder dinheiro nas corridas.

— Vou trazer Hadassah de volta comigo — ela decidiu.

— Por que você a quer tanto?

— As escravas que você me deu cumprem seus deveres como animais irracionais. Quando você não está aqui, morro de tédio, sem nada para fazer. Hadassah sempre me contava histórias e cantava para mim. Ela sabia o que eu queria antes de eu pedir.

Ele levantou a sobrancelha, considerando o pedido de Júlia.

— Muito bem — capitulou —, pode trazê-la.

Assim que ele saiu, Júlia decidiu ir para casa imediatamente, ver seus pais e pegar Hadassah. Afastou os cobertores amassados, convocou suas criadas e pediu que lhe preparassem um banho.

— Vestirei o *palus* lavanda — disse a uma — e as pérolas e ametistas — orientou a outra.

De banho tomado e perfumada, aplicou cuidadosamente a maquiagem. Era melhor se seus pais pensassem que estava tudo perfeito. Júlia esperava que Marcus não estivesse em casa. Ele a conhecia bem demais para ser enganado.

Sua mãe ficou encantada ao vê-la, abraçando-a e fazendo todo tipo de perguntas enquanto a conduzia à presença de Décimo. Júlia ficou igualmente satisfeita ao ver um sorriso de boas-vindas no rosto do pai. Ele também a abraçou e beijou levemente a face que ela lhe ofereceu. Estava magro e cansado. Júlia se perguntou se ele estaria seriamente doente, mas afastou o pensamento depressa.

— Senti muita falta de vocês — disse ela, notando que era verdade.

Estranho que ela não houvesse percebido enquanto não estava na presença deles. Seus pais eram muitos queridos para Júlia, e ela sentiu o coração se aquecer. E eles a amavam também.

Animada e feliz, Júlia falou sobre as festas e os banquetes que ela e Caio frequentavam. Contou sobre os jogos e os gladiadores que tinha visto. Falou dos presentes caros que Caio lhe dava, mostrando suas novas pérolas. Nem uma vez ela notou a inquietação dos pais, nem viu os olhares que trocavam, nem seu crescente desânimo diante do que ela revelava sobre sua nova vida e seu marido.

Júlia perguntava sobre o que acontecia na casa, mas, assim que eles mencionavam algo, ela se lembrava de outra coisa que tinha para contar.

— Enoque, traga-me um pouco de vinho. Estou morrendo de sede — disse e bebeu metade do cálice que ele lhe entregou. — Humm, não é tão bom quanto o que Caio compra para nós, mas é refrescante. — E terminou o que restava. Viu a expressão de sua mãe e riu. — Não sou mais criança, mamãe. Um cálice de vinho não me deixa bêbada.

Décimo fez perguntas cuidadosas sobre Caio. Febe mandou que a refeição da noite fosse servida.

— Deite-se aqui, Júlia — pediu, dando um tapinha no divã ao lado deles.

Júlia mordiscou a refeição simples, composta de carne fatiada, frutas e pão, e lhes contou sobre as iguarias que comia nos fartos banquetes que frequentava.

— Às vezes, parece que vou explodir de tanto comer. — Riu. — Mais vinho, Enoque.

— Mas você está magra como sempre — Febe observou.

— Obrigada — disse Júlia, sorrindo feliz.

O que ela não contou é que Calabah lhe ensinara a esvaziar o estômago para não engordar. Fora desagradável no início, mas agora ela vomitava com facilidade quando tinha alguns minutos de privacidade. Mas Júlia não comeria o suficiente dessa refeição para se preocupar com isso. Jogou um pedaço de carne de volta na bandeja de prata e pegou uma uva.

Hadassah entrou com duas pequenas vasilhas de água morna e um pano em cada braço. Abriu um sorriso radiante ao ver Júlia, mas foi servir Décimo e Febe. Júlia ficou irritada quando notou que seria Bitia que lhe serviria. Hadassah era sua escrava, não de seus pais. Ela apenas a emprestara a eles.

Ela lavou e secou as mãos e agitou o pano úmido para Bitia, dispensando-a.

— Hadassah, recolha suas coisas. Você vai voltar comigo. — Júlia sentiu a quietude na sala assim que pronunciou essas palavras. — Algum problema? — perguntou, desafiadora.

— Pode ir, Hadassah — disse Décimo suavemente.

— Faça o que eu disse, Hadassah — a garota repetiu e olhou para o pai.

— Eu havia entendido que você já tinha escravas mais que suficientes e não tinha mais necessidade dela.

— Júlia — Febe ofereceu com mais cuidado —, para que você precisa de Hadassah, com tantas outras?

— As outras não me servem como eu gosto.

— Então ensine-as — Décimo rebateu secamente, com impaciência.

Ele vira a emoção nos olhos de Hadassah. Ela estava feliz ali. Servia-lhes melhor que qualquer escrava que tiveram. Ele não queria devolvê-la a sua filha egoísta e voluntariosa, sendo que Júlia tinha mais escravas do que necessitava.

— Eu ensinaria, se elas tivessem alguma inteligência — Júlia retrucou com raiva. — Para Caio, só interessa que sejam bonitas. A maioria é como a etíope de Otávia, absolutamente inútil. Chicoteei uma duas vezes, e ela continua lenta. Caio não queria que Hadassah me servisse porque ela é feia e judia.

— Ela ainda é judia — disse Décimo friamente.

— E nunca foi feia — Febe completou, na defensiva.

Júlia olhou para ela.

— Você se apegou muito a ela, mamãe.

— Do que Caio não gosta nos judeus? — perguntou Décimo.

Júlia percebeu que havia falado demais. Não poderia dizer a seus pais por que Caio se opunha aos judeus.

— Vários amigos dele foram mortos no cerco de Jerusalém — ela se apressou em dizer.

— Nesse caso, acho melhor Hadassah ficar aqui — Febe afirmou.

— Como pode dizer isso? Ela é minha. Você a deu para mim.

— E você a devolveu para sua mãe — Décimo apontou.

Júlia se endireitou no divã.

— Eu não a devolvi! Apenas a emprestei. Você não disse que ficaria com ela, mamãe.

— Ela tem nos servido muito bem nos últimos seis meses — disse Febe debilmente. — Não acho justo que ela fique indo e vindo.

Júlia a fitou, incrédula.

— Justo? Justo?! Ela é uma escrava! E quanto a mim? Você não se importa comigo?

Marcus entrou na sala e lançou um sorriso irônico à irmã.

— Como nos velhos tempos. Bem-vinda a casa, Júlia. — Foi até ela e se inclinou para beijá-la. — Por que toda essa confusão, irmãzinha?

— Eles querem ficar com Hadassah — ela explicou, olhando para o pai. — Ela é minha, e mamãe fica falando sobre o que é justo ou não. Eles se preocupam mais com uma escrava do que com a própria filha.

— Júlia! — disse Febe, magoada.

— É verdade! — ela respondeu, à beira das lágrimas. Seu coração batia freneticamente. Ela precisava de Hadassah, precisava dela por perto. — Papai alguma vez me perguntou se estava tudo bem? Ele sabe o que tenho de suportar?

Décimo franziu o cenho, surpreso com a intensidade das emoções da filha.

— O que você tem de suportar? — perguntou, irônico. Febe pousou a mão sobre a dele e lhe lançou um olhar suplicante para que se calasse.

Marcus observou o rosto de Júlia.

— O que aconteceu com você?

— Nada — disse Júlia, tremendo. — Nada! — Olhou para sua mãe. — Você a deu para mim.

— Sim, eu a dei — disse Febe, levantando e indo em direção à filha. — E, claro, você pode tê-la de volta. — Passou o braço ao redor da cintura de Júlia e sentiu uma mudança significativa nela. Subitamente, pensou que sabia o motivo pelo qual Júlia estava tão emotiva. — Oh, minha querida, não fazíamos ideia de que você tinha tanta necessidade dela. Pode levá-la de volta com você. — E a sentiu relaxar. — Ela nos serviu muito bem, mas temos outras. — Deu um beijo na testa de Júlia. — Vou falar com Hadassah.

— Não — disse Júlia, pegando a mão da mãe. Ela não queria ficar sozinha com o pai e podia sentir o olhar agudo de seu irmão a perscrutando, cheio de perguntas e desconfiança. — Envie Marcus. Ele pode mandá-la se preparar. Tenho só mais alguns minutos antes de voltar para casa e quero passá-los com você... e papai.

Marcus encontrou Hadassah sentada em um banco no peristilo. Seu pulso acelerou quando se aproximou dela. Ela se levantou, demonstrando obediência. Ele pensou em quantas vezes quisera falar com ela. Às vezes, Marcus se levantava cedo só para vê-la sair ao nascer do sol para orar a seu deus. Nesses momentos, a tentação de sair com ela era quase forte demais. Mas ele sabia que seu pai tinha razão; ela era diferente de todas as outras. Se a tomasse como tomara outras, acabaria com ela. Era estranho que isso importasse para ele, mas importava, e ele mantinha sua palavra e a deixava em paz.

— Minha mãe disse para você arrumar suas coisas. Você vai voltar com Júlia.

— Sim, meu senhor — Hadassah respondeu e começou a se afastar.

— Espere — ele pediu com a voz rouca. — Hadassah, olhe para mim.

Quando ela ergueu os olhos, ele viu sua tristeza e quis abraçá-la. Mas, em vez disso, falou com dureza:

— Você não quer ir, não é?

A pergunta pareceu uma acusação, e ela ficou assustada. Fazia muito tempo que ele não via aquele olhar em seu rosto e, cheio de remorso, impulsivamente tomou o rosto de Hadassah nas mãos.

— Eu não a estava acusando. Você nos serviu bem, pode me dizer a verdade.

Sua pele era tão macia. Ele queria percorrer com os dedos todos os seus traços e enroscá-los em seus cabelos. Suas mãos ficaram tensas. Quanto tempo passaria até que a visse de novo? Ele não queria deixá-la ir.

Hadassah se afastou devagar, perturbada pelo toque. Se pudesse escolher, ficaria com Febe e Décimo. Ficaria perto de Marcus. Ele era muito agitado; a vida era uma guerra para ele, cada realização uma batalha a vencer. Mas era melhor que ela fosse embora. Seu amor por ele era impossível e crescia a cada dia. Além do mais, ela prometera a Febe cuidar de Júlia. E, claro, tinha que pensar na jovem. Algo estava errado, ela soubera disso no momento em que a vira. A vida com Urbano não era tão maravilhosa como Júlia retratava.

— A senhora Júlia precisa de mim, meu senhor.

Marcus sentiu o recuo de Hadassah e afastou as mãos. Em seguida virou de costas, frustrado.

— Não mais do que meu pai. — *Ou eu*, pensou, percebendo o bem que a presença dela lhe fazia.

Hadassah baixou a cabeça.

— Sua mãe sempre cuidará dele, meu senhor.

Ele se voltou para ela bruscamente.

— Júlia tem Urbano e meia dúzia de escravas para cuidar dela.

— Então por que veio me buscar? — ela perguntou suavemente.

— Você também não confia em Urbano, não é?

— Não posso julgar, meu senhor — ela respondeu com cautela.

— Mas você sente alguma coisa, não sente? Tem medo dele?

— Ele nem me nota.

— Nota sim, e você sabe disso. Ele não permitiu que você servisse a Júlia — disse Marcus. De repente, ele ficou mais incomodado com tudo aquilo. —

E se Júlia a mandar para ele, como a mandava para Cláudio? Urbano não vai querer conversar.

O rosto de Hadassah ardia de vergonha diante da óbvia sugestão.

— Ela não amava Cláudio, meu senhor. Mas esse homem ela ama.

Ele suspirou. Ela estava certa, claro, e Marcus ficou levemente aliviado ao lembrar a falta de carinho de Júlia pelo primeiro marido. Na verdade, ela detestava Cláudio. Em contraste, era louca por Caio. Era improvável que ela mandasse uma escrava em seu lugar. E, mesmo que algum ressentimento ou mal-entendido despertasse a raiva de Júlia e ela mandasse Hadassah para ele, era igualmente improvável que Urbano aceitasse uma substituta, tendo convocado a esposa. Marcus duvidava de que Caio fosse tão compreensivo quanto Cláudio, ou tão fraco e flexível.

Ademais, Caio estava tão obcecado com Júlia quanto ela com ele. Isso ficara mais do que óbvio nas poucas ocasiões em que ele estivera no mesmo evento com os dois e tivera a oportunidade de observá-los. Na verdade, a obsessão do casal o deixava desconfortável. Não se assemelhava ao amor que seu pai e sua mãe tinham um pelo outro. Era algo obscuro e poderoso.

E agora Hadassah ficaria no meio disso.

Ela olhou para ele e viu sua preocupação. Sabia como Marcus amava a irmã. Ele era um irmão leal e devotado. Ela pegou suas mãos.

— Por favor, meu senhor, tente confiar em mim. Eu também amo sua irmã e vou cuidar dela o melhor que puder.

— E quem cuidará de você?

Ela olhou para ele com surpresa e suas faces coraram. Soltou as mãos dele.

Furioso por ter se revelado tanto, ele deu meia-volta e entrou na casa. Júlia estava tomando outro cálice de vinho e ergueu os olhos para o irmão.

— Onde está Hadassah? — perguntou num tom imperioso que atiçou os nervos de Marcus.

— Não use esse tom comigo. Eu não sou seu lacaio.

Ela arregalou os olhos.

— Estou vendo que não deveria ter vindo — disse, batendo o cálice tão forte no divã que derrubou o vinho. Algumas gotículas salpicaram seu *palus* lavanda e ela deu um gritinho de consternação. — Veja o que aconteceu! — Tentou tirar as gotas de vinho do tecido, mas já haviam penetrado a delicada lã.

— Caio acabou de me dar este *palus*!

Marcus já tinha visto os chiliques de Júlia, mas aquele destempero emotivo era outra coisa. Sua ira desapareceu.

— São só umas gotas de vinho, Júlia.

— Mas estragou. *Estragou!*

Hadassah entrou na sala com uma trouxinha — uma troca de roupa. Ao ver o estado de Júlia, largou a trouxa e foi até sua senhora. Inclinando-se, pegou as mãos dela, interrompendo o frenético esfregar.

— Tudo bem, minha senhora. Eu sei o que fazer para remover a mancha. Ficará como novo.

Júlia olhou para ela e Hadassah viu o hematoma que ela tão cuidadosamente tentara esconder. A escrava olhou nos olhos de sua jovem senhora e viu algo mais lá.

— Fico feliz por ter vindo me buscar, senhora — disse com suavidade. — Será um prazer lhe servir novamente.

Júlia agarrou com firmeza as mãos de Hadassah.

— Eu senti sua falta — sussurrou, e seus olhos se encheram de lágrimas. — Preciso de você.

Ela pestanejou, tentando se livrar das lágrimas, ciente de que seus pais e seu irmão a observavam. Soltou as mãos da escrava e se levantou regiamente do divã, sorrindo radiante de novo.

Só depois que Hadassah e Júlia partiram que Marcus notou a pequena trouxa perto da porta.

— Hadassah esqueceu as coisas dela. Vou levá-las amanhã.

Décimo olhou para ele.

— Você acha isso sensato?

— Talvez não — ele admitiu —, mas eu gostaria de saber o que está acontecendo naquela casa para deixar Júlia nesse estado. Você não?

— E você acha que Hadassah saberá depois de uma noite?

— Não, mas Júlia pode se sentir mais à vontade para falar comigo se estivermos sozinhos.

Décimo assentiu.

— Talvez você tenha razão.

— Seria melhor se você esperasse para conversar com ela, Marcus — disse Febe, sorridente, recostando-se no divã. — Acho que vocês dois estão preocupados por nada. Não creio que haja algo errado com Júlia que em alguns meses não se resolva.

Décimo franziu o cenho diante da falta de preocupação da esposa.

— O que provocou aquela explosão emocional, então? Uma desavença com Caio?

— Não. — Febe pegou a mão do marido, com os olhos brilhando. — Acho que nossa filha está grávida.

Ele riu.

— Tenho certeza de que ela teria dito algo se estivesse.

— Ela ainda é muito ingênua, Décimo. Talvez nem desconfie. Além do mais, é só um palpite. Irei vê-la amanhã. Preciso lhe fazer algumas perguntas para ter certeza.

Décimo olhou para a esposa com surpresa. Ela estava falando sério!

— Uma criança — disse ele, admirado. Pelos deuses, isso era algo pelo que valia a pena viver.

Marcus esperava que sua mãe estivesse errada. Ao passo que a ideia de um bebê fez brotar um sorriso no rosto de seus pais, ele duvidava seriamente de que sua irmã ficaria satisfeita com a notícia.

Na verdade, ele tinha certeza de que ela odiaria.

20

Júlia chorava amargamente.

— Caio não me toca mais desde que eu contei sobre o bebê. Ele se recusa a me levar aos jogos ou a qualquer festa ou banquete a que somos convidados. Age como se eu fosse culpada de engravidar, como se ele não tivesse nada a ver com isso!

Calabah tentava acalmá-la com palavras suaves.

— Ele me acha repulsiva — disse Júlia em lágrimas.

— Ele lhe disse isso? — perguntou Calabah, sabendo que Caio era perfeitamente capaz de tamanha crueldade.

— Ele não precisa dizer, Calabah. Eu sinto isso sempre que ele me olha. — Júlia apertou as mãos. — Eu sei que ele esteve com outras mulheres — disse, levantando-se. Ela se voltou e passou os braços em torno de si, como se isso pudesse aplacar a dor. — Otávia foi me visitar ontem.

Calabah se recostou levemente, dando um sorriso sardônico.

— Querida e doce Otávia. O que ela tinha a dizer?

— Ela teve o maior prazer em me contar que viu Caio flertando com a filha do senador Eusébio. Disse que eles desapareceram por cerca de uma hora, mas que imaginava que estavam falando de política. — Seu tom era amargo e sarcástico. — Acredita que ela me apareceu com uma história dessas? Eu a odeio, Calabah. Estou dizendo, eu a odeio. Pelos deuses, espero que alguma maldição miserável caia sobre ela. Você precisava ter visto a arrogância dela. E não é só isso — prosseguiu Júlia, furiosa —, ela se gabou de ter ido ao *ludus* e ter visto Atretes. — E se virou novamente, esquecendo Caio. — Eu o vi primeiro, sabia? Eu o vi na estrada perto de Cápua antes de ele ser famoso, mas agora é ela quem o vê quase todos os dias, enquanto eu fico trancada nesta casa como uma prisioneira. Ela disse que...

"Ela disse, ela disse, ela disse..." Calabah se levantou do divã e teve vontade de sacudir Júlia. Ela conhecia o gladiador a que sua amiga se referia. Todo músculos, beleza e paixão. Completamente bárbaro. Como Júlia podia se sentir atraída por ele? Era impensável.

— O que importa o que Otávia diga, Júlia? Ou quem ela veja? Ela não passa de uma meretriz estúpida e superficial que morre de inveja de você. Ainda não percebeu isso? Otávia estava apaixonada por Caio, e ele nunca olhou duas vezes para ela. Mas, no momento em que você entrou na sala, ele ficou encantado.

— Agora não mais — disse Júlia, cheia de fúria e autocomiseração.

— Nem tudo está perdido, Júlia. E pare de andar de um lado para o outro como uma louca, você está me deixando tonta. Venha se sentar e vamos discutir o problema racionalmente.

Júlia se sentou obediente, e Calabah pegou sua mão, apertando-a de leve.

— Você quer essa criança?

Júlia se soltou e se levantou de novo.

— Se eu quero essa criança? Eu a odeio. Ela arruinou minha vida. Fico enjoada de manhã, tenho olheiras de insônia porque fico preocupada com o que Caio pode estar fazendo quando não está comigo. E eu estou ficando repugnantemente gorda.

— Você não está gorda — disse Calabah, feliz por ver Atretes tão rapidamente esquecido.

Ela alisou a fina lã de sua toga vermelha e olhou discretamente para Júlia. A garota era tão adorável, tão graciosa em seus movimentos, parecia uma obra de arte. Calabah podia ficar sentada olhando para ela o dia todo. Pensar em um bebê a deformando era repugnante.

— De quanto tempo está?

— Não sei. Não consigo me lembrar. Não parei para pensar quando meu fluxo atrasou. Três meses, acho, talvez quatro. Não acha mesmo que estou gorda? — Júlia perguntou, fitando as mãos sobre o abdome. — Não está dizendo isso só para eu me sentir melhor?

Calabah a avaliou criteriosamente.

— Você parece um pouco cansada, mas ninguém diria que está esperando um bebê. Ainda não.

— Ainda não — repetiu Júlia, sombriamente. — Por que isso foi acontecer bem agora, quando eu estava feliz? Não é justo. Mamãe disse que os deuses sorriram para mim. Sorriram... Eles estão é rindo de mim! Quase posso ouvi-los.

— Então acabe logo com isso — disse Calabah em seu tom mais sensato, com um sorriso beatífico nos lábios.

— Acabar com o quê? — a garota perguntou vagamente, enxugando os olhos e assoando o nariz delicadamente. — Com a minha vida? Talvez eu faça isso. Minha vida já acabou mesmo.

— Que absurdo! Eu digo acabar com a gravidez. Você não precisa ter esse filho se isso a deixa tão infeliz.

Júlia levantou a cabeça, surpresa.

— Mas como?

— Você é ridiculamente inocente, Júlia. Não sei por que perco meu tempo com você. Nunca ouviu falar de aborto?

Júlia empalideceu e fitou Calabah, alarmada.

— Está dizendo que eu deveria matar meu próprio bebê?

A mulher soltou um suspiro e se levantou, ofendida e furiosa.

— É isso que você pensa de mim? Claro que eu nunca sugeriria uma coisa dessas. Mas, nos estágios iniciais da gravidez, o que está dentro de você é meramente um sinal de vida humana, não uma vida de verdade. O que está aí não pode ser considerado um ser humano, e assim será por mais alguns meses.

Júlia estava insegura.

— Meus pais ficaram muito felizes com a notícia. Para eles, o que eu carrego agora é uma criança.

— Claro. É uma maneira sutil de pressionar você a fazer o que eles querem. Eles querem que você lhes dê netos.

Júlia desviou o olhar dos olhos escuros e persuasivos de Calabah.

— Eles não aprovariam um aborto.

— O que isso tem a ver com eles? — disse Calabah, levantando e aproximando-se de Júlia. — É esse tipo de pensamento que me enfurece. Você não vê a armadilha, Júlia? Não entende? Ao lhe negarem seu direito de escolha, eles lhe negam o direito de proteger sua saúde física, mental e emocional. Eles lhe tiram a humanidade por um mero símbolo. — Ela passou o braço em torno da amiga. — Júlia, eu me importo com você. Você sabe disso. É sobre sua vida que estamos falando, não sobre a vida de sua mãe. E muito menos sobre a de seu pai. Sua mãe fez as escolhas dela, que eram boas para ela. — Tirou o braço de Júlia. — Agora é hora de você fazer as suas. Quem você é? O que quer? Júlia, olhe para mim. Olhe para mim, querida. Você está claramente infeliz com essa gravidez. Caio não quer um filho. Ele deixou isso óbvio. Se ele não quer uma criança e você também não, por que está passando por tudo isso?

— Porque eu não pensei que pudesse fazer algo a respeito — disse Júlia, tremendo sob o olhar de Calabah.

— É seu corpo, Júlia. É sua decisão ter um filho ou não. Isso não diz respeito a mais ninguém.

— Sim, mas meu pai nunca me perdoaria...

— Por que seu pai teria que saber? Não é problema dele, certo? Se eles a questionarem, diga alguma coisa... Diga que teve um aborto espontâneo.

Júlia suspirou, cansada.

— Não sei, Calabah. Não sei o que fazer.

Olhou para o jardim e viu Hadassah cortando flores. Como alguém podia parecer tão pacífica com tudo que estava acontecendo naquela casa? Júlia queria poder sair ao sol e se sentar com Hadassah, ouvir suas canções e esquecer tudo. Desejava poder esquecer o olhar no rosto de Caio quando ela lhe dissera que estava carregando um filho seu. "Como você pode ser tão estúpida!" As palavras dele ainda ecoavam em seus ouvidos, assim como a notícia que Otávia lhe dera tão alegremente: "Não tenho certeza se eles fizeram amor, mas ficaram fora durante muito tempo".

Caio estava tendo casos, Júlia tinha certeza. Ele não a procurava havia semanas, e sua natureza libidinosa o teria levado a buscar alívio em outro lugar. Encontrar mulheres interessadas não seria o problema. Como costumava acontecer com Marcus, as mulheres sempre rondavam o marido de Júlia.

Ela mordeu o lábio para não chorar. Não queria engravidar e ter a vida virada de cabeça para baixo; não queria ficar gorda e feia e perder Caio. Tudo o que ela queria era não estar naquela situação, ver o problema desaparecer e sua vida voltar ao que era. Ela não suportava pensar em Caio fazendo amor com outra pessoa, embora não quisesse que ele a tocasse novamente, agora que sabia que ele a havia traído. Tudo que ela queria era que ele a visse como antes, como se ela fosse a mulher mais linda do mundo e ansiasse por devorá-la.

Júlia olhou para Hadassah. O que ela diria de tudo isso? Sentia falta de conversar com ela.

Calabah se aproximou, bloqueando o jardim e recuperando a atenção de Júlia.

— Minha adorável criança, em poucas semanas já esqueceu tudo que lhe ensinei? Você, e só você, é dona do seu destino. Ninguém mais.

Júlia estremeceu, como se um vento frio corresse sobre ela. Calabah tinha razão. Era a única maneira. Ainda assim, ela hesitava; uma voz interior gritava para que ela não fizesse isso.

— O aborto doeria muito? — perguntou baixinho.

— Não tanto quanto ter um bebê — disse Calabah.

O medo tomou o lugar da incerteza.

— Você fala como se soubesse.

— Não é preciso sofrer a morte para saber que é algo a evitar — Calabah ofereceu, sorrindo. — Eu sempre tive muito cuidado para evitar engravidar. Nunca quis ficar tão gorda que não conseguisse ver meus próprios pés e só vislumbrar um futuro doloroso pela frente. Já vi alguns partos, Júlia, e posso dizer que é algo excruciante, indigno e sangrento. Demora horas. Algumas mulheres morrem dando à luz. E as que não morrem viram escravas pelo resto da vida. Você sabe a enorme responsabilidade que é criar uma criança? Os homens não ajudam, eles não precisam. Caio certamente não vai ajudar. Os cuidados e a educação de seu filho dependerão de você.

Júlia afundou no divã e fechou os olhos para espantar a imagem que Calabah criara: uma dor horrível seguida por uma vida de escravidão.

— Minha mãe nunca me disse que havia maneiras de evitar engravidar.

— Não — disse Calabah, com piedade na voz. — Isso está além do mundo dela, Júlia. Sua mãe ainda está atolada nas antigas tradições que lhe foram impostas pelas gerações obtusas que a antecederam. Para ela, filhos são o único propósito da existência. — Ela se sentou e pegou a mão de Júlia. — Você não consegue ver? As tradições prenderam as mulheres durante séculos. Já é tempo de sermos livres, Júlia. Liberte-se! Estamos numa nova era.

Júlia suspirou.

— Eu não tenho sua sabedoria, Calabah, nem sua confiança.

Calabah sorriu e beijou-lhe a face.

— Será que um dia vai entender as grandes verdades que lhe ensinei nos últimos meses?

— Diga-me o que devo fazer — implorou Júlia.

— Você deve tomar suas próprias decisões, minha querida.

Calabah se levantou e foi até a janela olhar o jardim. Ela parecia tão majestosa, linda, mas de alguma forma obscura, mesmo com uma aura de luz à sua volta.

— Júlia, você deve planejar sua vida do jeito que quer que ela aconteça. Visualize-a. Veja-a em sua mente, acontecendo enquanto a faz acontecer. — Olhou para a garota. — A felicidade vem de dentro de você, de seu próprio poder interior.

Júlia ouvia, e a confiança e a cadência das palavras de Calabah lhe transmitiam esperança.

— Eu sei que você está certa — suspirou e desviou o olhar, pensativa e abalada. — O aborto é a única saída. — Apertou as mãos. — É difícil encontrar alguém que possa fazer isso?

— Absolutamente. É uma prática comum. Eu conheço pelo menos meia dúzia de médicos que o realizam diariamente.

— Será doloroso?

— Haverá certo desconforto, mas não muito nem por muito tempo. Tudo acabará em algumas horas, e você terá sua vida de volta, da maneira que quiser. — Ela foi até Júlia e se sentou a seu lado, pousando a mão sobre a dela. — Quando deseja fazê-lo?

Júlia ergueu os olhos, pálida.

— Talvez daqui a uma ou duas semanas.

— Muito bem — disse Calabah com um suave suspiro, afastando a mão de Júlia. — Mas você precisa entender que, quanto mais esperar, maiores serão os riscos, Júlia.

Ela sentiu medo.

— Então devo fazê-lo agora?

— Seria sensato fazê-lo o mais rápido possível. Amanhã de manhã, se pudermos arranjar tudo.

— Aonde devo ir?

— A lugar nenhum. Eu conheço uma médica muito discreta que irá até você.

Calabah se levantou. Júlia apertou fortemente sua mão, fitando-a com olhos arregalados e medrosos.

— Você ficará comigo até acabar?

A mulher tocou sua face com ternura.

— Farei o que você quiser, Júlia.

— Quero você comigo. Vou me sentir melhor se você estiver comigo.

Calabah se inclinou e beijou-a levemente nos lábios.

— Não vou trair você como os outros. Não sou seu pai, nem Caio. — Então se endireitou e sorriu. — Você tomou uma decisão sábia. Após o término do aborto, poderá esquecer o que aconteceu e recomeçar. Vou lhe ensinar o que fazer para evitar engravidar de novo.

Júlia observou enquanto Calabah saía da sala. Assim que ficou sozinha, enterrou o rosto nas mãos e chorou.

Hadassah sabia que devia deixar Júlia sozinha quando tinha convidados. Arranjava outras coisas para fazer enquanto esperava ser chamada. Nesse dia, ela trabalhava no jardim ao lado de Sérgio, um escravo da Britânia. Quando Júlia apareceu, Sérgio foi trabalhar bem longe dela, fora do alcance de seu temperamento explosivo.

Consternada, Hadassah viu que Júlia estava chorando novamente. Desde que Otávia a visitara, sua senhora andava agitada e emotiva, dada a acessos de choro e fúria. Aparentemente, a visita de Calabah não melhorara as coisas. Júlia se sentou ao sol, reclamando que estava com frio. Hadassah pegou seu xale, mas viu que ela ainda tremia.

— Está se sentindo bem, minha senhora? É o bebê?

Júlia ficou rígida. O bebê. Ainda não era um bebê, Calabah lhe havia dito. Calabah sabia.

— Cante para mim — ordenou Júlia secamente, indicando com a cabeça a pequena harpa a seu lado.

O instrumento tinha uma alça de couro, de modo que Hadassah podia carregá-lo consigo o tempo todo, deixando-o de lado apenas enquanto trabalhava ou dormia. Júlia observou Hadassah começar a tanger suas cordas suavemente. A melodia delicada acalmou seus nervos, que estavam à flor da pele.

Hadassah cantava, mas notava que Júlia mal ouvia. Ela estava distraída e perturbada, apertando a lã de seu *palus*. Abandonando a harpa, a escrava foi até Júlia. Ajoelhou-se e pegou suas mãos.

— O que a aflige tanto?

— Esta... esta gravidez.

— Está com medo? Não tema, minha senhora. É a coisa mais natural do mundo. O Senhor lhe sorriu. Ter um filho é a maior bênção que Deus pode dar a uma mulher.

— Bênção? — Júlia disse amargamente.

— A senhora está criando uma nova vida...

A garota afastou as mãos.

— O que você sabe sobre isso?

Levantando-se, se afastou. Pressionando as têmporas, tentou recuperar o controle das emoções turbulentas. Era hora de parar de reagir a tudo como uma criança. Calabah tinha razão: ela tinha que assumir o controle de sua vida.

Ela olhou para Hadassah, ainda ajoelhada ao lado do banco de mármore com os olhos castanhos cheios de compaixão e preocupação. Júlia levou a mão ao coração sentindo um remorso indizível. Hadassah a amava. Era por isso que Júlia precisava tanto dela. Era por isso que a buscara na casa dos pais. Curvou os lábios com amargura. Era piedosamente irônico ter uma escrava que a amava incondicionalmente. Seus pais é que deveriam amá-la assim. Caio deveria amá-la assim.

— Você não pode entender o que estou passando, Hadassah. Você não sabe o que é estar enjoada, cansada o tempo todo, ser desprezada por seu marido. O que você pode saber sobre amar um homem do jeito que eu amo Caio?

Hadassah se levantou devagar, procurando no rosto de sua senhora o desespero que emanava dela.

— A senhora carrega o filho dele.

— Um filho que ele não quer, uma criança que nos separou. Não me diga que isso é uma bênção dos deuses — disse Júlia com raiva.

— Dê tempo ao tempo, minha senhora.

Por que Júlia não tinha olhos para ver e ouvidos para ouvir o Senhor e perceber que era abençoada com aquela gravidez?

— O tempo não vai mudar nada. Só vai dificultar ainda mais as coisas.

Calabah tinha razão, ela precisava assumir o controle. Precisava consertar as coisas. Mas Júlia tinha medo da decisão que havia tomado. Tinha dúvidas.

Só porque era uma prática comum, era correta? E se era a coisa certa a fazer, por que ela era tomada por tantas dúvidas?

Afinal, o certo e o errado existiam? Esses valores não dependiam das circunstâncias? A felicidade não era o principal objetivo na vida?

Ela queria que Hadassah entendesse o que estava passando. Queria que ela dissesse que daria tudo certo, que sua decisão de fazer o aborto era racional. Queria que ela dissesse que o que Júlia estava prestes a fazer era a única saída para as coisas voltarem ao normal com Caio. Mas, quando olhou nos olhos de sua pequena judia, não conseguiu pronunciar uma palavra sequer. Não podia lhe contar nada. O que Calabah via como apenas um símbolo, ela sabia que Hadassah via como uma vida em pleno desenvolvimento.

O que importava o que uma escrava pensava? Ela não sabia nada. Não era nada. Hadassah era apenas uma escrava, despojada por seu próprio deus invisível.

— Você diz que é uma bênção porque alguém lhe falou isso — Júlia soltou, irritada e na defensiva. — Você está apenas repetindo o que ouviu. Tudo que você canta, tudo que diz, é apenas uma repetição das palavras e pensamentos de outras pessoas. Não era isso que você fazia com Cláudio? Recitava suas Escrituras, contava suas histórias? Você não tem pensamento próprio. Como pode entender o que eu tenho de suportar, as escolhas que tenho de fazer?

Falar duramente com Hadassah não lhe provocou nenhum alívio. Na verdade, Júlia se sentiu ainda pior.

— Estou cansada. Vou entrar para descansar.

— Vou lhe levar um vinho quente, minha senhora.

A gentileza de Hadassah era sal na ferida aberta, e Júlia reagiu, cega de dor:

— Não me traga nada. Não se aproxime de mim. Deixe-me em paz!

Caio chegou a casa no fim da tarde. Estava furioso, e Júlia entendeu que ele havia perdido nas corridas novamente. Seu ressentimento aumentou, até que não resistiu a provocá-lo:

— Você sempre teve sorte quando eu o acompanhava.

Caio se voltou e a fitou com olhos ferozes e escuros.

— Sorte sua que você era rica, minha querida, senão eu nunca a teria olhado duas vezes.

Suas palavras cruéis foram como um soco no estômago. Júlia mal conseguia respirar, tamanha a dor que aquela frase lhe provocara. Era verdade? Não podia ser. Ele estava bêbado, por isso falara tão cruelmente. Ele sempre era cruel quando estava bêbado. Ela queria reagir, arrancar-lhe sangue, mas não podia pensar em nada duro o bastante para atingi-lo. Ele sorriu, um sorriso frio, zombeteiro e lacerante. Caio era impenetrável e sabia disso.

Servindo-se de um cálice de vinho, Caio o virou de uma vez. Seu temperamento eclodiu, e ele jogou longe o cálice de prata vazio, que bateu contra um mural de donzelas e sátiros, fazendo Júlia se encolher.

— É melhor torcer para minha sorte nas corridas melhorar — disse ele, enigmático, e saiu.

Calabah chegou cedo na manhã seguinte, acompanhada de uma romana miúda que vestia uma toga branca imaculada com guarnição dourada. Um escravo a acompanhava, carregando uma sinistra caixa esculpida embaixo do braço.

— Não precisa ficar tão assustada, Júlia — disse Calabah, passando o braço ao redor da amiga. — Asellina é muito boa. Ela já fez isso muitas, muitas vezes. — Guiou Júlia pelo corredor de mármore em direção aos quartos. — Sua reputação é impecável e ela é altamente respeitada entre seus colegas. Ela escreveu sobre técnicas de aborto para a comunidade médica no ano passado e seu trabalho sobre o tema foi amplamente divulgado. Não precisa se preocupar com nada.

Asellina ordenou a um dos escravos de Caio que reabastecesse o braseiro e o mantivesse bem alimentado, de modo que o quarto ficasse quente. Seu escravo lhe entregou a caixa esculpida. Ela a abriu e retirou uma ânfora. Servindo um pouco do conteúdo em um cálice, acrescentou vinho e o entregou a Júlia.

— Beba isto.

O vinho doce deixava na boca um resíduo amargo como bile.

— Tudo — disse Asellina, devolvendo-lhe o cálice. — Cada gota. — Em seguida pegou o cálice vazio das mãos trêmulas de Júlia e o entregou ao escravo. — Tire a roupa e deite-se de costas.

Júlia foi dominada por uma onda de pânico. Calabah se aproximou para ajudá-la.

— Está tudo bem — sussurrou. — Confie em mim. Tente relaxar, vai facilitar as coisas.

Asellina a examinou cuidadosamente, inserindo algo dentro dela e deixando-o ali. Lavou as mãos em uma vasilha de água que seu escravo segurava a seu lado.

— Ela está mais adiantada do que você disse.

— Ela não tinha certeza — Calabah respondeu suavemente.

Asellina se levantou e sorriu para Júlia. Entregando a toalha ao escravo, colocou a mão na testa da moça.

— Você sentirá cólicas em breve, minha querida. O desconforto vai durar até que seu corpo expulse o tecido. Algumas horas, nada mais.

Ela se afastou um pouco e olhou brevemente para Calabah.

— Pode me acompanhar?

Elas conversaram em voz baixa perto da porta. Calabah parecia irritada.

— Seu preço aumentou? — Júlia a ouviu dizer.

— Minhas habilidades têm muita procura, e você insistiu que fosse feito com urgência. Tive que reorganizar minha agenda para vir até aqui.

Calabah voltou e se curvou para Júlia.

— Desculpe, Júlia, mas preciso lhe perguntar. Você tem algum dinheiro?

— Não. Caio administra tudo.

— Você precisa mudar isso — disse Calabah, impaciente. — Bem, não há nada a fazer agora. Vou ter que dar suas pérolas a Asellina até conseguirmos o dinheiro.

— Minhas pérolas?

— Só até que eu possa falar com Caio e obter com ele o que Asellina cobra por seus serviços. Não me olhe assim. Não precisa se preocupar, vai ter suas pérolas de volta. Estará com elas até amanhã à tarde, eu prometo. Onde estão?

Asellina deixou a vila com as pérolas. As contrações de Júlia começaram uma hora depois, e eram fortes e rápidas, uma atrás da outra. Ela se contorcia de dor, e seu corpo logo ficou encharcado de suor.

— Você disse que não ia doer — gemeu, cravando os dedos nas cobertas e torcendo-as.

— Você está resistindo, Júlia. Precisa relaxar para não doer tanto. Pare de fazer força, é cedo ainda.

Júlia arfava quando as contrações passavam.

— Eu quero minha mãe!

Ela agitou a cabeça nos travesseiros e gemeu de novo quando foi acometida pela próxima contração.

— Hadassah. Chame Hadassah.

A escrava chegou rapidamente. Assim que entrou no quarto de Júlia, soube que havia algo terrivelmente errado.

— Sua escrava está aqui, Júlia. Agora tente se acalmar — Calabah recomendou.

— Minha senhora — disse Hadassah, inclinando-se assustada sobre ela. — É o bebê?

— Silêncio, sua idiota — sibilou Calabah, afastando-a. — Traga uma bacia com água morna e um pano. — Ela se inclinou sobre Júlia, recuperando o tom doce e suave novamente. Pousou a mão em seu abdome alvo e sorriu. — Está quase acabando, Júlia. Só mais um pouco.

— Oh, Juno, seja misericordiosa — Júlia gemeu entredentes, erguendo os ombros da cama enquanto fazia força.

— Devo mandar chamar um médico? — perguntou Hadassah, vertendo água na bacia.

— A médica já veio — disse Calabah.

Júlia gemeu quando outra dor a fez se contorcer.

— Eu não teria feito se soubesse que seria assim. Oh, Juno, misericórdia, misericórdia...

— Acha que levar um filho a termo e parir seria mais fácil? É melhor se livrar disso agora.

Hadassah ficou lívida. Soltou um grito abafado e a bacia escorregou de suas mãos, quebrando-se no chão. Calabah a fitou bruscamente e ela sustentou seu olhar, horrorizada. A mulher se levantou, foi até Hadassah e lhe deu um tapa no rosto.

— Não fique aí parada enquanto ela sofre. Faça o que eu mandar. Dê-me aquela outra bacia e vá buscar mais água.

Hadassah saiu aflita do quarto. Apoiou-se contra a parede de mármore frio do lado de fora e cobriu o rosto. Ouviu Júlia gritar por trás da porta fechada; o som da agonia de sua senhora provocou-lhe um calafrio. Correu, encheu um grande jarro com água morna no bico da banheira e voltou.

— Já acabou, Júlia — Calabah dizia quando Hadassah entrou. — Você estava mais adiantada do que pensou, por isso foi tão difícil. Pronto, não precisa chorar mais. Acabou. Você nunca mais terá que sofrer assim. — Avistando Hadassah parada na entrada, ordenou: — Não fique aí, garota. Traga a água aqui. Coloque o jarro embaixo da cama, pegue o que está no chão e descarte.

Incapaz de olhar para Júlia, Hadassah se ajoelhou e cuidadosamente pegou o pequeno embrulho de sangue no chão. Levantou-se e saiu do quarto em silêncio. Calabah a seguiu até a porta, fechando-a com firmeza.

Hadassah ficou parada no corredor. *Descarte*. Sentiu a garganta fechar enquanto pressionava a minúscula trouxa no peito.

— Oh, Deus... — sussurrou, trêmula.

Cega pelas lágrimas, foi tropeçando até o jardim. Ela conhecia bem as trilhas e seguiu uma que levava a uma ameixeira em flor. Agachando-se, segurou o embrulho contra si, balançando para a frente e para trás, em prantos. Em seguida cavou um buraco com as mãos nuas no solo macio e colocou a criança descartada. Cobriu-a e acariciou a terra suavemente.

— Que o Senhor a conduza ao céu para cantar com os anjos...

E não voltou para a casa.

Marcus passou pela vila de Júlia para visitá-la. O silêncio na casa era tenso, e, quando foi conduzido até o quarto da irmã, encontrou-a imóvel na cama. Ela sorriu, sem alegria. Seus olhos eram tristes e sombrios.

— O que aconteceu, irmãzinha? — ele perguntou, atravessando o quarto. Talvez ela tivesse escutado rumores sobre as infidelidades de Caio ou sobre suas perdas mais recentes nas corridas. Júlia estava pálida e parecia deprimida. — Você está doente?

Havia uma criada perto da cama, esperando para lhe servir, mas não era Hadassah.

— Perdi o bebê esta manhã — disse ela, evitando o olhar de Marcus enquanto alisava o cobertor sobre a barriga.

Não sentia mais dor, apenas uma apatia que parecia sugá-la por completo. Júlia não conseguia se livrar da terrível sensação de perda e vazio, como se lhe tivessem tirado mais que um embrião. Era como se uma parte dela tivesse sido arrancada também, e agora ela se dava conta de que nunca mais a recuperaria.

Marcus inclinou o queixo da irmã para observar melhor seu rosto.

— Você fez um aborto, não é?

Os olhos dela brilhavam por causa das lágrimas.

— Caio não queria esse filho, Marcus.

— Ele disse para você fazer um aborto?

— Não, mas que outra saída eu tinha?

Ele tocou gentilmente o rosto de Júlia.

— Você está bem?

Ela assentiu devagar e se recostou.

— Calabah disse que me sentirei melhor daqui a alguns dias. Ela disse que é normal ficar deprimida depois. Vai passar.

Calabah. Ele deveria ter adivinhado. Marcus tirou o cabelo da testa da irmã e a beijou suavemente. Afastou-se, passando a mão na nuca. Se dissesse algo contra Calabah, só faria Júlia se envolver ainda mais com ela. Sua irmã era muito parecida com ele, de certa forma. Ela não queria que lhe dissessem o que fazer da vida.

— Está tudo bem, não é, Marcus? Não há nada de errado com o que eu fiz, há?

Marcus sabia que Júlia queria que ele dissesse que concordava com a decisão de abortar a criança, mas ele não podia. Ele sempre evitava esse assunto porque isso o deixava desconfortável. Mas Júlia precisava de conforto. Ele se aproximou novamente e se sentou ao lado dela.

— Shhh, minha pequena. Você não fez nada que centenas de outras mulheres já não tenham feito.

— Caio vai me querer de novo agora. Eu sei que vai.

Marcus apertou os lábios. Ele tinha ido conversar com ela sobre Caio, mas o momento não era propício para lhe trazer mais problemas. Ela não precisava saber que as perdas do marido em apostas aumentavam a um ritmo alarmante. Mesmo que ela estivesse ciente, o que poderia fazer, se não tinha influência sobre ele?

— Vou dizer a mamãe e papai que você perdeu o bebê e que precisa de tempo para descansar e se recuperar.

Ela estava vulnerável demais nesse momento para enfrentá-los. Só de olhar para ela seu pai veria que estava se sentindo culpada por alguma coisa. Começariam os questionamentos, o que levaria Júlia a uma confissão histérica. As rusgas na família já eram grandes; eles não precisavam de mais uma desavença.

Marcus pegou a mão de Júlia e a segurou com firmeza.

— Vai ficar tudo bem.

Ele culpava Caio por fazê-la pensar que ela tinha que abortar seu filho para recuperar o amor do marido. Secou uma lágrima do rosto dela e a esfregou entre os dedos. Queria se vingar de Caio, mas qualquer coisa que fizesse prejudicaria Júlia. Ele se sentia impotente.

— Durma um pouco, Júlia — disse e beijou-lhe a mão. — Virei vê-la amanhã de novo.

Ela pegou a mão dele nas suas quando o irmão se levantou.

— Marcus, por favor, veja se consegue encontrar Hadassah. Calabah a mandou sair para... — Ela se calou, e seus olhos se ensombraram. — Ela não voltou, e quero que cante para mim.

— Vou encontrá-la e pedir que venha até aqui.

No peristilo, vários escravos sussurravam perto da fonte. Quando um deles notou Marcus, todos se dispersaram e voltaram para suas tarefas.

— Você viu a escrava Hadassah? — Marcus perguntou a um serviçal que lavava os azulejos da piscina.

— Ela foi para os jardins, meu senhor, mas não voltou.

Marcus passou sob os arcos para encontrá-la. Estava sentada com os joelhos apertados contra o peito e mantinha o rosto coberto.

— Júlia precisa de você — disse ele. Ela não ergueu a cabeça. — Você me ouviu? Júlia precisa de você.

Ela disse alguma coisa, mas suas palavras foram abafadas. Pôs as mãos na cabeça e Marcus viu que seus dedos estavam cobertos de terra. Fechou os olhos.

— Eu já soube — disse ele, percebendo o que haviam lhe mandado fazer. — Acabou, tente esquecer. Ela estará bem em um ou dois dias, e Caio não ficará zangado com ela. Nenhum dos dois queria um filho.

Hadassah olhou para ele. Terra e lágrimas manchavam suas faces pálidas. Seus olhos estavam repletos de horror e tristeza. Ela se levantou e ele fez uma careta ao ver as manchas de sangue em sua túnica suja. Hadassah estendeu as mãos à frente, olhando para elas. Seu corpo tremia.

— Ela disse *descarte*. Um bebezinho minúsculo, enrolado em um pano e jogado no chão como se fosse lixo. Uma criança...

— Tire isso da cabeça, não pense mais nisso. Além do mais, a gravidez não estava tão adiantada para que isso importe. Não era uma criança de verdade...

— Oh, Deus... — Ela cravou os dedos na túnica suja. — Não era uma criança — repetiu as palavras com um gemido de dor e então o fitou com desespero feroz. — "Pois tu formaste o meu interior, tu me teceste no seio de minha mãe. Os meus ossos não te foram encobertos, quando no oculto fui formado e entretecido nas profundezas da terra. Os teus olhos viram o meu corpo ainda informe; e no teu livro foram escritos todos os meus dias, cada um deles escrito e determinado, quando nem um deles havia ainda."

Marcus sentiu os pelos da nuca se arrepiarem. Hadassah falava como um dos oráculos do templo, e seu olhar o perfurava.

— Pare com isso!

Ela só chorou mais, falando em aramaico, com a cabeça jogada para trás.

— *Yeshua, Yeshua, saloch hem kiy mah casu lo yaden* — disse, trêmula. — Jesus, Jesus, perdoa-lhes, eles não sabem o que fazem.

Marcus a pegou pelos ombros.

— Eu mandei parar!

Ele queria sacudi-la e tirá-la do transe, mas ela o fitou com olhos brilhantes.

— Vocês, romanos, são tão tolos a ponto de não temer? Deus sabe até quando um pardal cai no chão. Acha que não sabe o que fazem? Vocês se importam tanto assim com prazeres fúteis que são capazes de matar seus próprios filhos para obtê-los?

Marcus a soltou e recuou. Ela deu um passo à frente, apertando a túnica branca dele com as mãos sujas de terra e sangue.

— Vocês não têm medo?

Ele agarrou seus pulsos e a fez soltar sua túnica.

— Por que eu deveria temer? — Ele não dava a mínima para o deus dela, mas sua acusação o incomodou, deixando-o furioso. — Você sim deveria ter medo, Hadassah. Você diz palavras imprudentes para uma escrava. Já se esqueceu de Jerusalém? Nunca ouvi falar de uma romana que assassinasse o próprio filho e o assasse para o jantar!

Ela não recuou diante da ira dele.

— Isso também é uma abominação diante de Deus, Marcus! Mas uma mulher enlouquecer de fome é a mesma coisa que o que acabou de ser feito aqui? Que desculpa tem Júlia, cercada de conforto? Ela é saudável, pensou no assunto. Ela *escolheu* isso.

— O que mais ela poderia fazer? Ela não queria esse filho, nem Caio. O casamento deles está desmoronando.

— E matar o filho ajudará a consertar as coisas? Você acredita que só porque não quer algo tem o direito de destruí-lo? A vida humana vale tão pouco para vocês? Acha que Júlia não será julgada?

— Quem a julgará? Você?

— Não — disse Hadassah. Seu rosto se contraiu e as lágrimas voltaram. — Não! — Balançou a cabeça, de olhos fechados. — Não cabe a mim condenar ninguém, não importa o que a pessoa faça. Mas eu temo por ela. Deus sabe que temo por ela. — Ela cobriu o rosto com as mãos.

Seu deus e suas leis infernais de novo, pensou Marcus, compadecendo-se.

— Hadassah, você não precisa temer por ela. Júlia não é judia. Ela não será perseguida e apedrejada. Roma é civilizada. Não há lei contra uma mulher que decida fazer um aborto.

Os olhos dela brilharam como ele nunca vira.

— Civilizada! E a lei de Deus? Você acha que ele não julgará?

— Você se preocupa demais com o que seu deus pode pensar. Eu duvido que ele se importe.

— Você acha que, porque não acredita, ele não existe. Vocês adoram deuses criados por suas mãos e por sua imaginação e negam o Deus Altíssimo que nos criou do pó e nos deu a vida. No fim, não vai importar se você acredita ou não, Marcus. Existe uma lei superior à lei do homem, e nem seu imperador, nem todas as suas legiões, nem todo o seu conhecimento mundano podem ir contra...

Marcus cobriu a boca de Hadassah com a mão antes que ela terminasse.

— Cale-se!

Ela se debateu, e ele a afastou da vista da casa.

— Você é tão tola assim, Hadassah? Não fale mais desse seu maldito deus! — ordenou, com o coração disparado. O que ela dizia era uma flagrante subversão, e isso poderia levá-la à morte.

Ele mantinha a mão firme sobre seus lábios e a sacudiu para fazê-la parar de se debater.

— Você vai ouvir a razão! Que poder existe que não o de Roma, Hadassah? Que outro poder existe na Terra que possa se comparar a esse? Você acha que esse seu deus é tão poderoso assim? Onde ele estava quando você precisou dele? Ele viu a Judeia arrasada pela guerra, sua cidade e seu templo transformados em ruínas, seu povo escravizado. Esse é um deus poderoso? Não. Esse é um deus que a ama? Não! Esse é um deus que eu deveria temer? *Nunca!*

Ela se acalmou, olhando para ele com uma expressão estranhamente piedosa.

Marcus queria que ela ouvisse a voz da razão. Sua mão estava molhada das lágrimas dela. Continuou, suavemente:

— Não há poder na Terra senão o de Roma e o do imperador. É o Império que mantém a paz. *Pax Romana*, Hadassah. E isso tem um preço alto. Acreditar que existe algo mais é um sonho de liberdade para os escravos e um convite à morte. Jerusalém acabou. Não sobrou nada. Seu povo foi dispersado pela Terra como fumaça. Não se apegue a um deus que não existe, ou, se existe, claramente quer destruir o povo escolhido.

Ele tirou a mão dos lábios dela lentamente e viu as marcas que seus dedos deixaram na pele.

— Não pretendia machucá-la — disse.

Ela estava pálida e imóvel.

— Oh, Marcus — murmurou, olhando diretamente nos olhos dele, como se suplicasse.

Seu nome nunca pareceu tão doce nos lábios de uma mulher.

— Desista dessa sua fé em um deus invisível. Ele não existe.

— Você consegue ver o ar que respira? Pode ver a força que move as marés, muda as estações ou manda os pássaros a um abrigo no inverno? — Seus olhos estavam marejados. — Com todo o seu conhecimento, como pode Roma ser tão tola? Oh, Marcus, você não pode esculpir Deus numa pedra. Não pode limitá-lo a um templo. Não pode aprisioná-lo no topo de uma montanha. O céu é seu trono; a Terra, o banquinho para acomodar seus pés. Tudo que você vê é dele. Impérios se erguerão e cairão. Só Deus prevalecerá.

Marcus a fitou, hipnotizado pelo que ela dizia, frustrado ao ver que Hadassah conseguia falar com tanta convicção. Nada do que ele havia dito entrara em seus ouvidos. Um medo súbito por ela o arrebatou como uma onda, deixando em seu rastro uma raiva feroz de sua fé obstinada em seu deus invisível.

— Júlia me pediu para buscá-la — ele disse, tenso. — Você vai atendê-la como sempre fez, ou devo encontrar outra para substituí-la?

O comportamento de Hadassah mudou. Foi como se ela colocasse um véu sobre o rosto. Ela baixou a cabeça e apertou as mãos diante do corpo. Quaisquer que fossem os sentimentos e as crenças que ela abraçava tão apaixonadamente, já estavam cuidadosamente escondidos dentro dela. Melhor que ficassem lá.

— Irei até ela, meu senhor — respondeu calmamente.

Meu senhor. Mais uma vez, ele era o amo, e ela, a escrava. Marcus sentia o abismo entre eles como uma ferida aberta. Endireitou-se e a fitou com frieza.

— Vá se lavar e jogue fora essa túnica antes de ir até ela. Júlia não precisa de lembranças do que fez. — Ele virou e foi embora.

Hadassah o observou enquanto ele se afastava. Seus olhos ardiam de lágrimas. Uma brisa suave soprava no jardim.

— Jeová, Jeová — sussurrou, fechando os olhos. — Tem piedade de Marcus. Tem piedade de Júlia. Oh, Senhor, tem piedade de todos eles.

21

Atretes passou as mãos pelos cabelos. Estava tão acostumado com os sons que quase não ouvia os sapatos do guarda passando sobre as barras de ferro acima de sua cabeça. A menos que sonhasse. Então, ouvia os pesados passos e via a sombra do guarda. Inquieto, ele se levantava na escuridão de sua cela, perguntando-se se o amanhecer demoraria a chegar. Era melhor estar no pátio fazendo os exercícios rigorosos. Era melhor ter uma espada nas mãos. O sonho deixava uma lembrança tão forte das florestas negras de sua terra natal que ele achava que enlouqueceria no confinamento da cela.

Pegou o ídolo de pedra no nicho e passou os dedos levemente sobre a dezena de seios pendentes que cobriam o peito e a barriga. Tiwaz o abandonara na Germânia, e ele precisava de um deus para adorar. Talvez esse servisse. Ártemis apelava à sensualidade de Atretes. Bato lhe dissera que, por uma oferenda em dinheiro, as sacerdotisas do templo ajudavam os seguidores devotos na "adoração". Atretes tinha visitado o templo de Ísis e saíra satisfeito, mas vagamente perturbado. As mulheres também adoravam e, pagando certa quantia, tinham sacerdotes disponíveis para elas. Roma tinha seus prazeres.

A luz da tocha tremeluziu sobre sua cabeça e ele ouviu os guardas conversando. Colocou o ídolo de volta no nicho e sentou-se em seu banco de pedra. Recostado à pedra fria, fechou os olhos e sonhou com a mãe profetizando diante de uma pira: "Uma mulher com cabelos e olhos escuros..." Fazia meses que ele não tinha esse sonho, desde a noite anterior ao dia em que matara Tharacus e vira aquelas duas jovens no pomar, ao lado da estrada para Cápua. No entanto, essa noite o sonho havia sido tão real e poderoso que permanecia como um eco na escuridão. A mulher de quem sua mãe falava estava próxima.

Roma estava repleta de mulheres de cabelos e olhos escuros. Muitas das que participavam das festas antes dos jogos eram incrivelmente bonitas. Algumas se ofereciam para ele. Para insultá-las, ele as ignorava. Testar a paciência do imperador era uma satisfação para o germano. Atretes não temia mais ser crucificado ou atirado aos animais: a plebe romana jamais permitiria isso. Com oitenta e nove mortes em sua conta, milhares de pessoas lotavam o Circo Máximo só para vê-lo lutar. O imperador não era tolo, não desperdiçaria uma mercadoria tão valorizada por uma questão tão insignificante quanto o orgulho.

No entanto, Atretes não se comprazia com sua fama. Na verdade, achava que ela só servia para escravizá-lo ainda mais. Mais guardas foram designados a ele, não para evitar que fugisse — ele já sabia que isso era impossível —, mas para evitar que a população o retalhasse no calor do entusiasmo.

Seu nome estava pintado em muros por toda a cidade. Flores e moedas eram jogadas para ele antes e depois das lutas, e presentes de *amoratae* eram deixados no *ludus* diariamente. O germano não podia aparecer em lugar nenhum fora do *ludus* sem que uma dezena de guardas treinados o escoltasse. As visitas à pousada de Pugnax já não eram permitidas, em virtude dos tumultos que causavam. A mera presença dele em uma festa muitas vezes fazia as mulheres desmaiarem. Quando ele estava na arena, seu nome era aclamado por milhares de pessoas, até o retumbar parecer uma pulsação profunda de uma fera primitiva.

Só em seus sonhos ele tinha a vaga lembrança do que era ser um homem livre nas florestas, conhecer a ternura de sua mulher, ouvir o riso das crianças. Sua humanidade era lentamente extraída cada vez que enfrentava um oponente e ganhava.

Atretes fitou suas mãos. Eram fortes e calejadas por horas de prática com espadas pesadas — e pesavam ainda mais pelo sangue que as cobria. Ele se lembrou do rosto destemido de Caleb ao esperar o golpe mortal quando a multidão enlouquecida por sangue gritara: *"Jugula!"* O suor escorrera da testa de Atretes e penetrara em seus olhos. Ou eram lágrimas?

— Liberte-me, meu amigo — dissera Caleb, oscilando em razão da perda de sangue. Ele havia pousado as mãos nas coxas de Atretes e inclinara a cabeça para trás. Quando Atretes dera o golpe, a multidão se levantara e gritara, exultante.

Atretes abriu os olhos, tentando dissipar a lembrança, mas ela permanecia, como um câncer corroendo-lhe a alma.

A porta foi destrancada e ele foi para o pátio se exercitar. A atividade lhe dava certo alívio, fazia-o se concentrar no rigoroso treinamento físico.

Bato estava na varanda com convidados do *ludus*. Não era incomum que visitantes assistissem aos gladiadores durante os treinos. Alguns iam para comprar, outros para assistir. Atretes não lhes deu atenção, até que duas jovens apareceram ao lado de Bato. Reconheceu Otávia imediatamente, pois ela sempre estava nas festas que antecediam os jogos e era conhecida por se apaixonar por qualquer gladiador que a olhasse duas vezes. Mas foi a outra garota que lhe chamou a atenção. Ela usava um *palus* azul com guarnição amarela e vermelha. Era jovem e muito bonita, de pele pálida e cabelos e olhos escuros.

Ele tentou concentrar a atenção no treinamento, mas podia sentir a garota o encarando tão intensamente que fazia os pelos de sua nuca se arrepiarem. *Uma mulher de cabelos e olhos escuros...* As palavras de sua mãe no sonho... Olhou para ela de novo. Otávia sussurrava para a moça, mas a atenção dela estava tão fixa nele que ela parecia não ouvir. Ela era romana, e a profecia de sua mãe lhe voltou como um sopro.

Que mulher decente iria a um *ludus*? Acaso ela, como Otávia, inflamava-se de luxúria vendo homens arrancando sangue? Sua mente gritava para ficar longe dela, mesmo se sentindo atraído.

Ela pairava como uma deusa acima dele, intocável e majestosa. O desejo e a raiva o dominavam, e ele parou de treinar. Voltando-se, encarou-a com ousadia, e seus olhos encontraram os dela. Erguendo a sobrancelha, sustentou o olhar e então, zombeteiro, estendeu-lhe a mão. O significado era claro, mas, em vez de rir e encorajá-lo como Otávia fazia, a garota de azul levou a mão ao coração e recuou, envergonhada. Bato disse alguma coisa às duas e elas se voltaram e entraram no edifício principal.

Bato se juntou a Atretes nas termas.

— Otávia ficou encantada por você notá-la hoje — disse, apoiando-se em um pilar de pedra com uma toalha na cintura e outra sobre o ombro largo.

— O gesto não foi para ela — Atretes retrucou, saindo da água e pegando uma toalha na prateleira.

— Júlia é bonita o suficiente para fazer um homem esquecer seu ódio por Roma — Bato ironizou.

O rosto de Atretes se contraiu, mas ele não respondeu.

— Ela é casada com Caio Polônio Urbano, um homem que frequenta a alta sociedade. Ouvi dizer que ele tem uma linhagem questionável e um caráter ainda mais duvidoso. A fortuna dele se deve à esposa. O primeiro marido dela era um velho e morreu meses depois de se casar. O pai renunciou aos direitos sobre a herança dela e passou a administração ao filho, Marcus, um astuto investidor. Mas agora dizem que Urbano está torrando a fortuna dela nas corridas de bigas.

Atretes vestiu uma túnica pela cabeça e olhou feio para Bato enquanto fechava um cinto ao redor da cintura.

— Por que me regalar com a vida privada dessa mulher?

— Porque foi a primeira vez que vi você olhar para uma mulher. E uma romana. — Bato se endireitou e sorriu com sarcasmo. — Não desanime, Atretes. O pai dela é efésio e comprou a cidadania romana com ouro e influência.

Ele sonhou com sua mãe novamente aquela noite, e, enquanto ela profetizava, Júlia, com seu manto azul, ia até ele por entre as névoas da Floresta Negra.

Hadassah voltou ao mercado procurando uma barraca que visitara no dia anterior com sua senhora. O comerciante vendia frutas, e Júlia comprara uvas para comer no trajeto ao templo de Hera. Hadassah notara um pequeno símbolo esculpido no balcão. Passara o dedo pelo peixe desenhado e erguera a cabeça. O homem olhara diretamente em seus olhos e assentira, enquanto continuava negociando com Júlia. Uma onda de esperança e alegria crescera dentro dela.

Ansiosa para voltar àquela banca, ela serpeava entre a multidão. Quando a encontrou, aguardou enquanto o comerciante vendia maçãs a um servo grego.

— Terei ameixas para você amanhã, Calixto.

— Espero que a um preço melhor que na semana passada, Trófimo.

Bem-humorado, Trófimo o dispensou e sorriu para Hadassah.

— Voltou para comprar mais uvas para sua senhora?

Ela hesitou, estudando seus olhos. Teria entendido mal no dia anterior? Ele esperou pacientemente. Ela olhou no balcão e não viu o sinal. Então, afastando uma cesta de figos, encontrou-o. Olhou para o homem e passou o dedo pelo pequeno peixe entalhado. Com o coração batendo forte, sussurrou:

— Jesus Cristo, Filho de Deus, Salvador.

A expressão do homem se encheu de ternura.

— Jesus é o Senhor — disse ele, pousando a mão sobre a dela. — Eu soube, no momento em que veio ontem, que você era do grupo.

Ela suspirou e a intensidade do alívio foi tão grande que quase a dominou. Lágrimas encheram seus olhos.

— Louvado seja Deus. Faz tanto tempo...

Trófimo olhou ao redor e se aproximou. Disse a ela o lugar e a hora em que os cristãos se reuniam todas as noites.

— Bata uma vez, espere e depois bata mais três vezes. A porta se abrirá para você. Seu nome?

— Hadassah, escrava de Júlia Valeriano, esposa de Caio Polônio Urbano.

— Hadassah. Eu direi a nossos irmãos e irmãs que esperem por você.

Tomada de alegria e ansiedade, ela voltou para a vila com o espírito renovado. Júlia sempre saía, deixando-a livre para rezar no jardim. Mas essa noite ela adoraria entre amigos.

No fim da tarde, Caio entrou nos aposentos de Júlia enquanto Hadassah a ajudava a se preparar para sair. Uma discussão acalorada começou.

— Se você tem tempo para passar com Otávia, pode me reservar algumas horas esta noite! — disse Caio. — Aniceto ficará ofendido se você não for à festa de aniversário dele.

Júlia estava sentada diante do espelho observando Hadassah, que arrumava seus cabelos, fingindo indiferença à raiva do marido. Somente suas costas rígidas acusavam que ouvia as exigências dele.

— Não me interessa se Aniceto ficará ofendido — ela retrucou. — Faça o que quiser, Caio. Calabah me convidou para ir ao teatro.

— Que Calabah vá para Hades! — ele exclamou, furioso. — Tenho lhe pedido muito pouco ultimamente. Eu preciso de você esta noite.

Júlia encontrou o olhar do marido através do espelho.

— Você precisa de mim? Que interessante. — De posse da informação que lhe haviam fornecido aquela tarde, Júlia se voltou devagar, com as mãos levemente apoiadas no colo. Ele que implorasse. — Por que esta noite, Caio? — perguntou, desafiando-o a dizer a verdade. Ela sabia por que ele precisava dela no banquete, mas se perguntava se Caio teria a audácia de admitir.

— Aniceto admira você — ele respondeu, evitando os olhos da esposa. — Ele é um dos meus parceiros comerciais. Não lhe faria mal se você lhe oferecesse um sorriso ou um flerte inofensivo.

Ele se serviu de vinho. Ela sorriu levemente, divertindo-se com o tormento dele. Não era sua culpa Caio ser tão tolo. Ele que fervesse de raiva.

— Não vou deixar aquele cretino pôr as mãos em mim porque você tem dívidas com ele.

Caio se voltou e a fitou.

— Você anda me espionando. — Apertou o cálice. — Sugestão de Calabah, meu doce? — perguntou secamente.

— Eu sei pensar sozinha, Caio. Foi simples saber o que estava acontecendo. — Deu um riso zombeteiro. — Sua falta de sorte nas corridas já se tornou lenda. Parece que todos sabem de suas perdas em Roma. Todos, exceto eu, é claro. — Ergueu a voz. — Você perdeu duzentos mil sestércios do *meu* dinheiro em menos de um ano!

Caio apoiou lentamente o cálice na mesa.

— Saia — ordenou a Hadassah num tom ácido.

Quando ela se dirigiu à porta, Júlia disse:

— E se eu não quiser que ela saia?

— Então a deixe ficar e veja o que eu faço com ela.

Júlia gesticulou para que ela fosse embora.

— Espere no corredor. Vou chamá-la em alguns minutos.

— Sim, minha senhora.

Hadassah fechou a porta cuidadosamente, agradecendo por Júlia não ter testado mais a paciência de Urbano. Ela duvidava de que sua senhora soubesse a que nível podia chegar a brutalidade do marido. A voz irritada dos dois podia ser ouvida do corredor.

— Estando tão bem informada, Júlia, vai entender por que é fundamental que você vá esta noite!

— Deixe Aniceto tirar a libra de carne de você, Caio. Seu coração deve pesar isso!

— Você vai à festa hoje à noite, querendo ou não. Agora, vá se arrumar!

— Eu não irei! — disse Júlia. — Pegue uma de suas mulheres, se está tão ansioso para levar alguém à festa de Aniceto. Ou outro homem, se preferir. Não me interessa o que você faça! Mas eu não irei a lugar nenhum com você, nem nesta noite nem em qualquer outra!

Ouviu-se um som de vidro quebrando, e Júlia gritou, furiosa:

— Como ousa quebrar minhas coisas?

Ela gritou de novo, dessa vez de dor. Caio retrucou, com um tom zombeteiro e provocativo. A resposta dela foi desafiadora, e ela berrou mais uma vez.

Sentindo-se impotente, Hadassah apertou as mãos, desejando fugir da loucura dos dois.

Urbano sussurrou alguma coisa, com voz calma mas intimidante. O ruído de vidro se quebrando encheu o ar novamente, então a porta se abriu e ele saiu de forma intempestiva, lívido de raiva. Pegou Hadassah bruscamente e a atirou em direção à porta.

— Garanta que sua senhora esteja pronta para sair em uma hora, ou mando esfolar suas costas.

Ela entrou no quarto, temendo por Júlia.

— Minha senhora...

A moça estava sentada, com uma calma inacreditável, na ponta da grande cama que havia compartilhado com Caio durante os primeiros meses de casamento. Sangue escorria do canto de sua boca.

— Minha senhora, está bem? Sua boca... está sangrando.

Júlia levou os dedos trêmulos aos lábios e tocou o machucado.

— Eu o odeio — disse, com uma intensidade assustadora. — Quem dera estivesse morto! — E cerrou os punhos, olhando fixamente para o vazio. — Que os deuses amaldiçoem o coração negro de Caio.

Hadassah ficou horrorizada diante de tais palavras, quase tão horrorizada quanto com o olhar dela.

— Vou pegar água.

— Não vá pegar nada! — Júlia explodiu ferozmente, levantando-se. — Fique quieta e deixe-me pensar!

Com o rosto lívido e tenso, começou a andar de um lado para o outro.

— Ele não vai se safar por me tratar assim. — Fez um sinal com a mão, impaciente. — Mande avisar Calabah que não poderei ir ao teatro com ela esta noite. Irei visitá-la amanhã e explicarei tudo.

Quando Hadassah voltou, Júlia estava diante da penteadeira, passando os dedos pelos potes coloridos de cosméticos. Mais da metade deles estava quebrada no chão, com finas ânforas de óleos perfumados. Júlia observava em silêncio o caos que se espalhara pelo quarto, com os olhos ardendo com uma raiva feroz. Dentre os que restavam, pegou um.

— Aniceto me acha desejável — disse, apertando o pequeno pote. — Antes Caio tinha ciúme do modo como ele me encarava. Dizia que, se Aniceto tocasse minha mão, cortaria sua garganta. — Passou a ponta do dedo pela beira do pote e esboçou um leve sorriso. — Traga-me o *palus* vermelho com guarnição de ouro e pedras. Caio diz que eu pareço uma deusa quando o uso e é assim que quero parecer esta noite. Traga-me também o broche de ouro que ele me deu de presente de casamento.

— O que está dizendo, minha senhora? — perguntou Hadassah, temendo por ela.

Júlia mergulhou o dedo no pote de tinta vermelha.

— Caio quer que eu fique linda e encantadora esta noite — disse, passando a cor rica e sensual no lábio inferior. Apertou os lábios e olhou para seu reflexo. — Vou lhe dar o que ele quer, e ainda mais.

No momento em que Caio voltou, Júlia estava deslumbrante, como Hadassah jamais a vira. Quando ele pôs os olhos nela, seu humor mudou. Fitou-a com expressa admiração.

— Então você decidiu me ajudar, como deve fazer uma boa esposa — disse ele, deslizando a mão pelo seu braço.

Júlia se voltou para ele, toda coquete.

— Acha que Aniceto vai gostar?

— Ele vai ofegar a seus pés. — Ele a segurou e a beijou. — Se tivéssemos tempo, eu ficaria com você aqui a noite toda...

— Como antes — ronronou Júlia, mas virou o rosto quando ele tentou beijá-la. — Vai estragar minha maquiagem.

— Mais tarde, então. Vamos agradar Aniceto primeiro e voltar para casa.

Ela beijou levemente o pescoço de Caio. A marca de seus lábios parecia um borrão de sangue. Saindo dos braços dele, Júlia ficou parada diante de Hadassah para que ela ajeitasse as dobras de seus véus e fechasse bem o broche de ouro. Hadassah a olhou nos olhos e novamente temeu por sua senhora. Certamente Júlia sabia que, qualquer que fosse a vingança que estivesse planejando contra Urbano, se voltaria contra ela.

Rezando baixinho, Hadassah os observou descer as escadas. Voltou para os aposentos de Júlia, varreu e jogou fora as ânforas quebradas. Abrindo as portas que davam para o peristilo, arejou o quarto enquanto lavava o chão de mármore, coberto de óleos perfumados. Quando terminou o trabalho, cobriu os cabelos com um xale e saiu para encontrar a casa onde os cristãos se reuniam.

As ruas de Roma eram como um labirinto, mais confuso ainda por causa da escuridão. Ela conhecia muitas ruas, uma vez que suas idas ao mercado para Júlia eram frequentes. Não foi difícil encontrar a casa. Ironicamente, não ficava longe do templo de Marte, o deus da guerra romano.

Bateu uma vez, esperou e então mais três vezes. A porta se abriu.

— Seu nome, por favor.

— Hadassah, escrava de Júlia Valeriano, esposa de Caio Polônio Urbano.

A mulher sorriu e abriu a porta para que ela entrasse.

— Seja bem-vinda. Trófimo está aqui com a família; ele disse que você viria. Entre.

A mulher a conduziu a uma sala repleta de pessoas de todas as idades e classes sociais. Hadassah viu o comerciante entre elas. Sorrindo, ele se aproximou, pegou-a com firmeza pelos ombros e a beijou em ambas as faces.

— Sente-se comigo e minha esposa, irmãzinha — disse ele, segurando-a pelo braço e levando-a por entre curiosos até sua família. — Eunice, esta é a garota de quem lhe falei.

A mulher sorriu e a cumprimentou com um beijo.

— Irmãos e irmãs — ele se dirigiu aos congregados —, esta é Hadassah, de quem lhes falei.

Outros a cumprimentaram. Geta, Basemath, Fúlvia, Calixto, Asíncrito, Lídia, Phlegon, Ahikam... Os nomes se seguiam. Hadassah se sentiu abraçada pelo amor de todos.

Asíncrito assumiu o controle da reunião.

— Silêncio por favor, queridos irmãos. Nosso tempo juntos é breve. Comecemos cantando louvores a nosso Senhor.

Hadassah fechou os olhos, deixando que a música e as palavras de um hino desconhecido a renovassem. A letra falava de fé e de dificuldades, da libertação de Deus contra o mal. Ela se sentia renascida e distante da vida atribulada de Décimo e Febe, Marcus e Júlia. Atolados no lodo de deuses e deusas, na busca da felicidade e da saciedade das próprias ambições, seus amos estavam morrendo. Ali, naquela sala pequena e modesta, entre todos aqueles cristãos, Hadassah sentia a presença da paz de Deus.

Ela viu homens livres entre escravos, ricos sentados ao lado de pobres, velhos com crianças pequenas no colo, todos erguendo a voz em harmonia. Sorriu e teve vontade de rir de alegria. Seu coração estava tão pleno, a sensação de volta a casa era tão poderosa, que ela só podia se regozijar.

Reconheceu um hino entre os muitos, um adorado salmo de Davi que ela cantara muitas vezes para Décimo e Febe durante seu breve tempo como serva deles. De olhos fechados, as palmas voltadas para cima em oferenda a Deus, ela cantava com o coração, sem notar que as pessoas ao redor paravam para escutar. Só quando terminou ela percebeu. Corou e baixou a cabeça, envergonhada por ter atraído a atenção para si.

— Deus nos abençoou com uma irmã que sabe cantar — anunciou Trófimo com bom humor, e os outros riram.

Eunice pegou a mão dela e a apertou gentilmente. Asíncrito estendeu as mãos:

— "Celebrai com júbilo ao Senhor, todas as terras!" — disse com grande alegria.

E os outros se juntaram a ele:

— "Servi ao Senhor com alegria e entrai diante dele com canto. Sabei que o Senhor é Deus; foi ele que nos fez, e não nós a nós mesmos; somos seu povo e ovelhas do seu pasto."

Hadassah ergueu a cabeça e pronunciou as bem lembradas palavras do salmo de Davi:

— "Entrai pelas portas dele com gratidão, e em seus átrios com louvor; louvai-o e bendizei o seu nome. Porque o Senhor é bom, e eterna a sua misericórdia; e a sua verdade permanece de geração em geração."

Um idoso desenrolou um velho pergaminho, dizendo:

— Continuaremos a ler as memórias de Mateus esta noite.

Hadassah nunca tinha ouvido as memórias dos apóstolos, pois havia sido criada nas Escrituras judaicas e na memória de seu pai sobre os ensinamentos de Jesus. Ouvir as palavras escritas de Mateus, que havia caminhado por três anos com o Senhor, a fez estremecer. Ela bebia a Palavra e tirava sustento dela.

Após a leitura, o pergaminho foi enrolado e colocado cuidadosamente nas mãos de outro ancião. Pães ázimos e uma caneca de vinho passaram entre os reunidos. Cada um sussurrava as palavras de Cristo conforme passavam o alimento da comunhão de mão em mão.

— "Tomai, comei... isto é o meu corpo que é partido por vós... fazei isto em memória a mim."

Quando todos foram servidos, cantaram um hino solene sobre o amor redentor de Cristo, o libertador.

— Há algum novo cristão entre nós que gostaria de compartilhar seu testemunho?

Hadassah sentiu que as pessoas a fitavam e corou de novo, baixando a cabeça. Seu coração batia rápido e forte. Trófimo se inclinou e deu um tapinha paternal nas mãos que ela mantinha cruzadas.

— Ora, vamos — provocou —, ninguém espera oratória impecável. Só uma palavra de encorajamento de uma irmãzinha que é nova entre nós.

— Deixe-a em paz, Trófimo — disse Eunice em defesa de Hadassah. — Nós é que somos novos para ela. Você não disse nada durante um ano inteiro.

— Eu sempre perco as palavras — justificou ele.

— Eu quero falar — disse Hadassah e se levantou. Olhando timidamente para as pessoas a seu redor, começou: — Perdoem-me se eu tropeçar. Faz muito tempo que não falo livremente entre pessoas que conhecem a Deus.

Sua garganta se fechou e ela engoliu em seco; rezou para que Deus lhe desse palavras e coragem.

— Não sou nova na fé. Meu pai me falava de Jesus desde que nasci. Ele conhecia as Escrituras e me ensinou tudo que recordava da Torá, das realizações dos profetas e das promessas de Deus em Jesus. Quando eu era bem nova, meu pai me levou ao rio Jordão e me batizou no mesmo lugar onde João viu a pomba descer sobre Jesus e ouviu a voz de Deus dizer: "Este é o meu filho amado, em quem me comprazo".

— Louvado seja o Senhor — disse alguém.

Asíncrito se recostou lentamente na cadeira.

— Seu pai conheceu o Senhor quando ele andou sobre esta terra?

Eles acreditariam nela se lhes contasse toda a verdade? Ela olhou ao redor novamente, para cada rosto cheio de expectativa e ansiedade. Como poderia não contar, se eles tinham fome de qualquer palavra do Senhor ressuscitado?

— Meu pai era o único filho sobrevivente de uma viúva que vivia em Jerusalém. Quando ele era jovem, foi tomado pela febre e morreu. O Senhor ouviu sua mãe chorando e foi consolá-la. Ele tocou meu pai e o ergueu do Sheol.

— Louvado seja Deus — murmuraram vários, enlevados.

Um murmúrio de empolgação se espalhou pela sala. Um homem que estava no fundo levantou-se, entusiasmado.

— Qual é o nome de seu pai?

— Ananias Bar-Jonas, da tribo de Benjamim.

— Eu ouvi falar dele! — disse o homem. E olhando para ela de novo: — Ele tinha uma lojinha de cerâmica na Galileia.

Ela assentiu, incapaz de falar.

— O homem que me trouxe ao Senhor o conheceu há muitos anos — disse outro.

— Onde está seu pai agora? — perguntou outra pessoa.

— Ele está com o Senhor.

Houve um silêncio reverente. Em seguida, Hadassah continuou:

— Nós sempre íamos a Jerusalém durante a Páscoa para encontrar outros crentes do Caminho. Todos os anos, nos reuníamos em um cenáculo e meu pai contava como Jesus havia realizado cada elemento da Páscoa. Mas, da última vez que fomos, começou uma revolta e a cidade se tornou um caos. Muitos dos nossos amigos deixaram a cidade por causa da perseguição. Meu pai não quis partir. Então os zelotes fecharam os portões e milhares de pessoas ficaram presas. Meu pai saiu para falar às pessoas e nunca mais voltou.

— E sua família, irmãzinha? — perguntou Eunice, segurando a mão de Hadassah. — O que aconteceu com os outros de sua família?

A voz de Hadassah estava trêmula. Ela baixou a cabeça, quase envergonhada por estar diante deles, única sobrevivente de sua família, a menos digna de viver.

— Não sei por que o Senhor me poupou.

— Talvez por este momento, irmãzinha — disse Asíncrito, solenemente. — Suas palavras me encorajaram em um momento de dúvida. — Seus olhos estavam cheios de lágrimas. — Deus atende às nossas necessidades em todas as coisas.

Hadassah se sentou novamente enquanto outras pessoas testemunhavam sobre preces atendidas e vidas transformadas. Necessidades eram expressas, provisões eram feitas. Pediam-se orações e citavam-se nomes de irmãos e irmãs presos ou sob ameaça.

Hadassah se levantou.

— Posso fazer um pedido também? — Todos a encorajaram. — Por favor, peço que oremos por meus amos, Décimo Vindácio Valeriano, sua esposa, Febe, e seu filho, Marcus Luciano. Eles estão perdidos nas trevas. Imploro sobretudo que oremos por minha senhora, Júlia. Ela está no caminho da destruição.

22

Hadassah voltou para a vila espiritualmente fortalecida, sem saber que uma tragédia a aguardava.

Quando entrou no peristilo, ouviu Júlia gritar. Subiu correndo os degraus para o triclínio e apressou-se para o corredor aberto que levava aos aposentos de sua senhora. Uma escrava chorava histericamente diante da porta de Júlia.

— Ele vai bater nela até a morte. O que vamos fazer?

Os gritos de Júlia levaram Hadassah a agir sem pensar nas consequências. Quando ela tocou a maçaneta, a outra escrava ficou desesperada e tentou detê-la.

— Você não pode entrar! Ele vai matar você!

Hadassah se soltou, frenética para entrar e ir até sua senhora, mesmo vendo que a outra escrava fugia. Quando entrou, Júlia estava no chão, tentando se afastar de Urbano, que a chicoteava. Ela gritou de dor quando o chicote rasgou o tecido vermelho, formando vergões em sua pele.

— Pare, meu senhor! — gritou Hadassah.

Enfurecido, Urbano foi atrás de Júlia mais uma vez. Hadassah tentou bloquear seu caminho, mas ele a derrubou. Ela se arrastou para se interpor entre eles novamente, dando tempo para Júlia fugir. Ele bateu violentamente em Hadassah, derrubando-a.

— Saia! — berrou, chutando com força seu flanco antes de se voltar mais uma vez para Júlia. — Eu vou matar você, sua bruxa imunda. Juro por todos os deuses!

Caio encurralou Júlia e ela se encolheu, cobrindo a cabeça com os braços e gritando a cada vez que o chicote caía sobre suas costas.

Hadassah se levantou tremendo, com a visão borrada. A violência de Urbano era como uma presença malévola na sala; ela ouvia os gritos de terror e dor de sua senhora. Tropeçando pelo quarto, Hadassah se jogou sobre Júlia para protegê-la. A mordida do chicote a fez ofegar e se encolher. Soluçando histericamente, Júlia se enrolou como uma bola embaixo de Hadassah, tremendo.

Irado, Urbano liberou sua fúria na escrava. Quando açoitá-la não foi o suficiente para satisfazê-lo, ele virou a mesa de Júlia, derrubou sua estátua favorita e estraçalhou seu espelho.

— Ainda não terminei com você, Júlia — disse e saiu.

O coração de Júlia se acalmou.

— Ele se foi. Deixe-me levantar. — Hadassah não se mexeu. — Deixe-me levantar antes que ele volte!

Júlia se debateu e Hadassah rolou para o lado. A moça viu que o rosto de sua escrava estava lívido e imóvel.

— Hadassah!

Amedrontada, Júlia levou a orelha para perto dos lábios abertos de Hadassah. Ela mal respirava. Tomando a escrava nos braços, Júlia chorou.

— Você me salvou dele — sussurrou, balançando-a. Afastou o cabelo do rosto branco da escrava e beijou sua fronte. — Você vai ficar bem. Vai sim. — Júlia a abraçava forte e a ninava, a raiva se acumulando dentro dela.

Chega. Chega disso, Urbano!

A porta se abriu devagar e uma escrava se assomou cautelosamente para olhar. Júlia se voltou bruscamente para ela.

— Onde está meu marido? — perguntou com a voz fria.

A escrava estava parada diante da porta aberta, com mais duas atrás dela.

— O senhor Caio deixou a vila — informou a primeira.

— E só agora vocês vêm em meu auxílio — disse ela amargamente. — Covardes. Vocês são todas covardes!

Júlia viu o medo estampado no semblante das escravas. Era bom que a temessem mesmo. Todos os serviçais da casa seriam mandados para a arena por deixá-la à mercê de Caio. Ela abraçou Hadassah mais forte ainda, afastando o cabelo de seu rosto pálido. Todos eles para a arena, exceto Hadassah, a única que a protegera. Júlia sentia o sangue quente da escrava encharcar a manga de seu vestido.

Ao levantar a cabeça, fitou os escravos que aguardavam suas ordens, parados diante da porta. Covardes! Tolos! Eles mereciam morrer. Ela odiava cada um deles.

— Venham, cuidem dela — ordenou. Duas escravas entraram depressa no quarto e se abaixaram para pegar Hadassah. — Ponham sal em suas feridas e mantenham-na escondida de meu marido. — Então cravou as unhas no braço de uma delas, dizendo: — Se ela morrer, mandarei arrancar a pele de vocês, entenderam?

— Sim, minha senhora — a escrava respondeu, aterrorizada.

— Rápido!

Júlia sabia que tinha de abandonar a casa antes que Caio voltasse. Enquanto a raiva dele não passasse e ele não recuperasse a razão, a vida de Júlia corria perigo. Se ele não a encontrasse, teria tempo para pensar e recuperar o controle. Sem trocar a roupa esfarrapada, Júlia jogou uma capa volumosa sobre os ombros e mergulhou noite adentro.

Correu até a casa de Calabah e bateu à porta. Um belo escravo grego atendeu.

— Diga a Calabah que estou aqui — Júlia ordenou, parada no umbral.

Como ele não se mexeu, ela o afastou e entrou no grande salão onde Calabah fazia as reuniões.

— Diga a Calabah que estou aqui — repetiu, pestanejando.

— A senhora Calabah está ocupada.

Ela se voltou e o encarou.

— É uma questão de grave importância.

— Ela pediu para não ser perturbada.

— Ela vai entender! — Júlia rebateu, exasperada. — Pare de ficar aí me olhando e faça o que eu disse!

O serviçal saiu da sala e, irrequieta, Júlia aguardou ser atendida. Apertou a capa pesada ao redor do corpo, mas não conseguiu se livrar do frio que lhe penetrava os ossos. O grego voltou após um longo momento.

— A senhora Calabah vai recebê-la em seus aposentos em alguns minutos, senhora.

— Tenho que falar com ela *agora*!

Júlia passou por ele, impaciente. Chegou a uma porta aberta e viu uma criada segurando uma túnica leve, enquanto Calabah esperava, nua, ao lado da cama.

— Oh — disse Júlia, corando.

Calabah olhou para ela com expressão enigmática. Não parecia constrangida, parada com os braços levemente estendidos para que a escrava lhe vestisse a toga.

— Outra emergência, Júlia? — a mulher perguntou em tom de lamento, com uma pitada de contrariedade na voz.

Júlia ficou consternada diante da saudação fria. Não pensara que Calabah ficaria tão brava por causa do cancelamento do passeio.

— Desculpe não ter podido ir ao teatro, Calabah. Caio me obrigou a acompanhá-lo. Não havia nada que eu pudesse fazer...

— Que tolice. Estou ficando cansada de suas histrionices, Júlia — disse Calabah, no limite da paciência. — Que coisa tão importante aconteceu com você desta vez para se sentir impelida a vir aqui interromper minha noite?

Júlia entrou no quarto e deixou cair o pesado manto, dando as costas a Calabah para que ela visse os vergões e o *palus* vermelho esfarrapado. Ficou satisfeita ao ouvi-la ofegar.

— Caio fez isso com você?

— Sim. Ele enlouqueceu esta noite, Calabah. Teria me matado se Hadassah não interviesse.

— Sua escrava?

— Ela se jogou sobre mim e recebeu o resto dos açoites. — Júlia começou a chorar de novo. — Acho que ele a matou. Ela...

— Não importa sua escrava. Sente-se um pouco e controle-se — interrompeu Calabah, conduzindo-a até a cama. Apoiou as mãos nos ombros trêmulos de Júlia e a forçou a se sentar. — Vou mandar trazer um bálsamo para suas costas.

Calabah falou com uma das escravas, então fechou a porta e se voltou para Júlia.

— Agora me conte o que aconteceu para fazer Caio perder completamente o controle.

Tensa, Júlia se levantou.

— Ontem Nereus me contou quantos milhares de sestércios Caio deve a Aniceto. Disse que Caio tentou vender alguns dos investimentos que Marcus fez em meu nome, mas não conseguiu.

— Não conseguiu?

— Parece que Marcus providenciou para que fosse informado imediatamente se certas propriedades fossem colocadas no mercado — explicou Júlia, enquanto andava de um lado para outro, inquieta. — Caio sabia que Marcus me diria o que estava acontecendo. Então ele tinha que tentar ganhar tempo até conseguir dinheiro suficiente para pagar Aniceto. — Ela fitou Calabah. — Aniceto deu uma festa de aniversário esta noite e Caio *insistiu* que eu fosse. — Parou de andar, ainda trêmula. — Estou com frio, Calabah.

A mulher pegou o manto de Júlia e o colocou sobre os ombros da amiga. Júlia se sentia miserável.

— Aniceto me acha bonita — disse. — Seu desejo por mim é óbvio demais. Caio sempre teve ciúme e me dizia para sentar o mais longe possível dele, para não o encorajar. Mas esta noite Caio queria que eu sorrisse e flertasse com aquele cretino desprezível. Disse que Aniceto ficaria ofendido se eu não fosse à festa de aniversário. Claro, depois que Nereus me contou a verdade, eu sabia por que Caio estava insistindo tanto. Ele queria que Aniceto estivesse de bom humor quando pedisse mais tempo para pagar sua dívida.

Ela tornou a se sentar. Seu semblante era rígido.

— Bem, a dívida dele foi cancelada.

— Cancelada — Calabah repetiu devagar e se voltou, soltando um forte suspiro. — Como você conseguiu isso?

— Eu fiz um acordo com Aniceto.

— Que tipo de acordo, Júlia?

— Passei uma hora entretendo-o em seus aposentos — ela revelou, imediatamente se rebelando contra a vergonha que sua confissão lhe causava. — Caio já me traiu o suficiente! — disse, na defensiva. — Era hora de ele saber como é.

Calabah parecia estranhamente consternada.

— Você gostou?

— Gostei de ver a cara de Caio enquanto eu sorria e flertava com Aniceto, como ele havia pedido. Gostei de ver sua cara quando saí da festa sem ele. Gostei de imaginar o que ele estava passando durante o tempo em que me ausentei. Ah, sim, eu desfrutei cada minuto.

— E nunca lhe ocorreu que Caio se vingaria?

— Não me importava! — disse Júlia, desviando os olhos marejados. — Nunca o vi tão furioso, Calabah. Ele parecia um louco.

— Você o humilhou diante dos amigos.

Júlia ergueu os olhos, exasperada.

— Você o está defendendo? Depois de tudo que ele me fez sofrer?

— É claro que não. Eu o desprezo pelas coisas que ele fez com você por simples prazer. Mas pense, Júlia! Você conhece Caio, conhece seu orgulho, conhece sua ira. Ele vai matar você por causa disso.

Ela empalideceu.

— Então não vou voltar.

— Você terá que voltar, ou vai perder tudo. — Calabah se sentou ao lado de Júlia e pegou sua mão. Suspirou lentamente e apertou a mão da jovem. — Você vai ter que se proteger.

— Mas como? — a garota perguntou, assustada, com lágrimas nos olhos.

Calabah puxou o queixo da amiga em sua direção e observou seus olhos atentamente. Em seguida disse:

— Eu vou lhe contar um segredo que nunca dividi com ninguém. Posso confiar em você?

Júlia pestanejou enquanto fitava os olhos escuros e profundos de Calabah. Eles pareciam insondáveis e misteriosos, cheios de segredos.

— Sim — disse, tremendo levemente.

Calabah se inclinou para a frente e a beijou suavemente nos lábios.

— Eu sei que posso. — Pousou a palma da mão de leve na face de Júlia, fitando-a com seus olhos hipnotizantes. — Eu sabia desde o início que nós duas seríamos amigas muito próximas.

Seu toque se demorou um pouco, e então Calabah retirou a mão, deixando Júlia com uma estranha sensação de inquietude.

A mulher se levantou e se afastou graciosamente.

— Todos acreditam que meu marido Áurio morreu de apoplexia. — Ela se voltou para Júlia, a fim de julgar sua reação quando lhe contasse a verdade. — Mas eu o envenenei.

Ela viu Júlia arregalar os olhos — de surpresa, não de desaprovação. A garota estava curiosa, desejando explicações, e Calabah prosseguiu:

— Meu casamento havia se tornado insuportável. Ele era velho e repulsivo quando nos casamos, mas eu permaneci uma esposa fiel. Eu administrava seus assuntos financeiros, seus compromissos, sua propriedade. Eu lhe dava conselhos políticos e reconstruí sua fortuna decadente. Mas então, depois de uma pequena indiscrição de minha parte, Áurio me ameaçou com o divórcio. — Calabah sorriu com cinismo. — Vivemos em um mundo masculino, Júlia. Nossos maridos podem cometer adultério com a frequência que seus desejos ditarem, mas uma ofensa por parte de uma mulher pode lhe custar a vida. Não que Áurio tivesse coragem de me ameaçar de morte; não. Ele me odiava, mas também tinha medo. Dizia que minha inteligência e minha sensualidade o fizeram se apaixonar por mim. Mais tarde, ele se sentiu ameaçado por ambas as qualidades. — Soltou uma risada fria. — Tudo o que ele disse foi que queria ser livre novamente. Mas, se ele se libertasse, destruiria tudo o que eu havia construído. Ele me deixaria sem nada depois de todo o meu esforço, e a lei romana teria abençoado seu direito de fazer isso.

Ela fitou Júlia.

— A morte de Áurio foi rápida e misericordiosa. Eu não queria que ele sentisse dor. Planejei um banquete animado. As pessoas presentes na noite em que Áurio morreu têm certeza de que ele foi acometido por uma convulsão cerebral. — Ela esboçou um sorriso. — Eu arranjei um médico que confirmasse tal suposição, para o caso de surgirem questionamentos mais tarde. Mas ninguém questionou nada.

Calabah se sentou ao lado de Júlia.

— Claro, sua situação é diferente. Caio é jovem. Você precisaria usar algo de ação mais lenta para que a morte dele parecesse natural. Existem venenos pouco conhecidos que causam febre alta, muito parecida com essas que acometem a população de Roma durante a temporada de enchentes. — Segurou a mão de Júlia, fria e úmida. — Você está com medo, eu entendo. Acredite, eu também tive medo, mas afinal de contas a culpa é dele. E, do modo como ele a está ameaçando agora, que escolha você tem? Eu conheço uma idosa que serviu à esposa de Augusto César, Lívia. Ela tem grande conhecimento e pode nos ajudar.

— Mas então eu devo *assassiná-lo*? — disse Júlia, afastando a mão e se levantando, com vontade de fugir.

— E se defender por acaso é assassinato? Você sabe o que resta a uma mulher sem família e sem conexões? Ela fica à mercê de um mundo muito cruel. Áurio colocou uma espada sobre minha cabeça, e eu escolhi revidar.

Júlia se sentia zonza e fraca.

— Não existe outra maneira de resolver esse problema? — perguntou, tremendo e tocando a testa molhada de suor.

Calabah deixou que o silêncio tomasse o quarto por vários minutos antes de responder. Ela conhecia todas as fraquezas de Júlia, e era hora de usá-las.

— Você poderia contar a sua mãe e seu pai o que aconteceu.

— Não, não posso fazer isso — disse Júlia depressa.

— Seu pai tem poder e influência. Conte-lhe que Caio a espancou e deixe que seu pai acabe com ele.

— Você não entende, Calabah. Meu pai exigiria saber por que meu marido me bateu. Ele acha que eu sou culpada pela morte de Cláudio. Se descobrisse sobre Aniceto, não ficaria do meu lado.

Satisfeita, Calabah passou para a próxima aliada de Júlia.

— E quanto a sua mãe?

— Não — Júlia se apressou, balançando a cabeça. — Não quero que ela saiba disso. Não quero que pense mal de mim.

Calabah sorriu levemente. O orgulho de Júlia era tão grande quanto o de Caio.

— E quanto a Marcus? — tentou, jogando para eliminar a última possibilidade.

— Marcus daria uma surra em Caio e depois o ameaçaria — disse Júlia, encontrando um pouco de consolo nessa possível solução.

— Mas isso só a colocaria em situação de maior perigo — Calabah apontou com fria racionalidade. — No entanto, há outra possibilidade que você pode considerar. Incentive Marcus a destruir Caio financeiramente. Uma vez que seu dinheiro acabe, Caio sem dúvida concordará com o divórcio.

Ela falava com suavidade, divertindo-se secretamente com a resposta esperada de Júlia.

— E como eu vou ficar? Não, essa não é a solução, Calabah. Eu ficaria sem um áureo em meu nome, de volta à casa de meu pai, com ele ditando todos os meus movimentos. Eu jurei que nunca deixaria isso acontecer de novo.

Calabah ficou em silêncio, sabendo que Júlia acabaria concordando com ela sobre o que deveria ser feito. Desde o início, quando ela alimentara a luxúria do relacionamento de Júlia e Caio, sabia que ele acabaria assim.

Júlia andava de um lado para o outro, procurando justificativas e argumentos racionais. Encontrou-os, assim como uma onda de emoções violentas e confusas.

— Ele me usou de maneiras abomináveis. Foi infiel, gastou meu dinheiro no jogo e com outras mulheres. Depois tentou usar o desejo de Aniceto por mim para sua própria vantagem. Eu o salvei, mas ele ficou grato por sua dívida ter sido perdoada? Não! Ele me bateu e jurou me matar. — Tremendo violentamente, ela se sentou e enterrou o rosto nas mãos. — *Ele merece morrer!*

Calabah pousou o braço em volta dos ombros de Júlia.

— Shhhh. Foi Caio quem provocou tudo isso — disse, absolvendo-a de toda culpa.

— Mas como vou fazer isso? Eu teria que viver debaixo do mesmo teto dele de novo, e tenho medo de voltar.

— Eu ainda tenho certa influência sobre Caio. Vou falar com ele nos próximos dias e fazê-lo entender que abusar de você só o arruinaria. Ele não é tão idiota assim, Júlia. Vai se controlar para se proteger de seu irmão e seu pai. Mas só por um tempo. Nós duas o conhecemos. Ele vai ficar pensando em maneiras de feri-la, e o tempo vai minar o controle que tem sobre o próprio temperamento. Mas não fique tão assustada, confie em mim. Algumas doses durante uma semana e a saúde dele vai ficar debilitada. E, nas semanas seguintes, Caio não será mais uma ameaça para você.

O coração de Júlia batia como um pássaro preso diante de uma cobra.

— E se ele desconfiar?

— Júlia, querida, me perdoe por dizer isso, mas Caio não pensaria que você fosse capaz de um plano tão astuto. Ele sempre a considerou intelectualmente insignificante. Ele não a admira como eu. Foi o desejo de possuí-la que o fez cair de joelhos. Não precisa se preocupar com a desconfiança de Caio, nunca lhe ocorreria que você fosse capaz de se salvar das garras dele. — Ela apertou suavemente a mão de Júlia. — Mas você precisa agir com sabedoria.

— O que quer dizer? — balbuciou Júlia.

— Cuide dele. Chore por ele. Faça sacrifícios aos deuses por ele. Consulte vários médicos. Vou lhe fornecer nomes de pessoas em quem você pode confiar. Acima de tudo, Júlia, não importa o que ele diga, as acusações que faça, não responda na mesma moeda. Nunca perca a paciência com ele, ou tudo estará perdido, entendeu? Deixe que as pessoas ao seu redor vejam você se comportar como uma esposa amorosa e devotada. E, por fim, Júlia, chore por ele quando chegar a hora.

Lívida, Júlia assentiu devagar. Ergueu a cabeça, com o rosto já molhado de lágrimas.

— Não fique tão triste, minha doce amiga. Nada é certo ou errado neste mundo, nada é preto ou branco. A vida é repleta de áreas cinzentas, e o instinto mais básico é o da sobrevivência. Os fortes sobrevivem. Não necessariamente os fortes de corpo, mas os fortes de mente. Você vai superar.

A escrava chegou com o bálsamo.

— Eu cuido dela — disse Calabah e fechou a porta. — Tire o *palus*, Júlia, e deite de bruços na cama. Serei o mais delicada possível.

A garota ofegou ao primeiro toque. Ardia como fogo. Mas logo a sensação esfriou, e ela relaxou e permitiu que Calabah cuidasse de suas feridas.

— O que eu faria sem você, Calabah?

— Já não lhe disse desde o início? Eu estarei sempre aqui. Você nunca terá que fazer nada sem mim. — Os olhos escuros de Calabah brilhavam como fogo negro. — Quando tudo isso acabar, você deve deixar o assunto para trás e esquecer que um dia isso aconteceu. Só então poderá entender a verdadeira felicidade. Eu vou lhe mostrar o caminho. — Ela passava a mão lentamente pelas costas de Júlia. — Você ainda tem muito que aprender. A vida é como uma peça de teatro, Júlia, e nós somos os autores. Pense nisso como um pequeno ato em meio a tantos outros ainda por vir...

23

Hadassah despertou quando alguém tocou sua testa.

— Ela está transpirando — Júlia observou.

— Está com febre, minha senhora. Não é grave. Nós a estamos observando de perto — disse Elisheba timidamente.

Hadassah abriu os olhos e descobriu que estava deitada de bruços em um catre. O chão era de pedra escura, como o piso das pequenas câmaras que havia nos corredores sinuosos abaixo da vila, onde o estoque doméstico era armazenado. Alguém havia afastado seus cobertores e agora os deslizava suavemente para cobri-la até os ombros.

— As feridas parecem em carne viva — disse Júlia.

— Nós as cobrimos com sal para prevenir infecção, minha senhora — Lavínia explicou em um tom tão humilde e assustado que Hadassah soube que algo estava errado. Ela se mexeu e ofegou quando a dor abrasadora a fez desejar esquecer novamente.

— Tente não se mexer, Hadassah — sussurrou Júlia, com a mão firme no ombro trêmulo da garota. — Vai piorar a dor e abrir suas feridas de novo. Só vim ver se você está sendo devidamente cuidada.

Hadassah ouviu a tensão na voz de sua senhora e sentiu que ela estava falando mais para Lavínia — a escrava que tentara impedi-la de entrar no quarto de Júlia e interferir — do que para ela. Elisheba chorava, e com frieza Júlia a mandou se calar.

Hadassah ouviu um murmúrio quando Júlia se levantou. Ela ordenou às criadas que providenciassem vinho e comida. Preparando-se para a dor, Hadassah se sentou. Estava muito fraca. As costas rígidas, cobertas de crostas, latejaram em protesto contra o pequeno esforço. O rosto de Júlia estava ensombrado demais para que pudesse ser visto claramente. Urbano teria lhe deixado marcas?

Quando Júlia se voltou, Hadassah viu que não havia marcas e suspirou.

— A senhora está bem — disse, aliviada.

O semblante de Júlia se suavizou. Ela se ajoelhou e pegou a mão de Hadassah.

— Só alguns hematomas, nada mais. Caio teria me matado se não fosse por você. — Ela apoiou a mão de Hadassah em sua própria face pálida e seus olhos ficaram marejados enquanto fitavam os dela. — O que vou fazer sem você?

— Então serei mandada embora — disse Hadassah com tristeza.

Urbano poderia mandar matá-la por desobedecer a suas ordens, mesmo se isso significasse a morte de sua senhora.

Júlia evitou os olhos de Hadassah. Não a queria na vila quando voltasse. Já seria difícil o bastante fazer o que Calabah lhe instruíra sem a presença da escrava.

— Você não está segura aqui — disse, e era verdade. — Caio vai matá-la se puser as mãos em você. Vou mandá-la de volta para minha mãe. Quando as circunstâncias mudarem, irei buscá-la.

Que circunstâncias poderiam mudar?, Hadassah se perguntou. Urbano sempre a desprezara. Era curioso, considerando a repulsa instintiva que ela sentira por ele desde o início também. Talvez o ódio dele contra ela fosse por isso. Ela não sabia dizer.

— E a senhora? — perguntou, temendo por Júlia. Urbano era um homem violento e sem princípios, com paixões sombrias. — Ele disse que a mataria. — E Hadassah não tinha dúvida de que ele faria isso quando seu temperamento explodisse novamente.

Os olhos de Júlia cintilaram, mas ela permaneceu firme em sua convicção.

— Estou fora do alcance dele. Vou ficar com Calabah. Ela está falando com ele agora mesmo. Ela tem influência sobre Caio e vai fazer com que ele se arrependa do que fez comigo. Quando ele entender o risco que correu, virá me pedir perdão e que eu volte para casa.

Hadassah perscrutou o rosto de sua senhora e não viu nenhum sinal de compaixão ou esperança. Mas algo brilhava nos olhos de Júlia, assustador por sua intensidade. Ela queria vingança.

— Minha senhora... — disse Hadassah, estendendo a mão para tocar sua face.

Júlia soltou a mão dela e se levantou abruptamente. Às vezes Hadassah a deixava muito desconfortável. Era como se a escrava pudesse ver sua alma e ler seus pensamentos.

— Vai dar tudo certo — disse, forçando um sorriso.

Júlia não queria que Hadassah adivinhasse o que ela pretendia fazer; caso contrário, a escrava tentaria dissuadi-la, e ela não sabia se seria forte o suficiente para ignorar seus argumentos. Pensou em Calabah e se sentiu ainda mais determinada. Caio era uma ameaça a sua vida e precisava morrer. Ela não havia feito nada para merecer um tratamento tão malvado e brutal nas mãos do marido.

Lavínia entrou no quarto com uma bandeja cheia de pão, frutas, carne fatiada e uma jarra de vinho. A escrava tremia violentamente quando colocou a bandeja diante de Hadassah. Fitou-a, suplicante.

— Saia — Júlia ordenou com desprezo, e Lavínia fugiu do quarto.

O comportamento de Júlia mudou quando ficaram sozinhas novamente. Ela se ajoelhou diante de Hadassah, com o semblante tomado de incerteza.

— Não diga nada aos meus pais ou a Marcus sobre o que aconteceu. Isso só tornaria as coisas mais difíceis com Caio. Preciso tentar resolver a situação com ele e voltar para casa. Se Marcus souber o que ele fez comigo, receio que haja retaliação.

As possibilidades eram sombrias demais para ser contempladas.

— Eu entendo, minha senhora.

Júlia mordeu o lábio, parecendo querer dizer mais alguma coisa, mas, quando falou, não revelou nada.

— Já tenho problemas suficientes sem Marcus — disse ela, mais perturbada do que Hadassah jamais a vira. — Preciso ir. Vou sentir sua falta — sussurrou com a voz rouca e os olhos marejados e se inclinou para beijar o rosto de sua escrava. — Vou sentir sua falta, mais do que você pode imaginar.

Hadassah pegou a mão de Júlia nas suas, temendo por ela, querendo ficar por perto.

— Por favor, não me mande para longe da senhora!

Por um breve momento, Júlia pareceu pronta para ceder à súplica de Hadassah. Mas então seus olhos se estreitaram e, com uma determinação ainda mais firme, disse:

— Se quiser facilitar as coisas para mim, vá embora o mais rápido possível.

Hadassah corou, envergonhada. Urbano nunca escondera sua aversão por ela. Talvez sua presença nos últimos meses só houvesse servido para aumentar a tensão de uma relação já volátil.

— Vou orar pela senhora. Vou orar para que Deus a proteja.

— Eu sei me proteger — disse Júlia enquanto se levantava e tirava com firmeza sua mão das de Hadassah. — Deixei ordens para que lhe sirvam o que você quiser.

Enquanto Hadassah se restabelecia, sabia por meio de Elisheba e Lavínia o que estava acontecendo. Após conversar com Calabah, Caio chegou em casa e pediu vinho. Bebeu o jarro inteiro, fitando o nada, com um semblante tão sombrio que os criados ficaram aterrorizados. Marcus foi ver a irmã na manhã seguinte e foi informado de que ela estava visitando algumas amigas.

— Ele pediu para falar com você, então — contou Elisheba —, mas dissemos que você tinha saído para fazer coisas para sua senhora.

A simples menção de Marcus fez seu estômago se apertar estranhamente.

— Ele parecia bem?

— Na verdade, sim — disse Lavínia com um sorriso sonhador. — Se tivesse a sorte de ser escrava de um homem daquele, eu lhe serviria do jeito que ele pedisse.

Júlia voltou para a vila de Caio com Calabah no fim da semana, e os três conversaram longamente na biblioteca. Elisheba lhes serviu vinho e foi dispensada. As duas saíram juntas uma hora depois.

Elisheba contou a Hadassah sobre a visita.

— A senhora Calabah disse: "Voltaremos amanhã à tarde, depois que você tiver tido tempo de refletir com cuidado, Caio. Espero que ouça a voz da razão até lá".

— Ele passou mal esta manhã — disse Lavínia.

— Não é de admirar. Passou a semana bebendo.

Elisheba levou uma túnica nova para Hadassah, mas mesmo a lã macia era uma tortura quando lhe roçava as costas.

— Você terá que ficar aqui mais alguns dias — disse Lavínia.

— A senhora Júlia queria que eu partisse o mais rápido possível — Hadassah contrapôs.

Uma vez que Júlia voltaria no dia seguinte, a presença de Hadassah poderia colocar sua senhora em risco novamente se Urbano descobrisse que ela ainda estava ali. Ela enrolou com delicadeza a faixa — que indicava que era judia — ao redor da cintura, prendendo-a o mais levemente possível.

Teve de parar várias vezes a caminho da vila dos Valeriano. A vila de Urbano ficava na área afluente da cidade, e os Valeriano ficavam na parte mais antiga, do outro lado do Palatino. Ela caminhou devagar, parando para comprar algo para comer durante o trajeto. Debilitada, sentou-se perto de uma fonte para descansar. O som da água era calmante, e ela sentiu vontade de dormir ao sol. Comeu a fruta e o pão que comprara e se sentiu fortalecida.

Enoque ficou surpreso ao vê-la.

— O amo está em seu escritório no Tibre, mas a senhora Febe está nos jardins. Vou levá-la até ela.

Ele não perguntou por que Júlia a mandara para casa. Simplesmente parecia satisfeito por reencontrá-la.

— Minha senhora — anunciou diante de sua ama, sentada em um banco embaixo da treliça de rosas. — Hadassah voltou.

Febe ergueu os olhos e seu rosto calmo se iluminou com um sorriso. Ela se levantou, e Hadassah notou que ela queria abraçá-la. Antes que a senhora pudesse fazer algo tão impróprio na frente de Enoque, Hadassah se ajoelhou depressa e se inclinou para a frente, tocando os pés de Febe em um ato de humilde obediência.

— A senhora Júlia me devolveu ao seu serviço.

— Levante-se, criança. — Ela pousou as mãos no rosto de Hadassah, olhando-a com carinho. — Que os deuses sejam louvados. Seu amo e eu sentimos falta de suas músicas e suas histórias nesses últimos meses. — Ela pegou a mão de Hadassah e as duas saíram caminhando. — Mas me fale sobre minha filha. Temos poucas notícias dela ultimamente.

Hadassah respondeu às perguntas o mais vagamente possível enquanto tentava tranquilizá-la. Febe parecia satisfeita e não se aprofundou no assunto, deixando-a grata por não ser obrigada a mentir.

— Você será poupada de seus deveres esta noite, Hadassah — disse Febe. — Décimo e eu passaremos a noite com os parceiros de negócios dele.

Marcus chegou à vila nas primeiras horas da noite. Estava cansado e deprimido. Enoque lhe informou que seus pais haviam saído, e ele sentiu o peso da solidão. Quando Enoque lhe perguntou se desejava comer algo, ele recusou. Não quis nem vinho. Havia recebido informações perturbadoras e não sabia muito bem como lidar com a questão.

Foi até os jardins para tentar arejar a cabeça, mas seus pensamentos aniquilaram a paz que ele esperava encontrar entre as árvores e as flores de sua mãe. Seu coração acelerou bruscamente quando viu alguém sentado em um banco ao final da trilha.

— Hadassah?

Ela se levantou lentamente, estranhamente rígida, e o fitou.

— Meu senhor.

A emoção que ele sentiu ao vê-la o deixou na defensiva.

— O que está fazendo aqui?

— A senhora Júlia me mandou de volta.

— Por quê?

Ela parecia magoada pela pergunta seca.

— Seu marido prefere que outra pessoa atenda às necessidades dela, meu senhor.

Marcus se recostou na coluna de mármore. Tentar parecer calmo quando recebera a informação naquela tarde havia feito sua mente se turvar, e agora a presença inesperada de Hadassah fazia seu coração disparar.

— Quais são as necessidades de minha irmã atualmente? — Ele se esforçou para ver o rosto dela à luz das estrelas, mas ela mantinha a cabeça baixa. —

Os rumores são desenfreados — disse ele depois de um longo momento. — O último é que minha irmã passou uma hora nos aposentos de Aniceto e saiu de lá com documentos assinados cancelando a dívida do marido.

Hadassah não falou nada.

— Conheço meia dúzia de homens que devem dinheiro a Aniceto e têm medo de acabar no fundo no Tibre se não puderem pagar no prazo determinado. Agora me diga, Hadassah: como minha irmã *convenceu* Aniceto a cancelar as dívidas de Caio?

Ela continuava em silêncio, mas podia sentir a tensão que emanava dele. Marcus se afastou da coluna e se aproximou dela.

— Quero saber a verdade, agora!

— Eu não sei nada sobre o que está dizendo, meu senhor.

— Você não sabe — ele repetiu, pegando-a pelo braço enquanto ela se afastava — ou não quer falar?

Ele a puxou e ela cambaleou, sufocando um grito de dor. Surpreso, ele a amparou antes que ela caísse no chão de pedra.

— Hadassah! — exclamou, consternado.

Ela estava mole em seus braços. Ele a levou rapidamente de volta para a vila, alarmado por vê-la desmaiada e zangado consigo mesmo por descontar nela suas frustrações.

Enoque o olhou, surpreso.

— Traga-me um pouco de vinho, Enoque. Ela desmaiou.

O servo foi depressa fazer o que Marcus lhe ordenara enquanto ele a deitava em um divã. Ela gemeu quando ele deslizou o braço por baixo dela. Marcus franziu o cenho. Uma mancha de sangue molhava a lã clara da túnica de Hadassah. Virando-a de lado, ele afastou o tecido. Viu um vergão em seu ombro e praguejou.

— Ela não parecia bem quando voltou, esta tarde — disse Enoque ao entrar na sala com uma bandeja. — Eu vou cuidar dela, meu senhor.

— Deixe o vinho e saia — Marcus ordenou, sucinto. — E feche as portas.

— Sim, meu senhor — Enoque respondeu, surpreso.

Marcus rasgou a parte de trás da túnica de Hadassah, do pescoço até a cintura. Quando viu suas costas, começou a tremer. Como uma garota tão pequena e frágil fora espancada dessa maneira? E o que ela poderia ter feito para merecer isso? Ele observou as marcas de chicotadas que haviam ferido e cortado a carne dela. Uma dúzia, pelo menos, e de uma mão pesada. Mesmo com seu temperamento, Júlia seria incapaz de tal violência. Só podia ter sido Urbano.

Hadassah despertou. Desorientada, sentou-se e sua túnica deslizou de seus ombros. Arregalando os olhos, ela a segurou contra o peito e olhou para Marcus. Suas faces pálidas coraram.

— Caio fez isso com você? — Marcus nunca sentira tamanho ódio de qualquer homem, nem um desejo tão ardente de vingança.

Ela empalideceu novamente, parecendo que ia desmaiar mais uma vez.

— Foi minha culpa.

— Sua culpa? — ele repetiu, furioso por vê-la defendendo-o. — E que coisa horrível você fez para merecer uma surra dessas?

Ela apertou a lã da túnica e baixou a cabeça.

— Eu lhe desobedeci.

Marcus conhecia homens que batiam em seus escravos por infrações menores, como andar devagar demais ou ser desajeitados. Mas desobediência era outra questão. Se o que Hadassah dizia era verdade, Urbano teria o direito de matá-la. No entanto, ele sabia que Hadassah não faria nada sem um motivo.

— Qual foi a participação de Júlia nisso?

Ela olhou para ele, consternada.

— Ela teria impedido a surra se pudesse, meu senhor. Ela providenciou para que cuidassem de mim e depois me mandou para cá, para minha segurança.

Não era típico de Júlia fazer alguma bondade sem segundas intenções. Além do mais, Hadassah respondera depressa demais, como se soubesse que enfrentaria a pergunta e houvesse preparado a resposta. Havia algo mais, e Júlia devia ter participação nisso. Mas ele não pressionou Hadassah, sabendo que sua lealdade a manteria em silêncio.

Quando foi à vila de Júlia, no dia seguinte, Marcus imaginou que seria informado novamente de que ela havia ido visitar amigas, mas a irmã estava em casa, mais bonita do que ele jamais a vira.

— O azul cai bem em você — elogiou.

— É o que dizem — ela respondeu, satisfeita. — Adoro cores, todas elas. Eu mesma desenhei este *palus*.

Ela girou para que ele pudesse admirar a rica lã azul e as guarnições vermelhas e amarelas brilhantes. Uma rosa entre flores silvestres. O cinto largo de couro e bronze o fez recordar algo que Arria usava. Tal pensamento o incomodou.

— Caio não está bem — disse Júlia. — Vamos caminhar no jardim para não o incomodar. — Passou o braço pelo dele. — Senti tanto sua falta, Marcus. Conte-me o que tem feito ultimamente. Conte-me tudo. Faz semanas que não o vejo.

— Não que eu não tenha tentado vê-la, irmãzinha. Toda vez que passo, você está visitando amigas.

Ela riu um pouco efusivamente demais, mas sua expressão quase não mudou. Ela lhe contou sobre as peças que havia visto com uma amiga e as festas que frequentava. Não mencionou Aniceto e falou pouco de Caio.

Marcus se cansou das artificialidades e foi direto ao ponto:

— Há rumores sobre você e Aniceto.

Júlia corou.

— Que tipo de rumores? — perguntou cautelosamente, evitando os olhos do irmão.

— Que você o deixou usá-la para que as dívidas de Caio fossem canceladas — ele respondeu sem rodeios.

— Eu diria que foi o contrário. — Ela o fitou, desafiadora. — Não foi ele quem me usou. Fui *eu* quem o usei.

— Por alguns sestércios?

— Por cinquenta mil sestércios — disse ela, erguendo o queixo.

— O preço não importa, irmãzinha. Seja por um áureo ou um talento de ouro puro, você se vendeu. Caio vai permitir que você lide com as outras dívidas dele da mesma maneira?

— Quem é você para questionar meu comportamento? Você não sabe nada da minha vida. Não sabe nada do que aconteceu!

— Então me conte o que a levou a isso!

Ela virou as costas para Marcus, rígida de raiva.

— Não é da sua conta o que eu faço com minha vida. Estou farta de pessoas impondo a própria vontade sobre mim.

Ele a puxou para que o fitasse.

— Eu quero saber o que aconteceu com Hadassah — disse, incapaz de disfarçar o nervosismo.

Ela estreitou os olhos devagar.

— Então sua preocupação não é comigo, e sim com uma escrava.

— O que aconteceu com ela tem a ver com você. — Ele estava cada vez mais furioso.

— O que ela lhe contou?

— Nada.

— Então como você sabe que ela foi espancada?

— Eu vi as costas dela.

Júlia sorriu, debochada.

— Você a usa como faz com Bitia?

Marcus a soltou e a fitou, de repente contrariado ao ver em que sua irmã havia se transformado. Ela sustentou o olhar dele por um momento, rígida e rebelde, até que suas feições se dissolveram em um sorriso trêmulo, e Marcus pôde ver sua amada irmãzinha novamente.

— Eu não quis dizer isso, desculpe. Hadassah não é como Bitia — disse ela, com um olhar suplicante. — Eu tive que mandá-la embora, Marcus. Se ela ficasse aqui, Caio a mataria. E ela significa mais para mim do que eu posso explicar. Não sei por que...

Marcus entendia. Talvez Hadassah afetasse a todos como o afetava. De alguma maneira, sua presença serena se tornara essencial.

— O que aconteceu? — ele perguntou de modo mais gentil.

Júlia suspirou.

— Assim como você, Caio não aprovou meu método de lidar com a dívida que ele tinha com Aniceto. Ele ficou uma fera. Hadassah interveio e recebeu o castigo por mim.

Marcus sentiu uma explosão de calor tão intensa que parecia queimá-lo por dentro.

— Ele já levantou o chicote para você?

— Parece que já?

Quando ele se voltou para a casa, ela pousou a mão em seu braço.

— Não pense em vingança, Marcus. Jure que não fará nada. Não interfira. Acredite, as coisas ficariam cem vezes piores. — Deixou cair a mão ao longo do corpo. — Além do mais, acabou. Caio não representa mais uma ameaça para mim. Está muito doente.

— Não espere que eu sinta pena dele.

Ela o fitou com uma expressão indefinível: satisfação, dor, incerteza, resignação. Pareciam estar todas no fundo de seus olhos. Júlia desviou o olhar.

— Gostaria de poder lhe contar tudo. — E retomou a caminhada, parando para pegar uma flor.

— Você ainda o ama? — perguntou Marcus.

— Não posso evitar — disse ela, fitando-o com um sorriso pesaroso. Talvez eu seja como Arria. Ela nunca deixou de amar você, sabia?

Marcus sorriu com sarcasmo.

— É isso que ela diz?

Júlia arrancou uma pétala branca da flor e a deixou cair.

— Já parou para pensar que a promiscuidade dela é um sinal de desespero?

Ela estava falando de Arria ou de si mesma? Ele a viu arrancar pétala por pétala, até destruir completamente a flor.

— Eu tinha muitas esperanças, Marcus. Mas a vida é tão injusta...

— A vida é o que você faz dela.

A irmã olhou para ele com um sorriso sombrio.

— Acho que você tem razão. Até agora eu permiti que os outros dirigissem minha vida. Papai, Cláudio, Caio. Mas não mais. Vou fazer o que for necessário para ser feliz. — Ela observou o pólen nas mãos e as esfregou levemente. — Preciso ver como Caio está. Talvez um pouco de vinho o ajude a melhorar.

Passou o braço pelo de Marcus e voltaram para a casa.

24

As celebrações de maio deixaram Roma em júbilo. Sacerdotes, chamados pontífices, ou construtores de pontes, jogavam no rio Tibre feixes de junco que pareciam homens de mãos e pés amarrados. Abundavam os festivais de primavera, em uma orgia de festanças. Durante a Lupercália, jovens aristocratas corriam nuas pela Via Sacra, açoitando os espectadores com tiras de pele de cabra, em um ritual que sugeria fertilidade. A Liberália, em homenagem a Liber, deus do vinho, associou-se às festividades de Dioniso — ou Baco, como o deus era mais comumente chamado em Roma —, culminando em uma celebração inebriante. Baco, representado por um jovem bonito e afeminado, cavalgava com um Sileno depravado em uma biga puxada por leopardos, enquanto garotos de dezesseis anos tomavam Roma vestindo oficialmente a toga viril e assumiam a autoridade de homens livres do jugo paterno.

Realizaram-se os jogos. Os Jogos Megalenses foram abertos com trombetas em homenagem a Cibele — a deusa frígia da natureza e consorte de Átis, deus da fertilidade —, logo seguidos pelos Jogos Cereais, abertos com uma cerimônia a Ceres, deusa da agricultura. Atretes conquistou sua centésima morte nos Jogos Florais, enquanto centenas de *amoratae* gritavam seu nome e lhe jogavam guirlandas de flores.

No *ludus*, Bato serviu vinho em um cálice de prata. Atretes sempre ficava profundamente deprimido após a emoção pulsante da arena. O fogo em seu sangue tornava-se frio como gelo. No silêncio do *ludus*, com a mente limpa da sede de sangue, ele ficava amargo e taciturno. Ao contrário de Celerus, que se deleitava em sua fama e posição, Atretes sentia-se ridículo. Alguns homens nunca se adaptavam à escravidão, independentemente de quão dourada fosse a gaiola. Atretes era um deles.

— Sertes está em Roma para ver você lutar — disse Bato, entregando-lhe o cálice.

Atretes recostou-se no divã, em uma posição aparentemente relaxada que não escondia a tensão. A sala estava carregada.

— Quem é esse Sertes a quem eu devo impressionar? — perguntou secamente, bebendo o vinho.

Seus olhos azuis queimavam. Os nós de seus dedos estavam brancos de tensão.

— Um efésio extremamente rico e poderoso que negocia gladiadores. Ele veio exclusivamente para vê-lo, num momento em que a paciência do imperador atingiu o limite. Se você sobreviver aos jogos esta semana, ele pode vendê-lo a Sertes e vê-lo partir para entreter os turcos.

— Ser escravo em Éfeso é melhor que em Roma? — Atretes perguntou ironicamente.

Bato se serviu de um cálice de vinho. Ele admirava Atretes. Embora o germano fosse elegante e tivesse a educação de um gladiador romano profissional, o coração de um bárbaro ainda batia forte dentro dele.

— Depende do que você quiser — disse Bato. — Fama ou liberdade.

Essas palavras chamaram a atenção de Atretes.

— No ano passado, durante os Jogos Plebeus, Sertes fez disputas eliminatórias. Começou com doze duplas, e os últimos três homens se enfrentaram. — Bato bebeu seu vinho com os olhos de Atretes fixos nele. — O que sobreviveu ganhou a liberdade.

Atretes se sentou lentamente.

— Tudo vai depender do que você fizer durante os próximos jogos. Vespasiano os entregou a Domiciano.

Atretes sabia da ameaça contida nessa informação.

— Contra quantos vou ter que lutar?

— Contra um. Um cativo.

Surpreso, Atretes franziu o cenho.

— Um cativo? Por que tão fácil? Para que eu não faça uma apresentação boa o suficiente para conquistar o interesse de Sertes?

Bato balançou a cabeça.

— Você está subestimando seu adversário — disse sombriamente, sabendo mais detalhes do que podia compartilhar com Atretes. Domiciano era perspicaz. E também cruel.

— Por que Domiciano me colocaria contra um cativo, sabendo que eu teria vantagem?

Tanto tempo em Roma e Atretes ainda não conhecia a sutileza de uma mente romana.

— Nem sempre é o treinamento, a força ou a arma que um homem tem nas mãos que lhe dá a vantagem. É como ele pensa. Todo homem tem um calcanhar de aquiles, Atretes.

— E qual é o meu?

Bato o fitou por sobre a borda do cálice, mas não respondeu. Ele não podia arriscar sua vida; Domiciano saberia se ele preparasse Atretes previamente.

O germano franziu o cenho, pensando taticamente, imaginando onde estava sua fraqueza.

— Lembra-se do jovem aristocrata romano que você quase matou nas primeiras semanas aqui? — disse Bato por fim, arriscando tudo o que ousava. — Ele não esqueceu a humilhação que passou em suas mãos e encontrou um ouvido atento em Domiciano. Os dois acham que encontraram uma maneira divertida de destruir você.

— Divertida?

Embora a amizade não fosse possível entre eles, ambos haviam desenvolvido um respeito mútuo. Atretes sabia que Bato já tinha revelado tudo que podia sobre os próximos jogos e tentou entender o que não foi dito.

— Não esqueça que a maior conquista de Domiciano foi uma campanha bem-sucedida na fronteira germana — disse Bato.

Atretes deu um riso sardônico.

— Independentemente do que ele pense, nós não fomos derrotados. A rebelião não morrerá enquanto um único germano ainda viver.

— Um germano sozinho não pode fazer nada, e a unificação que você conseguiu entre suas tribos durou pouco — Bato apontou, incisivo.

— Somos irmãos contra um inimigo comum e logo nos levantaremos de novo. Minha mãe profetizou que um vento do norte trará a destruição a Roma.

— Um vento que pode nunca soprar em sua vida — disse o lanista, pousando o cálice e apoiando as mãos na mesa que os separava. — Passe os próximos dias rezando para o deus em que você acredita. Peça sabedoria para vencer. Domiciano o conhece bem, Atretes. A liberdade pode ter um preço maior do que você está disposto a pagar.

E, dito isso, Bato o dispensou.

Décimo relaxou no divã e pegou a mão de Febe. Ouvia Hadassah tanger a pequena harpa e cantar sobre o gado em mil colinas, um pastor que cuidava de seu rebanho, sobre o mar, o céu e uma voz ao vento. Toda a tensão o abandonou, e ele se sentiu flutuar. Estava cansado; cansado das lutas da vida, cansado da dor, cansado de sua doença. Em alguns meses, ele e Febe voltariam definitivamente para Éfeso, onde suas posses sustentariam os dois muito bem pelo resto da vida. Deixaria todos os recursos que tinha em Roma para Marcus. Estava preocupado com Júlia, mas não havia nada que pudesse fazer. Ela tinha um marido e sua própria vida para viver. Estava além de seu alcance.

Febe notava o humor do marido e desejava aliviar sua depressão. Mas a música doce só parecia fazer seu devaneio se aprofundar esta noite.

— Conte-nos uma história, Hadassah — pediu ela.

A escrava deixou a pequena harpa no colo.

— Que tipo de história gostaria de ouvir, minha senhora?

Júlia gostava de histórias de amor e de batalhas: Davi e os homens poderosos, Sansão e Dalila, Ester e o rei Assuero.

— Conte-nos uma história sobre seu deus — disse Febe.

Hadassah inclinou a cabeça. Ela poderia lhes falar sobre a Criação, sobre Moisés e como Deus o usara para dar a seu povo a lei e levá-los do Egito à Terra Prometida. Ela poderia falar sobre Josué e Caleb, sobre a destruição de Jericó. Hadassah ergueu os olhos e fitou Décimo. Uma onda de compaixão a dominou quando notou as marcas profundas em seu rosto, seu semblante atribulado e seu coração sofrido.

As palavras chegaram a ela claramente, como se seu pai as pronunciasse, como fizera tantas vezes em sua lojinha na Galileia, com a argila na roda de oleiro, repetindo uma parábola que o Senhor havia contado. *Senhor, fala por meio de mim para que eles possam ouvir tua voz*, orou em silêncio.

— Certo homem tinha dois filhos — começou —, e o mais moço deles disse ao pai: "Pai, dá-me a parte dos bens que me pertence". E o homem repartiu entre eles a fazenda. Poucos dias depois, o filho mais novo, ajuntando tudo, partiu para uma terra longínqua e ali desperdiçou seus bens, vivendo dissolutamente.

Febe se mexeu, desconfortável, pensando em Marcus. Olhou para Décimo, mas ele ouvia atentamente.

— Tendo o rapaz gastado tudo, houve naquela terra uma grande fome, e ele começou a passar necessidade. Então foi e chegou-se a um dos cidadãos daquela terra, o qual o mandou para seus campos a fim de alimentar porcos. O rapaz desejava encher o estômago com as bolotas que os porcos comiam, mas ninguém lhe dava nada. E, caindo em si, disse: "Quantos empregados de meu pai têm abundância de pão, e eu aqui passando fome! Vou me levantar e ir ter com meu pai, e lhe direi: 'Pai, pequei contra o céu e perante o senhor; já não sou digno de ser chamado seu filho. Faça de mim como um dos seus empregados'". E, levantando-se, foi até seu pai.

Ela fez uma pausa, cruzando as mãos, mas logo prosseguiu:

— Quando ainda estava longe, seu pai o viu e se moveu de íntima compaixão e, correndo, lançou-se ao pescoço do filho e o beijou. E o filho lhe disse: "Pai, pequei contra o céu e perante o senhor; já não sou digno de ser chamado seu filho".

Hadassah sabia que era contra todas as regras tácitas da escravidão encarar seu amo, mas não pôde evitar. Ergueu os olhos e fitou os de Décimo Vindácio Valeriano. Viu sua dor e a sentiu como sua.

— Mas o pai disse a seus servos: "Tragam depressa a melhor roupa e o vistam, e ponham um anel em sua mão, e alparcas nos pés; e tragam o bezerro cevado e o matem, e vamos comer e nos alegrar, pois este meu filho estava morto e reviveu, tinha-se perdido e achou-se".

A quietude dominou o aposento. Hadassah baixou a cabeça de novo.

Febe olhou para Décimo e ficou consternada ao ver o olhar do marido. Seus olhos estavam marejados. Em todos os seus anos de casamento, ela nunca o vira chorar.

— Pode ir, Hadassah — disse ela, arrependida de ter lhe pedido que contasse uma história. Essa havia atravessado seu coração e a tomado de um anseio terrível e inexplicável. A garota se levantou graciosamente.

— Não, espere — pediu Décimo devagar, gesticulando para que ela se sentasse de novo. — O pai é seu deus, não é?

— Sim, meu senhor.

— Seu país foi destruído e seu povo escravizado.

Hadassah sentia uma afeição crescente por seu amo; ele era muito parecido com o filho. Ela lembrou que Marcus havia dito as mesmas palavras no jardim, tantos meses atrás. Ah, se fosse mais sábia. Se ao menos conhecesse as Escrituras como seu pai.

— A calamidade é uma bênção quando nos leva a Deus.

Enoque entrou na sala com uma bandeja de vinho e frutas. Colocou-a diante dos amos e começou a servir o vinho.

— Mas e o filho mais velho, que ficou com o pai? — perguntou Febe.

Hadassah olhou timidamente para Enoque.

— Ele estava no campo e, quando chegou perto da casa, ouviu a música e as danças. E, chamando um dos servos, perguntou o que era aquilo. O servo lhe disse: "Seu irmão voltou, e seu pai matou o bezerro cevado, porque o recebeu são e salvo". O filho mais velho se indignou e não quis entrar. Quando o pai saiu, insistiu que ele participasse da festa. Mas o filho disse ao pai: "Eu lhe sirvo há tantos anos, sem nunca transgredir seu mandamento, e o senhor nunca me deu um cabrito para alegrar-me com meus amigos. Mas quando chega este seu filho, que desperdiçou seus bens com meretrizes, o senhor mata o bezerro cevado para ele". E o pai respondeu: "Filho, você sempre está comigo, e todas as minhas coisas são suas. Mas era justo nos alegrarmos e folgarmos, porque seu irmão estava morto e reviveu, tinha-se perdido e achou-se".

Enoque entregou um cálice a Febe e serviu outro a Décimo, que notou o semblante rígido de seu servo quando pegou o vinho.

— Qual filho é você, Enoque? — perguntou.

— Não conheço essa história — disse Enoque secamente. — Deseja mais alguma coisa, meu senhor?

O homem o dispensou e sorriu levemente ao vê-lo sair da sala.

— Acho que o filho mais velho é o judeu justo que obedece à lei.

— Então o mais novo é o judeu que se afastou de sua religião — disse Febe, olhando para Hadassah à espera de confirmação.

— A humanidade toda foi criada à imagem de Deus, minha senhora. Não só o povo judeu. — Hadassah olhou para Décimo. — Somos todos filhos de Deus. Ele nos ama igualmente, sejamos judeus ou gentios, escravos ou livres. Não podemos conquistar seu amor, só podemos aceitá-lo como uma dádiva. Uma dádiva que ele dá a cada um de nós.

Décimo estava maravilhado com as palavras de Hadassah, impressionado ainda mais por ela falar claramente. As sombras haviam desaparecido, e o rosto verdadeiro de sua religião estava diante dele. Ele se perguntou se Hadassah entendia as implicações do que estava mostrando ou a ameaça que sua ideologia representava para a estrutura do Império Romano.

— Pode ir — disse ele, observando-a se erguer delicadamente e se afastar.

Os judeus eram desprezados por sua moralidade, seu separatismo, sua rígida adesão às leis, sua crença obstinada em um só deus. Mesmo sendo escravo, Enoque tinha certa arrogância, acreditava que era membro de uma raça escolhida. Mas o que Hadassah havia dito sobre seu deus ia além disso. Suas palavras derrubavam os muros da linhagem e da tradição. *Todos* são filhos de Deus, *todos* são iguais aos olhos dele. Nenhum judeu justo concordaria com tal alegação — nem o imperador romano a toleraria —, pois dobrava o orgulho de um e quebrava o poder do outro.

Mas algo mais perturbava Décimo. Ele já ouvira palavras como as dela antes, gritadas em voz alta para uma multidão que se reunia perto do obelisco egípcio. O homem que as pronunciara fora crucificado de cabeça para baixo. Ele se chamava Pedro.

— Parece que nossa pequena Hadassah não é uma judia, afinal, Febe — disse ele solenemente. — Ela é uma cristã.

O desespero de Atretes cresceu, assim como seu ódio, quando ele entrou na arena e viu a vingança que Domiciano havia planejado. Diante dele estava um jovem de compleição poderosa, barba e longos cabelos loiros. Vestia uma pele de urso e segurava uma frâmea. "Um cativo", dissera Bato, alertando-o o máximo que pôde. Um cativo *germano* e, pelas marcas, de sua própria tribo, embora ele não o reconhecesse.

— Atretes! Atretes! — gritava a multidão.

No entanto, o canto foi morrendo gradualmente, pois ele não fez nenhum movimento para atacar. Algumas pessoas gritaram insultos derrisórios. Como a maré mudava depressa... Outra onda se ergueu na multidão que momentos antes o amava.

— Chicoteiem-nos! Queimem-nos!

Atretes viu um dos treinadores se adiantar com um ferro quente; sabia que ele queria incitar o jovem cativo à batalha. Por seu lado, Bato apareceu próximo ao muro, de semblante sombrio. Olhou explicitamente para o camarote de Domiciano. Virando a cabeça, Atretes ergueu os olhos. Domiciano e seu amigo estavam rindo!

Quando o guerreiro germano soltou um grito de dor, Atretes descarregou sua fúria no treinador romano. Pôde ouvir a multidão perder o ar quando cortou o homem com um golpe do gládio. Atordoada, a arena caiu em silêncio.

Atretes ficou de frente para o guerreiro, assumindo uma posição defensiva.

— Mate-me, se puder! — ordenou em germano.

— Você é cato — disse o homem, espantado.

— *Lute!*

O guerreiro baixou a frâmea.

— Não vou lutar contra um irmão. Não para o prazer de uma multidão romana! — Ele olhou ao redor, viu a massa de pessoas e cuspiu na areia.

Atretes viu a si mesmo cinco anos atrás. Os nós dos dedos ficaram brancos, apertando o gládio. Ele tinha que fazê-lo lutar, ou ambos morreriam desonrados. Assim, Atretes provocou o jovem como ele havia sido provocado; zombou de seu orgulho, esfregou-lhe na cara a derrota que o levara a ser cativo em uma arena romana. Ele sabia onde estava o fogo no coração de um germano e o atiçou até ver a frâmea se erguer novamente e os olhos do jovem brilharem.

— Você parece romano, cheira a romano... Você é romano! — disse o guerreiro, abrindo em Atretes feridas mais profundas do que poderia imaginar.

O cativo lutava bem, mas não o suficiente. Atretes tentou estender a luta, mas a plebe não se enganava e começou a gritar com raiva. Atretes aproveitou a próxima abertura, e, quando retirou sua lâmina, o guerreiro caiu de joelhos, apertando o ventre. O sangue escorria por entre seus dedos enquanto ele levantava a cabeça com esforço.

— Nunca pensei que morreria nas mãos de um irmão — disse com voz pastosa, mas com o desprezo ainda bem claro.

— Melhor morrer nas minhas mãos do que ser jogado aos animais ou pregado em uma cruz romana — disse Atretes.

Ele se abaixou e pegou a frâmea, preparando-se para o que teria de fazer. Entregou-a ao guerreiro, dizendo:

— Mostre a eles como morre um germano. — Quando o homem apenas o fitou, Atretes gritou: — Fique de joelhos!

O homem usou a arma para se apoiar e levantar. Assim que ficou em pé, Atretes atravessou o esterno do guerreiro com o gládio, perfurando seu coração. Manteve-o de pé e falou diante de seu rosto:

— Eu o entrego a Tiwaz.

Soltou a espada e deixou o homem cair de costas, com os braços estendidos. A multidão gritou em aprovação.

Respirando pesadamente, Atretes não pegou de volta o gládio romano. Mas curvou-se e pegou a frâmea. Com lágrimas inundando os olhos, ele se voltou e olhou para Domiciano. Mesmo vencendo a luta, Atretes sabia que havia sido derrotado. Erguendo alto a frâmea, amaldiçoou todos eles em germano.

Bato ordenou que levassem Atretes até ele antes de mandá-lo de volta ao alojamento.

— Vespasiano vendeu você para Sertes. Você parte para Éfeso em dois dias — revelou.

O semblante de Atretes se enrijeceu, mas ele não disse nada.

— Você pagou caro por essa oportunidade. Não a desperdice — disse Bato.

Atretes voltou lentamente a cabeça na direção de Bato e o encarou. O treinador nunca tinha visto aqueles olhos tão frios antes.

— Que os deuses continuem a sorrir para você e lhe deem a merecida liberdade — Bato fez votos e, com um movimento de cabeça, indicou aos dois guardas que o levassem.

Na escuridão de sua cela, Atretes enterrou o rosto nas mãos e chorou.

25

*H*adassah estava sentada no chão com outros fiéis, ouvindo Asíncrito falar de problemas que todos enfrentavam.

— Nossa luta é viver uma vida piedosa em um mundo carnal. Precisamos lembrar que não fomos chamados por Deus para transformar a sociedade num lugar melhor para viver, nem para conquistar influência política, nem para preservar o modo de vida romano. Fomos chamados para uma missão mais elevada, que é trazer a toda a humanidade a Boa-Nova de que nosso Redentor veio para...

Inclinando a cabeça, Hadassah fechou os olhos e rezou pelo perdão do Senhor. Ela estava envergonhada. Não levava a Boa-Nova a ninguém. Quando surgiam oportunidades, ela recuava, temerosa. Seus amos haviam lhe pedido para falar sobre Deus, e ela encobrira a verdade com uma parábola. Devia ter falado sobre Jesus, sua crucificação, sua ressurreição, suas promessas para todos os que creem nele.

Asíncrito seguia falando, lembrando o que Pedro e Paulo lhe haviam ensinado antes de serem martirizados. Leu trechos das memórias do apóstolo enquanto Hadassah lutava contra as lágrimas.

Como ela podia esconder a verdade daqueles que tanto amava? Ela rezava incessantemente por eles, no entanto eram só orações que deveria oferecer? Como eles poderiam se voltar para Deus se ela simplesmente os entretinha com histórias e não com fatos? Como poderiam entender o significado mais profundo das histórias se não conhecessem Deus? Ela batia com os punhos no peito, desejando aliviar a dor. Deus a colocara na casa de seus amos com um propósito, e ela não o estava cumprindo.

Por que os Valeriano eram tão obcecados com coisas sem importância? Não se passava uma semana sem que ela ouvisse Marcus e Décimo discutindo sobre política e negócios.

— O orçamento nacional deve ser equilibrado e a dívida pública reduzida! — insistia Décimo, ao que Marcus argumentava que as autoridades tinham muito controle e deveriam ter poder limitado.

Décimo atribuía a culpa pelos problemas de Roma ao desequilíbrio do comércio exterior, dizendo que o povo romano se esquecera de como trabalhar, satisfazendo-se em viver da assistência pública.

— Você importou bens durante os últimos trinta anos e ficou rico — apontava Marcus. — Agora que tem a proteção da cidadania romana quer negar aos outros a mesma oportunidade. — Ria. — Não que eu não concorde, em parte. Quanto menor a concorrência, maior o preço!

Os dois só concordavam em um ponto: a nação estava na bancarrota.

Acompanhando muitas dessas discussões, Febe convocava Hadassah para tocar harpa e acalmar os espíritos atribulados. O coração da escrava também estava cheio de tristeza. O que importava se Roma caísse? Que importância tinha qualquer nação comparada à eternidade de uma única alma humana? E de que modo ela, uma simples escrava, poderia abrir os olhos desses romanos que ela passara a amar para aquilo que realmente importava?

Ela procurava respostas na congregação, com outros cristãos. Às vezes as respostas estavam lá, outras, não.

Oh, Deus, ajuda-me, Hadassah orava fervorosamente, apertando o punho contra o coração dolorido. *Dá-me coragem. Dá-me tua Palavra. Queima-a em minha mente, entalha-a em meu coração, mostra-me o caminho para alcançá-los!*

Como ela poderia explicar aos Valeriano sobre um salvador se nenhum deles sentia necessidade de um? Como poderia explicar que eles pertenciam a Deus, que os criara, se eles acreditavam em ridículos ídolos de pedra, e não em um poderoso Criador? Como poderia lhes dizer quem é Deus, ou provar que ele existe, senão com sua própria fé, a parca fé de uma escrava? E o que é a fé senão a garantia das coisas esperadas, a convicção em coisas que não podem ser vistas?

Oh, Jeová, Jeová, eu te amo. Por favor, ajuda-os.

Ela nem conhecia as palavras certas para pedir aquilo de que necessitava. Por que outra razão Deus a colocaria na casa dos Valeriano se não fosse para levar a eles a Boa-Nova de Cristo? Ela sentia a fome deles e sabia que tinha o pão que os alimentaria por toda a eternidade. Eles nunca precisariam passar fome novamente. Mas o que ela poderia fazer para que eles comessem desse pão?

A serenidade que sentia quando estava com outros cristãos permanecia por todo o trajeto de volta pelas ruas de Roma. Ela podia derramar seu amor por Deus e ser entendida pelos demais. Podia se alegrar com o canto e a oração comunitários. Podia participar da comunhão e sentir-se próxima de Deus. Se ao menos conseguisse manter esse sentimento de renovação durante a noite e o dia seguinte...

Atravessou silenciosamente a porta lateral que dava para os jardins da vila e passou a trava. Correu e entrou pelos fundos da casa. Fechou a porta em silêncio, mas perdeu o ar quando uma mão forte a pegou pelo braço e a fez girar.

— Onde você estava? — perguntou Marcus. Ele apertou o braço dela, exigindo uma resposta, mas Hadassah estava assustada demais para falar. — Vamos conversar — disse, empurrando-a pelo corredor até uma sala iluminada.

Soltando-a, ele fechou a porta e se voltou para Hadassah.

— Os judeus não se reúnem escondidos à noite — disse, com os olhos cintilando de raiva.

Hadassah recuou diante da intensidade das emoções de seu senhor.

— Vou lhe perguntar de novo! Onde você estava?

— Adorando Deus com outros crentes — ela respondeu com voz trêmula.

— Com "crentes" você quer dizer "cristãos", não é?

Hadassah ficou lívida diante da acusação.

— Você não vai negar? — ele perguntou bruscamente.

Ela baixou a cabeça.

— Não, meu senhor — respondeu baixinho.

Ele a tomou pelo queixo.

— Sabe o que eu poderia fazer com você por ser membro de uma religião que prega a anarquia? Eu poderia mandar matá-la.

Ele viu o medo nos olhos dela. E ela devia mesmo estar com medo; devia estar aterrorizada. Então a soltou.

— Nós não pregamos a anarquia, meu senhor.

— Não? E como você chamaria o fato de sua religião exigir que se obedeça a seu deus acima do imperador? — Ele estava furioso. — Pelos deuses, uma cristã na casa de meu pai!

Marcus se perguntava como não adivinhara antes. Seu pai tivera apenas que fazer algumas observações sugerindo a possibilidade e todas as peças se encaixaram.

— Você vai me ouvir e me obedecer. Isso acaba aqui, Hadassah. Enquanto você estiver conosco, não vai sair da vila, a menos que lhe seja solicitado. Em hipótese alguma você se encontrará com esses cristãos ou falará com um deles na rua. Entendeu? — Ele estreitou os olhos, fitando o rosto pálido e chocado de Hadassah. Ela baixou a cabeça. — Olhe para mim!

Ela obedeceu, com os olhos cheios de lágrimas. Ver que a magoara tão profundamente o deixou mais irritado.

— Responda!

— Entendi — ela disse muito suavemente.

Arrependido por ter sido tão duro, sua mandíbula se retesou.

— Você não entende. Você não entende nada — ele retrucou, sabendo que ela não tinha consciência do risco que estava correndo. — Essas pessoas precisam se esconder, precisam ocultar suas cerimônias. Não podem nem colocar uma imagem de seu deus em um templo para adorar, como pessoas comuns. Não sei como você foi se envolver com elas, mas isso acaba *agora*.

— Roma teme tanto a verdade que deve destruí-la?

Marcus deu-lhe um tapa no rosto, fazendo-a oscilar e ofegar de dor. Ela levou a mão trêmula à face.

— Você esqueceu com quem está falando? — ele rosnou.

Nunca havia batido em uma mulher, em nenhuma circunstância, e o fato de ter batido justo em Hadassah fez seu coração se apertar. Mas ele o faria novamente se isso garantisse que ela o ouvisse e respeitasse sua ordem.

Ela se recuperou rapidamente e baixou a cabeça, subserviente.

— Peço desculpas, meu senhor.

A palma da mão de Marcus queimava, mas isso não era nada diante das chamas que ardiam em sua consciência. Ela nunca fizera nada além de servir a cada membro daquela família com devoção e amor. Ele recordou as marcas das chicotadas nas costas de Hadassah, sabendo que ela as havia levado no lugar de Júlia. Lembrou-se de sua conversa no jardim de Cláudio, convencendo-o a poupar os escravos, porque temia que seu deus o punisse.

A crença nesse deus era a causa disso.

A crença nesse deus a mataria!

Ele tinha que fazê-la entender.

Marcus inclinou o queixo de Hadassah e viu a marca rosada de seus dedos na face pálida. Ela não olhava para ele, mas ele podia ver que seus olhos estavam cuidadosamente inexpressivos. Marcus sentiu como se tivesse levado um soco no estômago.

— Hadassah — sussurrou —, não quero machucá-la, quero protegê-la. — Pousou a mão sobre a marca, desejando cobri-la e fazê-la desaparecer.

Os olhos de Hadassah cintilaram, e ele viu tristeza e compaixão infinitas refletidas neles. Gentilmente, ela cobriu a mão de Marcus com a sua, como se quisesse consolá-lo. Ele pegou o rosto dela, puxando-o para si e enchendo os pulmões com seu cheiro.

— Hadassah... Ah, Hadassah... — Então se curvou e a beijou.

Ao ouvir o suspiro suave vindo dos lábios dela, seu coração disparou. Marcus mergulhou os dedos nos cabelos dela e a beijou novamente. Hadassah apoiou a palma das mãos no peito dele, e ele a puxou para seus braços, pousando a boca na dela mais uma vez. Ela ficou rígida, mas por um breve e inebriante momento se derreteu, suavizando os lábios nos dele, atraindo-o para si em vez de empurrá-lo. Mas então, como se de repente percebesse o que estava acontecendo, ela se debateu, em pânico.

Ele a soltou e ela se afastou, com os olhos arregalados e sombrios. Ela arfava, o que fez o coração de Marcus disparar. Ela recuou.

— Eu quero você — ele disse suavemente. — Eu quero você há muito tempo.

Ela balançou a cabeça e recuou para longe dele.

— Não me olhe assim, Hadassah. Não estou ameaçando-a com uma surra. Só desejo amar você.

— Eu sou uma escrava.

— Não preciso que me lembre disso. Eu sei quem e o que você é.

Ela fechou os olhos com força. Não, ele não sabia. Ele não sabia nada sobre ela. Nada que fosse importante.

— Preciso ir, meu senhor. Por favor.

— Ir para onde?

— Para o meu quarto.

— Quero ir com você.

Ela olhou para ele de novo, apertando a túnica contra o corpo.

— Eu tenho escolha?

Marcus sabia o que ela diria se ele lhe desse a chance de escolher. Contra todos os instintos humanos naturais, seu maldito deus exigia pureza de seus seguidores.

— E se eu lhe disser que não?

— Eu imploro que não me viole.

Ele corou.

— *Violar* você? — A palavra o feriu e despertou sua raiva, já elevada. — Você é *propriedade* da minha família. Não é nenhuma violação tomar o que eu quero de algo que me pertence. É um sinal do respeito que tenho por você o fato de eu nunca...

Ele se interrompeu, ouvindo as próprias palavras. Pela primeira vez na vida, Marcus sentiu uma vergonha indescritível. Quando a fitou, por um instante viu a si mesmo como ela devia vê-lo e estremeceu. *Algo!* Ele a chamara de *algo*! Era assim que ele pensava nela? Como uma posse a ser usada, sem nenhuma consideração pelos seus sentimentos?

Marcus olhou para Hadassah com tristeza e viu como ela era vulnerável. Estava pálida e tensa, com o coração batendo na garganta. Ele queria abraçá-la, confortá-la.

— Eu não quis dizer o que disse.

Ele se aproximou dela e notou seu corpo ainda mais tenso, mas, por obrigação, ela tinha que ficar ali. Passando as costas dos dedos por sua face macia, procurou uma maneira de consertar as coisas.

— Eu não vou violar você — disse, erguendo-lhe o queixo. — Eu quero amar você. E você também me quer, Hadassah. Talvez seja inocente demais para perceber isso, mas eu sei, eu percebo. — Passou o dedo por seu rosto. — Minha doce Hadassah, deixe eu lhe mostrar como pode ser o amor. Diga sim.

Ela tremia. Seu corpo respondia ao toque da mão dele, à gentileza em sua voz rouca, à sensação do crescente desejo de Marcus — e do seu próprio. Ela mal podia respirar, tão próxima a ele...

Mas o que ele dizia era errado. O que ele lhe pedia para fazer não agradaria a Deus.

— Diga sim — ele sussurrou. — Uma palavra tão pequena, que poderia me deixar tão feliz...

Ela balançou a cabeça, incapaz de falar.

— Diga sim — ele pediu com firmeza.

Ela fechou os olhos. *Ajuda-me, meu Deus!*, gritava seu coração. Ela amava Marcus havia tanto tempo... As sensações que ele agora despertava nela a faziam derreter por dentro, acabavam com sua sensatez, faziam-na esquecer tudo, menos o toque de suas mãos. Ele a beijou de novo, com os lábios abertos. Ela virou o rosto. *Jeová, ajuda-me a resistir a esses sentimentos!* Marcus a tocou suavemente e o choque da sensação a fez recuar.

Ele fechou os olhos e uma estranha sensação de perda o dominou quando ela se afastou.

— Por que você, entre todas as mulheres que eu já desejei, tem que adorar um deus que exige pureza? — Estendeu a mão de novo e tomou-lhe o rosto. — Desista desse deus. Tudo o que ele faz é lhe negar os poucos prazeres que a vida tem para oferecer.

— Não — disse ela com voz delicada, mas firme.

— Você me quer. Posso ver em seus olhos. — Ela os cerrou, rompendo a conexão. Ele soltou um riso áspero e frustrado. — Vamos ver se você consegue dizer não mais uma vez.

Ele a puxou para seus braços e tomou-lhe a boca novamente, liberando toda a paixão reprimida em seu íntimo havia semanas. Ela tinha gosto de ambrosia, e ele a sorveu, até que seu próprio desejo se tornou insuportável. Por fim, ele a soltou.

Ambos tremiam. Os olhos dela transbordavam de lágrimas e seu rosto estava pálido e tenso.

Marcus a observou e notou que a havia abalado. Ela o desejava. No entanto, a dor que pesava no corpo dele não se comparava à que sentia no coração. Ele a fizera desejá-lo para que cedesse. Mas, em vez disso, ergueu-se um muro ainda maior entre eles. Hadassah confiaria nele novamente algum dia?

— Muito bem — disse ele, com um toque de zombaria nos lábios. — Vá dormir em seu pequeno e frio catre e se aqueça com seu deus invisível.

Dispensou-a com um movimento de mão e se voltou. Cerrou os olhos e ouviu os passos suaves e apressados de Hadassah enquanto se afastava.

Praguejando, suspirou com força, já pagando por sua loucura. Atravessou a sala e se serviu de vinho. Seu corpo tremia violentamente. Ele sabia que era reação ao fato de estar havia semanas sem uma mulher. Inopinadamente, Arria entrou em seus pensamentos e ele fez uma careta. Pensar nela ainda envolto pelos sentimentos por Hadassah o deixou contrariado.

Hadassah.

Uma cristã!

Em sua mente surgiu uma cena: uma dezena de homens e mulheres amarrados a pilares e cobertos de piche, gritando ao serem incendiados, servindo de tochas para o circo de Nero. Marcus estremeceu e esvaziou o cálice.

Seis guarda-costas treinados viram Atretes entrar em segurança no navio onde Sertes o esperava. O comerciante de gladiadores o fitou.

— As correntes não serão necessárias — disse, dirigindo-se aos guardas.

— Mas, meu senhor. Ele é...

— Retire-as.

O guerreiro ficou parado enquanto os grilhões eram tirados de seus pulsos. Uma multidão de *amoratae* o seguira do *ludus* pelas ruas da cidade e agora se reunia no cais. Alguns gritavam seu nome, outros choravam abertamente, sofrendo pela partida.

Atretes notou que Sertes tinha seus próprios guardas a bordo. O comerciante sorriu, perspicaz.

— São para sua proteção — disse suavemente. — Caso pense em pular no mar e se afogar.

— Não tenho intenção de me suicidar.

— Ótimo — Sertes respondeu. — Eu investi uma fortuna em você. Não gostaria de ver meu dinheiro desperdiçado. — Estendeu a mão. — Por aqui.

Ele entrou em um aposento abaixo do convés, menor que seu cubículo no *ludus*. Cheirava a madeira e óleo de lamparina, em vez de a pedra e palha. Atretes tirou a capa.

— Partiremos em algumas horas — disse o efésio. — Descanse. Vou mandar um dos guardas para que você possa ver Roma e aqueles que o amam pela última vez.

Atretes o fitou com frieza.

— Eu já vi tudo o que veria ver de Roma.

Sertes sorriu.

— Você verá que Éfeso é uma cidade de beleza insuperável.

Atretes se sentou no estreito beliche quando Sertes saiu. Inclinou a cabeça para trás e tentou visualizar sua pátria.

Não conseguiu.

Tudo que pôde ver foi o rosto de um jovem guerreiro germano.

———— ✢ ————

Febe chamou Hadassah ao peristilo.

— Sente-se aqui — disse, dando um tapinha em um espaço ao lado dela no banco de mármore. Ela amassou um pequeno pedaço de pergaminho enquanto Hadassah se sentava. — Caio está morto. Morreu esta manhã. Décimo foi ajudar Júlia a cuidar do enterro. — Olhou com tristeza para Hadassah. — Ela vai precisar de você em breve.

O primeiro pensamento de Hadassah foi que ficaria longe de Marcus. Seu coração se apertou. Essa devia ser a vontade de Deus. Ela não podia ficar ali e continuar incólume. O que Marcus queria ela nunca deveria lhe dar — nem a nenhum homem além daquele com quem se casaria um dia, se essa fosse a vontade de Deus. Talvez essa fosse a maneira de o Senhor a proteger de si mesma. Ela não podia negar que, no momento em que Marcus a tocara, a fraqueza a dominara. Ela se esquecera de Deus, se esquecera de tudo, exceto das sensações selvagens que a dominavam.

— Eu irei ter com ela quando disser, minha senhora.

Febe assentiu, mas, em vez de se sentir satisfeita, estava preocupada.

— A tragédia parece perseguir Júlia. Primeiro Cláudio, depois a perda do filho e agora seu jovem marido.

Hadassah baixou a cabeça, pensando no bebê de Júlia, descartado no jardim.

— Eu deveria sentir mais pena de Júlia do que sinto — disse Febe e se levantou. Foi para o jardim e Hadassah a seguiu. A mulher parou ao lado de um canteiro de flores e se curvou para acariciá-las. Ergueu os olhos, sorrindo. — Gosto muito de sua companhia, Hadassah. Nós compartilhamos o amor pelas flores, não é?

No entanto, seu sorriso desapareceu quando ela se endireitou. Melancólica, foi se sentar em um banco de mármore próximo.

— A doença de Décimo está piorando. Ele tenta esconder de mim, mas eu sei. Às vezes a dor em seu olhar é tão grande... — Desviou os olhos marejados e pestanejou. — Durante muitos anos ele foi obcecado pelos negócios. Eu tinha ciúme de como isso consumia seu tempo e seus pensamentos. Era como se isso fosse mais importante para ele do que eu ou as crianças jamais seríamos. — Olhou para Hadassah, fazendo um gesto para que ela se sentasse ao seu lado. — A doença dele o fez mudar. Ele anda muito inquieto. Disse-me outro dia que nada que fez na vida importa. Que tudo que fez foi vaidade. Décimo só parece encontrar alguma paz quando você canta para ele.

— Talvez seja mais pela mensagem do que pela música, minha senhora.

Febe olhou para Hadassah.

— Pela mensagem?

— Que Deus o ama e quer que se volte para ele para obter conforto.

— Por que um deus judeu se preocuparia com um romano?

— Deus se preocupa com todos. Todos os homens são sua criação, mas aqueles que escolhem acreditar se tornam seus filhos e compartilham a herança do Filho de Deus.

Febe se inclinou para a frente; subitamente, assustou-se com outra voz no jardim. Marcus estava em casa.

— Mãe! — Ele foi até elas. — Acabei de saber sobre Caio — disse, olhando brevemente para Hadassah.

Febe pousou a mão sobre a dela.

— Pode ir.

Então voltou a atenção para Marcus e o viu observar Hadassah enquanto ela se afastava. Viu-o retesar o maxilar. Febe franziu o cenho.

— Seu pai foi à casa de Júlia assim que soubemos — disse.

Marcus se sentou ao lado dela no banco.

— Não mande Hadassah de volta para ela.

Surpresa, Febe buscou os olhos do filho.

— Eu não quero mandá-la de volta, Marcus, mas não tenho muita escolha. — Observou atentamente a expressão dele. — Hadassah pertence à sua irmã.

Marcus sentiu que sua mãe o escrutava e se afastou, pensando se deveria contar a ela que Hadassah havia apanhado no lugar de Júlia e quase morrera. Se o fizesse, Febe poderia mudar de ideia, mas Júlia nunca o perdoaria. Ele não queria ferir sua irmã, mas queria Hadassah ali, perto dele. Marcus conhecia o círculo de amigos que Júlia formara desde que se casara com Caio. E também sabia o que eles pensavam dos cristãos.

— Júlia já tem criados suficientes, mãe. Se ela pedir Hadassah, mande Bitia.

— Eu já pensei nisso — admitiu Febe. — Mas a decisão não é minha, Marcus. — Ela estendeu a mão para tocá-lo. — Fale com seu pai.

Décimo voltou para casa no final da tarde. Todos os arranjos foram feitos para que Caio fosse sepultado nas catacumbas, fora das muralhas da cidade. A lei romana proibia enterros dentro dos portões da cidade, mesmo que houvesse espaço suficiente em uma vila privada.

Febe foi passar a noite com Júlia; Marcus já havia ido vê-la no início da tarde. Décimo achara sua filha incrivelmente calma sob as trágicas circunstâncias. Caio era jovem e cheio de vida, mas a febre o devastara durante as últimas semanas.

Enquanto seu senhor descansava, Enoque lhe serviu vinho. O ambiente estava frio, e Décimo mandou-o reabastecer o braseiro com lenha. Marcus se juntou ao pai.

— Ela está aceitando bem a morte de Caio, não é? — Marcus comentou, reclinando-se no divã e observando sem muito interesse enquanto os escravos serviam a refeição noturna.

— Acho que ela está em estado de choque — disse Décimo, pegando um pedaço de carne, mas logo descobrindo que estava sem apetite.

Marcus apertou os lábios. *Ela está chocada ou aliviada?*, pensou, mas guardou os pensamentos para si. Seus pais não sabiam do ciúme feroz de Caio, nem de sua brutalidade. Júlia se mostrara muito reservada, e talvez ele nunca descobrisse, se não tivesse visto as marcas nas costas de Hadassah e confrontado sua irmã. Ele não conseguia lamentar a morte daquele demônio; pelo menos uma vez os deuses haviam sido gentis.

Marcus procurava uma chance de discutir o assunto de Hadassah com seu pai, mas não conseguiu. Décimo estava extremamente preocupado. Convocou Hadassah, e, quando ela entrou silenciosamente na sala carregando a pequena harpa sob o braço, os sentidos de Marcus despertaram. Queria que ela olhasse para ele, mas Hadassah não levantou os olhos e tomou seu lugar no banquinho. Ele queria desesperadamente conversar com ela a sós.

— Cante para nós, Hadassah — Décimo pediu.

Marcus tentava não olhar para ela, mas todas as fibras de seu ser pareciam concentradas em Hadassah. De forma aparentemente casual, ele observava os graciosos movimentos de seus dedos dedilhando as cordas e ouvia sua voz doce e melodiosa. Recordou a suavidade de sua boca e teve de desviar o olhar. Nesse momento, encontrou o olhar de seu pai.

— Isso é tudo — disse Décimo, erguendo a mão devagar. Quando ela se levantou, ele recomeçou a falar: — Hadassah, você já sabe da perda de Júlia?

— Sim, meu senhor.

— Quando a vi hoje, ela me pediu para mandar você de volta. Junte suas coisas e esteja pronta ao amanhecer. Enoque irá levá-la.

Décimo sentiu a reação do filho.

— Sim, meu senhor — disse ela, sem inflexão na voz que sugerisse a turbulência que sentia por dentro.

— Você nos serviu muito bem nestas últimas semanas. Vou sentir falta de sua música e de suas histórias. Pode ir.

Inclinando a cabeça, trêmula, ela sussurrou um agradecimento e saiu.

Marcus fitou o pai, consternado.

— Júlia não tem direito a ela!

— E você tem?

O rapaz se levantou do divã.

— Você não sabe tudo que aconteceu naquela vila!

— Mas sei o suficiente do que se passa nesta! Se essa tragédia infeliz não tivesse acontecido, eu mandaria Hadassah de volta para Júlia amanhã de manhã de qualquer maneira. Seus sentimentos por ela são inadequados.

— Por quê? Porque ela é escrava, ou porque é cristã?

Décimo ficou surpreso com o fato de Marcus não negar sua paixão.

— Ambos os motivos são suficientes, mas nenhum dos dois me preocupa. O que importa é que Hadassah pertence a sua irmã. Duvido que Júlia aceite bem a ironia de você se apaixonar pela escrava dela. E o que aconteceria se você conseguisse seduzir Hadassah e a engravidasse?

Ao ver a expressão do filho, Décimo franziu o cenho.

— Quando compramos Hadassah, sua mãe a deu de presente a sua irmã. Júlia é minha filha e eu a amo. Não vou comprometer a pouca influência que ainda tenho sobre ela por causa de uma escrava de quem ela tem uma estranha dependência. Além de você, em quem mais Júlia confia? Em Hadassah. Essa pequena judia serve à sua irmã com uma devoção única e rara. Hadassah ama sua irmã, independentemente dos defeitos dela. Uma escrava como ela vale o próprio peso em ouro.

— Esse amor e essa devoção quase a mataram algumas semanas atrás.

— Eu sei que Caio a espancou — disse Décimo.

— E sabe que a surra era direcionada a Júlia?

— Sim. Sua irmã e sua mãe estavam cegas pelo charme de Caio, mas eu não.

— Então por que não impediu o casamento?

— Porque eu não queria perder minha filha completamente! Eu a obriguei a um casamento que ela não queria, e isso acabou sendo um desastre. Eu não poderia interferir em um que ela mesma escolheu.

Ele estremeceu de dor quando se levantou do divã. Demorou um pouco até a dor passar e ele conseguir falar de novo.

— Às vezes, não importa quanto você queira proteger seus filhos, deve deixá-los cometer os próprios erros. Tudo o que se pode fazer é esperar que eles venham até você quando precisarem. — Décimo pensou na história que Hadassah contara sobre o filho pródigo e franziu o cenho.

— Muitos dos problemas de Júlia foram provocados por atitudes dela mesma — disse Marcus.

— Eu sei disso! Sempre foi assim, Marcus. Você já parou para pensar? Se não fosse por Hadassah, sua irmã poderia estar morta.

Marcus gelou. Dividido entre o amor por Hadassah e a preocupação com a irmã, olhou para o pai sombriamente.

Décimo parecia velho e cansado, mas lançou a Marcus um olhar firme, que exigia silêncio. Era melhor que algumas coisas não fossem ditas. Embora ele nunca falasse sobre isso, sabia muita coisa do que havia acontecido na vila de Urbano. Ao fechar os olhos, viu Júlia grávida, linda, inocente, cativante, atravessando o jardim e rindo alegremente. Mas logo se lembrou de como a encontrara naquele dia, retraída e pálida, sofrendo tanto que ele mal suportara ver.

Ela pegara a mão do pai, erguendo os olhos inexpressivos.

— Logo antes de morrer, ele olhou para mim e me pediu perdão — dissera ela, aparentemente sofrendo um tormento terrível. — Eu o amava, papai. Juro que o amava de verdade.

Tensa, ela tremia enquanto as lágrimas escorriam pelas faces pálidas. Calabah Shiva Fontano aparecera após receber a notícia da morte de Caio, mas Júlia não quisera vê-la.

— Mande-a embora, por favor! Não quero vê-la. Não quero ver ninguém!

Isso fora o mais próximo de perder o controle a que ela chegara.

Décimo esperava que Febe pudesse dar à filha o conforto de que ela necessitava, mas tinha suas dúvidas. Alguma coisa muito profunda e oculta corroía o espírito de Júlia, e ele não tinha certeza de que queria saber o que era. Já sabia muita coisa acerca do que ela havia feito. Abortara seu neto, pagara as dívidas de apostas de seu marido vendendo o próprio corpo... Ele não queria saber o que mais sua filha havia feito. O que sabia já lhe doía mais que a doença que o devastava por dentro.

— Não interfira nisso, Marcus. Estou lhe pedindo. Hadassah tem uma bondade que a escravidão não conseguiu arruinar; ela serve de coração. Júlia precisa dela. O que você quer de Hadassah pode encontrar em qualquer esquina de Roma. Por favor, pelo menos uma vez na vida, não use as pessoas.

Marcus sentiu o rosto queimar enquanto olhava para o pai, mas logo a frieza o dominou. Baixou os olhos e anuiu com a cabeça em silêncio, sentindo que estava condenando Hadassah à morte.

Calado, desejando evitar que seu pai testemunhasse a agitação que o dominava, ele deixou da sala.

26

Pela quarta vez naquela semana, Júlia mandou Hadassah fazer os preparativos para irem até o túmulo de Caio, fora das muralhas da cidade. A viagem demorava várias horas, e Hadassah se certificou de que houvesse provisões para uma refeição, cobertores no caso de esfriar e vinho para acalmar os nervos de sua senhora a caminho de casa. Júlia tinha pesadelos constantes desde a morte de Caio. Ela fazia oferendas aos deuses domésticos, bem como a Hera, mas de nada ajudava. Não conseguia esquecer o rosto do marido, como o vira minutos antes de morrer. Ele abrira os olhos e a fitara, e Júlia tivera certeza de que ele sabia.

Como tinha medo de ir ao túmulo sozinha, Júlia convidara Otávia para acompanhá-la. Sua mãe considerava pouco saudável que a filha fosse até lá com tanta frequência. Marcus lhe fizera companhia uma vez, mas estava tão preocupado que não foi uma presença gentil. Ela precisava de alguém que pudesse afastá-la de seus próprios pensamentos, e Otávia sempre tinha fofocas para contar.

Quatro escravos carregavam a liteira cortinada. Júlia olhava a paisagem enquanto era conduzida pelas ruas da cidade em direção aos portões. Hadassah havia ido na frente com vários outros escravos, para que tudo estivesse arrumado quando Júlia chegasse. A jovem podia sentir Otávia a observando, mas não disse nada. Estava nervosa, suas mãos suavam. Sentia náuseas e frio.

Otávia olhou para Júlia. Com uma estola branca, o rosto pálido, os olhos opacos e sem vida, os cabelos penteados em um estilo simples, ela parecia trágica e vulnerável. Otávia já não tinha inveja dela; ouvira rumores sobre as apostas e os casos de Caio. Sorriu com satisfação. Júlia merecia tudo o que ele havia feito com ela. Se Caio tivesse se afastado de Júlia e se casado com ela, as coisas teriam sido diferentes. Otávia lançou outro olhar para o rosto de Júlia. Aparentemente, ela ainda o amava. Otávia saboreava a piedade que sentia da amiga.

— Você emagreceu desde que a vi, há algumas semanas — disse. — E se afastou da maioria dos amigos. Calabah está muito preocupada com você.

Calabah. Os olhos de Júlia cintilaram. Desejava nunca ter conhecido aquela mulher. Se não fosse por ela, Júlia nunca teria assassinado Caio. Lançou um olhar inquieto para Otávia. Quanto ela sabia sobre a doença de Caio? Quanto Calabah teria lhe contado?

— Você a vê com frequência? — perguntou.

— Diariamente. Eu vou às reuniões dela, como sempre. Ela sente sua falta.

— O que ela fala sobre mim?

— Falar sobre você? O que ela deveria dizer? — Otávia franziu o cenho. — Calabah não é de fofocar, se é o que está insinuando. Você deveria saber, já que é mais próxima dela do que eu.

Júlia sentiu a pontada da inveja na voz de Otávia e virou o rosto.

— Não tenho tido ânimo para vê-la ultimamente. Não consigo pensar em nada agora, só em Caio.

Abriu a cortina para ver a paisagem, a grama e as árvores ao longo da Via Appia.

— Não sei o que Calabah espera de mim.

Viu um pássaro levantar voo no céu azul e desejou poder fazer o mesmo. Queria poder voar para bem longe, para nunca mais ter de ver Calabah ou ouvir falar dela. Só de pensar nela sentia medo. Calabah sabia de tudo.

— Ela diria que sou uma tola por não conseguir aceitar a morte de Caio. Diga a ela que estou bem — Júlia comentou em tom monótono.

— Diga você mesma. Você deve muito a ela.

Júlia lhe dirigiu um olhar quase amedrontado.

— O que quer dizer? Por que devo algo a Calabah?

— Ora, você não é grata? Ela apresentou você a Caio.

Ali estava novamente, aquela pitada de raiva por trás do sorriso de Otávia. Acaso ela ainda a odiava por roubar o amor de Caio? Mesmo que ele nunca houvesse se interessado por Otávia? Certamente ela sabia disso. Mas Júlia estava vulnerável e não podia suportar que alguém fosse rude com ela nesse momento.

— Se eu não tivesse conhecido Caio, não estaria sofrendo assim, não é, Otávia? E ele me fez sofrer muito antes de morrer também!

— Eu sei. Ouvi rumores.

Júlia deu um sorriso frágil e olhou para fora de novo. Desejou não ter convidado Otávia.

Fechou os olhos e tentou pensar em outra coisa, mas continuava se lembrando de Caio, como o vira no dia de sua morte, dizendo quanto a amava, como a desejara desde o instante em que a conhecera, como se arrependia de seus casos, de ter abusado dela e de sua falta de sorte. Ele a fizera se sentir tão culpada que ela quase parara de lhe dar o veneno, mas àquela altura ele já estava tão doente que não teria feito diferença. Continuar administrando-lhe o veneno acabou com seu sofrimento mais rápido.

Caio a deixara aterrorizada na noite em que tentara matá-la. Ela pensara que a morte dele seria o fim de seus medos, no entanto mais parecia o começo deles. Júlia passou a sentir mais medo do que nunca. Era como se carregasse consigo uma presença negra a todo lugar que fosse, como se não pudesse se afastar dela.

Caio era um jovem cheio de saúde e vitalidade. As pessoas faziam perguntas sobre a doença dele, e Júlia se perguntava se não suspeitariam de algo. O que aconteceria com ela se suspeitassem? Ela se lembrava de ter visto uma mulher, condenada por assassinar o marido, destroçada por cães selvagens na arena. Seu coração batia descontroladamente. Ninguém sabia, exceto Calabah. *Calabah.* Ela lhe dera o veneno e lhe dissera como usá-lo. Ela admitira ter matado o próprio marido quando ele ameaçara se divorciar dela. Certamente Calabah não diria nada. Júlia apertou as mãos no colo.

O que Calabah não lhe disse é que seria horrível ver Caio piorar semana após semana, dia após dia, hora após hora. Ela não lhe disse que seria um processo doloroso.

Júlia fechou os olhos com força, tentando bloquear a imagem de Caio, pálido e encolhido. Os olhos dele, antes fascinantes, haviam se tornado apáticos, como bolas de vidro opacas. Próximo ao fim, só havia neles morte e escuridão. Talvez, se ela soubesse como seria horrível vê-lo morrer pouco a pouco, não tivesse feito isso. Ela o teria abandonado e voltado para casa, para viver novamente com Marcus e seus pais. Ela teria encontrado outra solução.

No entanto, todos os motivos defendidos por Calabah para matá-lo ainda eram válidos. Ele a traíra com outras mulheres. Ele a atormentara emocionalmente, maltratara-a fisicamente. Além de tudo, teria acabado com todo o seu dinheiro. Que escolha tinha, senão matá-lo?

As justificativas se repetiam em sua mente, mas a culpa destruía suas razões.

— Você está com raiva de Calabah por algum motivo? — perguntou Otávia, observando-a.

Como Júlia poderia explicar que ver Calabah só a fazia lembrar o que havia feito? Ela não queria se lembrar de nada.

— Não — respondeu tristemente. — É que não ando com vontade de ver muita gente.

— Fico lisonjeada por você me convidar para acompanhá-la hoje.

— Nós somos amigas desde crianças — disse Júlia, enquanto uma onda repentina de lágrimas dominava seus olhos. — Desculpe se a magoei algumas vezes, Otávia. Sei que às vezes sou terrível.

Ela sabia que Otávia havia sido apaixonada por Caio. Tirá-lo dela havia dado a Júlia um prazer imenso, mas agora ela desejava não ter feito isso. Por todos os deuses, desejava que Otávia o houvesse conquistado.

Otávia se inclinou para a frente e deu-lhe um beijo no rosto.

— Vamos esquecer o passado — disse ela, secando as lágrimas do rosto de Júlia com a ponta do xale. — Eu já esqueci.

Júlia forçou um sorriso. Era mentira. Otávia não havia esquecido. Ela sentia isso na frieza de suas mãos. Estava ali somente para testemunhar sua dor e saboreá-la.

— O que você tem feito ultimamente? Ainda visita o *ludus*?

— Não tão frequentemente quanto antes, agora que Atretes se foi — disse Otávia, dando de ombros.

Júlia sentiu o coração se apertar, brevemente decepcionada.

— Ele morreu?

— Ah, não. Acho que ele é invencível. Mas também era um espinho no pé do imperador, de modo que foi vendido a um efésio que promove jogos na Jônia. Eu o vi lutar nos Jogos Florais. Ele enfrentou outro germano. Infelizmente, não foi uma luta muito emocionante. Tudo acabou em poucos minutos, e ele nem sequer olhou para ver se o polegar de Domiciano estava para cima ou para baixo. Fez o oponente se levantar e o despachou assim — disse, estalando os dedos.

— Eu gostaria de conhecê-lo — disse Júlia, lembrando como ficara excitada no dia em que ele olhara para ela. Lembrou também seu gesto e sentiu a primeira onda de calor das últimas semanas.

— Já notou como algumas das estátuas mais novas de Marte e Apolo têm certa semelhança com ele? — perguntou Otávia. — Ele é o gladiador mais bonito que eu já vi. Só de vê-lo entrar na arena eu já sentia calor. Ainda estão vendendo umas estatuetas dele do lado de fora da arena, mesmo ele não estando mais em Roma. — Ela havia comprado uma, mas preferiria morrer a admitir isso a Júlia.

Após um longo tempo, a liteira foi baixada dos ombros dos escravos e elas desceram. Hadassah e outra criada já haviam preparado a refeição, mas Júlia não demonstrou interesse. Ficou olhando o túmulo de Caio.

— Não é muito grande, não é mesmo?

Otávia estava faminta, mas não insistiu; não queria parecer indiferente à disposição de espírito de Júlia.

— É o suficiente — respondeu.

Júlia se perguntava se se sentiria melhor se tivesse mandado erigir um monumento maior a Caio. Seu pai havia sugerido que ela colocasse as cinzas do marido no mausoléu da família, onde seus dois irmãos estavam sepultados, mas a ideia a aterrorizara. Quando chegasse sua hora, ela não queria ser posta ao lado do marido que ela própria assassinara.

Estremeceu.

— Está com frio, minha senhora? — perguntou Hadassah.

— Não — Júlia respondeu, monocórdia.

— Estou morrendo de fome — disse Otávia com impaciência, aproximando-se para examinar a carne fatiada, as frutas, o pão e o vinho.

Júlia a acompanhou, mas mal beliscou a comida. Otávia comeu vorazmente.

— Viajar abre meu apetite — disse ela, partindo mais um pedaço de pão. — E está tudo maravilhoso. — Olhou para Hadassah. — Por que não manda sua pequena judia cantar para você?

— Caio a odiava — disse Júlia e se levantou.

Foi para perto do túmulo novamente, abraçando-se, como se quisesse afastar um arrepio, apesar do calor de verão. Hadassah foi até ela.

— Tente comer alguma coisa, minha senhora.

— Eu gostaria de saber se ele está em paz — sussurrou Júlia.

Hadassah baixou a cabeça. Urbano havia sido um homem malvado, com apetites obscuros e cruéis. Aqueles que rejeitavam a graça de Deus e eram cruéis com seus semelhantes estavam destinados a passar a eternidade em um local de sofrimento, onde haveria muito choro e ranger de dentes. Mas ela não podia dizer isso a sua senhora. O que poderia dizer para consolar Júlia, que parecia amá-lo tanto?

— Deixe-me a sós com ele por alguns minutos — Júlia pediu.

Hadassah obedeceu.

O coração de Júlia batia monótono enquanto ela fitava o túmulo de mármore. "Caio Polônio Urbano", havia sido cinzelado na pedra branca imaculada, "amado marido." As videiras floridas haviam sido cortadas ao redor, e dois gordos querubins alados descansavam no topo. Ela se ajoelhou lentamente e se inclinou para a frente, para passar o dedo pelas letras, uma de cada vez.

— Amado marido — disse, torcendo os lábios em um sorriso atormentado. — Não me arrependo de ter feito o que fiz. Não me arrependo.

Mas as lágrimas encheram seus olhos e escorreram por suas pálidas faces.

— Você permanecerá na casa de Caio? — perguntou Otávia quando Júlia voltou e se sentou com ela de novo.

Outros pensamentos sombrios surgiram na mente de Júlia e a deixaram ainda mais deprimida. Com a morte de Caio, ela estava mais uma vez sob o domínio de seu pai. Marcus fora reintegrado à tarefa de administrar sua propriedade. Com isso ela não se importava, pois ele lhe daria tudo que ela pedisse, mas ter de ser tratada como uma criança novamente e se submeter a pedir dinheiro e permissão para fazer o que quisesse a incomodava terrivelmente. Dessa forma, que escolha teria a não ser se casar uma vez mais? Após as duas experiências matrimoniais que tivera, não estava ansiosa por outra.

— Não, não posso ficar lá — respondeu. — Meu pai insiste que devo voltar para casa.

— Oh, que coisa horrível — opinou Otávia, exibindo pela primeira vez uma expressão de compaixão.

Júlia teria pouca liberdade quando estivesse debaixo do teto de Décimo Valeriano outra vez. Deu um sorriso triste.

— Às vezes eu sinto falta do tempo em que era criança e corria pelo jardim de minha mãe. Tudo era tão novo e maravilhoso. O mundo inteiro se abria a minha frente. Agora tudo parece tão... escuro. — Balançou a cabeça, desiludida, lutando contra as lágrimas.

— Dê tempo ao tempo, Júlia — disse Otávia. — Daqui a algumas semanas vou levá-la aos jogos. Isso a ajudará a esquecer seus problemas. — Ela se aproximou. — Você realmente mandou duas escravas suas para a arena? — sussurrou, olhando para Hadassah e para os outros.

Júlia lançou um olhar de advertência a Otávia. Hadassah ficara triste quando soubera. Júlia nunca teria imaginado que punir as duas escravas magoaria sua amiguinha, mas a magoara. Ela nem sequer pensara em levar em conta os sentimentos de Hadassah. Tudo que queria era vingança.

— Desobediência é algo que não pode ser tolerado — Júlia proferiu, alto o suficiente para que Hadassah ouvisse. — Elas eram inteiramente leais a Caio, e, quando ele morreu, eu não podia mais confiar nelas.

— Bem, imagino que sua decisão vá manter os demais escravos na linha — disse Otávia, rindo suavemente.

Ela viu que a pequena judia estava pálida.

— Eu agradeceria se você nunca mais mencionasse isso — Júlia pediu.

Aquilo não havia lhe dado o prazer que esperava. Ela se levantou.

— Está esfriando.

Ordenou a Hadassah e aos outros que se preparassem para partir. Otávia estava lhe dando nos nervos com sua tagarelice sem fim e suas perguntas sarcásticas e intrometidas. Júlia olhou para o túmulo de Caio uma última vez e sentiu uma pontada aguda de remorso. Se as coisas tivessem sido diferentes, ela não teria sido levada a fazer o que fez.

Na viagem de volta a Roma, Júlia decidiu que nunca mais voltaria ao túmulo de Caio. Não encontrava paz lá. Na verdade, sentia-se pior cada vez que estava diante dele. Caio estava morto, e isso significava um fim para a infelicidade que ele lhe causara.

Agora ela só queria saber o que fazer de sua vida. Sentia-se vazia e sozinha. Tivera a esperança de que as músicas e as histórias de Hadassah fossem prazerosas como sempre, mas agora a perturbavam, fazendo-a sentir uma inquietação da qual não conseguia se livrar. E a escrava também. Sua pureza e suas crenças imaculadas eram uma constante afronta para Júlia. Ainda mais irritante era o contentamento que Hadassah parecia sentir — algo que Júlia nunca experimentara na vida. Como uma escrava que não tinha nada podia ser feliz, se ela, que tinha tudo, não era?

Às vezes, ela ficava sentada ouvindo a doce voz de Hadassah e uma violenta onda de ódio pela escrava a dominava. No entanto, com a mesma rapidez, em seu rastro surgia uma profunda sensação de aflição e vergonha, deixando-a confusa e ansiosa por algo que ela não sabia definir.

Suas têmporas latejavam. Pressionando-as com a ponta dos dedos, ela fechou os olhos e as esfregou, mas a dor não desapareceu. Assim como a expressão de Caio logo antes de morrer e suas últimas palavras ofegantes.

"Não pense que acabou..."

Ele *sabia*.

— Está tudo pronto e assinado para entregar aos meus representantes — disse Décimo, indicando com a cabeça uma pilha de rolos sobre sua mesa na biblioteca.

— Não acredito que você realmente fez isso — disse Marcus.

— Já faz tempo que ando pensando em mudar minha sede. Todos os meus ativos financeiros serão oficialmente transferidos para banqueiros em Éfeso — Décimo explicou dogmaticamente. — Éfeso é o porto marítimo mais poderoso do Império e está mais próximo das caravanas do leste, onde eu ganhei um bom dinheiro durante anos. Centralizadas em Éfeso, as Importações Valeriano continuarão fornecendo a Roma os bens estrangeiros que ela demanda.

— Como pôde fazer isso, pai? Não sente gratidão pela cidade que lhe deu prosperidade?

Décimo não disse nada por um longo tempo. Roma lhe tirara mais do que lhe dera. A grande e respeitável República de Roma morrera havia muito tempo. Por mais beleza e magnificência que ainda ostentasse, ele se sentia vivendo sobre um cadáver putrefato. Não suportava mais ficar parado vendo como a corrupção e a decadência do Império afetavam seus próprios filhos. Talvez, indo embora, pudesse levá-los a ir também.

— Fico triste por nunca vermos as coisas da mesma maneira, Marcus. Talvez seja assim que deve ser entre pai e filho. Eu também não concordava com meu pai. Se tivesse concordado, eu teria um comércio perto das docas de Éfeso.

Marcus se levantou.

— Como posso fazê-lo ouvir a voz da razão? Um sentimento não é suficiente para mudar a sede de um negócio próspero ou desarraigar uma família nascida e criada em Roma. Todos os caminhos levam a Roma. Nós somos o centro da civilização!

— Que os deuses nos protejam se isso for verdade — Décimo disse com severidade.

Marcus viu que não estava chegando a lugar nenhum. Seu pai andara falando com tanta frequência de voltar a Éfeso que Marcus fizera ouvidos moucos, imaginando que era o sonho de um velho desiludido. Quando sua mãe falara sobre voltar a Éfeso, Marcus lhe dissera que deixar Roma era impensável do ponto de vista comercial e pessoal. Inexplicavelmente, ela ficara consternada com sua veemência, e agora ele entendia o porquê. A decisão já havia sido tomada e ele não havia sido consultado. Febe não o ajudaria a dissuadir Décimo. Ela faria qualquer coisa para deixar o marido feliz e, se ele achava que voltar a sua pátria era a solução, Febe o acompanharia sem pestanejar.

— E quanto a Júlia? — perguntou Marcus, sabendo que tinha na irmã uma aliada. — O que ela tem a dizer sobre esse plano? Já se deu o trabalho de lhe contar?

— Ela vai conosco.

Marcus riu com desdém.

— Acha mesmo? Você vai ter que arrastá-la para o navio. Já é difícil o bastante para ela ter que estar aqui, debaixo do seu teto novamente!

— Eu falei com sua irmã esta manhã e lhe contei sobre meus planos. Ela me pareceu aliviada com a ideia de sair de Roma. Acho que é pela perda de Caio. Ela quer ficar longe de tudo que a faça recordá-lo.

Ou talvez tivesse sido a visita daquela mulher, Calabah Fontano, que deixara Júlia fraca e reticente, ansiosa para abandonar Roma.

Marcus o fitou, estupefato.

— Fale com ela você mesmo, se não acredita em mim — disse Décimo.

O rapaz franziu o cenho, pensando na capitulação de Júlia. Estava assim tão atormentada, ou era uma estratégia aceitar sem discutir? No entanto, mais que preocupado com os problemas de Júlia, Marcus estava aflito com seus próprios sentimentos em relação à decisão do pai.

— E se eu disser que não quero sair de Roma? Isso adiaria essa decisão que você tomou sem me consultar?

— É necessário que um pai consulte o filho sobre algo? — Décimo retrucou com o semblante rígido. — Eu farei o que tiver de fazer, sem pedir sua aprovação. Você pode tomar suas próprias decisões. Fique em Roma, se isso lhe agrada.

Marcus sentiu o choque do abandono. Olhou nos olhos de seu pai e viu a determinação e a obstinação que haviam construído seu império comercial.

— Talvez eu fique — respondeu. — Eu sou romano, pai. De nascença. Meu lugar é aqui.

— Metade do sangue que corre em suas veias é efésio, quer você se orgulhe disso ou não.

Era isso que ele pensava que o retinha ali?

— Eu tenho orgulho de ser seu filho e nunca tive vergonha dos meus antepassados.

Décimo estava profundamente sentido pelo fato de a relação entre ele e seu filho ter se tornado tão tensa que Marcus não era capaz de confiar na decisão dele de se mudar.

— Espero que você decida vir conosco, mas, repito, a escolha é sua. — Ele pegou um pergaminho da pilha e o estendeu a Marcus. — Eu sabia que seria uma escolha difícil para você.

Marcus o pegou.

— O que é isso? — Rasgou o selo e o desenrolou.

— Sua herança — disse Décimo simplesmente, com uma expressão de insondável tristeza.

Marcus olhava de seu pai para o documento que tinha na mão. Leu várias linhas e gelou. Um filho nunca recebia um documento desses enquanto seu pai fosse vivo. Não, a menos que o filho fosse expulso da família. Na cabeça de Marcus, só poderia haver duas razões para seu pai lhe dar esse documento: ou Décimo havia desistido de seu filho, ou havia desistido de si mesmo. E ele não aceitava nenhuma das duas opções. Ergueu os olhos, magoado e furioso.

— Por que isso?

— Porque eu não sei mais como lhe dizer que não quero forçá-lo a fazer nada contra sua vontade. Há muito tempo você já provou ser um homem. — Ele suspirou, cansado. — Talvez, indo conosco, você sinta saudade de Roma, como eu sinto de Éfeso. Não sei dizer, Marcus. Você tem que decidir sozinho qual é seu lugar neste mundo.

Tomado por emoções fortes e conflitantes, Marcus ficou em silêncio, apertando o documento na mão.

Décimo fitou seu filho com tristeza.

— Apesar de minha cidadania romana e da prosperidade que esta cidade me deu, eu sou efésio. — Apoiou a mão na mesa. — Quero ser enterrado em meu país.

Ele está morrendo. A súbita compreensão dominou Marcus, fazendo o ar fugir de seus pulmões. Atordoado, ele se sentou, com o pergaminho aberto na mão. Ele devia ter percebido antes. Talvez tivesse percebido, mas se recusara a enfrentar o fato — até aquele momento, quando não tinha mais escolha. Afinal, seu pai era mortal. Ele o fitou e o viu como realmente era: velho e humano. Doeu.

— Então essa doença que o atormenta não está melhorando — disse.
— Não.
— Há quanto tempo você sabe?
— Um ano, talvez dois.
— Por que não me contou antes?
— Você sempre me viu como uma força em sua vida, algo com que lutar. Talvez tenha sido orgulho. Um homem não gosta de se ver diminuído aos olhos de seu único filho. — Afastou a mão da mesa. — Mas todos nós vamos morrer, Marcus. É nosso destino. — E, notando a expressão nos olhos do filho, acrescentou: — Eu não lhe contei isso agora para fazer você se sentir culpado ou obrigado a alguma coisa.
— Não?
— Não — Décimo confirmou com firmeza. — Mas você tem uma decisão a tomar. E é melhor conhecer todos os fatos antes de tomá-la.

Marcus sabia que se não fosse com sua família para Éfeso nunca mais veria seu pai vivo. Ele se levantou, enrolou o pergaminho novamente e o estendeu. Seu pai não o aceitou.

— Seja qual for sua decisão, tudo que está listado nesse documento é seu agora. Assuma o leme, ou divida tudo e venda peça por peça. Faça como preferir. Com uma administração adequada, Júlia tem mais que suficiente para se sustentar confortavelmente pelo resto da vida, e estou organizando as coisas para sua mãe.

Marcus o fitou. Seu pai simplesmente desistira? Não lutaria contra aquilo? Era impensável que Décimo Vindácio Valeriano se entregasse assim à morte. No entanto ali estava ele, olhando o filho nos olhos, e, mesmo se rendendo e se deitando para morrer, Marcus era obrigado a reconhecer que o pai tinha um controle de ferro.

— Sim, pai. Como sempre, você resolve a vida de todos. A propriedade de Júlia em minhas mãos, a vida de mamãe resolvida até o fim de seus dias e a minha muito bem amarrada! — Ergueu o pergaminho. — De repente você me diz que está morrendo e tira minha liberdade, me entregando tudo que construiu e pelo que trabalhou, me entregando a *sua vida* em um documento. — Ele amassou o rolo. — E depois tem a audácia de me dizer que eu posso escolher o que fazer! — Jogou o pergaminho amassado na mesa, em meio aos outros — Que escolha eu tenho? — questionou e foi embora.

Trófimo sorriu enquanto Hadassah se aproximava da banca com sua cesta.

— Sentimos sua falta, irmãzinha.

— Voltei para a vila dos Valeriano — disse ela baixinho, com olhar sombrio.

Quando fora mandada para Júlia, Hadassah retomara as reuniões noturnas. Mas, assim que Júlia se mudara para a casa dos pais novamente, ela obedecera às ordens de Marcus de não sair da vila a menos que lhe fosse solicitado.

Trófimo entendia. Hadassah tinha dividido seu dilema com os outros cristãos, e eles haviam tentado ajudá-la a decidir o que o Senhor gostaria que ela fizesse. Para adorar Deus com os demais, ela teria que desafiar seus amos. Como escrava, Hadassah devia servir e obedecer. Marcus não a proibira de cultuar seu Deus, só de fazê-lo na companhia dos outros. Ela decidira obedecer às ordens de seu amo, e orar e adorar como fazia antes de conhecer Trófimo.

— Tem alguma grande missão hoje? — ele perguntou, imaginando se ela teria mudado de ideia e sentira necessidade de estar com as pessoas que compartilhavam sua fé.

— Minha senhora teve um súbito desejo de damascos.

O comerciante via que ela estava preocupada, mas não a pressionou.

— Temo que ela terá de suportar o desejo. Nenhum dos vendedores de frutas tem damascos há semanas. Houve uma praga na colheita da Armênia.

— Oh — disse ela, bastante chateada.

— Sua senhora sempre deseja o que não está disponível?

Hadassah o olhou e Trófimo franziu o cenho. Deu-lhe um tapinha na mão.

— Assim é o espírito inquieto, irmãzinha. Vamos lhe dar figos, então. Experimente, são deliciosos figos africanos. — Ele escolheu os melhores e os colocou na cesta de Hadassah. — E acabei de receber cerejas de Céraso. Tome, experimente. Eu lhe faço um bom preço.

— Você sempre me faz um bom preço — disse ela, tentando acompanhar seu humor. E comeu uma cereja. — A senhora Júlia vai gostar, imagino. São bem doces.

Trófimo selecionou apenas as melhores cerejas. Não conseguindo mais conter a curiosidade, indagou:

— O que a incomoda, irmãzinha?

— Meu amo está morrendo — disse ela suavemente. — Ele pensa que voltar a sua terra natal lhe trará paz. — Olhou para Trófimo com seus olhos escuros e preocupados e explicou: — Ele nasceu em Éfeso.

Ele hesitou. Palavras de preocupação e cautela surgiram em seus lábios, mas ela precisava de ânimo, não de histórias obscuras sobre uma cidade mais obscura ainda.

— Ouvi dizer que Éfeso é o porto marítimo mais bonito de todo o Império. As ruas são de mármore branco, margeadas por colunas e templos.

— Eles adoram Ártemis — Hadassah comentou.
— Nem todos. Há cristãos em Éfeso. E o apóstolo João.

Os olhos de Hadassah se iluminaram. João, o apóstolo! Desde que se lembrava, João fazia parte de sua vida. Ele era um dos exaltados, um dos abençoados que haviam sido escolhidos pelo Senhor para caminhar com ele durante os últimos três anos na Terra. Portanto, era tratado com reverência, até mesmo com admiração, pelos cristãos. João havia sido o primeiro escolhido pelo Senhor. Ele estivera presente nas bodas em Caná, onde Jesus transformara água em vinho. Ele vira Jesus ressuscitar a filha de Jairo. Ele estivera na montanha quando Jesus fora transfigurado e Elias e Moisés falaram com o Senhor. João esteve mais próximo de Jesus durante sua agonia no Horto. Fora João quem ocupara o lugar mais próximo ao Senhor na última ceia. João ouvira o julgamento. Estivera na cruz com Maria. Estivera no túmulo e vira o sudário vazio, e fora um dos primeiros a crer na ressurreição de Jesus.

E João fora seu último elo com seu pai, pois ele estava com Jesus no dia em que o Senhor tocara Ananias e o ressuscitara dentre os mortos.

Hadassah amava João quase tanto quanto a seu próprio pai. Ela se lembrava de estar sentada no colo do pai em um cenáculo em Jerusalém durante a celebração da Última Ceia, na Páscoa. Adormecera em seus braços ouvindo João e os outros conversarem sobre o Senhor, sobre o que ele havia dito, o que havia feito. João havia sido amigo de seu pai. Se ao menos pudesse entrar em contato com ele... Mas Éfeso era uma cidade grande. As chances de encontrar João eram mínimas. O pequeno vislumbre de esperança que Hadassah sentira virou pó e morreu.

Trófimo prosseguiu:

— Eu ouvi dizer uma vez que a mãe de Jesus, Maria, foi com ele para Éfeso. Oh, que bênção seria conhecer a mulher que carregou nosso Senhor no ventre!

Ele olhou para Hadassah com um sorriso, mas notou seu tremor. Com os olhos cheios de preocupação, pousou a mão forte sobre a dela.

— O que você realmente teme, irmãzinha?

Ela suspirou, trêmula.

— Tudo. Tenho medo do que este mundo considera importante. Tenho medo do sofrimento. Às vezes tenho medo de Júlia. Ela faz coisas terríveis sem pensar nas consequências. Trófimo, minha coragem falha em todas as oportunidades que o Senhor me dá. Às vezes eu me pergunto se sou verdadeiramente cristã. Se eu fosse, não estaria disposta a arriscar minha vida para falar a verdade? Acaso eu me importaria de sofrer uma morte dolorosa?

Os olhos de Hadassah brilhavam por causa das lágrimas. Acima de tudo, ela tinha medo dos sentimentos que Marcus despertara nela, cada vez mais fortes.

— Elias foi corajoso diante da ameaça de Jezabel? — perguntou Trófimo.
— Não. Ele havia acabado de destruir duzentos sacerdotes de Baal, mas fugiu de uma mulher e se escondeu em uma caverna. Pedro foi corajoso quando nosso Senhor foi levado pelos guardas? O medo o fez negar três vezes que conhecia o Senhor. Hadassah, o próprio Jesus suou sangue no Horto enquanto rezava para que o Pai afastasse dele o cálice. — Deu um sorriso gentil. — Deus lhe dará coragem quando você precisar.

Ela pegou a mão de Trófimo e a beijou.

— O que eu farei sem você para me animar?

— Você tem o Senhor. Ele sustenta a alma.

— Sentirei muita falta de você e dos outros. Mesmo não podendo estar na reunião, eu ia ao jardim e adorava com vocês. Éfeso fica tão distante...

— Somos parte do mesmo corpo, irmãzinha. Nada pode nos separar do Senhor. Nele, somos todos um.

Ela assentiu, tirando força de suas palavras, mas a tristeza não a abandonou.

— Por favor, continue orando pelos Valeriano, especialmente por Júlia.

Trófimo aquiesceu.

— Oraremos por você também. — Ele pousou as mãos nos ombros dela e os apertou de leve. — Nos veremos novamente na glória do Senhor.

Ele viu Hadassah sumir entre a multidão. Sentiria falta dela. Sentiria falta de sua voz doce e de seu olhar quando cantava os salmos. Seu espírito humilde o havia tocado profundamente, assim como à sua esposa e aos demais. Mais profundamente do que ela poderia imaginar.

Deus, protege-a. Coloca os anjos à sua volta. Ela enfrentará todos os poderes do mal naquela cidade. Guarda-a do maligno. Cerca-a e fortalece-a com teu Espírito. Faz dela uma luz no alto da colina.

Pelo restante do dia, Trófimo rezou por ela enquanto trabalhava. Pediria aos outros que orassem também.

Se Roma era corrupta e perigosa, Éfeso era o verdadeiro trono de Satanás.

ÉFESO

27

Hadassah estava no convés da *corbita* romana, enchendo os pulmões do ar salgado do mar. O alto arco da proa mergulhava e se erguia novamente, fazendo levantar borrifos frescos no ar. Soprava um vento forte, que inflava as velas quadradas. Marinheiros trabalhavam nas cordas.

Tudo a fazia lembrar o mar da Galileia e os sons dos pescadores quando voltavam carregados no fim do dia. Ela e seu pai muitas vezes caminharam pela margem, perto das docas, ouvindo os homens gritarem uns aos outros.

Hadassah observou os marinheiros que trabalhavam em volta e recordou as palavras de seu pai: "Pedro era como eles. E Tiago e João. Filhos do Trovão, era como o Senhor os chamava. Às vezes eram profanos e orgulhosos".

Deus escolhera homens como esses; isso dava esperança a Hadassah. Jesus não escolhia homens que o mundo escolheria. Ele escolhia gente comum, com defeitos, e as transformava em algo extraordinário por meio do Espírito Santo que habitava nelas.

Senhor, sou tão fraca. Às vezes me sinto tão perto de ti que tenho vontade de chorar; e às vezes não consigo sentir tua presença. E Marcus, Senhor... Por que me sinto tão atraída por ele?

O vento acariciou seu rosto quando ela se voltou para observar as faíscas de luz que o azul profundo da água refletia. Era tudo tão bonito! A vista, o cheiro, a sensação de liberdade enquanto o navio avançava na vastidão do oceano. Afastando os pensamentos e anseios perturbadores da mente, ela fechou os olhos e agradeceu pela vida, pela beleza da criação divina, pelo próprio Deus.

Estás aqui, Senhor. Estás aqui e à minha volta. Quem dera eu pudesse sentir tua presença sempre, tão profundamente. Oh, Senhor, que um dia eu possa me curvar diante de ti e adorar-te para sempre.

Marcus subiu para o convés e a viu na proa. Ele não a via fazia quatro dias, e seus sentidos despertaram. Quando se aproximou, observou as curvas esbeltas de seu corpo e o jeito como os fios de cabelo escuro flutuavam ao vento. Parou ao lado dela, bebendo a doçura de seu perfil sereno. Ela não o notou, pois seus olhos estavam fechados e seus lábios se moviam. Fascinado, ele a observava.

Hadassah parecia tomada pelo mais puro prazer, como se o respirasse profundamente.

— Rezando de novo? — ele perguntou.

Ela se assustou. Não olhou para ele, e Marcus se arrependeu de perturbar sua serenidade.

— Parece que você reza incessantemente.

Ela corou e baixou a cabeça, mas não disse nada. O que poderia dizer, se ele a flagrara novamente adorando a Deus, quando ele lhe ordenara que não o fizesse?

Ele se arrependeu de ter falado alguma coisa. Antes tivesse parado em silêncio ao lado dela, sorvendo a paz de seu contentamento — especialmente porque parecia que ele não conseguia sentir a mesma coisa. Marcus suspirou.

— Não estou bravo com você — disse. — Reze como quiser.

Então ela o fitou. A suave doçura de sua expressão o atravessou. Ele recordou como havia sido beijá-la. Ergueu a mão e colocou um fio de cabelo rebelde atrás de sua orelha. A expressão dela se alterou levemente, e ele baixou a mão.

— Minha mãe disse que Júlia está muito difícil — falou da forma mais casual possível, desejando que ela relaxasse em sua presença. — Isso significa que ela está melhor?

— Sim, meu senhor.

A resposta, baixa e subserviente, fez Marcus ranger os dentes, irritado. Desviou os olhos dela e fitou o mar, a exemplo de Hadassah.

— Eu nunca tinha notado como a atitude respeitosa de um escravo pode impor tamanha distância entre dois seres humanos. — Olhou para ela de novo, autoritário. — Por que você ergue esse muro entre nós?

Ele queria derrubar suas defesas e abraçá-la. Ela não respondeu, mas Marcus viu que aquela observação a perturbara.

— Vai me tratar sempre como *meu senhor*, Hadassah?

— É assim que deve ser.

— E se eu não quiser?

Sentindo-se abalada por suas palavras, Hadassah estendeu a mão e se segurou na balaustrada. Marcus pousou a mão sobre a dela. O calor de seu toque foi como um choque para Hadassah. Ela tentou retirar a mão, mas ele a apertou, segurando-a.

— Meu senhor — disse ela, implorando.

— Você ficou lá embaixo com Júlia porque ela precisa de você, ou para fugir de mim? — ele perguntou rudemente.

— Por favor — ela pediu, desejando que ele a soltasse, assustada com as sensações que seu toque lhe despertava.

— Eu é que peço por favor. Quero que me chame de "Marcus", como fez no jardim de Cláudio muito tempo atrás. Você se lembra? *Marcus*, você disse, como se eu significasse algo para você.

Ele não tinha a intenção de falar de forma tão ousada nem de revelar tantos sentimentos, mas parecia impossível manter as palavras enterradas dentro de si. Paralisada, Hadassah o encarou com aqueles belos olhos escuros — ele a queria tanto.

— Uma vez você me disse que rezava por mim.

— Eu sempre rezo pelo senhor. — Ela corou vividamente ao admitir isso e baixou a cabeça de novo. — Rezo por Júlia, por sua mãe e por seu pai também.

Com a esperança renovada, ele acariciou a pele lisa de seu punho com o polegar, sentindo seus batimentos acelerados.

— O que você sente por mim é diferente do que sente por eles.

Ele ergueu o punho de Hadassah e pousou os lábios ali, onde seu sangue corria rápido. Quando sentiu que os músculos dela se retesaram, ele a soltou e ela se afastou.

— Por que faz isso, meu senhor? — ela perguntou, suspirando suavemente.

— Porque eu quero você — ele respondeu. Ela desviou o olhar, envergonhada. — Não tenho intenção de lhe fazer mal.

— Mas faria, sem nem sequer saber.

Suas palavras o deixaram contrariado.

— Eu a trataria bem. — Ele ergueu seu queixo para que o fitasse. — A quem você mais teme, Hadassah? A mim ou a esse seu deus inexistente?

— Eu temo minha própria fraqueza.

A resposta de Hadassah o surpreendeu, e uma onda de calor tomou seu corpo.

— Hadassah — ele sussurrou, acariciando sua face suave e macia.

Ela fechou os olhos, e ele sentiu o anseio dela, tão intenso quanto o seu. Mas ela ergueu a mão e afastou a dele, abrindo os olhos e fitando-o com um olhar suplicante.

— Quando um homem e uma mulher se unem com a bênção de Deus, é uma aliança sagrada — disse, olhando para o mar ao redor. — Mas esse não seria o nosso caso, meu senhor.

Ele cerrou o maxilar.

— Por que não?

— Deus não abençoa a fornicação.

Atônito, ele sentiu o rosto corar. Não se lembrava da última vez em que havia corado e sentiu raiva por uma afirmação tão ridícula de uma escrava ingênua o embaraçar. Marcus não se envergonhava diante de nada havia anos.

— Seu deus desaprova o amor?

— Deus *é* amor — disse Hadassah suavemente.

Ele deu um riso suave.

— Palavras de uma virgem que não sabe do que está falando. Amor é prazer, Hadassah, o prazer supremo. Como esse deus pode ser amor se ele estabelece leis contra o mais puro instinto e o ato mais natural entre um homem e uma mulher? O que é o amor, senão isso?

O vento mudou de direção e os marinheiros gritaram uns para os outros. Marcus sorriu com desdém e fitou a água ondulante, os pequenos lampejos de luz e cor, sem esperar que ela respondesse.

Mas as palavras vieram a Hadassah — palavras lidas por Asíncrito muitas vezes no encontro dos cristãos; palavras escritas pelo apóstolo Paulo, inspiradas por Deus e enviadas aos coríntios. Uma cópia de sua preciosa carta encontrara caminho até Roma. Hadassah podia ouvir essas palavras agora, tão claramente que era como se o próprio Deus as houvesse gravado em sua mente. E essas palavras se aplicavam a esse homem e a esse momento.

— O amor é paciente, Marcus — disse ela com suavidade. — O amor é gentil. Não é indecente, não busca seus interesses, não se irrita, não julga mal. Não folga com a injustiça, mas com a verdade. Tudo sofre, tudo crê, tudo espera, tudo suporta. O amor nunca falha...

Marcus deu um sorriso zombeteiro.

— Amor assim é impossível.

— Nada é impossível para Deus — ela disse com tanta segurança e convicção que ele franziu o cenho.

— Marcus — chamou Décimo.

O rapaz se retesou. Voltou-se e viu seu pai a poucos metros, olhando para os dois. Empertigou-se e sorriu levemente. Era óbvio que o homem estava se perguntando sobre o que ele e Hadassah conversavam, tão absortos.

— Júlia está melhor hoje? — Décimo perguntou, dirigindo-se a Hadassah.

— Está dormindo bem, meu senhor.

— Ela comeu alguma coisa?

— Um prato de sopa e alguns pães ázimos esta manhã. Ela está bem melhor.

— Ela a dispensou?

Hadassah pestanejou.

— Ela...

— É a primeira vez em três dias que Hadassah sai daquela cabine fétida — intercedeu Marcus. — Um escravo não pode ter um pouco de ar fresco e um momento de descanso?

— Convém que Hadassah esteja lá com sua irmã, atendendo às necessidades dela.

Os olhos de Hadassah ficaram marejados de vergonha.

— Eu imploro seu perdão, meu senhor — disse, dando um passo para se afastar.

Júlia a mandara levar as toalhas e os pratos sujos, e ela pensara em ficar apenas um ou dois minutos no ar fresco do mar. Deveria ter voltado imediatamente, em vez de se comprazer de forma tão egoísta.

Marcus a pegou pelo punho.

— Você não fez nada de errado.

Percebendo a angústia dela e sabendo que em parte era por sua causa, ele a soltou. E a observou até que a viu desaparecer, antes de falar:

— Ela não saiu de perto de Júlia desde que embarcamos neste navio, há uma semana. Tinha que a repreender por ficar ao sol respirando um pouco de ar fresco por um breve momento?

Décimo ficou surpreso com a emoção de Marcus. *Repreender* era uma palavra forte para o comentário gentil que ele fizera para Hadassah. Mesmo assim, ele a havia magoado. Havia notado isso tanto quanto Marcus quando ela se voltara. Quão profundos seriam os sentimentos de Hadassah por seu filho?

— Vou falar com ela.

— Com que finalidade? — perguntou Marcus, rígido de raiva.

— Com a finalidade que eu considerar apropriada — disse Décimo, advertindo-o. Seu filho passou por ele e foi embora. — Marcus — chamou.

Mas o rapaz atravessou o convés e desceu, sem responder.

Uma tempestade desviou o navio do curso e fez recrudescer o enjoo de Júlia. Ela gemia a cada balanço da embarcação, amaldiçoando toda vez que seu estômago revirara. Seu sono era intermitente, repleto de pesadelos. Apática e pálida, ela reclamava constantemente quando estava acordada.

A pequena cabine era fria e úmida. Hadassah tentava manter Júlia aquecida, cobrindo-a com pesados cobertores de lã. Ela mesma tremia enquanto acalmava sua senhora.

— Os deuses estão me castigando — disse Júlia. — Vou morrer. Eu sei que vou morrer.

— Não vai morrer, minha senhora. — Hadassah afastou o cabelo sujo da testa pálida de Júlia. — A tempestade vai passar. Tente dormir.

— Como posso dormir? Não quero dormir. Não quero sonhar. Cante para mim. Faça-me esquecer.

Quando Hadassah obedeceu, Júlia gritou:

— Não essa! Essa me faz mal. Não quero ouvir canções sobre seu deus estúpido que tudo vê e tudo sabe! Cante outra coisa. Algo para me divertir! Romances de deuses e deusas, cantigas, qualquer coisa.

— Não conheço canções assim — disse Hadassah.

Júlia chorou amargamente.

— Então vá embora e me deixe em paz!

— Minha senhora... — Hadassah tentava confortá-la.

— Saia, já disse — gritou Júlia. — Saia daqui! Saia daqui!

Hadassah saiu rapidamente. Sentou-se no corredor escuro e estreito. O vento frio se infiltrava por cima. Puxando os joelhos contra o peito, tentou se aquecer. Rezou. Após um longo tempo, adormeceu com o balanço do navio. Sonhou com os escravos da galé movendo-se para a frente e para trás ao som do tambor.

Marcus quase tropeçou em Hadassah quando desceu depois de ir ter com os marinheiros. Abaixou-se e tocou-lhe o rosto. Ela estava gelada. Praguejou e afastou as mechas de cabelo escuro da testa de Hadassah. Havia quanto tempo ela estava sentada naquele corredor gelado? Sem acordá-la, ele a pegou no colo e a levou para sua cabine.

Deitou-a cuidadosamente em seu beliche e cobriu-a com cobertores germanos de pele. Tirou as mechas de cabelo molhado de seu rosto sem cor.

— É assim que seu deus de amor cuida dos seus?

Ele se sentou na beira do beliche e a observou dormir. Sentiu uma ternura que doía e o sufocava. Queria abraçá-la e protegê-la, mas esses sentimentos não lhe eram agradáveis. A paixão feroz que sentira por Arria, uma paixão que queimava, ardente, e depois arrefecia, era melhor que esses sentimentos novos e inquietantes que ele nutria por Hadassah. Haviam surgido devagar e cresciam lentamente, espalhando-se como uma videira que se enroscava na argamassa de sua vida. Hadassah estava se tornando parte dele; seus pensamentos eram consumidos por ela.

Ele ficava recordando tudo que ela dissera sobre seu deus, mas não conseguia entender nada. Ela havia dito que era um deus de amor, mas que deus era aquele que deixara seu povo ser destruído e não fizera nada enquanto seu templo desabava em ruínas? Ela acreditava que o Nazareno era filho de seu deus, um Messias para seu povo, e mesmo assim esse homem-deus, ou o que quer que fosse, morrera como um criminoso na cruz.

A religião dela era cheia de paradoxos. Sua fé desafiava a lógica. No entanto, Hadassah se apegava a ela com uma obstinação silenciosa que ultrapassava a devoção a qualquer sacerdotisa do templo.

Ele crescera ouvindo histórias de deuses e deusas. Sua mãe adorava meia dúzia deles. Desde que se lembrava, ele a via fazer oferendas, deixar biscoitos ao lado de seus ídolos todas as manhãs e fazer visitas ao templo uma vez por semana.

A devoção não se limitava a sua mãe. Marcus vira mais de uma vez o bom e velho Enoque, o judeu fiel que seu pai havia comprado ao chegar a Roma, voltar o rosto e balançar a cabeça quando sua mãe entrava no larário para deixar as oferendas aos ídolos. Enoque desprezava os ídolos romanos, mas nunca compartilhara suas crenças com os Valeriano. Acaso o silêncio de Enoque representava respeito e tolerância pelas práticas religiosas dos outros, ou era um sinal de repugnância e orgulho? Marcus ouvira falar que os judeus eram a raça escolhida. Mas escolhida para que e por quem?

Ele olhou para Hadassah, que dormia pacificamente, e soube que, se perguntasse, ela se abriria com ele. Em vez de permanecer como algo hermético, ela só queria se verter para os outros. Tudo que fazia refletia sua fé. Era como se todas as horas do dia, todos os dias, ela se dedicasse a agradar a seu deus, servindo aos outros com dedicação. Esse deus que ela adorava a consumia. Ele não pedia uma visita breve ao templo, uma pequena oferenda votiva de dinheiro ou comida ou orações esporádicas. Esse deus queria tudo dela.

E o que ela conseguia dele? Que recompensa recebia por sua devoção? Ela era uma escrava, não tinha bens, nenhum direito, nenhuma proteção além da que seus donos lhe dessem. Ela não podia se casar sem a permissão de seu amo. Sua vida dependia da boa vontade de seus donos, pois ela poderia ser morta por qualquer motivo, ou por nenhum. Hadassah recebia uma moedinha por dia de seu pai, mas frequentemente a dava a alguém.

Ele recordou a paz que vira em seu rosto quando ela rezava, no convés. Paz e alegria. Ela era uma escrava, mas parecia possuir uma sensação de liberdade que ele nunca sentira. Era isso que o atraía nela?

A tempestade amainou. Sacudindo a cabeça, Marcus sabia que precisava ficar longe dela para pensar com clareza. Abandonou a cabine.

Na proa, onde conversara com Hadassah dois dias atrás, Marcus olhava o mar escuro à sua frente. O domínio de Netuno. Mas não era de Netuno que ele necessitava nesse momento. Com um sorriso irônico, fez uma oração a Vênus para que enviasse um Cupido alado para flechar o coração de Hadassah e despertar-lhe amor por ele.

— Vênus, deusa de Eros, faça-a arder como eu.

Um vento suave ondulava as velas. *O amor é paciente, não busca seus interesses.*

Marcus franziu o cenho, irritado que as palavras de Hadassah lhe voltassem à mente logo após apelar a Vênus, como um sussurro suave ao vento. Fitando a vastidão do mar, sentiu uma dolorosa solidão. Uma enorme escuridão se fechou ao redor dele, pressionando-o por todos os lados, pesada, opressiva.

— Eu a terei — disse na quietude e desceu rumo às cabines.

Júlia estava no corredor.

— Eu mandei Hadassah sentar aqui e esperar até que eu a chamasse, e ela saiu! Deve estar com mamãe e papai, cantando para eles.

Ele a pegou pelo braço.

— Ela está na minha cabine.

A garota se soltou, fitando-o como se ele a houvesse traído.

— Ela é *minha* escrava, não sua.

Marcus tentou manter a paciência.

— Eu sei muito bem, e ela não está deitada na minha cama pelos motivos que você imagina. Precisa cuidar melhor daquilo que lhe pertence, irmãzinha.

Ele lembrou que Júlia sofria enjoos constantes e não podia esperar que ela se comportasse como de costume.

— Eu tropecei em Hadassah diante da sua porta. Ela estava molhada, quase congelando. Uma escrava doente não seria muito útil para você.

— Bem, e quem vai atender às minhas necessidades?

O egoísmo de Júlia o deixou possesso.

— Do que você precisa? — ele perguntou, rangendo os dentes.

— Preciso me sentir melhor. Preciso sair deste navio!

— Você se sentirá melhor assim que seus pés tocarem terra firme — disse ele, tentando se controlar e levando-a de volta à cabine.

— E quando será isso?

— Daqui a dois ou três dias — respondeu, ajudando-a a se deitar na cama amarrotada. Cobriu-a com um cobertor.

— Preferia não ter concordado com esta viagem! Queria ter ficado em Roma!

— E por que concordou?

— Eu não queria estar cercada de coisas que me lembrassem o que aconteceu nos últimos dois anos. Queria fugir de tudo aquilo.

Marcus se compadeceu de Júlia. Ela era sua única irmã e ele a amava, apesar de sua petulância e seu humor sombrio. Ele a havia mimado desde que nascera e não deixaria de fazê-lo agora. Sentado na beira do beliche, pegou sua mão. Estava fria.

— O tempo levará embora as más lembranças, e outras coisas virão para ocupar sua mente. Parece que Éfeso é uma cidade excitante, irmãzinha. Tenho certeza de que encontrará algo interessante por lá.

— Atretes está em Éfeso.

Ele ergueu as sobrancelhas.

— Então foi essa a estrela que a guiou. Tudo bem olhar os gladiadores com certa cobiça, Júlia, mas nem pense em se envolver com um deles. São uma raça diferente de homens.

— Otávia disse que os gladiadores são os melhores amantes.

Marcus deu um sorriso cínico.

— Ah, sim, Otávia. Dona de grande sabedoria.

— Eu sei que você nunca gostou dela.

— Descanse — ele disse e se levantou.

Júlia pegou sua mão.

— Marcus? Que estrela o guiou?

Ele viu uma frieza em sua expressão que não pertencia à irmã que ele tanto amava.

— Você. Mamãe e papai.

— Nada mais?

— Que outra razão poderia haver?

— Hadassah. — Ela o fitou, franzindo o cenho e estudando-o atentamente. — Você me ama, Marcus?

— Eu adoro você — ele respondeu com sinceridade.

— Ainda me amaria se eu fizesse algo horrível?

Inclinando-se, ele ergueu o queixo de Júlia e beijou levemente seus lábios. Fez com que ela o olhasse nos olhos e disse:

— Júlia, você nunca poderia fazer nada tão terrível a ponto de eu deixar de amá-la. Juro. Agora descanse.

Ela perscrutou seus olhos e se recostou, ainda perturbada.

— Eu quero Hadassah.

— Quando ela acordar, eu a mandarei para você.

Júlia franziu o cenho.

— Ela pertence a mim. Acorde-a agora.

O mau gênio de Marcus despertou quando ele se lembrou de Hadassah deitada no corredor úmido e frio.

— Estou aqui, minha senhora. — A escrava apareceu à porta.

Marcus olhou para trás. Ela ainda estava muito pálida e cansada. Ele ia dizer a ela que voltasse para a cama quando viu a expressão de Júlia.

— Eu tive outro sonho ruim — disse a garota, esquecendo o irmão. — Acordei e você não estava aqui. Lembrei que você estava ali fora, mas não a encontrei.

Marcus nunca tinha visto aquele olhar no rosto de sua irmã. No instante em que ela viu Hadassah, uma onda de alívio pareceu ter feito desaparecer a raiva, o medo e o desespero.

Ele falou calmamente, com ternura:

— Ela está aqui com você agora, Júlia.

A garota estendeu as mãos para a escrava e Hadassah as tomou, ajoelhando-se ao lado do beliche e pousando-as em sua testa.

— Você deveria estar aqui quando a chamei — disse Júlia com petulância.

— Não repreenda Hadassah por algo sobre o qual ela não teve controle nem conhecimento — disse Marcus.

Júlia se voltou para ele com olhos inquisitivos — olhos que o queimaram. Com um sorriso irônico, Marcus saiu, fechando a porta. Apoiando-se nela do lado de fora, levantou a cabeça e fechou os olhos.

28

Dois guardas levaram Atretes até a proa, onde Sertes o esperava. O comerciante o saudou com um sorriso e fez um gesto amplo, atraindo a atenção de Atretes para além dele, para um templo cintilante na cabeceira do porto.

— Este é o templo de Ártemis, Atretes. Ela nasceu no bosque perto da foz do Caístro e é adorada aqui há mais de mil anos. Sua deusa, Atretes, a deusa cuja imagem você tem em sua cela.

— A imagem já estava em minha cela em Cápua quando cheguei.

Dava azar quebrar um ídolo de pedra, fosse a pessoa um adorador ou não.

— No entanto, você veio por causa dela. Quando eu vi o santuário dela em sua cela no *ludus*, soube que ela o escolhera para vir a Éfeso. — Sertes se voltou, erguendo a mão com grande orgulho. — O que você está vendo é o maior templo já construído para qualquer deus. Ele abriga uma pedra sagrada lançada para nós do céu, um sinal de que Ártemis escolheu nossa cidade como seu *neocoros*.

— *Neocoros?* — Atretes repetiu a palavra desconhecida.

— "Varredor do templo" — Sertes explicou. — O termo se refere aos serviçais mais subalternos, dedicados aos cuidados do templo sagrado. Uma palavra referente à humildade que se tornou um título de honra.

Ele pegou uma moeda de uma bolsa que levava na cintura e a virou para que Atretes a visse.

— *Neocoros* — disse, passando o dedo sobre a escrita. — Nossa cidade é exaltada assim.

O guerreiro levantou a cabeça e fitou Sertes com olhos frios.

— A imagem já estava na cela de Cápua quando cheguei.

O efésio sorriu com desdém.

— E você acha que foi por acaso? Nada acontece por acaso, bárbaro. Mas não importa se você veio por causa da imagem. Os deuses de seu pai o abandonaram nas florestas da Germânia, mas Ártemis o manteve vivo. Preste homenagem a ela como ela merece e a deusa continuará o protegendo. Despreze-a, e ela vai lhe dar as costas e ficar olhando enquanto você é destruído.

Fez um movimento de mão novamente.

— Ártemis não é a virgem caçadora Diana, como os romanos pensam. Ártemis é irmã de Apolo, filha de Leto e Zeus. É a deusa-mãe da terra, que abençoa os homens, os animais e nosso solo com fertilidade. O veado, o javali, a lebre, o lobo e o urso são sagrados para ela. Ao contrário de Diana, que é uma deusa da castidade, Ártemis é sensual e orgíaca, atlética e sem puritanismos.

Atretes observou o grande templo. Todos os animais que Sertes mencionara abundavam nas florestas negras de sua pátria. O templo — uma estrutura magnífica, mais magnífica que os mais famosos templos de Roma — brilhava à luz do sol. Era como se estivesse acenando, chamando Atretes.

— O mármore veio do monte Prion — disse Sertes. — Todas as cidades gregas da Ásia enviaram oferendas para ajudar a construir o templo em homenagem a nossa deusa. São cento e vinte e sete colunas, cada uma com vinte metros de altura, cada uma presente de um rei. — Seus olhos escuros brilhavam de orgulho. — Os adornos são constantemente acrescentados pelos maiores artistas de nosso tempo. Que outra deusa pode dizer que tem isso?

Atretes se perguntou se Ártemis era parente de Tiwaz, pois compartilhava alguns de seus atributos.

— Terei permissão para adorá-la? — perguntou, imaginando qual seria a forma de celebração dessa deusa.

Sertes assentiu, satisfeito.

— Claro. Como convém — disse, magnânimo. — Desça. Você receberá água e uma túnica limpa. Prepare-se. Vou levá-lo ao templo para que possa se curvar diante da deusa sagrada antes de ser levado ao *ludus*.

Assim que o navio aportou, Sertes mandou dois guardas buscarem o guerreiro. Mais dois esperavam em cima. A colunata que levava ao Artemísion, ou templo de Ártemis, era pavimentada com mármore e intercalada com pórticos ensombrados. As pessoas se voltavam para olhar e sussurrar enquanto Atretes percorria o trajeto. Obviamente, Sertes era bem conhecido, e sua presença, bem como a de quatro guardas armados, deixava claro que o gigante loiro era um gladiador importante. Ele ignorava os olhares admirados que recebia, desejando que Sertes não tivesse decidido fazê-lo descer a via principal da cidade durante o horário mais movimentado do dia. Era óbvio que o comerciante havia feito isso para provocar agitação entre o povo.

O número de lojas que vendiam santuários de madeira, prata e ouro aumentava à medida que se aproximavam do Artemísion. Havia pequenas réplicas do templo em todos os lugares, e parecia que todo visitante queria comprar uma lembrança de Ártemis e uma miniatura de seu templo para levar para casa como recordação da peregrinação. Atretes notou que quase todos que passavam por ele tinham pequenos ídolos nas mãos.

Ele olhou para o edifício à sua frente, impressionado com sua imensidão e grandeza. As colunas de jaspe verde e mármore branco subiam até o entablamento horizontal, onde se viam vários tipos de cenas complexamente esculpidas. Muitas colunas eram pintadas de cores vivas e tinham imagens gravadas, algumas explicitamente eróticas.

As grandes portas de cipreste estavam abertas, e, quando Atretes passou por elas para entrar no santuário sagrado, viu que partes do telhado de cedro se abriam em direção ao céu. O gladiador olhou em volta lentamente; seu olho treinado não deixava escapar nada.

— Vejo que notou os guardas — disse Sertes. — O templo abriga o tesouro. A parte do leão da riqueza de todo o oeste da Ásia é armazenado aqui e nos edifícios em volta.

O templo estava cheio de sacerdotes e sacerdotisas, todos cantarolando como abelhas trabalhadoras ao redor da rainha. Sertes os indicou com a cabeça, dizendo:

— Os *megabuzoi* são os sacerdotes que realizam cerimônias no interior do templo. Todos são eunucos e respondem ao sumo sacerdote.

— E as mulheres? — perguntou Atretes, com um leve sorriso ao ver tantas garotas bonitas.

— Todas virgens. As *melissai* são sacerdotisas consagradas ao serviço da deusa. São divididas em três classes, e todas respondem a uma sacerdotisa principal. Há também prostitutas do templo, aguardando para lhe dar prazer mais tarde. Mas, primeiro, a Deusa Altíssima.

Entraram na câmara fumegante que abrigava a imagem sagrada de Ártemis. Mergulhada em uma névoa de incenso, com as mãos estendidas, era uma imagem surpreendentemente tosca e rígida de ouro e ébano. A parte superior do corpo era adornada com seios flácidos de grandes mamilos, e os quadris e as pernas, cobertos de relevos de animais sagrados e abelhas. A base era uma pedra negra sem forma, provavelmente a que Sertes dissera ter caído do céu.

Quando Atretes observou a imagem da deusa, viu os símbolos gravados na cabeça, no cinto e na base. Subitamente, prendeu a respiração — o símbolo que ornamentava a cabeça de Ártemis era a runa de Tiwaz! Com um grito rouco, Atretes se prostrou diante da imagem da deusa e agradeceu por sua proteção durante quatro anos de jogos sangrentos.

Os encantamentos dos *megabuzoi* e o canto melodioso das *melissai* o cercaram e o sufocaram. O perfume do incenso se tornou tão forte que o enjoou. Sem conseguir respirar, ele se levantou e saiu cambaleando do claustro. Apoiando-se em uma das colunas maciças, puxou o ar profundamente. Seu coração batia forte, acompanhando os tambores e címbalos que ressoavam atrás dele.

Após um momento sua mente desanuviou, mas o peso em seu espírito permaneceu, obscuro e sufocante.

— Ela o chamou — disse Sertes, com os olhos brilhantes de satisfação.

— Ela carrega a runa de Tiwaz — Atretes comentou com espanto.

— As "Letras de Éfeso" — Sertes corrigiu. — Pronunciadas em voz alta, serão como um feitiço para você. As letras têm grande poder e, se usadas como amuleto, evitam espíritos malignos. O edifício que você vê ali abriga um arquivo de livros sobre as letras. Os homens que os escrevem são as mentes mais brilhantes do Império. Que letra teve significado especial para você?

Atretes lhe disse qual.

— Você pode comprar um amuleto quando terminarmos nossas devoções — Sertes sugeriu, indicando com a cabeça várias jovens belas e ricamente vestidas sob a sombra fresca do corredor de colunas. — Escolha quem quiser. As mulheres são lindas e habilidosas, e os jovens, fortes e vigorosos. Não existe maneira melhor de se conectar com Ártemis que usufruindo dos muitos prazeres eróticos que ela nos dá.

Quatro anos de brutalidade, sendo tratado como um animal, haviam acabado com o lado mais gentil de Atretes. Sem vergonha alguma, ele olhou para as mulheres que se ofereciam e apontou para uma garota voluptuosa, coberta de véus vermelhos, pretos e dourados.

— Quero essa.

Sertes gesticulou para a moça. Ela foi em direção a eles; cada passo era um movimento provocante. Sua voz era baixa e rouca.

— Dois denários — disse.

Atretes lhe entregou as moedas e ela o conduziu ao piso inferior, atravessou a planície de mármore branco e os dois adentraram as sombras frescas de um bordel.

Ele havia encontrado sua deusa. Mas mesmo assim, muito depois que voltou para a luz do sol, a escuridão pesava sobre sua alma.

Hadassah achou a nova casa dos Valeriano ainda mais bonita que a vila em Roma. Era construída em uma encosta de frente para a Rua Kuretes, a parte mais privilegiada, perto do coração de Éfeso, no declive do monte Rouxinol. Cada casa servia como um terraço coberto para a do lado, oferecendo uma vista da bela cidade.

A vila tinha três andares, e cada um se abria ao redor de um peristilo central, colunado, que deixava a luz do sol e da lua entrar nos aposentos internos. Havia um poço no centro do peristilo, pavimentado de mármore branco e decorado com mosaicos. As câmaras internas também possuíam pisos de mosaico e paredes cobertas de afrescos eróticos.

O espírito de Júlia se avivou no momento em que os viu. Rindo, estendeu os braços e girou no quarto que seria o seu.

— Eros usando uma coroa!

No canto esquerdo havia a estátua de um homem nu, exceto por uma coroa de louros na cabeça. Em uma mão, ele segurava um cacho de uvas; na outra, um cálice. Júlia foi até a estátua e a acariciou.

— Talvez os deuses sejam gentis comigo, afinal — disse, rindo, enquanto Hadassah virava a cabeça, envergonhada. — Os judeus são tão puritanos! É surpreendente que tenham tantos filhos — Júlia observou, satisfeita por provocá-la.

A família se reuniu no triclínio. Hadassah serviu a refeição, ciente dos afrescos licenciosos que cobriam as três paredes — deuses e deusas gregos em várias aventuras amorosas.

Durante as primeiras semanas em Éfeso, a saúde de Décimo parecia muito melhor. Ele mesmo levava Febe e Júlia para passear de biga pelas encostas ocidentais do monte Panayir Dagi. Marcus ia para o escritório da empresa, perto do porto, para se certificar de que todas as transferências de dinheiro haviam sido realizadas de acordo com suas especificações.

Hadassah ficava em casa com os outros escravos, desempacotando e arrumando as coisas de Júlia. Quando terminava seus deveres, saía para explorar a cidade, uma hora por vez — Júlia queria saber onde ficavam as lojas de joias e roupas.

A escrava caminhava pelas ruas de mármore, repletas de templos dedicados a um deus ou outro. Viu termas, edifícios públicos, uma escola de medicina, uma biblioteca. Virou uma esquina, em uma rua cheia de vendedores de ídolos, e diante dela surgiu o Artemísion. Apesar de sua beleza estonteante, Hadassah sentiu seu espírito se encolher.

Ainda assim, curiosa, ela se aproximou e se sentou em um pórtico ensombrado para ver as pessoas que entravam e saíam do templo. Muitas que passavam por ela carregavam os pequenos santuários e ídolos que haviam comprado. Hadassah balançou a cabeça; não podia acreditar. Centenas de pessoas subiam e desciam os degraus para adorar um deus de pedra sem vida ou poder.

A jovem judia sentiu grande tristeza e solidão. Observou a beleza e a imensidão do Artemísion e se sentiu pequena e impotente. Observou as centenas de adoradores e sentiu medo. Roma havia sido bastante assustadora, mas algo em Éfeso oprimia seu espírito.

Fechando os olhos, rezou. *Deus, estás aqui, neste lugar, repleto de adoradores pagãos? Preciso sentir tua presença, mas não a sinto. Eu me sinto tão sozinha... Ajuda--me a encontrar amigos como Asíncrito, Trófimo e os outros.*

Abriu os olhos novamente, olhando a multidão sem vê-la de verdade. Sabia que devia voltar para a vila, mas uma voz calma dentro dela pedia que ficasse ali por mais alguns minutos. Então ela obedeceu e esperou. Olhava casualmente para a multidão... até que franziu o cenho. Tinha vislumbrado alguém entre um grupo de homens — alguém familiar —, e seu coração deu um pulo. Ela se levantou e ficou na ponta dos pés, observando fixamente. Não estava enganada! Cheia de alegria, Hadassah correu, atravessando a multidão com uma ousadia nunca antes demonstrada. Quando passou pelos últimos seguidores, gritou seu nome e ele se voltou, com o rosto iluminado de surpresa e alegria.

— Hadassah! — gritou João, o apóstolo, abrindo os braços.

Ela se encaixou neles, chorando.

— Louvado seja Deus! — exclamou, agarrando-se a ele e sentindo-se em casa pela primeira vez desde que deixara a Galileia, cinco anos atrás.

Marcus voltou mais cedo de seu encontro com advogados e comerciantes. A casa estava fria e silenciosa. Taciturno, recostou-se em uma coluna, do lado de fora de seu quarto, no segundo andar, e voltou a atenção para o peristilo. Uma escrava trabalhava ali, esfregando os azulejos do mosaico que descrevia um sátiro perseguindo uma donzela nua. A garota olhou para ele e sorriu. Era nova na casa, uma das aquisições de seu pai ao chegar. Marcus suspeitava de que seu pai havia comprado a garota com a esperança de que sua beleza parda e suas curvas generosas o distraíssem da obsessão por Hadassah.

Décimo poderia ter economizado seu dinheiro.

Marcus se aprumou e voltou para seus aposentos para se servir de um pouco de vinho. Bebeu um gole e saiu ao terraço, observando as pessoas que andavam pela rua. Com uma incomum percepção, Marcus reconheceu Hadassah dirigindo-se à Rua Kuretes. Seu cabelo estava coberto com o xale listrado que usava habitualmente, e ela carregava uma cesta de pêssegos e uvas no quadril — frutas para satisfazer os caprichos de Júlia, enquanto suas próprias necessidades não eram atendidas. Hadassah levantou levemente a cabeça, mas, se o viu olhando para ela, não demonstrou.

Marcus franziu o cenho. Ela estava diferente nos últimos dias. Exaltada, cheia de alegria. Algumas noites atrás, ele chegara tarde e a ouvira cantar para seus pais. Sua voz doce era tão rica e pura que fizera doer o coração de Marcus. Quando ele entrou para se sentar com eles, ela estava mais bonita do que nunca.

Recostado na parede, Marcus viu Hadassah subir a rua de casa. Ela olhou para cima mais uma vez e desapareceu abaixo dele quando chegou à entrada.

O humor de Marcus estava mórbido; ele voltou para dentro e ficou no frescor do corredor no segundo andar, esperando ouvir a porta se abrir. Vozes tranquilas murmuraram no salão inferior, e um dos servos da cozinha atravessou o peristilo com uma cesta de frutas. Ele esperou.

Hadassah apareceu sob a luz do sol, abaixo dele. Tirou o xale que cobria seus cabelos, deixando-os soltos sobre os ombros. Mergulhando lentamente as mãos na bacia de água, lavou o rosto. Que estranho que um ato tão comum conseguisse mostrar tanta graça e dignidade.

A casa estava tão quieta que Marcus a ouviu suspirar.

— Hadassah — chamou. Ela se alarmou e ele apertou o corrimão de ferro. — Quero falar com você — disse, rígido. — Suba até meu quarto. Agora.

Ele a esperou na porta de seus aposentos e sentiu sua relutância para entrar. Quando ela o fez, ele fechou a porta com firmeza. Ela ficou ali, subserviente, de costas para ele, esperando que falasse. Embora aparentasse calma, ele sentia a tensão emanar dela como o gume de uma faca. Doía em seu orgulho ter precisado lhe ordenar que fosse até sua presença. Ele passou por ela e ficou parado entre as colunas do terraço. Queria dizer algo, mas não conseguia encontrar as palavras.

Voltando-se levemente, ele a fitou. Seus próprios anseios estavam refletidos nos olhos dela, misturados ao medo e à confusão.

— Hadassah — suspirou, e tudo que sentia por ela estava em seu nome. — Eu esperei...

— Não — ela disse baixinho, voltando-se para fugir.

Marcus a pegou antes que ela pudesse abrir a porta. Forçando-a a se voltar, pressionou-a contra a porta.

— Por que luta contra seus sentimentos? Você me ama. — E pousou a mão no rosto dela.

— Marcus, não! — disse ela, angustiada.

— Admita — ele pediu, baixando os lábios para tomar os dela.

Quando ela virou a cabeça, ele pousou os lábios na curva ardente de sua garganta. Ela ofegou e tentou se soltar dele.

— Você me ama! — disse ele ferozmente.

E, dessa vez, segurou seu queixo e ergueu seu rosto. Cobriu sua boca com a dele, beijando-a com toda a intensa paixão que crescia nele havia meses. Ele a bebia como um homem morrendo de sede. O corpo dela foi se derretendo gradualmente no dele, e ele sabia que não poderia esperar mais. Pegando-a no colo, levou-a para o divã.

— Não! — ela gritou e começou a se debater.

— Pare de lutar contra mim — disse ele com voz rouca. Viu a escuridão nos olhos dela e o rubor de sua pele. — Pare de lutar contra si mesma. — E a pegou pelos punhos. — Eu abandonei Roma para ficar com você. Tenho esperado por você como nunca esperei por mulher nenhuma.

— Marcus, não ponha esse pecado sobre você.

— Pecado? — zombou ele, tomando sua boca de novo.

Ela segurou a túnica dele, sem saber se o afastava ou o atraía para si. Suplicando-lhe que parasse, seus apelos só o deixavam mais determinado a provar que o desejo dela não era menor que o dele. Ela tremia sob seu toque, e ele podia sentir o calor de sua pele — mas também o gosto salgado de suas lágrimas.

— Deus, me ajude! — gritou ela.

— *Deus* — ele repetiu, subitamente furioso. E, numa explosão de frustração, se esqueceu de toda gentileza. — Sim, reze para um deus. Reze para Vênus. Reze para Eros e peça para se comportar como uma mulher normal!

Ele sentiu o decote da túnica dela se rasgar em suas mãos e ouviu seu choro suave e assustado. Praguejando, subitamente recuou. Ofegante, observou o estrago que havia feito; a túnica rasgada ainda estava em sua mão. Então foi tomado por uma terrível frieza.

— Hadassah — ele gemeu, sentindo repugnância de si mesmo. — Eu não queria...

E se calou, atordoado ao ver o rosto imóvel e lívido de Hadassah. Seus olhos estavam fechados e ela não se mexia. Ele não conseguia respirar enquanto olhava para aquela forma inerte.

— Hadassah!

Ele a tomou nos braços, afastou seu cabelo do rosto e pousou a mão sobre seu coração, aterrorizado de pensar que o deus dela a teria matado para salvar sua pureza. Mas o coração de Hadassah bateu contra sua palma, e ele se sentiu aliviado. Até que se conscientizou de que quase a estuprara.

Devagar, ela foi voltando a si. Incapaz de encará-la, ele a deixou de costas no divã e se levantou. Foi até o decantador e se serviu de vinho, virando-o garganta abaixo. Tinha gosto de fel. Tremendo violentamente, olhou para trás e a viu sentada. Seu rosto estava lívido. Ele serviu mais vinho e levou para ela.

— Beba isto — pediu, empurrando o cálice em sua mão. Ela o pegou com mãos instáveis. — Parece que seu deus quer que você permaneça virgem — disse ele, estremecendo internamente diante da insensibilidade de suas palavras.

Em que havia se transformado, capaz de estuprar a mulher que amava?

— Beba tudo — ele ordenou, sombrio, sentindo o tremor dos dedos dela quando roçaram os seus.

Cheio de remorso, Marcus pousou as mãos sobre as de Hadassah e se ajoelhou diante dela.

— Eu perdi o controle... — disse com a voz sufocada de dor, sabendo que isso não era desculpa.

Ela não o fitou; lágrimas escorriam por suas faces descoradas, um rio silencioso de lágrimas, e o coração de Marcus se apertou.

— Não chore, Hadassah, não chore. Por favor. — Ele se sentou ao lado dela, querendo puxá-la para seus braços, mas com medo. — Desculpe — disse, tocando seus cabelos. — Não aconteceu nada, não precisa chorar.

O cálice caiu no chão, salpicando vinho tinto como sangue nos azulejos de mármore. Ela cobriu o rosto; seus ombros tremiam.

Marcus se levantou e se afastou, amaldiçoando-se.

— Meu amor não é gentil nem paciente — disse ele, recriminando-se. — Eu não queria machucá-la, juro! Não sei o que aconteceu... Nunca perdi o controle assim antes.

— Você parou.

Ele olhou para Hadassah, surpreso por ouvi-la se dirigir a ele. Seu olhar era firme, apesar do tremor do corpo.

— Você parou, e o Senhor o abençoará...

Essas palavras despertaram sua fúria.

— Não me fale de seu deus! Eu o amaldiçoo! — ele exclamou amargamente.

— Não diga isso — ela sussurrou, com o coração temendo por ele.

Marcus voltou e a forçou a fitá-lo.

— É esse amor que eu sinto que você chama de bênção? — Viu que a estava machucando e a soltou. Afastou-se um pouco, lutando contra suas emoções. — Que tipo de bênção é querer você como eu quero e não poder tê-la por causa de uma lei ridícula? Não é natural combater nossos instintos básicos. Seu deus tem prazer em infligir dor.

— Deus causa a dor que pode curar.

— Então você não nega — disse ele com um riso áspero. — Ele brinca com as pessoas, como qualquer outro deus.

— Não brinca, Marcus. Não há outro Deus senão o Deus todo-poderoso, e o que ele faz, faz segundo seu bom propósito.

Ele fechou os olhos. *Marcus*. Ela abençoara seu nome quando o pronunciara, e sua raiva se dissipou. Mas a frustração não.

— Que bom propósito pode resultar do meu amor por você? — perguntou, desesperançado, enquanto a fitava.

Os olhos dela brilhavam, úmidos. Ele sentiu que se afogaria com o olhar cheio de esperança que havia nos olhos dela.

— Pode ser a maneira de Deus abrir seu coração para ele.

Marcus enrijeceu.

— Para ele? — Riu de modo ríspido. — Eu preferiria morrer a me curvar para esse seu deus.

Marcus nunca tinha visto um olhar tão dolorido e triste no rosto de Hadassah e se arrependeu do que disse. Ele viu que havia despedaçado sua túnica de escrava e soube que também havia despedaçado seu coração com essas palavras rancorosas. E, ao olhar nos olhos dela, entendeu que, ao fazê-lo, despedaçara o próprio coração também.

— O que a faz se apegar a esse deus invisível? Me diga.

Hadassah olhou para ele; sabia que o amava como nunca amaria mais ninguém. *Por quê, Deus? Por que esse homem que não entende? Por que esse homem que voluntariamente te rejeita? Acaso és cruel, como Marcus diz?*

— Não sei, Marcus — respondeu ela, profundamente abalada.

Ela ainda tremia, sentia um desejo estranho e forte por ele, e tinha medo, pois via como seria fácil se render às sensações que Marcus lhe provocava. Deus nunca a fazia se sentir assim.

Deus, dá-me forças. As minhas já me abandonam. O jeito como ele me olha me faz derreter por dentro. Ele me deixa fraca.

— Faça-me entender — disse Marcus.

Hadassah sabia que ele esperaria até ela responder.

— Meu pai dizia que o Senhor escolhe seus filhos antes da fundação do mundo, segundo sua boa intenção.

— Boa intenção? É bom não lhe permitir apreciar o que é natural? Você me ama, Hadassah. Eu vi isso em seus olhos quando você olhou para mim. Eu senti isso quando a toquei. Sua pele estava tão quente... Você tremia, e não era de medo. É bom que seu deus nos faça sofrer desse jeito?

Quando ele a olhava daquela maneira, ela não conseguia pensar. Baixou os olhos. Marcus se aproximou e ergueu seu queixo.

— Você não sabe responder, não é? Você acha que esse seu deus é tudo, que ele é suficiente. Eu digo que não é. Ele pode abraçá-la, Hadassah? Pode tocá-la? Pode beijá-la?

Ele acariciou suavemente a face de Hadassah, e, quando viu seus olhos se fecharem, seu coração acelerou.

— Sua pele está quente e seu coração está batendo tão rápido quanto o meu. — Ele a encarou, suplicante. — Seu deus a faz sentir o que eu faço?

— Não faça isso comigo — ela sussurrou, pegando a mão dele entre as suas.

— Por favor, não faça isso.

Ele sabia que a magoara novamente, mas não sabia por quê. Não conseguia entender nada, e isso o enchia de tristeza e frustração. Como alguém tão gentil, tão frágil, podia ser tão inflexível?

— Esse deus não consegue sequer falar com você — disse Marcus, cansado.

— Ele fala comigo — ela respondeu suavemente.

Marcus a soltou. Observando seu rosto, viu que ela falava a verdade. Outros já haviam feito tal afirmação antes: os deuses disseram isso, os deuses disseram aquilo. Tudo que os deuses diziam era em seu próprio interesse. Mas nesse momento, enquanto olhava nos olhos de Hadassah, ele não tinha dúvidas. Então, inexplicavelmente, sentiu medo.

— Como? Quando?

— Você se lembra da história que contei uma vez sobre Elias e os profetas de Baal?

Ele franziu o cenho levemente.

— O homem que fez descer o fogo dos céus para queimar sua oferenda e depois matou duzentos sacerdotes? — Ele lembrava. Ficara surpreso pelo fato de Hadassah ser capaz de contar uma história tão sangrenta. Ele se endireitou e se afastou. — O que tem essa história?

— Depois que Elias destruiu os sacerdotes, a rainha Jezabel disse que faria o mesmo com ele, e ele fugiu porque teve medo.

— Medo de uma *mulher*?

— Ela não era qualquer mulher, Marcus. Era muito má e muito poderosa. Elias fugiu para o deserto para se esconder de Jezabel. Orou a Deus com medo de morrer, mas Deus enviou um anjo. A comida que o anjo do Senhor lhe deu permitiu a Elias viajar quarenta dias até chegar a Horebe, a montanha de Deus. Elias encontrou uma caverna lá e morou nela. Foi então que o Senhor foi até ele. Chegou um vento forte e quebrou as rochas, mas Deus não estava na tempestade. Então houve um terremoto e um fogaréu, mas o Senhor também não estava neles. E então, como Elias estava protegido na fenda de uma rocha, ouviu Deus falar.

Ela olhou para Marcus. Os olhos de Hadassah eram suaves e radiantes, e seu rosto brilhava estranhamente.

— Deus sussurrou, Marcus. Uma vozinha calma. Uma voz ao vento...

Ele sentiu um estranho formigamento na coluna. Com um leve sorriso, ecoou:

— Um vento.

— Sim — disse ela suavemente.

— Há brisa hoje. Se eu ficar no terraço, poderei ouvir a voz desse deus?

Ela baixou a cabeça.

— Se você abrir seu coração, sim.

Se seu coração não estivesse tão endurecido. Ela sentiu vontade de chorar de novo.

— Ele falaria mesmo com um romano? — Marcus perguntou, zombeteiro. — É mais provável que esse seu deus queira ver meu coração em seu altar. Especialmente depois do que estive prestes a fazer com uma de suas seguidoras mais dedicadas.

Foi até a porta que se abria para o terraço e ficou de costas para ela.

— É a seu deus que tenho de culpar, então, por esse desejo que sinto por você? É ele que está fazendo isso? — Ele se voltou para encará-la. — Sombras de Apolo e Dafne — disse amargamente. — Você conhece essa história, Hadassah? Apolo queria Dafne, mas ela era virgem e não queria se render. Ele a perseguiu loucamente e ela fugiu, gritando e pedindo aos deuses que a salvassem. — Deu um riso áspero. — E eles a salvaram. Sabe como? Transformaram-na num arbusto com flores doces e perfumadas. É por isso que você vê estátuas de Apolo com uma coroa de flores de dafne na cabeça. — Sorriu com ironia. — Será que esse seu deus a transformará em um arbusto ou uma árvore para proteger sua virgindade de mim?

— Não.

Um longo silêncio se fez entre eles. O único som que Marcus ouvia era o de seu próprio batimento cardíaco.

— Você lutou contra si mesma mais do que comigo.

Ela corou e baixou os olhos novamente, mas não negou.

— É verdade que você me faz sentir coisas que nunca senti antes — disse suavemente e o fitou de novo. — Mas Deus me deu livre-arbítrio e me advertiu sobre as consequências da imoralidade.

— *Imoralidade?* — Marcus repetiu, rangendo os dentes, sentindo a palavra como uma bofetada no rosto. — É imoral que duas pessoas que se amam tenham prazer juntas?

— Como você amava Bitia?

A pergunta, pronunciada com suavidade, foi como um balde de água fria e reacendeu sua raiva.

— Bitia não tem nada a ver com meus sentimentos por você! Eu nunca amei Bitia.

— Mas fez amor com ela — Hadassah disse baixinho, envergonhada de falar tão claramente.

Ele olhou nos olhos dela e sua raiva se dissipou. Sentiu vergonha, mas não conseguia entender por quê. Não havia nada de errado com o que ele havia feito com Bitia. Ou havia? Ela o procurara de livre e espontânea vontade. Depois das primeiras vezes, Bitia ia até ele à noite, mesmo quando ele não a convocava.

— Eu teria que lhe dar uma ordem, não é? — disse ele com um sorriso pesaroso. — E, se eu exigisse que se entregasse, você se sentiria compelida a se jogar do terraço.

— Você não me daria uma ordem dessas.

— Como pode ter tanta certeza?

— Você é um homem honrado.

— Honrado — repetiu ele, com um riso amargo. — Como uma única palavra pode acabar com o ardor de um homem. E com a esperança. Sem dúvida, era essa sua intenção. — Ele a olhou. — Acima de tudo eu sou um romano, Hadassah. Não conte muito com meu autocontrole.

O silêncio pairava entre eles. Marcus sabia que nada poderia destruir seu amor por ela e por um momento sentiu desespero. Se não fosse por essa crença a que ela se apegava tão fortemente, ele poderia atraí-la para a sua. Se não fosse por seu deus...

Hadassah se levantou.

— Posso ir, meu senhor? — perguntou suavemente, como qualquer escrava faria.

— Sim. — Observou-a caminhar até a porta e abri-la. — Hadassah — chamou, dilacerado de amor. A única maneira de tê-la seria destruindo aquela sua fé obstinada. Mas, ao fazê-lo, acaso não a destruiria também? — O que esse deus já fez por você?

Ela ficou imóvel por um longo momento, de costas para ele.

— Tudo — disse suavemente e saiu, fechando a porta atrás de si.

Marcus disse a seu pai naquela noite que pretendia comprar uma casa para morar.

— Nossa mudança repentina para Éfeso gerou especulações sobre a segurança de nossos ativos — explicou. — Gastar talentos de ouro com uma segunda vila e promover entretenimentos extravagantes para funcionários romanos importantes acabará rapidamente com as especulações.

Décimo o fitou, ciente de que os verdadeiros motivos de Marcus para ir embora não tinham nada a ver com "especulações".

— Eu entendo, Marcus.

E entendia mesmo.

29

— *H*adassah! — chamou Júlia quando entrou em casa. Erguendo a bainha de seu *palus*, subiu as escadas depressa. — Hadassah!

— Sim, minha senhora — a escrava respondeu, correndo para ela.

— Venha, venha, depressa! — Júlia fechou a porta de seu quarto. Riu e girou alegremente, tirando o fino véu que cobria seu cabelo. — Mamãe e eu fomos ao Artemísion esta manhã e quase desmaiei quando ele entrou.

— Quem, minha senhora?

— Atretes! Ele é ainda mais bonito do que eu recordava. Parece um deus do Olimpo. Todo mundo olhava para ele. Ele estava a poucos metros de mim. Dois guardas estavam ao seu lado enquanto ele adorava. Pensei que ia morrer, meu coração batia tão rápido!

Ela levou a mão ao peito, como se quisesse fazer o coração parar, então começou a revirar suas coisas.

— Mamãe disse que devíamos deixá-lo adorar com privacidade — falou com tristeza.

— O que está procurando, minha senhora? Deixe-me ajudá-la.

— A cornalina vermelha, lembra? Não a simples, a grande, com a garra de ouro pesada. Procure, depressa! Chakras disse que aumenta a imaginação, e vou precisar de toda que possa reunir para encontrar uma maneira de conhecer Atretes.

Hadassah encontrou o pingente e o estendeu a Júlia. Apesar da beleza pura e natural da cornalina, aquela garra espalhafatosa a tornava uma joia repugnante, um talismã destinado à magia.

— Não coloque fé em uma pedra, minha senhora — disse ela, entregando-o obedientemente à moça.

Júlia riu e colocou o colar. Apertou a cornalina.

— Por que não? Se funciona para os outros, por que não funcionaria para mim? — Segurou a cornalina com firmeza com as duas mãos entre os seios e fechou os olhos. — Preciso concentrar a mente e meditar. Saia e só volte quando eu a chamar.

A cornalina pareceu funcionar para Júlia. Uma hora depois, ela sabia exatamente como fazer para conhecer Atretes. Mas era uma ideia que não poderia compartilhar com Hadassah nem com ninguém em casa. Até Marcus faria objeções a seus métodos, mas ela não se importava. Seus olhos brilhavam de excitação. Não, ela não se importava com o que os outros pensassem. Além do mais, ninguém precisava saber. Seria um segredo, só ela saberia — e Atretes.

Hadassah lhe dissera para não colocar sua fé em uma pedra, mas a cornalina havia funcionado! Júlia sabia que nunca poderia ter tido uma ideia tão escandalosa e emocionante sem ela. No dia seguinte, faria todos os preparativos necessários.

E então conheceria Atretes no templo de Ártemis.

Atretes se lembrou da profecia de sua mãe no momento em que viu Júlia Valeriano entre a névoa perfumada de incenso, dentro do santuário interno do Artemísion. Ele tinha esperança de que ela voltasse a sua vida, e lá estava ela diante dele como uma visão conjurada, ainda mais bonita do que ele recordava. Usando um *palus* vermelho translúcido bordado a ouro, ela flutuava com seu corpo esbelto em direção a ele. Ouviu o suave tilintar de sinos e notou que era das tornozeleiras que ela usava.

Ele franziu o cenho enquanto a observava. Como aquela garota tímida que corara no *ludus* se tornara uma prostituta no templo de Éfeso? Certamente havia sido obra da deusa, preparando o caminho para levá-la até ele. Mas, enfim, o que ele sabia sobre Júlia Valeriano além do que haviam lhe contado? Só a vira uma vez, no balcão do *ludus*. E agora estava tão perto que podia ver o suave rubor de sua pele, aquecendo-se sob seu escrutínio. E seus olhos, escuros e famintos.

Ela não tinha a frieza do ardor fingido de uma prostituta. Seu desejo por ele era real, tão real que Atretes a quis mais do que jamais quisera uma mulher. Mas algo dentro dele o fez esperar e não dizer nada.

Sob seu olhar observador e enigmático, Júlia se sentia nervosa e insegura. Umedeceu os lábios e tentou desesperadamente lembrar as palavras que havia ensaiado.

Ela o esperava no templo havia horas, repelindo as propostas de uma dezena de outros homens, perguntando-se se ele apareceria. E então ele apareceu. Fortemente protegido, deixara sua oferenda nas mãos do sacerdote e se prostrara diante da imagem de Ártemis. Quando ele se levantou, ela se deslocou para sua linha de visão e sentiu uma onda de calor no momento em que ele a viu.

Atretes inclinou a cabeça levemente, com um sutil sorriso divertido, desafiando-a. Ela soltou depressa:

— Junte-se a mim em celebração, para que possamos deleitar a Deusa Altíssima. — Júlia sabia que ele notava que ela estava sem fôlego e corou.

— A que preço? — ele perguntou com uma voz profunda e forte sotaque.

— Pelo preço que estiver disposto a pagar.

Atretes deixou que seu olhar passeasse do topo da cabeça de Júlia até os pés. Ela era estonteante, mas lhe provocava uma vaga inquietação. Era essa a mulher que sua mãe havia profetizado? Uma mulher que se vestia com elegância e se vendia como uma prostituta? No entanto, o desejo o fez ignorar suas dúvidas, e ele assentiu.

Ela o guiou até uma pousada que atendia estrangeiros ricos, e não a um dos bordéis perto do templo. Uma vez lá dentro, se jogou ansiosamente em seus braços.

Quando tudo acabou, Atretes sentiu uma repugnância perturbadora pelo que havia acontecido entre eles. Levantou-se e se afastou alguns passos. Surpresa com o abandono, Júlia pestanejou e o observou. As belas linhas de seu rosto divino estavam duras e frias. O que ele estaria pensando? Ela tentou avaliar sua expressão, mas não conseguiu.

— Que jogo você está fazendo, Júlia Valeriano?

Ela arregalou os olhos e suas faces arderam.

— Como você sabe meu nome?

— Você foi uma vez ao *ludus* romano, com aquela meretriz, Otávia. Eu perguntei e Bato me disse que você era casada.

— Meu marido morreu — ela informou, constrangida.

Ele ergueu a sobrancelha, zombeteiro.

— Como a filha de um dos comerciantes mais ricos do Império Romano se tornou uma prostituta do templo?

Ela ficou trêmula; achou melhor se levantar para enfrentar o jeito desdenhoso dele.

— Eu não sou uma prostituta.

Ele sorriu com frieza e estendeu a mão para tocar-lhe o cabelo.

— Não?

— Não — repetiu ela, hesitante. — Foi a única maneira que me ocorreu para conhecê-lo.

Atretes ficou abalado mais uma vez pelo desejo que se agitou dentro dele quando a tocou.

— Tanto subterfúgio para estar com um gladiador? — perguntou friamente.

— Não — respondeu ela, arfante, passando as mãos pelo peito de Atretes com veneração. — Não. Eu queria ficar com você, só com você, Atretes. Quis isso desde o primeiro dia em que o vi, correndo na estrada perto de Cápua.

— Eu me lembro. Havia uma judiazinha com você.

— Você se lembra? Não pensei que havia me notado — disse ela, fitando-o com olhos famintos. — Então é o destino... — Com uma força surpreendente, ela puxou a cabeça dele para baixo.

Atretes saciou a fome de Júlia. Ele a saboreou, desejando que perdurasse. Júlia Valeriano não era uma escrava mandada como recompensa para sua cela no *ludus* nem uma prostituta por quem pagara nos degraus do templo. Ela fora até ele por vontade própria, filha de um poderoso cidadão romano, cativa de suas próprias paixões.

E Atretes a usou como um bálsamo para as cicatrizes que carregava na alma. Pelo menos foi o que pensou.

Por fim, satisfeito, vestiu-se para ir embora, de costas para ela. Uma parte dele queria sair pela porta e esquecer o que havia acontecido entre os dois.

— Quando posso vê-lo de novo? — perguntou ela, pungente.

Ele se voltou para fitá-la. Ela era linda, tão bonita que o fazia perder o fôlego. A carne de Atretes era fraca, e os olhos famintos de Júlia atiçavam nele uma fome mais profunda.

Ele sorriu com frieza.

— Sempre que você encontrar um jeito.

Tirou a bolsa de dinheiro do cinto, jogou-a no colo dela e a deixou ali, sentada no chão.

Marcus frequentemente dava festas em sua nova vila, ampliando seu círculo de amizades recém-formado. Também cultivava a amizade do procônsul e de outras figuras públicas romanas, várias das quais ele já conhecia de Roma. Seu pai concordara prontamente quando Marcus sugerira que Júlia atuasse como anfitriã em festas e encontros formais. Com esse arranjo, Marcus satisfazia aos dois: dava a sua irmã certa liberdade — coisa que ela havia perdido com a morte de Caio — e podia ver Hadassah.

Nessa noite, como em tantas outras, a vila de Marcus estava cheia de convidados. Ele olhou para Júlia, estendida em um divã almofadado a seu lado, observando as dançarinas africanas com interesse tépido. Ela o olhou também e sorriu, inclinando-se mais perto dele:

— A filha do procônsul fez todo tipo de perguntas sobre você esta noite, Marcus. Acho que ela está apaixonada.

— Eunice é uma doce criança.

— Essa doce criança que você descarta tão facilmente tem influência sobre o pai, e ele tem influência sobre o imperador.

Marcus sorriu, condescendente.

— Se eu me casar, Júlia, será por outras razões, não para obter influência política.

— Quem falou em casamento? — ela retrucou com um sorriso malicioso.

— Você está sugerindo que eu corrompa a filha do procônsul de Roma? — ele perguntou, pegando uma iguaria da bandeja diante deles.

— Corromper? — Júlia repetiu, erguendo levemente as sobrancelhas. — Que termo mais curioso para um epicurista. Sempre pensei que você aproveitava o prazer onde o encontrasse. — Pegou uma ameixa madura. — Eunice está no ponto.

Seus olhos escuros brilhavam, divertidos, enquanto ela dava uma mordida na fruta roxa e suculenta. Ela se levantou do divã.

— Você não deixou a vila de papai para poder entreter a elite e obter influência entre ela? Então aproveite. — E se afastou, mesclando-se à multidão.

Marcus observava Júlia, pensativo. O ano que passara com Caio a modificara. Ela dominava um salão, conversando com vários homens, rindo, tocando-os levemente, afastando-se com um olhar provocante por sobre o ombro. Isso perturbava Marcus. Ele sempre pensara nela como sua irmãzinha ingênua e graciosa, a quem mimava e adorava.

Ele se lembrou de Arria enquanto observava a irmã atrair a atenção masculina e partir corações ao passar. Ela estava caçando, mas ninguém naquele salão parecia ser a raça de animal que ela desejava.

Ela chamou Hadassah com um gesto e as duas seguiram para o terraço. Marcus franziu o cenho levemente. Qualquer que fosse a ordem que Júlia lhe havia dado, Hadassah parecia ter algo a dizer a respeito. Júlia estava agitada, disse algo de novo, com firmeza. Tirou uma pulseira de ouro do pulso e a entregou a sua escrava antes de voltar para dentro. A um sinal brusco de Júlia, Hadassah deixou o salão de banquete.

Marcus se levantou para segui-la e descobrir o que estava acontecendo. Eunice surgiu graciosamente em seu caminho, esbarrando levemente nele, numa tímida tentativa de chamar sua atenção.

— Desculpe, Marcus, estava distraída — disse ela, fitando-o com tanta adoração que ele se encolheu.

— Foi minha culpa — ele retrucou, notando a expressão de decepção no rosto dela ao seguir seu caminho.

Quando chegou ao corredor, Hadassah já havia desaparecido.

A luz do luar se refletia sobre as ruas e templos de mármore branco enquanto Hadassah seguia para o *ludus*. Ela bateu no pesado portão principal e esperou. Quando um guarda abriu, pediu para falar com Sertes. Foi levada pelo pátio e atravessou um corredor escuro em direção a seu escritório. Ele a estava esperando. Quando ele estendeu a mão, ela lhe entregou a pulseira de ouro. Sertes a avaliou com um olhar crítico, observando os entalhes, e então assentiu, colocando-a em uma caixa-forte no interior de sua mesa.

— Por aqui. — Guiou Hadassah pelos degraus de pedra em direção ao frio corredor de granito iluminado por tochas.

Parou diante de uma porta pesada e procurou a chave certa. Ao abri-la, Hadassah vislumbrou um homem sentado em um banco de pedra. Reconheceu-o como aquele que vira na estrada de Cápua, pois era forte e incrivelmente bonito. Quando ele se levantou e se voltou para os dois, Hadassah pensou na estátua que sua senhora possuía. O escultor havia capturado a arrogância e o esplendor físico do gladiador, mas deixara passar a desolação de seus olhos, o desespero oculto sob a máscara de poder frio e contido.

— A senhora dela a enviou para convocá-lo — disse Sertes. — Esteja na porta ao amanhecer. — E saiu.

Atretes cerrou o maxilar e estreitou os olhos, fitando a escrava pequena e magra que o observava. Ela usava uma fina túnica creme até os tornozelos, amarrada com uma tira de tecido listrada que combinava com o xale cobrindo os ombros e os cabelos. Ele a encarou, esperando ver o que sempre via: medo ou adoração. Mas o que viu foi calma e tranquilidade.

— Vou lhe mostrar o caminho — disse ela, com voz baixa e gentil.

Ele jogou o manto sobre os ombros e cobriu os cabelos loiros. O único som que ouvia era o das sandálias de Hadassah enquanto ele a seguia. O guarda abriu a porta sem dizer uma palavra e a observou passar, quase sem notar Atretes. O portão pesado do *ludus* bateu atrás deles, e Atretes respirou mais aliviado.

— Você é judia? — perguntou, avançando e andando a seu lado.

— Eu nasci na Judeia.

— Há quanto tempo é escrava?

— Desde a destruição de Jerusalém.

— Eu conheci um judeu uma vez. Caleb, da tribo de Judá. Tinha trinta e sete mortes em seu crédito. — Ela não disse nada. — Você o conhecia?

— Não — respondeu, mas havia escutado Otávia e Júlia falarem dele. — Os homens mais fortes e mais bonitos de Jerusalém foram levados para Tito na Alexandria e transportados para Roma, para os jogos. Eu estava entre os últimos prisioneiros que marcharam para o norte.

— Ele morreu bem.

A ausência de emoção na voz de Atretes fez Hadassah olhar para ele. Seu belo rosto era duro, mas ela sentiu algo mais profundo, enterrado sob aquele semblante frio e implacável de assassino treinado. Por baixo de tudo aquilo, espreitava uma tristeza que o torturava.

A escrava parou. Ele se surpreendeu quando ela pegou uma de suas mãos e disse:

— Que Deus volte o rosto para você e lhe dê paz.

A frase foi dita com tanta compaixão que ele a encarou. Mas ela continuou andando, e Atretes não disse mais nada. Simplesmente diminuiu o ritmo para acompanhar o dela, seguindo o curso que ela tomava.

Ele sabia que estava na parte mais rica de Éfeso. Por fim, a estranha criada de Júlia virou para uma escada de mármore. No fim dela havia uma porta, que se abria para uma passagem, muito provavelmente usada por entregadores. Ao terminarem de subir o último degrau, a garota abriu a porta de um depósito.

— Por favor, espere aqui — pediu e saiu.

Ele se recostou em um barril e olhou em volta com aversão. Júlia sem dúvida havia molhado a mão de Sertes com ouro para tê-lo ali, levado como uma prostituta para servir às paixões de uma garota rica.

Seu orgulho furioso evaporou no momento em que a porta se abriu e ele a viu.

— Oh, achei que você nunca chegaria — disse ela sem fôlego.

Ele notou que ela havia corrido até ali. Júlia se atirou em seus braços, enfiando os dedos em seus cabelos e ficando na ponta dos pés.

Com Júlia Valeriano em seus braços, Atretes não conseguia pensar em nada além do gosto, da sensação, do cheiro dela. Só mais tarde ele se lembrou de seu orgulho — e do custo devastador daquela ilusória sensação de liberdade.

Na primeira oportunidade, Hadassah foi procurar João. Um homem que já havia passado do auge, sem que isso diminuísse o impacto de seus olhos cativantes, atendeu quando ela bateu à porta. Ele a saudou gentilmente e se apresentou como um dos seguidores de João. Então a conduziu a uma sala silenciosa, iluminada por uma lamparina, onde o apóstolo escrevia uma carta para uma das igrejas que lutavam para existir no Império. Ele ergueu os olhos e sorriu calorosamente. Deixou de lado a pena, tomou as mãos de Hadassah e beijou sua face. Quando ele recuou, Hadassah não o soltou.

— Oh, João — disse, ainda lhe segurando as mãos, como se fossem sua tábua de salvação.

— Sente-se, Hadassah, e me conte o que pesa tanto em seu coração.

Ela apertava suas mãos, sem querer soltá-las. Jesus havia sido crucificado anos antes de ela nascer, mas em João, como em seu pai, ela via o Senhor. No precioso rosto de João, encontrava amor e compaixão infinitos, o brilho de uma convicção feroz, a força da verdadeira fé. Força como a de seu pai. Força que ela não tinha.

— O que a aflige? — ele perguntou.

— Tudo, João. Tudo nesta vida — confessou, sentindo-se miserável. — Minha fé é tão fraca. Meu pai saiu às ruas quando os zelotes assassinaram pessoas e deu seu testemunho. Mas eu tenho medo de pronunciar o nome de Jesus em voz alta. — Chorou, envergonhada. — Enoque me comprou para meu amo porque achava que eu era de seu povo, uma judia. Todos pensam que sou judia, com exceção de Marcus. Ele descobriu que eu me encontrava com outros cristãos em Roma e me proibiu de vê-los. Disse que os cristãos são subversivos e planejam a destruição do Império. Disse que seria perigoso eu me associar a eles. Às vezes ele me pergunta por que eu tenho fé, mas quando tento explicar ele não entende. Só fica mais irritado. — Suas palavras saíam em uma torrente. — E Júlia... Oh, João, Júlia está tão perdida! Ela fez coisas terríveis, e posso vê-la morrendo por dentro pouco a pouco. Eu lhe contei todas as histórias que meu pai me ensinou, histórias que construíram minha fé, mas ela não ouve de verdade. Só quer se divertir, só quer esquecer. Uma vez, somente uma vez, eu pensei que talvez o pai dela estivesse começando a entender... — Ela balançou a cabeça, soltou as mãos de João e cobriu o rosto.

— Eu sei o que é ter medo, Hadassah. O medo é um velho inimigo. Eu permiti que me dominasse na noite em que Jesus esteve no Horto e Judas apareceu com os sacerdotes e os guardas romanos.

— Mas você foi ao julgamento dele.

— Só me aproximei o suficiente para ouvir. Eu me sentia seguro no meio da multidão. Minha família era muito conhecida em Jerusalém, meu pai conhecia membros da corte. Mas tenho que lhe dizer, Hadassah: eu nunca experimentei o verdadeiro medo até ver Jesus morrer. Nunca me senti tão sozinho, e só mudei quando vi a mortalha vazia no túmulo e soube que ele havia ressuscitado. — Ele pegou a mão dela. — Hadassah, Jesus nos disse tudo e ainda não entendemos quem ele foi ou o que fez. Tiago e eu éramos orgulhosos, ambiciosos, intolerantes. Jesus nos chamava de Filhos do Trovão porque queríamos atrair a ira de Deus sobre homens que curavam em seu nome, mas não o seguiam. Queríamos que esse poder fosse reservado apenas a nós. Éramos tolos, cegos e arrogantes. Sabíamos que Jesus era o Messias, mas esperávamos que ele se tornasse um rei guerreiro como Davi e que depois reinássemos a seu lado. Para nós, era impossível acreditar que aquele homem que era Deus, o Filho, veio a ser o Cordeiro da Páscoa para toda a humanidade. — Ele sorriu com tristeza, acariciando a mão de Hadassah. — Foi Maria Madalena, não Tiago nem eu, que Jesus escolheu para ser a primeira pessoa a ver o Cristo ressuscitado.

Ela não conseguia enxergar através das lágrimas.

— Como posso ter sua força?

Ele sorriu com ternura.

— Você tem a força que Deus lhe deu, e ela será suficiente para realizar seu bom propósito. Confie nele.

30

Febe achou a visita que aguardava Júlia impressionante e perturbadora. A mulher falava latim clássico, o que denotava sua classe, e, apesar de parecer jovem, portava-se com uma segurança elegante que demonstrava experiências mundanas bem além da idade de Febe. E era deslumbrante, não em virtude da perfeição de seus traços, pois estavam longe de ser perfeitos, mas pela natureza cativante de seus olhos escuros. A intensidade deles era quase enervante.

Febe sabia que Júlia já considerara essa mulher sua amiga íntima. Era estranho, pois ambas eram muito diferentes. Júlia era passional com tudo; essa mulher era fria e controlada.

Falando baixinho com uma das criadas, Febe pediu que a garota aparecesse na porta no instante em que Júlia voltasse. Enquanto esperavam, Febe serviu refrescos e conversou educadamente com a mulher. Quando a serva apareceu e fez um gesto sutil, Febe pediu licença e foi falar com a filha. Talvez Júlia não quisesse ver aquela mulher que se dizia sua amiga.

— Júlia, uma visita a espera no peristilo.

— Quem? — Ela tirou o véu leve dos cabelos e o jogou para Hadassah, dispensando-a com um gracioso movimento de mão.

— Calabah Fontano. Ela chegou há uma hora e mantivemos uma conversa muito interessante. Júlia? — Febe nunca tinha visto tal expressão no rosto da filha. Tocou-a levemente. — Você está bem?

A moça voltou os olhos assustados para a mãe.

— O que ela disse?

— Nada de especial, Júlia. — A conversa havia girado em torno da beleza de Éfeso, da longa viagem de Roma para lá, de se acomodar em uma nova casa...
— O que foi? Você está pálida.

Júlia balançou a cabeça.

— Não pensei que a veria de novo.

— Não quer vê-la?

Ela hesitou, perguntando-se se poderia inventar uma desculpa: que estava com dor de cabeça por causa do sol; cansada de fazer compras; ocupada para se arrumar para a festa de Marcus à noite... Levou a ponta dos dedos às têmporas. Estava mesmo com dor de cabeça, mas sabia que não poderia usar essa desculpa. Balançou a cabeça.

— Vou recebê-la, mãe. É que não consigo ver Calabah sem pensar em Caio.

— Eu não sabia que você ainda sofria por ele. Parece mais animada nos últimos meses. — Beijou-lhe suavemente a testa. — Eu sei que você o amava muito.

— Eu o amava loucamente, mamãe. — Ela mordeu o lábio e olhou para a porta que se abria para o corredor. — Vou recebê-la sozinha, se não se importar.

— Claro — disse Febe, aliviada. Calabah a deixava desconfortável. Ela se perguntava o que sua filha teria em comum com uma mulher tão mundana.

Calabah a aguardava sentada à sombra de uma alcova. Sua presença parecia preencher o peristilo. Até a luz do sol recuara atrás de uma camada de nuvens, mergulhando o pátio na penumbra. Júlia reuniu coragem e caminhou tranquilamente até ela, forçando os lábios a se curvar em um sorriso de saudação.

— Que prazer vê-la de novo, Calabah. O que a traz a Éfeso?

A mulher sorriu levemente.

— Eu me cansei de Roma.

Júlia se sentou ao lado dela.

— Quando chegou? — perguntou, tentando desesperadamente não demonstrar como tremia por dentro.

— Há algumas semanas. Usei o tempo para conhecer a cidade de novo.

— De novo? Eu não sabia que você já conhecia Éfeso.

— Foi uma das muitas cidades que visitei antes de me casar. Eu me sinto mais em casa aqui do que em qualquer outro lugar.

— Então você vai ficar? Isso é maravilhoso.

Calabah a sondou com seus olhos escuros.

— Você aprendeu a dissimular bem desde a última vez que nos vimos. Seu sorriso quase parece sincero.

Abalada, Júlia não sabia o que dizer.

— Você partiu sem uma palavra, Júlia. Isso foi cruel.

— Foi decisão de meu pai voltar para Éfeso.

— Ah — disse Calabah, assentindo. — Entendo. Você não teve tempo de se despedir dos amigos. — E sorriu novamente, agora com ar de zombaria.

Júlia corou e desviou o olhar.

— Você se despediu de Otávia — Calabah observou, em um tom que não revelava nada.

Júlia a fitou, suplicante.

— Eu não podia encarar você depois que Caio morreu.

— Eu entendo.

Tremendo, Júlia admitiu:

— Eu estava com medo.

— Porque eu sabia — Calabah completou. — Você nunca parou para pensar? Querida, eu sabia de *tudo*. Você compartilhou seu tormento comigo. Eu sabia o que Caio fazia com você por puro prazer. Você me mostrou as marcas em seu corpo. E nós duas sabíamos o que ele era capaz de fazer quando estava com raiva. Júlia, quem melhor do que eu poderia entender o que você estava passando e a difícil decisão que Caio lhe impôs? Você deveria ter confiado em mim.

Júlia se sentia fraca diante daqueles olhos escuros e insondáveis. Calabah cobriu-lhe a mão com a sua.

— Nossa amizade é verdadeira, Júlia. Eu conheço você como ninguém mais. Eu sei o que você fez, sei quem você é e do que é capaz. Você é muito especial para mim. Nós estamos unidas.

Como se fosse atraída por um poder mais forte que sua própria vontade, Júlia se inclinou para o abraço de Calabah.

— Desculpe por ter me recusado a recebê-la em Roma — pediu.

Calabah a acariciou gentilmente, sussurrando palavras de ânimo.

— Eu sentia que você tinha poder sobre mim, e isso me deixou com medo. Mas agora eu sei. Você é a única amiga de verdade que tenho. — Júlia recuou um pouco. — Eu acho que, no final, Caio sabia o que eu estava fazendo.

Calabah esboçou um sorriso.

— Cada um deve arcar com as consequências de suas falhas.

Júlia estremeceu.

— Não quero pensar nisso, nunca mais.

Calabah correu a ponta dos dedos sobre a testa dela.

— Então não pense — disse, de modo reconfortante. — Lembre-se do que lhe ensinei, Júlia. Caio foi apenas um episódio. Você tem muitas coisas ainda para experimentar enquanto se torna a pessoa que eu sei que será. Tudo será revelado a seu tempo.

Júlia esqueceu todas as razões pelas quais evitara Calabah e conversava com ela livremente, como em Roma. A voz da mulher era melodiosa e reconfortante.

— Gosta da vida em Éfeso?

— Gostaria mais se tivesse liberdade. Meu pai transferiu para Marcus o controle de tudo que é meu. Tenho que implorar por cada sestércio.

— É lastimável que as mulheres se mantenham à mercê dos homens. Especialmente quando isso é tão desnecessário.

— Eu não tive escolha.

— Sempre temos escolha. Ou talvez você goste de ser dependente.

Com o orgulho ferido, Júlia ergueu o queixo.

— Eu faço o que quero.

Calabah a fitou, com um ar indiferente e divertido.

— E o que você quer? Um caso de amor com um gladiador? Você se degrada como Otávia.

Júlia entreabriu os lábios.

— Como você sabe sobre Atretes? Quem poderia ter lhe contado? — perguntou em voz baixa.

— Sertes. Ele é um velho amigo meu. — Pousou a mão sobre a de Júlia novamente. — Mas devo lhe dizer que em Éfeso já correm rumores de que a filha de um dos comerciantes mais ricos do Império tomou Atretes como amante. É só questão de tempo até que todos na cidade saibam seu nome.

Furiosa, Júlia fingiu altivez.

— Não me importo com o que as pessoas dizem!

— Não?

A pose de Júlia se desfez.

— Eu o amo. Eu o amo muito, morreria se não pudesse estar com ele. Eu me casaria com Atretes se ele fosse livre.

— É mesmo? De verdade? É amor, Júlia, ou atração pela beleza e brutalidade dele? Atretes foi capturado na Germânia, é um bárbaro. Ele odeia Roma com uma intensidade que vai além da sua compreensão. E você, minha querida, é romana até os ossos.

— Atretes não me odeia, ele me ama. Eu sei que ama.

— Caio também a amava, e isso não o impediu de usá-la para seus propósitos.

Júlia pestanejou. Satisfeita, Calabah se levantou.

— Preciso ir. Estou muito aliviada e contente por sermos amigas de novo. — E sorriu. Sua visita havia sido muito gratificante. — Primo me convidou para acompanhá-lo à celebração do aniversário do procônsul na casa do seu irmão esta noite — disse, passando levemente as costas dos dedos pela face de Júlia. — Eu não quis chateá-la chegando inesperadamente.

Júlia estava distraída.

— Eu conheço Primo. É um dos conselheiros do procônsul, não é?

— Ele é bem versado em maneiras e costumes estrangeiros.

— E é bonito e divertido.

Calabah riu suavemente, e seus olhos escuros se velaram.

— Primo é muitas, muitas coisas.

Júlia a acompanhou até a porta. Quando a fechou, Febe falou da escada:

— Está tudo bem, Júlia?

— Tudo bem, mãe, tudo ótimo — respondeu, tentando desesperadamente acreditar nisso.

31

$\mathcal{D}$écimo estava perdendo a batalha. Imediatamente após seu retorno a Éfeso, ele passara a adorar no templo de Asclépio, o deus da cura. Depois de consultar os sacerdotes, passara horas entre cobras em uma piscina adornada por colunas. O medo e a repulsa que sentira dos répteis, que se contorciam e deslizavam sobre seu corpo, deveriam ter expulsado os espíritos malignos que causavam a doença, mas isso não acontecera.

Como as cobras falharam, Décimo consultou médicos, que teorizaram que uma limpeza interna seria curativa. Ele passou por eméticos, purgas e sangrias, até quase morrer de fraqueza. Ainda assim, a doença evoluiu. Desanimado, Décimo caiu em um estado de letargia e desesperança.

Febe sofria com ele. Vê-lo abatido por causa dos tratamentos e gemendo de dor era uma agonia para ela. Comprou drogas para aliviar sua dor, mas a papoula e a mandrágora o deixavam quase inconsciente. Às vezes ele se recusava a tomá-las, porque dizia que queria saber o que acontecia ao seu redor.

À medida que se espalhava a notícia da doença debilitante de Décimo, especialistas procuravam Febe com teorias e tratamentos, todos garantindo devolver-lhe a boa saúde. Todos queriam ajudá-lo a ficar bem. Todos tinham uma sugestão, uma teoria, um médico, herborista ou curandeiro melhor.

Columbella, uma espiritualista, convenceu Febe de que não deveria confiar nos médicos; ela afirmava que eles usavam os pacientes que não conseguiam curar para aperfeiçoar novos métodos de tratamento. Columbella argumentou que métodos não científicos restaurariam a vitalidade de Décimo e recomendou suas próprias ervas e poções, que haviam sido transmitidas ao longo dos séculos. A saúde, insistia ela, era uma questão de equilíbrio com a natureza.

Décimo tomou suas beberagens repugnantes e comeu as ervas amargas que ela lhe prescrevera, mas nada harmonizou ou equilibrou as energias de seu corpo, como Columbella afirmara que fariam. Não lhe fizeram mal, mas também não o curaram.

Marcus levou seu pai às termas para que mergulhasse nas águas purificadoras e lhe apresentou Orontes, um massagista com fama de ter mãos curativas.

Orontes alegava que a massagem podia curar enfermidades. Quando isso também falhou, Júlia contou a Décimo que Calabah dissera que ele poderia se curar se acessasse os recursos da própria mente. Ela segurou sua mão e o incentivou a se concentrar e se visualizar em perfeita saúde, que a cura aconteceria. Décimo quase chorou diante da crueldade inconsciente da filha, pois, com suas palavras, Júlia o culpava por sua doença e por ser fraco demais para vencê-la, sendo que ele lutava contra o mal que o afligia com cada grama de vontade.

A cada visita, ele via na filha o desapontamento e uma sutil acusação, e sabia que ela acreditava que ele não tinha a "fé" necessária para se curar.

— Tente isso — disse ela um dia, colocando um cristal de cornalina em volta do pescoço dele. — Essa pedra é muito especial para mim. Vibra em harmonia com os padrões de energia dos deuses, e, se você conseguir se entregar a essas vibrações, será curado. — Sua voz era fria, mas seus olhos se marejaram, e ela pousou a cabeça no peito dele, chorando. — Oh, papai...

Suas visitas se tornaram menos frequentes e mais breves depois disso.

Décimo não a culpava. Um homem moribundo era uma companhia deprimente para uma linda jovem tão cheia de vida. Talvez ele houvesse se tornado uma lúgubre recordação de sua própria mortalidade.

Por que ele não podia simplesmente morrer e acabar logo com aquilo? Uma dezena de vezes ele contemplara o suicídio para se livrar da dor. Sabia que sua família também sofria, especialmente Febe. No entanto, quando pensou na decisão de se matar, descobriu que estava apegado à vida. Todo momento, por mais doloroso que fosse, tornara-se precioso para ele. Ele amava sua esposa, amava seus filhos. De forma egoísta, talvez, pois por amor deveria libertá-los — mas Décimo descobriu que não podia. E sabia por quê.

Ele tinha medo.

Já havia perdido a fé nos deuses fazia muito tempo. Eles não ajudavam nem eram uma ameaça. Mas o que Décimo via diante de si era a escuridão, a obscuridade, um nada eterno, e isso o aterrorizava. Não tinha pressa de cair no esquecimento, mas se sentia puxado em direção a ele. A cada dia que passava, sentia sua vida se esvair um pouco mais.

Febe percebia isso e sentia medo também.

Constantemente zelando pelo marido, ela notava sua luta interior e sofria com ele. Após procurar todos os especialistas e métodos que existiam, tinha agora que presenciar, impotente, enquanto ele lutava contra a dor incessante e a morte iminente. Misturando em sua bebida fortes doses de papoula e mandrágora, ela tentava lhe dar a tranquilidade que pudesse. Então se sentava a seu lado e segurava a mão de Décimo até ele adormecer. Às vezes ela ia até um canto qualquer, onde ninguém a notasse, e chorava até não ter mais lágrimas.

O que ela havia feito de errado? O que poderia fazer para consertar as coisas? Ela rezava para todos os deuses que conhecia, fazia fartas oferendas, jejuava, meditava... Seu coração gritava pedindo respostas, e ainda assim ela era obrigada a ver o homem que amava desde que o vira pela primeira vez, ainda jovem — o homem que lhe havia dado filhos, amor e uma vida maravilhosa —, morrer devagar, em agonia.

Outras vezes, na quietude da noite, quando o silêncio era tão pesado que ecoava em seus ouvidos, ela ficava abraçada a Décimo, rezando desesperadamente — não para seus próprios deuses, mas para o deus invisível de uma escrava.

———⊢⊣———

Atretes se levantou de seu banco de pedra quando a porta da cela se abriu e ele viu Hadassah parada no corredor iluminado pelas tochas. Saíram juntos do *ludus*, ambos em silêncio. Ele começava a sentir a raiva crescer dentro de si. Que lugar Júlia teria arranjado para se encontrarem dessa vez? Uma pousada? Os quartos de depósito da vila de seu irmão? Uma festa, onde poderiam roubar alguns minutos para ficar juntos em uma sala escondida?

Cerrou o maxilar. Cada vez que ela o convocava desse jeito, mais um pedaço de seu orgulho era destruído. Só quando ele a tinha nos braços, implorando que a amasse, é que ele sentia o orgulho voltar. Porém mais tarde, em sua cela, quando não tinha nada a fazer senão pensar, ele se odiava por isso.

Sertes lhe dissera no dia anterior que os jogos em celebração à Liberália ocorreriam em duas semanas. Estava prevista uma luta eliminatória. Doze duplas começariam, e o sobrevivente seria contemplado com a liberdade. Atretes sabia que o tempo corria contra ele e essa oportunidade poderia ser sua última esperança.

Ele decidiu que, se vencesse a disputa e ganhasse a liberdade, nunca mais seria levado até Júlia. Seria Júlia que iria até ele! Ele compraria uma casa na Rua Kuretes e mandaria um servo buscá-la, assim como ela mandava Hadassah buscá-lo.

Durante os últimos três anos ele acumulara dinheiro suficiente para viver bem em Éfeso ou comprar uma passagem para a Germânia e reassumir seu lugar como chefe dos catos. Seis meses atrás, ele não teria dúvidas acerca do que faria. Nem sequer cogitaria permanecer em Éfeso. Mas agora havia Júlia.

Atretes pensava nas cabanas toscas de seu povo, comparava-as com os luxuosos salões de mármore em que Júlia fora criada e se perguntava o que fazer. Como sua mulher, ela teria uma posição proeminente e de respeito na comunidade, mas conseguiria se adaptar à vida que ele conhecia?

Estaria disposta a se adaptar?

Hadassah o levou por uma rua desconhecida. Caminhava mais devagar que o normal e parecia perturbada. Parou diante de uma escada sinuosa de mármore que levava a uma vila na encosta.

— Ela o espera lá em cima — disse e, depois de indicar o caminho, se afastou.

— Obviamente isso aqui não é uma pousada. É uma das vilas do irmão dela?

— Não, meu senhor. A vila pertence a Calabah Fontano. Minha senhora acredita que Calabah seja a melhor amiga dela.

Havia algo não dito na explicação de Hadassah. Atretes a fitou com curiosidade.

— Entre pela porta inferior — ela instruiu, antes que ele pensasse em perguntar alguma coisa.

Ansioso por estar com Júlia, Atretes não deu atenção a seu desconforto e subiu a escada. A porta estava aberta. Ele entrou e deparou-se com um corredor de serviço, com depósitos de ambos os lados e uma escada de pedra ao fundo. O local o fez recordar outro encontro com Júlia, quando ela o esperava.

Mas dessa vez era outra mulher que estava à sombra da escada. Ele caminhou em sua direção, sentindo sua avaliação crítica a cada passo que dava. Ela estava três degraus acima, de modo que ficou no nível dos olhos dele quando Atretes parou à sua frente. Ela o observou e desceu um degrau. Ergueu o amuleto que ele usava. Segurando-o na palma da mão, fitou o objeto e depois Atretes, abrindo um sorriso desdenhoso.

— Ah — disse ela.

Atretes fitou os olhos mais frios que já vira na vida. Afastou a mão dela e perguntou:

— Onde está Júlia?

— Esperando por seu prazer. — A mulher riu suave e irritantemente. — Por aqui — disse, dando-lhe as costas.

Desconfiado, Atretes a seguiu até o segundo andar.

— Espere aqui — ela ordenou e abriu uma porta.

Atretes cerrou os dentes com raiva quando a ouviu dizer:

— Júlia, seu gladiador chegou.

Seu tom era tão carregado de desprezo que ele sentiu o sangue ferver. Júlia disse algo que ele não pôde ouvir, mas havia agitação em seu tom, e não excitação e expectativa.

Calabah o abordou novamente.

— Ela não está pronta para recebê-lo. Espere aqui, ela o chamará quando estiver. — Levantou a sobrancelha. — Procure atendê-la bem — disse e saiu pelo corredor.

Furioso, Atretes a fitou e, com um movimento explosivo, abriu a porta. Viu Júlia sentada a uma penteadeira coberta de frascos de maquiagem e perfume.

Duas criadas mexiam em seus cabelos, e ambas ficaram paralisadas quando ele entrou.

— Fora — disse ele, indicando a porta com a cabeça.

Elas passaram por ele correndo, como ratos fugindo para seus buracos.

Júlia o encarou, consternada.

— Eu queria estar absolutamente perfeita antes de...

Atretes a fez levantar e a puxou para seus braços. Quando ela abriu a boca para protestar, ele a cobriu com a sua. Os cabelos de Júlia se soltaram sob seus dedos e as presilhas de pérolas caíram e se espalharam pelo chão.

Júlia se debateu.

— Você está estragando meu cabelo — ofegou quando ele lhe permitiu um instante para recuperar o fôlego.

— Acha que eu me importo com seu cabelo? — ele disse rispidamente. — Só para fazer isso.

E enfiou as mãos entre os fios, beijando-a com força.

Ela o empurrou.

— Você está me machucando, pare com isso!

Quando ele a soltou abruptamente, ela se afastou com raiva, levando as mãos aos cabelos. Voltou-se, furiosa:

— Sabe quanto tempo tive que ficar sentada enquanto elas trabalhavam, só para ficar linda para você?

— Deixe-os soltos, então — disse ele, cerrando os dentes. — Como as mulheres que mandam para minha cela.

Os olhos dela faiscaram.

— Está me comparando com uma prostituta vulgar?

— Já esqueceu como nos conhecemos? — perguntou ele, ainda irritado por ela o ter mandado esperar no corredor.

Quem ela pensava que ele era? *O que* ela pensava que ele era?

Ela também estava furiosa.

— Talvez seja melhor nos encontrarmos em outro momento, quando você estiver em um estado de espírito melhor! — disse, voltando-se e dispensando-o com um aceno de mão.

Atretes explodiu, fazendo-a girar:

— Ah, não — protestou, cerrando o maxilar. — Ainda não.

Após alguns minutos, ela já estava toda dócil e trêmula, agarrando-se a ele.

— Talvez você tenha razão — disse ele, com um sorriso zombeteiro, soltando-a de repente e fazendo-a cambalear para trás. — Outra hora.

— Atretes! Aonde você vai? — gritou ela, sentindo-se abandonada.

— Vou voltar para o *ludus*.

Ela o segurou antes que ele abrisse a porta.

— O que há com você esta noite? Por que está agindo assim? Por que está sendo tão cruel comigo? — Pegou sua mão enquanto ele alcançava a tranca. — Não me deixe.

Ela abraçou Atretes, sem nenhuma intenção de soltá-lo. Ele a pegou pelos braços e se libertou.

— Você paga Sertes e me convoca como se eu fosse uma prostituta!

Ela ficou atônita.

— Não é minha intenção, você sabe disso! É a única maneira de estarmos juntos. Eu entreguei a Sertes metade das minhas joias para estar com você. Eu daria tudo a ele se fosse necessário. Eu amo você, Atretes. Não entende isso? Eu amo você. — Ela puxou a cabeça dele para baixo e o beijou. — E você também me ama. Eu sei que sim.

O desejo dele cresceu, acompanhando o dela.

— Não me faça esperar de novo — disse ele, soltando as rédeas de sua paixão.

Durante uma hora, Atretes conseguiu esquecer tudo, menos o que sentia quando estava com Júlia Valeriano. Mas, no silêncio que se seguiu, ele se sentiu vazio.

Precisava se afastar dela. Precisava pensar.

— Aonde você vai? — perguntou Júlia.

— Voltar para o *ludus* — ele respondeu, seco, tentando se controlar, porque ela nunca estivera mais bonita que naquele momento. Ele ainda se sentia cativado por Júlia, mas por algum motivo, talvez até inconscientemente, ela só alimentava sua fome, em vez de saciá-la.

— Mas por quê? Você pode ficar comigo até quase o amanhecer. Foi tudo arranjado.

— Não comigo — ele retrucou com frieza. Observou o quarto luxuoso e pensou na mulher arrogante que era dona daquela casa. — Não virei aqui de novo.

Júlia se sentou.

— Por que não? Calabah disse que posso usar a casa dela sempre que quiser. Aqui é o lugar perfeito para nos encontrarmos!

Ela reconheceu a raiva em seus olhos e a obstinação em sua expressão. Ele não estava sendo razoável.

— Onde você sugere que nos encontremos, Atretes? Acaso espera que eu vá a sua pequena cela?

Ele lhe lançou um olhar sardônico.

— Por que não? Pode ser uma experiência nova e emocionante para você.

— Éfeso inteira saberia na manhã seguinte.

Ele cerrou o maxilar.

— Então é assim... — Pegou o cinto e o colocou.

Júlia notou que ele se sentia insultado.

— Não, não é! Você sabe que não. Minha família não aprova nossa relação. Meu pai e meu irmão ocupam cargos muito importantes na sociedade. Se um deles descobrir que meu amante é um gladiador, vão me vigiar para garantir que eu fique bem longe de você. Não entende, Atretes? Eles me casariam com um velho rico que more nos confins do Império. Já fizeram isso uma vez!

— E se eu fosse um homem livre?

Ela pestanejou. A possibilidade parecia tão remota que ela nunca pensara nisso.

— Eu não sei — balbuciou. — Isso mudaria tudo. — Franziu o cenho levemente.

Atretes estreitou os olhos. Podia ver que a mente de Júlia pensava em todas as possibilidades. Esboçou um sorriso cínico e amargo.

— Atretes — disse ela, como se estivesse falando com uma criança —, levará anos para você ganhar a liberdade, você sabe disso. Não podemos ter essa esperança. Devemos aproveitar cada minuto que temos juntos.

Ele colocou as sandálias. Sua cabeça retumbava como o tambor que ele ouvia na floresta.

— Não vá — Júlia pediu, sentindo que algo estava errado entre eles. Quando ele se endireitou, ela estendeu as mãos. — Fique comigo. Por que está sendo tão teimoso? Você sabe que quer ficar.

— Quero?

Ela deixou cair as mãos no colo e as apertou, magoada por ele ser tão indiferente. Mas, fingindo orgulho, empinou o queixo.

— Devo entrar em contato com Sertes no fim da semana, ou você prefere ser deixado em paz?

Ele deu um sorriso irônico ao abrir a porta.

— Eu sempre me privo de mulheres antes das lutas.

Ela sentiu medo ao ouvir suas palavras despreocupadas.

— Que luta? — perguntou, apavorada por saber que poderia perdê-lo.

Sem se importar em responder, ele saiu porta afora.

— Atretes!

Ele atravessou o corredor iluminado e subiu as escadas de três em três degraus.

— Saia do meu caminho — disse a um guarda corpulento postado no corredor principal, encaminhando-se para a porta da frente.

Ainda a ouviu chamar seu nome. Quando chegou ao pé da escada e saiu à rua, parou para encher os pulmões de ar puro. Olhou para trás e viu que não era tão importante a ponto de ela o seguir até a rua, onde poderia ser vista.

Observou os arredores. Sem saber onde estava, praguejou violentamente. Excitado pela perspectiva de estar novamente com Júlia, não prestara atenção no caminho.

Passos suaves o fizeram se voltar instintivamente, pronto para se defender de algum ataque. Viu a escrava o observando, perto do portão.

— Vou lhe mostrar o caminho — disse ela.

— Não antes de eu andar um pouco.

Ele sabia que ela o seguia, mas não diminuiu o passo. Havia outros na escuridão observando-o também, enviados por Sertes para proteger seu investimento. Poderia ter lhes pedido que indicassem o caminho, mas o pensamento o irritou: *Levem-me de volta à prisão, coloquem as correntes novamente.*

Atretes viu o templo de Ártemis, mas algo parecia afastá-lo dali. Então seguiu por uma estrada que levava à arena. Quando chegou, ficou um longo tempo olhando para cima, ouvindo gritos ecoarem, sentindo o cheiro de sangue. Fechou os olhos e se perguntou por que, com as poucas horas de solidão e liberdade que tinha, havia ido parar ali.

Vagou por entre as bancas desertas embaixo da tribuna dos espectadores, onde se vendia todo tipo de devassidão. Encontrou uma entrada e subiu os degraus. O luar se derramava pelo estádio, e ele achou fácil o caminho que levava ao camarote dos altos oficiais romanos. Uma tocha ondulava acima dele. Um toldo estava solto; os outros haviam sido enrolados e presos, deixando a plataforma aberta para o céu.

Atretes olhou a areia. Logo Júlia estaria sentada ali onde ele estava, vendo-o lutar por sua vida. Vendo-o tirar vidas. E ela iria gostar.

A pequena judia parou a seu lado.

— Ambos servimos a Júlia, não é? — disse ele. Mas ela não respondeu. Ele a fitou e viu que ela olhava a arena como se nunca tivesse visto uma. Ela tremia visivelmente, abalada por estar naquele lugar impregnado de morte. — Eu vou lutar ali daqui a alguns dias — ele contou. — Sertes me inscreveu em uma luta eliminatória. Sabe o que é isso?

Ela balançou a cabeça, sem olhar para ele. Atretes explicou do que se tratava e disse a seguir:

— Parece que Ártemis sorriu para mim. A esta hora, na semana que vem, estarei livre ou morto — disse secamente e desviou o olhar.

Então olhou para a areia de novo. Parecia um mar branco iluminado pelo luar. Limpo. No entanto, ele se lembrava da mancha de sangue de cada homem que havia matado.

— Talvez a morte seja a única liberdade.

Hadassah pegou sua mão e disse suavemente:

— Não.

Surpreso pelo toque, Atretes a fitou. Hadassah segurava sua mão como se um dos dois fosse criança.

— Não — ela repetiu. E, voltando-se para encará-lo, segurou sua mão com mais firmeza. — Não é a única liberdade, Atretes.

— Que outra liberdade existe para um homem como eu?

— A liberdade que Deus dá.

Ele afastou a mão.

— Se seu deus não conseguiu salvar Caleb, também não vai me proteger. É melhor eu confiar em Ártemis.

— Ártemis não passa de um pedaço de pedra sem vida.

— Ela tem o símbolo de Tiwaz, o deus espiritual das florestas negras de minha terra natal. — E ergueu o amuleto que levava no pescoço. Seu talismã.

Ela olhou para o objeto com tristeza.

— Uma cabra é usada para conduzir as ovelhas ao abate.

Ele fechou a mão ao redor do amuleto.

— Então eu deveria me tornar judeu? — perguntou com ironia.

— Eu sou cristã.

Ele ofegou, olhando para ela como se fosse uma pomba que de repente ganhasse chifres. Os cristãos eram forragem para a arena. Exatamente por que, ele não sabia. Que ameaça para Roma representariam essas pessoas que não lutavam? Talvez fosse isso. Os romanos valorizavam a coragem, mesmo em suas vítimas. A covardia os levava ao frenesi. Os cristãos eram jogados aos leões porque isso era algo vergonhoso, reservado aos piores criminosos e aos maiores covardes. A única morte mais humilhante que essa era a crucificação.

Por que ela havia dito que era cristã? Por que correu o risco? Ele poderia contar a Sertes, que sempre procurava vítimas para servir a uma plebe faminta; poderia contar a Júlia, que falava livremente de seu desprezo pelos cristãos.

Ele franziu o cenho, sabendo que Júlia não poderia saber que sua escrava pessoal era fiel a esse culto pervertido.

— É melhor guardar isso para si — disse ele.

— É o que eu faço — Hadassah respondeu. — Tenho guardado isso para mim há tempo demais. Esta pode ser a última chance de falar com você, Atretes, e temo por sua alma. Preciso lhe dizer que...

— Eu não tenho alma — ele retrucou, interrompendo-a. Não sabia o que era alma. E não tinha certeza se queria saber.

— Tem sim. Todos têm. Por favor, escute — implorou ela. — Deus está vivo, Atretes. Volte-se para ele. Clame por ele e ele responderá. Peça a Jesus que entre em seu coração.

— Jesus... Quem é Jesus? — Ela abriu a boca para falar, mas ele disse, brusca e subitamente: — Silêncio.

Hadassah também ouviu os guardas se aproximando. Um medo paralisante a dominou enquanto ela erguia os olhos e via os soldados romanos algumas fileiras acima, observando-os como aves de rapina. Ela recordou os gritos dos moribundos em Jerusalém, a floresta de cruzes do lado de fora dos muros em ruínas, os sobreviventes em agonia. Sua boca ficou seca.

— Hora de voltar, Atretes — disse um deles. — Está quase amanhecendo.

Os outros estavam prontos, caso ele se recusasse a obedecer.

Atretes assentiu. Voltou-se para encontrar os olhos de Hadassah e franziu o cenho levemente.

— Foi tolice me contar qualquer coisa — disse, para que só ela ouvisse.

Ela tentou não chorar.

— Foi tolice não lhe contar antes.

— Não diga mais nada — ele ordenou e viu que os olhos de Hadassah estavam marejados.

Ela pousou a mão no braço dele e o apertou, como se quisesse segurá-lo e fazê-lo ouvir.

— Vou orar por você. Vou orar para que Deus perdoe meu medo e nos conceda outra chance de conversar.

Atretes franziu o cenho, perplexo e estranhamente comovido. Voltou-se e subiu os degraus, e os guardas o cercaram, conduzindo-o. Quando chegou à abertura do corredor que levava às escadas, olhou para trás. Hadassah ainda estava ali.

Ele nunca havia olhado para olhos como aqueles antes, tão cheios de compaixão a ponto de atravessar a dureza de seu coração.

— Ele falou que vai lutar nos jogos de novo — disse Júlia, chateada por Calabah tê-la impedido de ir atrás de Atretes.

— Ora, é claro que ele vai lutar nos jogos. Ele é um gladiador.

— Você não entende? Ele pode morrer! Os únicos jogos programados são a celebração da Liberália, e Sertes está planejando uma disputa eliminatória. Marcus me contou ontem. Atretes não vai lutar só com um ou dois homens. — Levou os punhos às têmporas. — Fui uma tola, uma idiota. Nunca pensei no que isso poderia significar. E se eu perder Atretes? Eu não suportaria, Calabah. Não suportaria.

— E se ele sobreviver? — perguntou Calabah com um tom tão estranho que fez Júlia encará-la.

— Sertes teria que o libertar.
— E então? O que ele esperaria de você?
— Não sei. Eu me casaria com Atretes, se ele quisesse.
— Você seria assim tão tola? — disse Calabah com desdém. — Ele é pior que Caio, Júlia.
— Não é. Ele não se parece em nada com Caio. Ele ficou bravo comigo hoje porque o deixei esperando no corredor.
— Não estou falando de violência, embora seja necessário considerar isso. Estou falando da maneira como ele a *controla*. Basta o orgulho dele ficar levemente ferido e ele vai embora. E o que você faz? Espera que ele recupere o bom senso e peça desculpas? Você deveria ter se visto, Júlia, correndo atrás dele! Foi vergonhoso ver você se comportar dessa maneira.
Júlia corou.
— Eu queria que ele ficasse.
— Qualquer pessoa em Éfeso teria visto como você queria que ele ficasse — disse Calabah. — Quem é que está no controle desse relacionamento?
Júlia desviou o olhar, lembrando-se do comentário cortante de Atretes sobre a abstenção de mulheres antes dos jogos. Ele tinha outras quando não estava com ela? Júlia esperava ser a única mulher na vida dele, mas e se fosse apenas mais uma?
Calabah ergueu o queixo e olhou nos olhos de Júlia.
— Esse gladiador lhe deve respeito. Quem ele pensa que é, o procônsul de Éfeso? Por que você permite que ele a trate como uma meretriz? — Ela fez um movimento com a mão e balançou a cabeça. — Você me decepciona, Júlia.
Magoada e envergonhada, ela ficou na defensiva.
— Atretes é o gladiador mais famoso do Império. Ele tem mais de cem mortes em seu crédito. Fazem estátuas em homenagem a ele!
— E essas coisas o tornam digno de você? Você é uma cidadã romana, filha de um dos homens mais ricos do Império, uma mulher de substância. Esse Atretes não passa de um animal bruto capaz de lutar na arena, um bárbaro que não tem o menor refinamento. Ele deveria se sentir honrado por você o escolher como amante e grato por cada momento que você lhe dispensa.
Júlia pestanejou, fitando os olhos escuros da amiga.
— Eu não tinha pensado nisso.
A mulher pousou a mão sobre a dela, apertando-a levemente.
— Eu sei. Você se dá muito pouco valor. Você deixou que ele a tornasse sua escrava.
Júlia desviou o olhar de novo, mais envergonhada ainda. Ela era escrava dele? Recordou como havia implorado a Atretes que ficasse e depois correra atrás dele. E isso não o impedira de deixá-la. Ela se humilhara e ele lhe virara as costas.

— Você deve colocá-lo no lugar dele, Júlia. *Ele* é o escravo, não você.

— Mas ele pode ganhar a liberdade.

— Eu entendo por que você está pensando dessa maneira, mas reflita um pouco mais. Sabia que os bárbaros matam as esposas que têm amantes? Eles as afogam no pântano. E se esse gladiador ganhasse a liberdade e você se casasse com ele? Talvez fosse feliz por um tempo, mas e se cansasse dele? Se você ousasse olhar para outro homem, ele poderia matá-la. Em Roma, o marido tem o direito de matar a esposa infiel, embora poucos sejam tão hipócritas a ponto de fazê-lo. Mas esse homem não pensaria duas vezes e a mataria com as próprias mãos.

Júlia balançou a cabeça.

— Eu não sou como você. Eu o amo, não posso evitar. Não vou desistir por causa do medo do que pode acontecer.

— Não precisa desistir de tudo — disse Calabah, levantando-se do divã.

— O que quer dizer?

A mulher ficou pensativa por um longo tempo.

— Você poderia se casar com outro homem, em quem pudesse confiar plenamente. Um homem que lhe desse liberdade total para fazer o que quiser. Nessas circunstâncias, Atretes poderia continuar sendo seu amante pelo tempo que você desejasse. Quando se cansasse dele, não haveria problema algum. Bastaria lhe dar um presentinho para poupar seu orgulho e mandá-lo de volta para a Germânia, ou para onde ele quisesse ir.

Júlia balançou a cabeça.

— Eu já fui casada e detestei. Cláudio era pior que meu pai. E Caio... Você sabe como Caio era.

— Você precisaria escolher o homem com muito cuidado.

— O único homem em quem eu confio é Marcus.

— Você não pode se casar com seu irmão, Júlia — disse Calabah secamente.

— Eu não quis dizer isso — Júlia respondeu, com a mente agitada pelos pensamentos que Calabah lançava sobre ela. Apertou as têmporas latejantes.

— Você ainda confia tanto assim no seu irmão?

— Claro. Por que não confiaria?

— Eu me pergunto por que você procurou a mim para pedir ajuda com Atretes, e não a ele. Já que você confia nele, suponho que ele saiba de seu caso e aprove. — Inclinando a cabeça levemente, ela estudou o rosto que Júlia tentava esconder. — Ele não sabe? O que faria se soubesse? — Sua doce pergunta tinha um tom de zombaria. — Seu pai anda muito doente. Marcus afrouxou as rédeas, ou as apertou?

Júlia cerrou o maxilar. Não podia negar que Marcus estava se tornando difícil. Na verdade, estava ficando muito parecido com o pai. Na última festa a que ela fora, ele quase a arrastara para fora da sala pelo braço. Marcus a puxara até uma câmara privada, onde a acusara de ser *excessiva*. Quando ela perguntou o que ele queria dizer com isso, ele disse que seu comportamento com os convidados lembrava o de Arria. Era evidente que aquilo não era um elogio.

Pensar nisso incitou sua raiva. O que havia de errado em fazer que todos os homens da sala a desejassem? Além do mais, não era para isso que Marcus a queria como anfitriã?

— Primeiro seu pai, depois Cláudio, então Caio... — disse Calabah. — E agora você se permite ser controlada por seu irmão, bem como por um gladiador, um homem que não passa de um escravo de Roma. Ah, Júlia, quando você vai aprender que tem o poder dentro de si mesma para controlar seu próprio destino?

Júlia se recostou, derrotada pelo raciocínio de Calabah e por seus próprios desejos turbulentos.

— Mesmo que eu conhecesse um homem em quem pudesse confiar o suficiente para me casar, eu teria que obter o consentimento de Marcus.

— Não teria, não. Já ouviu falar de casamento por *usus*, não é?

— Simplesmente ir viver com um homem?

— Um contrato poderia ser feito entre você e o homem que escolhesse. Se você quisesse, é claro, embora não seja necessário. O casamento por *usus* é muito simples e tão legalmente vinculativo quanto você quiser que seja. O suficiente para você recuperar o controle do seu próprio dinheiro.

Júlia levantou os olhos.

— Muitas mulheres usam isso para proteger suas propriedades — disse Calabah. — Vou lhe dar um exemplo. Se esse gladiador fosse livre e quisesse se casar com você, acha que ele permitiria que você controlasse seu próprio dinheiro? Você acha que poderia fazer o que quisesse? Eu só o vi uma vez, mas foi o suficiente para perceber que ele escolheria dominar. Se você se casasse com outro homem por *usus*, ele não poderia exercer esse tipo de controle. Você continuaria com seu dinheiro e sua liberdade, e não haveria maneira de tirar nenhum dos dois de você. Por outro lado, se você se casasse com Atretes, tudo o que você tem seria dele.

— E se o homem com quem eu me casar por *usus* quiser ter o controle?

— Você simplesmente vai embora. Simples assim. Como eu disse, Júlia, esse tipo de casamento é tão legalmente vinculativo quanto você desejar.

A ideia lhe interessou, mas havia um problema.

— Não conheço ninguém com quem eu possa viver.

Depois de um longo e pesado silêncio, Calabah disse calmamente:

— Primo.

— Primo?

Júlia pensou no jovem bonito que Marcus frequentemente convidava para suas festas. Primo tinha boas conexões políticas, era bonito, charmoso e muitas vezes divertido. Mas havia algo nele que causava repulsa em Júlia.

— Não o acho atraente.

Calabah riu suavemente.

— É improvável que ele se sinta atraído por você também, minha querida. Primo é apaixonado por seu catamita.

Júlia empalideceu.

— Você está sugerindo que eu me case com um *homossexual*?

Calabah parecia impaciente.

— Como sempre, você pensa como uma criança, ou como uma pessoa tão atolada nas tradições que não consegue enxergar o benefício de qualquer outra coisa. Estou apenas lhe apresentando um estilo de vida alternativo aceitável. Você está apaixonada por seu gladiador, mas sabe que, se vier a se casar com ele, terá menos liberdade que agora. Com Primo, você poderia fazer o que quisesse. Atretes poderia continuar sendo seu amante e você teria dinheiro e liberdade. Primo é o marido perfeito para você. Ele é charmoso, inteligente, divertido É amigo íntimo do procônsul. Com as conexões de Primo, você poderia ingressar na mais alta sociedade de Roma e de Éfeso. E o melhor de tudo é que Primo é facilmente manipulável.

Ela se sentou ao lado de Júlia e pousou a mão sobre a dela.

— Eu sugeri Primo porque qualquer outro homem esperaria certos favores de você, favores que talvez você não deseje conceder a ninguém além desse gladiador. Primo não lhe exigiria nada.

— Ele certamente esperaria algo em troca.

— Suporte financeiro — disse Calabah.

Júlia se levantou.

— Não preciso de outro homem como Caio esgotando todos os meus recursos.

Calabah a observou, satisfeita. Júlia estava tomando o rumo que ela planejara havia muito tempo em Roma. A excitação causada ao ver o poder que Júlia tinha tomou seu corpo; um poder de que a moça nem tinha consciência, mas em breve conheceria.

— Não precisa se preocupar com isso, Júlia — Calabah a tranquilizou com sua voz melodiosa, quase hipnótica. — Primo não joga nem gasta dinheiro com amantes. Ele é fiel a seu companheiro, que o adora. Primo vive de forma simples, mas gostaria de viver bem. Ele aluga uma pequena vila não muito longe daqui. Você poderia ir morar com ele até recuperar o controle do seu dinheiro.

Ele tem um quarto sobrando. Quando você restabelecer o direito legal sobre seus bens, poderá comprar uma vila maior, em um lugar melhor da cidade. Mais perto do templo, talvez — sugeriu, esboçando um sorriso zombeteiro. — Ou mais perto do *ludus*, se quiser.

Júlia ficou em silêncio por um longo momento; as emoções se alternavam em seu belo rosto.

— Vou pensar — disse.

Calabah sorriu, sabendo que ela já havia decidido.

32

Hadassah tirava água do poço no peristilo quando uma das escravas foi lhe dizer que seu amo a chamava em seus aposentos. Febe estava parada atrás do divã em que Décimo repousava, com a mão apoiada no ombro do marido. Ele estava pálido, com as faces cavadas e os olhos enigmáticos e vigilantes. O olhar de Febe pousou na pequena harpa de Hadassah.

— Não a chamamos para tocar, Hadassah — disse ela solenemente. — Temos perguntas a lhe fazer. Por favor, sente-se. — Indicou um banquinho perto do divã.

Hadassah sentiu o frio do medo se precipitar por seu sangue, sentada ali, diante deles. Com as costas eretas e as mãos cruzadas no colo, esperou.

Foi Décimo quem falou, com a voz rouca de dor.

— Você é cristã?

O coração de Hadassah vibrou como se um frágil pássaro batesse as asas dentro dela. Uma única palavra poderia significar sua morte. Sua garganta se fechou.

— Não precisa ter medo de nós, Hadassah — disse Febe gentilmente. — O que nos disser não sairá deste quarto, nós lhe damos nossa palavra. Por favor. Só queremos saber sobre esse seu deus.

Ainda assustada, ela assentiu com a cabeça.

— Sim, sou cristã.

— E todo esse tempo eu pensei que você fosse judia — disse Febe, espantada por ver que Décimo estava certo.

— Meus pais eram da tribo de Benjamim, minha senhora. Os cristãos adoram o Deus de Israel, mas muitos judeus não reconheceram o Messias quando ele veio.

Décimo viu seu filho fazer menção de entrar no cômodo ao lado. Mas, quando avistou Hadassah, Marcus parou, retesando a mandíbula.

— Messias? — Febe repetiu, sem notar a presença de Marcus à porta. — Que palavra é essa?

— Messias significa "o ungido", minha senhora. Deus desceu na forma de homem e viveu entre nós. — Hadassah prendeu a respiração e continuou: — O nome dele é Jesus.

— *Era* — Marcus corrigiu, entrando no quarto.

Hadassah ficou tensa quando ouviu sua voz. Marcus viu suas faces corarem, mas ela não se mexeu nem ergueu os olhos. Ele fitou a curva suave de seu pescoço e as mechas sedosas de cabelo escuro que repousavam em sua nuca.

— Eu andei investigando sobre essa seita judia nas últimas semanas — disse com rispidez.

Ele havia pagado alguns homens para investigar sobre o culto, e eles haviam lhe dado o nome de um centurião romano aposentado que morava nos arredores de Éfeso. Marcus fora conversar com ele. Deveria ter ficado satisfeito com o que descobrira, pois isso poderia destruir a fé de Hadassah. Mas na verdade ficara deprimido, evitando o momento em que falaria com ela novamente.

E agora ali estava ela, espalhando aquela história cancerosa para seus pais.

— Esse Jesus que os cristãos afirmam ser seu messias era um rebelde que foi crucificado na Judeia. A fé de Hadassah se baseia na emoção e não em fatos, em um desespero por respostas a perguntas irrespondíveis — disse ele, dirigindo-se a seus pais. Então olhou para Hadassah. — Jesus não era um deus, Hadassah. Ele era um homem, que cometeu o erro de desafiar os poderes de Jerusalém e pagou por isso. Ele desafiou a autoridade do Sinédrio, bem como o Império Romano. Seu nome era suficiente para causar insurreição. E ainda é!

— E se for verdade, Marcus? — perguntou sua mãe. — E se ele for um deus?

— Ele não era. De acordo com Epeneto, um homem que conheci e que viu o que aconteceu naquela época, Jesus foi um mago de certa reputação que fazia presságios e maravilhas na Judeia. Os judeus ansiavam por um salvador e se convenceram facilmente de que ele era o messias havia muito aguardado. Esperavam que ele expulsasse os romanos da Judeia e, quando não o fez, seus seguidores lhe deram as costas. Um de seus próprios discípulos o traiu, entregando-o aos tribunais. Esse Jesus foi enviado a Pôncio Pilatos, que tentou libertá-lo, mas os próprios judeus exigiram que ele fosse crucificado, porque era o que chamavam de "blasfemo". Ele morreu na cruz, foi sepultado e acabou.

— Não — disse Hadassah suavemente. — Ele ressuscitou.

Febe arregalou os olhos.

— Ele voltou à vida?

Marcus praguejou, frustrado.

— Não, mãe. Hadassah, escute. — Ele se ajoelhou e a virou bruscamente de frente para si. — Os discípulos dele disseram que ele ressuscitou, mas foi tudo uma encenação planejada para promover a propagação desse culto.

Hadassah fechou os olhos e balançou a cabeça. Ele a sacudiu levemente.

— *Sim*. Epeneto estava na Judeia quando isso aconteceu. Ele é um velho agora e vive perto de nós, nos arredores da cidade. Vou levá-la até ele se não acredita em mim e poderá você mesma ouvir a verdade. Ele era um dos centuriões no túmulo. Disse que o corpo foi roubado para fazer as pessoas acreditarem que havia acontecido uma ressurreição!

— Ele viu isso? — perguntou Décimo, tentando imaginar por que seu filho estava tão empenhado em destruir a preciosa fé da escrava.

Marcus percebeu que nada mudara nos olhos de Hadassah. Ele a soltou e se levantou.

— Epeneto disse que não viu o corpo ser retirado do túmulo, mas essa era a única explicação lógica.

— Roubado debaixo do nariz dos guardas romanos?

— Você quer acreditar nessa história ridícula? — Marcus retrucou, furioso.

— Eu quero saber a verdade! — Décimo explodiu. — Como esse Epeneto ainda está vivo, se era guarda no túmulo? A pena é de morte para quem negligencia seu dever. Por que ele não foi executado por falhar?

Marcus havia feito a mesma pergunta.

— Ele disse que Pilatos estava cansado de ser usado pelas facções judias. Sua esposa havia sido atormentada por sonhos antes que esse Jesus fosse levado diante dele, mas o Sinédrio e a plebe judia o forçaram a entregar esse messias para a crucificação. Pilatos lavou as mãos, não queria mais se envolver com aqueles fanáticos religiosos e não sacrificaria bons soldados para investigar sobre o corpo desaparecido de um mero judeu crucificado!

— Parece que era importante para todos os interessados ter certeza de que o corpo estava no túmulo — disse Décimo.

— Ele ressuscitou — insistiu Hadassah, calma diante da arenga de Marcus. — O Senhor apareceu para Maria Madalena e para seus discípulos.

— Que provavelmente mentiram para sustentar essa história de messias — Marcus contrapôs.

— O Senhor também apareceu para mais de quinhentas pessoas ao mesmo tempo — prosseguiu Hadassah.

Marcus via a desesperada esperança de sua mãe por qualquer coisa que pudesse ajudar seu pai. Ela pusera sua fé em deuses e deusas, em médicos e sacerdotes, em espiritualistas e curandeiros, e todos só fizeram minar as forças de seu pai.

— Mãe, não acredite nisso. É uma mentira perpetuada por homens egoístas.

Hadassah se voltou levemente no banquinho e o fitou. O pai dela, egoísta? João e os demais, egoístas? Ela pensou em seu pai, que saía às ruas de Jerusalém para pregar a verdade. *Por quê?*, ela lhe perguntara. *Por quê?* E agora, olhando para Décimo, Febe e Marcus, vendo o sofrimento, o desespero e a desilusão, ela entendia como Marcus estava errado sobre tudo.

— Que razão eles teriam para mentir? — perguntou gentilmente.

— Dinheiro, poder, a estima dos homens — disse Marcus, pensando que finalmente abriria os olhos de Hadassah. — São razões para muitos homens mentirem.

— E acredita que eu mentiria para o senhor?

Marcus amoleceu. Queria se ajoelhar, pegar suas mãos e dizer que estava arrependido por magoá-la. Queria protegê-la, queria amá-la. Ele queria Hadassah para si. Mas a fé dela naquele deus inexistente os separava.

— Não — respondeu sombriamente. — Não acho que você mentiria para mim. Não acho que você seja capaz de mentir para ninguém. Mas acho que você acredita em todas as palavras dessa história extravagante porque foi criada para acreditar. Isso foi martelado em sua cabeça desde que você nasceu. Mas não é verdade.

Ela balançou a cabeça.

— Ah, Marcus — disse com tristeza —, você está tão errado. É verdade! Jesus ressuscitou. Ele está vivo! — Pousou as mãos cruzadas sobre o peito. — Ele está aqui.

— Ele está morto! — disse Marcus, frustrado. — Por que você não dá ouvidos aos fatos?

— Que fatos? A palavra de um guarda que não viu nada? O que os homens que seguiram Jesus ganharam? Nem dinheiro, nem poder, nem a estima dos homens. Eles foram injuriados como o Senhor. Tiago foi decapitado pelo rei Herodes Agripa. André foi apedrejado em Cítia. Bartolomeu foi esfolado vivo e decapitado na Armênia. Mateus foi crucificado na Alexandria, Felipe em Hierápolis, Pedro em Roma. Tiago Menor foi decapitado por ordem de Herodes Antipas. Simão, o Zelote foi serrado ao meio na Pérsia. E nenhum deles se retratou. Mesmo diante da morte, ainda proclamavam Jesus como o Messias. Todos eles teriam morrido dessa maneira para preservar uma mentira? Meu pai me contou que todos ficaram com medo quando Jesus foi crucificado; eles fugiram e se esconderam. Mas, depois que Jesus ressuscitou e foi até eles, tornaram-se homens diferentes. Eles mudaram. Não por fora, mas por dentro, Marcus. Eles espalharam a Boa-Nova porque sabiam que era verdade.

— Que boa-nova? — perguntou Febe, trêmula.

— Que o Senhor veio não para condenar o mundo, mas para salvá-lo, minha senhora. Ele é a ressurreição e a vida. Quem crer nele viverá, mesmo se morrer.

— No monte Olimpo, com todas as outras divindades, suponho — disse Marcus, mordaz.

— Marcus — Febe interveio, envergonhada de sua zombaria.

Ele olhou para o pai:

— Hadassah tem razão em uma coisa. Falar desse messias gera sofrimento e morte. Para ela mesma, se insistir nisso. Esse Jesus pregava que o homem só respondesse a deus, e não ao César. Se ela ajudar a espalhar essa religião, vai acabar na arena.

Ela ficou lívida.

— Jesus disse: "Dai a César o que é de César, e a Deus o que é de Deus".

— E, em suas próprias palavras, tudo que você é, tudo que você faz é a serviço de seu deus! Não é isso? Ele é seu *dono*!

— Marcus — disse Febe, perturbada com a intensidade do filho. — Por que você a ataca assim? Ela não veio até nós falar de seu deus. Nós que a chamamos para lhe fazer perguntas.

— Então deixem isso para lá, mãe. Esqueçam esse deus invisível — pediu ele. — A fé de Hadassah se baseia em um deus que não existe e em um evento que nunca aconteceu.

O silêncio recaiu sobre eles. E então Hadassah falou, como um eco nos recôncavos da mente deles, como um lampejo de luz na escuridão:

— Jesus ressuscitou meu pai dos mortos.

— O que você disse? — Febe sussurrou.

Hadassah ergueu os olhos.

— Jesus ressuscitou meu pai dos mortos — repetiu, dessa vez sem hesitação na voz.

— Mas como?

— Não sei, minha senhora.

Décimo se inclinou levemente para a frente.

— Você viu isso acontecer, com seus próprios olhos?

— Aconteceu antes de eu nascer. Em Jerusalém.

— Hadassah — disse Marcus, tentando conter a exasperação —, você só tem a palavra dos outros em relação a isso.

Ela levantou os olhos, revelando todo o amor que sentia por ele.

— Nada que eu possa dizer jamais o convencerá, Marcus. Somente o Espírito Santo pode fazer isso. Mas eu *sei* que Jesus ressuscitou. Eu sinto a presença dele agora, aqui, comigo. Vejo a verdade de sua Palavra todos os dias. Desde o momento da Criação, o mundo inteiro é testemunha do plano de Deus revelado por meio de seu Filho. Desde o início, ele nos preparou. Na passagem das estações; na forma como as flores nascem, morrem e liberam suas sementes para que a vida recomece; no entardecer e no alvorecer. O sacrifício de Jesus é recriado todos os dias da nossa vida, basta termos olhos para ver.

— Ora, *você* não vê? Isso é simplesmente a ordem natural das coisas.

— Não, Marcus. Isso é Deus falando com toda a humanidade. E ele voltará.

— Sua fé é cega!

Hadassah olhou para Décimo.

— Se olhar para o sol, verá o sol, meu senhor. Se encarar a morte, verá a morte. Onde reside a esperança?

Os olhos dele cintilaram, e ele se recostou lentamente.

— Eu não tenho esperança.

Marcus se voltou. Viu o embotamento nos olhos do pai, a dor estampada em seu rosto. Repentinamente, sentiu uma vergonha profunda. Talvez ele estivesse errado. Talvez fosse melhor ter falsas esperanças que nenhuma.

— Pode ir, Hadassah — disse Febe, acariciando o ombro de Décimo, tentando inutilmente confortá-lo.

Pela primeira vez na vida, Hadassah não obedeceu a uma ordem. Ela se ajoelhou ao lado do divã, quebrando todas as leis tácitas, e tomou a mão de seu amo nas suas. Então fez o gesto imperdoável de olhar diretamente nos olhos de Décimo e falar com ele como a um igual.

— Meu senhor, aceitar a graça de Deus é viver com esperança. Se confessar seus pecados e acreditar, o Senhor o perdoará. Peça e ele virá morar em seu coração, e o senhor terá a paz que tanto deseja. Basta acreditar.

Décimo viu o amor nos olhos de Hadassah, o tipo de amor que sempre desejara ter da própria filha. Suas feições simples e seus olhos castanhos brilhavam com um calor que provinha de dentro, e por um momento ele viu a beleza que seu filho queria possuir. Ela acreditava no inacreditável. Acreditava no impossível. Não com obstinação e orgulho, mas com uma inocência pura e infantil que o mundo não conseguira arruinar. E, sem pensar no risco que corria, ela lhe oferecia sua própria esperança, se ele fosse capaz de aceitá-la.

Ele podia não acreditar em nada do que ela dizia, podia não ser capaz de acreditar naquele deus invisível, mas acreditava nela.

Sorrindo com tristeza, pousou a outra mão no rosto dela.

— Se não fosse por Júlia, eu a libertaria.

Ela apertou a mão dele com ternura.

— Eu sou livre, meu senhor — sussurrou. — E o senhor também pode ser.

Então se levantou graciosamente e saiu, fechando a porta atrás de si.

Atretes subiu na biga e se preparou para a *pompa*, a cerimônia de abertura. A armadura do peito e o elmo de ouro e prata eram pesados e quentes, mesmo no início da manhã. Ele jogou a capa vermelha para trás, sobre os ombros, e virou para ver os outros gladiadores que se preparavam para a apresentação. Eram vinte e quatro no total; ele teria de matar cinco para ganhar a liberdade.

Sertes havia arranjado uma ampla variedade de guerreiros dessa vez. As bigas enfileiradas levavam dimaqueros, homens armados com punhais; samnitas, com gládios e escudos; vélites, gladiadores que lutavam com lanças; e sagitários, armados com arco e flecha. Havia quatro essedários, combatentes montados em carruagens decoradas e puxadas por dois cavalos, seguidos por três andábatas, que usavam elmo com viseira fechada, o que os impedia de enxergar, e vinham montados em cavalos de guerra fogosos e treinados. Na biga logo atrás de Atretes estava um reciário africano ostentando seu tridente e sua rede. A plebe ficaria satisfeita com tamanha coleção de animais.

— Os sacerdotes estão vindo — anunciou o condutor de Atretes, enlaçando as rédeas habilmente entre os dedos.

Atretes tinha visto os sacerdotes, que vestiam túnica branca e lenço vermelho, levando um touro branco e dois carneiros com touca dourada para o sacrifício. Eles liam as entranhas para ter certeza de que era um bom dia para os jogos. O germano sorriu com cinismo, sabendo que qualquer dia era bom para os jogos. Nenhum sacerdote se atreveria a cancelá-los, independentemente do mau presságio que visse nas vísceras sangrentas.

Soaram as trombetas e abriram-se as portas.

— Vamos lá — disse o condutor, entrando na fila atrás dos oficiais e promotores romanos, que haviam financiado os jogos. Sertes estava logo à frente de Atretes.

A plebe gritava de forma selvagem. Atretes ouviu seu nome sendo gritado repetidamente, bem como o de meia dúzia de outros. Sua fama não era tão grande em Éfeso quanto em Roma, mas ele não se importava. Focou sua concentração no que estava por vir, contando o número de gladiadores presentes e avaliando o potencial de cada um enquanto era conduzido pela arena para que os espectadores o vissem. Só uma vez sua atenção divagou. Ao passar pelo camarote onde o procônsul estava sentado, ergueu os olhos e observou os convidados que acompanhavam o político. Júlia estava entre eles, vestida com o *palus* vermelho que usara no templo de Ártemis. Seu coração acelerou ao vê-la, e ele desviou o olhar. Não olharia para ela novamente até que os jogos acabassem.

As bigas deram várias voltas na arena e depois formaram uma fila diante do procônsul. Os gladiadores desceram e desfilaram, alguns tirando a capa, e outros, para o deleite da multidão, tirando tudo. Atretes não fez nem uma coisa nem outra. Ficou parado, com os pés levemente afastados, a mão na espada, em expectativa. Quando os demais gladiadores acabaram de agradar à multidão e voltaram para a formação, Atretes ergueu o gládio, a exemplo dos outros.

— Ave, César! Aqueles que estão prestes a morrer o saúdam!

O procônsul iniciou um breve discurso. Atretes evitou os olhos de Júlia, procurando a pequena escrava. Ela estava ali. A multidão rugiu em aprovação quando o procônsul abriu oficialmente os jogos. Atretes e os outros dirigiram-se novamente para as bigas, e os condutores estalaram seus chicotes até darem uma última volta ao redor da arena. Em seguida, atravessaram depressa o portão, sob os gritos selvagens da multidão.

A sala de espera era fria e profundamente sombria, e o cheiro de óleo da lamparina era intenso. As janelas de ferro ficavam bem no alto das paredes de pedra. O silêncio era total. Atretes tirou a armadura extravagante e vestiu uma túnica marrom simples. Todos ali teriam de esperar horas antes que começassem a lutar.

No banquete da noite anterior, Sertes havia lido o libelo, programa que listava a sequência das atrações. A cerimônia de abertura seria concluída pelo procônsul, que dedicaria os jogos ao imperador. Logo após, haveria discursos e um grande desfile. Os acrobatas e os cavaleiros performáticos se apresentariam, seguidos pelas corridas de cães. Então dois ladrões seriam crucificados, e molossos os arrancariam das cruzes. Caçadores, ou bestiários, caçariam ursos-nandis dos montes Aberdare, no Quênia, e por fim prisioneiros seriam jogados a um bando de leões europeus.

Por volta do meio do dia, depois de tanta carnificina, ocorreria uma pausa de uma hora, durante a qual a arena seria esvaziada e então coberta com areia fresca. Haveria distribuição de comida, venda de bilhetes de loteria e apresentações teatrais. No entanto, esses entretenimentos sempre cansavam rapidamente a multidão, sedenta pelo vício de sangue e violência.

A grande luta estava programada para o fim da tarde.

O medo fazia o estômago de Atretes se contrair. Doze duplas de gladiadores... O maior número de homens que ele já havia enfrentado em um único dia eram três. Ali, ele precisaria matar cinco opositores em lutas sucessivas, se conseguisse sobreviver.

No entanto, nenhum deles o preocupava tanto quanto a longa espera. Esse era seu pior inimigo, pois durante as horas anteriores à luta toda esperança e todo medo invadiam sua mente, até ele achar que iria enlouquecer.

As mãos de Júlia transpiravam. Ela tinha dificuldade de se concentrar no que o procônsul dizia. Não estava interessada em política ou economia — tudo em que podia pensar era Atretes e o fato de que ele poderia morrer ali na arena. Ela não o via desde a discussão que haviam tido uma semana atrás. Teve vontade de mandar Hadassah buscá-lo, mas temia que ele continuasse furioso e se recusasse. Então resolvera esperar, ansiando por alguma mensagem. Mas ele não lhe mandara nenhuma, e ela engolira o orgulho e fora ao templo na esperança de vê-lo. Ele não aparecera.

Quando ele entrou na arena para a *pompa*, seu coração acelerou. No momento em que os gladiadores se alinharam diante do procônsul, Júlia esperou que ele olhasse para ela. Ela passara horas se arrumando e sabia que estava mais bonita do que nunca. Mas nem uma única vez ela viu a cabeça de Atretes se voltar em sua direção. Ele ficou imóvel, de cabeça erguida, enquanto os outros se exibiam como pavões diante da multidão.

— Veja como ele a ignora — disse Calabah com desdém. — Com todas essas outras gritando o nome dele, por que ele se importaria de ter partido seu coração?

— Atretes! Atretes! — gritavam homens e mulheres enquanto lhe jogavam flores e moedas.

A lembrança realimentava a dor e o ciúme, e Júlia apertou os lábios, com os pensamentos envenenados pela provocação de Calabah. Primo estava recostado ali perto, avaliando os gladiadores com a habilidade de um conhecedor.

— Eu aposto no germano — disse ele, levando uma uva roxa à boca.

— Quinhentos sestércios no africano — gritou outro homem, apontando para um vélite alto, de aparência poderosa.

— Ha! Ele nem terá chance contra um essedário. O que uma espada pode fazer contra uma biga? — outra pessoa sugeriu.

— Certamente eles não vão pôr um essedário para lutar contra um samnita — disse Júlia, alarmada.

— Não no começo, mas não esqueça que será uma disputa de eliminação — lembrou Primo. — Eles vão emparelhar os que sobrarem. Laqueários contra samnitas, andábatas contra reciários, trácios contra mirmilões. Você viu que há alguns de cada tipo aqui, os melhores de cada classe. É isso que torna tudo excitante. Os que foram treinados para enfrentar a espada podem ser obrigados a enfrentar uma lança. Assim, o vencedor será menos previsível.

Com o coração disparado, Júlia sentiu um medo repentino por Atretes. Em silêncio, suplicou aos deuses que o deixassem viver. Ela queria relaxar e aproveitar a comida e a conversa. Primo era bastante divertido e parecia disposto a entretê-la.

Ela ficou entediada vendo os ladrões pendurados nas cruzes.

— Por que não soltam os molossos e acabam logo com isso? Está demorando muito.

— Quanta sede de sangue — disse Primo, divertido. — Venha, Júlia. Vou levá-la até as bancas. Vejamos o que atrai sua atenção.

Inquieta e tensa com a espera, Júlia concordou rapidamente. Subiu os degraus com a mão no braço de Primo. Mascates passavam por eles, carregando caixas cheias de frutas, salsichas, pães e odres de vinho.

— Pêssegos persas, suculentos e maduros! — seus gritos alvoroçados se misturavam aos rugidos da multidão. — Salsichas picantes. Três por um sestércio!

Outros espectadores, entediados com os homens pendurados nas cruzes, circulavam sob as arquibancadas, à procura de emoção. Com Primo a seu lado, Júlia passou por bancas de astrólogos, adivinhos, vendedores de lembrancinhas e comida. Logo chegaram a bancas onde os entretenimentos eram mais obscenos e incomuns. Garotos pintados, com a túnica enrolada acima das nádegas, circulavam entre os clientes que se aglomeravam ali. Primo os observou sombriamente.

— Prometeu era um desses, até eu o resgatar.

Constrangida com a menção ao catamita de Primo, Júlia ficou em silêncio. Parou para ver dançarinas mouras ondulando ao som da batida primitiva de tambores e címbalos.

— Calabah falou com você sobre minha oferta? — ele perguntou.

— Sim — disse Júlia, desanimada. — Eu pensei muito.

— E tomou uma decisão?

— Eu lhe direi quando os jogos terminarem.

— Está na hora — Sertes anunciou, e o sangue quente correu nas veias de Atretes, acelerando seus batimentos cardíacos e aquecendo sua pele.

Ele vestiu a *manica*, luva revestida de couro e metal, no braço direito.

— Eu preferiria ter você por mais alguns anos a vê-lo desperdiçado assim — Sertes soltou sombriamente.

— Talvez a deusa sorria para mim hoje e eu ganhe minha liberdade — disse Atretes, puxando a *ocrea* para proteger a perna esquerda.

— Para um gladiador, liberdade é sinônimo de obscuridade. — Sertes lhe entregou o *scutum*, um escudo simples.

Atretes passou o braço esquerdo pelas braçadeiras de metal do escudo e parou com os braços abertos e as pernas afastadas. Um escravo esfregou azeite de oliva em sua pele exposta.

— Obscuridade é preferível à escravidão — disse Atretes, olhando com frieza nos olhos de Sertes.

— Ah, mas não à morte.

Estendeu o gládio para Atretes, que o pegou e ergueu diante do rosto, em uma saudação de respeito.

— De qualquer forma, Sertes, hoje eu deixo a arena vitorioso.

Armado com sua corda, um laqueário lutava contra um essedário, montado em sua biga. O essedário jogou a biga sobre o laqueário diversas vezes. Embora não conseguisse atropelar seu oponente, conseguiu se esquivar da corda. Mas, no oitavo movimento, o laqueário enlaçou o oponente, firmou os pés e catapultou o homem para trás da biga, que avançava em alta velocidade. O essedário caiu no chão e quebrou o pescoço, provocando um gemido de desapontamento na multidão. Sem o condutor da biga, os animais continuavam correndo ao redor da arena.

Vários escravos foram enviados para acalmar os garanhões, enquanto um homem que vestia uma túnica justa e botas altas de couro dançava na areia. Ele representava Caronte, o barqueiro que transportava as almas dos mortos pelo Estige até o Hades. Quando se aproximou da vítima, ficou girando e pulando na areia, segurando um malho na mão erguida. A máscara de bico que usava o fazia parecer uma ave de rapina. Um segundo homem vestido como Hermes — outro guia para as almas dos mortos — brandiu um caduceu incandescente com o qual cutucou o essedário caído. Quando o corpo se contraiu, Caronte deu um salto e bateu com o malho na cabeça do homem, formando uma mancha rubra na areia e garantindo a Hades sua presa. Os libitinários, como esses dois guias eram chamados, apressaram-se em conduzir o cadáver pelo Portão dos Mortos.

Um ruído sombrio percorreu como uma onda os milhares de espectadores, que resmungavam que a luta havia terminado rápido demais. Sentiam-se enganados. Alguns vaiavam o vencedor. Outros lhe jogavam frutas enquanto ele erguia a mão, saudando o procônsul. Ele recebeu sinal para se retirar, mas os espectadores começaram a gritar para que o fizessem lutar com o vigoroso vélite africano.

— Vamos ver o que um laqueário é capaz de fazer contra um homem com uma lança!

Sensível aos caprichos da plebe, o procônsul ergueu levemente a mão para o *editor* dos jogos, e o africano entrou na arena antes que o laqueário pudesse sair. Eles ficaram se rodeando por vários minutos, durante os quais o laqueário lançou sua corda várias vezes, mas errou o alvo. O vélite o espetava com a lança, mas mantinha uma distância segura. A multidão gritava, furiosa; as coisas estavam indo muito devagar. Ouvindo o descontentamento dos espectadores e reconhecendo-o como uma ameaça, o laqueário jogou a corda novamente e atingiu o vélite no peito. O africano pegou rapidamente a corda, enrolou-a no braço e avançou a lança, perfurando o abdome de seu oponente. O laqueário caiu de joelhos, espetado. Jogando a corda de lado, o africano caminhou em direção a ele à espera do *pollice verso*, o polegar voltado para baixo, sinalizando aprovação para matar.

O procônsul olhou em volta e viu polegares virados para baixo por todo lado, então estendeu a mão, repetindo o gesto. O vélite puxou a lança do abdome do laqueário e a atravessou no coração.

— Eles não estão satisfeitos — Sertes disse a Atretes. — Ouça-os. Se continuar assim, vão querer jogar o procônsul aos cachorros!

O vélite venceu o mirmilão, mas foi derrotado pelo arco e flecha do sagitário. Este lutou bem contra um andábata, mas se desequilibrou ao ferir o cavaleiro e caiu sob os cascos do cavalo de guerra. Caronte despachou os dois, e a multidão rugiu em aprovação.

— Traga todos de uma vez! — gritou alguém para o procônsul, e o grito foi seguido por outros, até se tornar um canto.

— Todos de uma vez! Todos de uma vez!

Atendendo à vontade do público, os dezoito gladiadores restantes foram emparelhados e mandados para a arena. Eles se espalharam e ergueram suas armas para o procônsul. Os espectadores ficaram enlouquecidos, gritando o nome de seus favoritos.

Atretes foi posto contra um trácio moreno de olhos negros, armado com uma cimitarra. Com um sorriso arrogante, o trácio agitou sua arma em movimentos teatrais. Girou a espada de um lado para o outro e acima da cabeça e então parou com as pernas afastadas.

Assumindo uma pose enganosamente relaxada, Atretes cuspiu na areia.

A multidão riu. Furioso, o trácio atacou. Atretes se esquivou do movimento mortal da cimitarra e bateu com seu *scutum* no oponente. Em seguida golpeou a cabeça do homem com o punho de seu gládio e afundou a lâmina em seu peitoral. Ao puxar o gládio, o homem já estava morto. O corpo amolecido caiu de costas.

Ele se voltou e viu um reciário usando seu tridente contra um secutor caído, cujo elmo em forma de peixe oferecia pouca proteção. Atretes se dirigiu ao vencedor, ciente da ovação de seus seguidores. O reciário puxou o tridente e tentou recuperar a rede emaranhada antes que Atretes o alcançasse.

O germano atacou e o reciário conseguiu bloquear o primeiro e o segundo golpes. Mas, sem sua rede, tinha apenas o tridente para se defender, e os anos de experiência do bárbaro com a frâmea lhe deram vantagem. Com força bruta, Atretes partiu para cima do reciário com o gládio e o *scutum*, até encontrar uma abertura. Ao consegui-la, não desperdiçou a oportunidade.

A multidão gritava selvagemente, e seu nome parecia o rufar de um tambor. Mas, na cabeça de Atretes, o grito era: *Liberdade... liberdade... liberdade!*

Antes que o reciário caísse, Atretes sentiu uma dor abrasadora no flanco e viu o punhal de um dimaquero sair de suas costelas. Ele cambaleou, bloqueando um ataque frontal com seu *scutum*. Recuperando o equilíbrio, soltou um grito de dor e raiva. Nenhum maldito tiraria essa chance dele! Atretes agitou o gládio com todas as suas forças e entortou o escudo do dimaquero ao meio, derrubando-o de joelhos. Com o escudo inútil caído ao chão, o homem se levantou e correu, sabendo que seu punhal não era páreo para o gládio. Para a alegria da multidão, Atretes correu atrás dele. No caminho, abaixou-se e arrancou o tridente do reciário caído, deu um salto e o atirou com a habilidade que aprendera no uso da frâmea.

A multidão foi à loucura quando o tridente acertou o alvo. Os homens se levantaram e trocaram socos; as mulheres gritavam, entregues à loucura. Algumas desmaiaram, vencidas pela excitação, ao passo que outras rasgavam as roupas e puxavam os cabelos, pulando no lugar. A terra sob o estádio tremia.

— Atretes! Atretes! Atretes!

Ele deixou que a sede de sangue reinasse. Abateu um mirmilão e atacou um samnita. Liberou toda sua raiva de Roma, permitindo que o ódio o dominasse e lhe desse a força necessária para seu corpo ferido. Arrancando o *scutum* do braço do oponente, ele o eviscerou como um peixe.

Voltando-se, procurou quem mais estivesse entre ele e a liberdade. Milhares de espectadores estavam em pé, agitando bandeiras brancas e gritando em coro. Demorou um instante para que a mente de Atretes clareasse e ele se desse conta daquilo que a multidão gritava tão alto:

— *Atretes! Atretes! Atretes!*

Ele era o último homem em pé.

Júlia tremia violentamente enquanto Atretes caminhava em direção a uma abertura na escada, pela qual subiria até a plataforma onde o procônsul esperava para premiar o vencedor. Ela estava dividida entre o júbilo e o medo. Júlia o amava e estava orgulhosa de sua vitória, mas sabia que sua liberdade recém-conquistada comprometeria a dela própria.

Caminhando em direção à escada, Atretes cambaleou e caiu de joelhos. A multidão ficou muda, mas ele se apoiou no gládio e se levantou. A plebe ovacionou descontroladamente quando ele chegou ao portão da plataforma do vencedor; um soldado o abriu e recuou em respeito, enquanto Atretes subia os degraus de pedra. O procônsul o esperava com uma coroa de louros, um pingente de marfim e uma espada de madeira nos braços.

Júlia mal ouvia o que o procônsul dizia enquanto colocava a coroa de louros na cabeça de Atretes. Então, a filha do político amarrou no pescoço dele o pequeno pingente de marfim retangular, proclamando sua liberdade. O ciúme dominou Júlia como uma inundação ardente quando a garota puxou a cabeça de Atretes para beijar seus lábios. As mulheres gritavam em êxtase, e Júlia queria cobrir os ouvidos e virar de costas. Sertes entregou ao vencedor a espada de madeira, proclamando sua triunfante aposentadoria das arenas, e dois soldados depositaram um baú de sestércios aos pés de Atretes.

O procônsul ergueu a mão para a massa. Em um instante, o estádio ficou em silêncio. Milhares de pessoas se inclinaram para a frente para ouvir que recompensa seria dada ao vencedor.

— Temos uma última honra a conferir a nosso amado Atretes por sua vitória hoje! — gritou o procônsul, voltando-se dramaticamente e pegando um pergaminho da mão de Sertes. — Eu lhe concedo o prêmio por ordem do imperador Vespasiano — gritou e estendeu o pergaminho a ele, que o aceitou mecanicamente.

O procônsul pousou a mão no ombro de Atretes e o fez se voltar de frente para os milhares de pessoas, proclamando:

— A partir de agora Atretes é um cidadão e um defensor de Roma.

Ele ficou rígido, o rosto pálido e tenso, tomado por emoções violentas. Júlia o viu apertar os punhos ao ouvir a proclamação.

— Veja como ele odeia Roma — disse Calabah, inclinando-se para mais perto de Júlia enquanto a multidão aplaudia em adoração. — Ele jogaria essa proclamação no lixo se ela não lhe desse tudo o que ele quer. — As palavras de Calabah se misturavam aos urros da multidão, que não parava de gritar o nome de Atretes. — Ele é igual a seu pai e seu irmão agora.

Atretes virou a cabeça, buscando Júlia entre os convidados do procônsul. Fitou-a com olhos ardentes e cheios de promessas, o que fez o coração dela acelerar. Por um momento terrível, ela pensou que ele a reivindicaria ali mesmo, naquele instante. Mas Sertes e vários guardas romanos o acompanharam rumo ao portão principal, para que seus ferimentos fossem tratados.

Primo ajudou Júlia a se levantar.

— Você está tremendo — disse ele com um sorriso cúmplice. — Na verdade, imagino que todas as mulheres neste estádio tremem ao vê-lo. Ele é magnífico.

— Sim, é — ela concordou, recordando o olhar de Atretes.

Agora que ele tinha a liberdade, o que o impediria de tentar transformar Júlia em sua escrava? Ela sentiu a boca secar.

Primo a ergueu com facilidade na liteira para que ela pudesse ser carregada por seis de seus escravos. Antes de fechar as cortinas, ele inclinou a cabeça e deu um sorriso débil, mas encantador.

— Então, o que decidiu?

Júlia sentiu o estômago se apertar até doer. Quando falou, foi em um tom monótono:

— Assinarei o acordo esta noite e levarei minhas coisas para sua casa amanhã de manhã.

— Sábia decisão, Júlia — exclamou Calabah atrás de Primo, com olhos brilhantes.

Primo pegou a mão de Júlia e a beijou. Quando ele fechou as cortinas, ela se recostou e cerrou os olhos, perguntando-se por que de repente se sentia tão desolada.

33

O anúncio de Júlia de que estava saindo de casa para morar com Primo explodiu com a força de um vulcão na casa dos Valeriano. Marcus ficou furioso; Febe, consternada.

— Você não pode fazer isso, Júlia! — sua mãe censurou, lutando para controlar as emoções. — O que vou dizer a seu pai?

— Não diga nada, se tem medo de que isso o aborreça — Júlia retrucou, fazendo ouvidos moucos aos apelos da mãe e cedendo às próprias emoções.

— Aborrecê-lo? — Marcus repetiu com um riso desdenhoso. — Por que ele se aborreceria ao saber que a filha vai viver com um homossexual?

Ela se voltou para ele com raiva.

— A vida é minha e faço dela o que eu quiser. Vou viver com Primo e não há nada que você possa fazer! Se ele é tão abominável, por que o convida para suas festas?

— Porque é politicamente conveniente.

— Em outras palavras, embora o desprize, você o usa.

— Assim como ele vai usá-la se você entrar nessa farsa ridícula que alega ser um casamento.

— O casamento será mutuamente benéfico, eu lhe garanto — disse ela com altivez. — Quero a contabilidade completa do que é meu até o fim da semana, Marcus, e a partir de então eu mesma cuidarei dos meus assuntos financeiros. E não precisa me olhar assim! Meu dinheiro continuará sendo meu. Primo não poderá tocar nele.

Ela olhou brevemente para o rosto desolado de sua mãe.

— Se você não gosta disso, mãe, sinto muito. Mas tenho que fazer o que me fará feliz.

Ela foi para o seu quarto e Marcus a seguiu.

— Você vai perder tudo o que tem em um ano — disse ele. — Quem colocou essa tolice em sua cabeça? Calabah?

Júlia o fitou.

— Calabah não pensa por mim. Eu sou capaz de pensar sozinha. Não sou a tola que você pensa que sou.

Ordenou a um dos escravos que fosse buscar um carrinho enquanto os outros levavam seus baús para fora.

— Nunca pensei isso de você, Júlia. Não até agora.

Ela ergueu o queixo; seus olhos escuros brilhavam.

— Minha caixa de joias, Hadassah — disse, tremendo de fúria. — Vamos embora agora.

— Ah, não — Marcus contrapôs, ainda mais descontrolado. — Hadassah não vai sair daqui, a menos que eu permita.

— O que Hadassah é sua? — ela perguntou com suavidade enervante. — Ela é *minha* escrava, mas parece que você a quer para si.

— Não seja ridícula — disse Febe à porta.

— Eu estou sendo ridícula, mãe? — Os olhos escuros de Júlia estavam em brasa, seguindo do irmão para a escrava. — Leve a caixa para baixo, Hadassah, *agora*. E espere por mim na liteira.

— Sim, minha senhora — disse Hadassah baixinho e obedeceu.

Marcus virou Júlia para que ela o encarasse e a segurou.

— Você mudou.

— Sim — concordou Júlia —, mudei. Eu cresci e tenho minhas próprias ideias. Meus olhos estão abertos, Marcus, bem abertos. Não é assim que você sempre me incentivou a ser? Não foi você que me apresentou a todas as melhores coisas que o mundo tem a oferecer? Não foi você que disse para ficar atenta a pessoas que poderiam me trair? Pois bem, querido irmão, eu aprendi bem a lição. Agora tire as mãos de mim!

Franzindo o cenho, Marcus a soltou e a viu sair do quarto.

— Júlia, por favor — disse Febe, seguindo-a. — Pense bem no que está fazendo. Se escolher um casamento como esse, ficará com a reputação manchada.

— Manchada? — Júlia repetiu e riu. — Mãe, você ficou trancada dentro dos muros de papai por tanto tempo que não sabe nada do mundo. Eu serei considerada uma mulher independente, uma mulher de substância. E sabe por quê? Porque não terei que rastejar diante de meu pai ou de meu irmão implorando por meu próprio dinheiro. Não terei que prestar contas a ninguém de qualquer coisa que decida fazer.

— Você me despreza tanto assim? — perguntou Febe com suavidade.

— Eu não a desprezo, mãe. Simplesmente não quero ser como você.

— Mas, Júlia, você não ama esse homem.

— E por acaso amava Cláudio? Mas isso não impediu você e papai de me forçarem a casar com ele — disse amargamente. — Você não pode entender, mãe. Durante toda a sua vida você fez exatamente o que se esperava que fizesse!

— Explique-me então. Faça-me entender.

— É muito simples. Eu não serei escrava de homem nenhum, seja ele pai, irmão ou marido. Primo não ditará minha vida, como papai sempre ditou a sua. Eu só responderei a mim. — Júlia beijou a face pálida de sua mãe. — Adeus, mamãe.

E deixou Febe parada no corredor.

Primo cumprimentou Júlia com um beijo casto na face.

— Só uma pequena escrava e uma caixa de joias? — perguntou. — Foi ruim, não foi? Sempre achei Marcus intolerante em relação a certas coisas. Ele nunca me permitiu levar Prometeu a uma de suas festas. Suponho que tentou impedir você de se mudar para cá.

— Eu achei que ele fosse entender.

— Júlia querida, seu irmão não é o homem que parece ser. Sob aquela máscara epicurista bate um coração muito tradicional. — Primo acariciou sua mão suavemente. — Dê tempo a seus pais, eles acabarão aceitando. O que mais podem fazer se quiserem ver sua bela filha de novo?

Nesse momento, um jovem de não mais de catorze anos entrou na sala.

— Ah — disse Primo, estendendo a mão. O menino a pegou e permitiu ser puxado e apresentado a Júlia. — Este é meu amado Prometeu — apresentou, observando com orgulho enquanto o menino se curvava respeitosamente diante de Júlia. — Estarei com você em breve — disse, sorrindo para o garoto, que se inclinou de novo e saiu.

Júlia sentiu uma sensação desagradável no estômago.

— Ele é encantador — comentou educadamente.

— É mesmo, não é? — disse Primo, satisfeito.

Ela forçou um sorriso.

— Se não se importa, eu gostaria de ver meus aposentos. Minhas coisas devem chegar logo — pediu.

— Claro, vou lhe mostrar o caminho.

Ele a conduziu por sob um arco em direção ao peristilo ensolarado, e em seguida subiram os degraus de mármore que levavam ao segundo andar. O quarto dela era próximo ao dele.

Assim que Primo saiu, Júlia se afundou, cansada, no divã.

— Coloque minha caixa de joias aqui — instruiu a Hadassah, indicando a mesinha a seu lado.

Hadassah a pousou cuidadosamente. Júlia abriu a tampa e acariciou as bugigangas e colares.

— A primeira coisa que vou fazer quando tiver meu dinheiro é substituir as coisas que tive de dar para Sertes. — Fechou a tampa com um estrondo, levantou-se e ficou perambulando pelo quarto. — Prometeu é exatamente como aqueles meninos afeminados que cavalgavam com Baco.

Passando os dedos pela tapeçaria na parede, lembrou-se das celebrações selvagens de Roma, quando um bêbado atravessava as ruas da cidade sentado em um carrinho florido puxado por um leopardo.

— Minha senhora, tem certeza de que deseja permanecer aqui?

Júlia soltou a tapeçaria babilônia e se voltou para Hadassah.

— Então você também não aprova — disse com suavidade perigosa.

Hadassah se aproximou. Ajoelhando-se, pegou a mão de Júlia.

— Minha senhora está apaixonada por Atretes.

Júlia arrancou a mão.

— Sim, eu amo Atretes. Morar com Primo não muda isso. Primo é livre para viver como quiser, e eu também.

Hadassah se ergueu, cabisbaixa.

— Sim, minha senhora — disse com delicadeza.

Júlia espantou as dúvidas que afligiam seus pensamentos, concentrando-se em coisas materiais.

— É um quarto adorável, mas muito pequeno. E não gosto dos murais com todos esses meninos. Assim que Marcus liberar meu dinheiro, comprarei outra vila, maior que esta, grande o suficiente para mim e Atretes. Primo poderá ter um andar só para ele.

Foi até o terraço estreito e olhou para o centro da cidade. Queria respirar ar puro. Viu o templo ao longe e se perguntou se Atretes estaria fazendo oferendas à deusa por sua vitória na arena. Afastou o olhar. Ah, se as coisas não tivessem mudado. Se Sertes não tivesse escalado Atretes para a luta eliminatória...

Os servos chegaram com seus pertences e Hadassah assumiu o controle da arrumação.

— Deixe isso para Cibele — ordenou Júlia. — Quero falar com você.

A escrava foi para o terraço.

— Quero que você vá até Atretes e diga que consegui uma casa permanente para nos encontrarmos sempre que quisermos. Não diga nada sobre Primo, está me ouvindo? Talvez ele não entenda. Não ainda. Ele ainda é muito inculto, é melhor eu lhe explicar tudo pessoalmente. Diga apenas que ele tem de vir agora. Eu preciso dele.

Hadassah sentia o coração pesar.

— Será que ele ainda está no *ludus*, minha senhora?

— Não sei, mas vá primeiro lá. Se ele não estiver, Sertes lhe dirá onde ele está.

As duas entraram e Júlia abriu a caixa de joias. Franzindo o cenho, passou levemente a mão por um colar de pérolas. Em seguida, por um broche de ouro com rubis. Sentindo o peso da peça na mão, apertou os lábios. Ela gostava do broche. Por que teria que se separar dele? Atretes era livre agora, ela não deveria ter de pagar para vê-lo. Uma mensagem dela deveria ser suficiente para fazê-lo ir por vontade própria.

Ela soltou o broche na caixa e fechou a tampa com firmeza.

— Diga a Sertes que a mandei com uma mensagem para Atretes. Ele vai falar onde Atretes está, ou viverá para se arrepender. — Acompanhou Hadassah até a porta, falando baixinho para que os outros servos não ouvissem. — Entregue a mensagem exatamente como eu disse. Não fale nada sobre Primo, entendeu? Eu contarei a Atretes sobre isso mais tarde.

Quando Hadassah saiu para atender à ordem de sua senhora, perguntou-se como era possível que Júlia, que passara tanto tempo com Atretes, não conhecesse o homem de maneira alguma.

———— ·⊦· ————

Atretes ainda estava deitado sobre a mesa, tendo os ferimentos salgados e costurados, quando chegaram ofertas de altos oficiais romanos convidando-o a se hospedar em suas casas.

— Tire todos daqui — gritou para Sertes.

— Como quiser — ele respondeu.

Não havia sido decisão do lanista fazer Atretes lutar na eliminatória. Após receber a ordem do imperador, o procônsul exigira que o bárbaro fosse incluído. Sertes não pudera recusar, e, embora o procônsul houvesse lhe pagado o suficiente para reembolsá-lo pelo preço de compra, habitação e cuidados de Atretes, Sertes vira os lucros futuros descerem pelo ralo. De qualquer forma, morto ou livre, Atretes não estaria mais sob seu controle.

Mas o lanista não era tolo. Havia outras maneiras de ganhar dinheiro com Atretes, se a deusa lhe sorrisse.

Atretes voltou para o *ludus*, onde pretendia ficar até decidir o que faria com sua liberdade. Sertes lhe ofereceu um grande quarto, adjacente ao seu, astutamente tratando seu antigo escravo com o respeito devido a um convidado de honra.

Como Sertes imaginava, reuniu-se uma grande multidão diante do portão principal do *ludus* na manhã seguinte. A maioria eram *amoratae* à espera de ver Atretes, mas muitos eram empresários que estavam ali com propostas de negócios para o germano. Sertes os encaminhou a uma grande sala de reuniões e informou a Atretes que respeitáveis convidados o aguardavam. Os homens começaram a clamar em volta do germano, cada qual tentando sobrepor suas propostas às dos demais. Sertes ficou de lado, observando.

Um homem queria pintar o retrato de Atretes em vasos, bandejas e camafeus. Muitos deles queriam lhe vender casas. Outro queria que ele se tornasse sócio de uma pousada. Outro ainda queria que ele promovesse suas bigas. Sertes deixou a confusão crescer.

— Vou lhe dar a melhor biga que eu construir, bem como dois cavalos árabes para puxá-la! — ofereceu o fabricante de bigas.

Atretes parecia um leão encurralado, prestes a atacar. Olhou para Sertes como se exigisse silenciosamente que ele fizesse alguma coisa. Sertes prometeu a si mesmo conseguir uma boa oferta para Ártemis e atravessou a multidão. Ficou ao lado do germano.

— Sua proposta é ridícula — disse ao construtor de bigas. — Você sabe o lucro que ganhará com o nome de Atretes, e ainda assim faz uma oferta tão insignificante?

— Acrescento mil sestércios à minha oferta — o homem propôs rapidamente.

— Dez mil e talvez ele pense a respeito — Sertes contrapôs com desprezo. — Com licença.

Ele fez Atretes se voltar e se aproximou, falando baixinho.

— Eu posso fazer essas negociações para você, se desejar. Não precisa se preocupar com isso. Eu tenho experiência com negócios e sei como fazê-los aumentar as ofertas. Minha taxa será de míseros trinta e cinco por cento do que você ganhar. Apresentarei tudo para sua decisão final, é claro. Vou fazer de você um homem muito rico.

Atretes apertou duramente o braço de Sertes.

— Eu quero uma vila própria.

O lanista assentiu com a cabeça.

— Tudo que você quiser, basta dizer. Vou cuidar disso.

Ele aproveitaria as facilidades que a fama de Atretes pudesse lhe proporcionar enquanto durasse.

Um serviçal entrou na sala e foi até Sertes.

— Há uma judia aqui, meu senhor. Ela disse que tem uma mensagem para Atretes.

— Leve-me até ela — ordenou o germano, ignorando os protestos dos homens que haviam esperado horas para vê-lo.

Sertes ergueu as mãos.

— Já chega! Atretes tem assuntos mais importantes para tratar. Preparem suas propostas e apresentem-nas a mim. Eu as discutirei com Atretes quando for conveniente para ele e os notificarei de sua decisão. Isso é tudo!

Fez sinal com a cabeça para um dos guardas corpulentos.

— Tire-os daqui. Eu tenho um *ludus* para administrar.

Atretes viu Hadassah esperando do lado de dentro do portão fechado do *ludus*.

— Pode ir — disse ao servo e atravessou o complexo arenoso em direção a ela.

O rosto de Hadassah se aqueceu ao vê-lo. Ela sorriu e se curvou.

— Louvado seja Deus por sua generosa misericórdia. Você está vivo e bem!

Ele sorriu para ela, lembrando a noite no estádio e sua promessa de orar por ele. Sua bondade o enchia de um calor que ele não sentia havia anos. A oração ao deus dela era o que o mantivera vivo?

— Sim, estou vivo e bem. E agora também sou livre — disse ele. — Trouxe uma mensagem de Júlia?

A expressão de Hadassah mudou sutilmente. Ela baixou os olhos e entregou a mensagem. Atretes a ouviu, cada palavra ferindo seu orgulho. Cerrou o maxilar.

— Ela disse que eu *tenho* de ir até ela? — repetiu com frieza. — Diga a sua senhora que agora não será como antes. Vou mandar buscá-la quando estiver pronto.

Deu meia-volta e se dirigiu para dentro.

— Atretes — chamou Hadassah, correndo atrás dele. — Por favor. Não se afaste dela agora.

Ele a fitou.

— Lembre a sua senhora que eu não sou mais um escravo para ser convocado a obedecer a seus caprichos, a seu bel-prazer.

Ela o fitou, suplicante.

— Ela o ama, meu senhor, não teve a intenção de ofender.

— Ah, mas esse é o jeito romano de ofender! E ela é romana, não é? Nascida e criada com orgulho e arrogância.

Hadassah pousou suavemente a mão em seu braço e sorriu com tristeza.

— Orgulho e arrogância não se limitam aos romanos, Atretes.

Surpreendentemente, a ira feroz de Atretes evaporou. Seus lábios tensos se suavizaram em um desolado meio-sorriso.

— Talvez não — disse com pesar.

Ela era uma mulher miúda e estranha, com olhos insondáveis e tão gentis que tinham o efeito de um mar calmo.

— Fale com Júlia gentilmente, Atretes, e ela fará o que você pedir.

Hadassah sabia que isso era verdade. Com uma palavra delicada e amorosa de Atretes, Júlia até se afastaria do caminho terrível que estava seguindo.

— Eu jurei que nunca mais me deixaria ser convocado por ela — disse ele sem emoção. — E vou manter meu juramento. — Indicando com a cabeça os altos muros do *ludus*, continuou: — Nem eu a desonraria chamando-a aqui. Diga a sua senhora que mandarei buscá-la quando tiver uma casa e possa levá-la para lá como minha esposa. — E então se afastou.

Amargurada, Hadassah deu meia-volta, antevendo a tragédia que aguardava aqueles dois.

———⊣⊢———

— Onde ele está? — perguntou Júlia quando Hadassah voltou sozinha para a vila de Primo. — Você não disse que eu queria vê-lo? Não disse, não é? O que você disse a ele?

— Eu lhe transmiti sua mensagem, minha senhora, exatamente como me ordenou.

Júlia lhe deu uma bofetada.

— Sua judiazinha mentirosa. Você falou sobre Primo, não é? — E lhe deu outra bofetada, dessa vez mais forte.

Hadassah se afastou, assustada, e levou a mão trêmula à face ardente.

— Não, minha senhora.

— Se você não falou sobre Primo, ele deveria estar aqui!

— Ele disse que mandará buscá-la quando tiver uma casa e puder levá-la para lá como esposa.

Júlia ficou imóvel, lívida. Olhou para Hadassah e então afundou no divã, subitamente incapaz de ficar em pé. Fechou os olhos. Ela sabia que isso podia acontecer, mas ouvir o que ele disse assim tão abertamente a enfraqueceu, deixando-a confusa e ansiosa.

Hadassah se ajoelhou diante dela.

— Por favor, senhora Júlia. Volte para a casa de seus pais e fique lá até Atretes mandar buscá-la.

Júlia sentiu um momento de incerteza, mas as advertências de Calabah surgiram em sua mente, claras e lógicas. Se ela se casasse com Atretes, ele a enfiaria dentro de sua casa e nunca mais a deixaria sair. Ele seria pior que Cláudio e Caio juntos.

— Não.

— Por favor — suplicou Hadassah suavemente. — Não fique aqui.

A confusão momentânea no rosto de Júlia desapareceu.

— Se eu voltar agora, parecerei uma idiota. E não mudaria nada. Marcus não aprova meu relacionamento com Atretes, assim como não aprova este com Primo. — Deu um riso débil. — Atretes pode ter sido proclamado cidadão romano, mas ainda é um bárbaro de coração. Talvez Marcus até me proíba de vê-lo.

— Marcus quer vê-la segura e feliz.

Júlia ergueu a sobrancelha ao ouvir a maneira familiar como Hadassah dissera o nome de seu irmão. Ela a fitou por um longo momento, e a profunda semente do ciúme, plantada por Marcus, começou a crescer.

— Você só quer ficar perto de meu irmão, não é? — disse com frieza. — Você é como Bitia e as demais. — Ela se levantou e se afastou. — Não, não vou lhe dar ouvidos. Vou ficar aqui. Quando eu falar com Atretes, ele vai entender. Vou fazê-lo entender.

Ela o faria recordar como ele odiara sua escravidão e perguntaria se era isso que esperava dela agora. Uma esposa era uma escrava, à mercê do marido. Mas, da forma como as coisas estavam, ambos eram livres. Nada precisava mudar entre eles. Continuariam sendo amantes. Seria ainda melhor, pois ela não teria de pagar a Sertes. Atretes poderia ir vê-la sempre que ela mandasse chamá-lo. E, mesmo que toda essa argumentação não funcionasse, ela sabia de uma coisa que o faria ouvir.

Ela lhe contaria da criança que estava carregando em seu ventre.

Hadassah foi ver João e chorou por Júlia. O apóstolo a ouviu e então tomou suas mãos.

— Talvez Deus permita que Júlia se entregue aos desejos de seu coração para que ela possa pagar por seus erros.

Hadassah o fitou com as faces marcadas de lágrimas.

— Passei horas cantando salmos para ela, contando histórias de Davi e Gideão, Jonas e Elias. Muitas histórias, mas nunca a maior de todas. Quando estou com Júlia, o nome de Jesus fica preso em minha garganta. — Puxou as mãos e cobriu o rosto.

João entendia.

— Todos nós sentimos medo em algum momento, Hadassah.

— Mas você não tem mais medo. E meu pai nunca teve.

Ela recordou seu pai sendo carregado para o cenáculo por Benaías, com seu amado rosto tão machucado que mal podia reconhecê-lo. E, ainda assim, ele saíra de novo e de novo, até o último dia de sua vida. *Eles estão jogando corpos no Wadi er-Rababi, atrás do templo sagrado*, dissera seu irmão, Marcos, no dia em que fora morto, e em sua mente Hadassah via seu pai caído entre os milhares de mortos jogados por sobre o muro do templo, apodrecendo sob o sol da Judeia.

— Como já lhe contei, eu conheci bem o medo — disse João. — Quando eles chegaram e levaram o Senhor do Getsêmani, um soldado romano tentou me pegar e eu corri. Ele ficou com um lençol de linho na mão, a única coisa que cobria meu corpo, enquanto eu fugia, nu. — Seus olhos amáveis se obscureceram de vergonha ao recordar. — Mas o medo não é do Senhor, Hadassah.

— Minha cabeça sabe disso, mas meu coração ainda treme.

— Entregue seu fardo a Jesus.

— E se o fardo não for só medo, mas amor também? Eu amo Júlia como se ela fosse minha irmã.

Os olhos de João se encheram de compaixão.

— O que semeamos em lágrimas colheremos na alegria. Seja obediente à vontade do Senhor. Ame Júlia apesar do que ela faça, para que, por intermédio de você, ela possa conhecer a graça e a misericórdia de Cristo. Seja fiel, para que ela e os outros possam ser santificados.

— Mas como eles serão santificados se se recusam a crer? E o que eu faço em relação a Calabah?

— Nada.

— Mas, João, ela exerce cada vez mais poder sobre Júlia, como se a estivesse transformando a sua semelhança. Preciso fazer alguma coisa.

João balançou a cabeça.

— Não, Hadassah. Nossa luta não é contra a carne e o sangue, mas contra os poderes das trevas.

— Eu não posso lutar contra Satanás, João. Minha fé não é suficientemente forte.

— Você não vai lutar contra ele. Resista ao mal e seja forte no Senhor, Hadassah, e na força do poder de Deus. Ele lhe deu a armadura para a batalha. A verdade, a justiça, o evangelho da paz. A fé é seu escudo, a palavra sua espada. Reze com perseverança no Espírito do Senhor. E se mantenha firme, para que o Senhor possa se manifestar diante de você.

— Vou tentar — disse ela suavemente.

João pegou suas mãos e as segurou com firmeza, transmitindo-lhes força e calor.

— Deus não falha em seu bom propósito. Confie nele, e a seu tempo ele colocará as palavras certas em sua boca. — Sorriu. — Você não está sozinha!

Reclinada em um dos divãs do triclínio, Júlia pegou uma iguaria preparada por seu novo cozinheiro. Primo estava lhe contando outra de suas histórias indecentes, sobre um oficial romano e sua esposa infiel. Ela logo descobriu que tinha um apetite insaciável por suas histórias — um apetite que Primo estava disposto a satisfazer.

— Eu sei de quem você está falando, Primo — disse ela. — Vitélio, certo?

Ele ergueu o cálice diante de sua astúcia, sorrindo para Prometeu, recostado nele.

— Você sabe que eu nunca trairia uma confidência — disse, divertido.

— Pode chamá-lo pelo nome que quiser, mas você imita muito bem seu cicio, e isso não me deixa dúvida. É Vitélio. O gordo, pomposo e ciciante Vitélio.

— Ele nunca mais vai me confiar um segredo — disse Primo, pesaroso.

Franziu o cenho, aborrecido, quando Hadassah entrou no triclínio com outra bandeja. Prometeu ficou rígido e se afastou de Primo, que suspirou, irritado.

— Deixe a bandeja aí e saia — ordenou secamente, olhando para Júlia. — Diga a ela, Júlia.

Ela assentiu e Hadassah saiu silenciosamente da sala.

— Eu não gosto dela — disse Primo, fitando a porta.

— Por que não? — perguntou Júlia, pegando do prato uma língua de beija-flor ao mel.

— Porque, toda vez que ela entra na sala, Prometeu fica agitado. Por que você não a vende?

— Porque ela me agrada — respondeu Júlia, servindo-se de mais vinho. — Canta e conta histórias.

— Eu já ouvi algumas e não gosto delas. Caso não saiba, Calabah também tem uma saudável aversão por sua escrava.

— Ela me disse.

Júlia olhou para ele com impaciência e tomou um gole de vinho. Sabia que estava ficando embriagada, mas não se importava. Melhor isso que sofrer de depressão. Ela não tinha notícias de Atretes, nem de Marcus, nem de sua mãe. Todos a haviam abandonado. Viu os olhos de Prometeu cintilando de nervosismo, fitando a entrada em arco, e sentiu uma satisfação maliciosa.

Uma serva entrou.

— Minha senhora, seu irmão está aqui para vê-la.

Ela se sentou, derramando vinho no novo *palus* verde. Deixou o cálice de prata apressadamente e levou a mão à cabeça enevoada.

— Traga-o até aqui — ordenou, pressionando o rosto quente nas mãos frias. — Estou bem? — perguntou a Primo.

— Adorável como uma ninfa do mar subindo da espuma.

Marcus entrou na sala, parecendo preencher o ambiente com sua presença. Ele era tão bonito que ela sentia orgulho de olhar para ele.

— Marcus — ela o recebeu, estendendo-lhe as mãos.

Ele pegou as mãos de Júlia e beijou sua face.

— Irmãzinha — disse carinhosamente. Então se endireitou e olhou para Primo. — Gostaria de falar com minha irmã a sós.

Primo ergueu as sobrancelhas, debochado.

— Esqueceu onde está, Marcus? Esta é minha casa, não sua.

— Saia, Primo — disse Júlia, irritada. — Não vejo meu irmão há semanas.

— E sabemos o motivo, não é? — ele retrucou, observando o rosto de Marcus enquanto pegava a mão de seu catamita. — Venha, Prometeu. Vamos deixar esses dois conversarem sobre suas diferenças.

Marcus fez uma careta depois que ele saiu.

— Não entendo como você pode ficar aí sentada vendo como ele age com aquele garoto, Júlia.

Ela retaliou, na defensiva:

— Talvez eu seja uma pessoa tolerante. E quem é você para julgar Primo? Eu o vi mais de uma vez com Bitia.

— Há uma grande diferença.

— Sim, é verdade. Primo é mais fiel a Prometeu do que você já foi a Arria, Fannia ou uma dúzia de outras que eu poderia citar. Além disso — ela disse devagar, sentando-se novamente —, acho Primo extremamente sensível. Ele foi rude porque você feriu os sentimentos dele.

Ela pegou o vinho, sentindo necessidade de um gole.

— Sem dúvida, ele lhe agrada em tudo. Você está pagando todas as contas, não é?

— E se estiver? O dinheiro é meu e faço dele o que quiser. Eu escolhi esta vila, a propósito. É linda, não é? E na parte mais afluente da cidade. Escolhi os móveis também. Isso é muito mais do que eu já pude decidir sobre qualquer coisa em minha vida.

Marcus sabia que precisava acalmá-la.

— Você está feliz vivendo assim?

— Sim, estou feliz! Mais feliz do que quando vivia com um velho repulsivo obcecado por seus estudos ou com um jovem bonito cruel além do limite. Caio teria perdido todo o meu dinheiro no jogo se não tivesse morrido.

Sua voz tremeu, e ela bebeu um grande gole. Sua mão também tremia, e Júlia respirou fundo para se acalmar.

— Primo pede muito pouco, Marcus — continuou, agora mais calma. — Ele não é uma ameaça para mim. Ele ouve meus problemas e me encoraja a fazer o que me faça feliz. Além do mais, é divertido e me faz rir.

— Eu tomaria cuidado com o que lhe contasse, irmãzinha. Primo é muito sagaz e coleciona boatos como um cão coleciona pulgas. Não é preciso muito para fazê-lo se coçar e espalhar tudo. Sua propensão a fofocas é o que o sustenta há anos. As pessoas pagam para ele não contar seus segredos.

Ela se recostou no divã.

— Sente-se e coma alguma coisa, Marcus — pediu, indicando com a mão elegante as bandejas repletas de quitutes. — Talvez melhore seu humor.

Marcus notou que ela usava vários anéis novos, e as bandejas exibiam uma variedade de iguarias caras. Mas não fez nenhum comentário. Para quê? Talvez fosse a farta comida a culpada por sua cintura mais larga, mas ele duvidava disso. Marcus tinha certeza de que ela estava grávida de novo, e sabia de quem.

— Primo não pode me machucar, certo? — disse ela, sorrindo com cinismo.

— Mas, se está preocupado, pedirei a ele para ignorar seu comportamento deplorável.

— Não lhe peça para ignorar nada!

— Por que você veio? — perguntou, cansada, e sua máscara de altivo desprezo escorregou o suficiente para que ele pudesse ver sua vulnerável irmãzinha atrás dela.

Ele suspirou pesadamente e se aproximou.

— Júlia — disse gentilmente, tirando a taça de sua mão. — Não vim aqui para discutir com você.

— É papai — disse ela, e seus olhos cintilaram de medo. — Ele morreu, não é?

— Não.

Ela relaxou.

— Mamãe disse a ele por que eu saí de casa?

— Ela disse que você está visitando amigos. Papai parece satisfeito com as cartas que ela lê para ele.

— Que cartas?

Marcus a fitou, momentaneamente surpreso, mas logo suspirou, compreendendo. Pobre mamãe.

— Aparentemente, as que ela escreve em seu nome.

Júlia se levantou e se afastou, desejando fugir da culpa que sentia.

— Recebemos uma visita esta manhã — Marcus anunciou. — Um guarda, que havia sido instruído a levar você em segurança até Atretes.

Júlia se voltou, fitando-o.

— Atretes mandou me buscar? — Ela foi até ele e segurou suas mãos. — Oh, Marcus. Onde ele está? Você não o mandou embora, não é? Se mandou, vou matá-lo, eu juro.

Lágrimas brotaram nos olhos de Júlia. Marcus podia vê-la tremer.

— Eu disse que você não estava e perguntei onde o senhor dele poderia ser encontrado quando você voltasse.

Ela o soltou e começou a andar nervosamente.

— Eu não sei o que aconteceu nem para onde ele foi. Você não pode imaginar como estou infeliz. Eu o amo tanto, Marcus, mas quando mandei buscá-lo ele se recusou a vir.

— Há quanto tempo você está envolvida com esse gladiador?

Ela parou e ergueu o queixo.

— Não gosto da maneira como você diz *gladiador*. Atretes é um homem livre agora, e um cidadão romano.

— Há quanto tempo, Júlia?

— Seis meses — confessou ela, vendo o olhar de seu irmão percorrer lentamente seu corpo.

— Então o filho que você está esperando é dele.

Ela corou e cobriu o abdome.

— Sim.

— Ele sabe?

Ela balançou a cabeça.

— Ainda não tive oportunidade de contar.

— Obviamente ele também não sabe sobre seu casamento com Primo, ou não teria mandado o guarda até em casa para buscá-la.

— Eu planejava contar tudo a ele semanas atrás, mas não sabia onde ele estava!

— Seria fácil descobrir. Como vai explicar sobre Primo a ele? Júlia, eu falei com o guarda. Atretes comprou uma propriedade a poucos quilômetros de Éfeso. Ele espera se casar com você.

Ela desviou o rosto, mas Marcus se levantou e foi até ela. Fez com que ela virasse para encará-lo e viu que estava chorando.

— Não se trai alguém como Atretes... — disse suavemente.

— Eu não o traí! — ela gritou, tremendo. — Você não acha que eu iria para a cama com Primo, não é? Eu não vou para a cama com ninguém.

— Espero que Atretes a escute para que você possa explicar isso. Não se pode brincar com um homem como ele, Júlia.

— Eu vim morar com Primo antes de Atretes ser libertado — ela justificou, sem olhá-lo nos olhos.

— É mentira, e nós dois sabemos disso. Você veio morar com Primo depois dos jogos.

— Bem, Atretes não precisa saber disso! É um dia de diferença.

— Um dia. — Ele estreitou os olhos. — Você sabia que estava grávida quando veio morar com Primo?

Ele soube que sim quando ela desviou o olhar.

— Por todos os deuses, por que você se mudou para cá, se está apaixonada por Atretes?

— Se eu tivesse contado a você sobre ele, você teria me proibido de vê-lo novamente.

— É possível — Marcus admitiu. — Mas provavelmente você não teria me dito nada sobre ele, assim como não disse sobre Primo. Escute — sibilou, tentando se controlar. — Neste momento, o que eu não aprovo é esse arranjo estranho que você fez. Se quiser, eu a levo agora mesmo até Atretes.

— Não. Eu vim morar com Primo por todas as razões que lhe disse.

— Então você não ama Atretes.

— Amo, mas eu nunca poderia me casar com ele. Ele não pensa como um romano, Marcus. Na verdade, ele odeia Roma, odeia profundamente. E se nos cansarmos um do outro? E se eu me apaixonar por outra pessoa? Ele me deixaria ser feliz? Não. Ele é um bárbaro. Eles afogam esposas infiéis no pântano. E se ele quisesse voltar para a Germânia? — Deu um riso áspero. — Consegue me imaginar vivendo em uma cabana suja, ou seja lá onde vivem os bárbaros? Mas ele poderia me obrigar a ir, não é? Só pelo fato de eu ser sua esposa!

Marcus a ouvia, incrédulo.

— Você acha mesmo que Atretes virá até você agora e continuará como seu amante enquanto você está envolvida com outro homem?

— Não era a mesma coisa com Arria?

Ele franziu o cenho.

— Do que você está falando?

— Você sabia dos casos dela com vários gladiadores. Ela falava sobre isso, não lembra? Eu lhe perguntei por que permitia que ela fosse infiel, e você me disse que Arria era livre para fazer o que quisesse. E você era livre para fazer o mesmo.

— Eu nunca quis que você tomasse Arria como exemplo!

— Eu não tomo. Meu exemplo é você.

Marcus a fitou, atordoado. Júlia deu-lhe um beijo no rosto, dizendo:

— Não fique tão surpreso. O que poderia esperar de uma irmã que o adora? Agora, diga-me onde está Atretes. — Ele lhe disse, e ela se sentou. — Estou cansada — reclamou, sonolenta em razão de todo o vinho que tinha bebido.

Ela se recostou nas almofadas e fechou os olhos.

— Pode contar a mamãe sobre o bebê, se quiser — soltou, abrindo um sorriso divertido. — Talvez ela goste mais de Primo.

Marcus se inclinou e lhe deu um beijo na testa.

— Duvido.

Ela segurou sua mão.

— Você vai voltar?

— Sim. Talvez eu possa desfazer o que fiz.

Ela beijou sua mão.

— Acho que não. — Então sorriu, pensando que ele a estava provocando, como sempre, sem notar o tom duro na voz do irmão.

Quando Marcus saiu da sala, viu Hadassah sentada em um banco, com as mãos pousadas frouxamente sobre o colo. Estava orando? Ela ergueu a cabeça e o viu. Levantou-se com graça, baixando respeitosamente o olhar. Marcus parou diante dela. Demorou um pouco até conseguir falar.

— Meus pais sentem sua falta.

— Eu também sinto falta deles, meu senhor. Como está seu pai?

— Ele piorou.

— Sinto muito — disse ela suavemente.

Ele sabia que ela estava sendo sincera, e sua sinceridade lhe provocou uma dor inexplicável. Estendeu a mão e a deslizou pelo braço dela.

— Vou encontrar uma maneira de levá-la para casa — disse, rouco.

Ela se esquivou de seu toque.

— A senhora Júlia precisa de mim, meu senhor.

Ele deixou cair a mão e ela passou por ele.

— Eu também preciso de você — Marcus disse baixinho e a ouviu parar. Ele virou a cabeça e viu que ela o fitava com lágrimas nos olhos. Mas Hadassah se voltou e entrou no triclínio para ir até Júlia.

Ouvindo o som suave de sandálias no piso superior, Marcus ergueu os olhos bruscamente.

— Veremos você de novo em breve, não é, Marcus? — disse Primo, sorrindo e fazendo biquinho, como se estivesse lhe mandando um beijo. — Sim, tenho certeza de que o veremos.

Enquanto o riso suave de Primo pairava no peristilo, Marcus virou e se encaminhou para a porta, furioso.

Atretes pegou os pulsos de Júlia e arrancou as mãos dela de seu pescoço. Tremendo de fúria assassina, ele a afastou.

— Se você não estivesse grávida, eu a mataria — disse, cerrando os dentes, e saiu da sala.

Júlia correu atrás dele.

— É seu filho! Eu juro! Eu não traí você. Primo não significa nada para mim. Atretes, não me deixe! Me escute! Me escute! — gritava ela, chorando.

— *Atretes!*

Subindo em sua biga, Atretes pegou as rédeas e gritou uma ordem. Os garanhões brancos investiram em direção à rua. Gritando de novo, ergueu o chicote e os fez acelerar, até começarem a galopar selvagemente. As pessoas saíam do caminho, praguejando.

Chegou às cercanias da cidade e continuou correndo. O vento no rosto não diminuía sua raiva. A vila que ele havia comprado se erguia diante dele, em uma encosta verdejante. Um guarda o viu se aproximar e abriu o portão. Ele entrou a toda e virou a biga, enchendo a entrada de pedrinhas. Largou as rédeas e desceu. Os animais espumavam e davam pinotes, irrequietos, enquanto Atretes subia os degraus de mármore que levavam ao interior da casa.

— Sumam da minha frente! — bradou para os escravos que haviam se preparado para a chegada de sua nova senhora.

Dando um grito selvagem, derrubou o banquete que cobria a longa mesa. Bandejas de prata e ouro caíram no chão; cálices bateram na parede, lascando o mural que havia sido pintado. Ele virou a mesa, estraçalhou os vidros de murrine e jogou longe os vasos de bronze coríntios. Puxou as cortinas babilônias da parede e as rasgou ao meio. Virou divãs e destruiu as almofadas orientais de seda.

Atravessou a arcada e entrou no quarto que havia preparado para Júlia. Chutando as lareiras ornamentadas, espalhou brasas debaixo da enorme cama e do delicado dossel rendado que a cobria e rodeava. Tudo pegou fogo rapidamente. Quando a cama começou a queimar, Atretes derrubou uma grande caixa de cima de uma linda mesa esculpida à mão, espalhando pérolas e joias pelo chão de mosaicos de mármore.

Quando saiu do quarto, viu várias das moças que havia comprado para atender às necessidades de Júlia paradas, com os olhos arregalados de terror.

— Vocês estão livres — disse. E, vendo que elas apenas recuaram alguns passos, fitando-o como se ele estivesse louco, gritou: — Saiam!

Elas saíram correndo.

Atretes foi para o pátio interno e se inclinou sobre o poço aberto. Pegou um pouco de água nas mãos e molhou o rosto. Respirando pesadamente, inclinou-se com a intenção de colocar a cabeça toda na água e viu seu reflexo ondulante.

Ele parecia um romano. O cabelo estava curto e ele exibia um medalhão dourado no pescoço. Agarrou a frente da túnica bordada a ouro e a rasgou. Tirou o medalhão de gladiador honrado e o atirou no pátio. Então jogou a cabeça para trás e gritou com uma fúria tão selvagem que até os pastores nas encostas o ouviram.

34

Febe enviou uma mensagem a Marcus e Júlia para que fossem até a vila imediatamente, pois seu pai estava morrendo. Disse ao servo que enviou para buscar Júlia:

— Certifique-se de que ela traga Hadassah junto.

Marcus chegou primeiro e foi até seu pai. Quando Júlia chegou, Febe ficou aliviada ao ver que Hadassah também viera. Júlia entrou, mas parou antes de se aproximar da cama. Fazia semanas que não via seu pai, e a devastação provocada pela doença a chocou e repeliu. Com um grito estrangulado, ela saiu correndo.

Febe a alcançou rapidamente.

— Júlia!

A moça se voltou, falando enquanto recuava.

— Não quero vê-lo assim, mamãe. Quero me lembrar dele do jeito que era.

— Ele pediu para vê-la.

— Para quê? Para me dizer que eu o desapontei? Para me amaldiçoar antes de morrer?

— Você sabe que ele não faria isso. Ele sempre a amou, Júlia.

Ela pousou a mão sobre o ventre, dilatado pela gravidez avançada.

— Eu sinto o bebê se mexer. Não é bom eu entrar lá. Não posso ficar nervosa! Vou esperar no peristilo. Ficarei lá até que acabe.

Marcus saiu e viu sua irmã à beira da histeria. Pousou a mão no ombro da mãe.

— Vou conversar com ela — disse.

Febe virou, viu Hadassah e estendeu a mão para ela.

— Venha comigo — pediu suavemente, e entraram juntas para estar com Décimo.

Hadassah sentia grande compaixão por seu amo. Uma manta de lã branca, habilmente tecida, cobria seu corpo emaciado. Seus braços estavam frouxos nas laterais do corpo, e veias azuis se destacavam na brancura das mãos ossudas. O cheiro da morte dominava o quarto, mas era a expressão nos olhos dele que lhe dava vontade de chorar.

Marcus entrou com Júlia. Ela conseguira se controlar, mas, no momento em que viu seu pai de novo, começou a chorar. Quando Décimo voltou os olhos para ela, Júlia chorou com mais força. Ele ergueu a mão levemente. Ela hesitou, e Marcus a segurou pelos ombros e a fez avançar. Forçou-a a se sentar na cadeira ao lado da cama, e ela cobriu o rosto com as mãos e se inclinou para a frente, chorando profusamente. Décimo pousou a mão em sua cabeça, mas ela se esquivou de seu toque.

— Júlia — disse ele, rouco, e estendeu a mão de novo.

— Não posso — ela gritou. — Não posso suportar isso. — E tentou sair, passando por Marcus.

— Deixe-a ir — Décimo pediu debilmente, soltando a mão a seu lado. Fechou os olhos enquanto Júlia saía. Todos podiam ouvi-la chorar enquanto se apressava pelo corredor.

— Ela é jovem e já viu mortes demais. — Ele respirava com dificuldade. — Hadassah está aqui?

— Ela foi atrás de Júlia — disse Febe.

— Traga-a até mim.

Marcus a encontrou em um canto no peristilo, confortando sua irmã.

— Hadassah, meu pai quer vê-la.

Ela tirou os braços dos ombros de Júlia e se levantou rapidamente. Júlia ergueu a cabeça.

— Por que ele quer ver *Hadassah*?

— Vá — Marcus ordenou à escrava e voltou-se para Júlia. — Talvez ele precise de mais conforto que você e sabe que pode obtê-lo com Hadassah — disse, incapaz de disfarçar a tensão na voz.

— Ninguém me entende — disse ela amargamente. — Nem você. — Recomeçou a chorar.

Marcus virou e foi atrás de Hadassah.

— Ninguém sabe o que tenho de suportar! — gritou Júlia, estridente.

Hadassah entrou no quarto e ficou ao pé da cama, onde Décimo pudesse vê-la.

— Estou aqui, meu senhor.

— Sente-se aqui comigo um pouco — ele pediu.

Ela contornou a cama e se ajoelhou ao lado dele. Décimo ergueu a mão frouxa e ela a tomou gentilmente entre as suas. Ele suspirou.

— Tenho tantas perguntas, mas não há mais tempo.

— Há tempo suficiente para o que é importante — sussurrou ela, pressionando sua mão com delicadeza. — Quer pertencer ao Senhor, meu amo?

— Preciso ser batizado...

O coração de Hadassah se alegrou, mas ela tinha visto morte suficiente em Jerusalém para saber que não havia mais tempo para carregá-lo até a banheira. *Oh, por favor, Deus, dá-me tua sabedoria, perdoa-me por não a ter.* Ela sentiu um calor a inundar e uma convicção em resposta.

— O Senhor foi crucificado entre dois ladrões. Um zombou dele. O outro confessou seus pecados e disse: "Senhor, lembra-te de mim quando entrares em teu reino", e o Senhor respondeu: "Em verdade te digo que hoje estarás comigo no paraíso".

— Eu pequei muito, Hadassah.

— Se acreditar e aceitar a graça do Senhor, estará com ele no paraíso.

O olhar perturbado abandonou o rosto de Décimo. Com a mão trêmula, ele levou a dela ao peito, aberta sobre o coração.

— Marcus... — Sua respiração era áspera. Marcus se inclinou do lado oposto da cama.

— Estou aqui, pai. — E pegou sua outra mão.

Décimo apertou levemente a mão do filho e a colocou sobre a de Hadassah. Pousou as próprias mãos sobre a dos dois e fitou Marcus.

— Eu entendo, pai.

Hadassah ergueu os olhos quando Marcus apertou sua mão com firmeza.

Décimo deu um longo e lento suspiro. Seu rosto, tão tenso e vincado por anos de sofrimento, relaxou suavemente. Estava tudo acabado.

Marcus afrouxou os dedos e Hadassah puxou a mão rapidamente. Quando Febe se aproximou, o filho ergueu a cabeça e a fitou diretamente nos olhos. Com o coração palpitando, ela pousou a mão no peito de Décimo e deu um passo para trás.

— Ele se foi — disse. E gentilmente fechou os olhos do marido. Inclinando-se, beijou seus lábios. — Seu sofrimento acabou, meu amor — sussurrou, e suas lágrimas molharam o rosto pacífico de Décimo.

Então se deitou ao lado dele e o abraçou. Descansando a cabeça em seu peito, permitiu-se chorar.

— Sem dúvida foi demais para você — disse Primo, servindo mais vinho a Júlia. — Foi cruel da parte deles esperar que você ficasse ali, sentada, vendo seu pai morrer.

— Eu fui para um canto e esperei lá.

Calabah pegou a mão de Júlia e a beijou com ternura.

— Não havia nada que você pudesse fazer, Júlia.

Vagamente incomodada com o beijo de Calabah, Júlia soltou a mão e se levantou.

— Talvez minha presença o tivesse consolado.

— Sua presença teria mudado alguma coisa? — a mulher perguntou suavemente. — Seu pai estava coerente no final?

— Não sei, eu não estava lá — disse Júlia, lutando contra as lágrimas, pois sabia que Calabah as via como fraqueza.

Calabah suspirou.

— E então deixou que eles a fizessem se sentir culpada. Isso não está certo. Quando você vai aprender, Júlia? A culpa é autodestrutiva. Você precisa usar o poder de sua própria vontade para vencê-la. Concentre sua mente em algo que lhe agrada.

— Nada me agrada — ela soltou tristemente.

Calabah deixou cair o canto dos lábios.

— Essa gravidez a deixou emocionalmente frágil. É uma pena que você não tenha abortado antes.

Júlia apertou os punhos.

— Eu não vou abortar, já lhe disse isso, Calabah. Por que não para com esse assunto? — E fitou a amiga, pousando protetoramente a mão no ventre inchado. — É filho de Atretes.

Calabah arregalou os olhos teatralmente, como se estivesse surpresa.

— Você ainda tem esperança de que ele volte, não é?

— Ele me ama. Depois que pensar bem, tenho certeza de que voltará.

— Ele teve meses para pensar, Júlia, e você não recebeu notícias dele.

Júlia se voltou.

— Eu mandei Hadassah falar com ele. Ela o fará entender que o filho é dele.

— E você acha que isso vai fazer alguma diferença?

— É surpreendente que você confie naquela judiazinha traiçoeira — disse Primo, tomado de ódio pela escrava.

— Hadassah não é traiçoeira — Júlia respondeu. — Ela sabe que eu nunca estive com outro homem depois de Atretes e vai lhe dizer isso. E então ele vai voltar e me implorar que o perdoe.

— Ela provavelmente tentará roubá-lo de você, assim como está tentando roubar meu Prometeu.

— Hadassah não está interessada em seu catamita! — disse Júlia com repugnância.

— É mesmo? Eu a vi sentada naquele canto com Prometeu, e ela estava segurando a mão dele! Diga-me agora que ela é inocente!

Calabah sorriu e seus olhos escuros brilharam com um prazer feroz.

— Talvez o menino esteja se cansando de você, Primo — provocou, avivando seu ciúme e o transformando em uma chama ardente. — Quando você o encontrou, ele era muito jovem, não havia provado tudo o que este mundo tem para oferecer.

Primo empalideceu.

— Sua sugestão é ridícula — disse Júlia com altivez. — Hadassah é virgem e o será até morrer.

— Não se seu irmão puder impedir — zombou Primo.

Júlia se enrijeceu.

— Como você ousa?

Intrépido diante da raiva de Júlia, Primo se reclinou, satisfeito com o impacto de suas palavras.

— Abra os olhos, Júlia querida. Você acha que Marcus vem aqui para ver você? Ele vem para ver sua escrava.

— Isso é mentira!

— Acha mesmo? Naquele primeiro dia, quando ele veio lhe dizer que Atretes mandara buscá-la, lembra? Talvez não, pois você tinha bebido um pouco demais. Enquanto você cochilava, eu vi Marcus sair. Sua judia estava parada exatamente ali, esperando por ele embaixo desse arco. Ele pegou a mão dela, e devo dizer que o olhar no rosto dele era uma visão e tanto.

— Você não disse que seu pai chamou por ela? — perguntou Calabah com curiosidade calculada.

Júlia a fitou, abrindo os lábios para falar. Mas Calabah lançou um olhar a Primo e balançou a cabeça.

— E a criança ainda confia nela — disse, olhando para Júlia de novo, com seus olhos escuros cheios de falsa piedade.

— Você mandou uma víbora para seu amante — Primo acusou agressivamente. — Sabe o que ela vai fazer? Exatamente o que fez com meu Prometeu: vai cravar as presas em Atretes e enchê-lo de mentiras venenosas.

Júlia tremia violentamente.

— Não vou lhe dar ouvidos. Você fala como uma mulher rancorosa — disse ela, dando-lhe as costas.

— Diga você, Calabah — Primo pediu, frustrado. — Ela vai ouvi-la.

— Não preciso dizer nada — Calabah soltou calmamente. — Ela já sabe. Simplesmente ainda não tem coragem de fazer nada a respeito.

Hadassah estava diante das ruínas queimadas da vila que Atretes havia comprado para Júlia.

— Ele não está — disse um homem parado ao lado dela. — Está por aí, nas colinas, em algum lugar, completamente enlouquecido.

— Como o encontro?

— Se tiver bom senso, é melhor deixá-lo em paz — o homem advertiu, largando-a ali, entre os escombros.

Hadassah saiu e orou a Deus para que a ajudasse a encontrar Atretes. Vagou pelas colinas pelo que pareceram horas, até vê-lo sentado em uma encosta, olhando para ela. Seu cabelo parecia uma juba, e ele usava apenas uma tanga e uma capa de pele de urso. Tinha uma lança que parecia letal na mão. Com os olhos azuis, ele a fitou, furioso, quando ela se aproximou.

— Vá embora — disse com voz fria e sem vida.

Ela se sentou ao lado dele e não disse nada. Ele a encarou longamente, depois olhou para o vale e então para a cidade. Ficou sentado daquele jeito por horas a fio, mudo, inexpressivo e duro como uma pedra. Hadassah ficou sentada ao lado dele em silêncio.

O sol se pôs e o vale caiu na escuridão. Atretes se levantou. Hadassah o observou tomar um caminho bastante trilhado que levava a uma caverna. Seguiu-o. Ao entrar, viu que ele havia juntado madeira para uma fogueira. Sentou-se, recostada à parede.

Pegando sua frâmea, ele a apontou para ela.

— Saia daqui ou vou matá-la! — Ela olhou da lança para os olhos dele. — *Saia!* Volte para aquela meretriz a quem você serve!

Ela não se mexeu nem pareceu ter medo. Simplesmente o fitou com aqueles lindos olhos castanhos, repletos de compaixão.

Atretes recuou lentamente e baixou a arma. Olhando ferozmente para ela, deu-lhe as costas e agachou diante do fogo, determinado a ignorá-la.

Hadassah baixou a cabeça e orou silenciosamente, pedindo ajuda.

— Ela espera que eu volte, não é? Ela ainda pensa que tem controle sobre mim.

Hadassah ergueu a cabeça. Ele estava de costas para ela, curvado sobre as chamas cintilantes. Ela sentia muita tristeza por ele.

— Sim — respondeu com sinceridade.

Atretes se levantou, tenso pelo poder de sua raiva.

— Volte e diga que ela morreu para mim! Diga a Júlia que eu jurei a Tiwaz e a Ártemis que nunca mais olharei para ela.

Foi até a abertura da caverna e ficou olhando para a escuridão. Hadassah se levantou. Parou ao lado dele, contemplando a noite estrelada. Manteve silêncio por um longo tempo e então disse, muito suavemente:

— Os céus atestam a glória de Deus, e sua extensão declara a obra de suas mãos...

Atretes voltou para dentro da caverna e se sentou. Passou os dedos pelos cabelos dourados e segurou a cabeça. Depois de um instante, baixou as mãos e as fitou.

— Sabe quantos homens eu matei? Cento e quarenta e sete. *Oficialmente.*
— Deu um riso áspero. — Provavelmente matei uns cinquenta antes disso, legionários romanos que invadiram a Germânia pensando que poderiam tomar nossas terras e nos fazer escravos sem luta. Eu os matei com prazer, para proteger minha família, para proteger minha aldeia. — Virou as mãos e olhou as palmas. — E, aqui, matei para o prazer de Roma — disse amargamente, apertando os punhos. — Matei para me manter vivo. Posso lembrar o rosto de cada um deles, Hadassah. Alguns eu matei sem o menor arrependimento, mas outros...

Ele fechou os olhos com força e recordou Caleb ajoelhado, levantando a cabeça para o golpe mortal. E seu compatriota germano. Atretes se lembrava de ter atravessado o coração do jovem tribal com sua frâmea. Abriu os olhos novamente, desejando apagar todos os rostos de sua mente, mas sabendo que jamais conseguiria.

— Eu os matei porque precisava. Matei porque queria ganhar minha liberdade. — Cerrou os dentes, e os músculos do maxilar forte se destacaram. — *Liberdade!* Eu tenho liberdade agora, escrita em um documento oficial. E pendurada em meu pescoço.

Pegou o pingente de marfim, quebrou a corrente de ouro e ficou segurando a prova de sua liberdade diante dela.

— Eu posso andar por onde quiser, posso fazer o que quiser. As pessoas jogaram oferendas aos meus pés como se eu fosse um de seus deuses e me fizeram rico o suficiente para morar em uma vila ao lado do procônsul de Roma! Eu sou *livre*!

Deu um riso ácido e jogou a peça de marfim e a corrente de ouro na parede de pedra da caverna.

— Mas não sou livre de nada. O jugo ainda está em volta do meu pescoço, me sufocando. Nunca serei livre do que Roma fez comigo. Ela me usou a seu bel-prazer. Ela me adorou porque eu incendiava seu sangue, satisfazia sua luxúria. Bastava que ela ordenasse e eu obedecia. — Olhou para Hadassah, parada na entrada da caverna com seu rosto tão gentil, e sorriu amargamente. — Roma. Júlia. Tudo a mesma coisa.

Hadassah via a agonia estampada no rosto duro e bonito de Atretes.

— "Das profundezas a ti clamo, ó Senhor. Senhor, escuta a minha voz; sejam os teus ouvidos atentos à voz das minhas súplicas. Se tu, Senhor, observares as iniquidades, Senhor, quem subsistirá? Mas contigo está o perdão, para que sejas temido."

Atretes franziu o cenho e entrou. Hadassah se ajoelhou ao lado dele.

— A vida é uma jornada, Atretes, não nosso destino final. Você é escravo de sua amargura, mas pode ser libertado.

Ele fitava o fogo, impotente.

— Como?

Ela lhe disse como. Atretes balançou a cabeça.

— Não — falou com firmeza e se levantou. — Somente um deus fraco perdoaria aqueles que pregaram seu filho na cruz. Um deus poderoso dizimaria seus inimigos. Ele os aniquilaria da face da Terra. — Caminhou até a entrada da caverna.

— É o ódio que o mantém escravo, Atretes. Escolha o perdão e o amor.

— Amor — ele repetiu com desdém, de costas para ela. — Como eu amei Júlia? Não. O amor não liberta; ele se apodera de nós e nos enfraquece. E, quando estamos mais vulneráveis, quando nos sentimos esperançosos, ele nos trai.

— O Senhor não o trairá, Atretes.

Ele a fitou.

— Fique com seu deus fraco. Ele não ajudou Caleb em nada. Tiwaz é meu deus, um deus poderoso.

— É mesmo? — ela perguntou suavemente e se levantou. Foi até a entrada da caverna e o fitou nos olhos, ainda ardentes de raiva. — E ele é poderoso o suficiente para lhe dar a paz de espírito de que você necessita? — Pousou a mão em seu braço. — O filho é seu, Atretes.

Ele se afastou.

— Se Júlia jogasse a criança aos meus pés, eu lhe daria as costas sem olhar para trás.

Hadassah sabia que ele acreditava no que dizia. Lágrimas inundaram seus olhos.

— Que Deus tenha piedade de você — sussurrou. E saiu noite adentro.

Atretes a observou seguir a trilha estreita que descia a colina. Não tirou os olhos dela, mesmo quando ela chegou à estrada que a levaria de volta a Éfeso.

Júlia virou ao ouvir o pedido de Marcus, olhando-o estranhamente.

— Você quer ver Hadassah?

— Sim. É uma questão de certa importância.

— O que é? — ela perguntou, parecendo apenas curiosa.

— É um assunto pessoal — disse ele, irritado por ser questionado. — Eu responderei a suas perguntas depois de falar com ela. Ela está aqui ou saiu para fazer alguma coisa para você?

— Acabou de voltar — ela respondeu de um jeito enigmático e bateu palmas. O som foi como uma violência na pacífica quietude do peristilo. — Mande Hadassah vir até aqui — ordenou a um dos servos de Primo.

Olhou para seu irmão novamente e sorriu. Perguntou sobre sua mãe, mas não demonstrou muito interesse quando ele disse que ela parecia estar lidando com o luto com uma serenidade surpreendente.

Ao ouvir passos suaves se aproximando, Marcus se voltou e viu Hadassah. Ela passou pela arcada e saiu à luz do sol, caminhando em direção a eles com uma graça humilde que doía nele. Ela não o fitou.

— Chamou, minha senhora? — disse, cabisbaixa.

— Não. Foi meu irmão que a chamou — Júlia respondeu com frieza. Marcus olhou bruscamente para a irmã. — Vá para o quarto do segundo andar e espere-o lá...

— Júlia! — ele interrompeu, furioso.

Mas ela o ignorou.

— Espere até ele chegar. E faça o que ele quiser, entendeu?

Marcus viu o rosto de Hadassah se transformar em uma máscara de medo e confusão. Teve vontade de dar um tapa em sua irmã.

— Saia, Hadassah — ele pediu.

Ela recuou, incerta, olhando para os dois como se tivessem enlouquecido.

— Sua meretriz calculista! — gritou Júlia de repente, dirigindo-se à escrava e levantando a mão para estapeá-la.

Marcus pegou o pulso da irmã e a puxou.

— Saia já! — ordenou com rigor a Hadassah. Quando ela saiu, ele sacudiu Júlia, dizendo: — O que há de errado com você? Essa gravidez a deixou maluca?

— O que Primo disse é verdade! — ela exclamou, debatendo-se.

— E o que Primo disse? — ele perguntou, sentindo um nó no estômago.

— Ele disse que você vem aqui para ver Hadassah e não a mim. Eu respondi que ele era ridículo! Meu irmão, apaixonado por uma escrava? Que absurdo! Eu disse que você vinha me ver. A mim! E ele falou que eu deveria abrir os olhos e perceber o que está acontecendo ao meu redor.

— Não há nada acontecendo. Você está bebendo o veneno de Primo — Marcus rebateu, tenso. — Não ouça o que ele diz.

— Se não é verdade, por que você veio pedir para falar com Hadassah?

— Por razões pessoais, que não têm nada a ver com você, com Primo ou com qualquer outra pessoa.

Ela deu um sorriso contrariado.

— Razões pessoais — repetiu com desdém. — Não vai responder, não é? Não pode responder sem admitir que gosta mais dela que de mim!

— Seu ciúme não faz sentido. Você é minha *irmã*!

— Sim, eu sou sua irmã e mereço sua lealdade. Mas eu a tenho?

— Você sabe que sim. Você sabe que sempre teve.

Reconhecendo o frágil estado emocional da irmã, Marcus tomou suas mãos.

— Júlia, olhe para mim. Pelos deuses — exclamou, chacoalhando-a de novo —, eu pedi para olhar para mim. O que eu sinto por Hadassah não tem nada a ver com meu amor por você. Eu adoro você, sempre adorei.

— Mas você a ama.

Marcus suspirou, hesitante.

— Sim. Eu a amo.

— Ela está roubando todos de mim!

Ele a soltou.

— Do que você está falando?

— Ela roubou Cláudio de mim.

Ele franziu o cenho, imaginando o que poderia estar acontecendo na cabeça de Júlia. Que verdades perigosas Primo e Calabah teriam distorcido em mentiras, provocando a natureza ciumenta de Júlia?

— Você não queria Cláudio — disse ele, sem rodeios. — Você mesma mandou Hadassah para ele, para que ela o distraísse.

— E foi o que ela fez, não foi? Desviou completamente o interesse dele. Sabia que ele nunca mais me solicitou depois que lhe enviei Hadassah? — Ela nunca tinha pensado nisso, até Calabah perguntar, e então ela percebera a verdade. — Ela passava horas com ele, horas em que deveria estar me servindo.

— Ela estava lhe servindo. Hadassah fez o que você exigiu que ela fizesse. Você queria que Cláudio a deixasse em paz e foi o que aconteceu. Ele questionava Hadassah sobre sua religião.

Ela o fitou com frieza.

— Como você sabe disso? Acaso perguntou a ele?

— É claro que perguntei! Lembra que fiquei furioso com você por mandar Hadassah em seu lugar?

— Sim — disse ela, com olhos faiscantes. — Você ficou com raiva por eu ter dado Hadassah a ele. Na época eu pensei que você estava preocupado comigo, com meu casamento. Mas não era isso, era?

Sua voz estava cheia de amargura. Ela balançou a cabeça e lhe deu as costas.

— Eu fui tão cega! — disse, soltando uma risada sombria. — Agora, olhando para trás, vejo tudo claramente. Todos aqueles momentos em que pensei que você vinha para ficar comigo porque eu precisava de você... — Ela se voltou para ele. — Mas não era por isso, não é, Marcus? Você não foi a Cápua por minha causa. Você não voltou para a vila de Roma nem veio para Éfeso por minha causa. Você veio por causa dela.

Marcus a fez virar.

— Todas essas vezes eu vim por você. Não deixe que ninguém a faça pensar o contrário.

Só mais tarde, bem mais tarde, Marcus percebera que Hadassah era importante para ele de uma maneira que nenhuma outra mulher já havia sido. Júlia sempre fora sua primeira preocupação. Até esse momento.

Ela desviou o olhar da ira do irmão.

— Fico me perguntando o que ela disse a Atretes todas as vezes que a mandei ao *ludus*, coisas que o envenenaram contra mim.

— O que aconteceu com Atretes não tem nada a ver com Hadassah — Marcus retrucou, furioso. — Você não pode culpá-la por suas próprias atitudes impensadas. Você o afastou, não Hadassah.

— Se ela tivesse dito que o filho era dele quando eu mandei, Atretes teria vindo. E ele não veio! Ela deve ter ido lá e cantado salmos e contado suas histórias. — Júlia desabou, aos prantos. — Se ela fez o que eu mandei, por que ele não veio? Por que esse silêncio horrível?

— Porque você pensou que poderia tê-lo de acordo com seus próprios termos — disse Marcus. — Mas não pode.

Sentindo muita pena dela, ele suspirou e a puxou para seus braços.

— Acabou, Júlia. Há certas coisas que não se podem consertar.

Ela se aconchegou nele e se desfez em lágrimas. Quando por fim recuperou a compostura, afastou-se e se sentou em um frio banco de mármore no pequeno aposento. Marcus se sentou a seu lado, e ela o fitou com tristeza.

— Por que o amor queima tanto que parece que seremos consumidos por ele, e depois, quando acaba, não resta nada além do gosto de cinzas na boca?

— Não sei, Júlia. Eu já me fiz essa pergunta.

— Com Arria?

— Com Arria e tantas outras.

Uma leve carranca passou pelo rosto pálido de Júlia.

— Mas não com Hadassah. Por quê?

— Ela é diferente de qualquer mulher que já conheci — disse ele, pegando as mãos de sua irmã. — Quantas escravas dariam a vida para proteger sua senhora? Caio teria matado você se não fosse por Hadassah. Ela sempre lhe serviu fielmente, não por senso de dever, como Enoque, Bitia e os outros, mas por amor. Ela é algo raro e bonito.

— Algo raro e bonito — Júlia repetiu devagar. — Ainda assim, é uma escrava.

— Não se você a libertar.

Ela o fitou.

— Eu preciso dela — apressou-se em dizer, com uma súbita e inexplicável sensação de pânico. — Agora mais do que nunca.

Marcus olhou para o abdome volumoso de Júlia e assentiu.

— Então vou esperar até que chegue o bebê — disse suavemente.

Júlia não respondeu. Simplesmente mirou o chão, e Marcus sentiu um estranho arrepio ao ver o vazio nos olhos da irmã.

35

Após um longo e difícil trabalho de parto, Júlia deu à luz o filho de Atretes. A parteira entregou o infante choroso, ainda com a placenta, a Hadassah. A criança era linda e perfeita, e Hadassah sentiu uma doce alegria preenchê-la enquanto a lavava com cuidado e a esfregava com sal. Enrolou-a em panos quentes e foi colocá-la ao lado da mãe.

— Seu filho, minha senhora — murmurou e sorriu quando se curvou para entregá-lo a ela.

Júlia virou o rosto.

— Leve-o até os degraus do templo e deixe-o lá — disse secamente. — Não o quero.

Hadassah sentiu como se houvesse levado um soco de Júlia.

— Minha senhora! Por favor, não diga uma coisa dessas — sussurrou, suplicante. — Sei que não quis dizer isso. Ele é seu filho.

— Ele é filho de Atretes — ela respondeu, amargamente. — Deixe que cresça e se torne prostituto no templo, ou um escravo, como o pai. — Olhou para Hadassah. — Melhor ainda, deixe-o nas rochas para morrer. Ele nunca deveria ter nascido.

— O que ela disse? — perguntou a parteira enquanto espremia um pano sujo de sangue na água fria.

Hadassah se afastou de Júlia, em choque.

— Disse para largá-lo nas rochas — uma voz soou na escuridão.

Hadassah instintivamente abraçou a criança.

A parteira protestou:

— Mas esse bebê não tem defeitos. É um menino perfeito.

— E quem é você para dizer alguma coisa? A mãe é quem decide o que acontece com a criança, não você — Calabah censurou, surgindo das sombras, de onde esperava o suplício acabar. — Se Júlia não o quer, que assim seja. É decisão dela descartá-lo ou ficar com ele.

A parteira recuou enquanto a mulher avançava. Calabah voltou os olhos gelados e desalmados para Hadassah.

A escrava se curvou desesperadamente sobre Júlia, implorando:

— Por favor, minha senhora, não faça isso! Ele é seu filho. Olhe para ele, por favor. Ele é lindo!

— Eu não quero olhar para ele! — gritou Júlia, cobrindo o rosto com as mãos muito alvas.

— Não precisa olhar, Júlia — disse Calabah suavemente, com o olhar ainda fixo e ardente em Hadassah.

— Minha senhora, vai se arrepender..

— Se Atretes não o quis, eu também não quero! O que essa criança é para mim, para que eu tenha que me sentir miserável toda vez que olhar para ela? Não foi minha culpa engravidar. Devo sofrer para sempre por um erro? Livre-se dele!

A criança chorou pateticamente, agitando os bracinhos, abrindo a boquinha e tremendo.

— Tire-o daqui! — gritou Júlia, histérica.

Hadassah sentiu o aperto frio dos dedos de Calabah enquanto a empurrava para a porta.

— Faça o que ela mandou — a mulher esbravejou.

Assustada com o que viu nos olhos de Calabah, Hadassah saiu. Ficou do lado de fora da porta com o coração disparado, nauseada e horrorizada, com o bebê chorando em seus braços. Lembrou-se da outra criança enterrada no jardim romano, sem nem uma marcação para testemunhar sua breve existência.

— O que eu faço, bebê? — sussurrou, abraçando a criança. — Não posso mantê-lo aqui, não posso levá-lo a seu pai. Deus, o que eu faço?

Fechou os olhos com força, procurando na mente palavras que a instruíssem. E a Palavra chegou: *Vós, servos, obedecei a vossos senhores segundo a carne, com temor e tremor, na sinceridade de vosso coração, como a Cristo; não servindo à vista, como para agradar aos homens, mas como servos de Cristo, fazendo de coração a vontade de Deus...*

Isso significava que ela deveria obedecer às ordens de Júlia? Significava que devia abandonar o filho de Atretes nas rochas para morrer?

Fazendo de coração a vontade de Deus. Sua mente se firmou nesse farol de luz. A vontade de Deus, não a de Júlia. Nem a vontade trevosa de Calabah Shiva Fontano. Nem mesmo sua própria vontade. Que fosse feita a vontade de Deus.

Hadassah levou rapidamente o bebê até a esteira de dormir e o embrulhou com seu xale, até deixá-lo apertado e aquecido. Tomou-o nos braços e saiu.

O ar noturno era frio e o bebê chorou, lastimoso. Ela o abraçou e falou suavemente com ele para confortá-lo. Seu destino ficava a certa distância, mas, mesmo na escuridão, ela não hesitou. Quando chegou à casa, bateu e a porta se abriu.

— Cléopas — disse ela, reconhecendo o homem dos encontros a que havia comparecido. — Preciso falar com João.

Hadassah sabia que, se alguém descobrisse que ela levara a criança a João, ele correria perigo. Assim como qualquer outra pessoa que a ajudasse a desobedecer à ordem de sua senhora. Os romanos acreditavam ter direito de vida e morte sobre seus filhos, mas Hadassah respondia a Deus, não a Roma.

Cléopas sorriu. Seus olhos brilhavam com uma animação que ela não entendeu.

— João disse que você viria. Estamos rezando desde esta manhã, e o Senhor nos respondeu. Venha, João está com Rispa.

Hadassah conhecia a jovem cujo marido e filho haviam sucumbido a uma das muitas doenças que assolavam o Império e ido morar com o Senhor. Seguiu Cléopas até a escada que levava ao cenáculo da casa. João estava sentado ao lado de Rispa, ambos com a cabeça baixa e as mãos entrelaçadas, rezando juntos. Quando Hadassah entrou, João disse algo a Rispa, soltou suas mãos e se levantou.

— Desculpe a intromissão, meu senhor — Hadassah sussurrou com respeito. — Ela queria que eu o deixasse nas rochas para morrer. Eu não poderia fazer isso, João. Não é a vontade de Deus que uma criança seja deixada para morrer. Mas eu não sabia aonde mais o levar.

— Você veio aonde Deus a conduziu — disse João, tirando o bebê de seus braços.

Rispa se levantou devagar e se aproximou. Pousou os olhos na criança com ternura.

— Uma mãe sem filho e um filho sem mãe — disse João.

Rispa ergueu os braços e João depositou neles o filho de Atretes. Ela o acomodou e tocou-lhe o rosto. A mãozinha minúscula se agitou. Ela roçou os dedinhos miúdos e o bebê apertou seu dedo. Parou de chorar. Rispa riu com alegria.

— Louvado seja o Senhor! Deus teve misericórdia de mim. Meu coração exalta o Senhor, pois ele me deu um filho para criar, para sua honra e glória!

―――――⊹―――――

Marcus soube por Primo que Júlia havia dado à luz. Ele esperou alguns dias, para lhe dar tempo de descansar, e então foi vê-la.

— Não sei se você sabe — disse Primo —, mas a criança está morta.

— Como? — Marcus perguntou, incomodado.

— Foi a vontade dos deuses. Se você a ama, não faça perguntas. Ela está muito deprimida, e a última coisa de que precisa é falar sobre o que aconteceu. Deixe-a esquecer.

Marcus se perguntou se acaso julgara mal Primo. Talvez sua relação com Júlia não fosse puramente egoísta.

— Serei cuidadoso com ela — disse Marcus, entrando no quarto de Júlia.

Hadassah estava recolhendo uma bandeja. Ela o fitou uma vez, curvou-se respeitosamente e saiu depressa. A mandíbula de Marcus se retesou quando a viu sair. Aproximou-se da cama. Apesar de pálida, Júlia sorriu e lhe estendeu as mãos.

— Ajude-me a sentar — pediu.

Ele ajeitou as almofadas para que a irmã ficasse confortável.

— Tenho tanta coisa para lhe contar — disse ela, e durante a próxima hora repetiu as histórias de Primo sobre personalidades conhecidas do Império, segurando a mão de Marcus e rindo.

Não mencionou o filho uma vez sequer.

No entanto, por mais que ela fingisse que estava tudo normal, Marcus via que ela perdera alguma coisa... uma centelha, uma parte de sua vida... talvez uma parte da vida em si. Ele não sabia o quê. Tudo o que sabia era que uma luz havia desaparecido de seus olhos, e uma dureza tomara seu lugar.

— Por que está me olhando assim? — perguntou Júlia, na defensiva. — E praticamente não disse uma palavra.

Marcus pousou a mão no rosto dela.

— Eu só quero saber se minha irmãzinha está bem.

Ela observou seu rosto e relaxou.

— Sim, estou bem — disse, cansada, e apoiou o rosto na mão dele, cobrindo-a com a sua. — O que eu faria sem você? Você é o único que me entende.

Entendia mesmo?, perguntava-se Marcus.

Júlia recuou levemente.

— Nem Hadassah me entende mais.

— Por que diz isso?

— Não sei. Ela me deixa desconfortável. — Balançou a cabeça. — Esqueça; vai passar e tudo voltará a ser como antes.

Ao sair, Marcus viu Hadassah sentada no banco de mármore. Ela não ergueu a cabeça nem o fitou, e ele não correu o risco de se aproximar dela e dar a Primo mais combustível para rumores. Mais uma semana ou duas e Júlia estaria bem o suficiente para libertá-la. E então ele a levaria consigo e se casaria com ela.

Na segunda visita de Marcus, Júlia estava no triclínio com Primo, reclinada confortavelmente em um dos divãs e rindo de uma de suas piadas lascivas.

— Marcus, sente-se aqui conosco — convidou, encantada ao vê-lo, indicando uma travessa com caras iguarias. — Coma alguma coisa. Primo, conte a ele a história que acabou de me contar. Marcus precisa rir, ele anda muito sério ultimamente.

— O que acha, Marcus? Você gostava das minhas histórias — disse Primo, servindo-se de mais vinho —, mas não se diverte mais com elas. Por que será, eu me pergunto.

— Talvez porque agora as vejo como são — ele rebateu com franqueza. — Meias-verdades transformadas em mentiras vis.

— Eu nunca menti sobre você.

Marcus o ignorou e dirigiu a atenção à irmã.

— Como está se sentindo, Júlia?

— Estou bem — ela respondeu com indolência.

Desde que Calabah a ensinara a comer lótus, ela deixara de ter sonhos ruins e mergulhara em um mar calmo de sensações turvas. Ela riu ao vê-lo franzir o cenho.

— Pobre Marcus. Você era tão divertido. O que aconteceu com você? É porque ficou preocupado comigo? Não fique, estou melhor do que jamais estive.

— Palavras para deleitar os ouvidos dele e os meus — Primo cantou, erguendo o cálice e esboçando um sorriso. — Dê-lhe o que ele quer, Júlia. Dê-lhe sua judiazinha.

— Hadassah — disse ela com um suspiro. — Doce, pura Hadassah.

Júlia sabia que sua hesitação incomodava menos a Marcus que a Primo, o qual afirmava que a presença de Hadassah perturbava a casa toda. Ele dizia que ela deixava uma fragrância por onde quer que passasse; para alguns era doce, mas para ele era um fedor em suas narinas. Dizia que, se ela sumisse, Prometeu voltaria a agir normalmente, como antes.

— Não sei se consigo me separar dela — comentou, vendo o rosto de Primo endurecer.

— Júlia — Marcus alertou, com voz tensa. Ele não precisava fazê-la recordar que já havia concordado em renunciar a Hadassah, nem que não queria fazer parte de seus joguinhos com Primo.

— Muito bem. Mas me prometa que a mandará de volta quando se cansar dela.

Marcus saiu da sala e foi em busca de Hadassah.

— Ele está sedento por ela, não é? — Primo zombou. — Mal pode esperar para se deleitar com sua pureza. Fico me perguntando se sairá incólume.

Júlia se levantou subitamente do divã e disse em voz baixa, mas cheia de fúria e ameaça:

— Se você falar uma palavra sobre meu irmão, vai se arrepender, entendeu? Ninguém ri de Marcus. *Ninguém!* — E saiu da sala.

Amaldiçoando-a baixinho, Primo esvaziou seu cálice.

Hadassah sabia que Marcus a procuraria. Soubera no momento em que Décimo pegara sua mão e a juntara com a de seu filho; no momento em que Marcus a fitara. Toda vez que ele se aproximava, ela tremia, dividida entre o amor que sentia por ele e a ciência de que não poderiam ficar juntos, não com as coisas do jeito que eram nesse momento. Noite após noite, ela caía de joelhos e implorava a Deus que suavizasse o coração de Marcus, que o voltasse para a verdade.

— E se ele não se voltar, Senhor, afasta-o de mim — orava, temendo não ter forças para se afastar dele.

Mas, quando Marcus entrou no quarto de Júlia, Hadassah entendeu que teria de encarar seu tormento. Ele a fitou, e o propósito de sua presença queimava em seus olhos, abrasando-a com seu próprio desejo por ele. Ele se aproximou e pegou seu rosto com mãos trêmulas. Gentilmente a beijou, e seu toque fez um doce desejo tomar o corpo de Hadassah.

— Você é minha agora — disse baixinho, emocionado. — Júlia libertou você. Assim que os documentos ficarem prontos, você será livre e poderemos nos casar.

Ela soltou um suspiro, e seu coração gritou a Deus.

— Eu a amo — Marcus sussurrou com voz rouca. — Eu a amo demais. — Ele passou os dedos por seus cabelos e a beijou de novo.

Hadassah se sentiu amolecer. Como uma inundação, a paixão de Marcus se espalhou pelo corpo dela, levando-a com seu fluxo quente e apressado. Por um instante esqueceu que Marcus não acreditava em Deus; esqueceu que ela mesma acreditava. Todos os seus sentidos se concentraram em Marcus, no som de sua respiração, na sensação de seu coração batendo depressa debaixo de suas palmas, na força de seus braços ao redor dela. Mergulhando na sensação, Hadassah esqueceu tudo que sabia e se agarrou a Marcus.

Trêmulo, ele se afastou e a fitou, ainda com a mão em sua nuca.

— Eu quero você. Eu a quero demais.

Havia júbilo nos olhos dela.

— Ah, Hadassah — disse ele, tentando recuperar o fôlego —, eu pensei que sabia o que era amor. Pensei que sabia tudo sobre isso.

Ele tocou seu rosto, amando-o, rastreando-o com os dedos, buscando controlar as emoções exaltadas.

— Eu quero você — repetiu com voz rouca, afastando-a um pouco. — Tanto que chega a doer. Mas me lembro da última vez que me permiti perder o controle com você, e não vou deixar que isso aconteça de novo.

Ao ouvi-lo, Hadassah deu um suspiro trêmulo, e o nevoeiro da paixão se dissipou diante da clareza do momento que estava enfrentando. Tremendo, ela voltou para seus braços.

Marcus entendeu mal o gesto e disse:

— Se fizermos amor agora, eu nunca me arrependeria, mas você, sim. Pureza até o casamento. Não é uma das leis de seu deus? Religião não me interessa, nunca me interessou. Mas é importante para você, por isso vou esperar. O que importa é que eu a amo. Não quero que haja arrependimentos entre nós.

Ela fechou os olhos. *Seu deus*, ele havia dito. Então ela entendeu que Deus não havia atendido a suas orações.

— Ah, Marcus — sussurrou, com o coração partido. — Ah, Marcus... — As lágrimas borravam sua visão. — Não posso me casar com você.

Ele franziu o cenho.

— Sim, pode. Acabei de dizer que Júlia concordou em dá-la a mim. Meu pai deu sua bênção, e mamãe também. Vamos nos casar assim que eu puder organizar tudo.

— Você não entende. — Ela se afastou e cobriu o rosto. — Oh, Deus, por que tenho que escolher?

Marcus notava seu tormento, mas não entendia. Pegou-a pelos ombros.

— Júlia a libertou. Ela não precisa mais de você.

— Não posso me casar com você, Marcus! Não posso! — Ela virou de costas, porque tinha medo de fitá-lo, medo de perder a força e ceder a ele, em vez de obedecer a Deus.

Marcus a fez se voltar bruscamente.

— O que quer dizer com *não pode*? O que a impede? Quem pode impedi-la? Você me ama, Hadassah, eu sinto isso quando a toco. Vejo em seus olhos.

— Sim, eu o amo. Talvez seja isso. Talvez eu o ame demais.

— Demais? Como uma mulher pode amar um homem demais? — E então Marcus pensou que havia entendido. A preocupação de Hadassah com os outros sempre estivera antes de suas próprias necessidades. — Você tem medo de que meus pares digam que eu me casei com uma escrava, é isso? Eu não me importo, Hadassah. Deixe que digam o que quiserem.

Marcus havia desdenhado de um homem que libertara sua escrava para se casar com ela, mas antes ele não sabia como o amor podia derrubar barreiras entre amos e escravos. Não sabia como uma mulher podia ser importante para um homem.

Ela balançou a cabeça.

— Não, Marcus, não é por isso. Não podemos nos casar porque você não acredita no Senhor.

Ele suspirou, aliviado.

— É isso que a preocupa? — Colocou uma mecha de cabelo atrás da orelha dela e sorriu. — Que diferença faz? Isso não importa. O que eu acredito ou deixo de acreditar não muda quanto nos amamos. Não faz diferença.

— Faz uma grande diferença.

— Não, não faz. — Ele tocou seu rosto com ternura, adorando a sensação de sua pele e ver como seus olhos se suavizaram. — É uma questão de tolerância e compreensão, Hadassah. É uma questão de amar um ao outro e permitir que haja liberdade no relacionamento. Meu pai nunca se importou que minha mãe adorasse deuses e deusas em quem ele não acreditava. Ele sabia que ela encontrava conforto neles, assim como eu sei que você encontra conforto no seu deus. Que assim seja. Adore seu deus invisível, eu não vou impedi-la. Você terá a proteção da privacidade da nossa casa para fazer o que quiser.

— E você, Marcus? A quem você adorará?

Ele ergueu o queixo dela e a beijou.

— A você, amada. Só a você.

— Não! — ela gritou, soltando-se dele e dando-lhe as costas, enquanto as lágrimas corriam por suas faces.

Marcus pousou as mãos em seus ombros e beijou-lhe a curva do pescoço. Sentiu sua pulsação acelerada sob os lábios.

— O que eu posso dizer para garantir que você ficará bem? Eu a amo o suficiente para tolerar sua religião.

— Tolerar, não acreditar — disse Hadassah, voltando-se e fitando-o. — Como posso fazê-lo entender? — lamentou, desolada. — Quando dois bois estão sob o mesmo jugo, devem puxar na mesma direção, Marcus. Se um puxa para a direita e o outro para a esquerda, o que acontece?

— Vence o mais forte — disse ele simplesmente.

— E assim seria conosco. Você venceria.

— Não somos bois, Hadassah, somos pessoas.

Ela lutava consigo mesma. Queria ficar com ele, sentir seus braços ao redor dela, ter filhos e envelhecer com ele, mas ouvira a advertência do Senhor e tinha de lhe dar atenção.

— Se me entregar ao jugo do casamento, eu me tornarei carne da sua carne, e agradar-lhe se tornaria a coisa mais importante da minha vida.

— E não é assim que deve ser? O marido lidera e a esposa segue.

— Você me afastaria do Senhor — disse ela.

O Senhor, pensou ele, sentindo a raiva crescer contra aquele deus invisível. *O Senhor. O Senhor.*

— Eu acabei de dizer que você poderá adorar o deus que quiser.

Ela via a raiva dele, o que só confirmava seu medo.

— No começo, você permitiria. Mas depois isso mudaria. Você nem saberia quando ou como. Nem eu. Simplesmente aconteceria, com pequenas coisas, que pareceriam sem importância, e pouco a pouco, dia após dia, você me puxaria, até eu seguir os seus passos, e não os do Senhor.

— E isso seria errado? Uma esposa não deve colocar o marido acima de tudo?
— Não acima de Deus, nunca acima de Deus. Isso significaria a morte para nós dois.

Marcus estava ficando furioso.

— Não, não. Amar a mim acima desse deus significaria vida, vida como você nunca experimentou. Você seria livre, não haveria nenhum jugo.

Quando ela fechou os olhos, ele soltou uma maldição.

— Por que sempre temos que voltar a esse seu deus?
— Porque ele é Deus, Marcus. Ele é *Deus*!

Ele segurou o rosto de Hadassah com força.

— Não se afaste de mim. Olhe para mim! — Ela obedeceu, e ele viu que Hadassah estava lhe escapando. E não sabia como segurá-la. — Você me ama. Você mesma disse. O que você tem com ele? Um jugo de escravidão. Sem marido, sem filhos, sem uma casa para chamar de sua. E um futuro igual para sempre. E o que eu lhe daria? Liberdade, meu amor, meus filhos, *minha paixão*. Você quer essas coisas, não é? Diga que não quer, Hadassah.

As lágrimas retornaram, escorrendo pelas faces pálidas de Hadassah, que tentava desesperadamente se manter firme.

— Eu quero todas essas coisas, mas não se comprometer a minha fé, não se significar me afastar de Deus. E é isso que significaria. Você não vê, Marcus? Se eu me entregar a essa vida e me afastar do Senhor, serei sábia por um momento, mas me perderei para sempre. — Pousou as mãos com ternura sobre as dele. — E você também.

Marcus a soltou.

Hadassah notou o olhar em seu rosto. Um olhar de desesperança, de orgulho ferido, de raiva crescente. Ela queria tocá-lo.

— Oh, Marcus — sussurrou, magoada, temendo por ele.

E se eles se casassem? A fé de Hadassah justificaria Marcus? Sua decisão se enfraqueceu.

— Oh, Marcus — repetiu.

— É uma pena, Hadassah — disse ele com ironia, lutando contra as emoções que o sufocavam: amor por ela, ódio por aquele seu deus. — Você nunca saberá o que jogou fora. — Então se afastou e saiu. Cego para tudo ao redor, Marcus seguiu pelo corredor, subindo os degraus apressadamente.

Júlia estava parada atrás da porta e o observou partir. Apertou os punhos. Ela ouvira Hadassah o rejeitar. Uma escrava rejeitara seu irmão! Ela sentiu a humilhação dele, sentiu sua raiva. Ficou transtornada.

Olhou para dentro do quarto e viu Hadassah de joelhos, curvada, chorando. Júlia a observou com frieza; nunca odiara tanto alguém em toda a sua vida. Nem seu pai, nem Cláudio, nem Caio. Ninguém.

Como havia sido tão cega? Como não vira o que Hadassah realmente era? Mas Calabah sabia: "Ela é sal em suas feridas". E Primo também: "Ela é um espinho em seu flanco". Só ela se enganara.

Voltou para o triclínio.

— Marcus já foi? — perguntou Primo, claramente embriagado.

— Sim, mas Hadassah ainda permanecerá aqui mais um tempo — disse ela, tentando manter a voz firme e não delatar seus sentimentos.

Primo era muito perspicaz, e ela não queria que ele inventasse histórias mortificantes para envergonhar seu irmão.

— Eu disse a ele que ainda não estou pronta para me separar de Hadassah — mentiu.

Ele praguejou aos deuses.

— E quando estará pronta?

— Em breve. Muito em breve.

Ela ficou parada sob o arco e ergueu os olhos. Viu Hadassah sair do quarto levando um balde e para ir fazer seus deveres, como se nada tivesse acontecido.

— Vitélio não nos convidou para a festa de aniversário do imperador Vespasiano? — perguntou ela.

— Sim, mas eu declinei por você — Primo respondeu, com um riso zombeteiro. — Disse que você perdeu nosso bebê e estava de luto.

A menção a seu filho provocou-lhe uma dor embotada. Ela não permitiria que ele visse que a atingira.

— Mande avisar que eu irei.

— Pensei que você detestasse Vitélio.

Ela se voltou e lhe ofereceu um sorriso desdenhoso.

— É verdade, mas acho que ele pode me ser útil.

— Útil em quê, Júlia querida?

— Você verá, Primo. E acho que vai gostar do que vem pela frente.

Febe ouviu quando Marcus chegou. Saiu ansiosamente de seus aposentos e o viu subir os degraus de mármore. Seu coração se apertou quando viu o rosto do filho. Percebendo sua presença, ele ergueu os olhos.

— Hadassah ficará com Júlia — disse e entrou em seu quarto.

Aflita pela expressão no semblante do rapaz, ela o seguiu.

— O que aconteceu, Marcus?

— Nada que eu já não devesse esperar — ele respondeu, sombrio, e serviu-se de vinho. Ergueu o cálice para brindar. — A seu deus invisível. Que ele se compraza com a fidelidade dela!

Febe o observou esvaziar o cálice e então ficar encarando-o com tristeza.

— O que aconteceu? — perguntou de novo, suavemente.

Ele bateu o cálice com força na bandeja.

— Eu abandonei meu orgulho e ela me desprezou — respondeu, sentindo-se rejeitado. — Foi isso que aconteceu, mãe.

Então foi para o terraço e Febe o seguiu. Ele se segurou na grade e ela pousou a mão na dele.

— Hadassah o ama, Marcus.

Ele afastou a mão.

— Eu ofereci me casar com ela. Sabe o que ela respondeu? Que não quer ficar com um incrédulo. Não há raciocínio com uma fé como a dela. Não há meio-termo. Um deus! Um deus acima de tudo! Que assim seja. Esse deus pode ficar com ela. — Ele se voltou, apertando a grade de novo. — Acabou, mãe — disse, sombrio, determinado a esquecer Hadassah.

Uma noite nas termas o ajudaria a esquecer. Se não ajudasse, Roma tinha muitos prazeres a oferecer para auxiliar um homem a aniquilar suas frustrações.

36

As dançarinas etíopes moviam-se alucinadamente ao ritmo dos tambores enquanto os convidados de Vitélio comiam faisão e avestruz. O coração de Júlia batia tão rápido no ritmo dos tambores que ela se sentiu desfalecer. Então, *bum*, a dança acabou, os tambores pararam e as dançarinas seminuas adornadas com plumas coloridas saíram da sala como pássaros exóticos assustados.

Chegara o momento. Com a respiração ainda acelerada, Júlia ergueu a mão, chamando Hadassah. Ninguém notou a pequena judia; ela era apenas uma escrava entre as dezenas que serviam a seus mestres e senhoras. Júlia mergulhou as mãos na vasilha de água morna que Hadassah lhe segurava, imaginando quanto tempo levaria até que Vitélio percebesse a faixa em torno da cintura de sua escrava.

Hadassah sabia que havia algo errado, apesar de ter ficado satisfeita com a ordem de Júlia de acompanhá-la à festa de Vitélio. Primo sempre insistia que outra escrava atendesse às necessidades de Júlia, mas esta noite ele não protestara a respeito de sua decisão. E agora Hadassah sentia que Júlia tinha um propósito mais sombrio por trás da insistência em sua presença. Ela estava ali, segurando a vasilha de água, quando as pessoas começaram a encará-la, aos sussurros. Hadassah sentiu um arrepio na nuca.

Júlia pegou a toalha no braço dela e secou as mãos com delicadeza. Primo se inclinou em sua direção.

— Você sabe o que está fazendo, Júlia? — perguntou com um sorriso forçado, fingindo uma indiferença que estava longe de sentir. — Vitélio está olhando para nós como se tivéssemos trazido a praga para sua casa. Mande Hadassah embora. Agora.

— Não — Júlia respondeu e levantou a cabeça, olhando diretamente para os olhos de Hadassah com um sorriso frio. — Não, ela vai ficar aqui.

— Então se prepare. Vitélio está vindo para cá e parece bem ofendido. Com licença, minha querida — disse, levantando-se —, vou compartilhar uma história com Camunus e deixá-la se explicar com nosso anfitrião.

Os convidados se calaram quando Vitélio abriu caminho até Júlia.

— Deixe a vasilha, Hadassah, e sirva-me um pouco de vinho — ela ordenou.

Cabisbaixa, Hadassah sentiu a presença de Vitélio. Seu ódio era como uma presença tangível à sua volta. Sua garganta secou. Seu coração batia como um pássaro engaiolado. Ela apelou para Júlia com o olhar, mas sua senhora sorriu para o anfitrião, saudando-o:

— Vitélio! Você serviu uma mesa impressionante.

O homem ignorou seu elogio e olhou com aversão para a faixa listrada em torno da cintura de Hadassah.

— De que raça é sua escrava?

Júlia arregalou os olhos.

— Judia, meu senhor — respondeu, e as pessoas próximas ficaram em silêncio. Franzindo o cenho, olhou ao redor com aparente inocência. — Algum problema?

— Os judeus assassinaram meu único filho. Eles sitiaram a Fortaleza Antônia e a invadiram para matar a ele e a seus homens.

— Oh, sinto muito. Eu não sabia.

— É uma pena — disse ele, ainda com os olhos sombrios fixos em Hadassah. — São uns cães loucos, todos eles. Uma cria de escorpiões. Tito deveria tê-los exterminado da face da Terra.

Júlia se levantou e pousou a mão em seu braço.

— Hadassah não é como aqueles que tiraram a vida de seu filho. Ela é leal a mim e a Roma.

— É mesmo? Talvez você seja gentil e ingênua demais para entender a traição da raça dela. Você a testou?

— Testar?

— Sua escrava adora no templo de Ártemis?

— Não — disse Júlia lentamente, como se a admissão a fizesse pensar.

— Ela queima incenso para o imperador?

— Não publicamente — Júlia respondeu.

O coração de Hadassah se apertou. Como se sentisse seu apelo silencioso, Júlia a fitou, e então Hadassah entendeu. Júlia a pusera deliberadamente naquela situação.

— Teste-a como desejar, Vitélio — a moça disse suavemente, com um brilho sombrio de triunfo nos olhos.

— E se ela se recusar a proclamar Vespasiano um deus?

— Então faça com ela o que julgar conveniente.

Vitélio estalou os dedos e dois guardas ladearam Hadassah.

— Ponham-na ali para que todos vejam — ordenou.

Eles tomaram seus braços. Hadassah os acompanhou sem resistir. Colocaram-na no centro do salão, onde as dançarinas etíopes haviam acabado de se apresentar, e a voltaram de frente para Vitélio.

— Coloquem os emblemas diante dela.

Os convidados se aproximaram, curiosos e ansiosos para ver o que ela faria. Sussurravam entre si. Alguns riam baixinho. Os emblemas foram levados e colocados diante de Hadassah. Ela sabia que tinha apenas que proclamar Vespasiano um deus, acender o fino bambu e levá-lo até o incenso como uma oferenda, e sua vida seria poupada.

— Vê como ela hesita? — disse Vitélio. A assustadora promessa em seu tom de voz fez Hadassah tremer.

Senhor, tu sabes o que estás em meu coração. Sabes que te amo. Ajuda-me.

— Acenda o incenso, Hadassah — ordenou Júlia.

Ela estendeu lentamente a mão, que tremia com violência. Pegou a pequena vareta e a colocou na chama.

Oh, Deus, ajuda-me.

Então a Palavra chegou a ela, preenchendo-a: *Eu sou o Senhor teu Deus, e não há outro.* Hadassah largou o bambu e o viu se enrolar e enrugar na chama. Os convidados começaram a murmurar.

A voz suave sussurrava na mente de Hadassah: *Pega tua cruz e me segue.* Ela levou a mão ao coração e fechou os olhos.

— Deus, perdoa-me — sussurrou, envergonhada por quase ter cedido ao medo. — Não me abandona.

E eis que eu estou convosco todos os dias, até a consumação dos séculos.

— Acenda o incenso!

Hadassah levantou a cabeça e olhou para Júlia.

— O Senhor é Deus, e não há outro — disse, simples e claramente.

Atônitos e furiosos, todos falavam ao mesmo tempo.

— Batam nela — disse Vitélio.

Um dos guardas lhe deu um forte tapa no rosto.

— Vespasiano é deus — Júlia exclamou. — Diga!

Hadassah ficou em silêncio.

— Eu não disse? — Vitélio soltou com frieza.

— Ela vai falar. Vou fazê-la falar. — Júlia foi até Hadassah e lhe deu uma bofetada. — Diga as palavras. Fale ou morra!

— Jesus é o Cristo, o Filho do Deus Vivo.

— Uma cristã! — sussurrou alguém.

Júlia bateu nela de novo, gritando:

— O imperador é deus!

Hadassah olhou para Júlia através de uma névoa de lágrimas. Seu rosto latejava de dor e seu coração estava partido.

— Oh, Júlia, Júlia — disse suavemente, imaginando se fora assim que Jesus se sentira quando Judas o beijara.

O desejo de vingar o orgulho ferido de seu irmão havia posto Júlia nesse caminho, mas era seu próprio ciúme que a fazia explodir com violência. Com um grito selvagem de raiva, Júlia começou a bater em Hadassah. Os guardas deram um passo para trás enquanto ela socava a garota.

Hadassah recebeu os golpes com suaves gritos de dor, mas não fez nenhum esforço para se defender. Júlia só parou quando viu a escrava no chão, inconsciente.

— Pode ficar com ela, Vitélio — disse e a chutou.

— Levem-na para Elimas — ordenou Vitélio, e os guardas obedeceram. — Ele paga cinco sestércios por vítima para seus leões.

Atretes acordou com um grito profundo e gutural e sentou-se. Seu corpo estava encharcado de suor, seu coração galopava. Arfando, passou os dedos pelos cabelos e se levantou. Foi até a entrada da caverna e olhou para Éfeso. O Artemísion estava lá, brilhando como um farol à luz do luar. Não estava em chamas.

Enxugou o suor do rosto e entrou novamente na caverna. Ajoelhou-se e cobriu a cabeça.

O sonho fora tão real que ele ainda podia sentir seu poder. Queria se livrar dele, mas se repetia, noite após noite, até que ele soube que jamais seria livre enquanto não entendesse seu significado.

E ele sabia que a única pessoa que poderia lhe dar essa resposta era quem o havia procurado na noite anterior ao início dos sonhos:

Hadassah.

O guarda do calabouço abriu o ferrolho.

— Quais as probabilidades de Capito sobreviver contra Secundo, Atretes? — perguntou, ansioso por dicas para apostar nos jogos.

Atretes não respondeu. Depois de ver o rosto duro do germano, o guarda não fez mais perguntas.

O som das sandálias tachonadas dos romanos fez Atretes se lembrar de Cápua. Enquanto seguia o guarda, o cheiro de pedra fria e medo humano fez o suor brotar em sua pele. Alguém gritou por trás de uma porta trancada. Outros gemiam em desespero. Continuaram andando, até que Atretes ouviu algo proveniente da extremidade daquele local úmido; um som tão doce que o atraiu. Em algum lugar da escuridão, uma mulher cantava.

O guarda diminuiu o passo, inclinando levemente a cabeça.

— Já ouvi uma voz assim na vida?

O canto parou, e ele passou a caminhar depressa.

— É uma pena que ela vá morrer com o restante deles amanhã — disse, parando diante de uma porta pesada e abrindo o ferrolho.

Um fedor nauseabundo dominou Atretes quando a porta se abriu. A cela ficava no segundo nível subterrâneo, e as únicas aberturas davam para outro nível acima, não para o exterior. O ar era tão denso que Atretes se perguntava como alguém poderia sobreviver ali. O mau cheiro era tão sufocante que lhe provocava engulhos. Deu um passo para trás.

— Ruim, não é? — disse o guarda. — Depois de cinco ou seis dias, eles começam a morrer como moscas. Não é de admirar que alguns prisioneiros corram para a arena, ansiando um último sorvo de ar fresco antes de morrer.

Entregou a tocha a Atretes. Respirando pela boca, o germano ficou no limiar, olhando para cada rosto. Uma única tocha cintilava no suporte da parede lateral, de modo que os prisioneiros que estavam no fundo ficavam encobertos pelas sombras. A maioria eram mulheres e crianças. Havia menos de meia dúzia de homens velhos e barbados. Atretes não se surpreendeu; os mais jovens teriam sido salvos para as lutas e seriam obrigados a enfrentar homens como Capito e Secundo. Homens como ele.

Alguém disse seu nome. Ele viu uma mulher magra vestindo farrapos se levantar da massa de presos imundos.

Hadassah.

— É essa? — perguntou o guarda.

— Sim.

— A cantora. Você aí! Saia!

Atretes a observou enquanto ela atravessava a cela. As pessoas estendiam as mãos para tocá-la. Alguns pegaram sua mão, e ela sorria e sussurrava uma palavra de encorajamento antes de passar. Quando chegou à porta, fitou Atretes com olhos luminosos.

— O que está fazendo aqui, Atretes?

Como não queria dizer nada na frente do guarda romano, ele a pegou pelo braço e a levou para o corredor. O guarda fechou a porta e passou a tranca. Abriu outra porta no corredor e acendeu a tocha.

— Deixe-nos — Atretes pediu quando viu o guarda parado à porta.

— Tenho ordens, Atretes. Nenhum prisioneiro deixa este nível sem autorização por escrito do procônsul.

Atretes zombou.

— Você acha que poderia me deter?

Hadassah pousou a mão no braço dele e se voltou para o guarda.

— Você tem minha palavra de que não vou sair.

O guarda olhou da raiva assassina de Atretes para os olhos gentis de Hadassah. Uma careta tomou seu rosto. Ele assentiu e os deixou sozinhos.

Atretes ouviu o som das sandálias na pedra e apertou os punhos. Havia prometido a si mesmo nunca mais entrar em um lugar como aquele, e ali estava, por escolha própria.

Hadassah viu que ele estava distraído.

— Júlia mandou você aqui?

— Júlia mandou dizer que você estava morta.

— Oh — disse ela baixinho. — Eu tinha esperança...

— Esperança de quê? De que eu tivesse sido mandado para libertá-la?

— Não, de que Júlia tivesse uma mudança no coração. — Ela sorriu com tristeza e o fitou com ar interrogativo. — Mas por que ela mandaria avisá-lo sobre mim?

— Porque eu mandei procurarem você. Após a primeira mensagem, um rapaz veio até mim. Disse que seu nome era Prometeu e que você era amiga dele. Disse que Júlia tinha vendido você para Elimas. Procurei Sertes, que fez algumas perguntas e descobriu que você estava aqui.

Hadassah se aproximou e pousou a mão suavemente no braço dele.

— O que o incomoda tanto que o fez vir de tão longe procurar uma mera escrava?

— Muitas coisas — respondeu ele, sem hesitar nem se perguntar por que era tão fácil confiar nela. — Mas não menos importante é o fato de que não posso tirá-la daqui.

— Isso não importa, Atretes.

Ele se voltou, tomado de raiva.

— Júlia é quem deveria estar neste lugar — disse com dureza, olhando as paredes frias de pedra daquela câmara úmida. — Ela é quem deveria sofrer.

Quantas centenas já haviam esperado dentro daquelas paredes para morrer? E para quê? Para o prazer da plebe romana. Quando ele chegara aos portões daquele lugar, quase dera meia-volta por causa das negras lembranças.

— Ela é quem deveria estar aqui esperando a morte, não você.

Ele odiava tanto Júlia que sentia o gosto de bile na boca, aquecendo seu sangue. Gostaria de matá-la com suas próprias mãos, se isso não significasse que acabaria voltando àquele lugar, esperando para lutar novamente na arena. E certamente ele tiraria a própria vida antes disso.

Hadassah tocou seu braço, arrancando-o de seus pensamentos assassinos.

— Não odeie Júlia pelo que ela fez, Atretes. Ela está perdida. Procura freneticamente a felicidade, mas está se afogando. Em vez de se agarrar à única coisa que a salvará, ela se agarra aos destroços. Rezo para que Deus ainda seja misericordioso com ela.

— Misericordioso? — questionou Atretes, fitando-a com espanto. — Como você pode pedir misericórdia pela pessoa que a enviou aqui para morrer?

— Porque o que Júlia fez me deu a alegria mais doce de todas.

Atretes a observou. Acaso enlouquecera com o confinamento? Ela sempre tivera um estranho olhar pacífico, mas agora havia algo mais. Algo que o surpreendeu. Naquele lugar escuro, com uma morte horrível pela frente, ela estava mudada. Seus olhos eram claros, luminosos e... cheios de alegria.

— Estou livre — disse ela. — Por intermédio de Júlia, o Senhor me libertou.

— *Livre?* — ele repetiu amargamente, fitando as paredes de pedra.

— Sim — ela confirmou. — O medo era meu companheiro constante, desde que me lembro. Eu tive medo a vida inteira, Atretes, desde que era pequena e visitava Jerusalém até alguns dias atrás. Eu nunca queria deixar a segurança da casinha onde cresci na Galileia ou os amigos que conhecia. Eu tinha medo de tudo. Tinha medo de perder aqueles que amava. Tinha medo das perseguições e do sofrimento. Eu tinha medo de morrer. — Seus olhos brilhavam com as lágrimas. — Acima de tudo, tinha medo de que, quando chegasse o momento e eu fosse testada, não tivesse coragem de dizer a verdade. E aí o Senhor viraria as costas para mim. — Abriu as mãos. — Mas então aconteceu o que eu mais temia. Fiquei diante de pessoas que me odiavam, pessoas que se recusavam a acreditar e me deram uma escolha: retrate-se ou morra. E o clamor se ergueu de minha alma, um grito que o Senhor me deu com sua graça. E eu escolhi a Deus.

Lágrimas escorriam por suas faces, mas seus olhos brilhavam.

— E a coisa mais incrível e milagrosa aconteceu comigo naquele momento, Atretes. Quando eu disse as palavras, quando proclamei que Jesus é o Cristo, meu medo simplesmente sumiu. O peso desse medo desapareceu, como se nunca tivesse existido.

— Você nunca tinha dito essas palavras antes?

— Sim, mas diante daqueles que acreditavam, daqueles que me amavam. Onde não havia risco, eu as pronunciava de bom grado. Mas naquele momento, diante de Júlia e de todos os outros, eu me entreguei completamente. Ele é Deus e não há outro. Teria sido impossível não dizer a verdade.

— E agora você vai morrer por isso — disse ele, sombrio.

— Se não tivermos algo pelo qual valha a pena morrer, Atretes, não vale a pena viver.

Ele sentiu a dor da tristeza por aquela jovem gentil que morreria de forma tão sórdida e degradante.

— O que você fez foi uma tolice, Hadassah. Deveria ter dito o que era conveniente e ter salvado sua vida.

Assim como ele havia feito, e inúmeros outros antes dele.

— Eu desisti do que não posso manter por algo que nunca poderei perder — disse ela.

Atretes a olhou e sentiu uma sede imensa de uma fé como a dela, uma fé que lhe trouxesse paz.

Hadassah percebeu seu tormento.

— Você deve odiar este lugar — disse com delicadeza. — O que o trouxe aqui?

— Eu tive um sonho. Não sei o que significa.

Ela franziu o cenho.

— Não sou vidente, Atretes. Não tenho habilidades proféticas.

— Tem a ver com você. Começou na noite em que você foi até mim nas colinas, e não parou desde então. Você tem que saber.

Ela sentiu seu desespero e rezou para que Deus lhe desse as respostas de que necessitava.

— Sente-se aqui e me conte — pediu ela, fraca em razão do confinamento e dos dias sem comida. — Talvez eu não saiba as respostas, mas Deus sabe.

— Sonho que estou passando por um lugar muito escuro, tanto que posso sentir sua pressão contra meu corpo. Tudo que posso ver são minhas mãos. Eu caminho por um longo tempo sem sentir nada e então vejo o Artemísion ao longe. Quando me aproximo, sua beleza me deixa impressionado, como da primeira vez que o vi, mas dessa vez as esculturas estão vivas. Elas se contorcem e se desenrolam. As faces de pedra me encaram enquanto entro no pátio interno. Eu vejo Ártemis, e o símbolo que ela tem na coroa brilha, vermelho.

— Que símbolo é esse?

— O símbolo de Tiwaz, o deus das florestas. A cabeça de uma cabra. — Ele se ajoelhou diante dela. — E então a imagem de Ártemis começa a queimar. O calor é tão intenso que eu me afasto. As paredes começam a desmoronar, o templo começa a ruir, até restarem apenas algumas pedras.

— Continue — instou Hadassah, tocando a mão de Atretes.

— Tudo fica preto de novo. Eu saio andando, procurando, parece uma eternidade, e então vejo um escultor. E diante dele sua obra, uma estátua minha, como aquelas que vendem nas lojas ao redor da arena, só que essa é tão real que parece respirar. O homem pega um martelo, e eu sei o que ele vai fazer. Grito para que não o faça, mas ele atinge a imagem uma vez e a quebra em um milhão de pedaços. — Trêmulo, Atretes se levantou. — Eu sinto dor, como nunca senti antes. Não consigo me mexer. À minha volta, vejo a floresta de minha pátria e começo a afundar no pântano. Todos estão parados ao meu redor: meu pai, minha mãe, minha esposa, amigos há muito tempo mortos. Eu grito, mas eles ficam só me olhando enquanto sou sugado. O pântano se fecha sobre mim como a escuridão. E então aparece um homem e estende as mãos para mim. Suas palmas estão sangrando.

Hadassah viu Atretes se recostar, cansado, no muro de pedra, do outro lado da cela.

— Você pega as mãos dele? — perguntou.

— Não sei — disse ele com tristeza. — Não consigo lembrar.

— Aí você acorda?

Ele respirou lentamente, lutando para manter a voz firme.

— Não. Ainda não. — Fechou os olhos e engoliu em seco. — Ouço um bebê chorando. Ele está deitado, nu, nas rochas, perto do mar. Vejo uma onda vindo do mar e sei que vai levá-lo. Tento alcançá-lo, mas a onda passa por cima dele. Então eu acordo.

Hadassah fechou os olhos. Atretes inclinou a cabeça para trás.

— Diga, o que isso tudo significa?

Ela orou para que o Senhor lhe desse sabedoria para responder. Ficou ali sentada por um longo tempo, com a cabeça baixa. Até que levantou a cabeça de novo e disse:

— Eu não sou vidente. Somente Deus pode interpretar os sonhos. Mas sei que algumas coisas são verdadeiras, Atretes.

— Que coisas?

— Ártemis é um ídolo de pedra e nada mais. Ela não tem poder sobre você, apenas aquele que você lhe confere. Sua alma sabe disso. Talvez seja por isso que a imagem dela arde em chamas e seu templo desmorona. — Franziu o cenho. — Talvez isso signifique mais alguma coisa, mas não sei.

— E o homem?

— Isso é muito claro para mim. O homem é Jesus. Eu lhe contei como ele morreu, pregado na cruz, e como ressuscitou. Ele está lhe estendendo as mãos. Pegue-as. Sua salvação está nele. — Hesitou. — E o bebê...

— Eu sei sobre o bebê. — O rosto de Atretes se iluminou de emoção mal disfarçada. — É meu filho. Eu pensei no que você me disse aquela noite, quando foi às colinas. Mandei avisar que queria a criança quando nascesse.

Ao ver o olhar assustado de Hadassah, Atretes se levantou abruptamente e começou a andar, inquieto.

— No início, falei isso para machucar Júlia, para tirar o filho dela. Mas depois eu o queria de verdade. Resolvi ficar com a criança e voltar para a Germânia. Esperei, e então veio a notícia. O bebê nasceu morto. — Atretes deu um riso trêmulo, cheio de amargura. — Mas ela mentiu. A criança não nasceu morta. Ela mandou deixá-la nas rochas para morrer. — Sua voz se afogou em lágrimas, e ele passou os dedos nos cabelos. — Eu disse que, se Júlia o colocasse aos meus pés, eu lhe daria as costas. E foi exatamente isso que ela fez, não foi? Ela o deixou nas rochas e foi embora. Eu estava com ódio dela. Com ódio de mim. Você disse: "Que Deus tenha piedade de você. Que Deus tenha piedade".

Hadassah se levantou e foi até ele.

— Seu filho está vivo.

Ele enrijeceu e a fitou. Ela pousou a mão em seu braço.

— Eu não sabia que você tinha mandado uma mensagem dizendo que o queria, Atretes. Se soubesse, eu o teria levado diretamente a você. Por favor, perdoe-me pela dor que lhe causei.

Ela deixou cair a mão, e ele a pegou pelo braço.

— Você disse que ele está vivo? Onde ele está?

Ela rezou para que Deus consertasse o que ela havia feito.

— Eu levei seu filho ao apóstolo João, e ele o pôs nos braços de Rispa, uma jovem viúva que havia perdido o filho. Ela o amou assim que o viu.

Ele afrouxou a mão e se afastou de Hadassah.

— Meu filho está vivo — disse, maravilhado, e o peso da dor e da culpa desapareceu. Atretes fechou os olhos, aliviado. — Meu filho está vivo. — Recostado na parede de pedra, deslizou até o chão. Os joelhos fraquejaram. — Meu filho está vivo — repetiu com voz sufocada.

— Deus é misericordioso — disse ela suavemente, tocando-lhe os cabelos.

A leve carícia fez Atretes recordar sua mãe. Ele pegou a mão de Hadassah e a segurou contra sua face. Olhou para ela e viu os hematomas que marcavam seu rosto amável, a magreza de seu corpo sob a túnica suja e esfarrapada. Ela salvara seu filho. Como poderia ir embora e deixá-la morrer?

Ele se levantou, cheio de propósito.

— Vou falar com Sertes.

— Não — ela pediu.

— Sim — ele retrucou, determinado. Embora nunca houvesse lutado contra leões e soubesse que teria poucas chances de sobreviver, ele precisava tentar. — Falando com a pessoa certa, posso estar na arena como seu defensor.

— Eu já tenho um defensor, Atretes. A batalha acabou. E ele já ganhou. — Ela segurou a mão dele com firmeza. — Você não vê? Se voltasse para a arena agora, você morreria sem nunca conhecer o Senhor.

— Mas e você? — No dia seguinte ela enfrentaria os leões.

— A mão de Deus está aqui, Atretes. Sua vontade será feita.

— Você vai morrer.

— "Ainda que ele me mate, nele esperarei" — disse ela, sorrindo. — O que quer que aconteça, será para sua glória e seu bom propósito. Não tenho medo.

Atretes observou o rosto de Hadassah por um longo tempo e, por fim, balançou a cabeça, lutando contra as emoções turbulentas.

— Será como você está dizendo.

— Será como o Senhor desejar.

— Eu nunca a esquecerei.

— Nem eu a você — ela respondeu.

Ela lhe disse onde encontrar o apóstolo João, pousou a mão em seu braço e o fitou com olhos pacíficos.

— Agora vá embora deste lugar carregado de morte e não olhe para trás. — Então voltou para o corredor escuro e chamou o guarda.

Atretes ficou parado com a tocha na mão, vendo o guarda se aproximar e destrancar a porta da cela. Hadassah se voltou e o fitou com um olhar iluminado e reconfortante.

— Que o Senhor o abençoe e o guarde. Que faça resplandecer seu rosto sobre você e seja misericordioso. Que volte o rosto para você e lhe dê paz — disse com um sorriso gentil.

Então se afastou e entrou na cela. Um murmúrio suave de vozes a recebeu, seguido pelo baque duro da porta que se fechava.

37

Hadassah foi passando cuidadosamente por entre os outros prisioneiros e se sentou ao lado da garota e da mãe. Dobrando os joelhos, apoiou a testa neles. Pensou em Atretes, prisioneiro do ódio e da amargura, e rezou por ele. Rezou para que Júlia se afastasse da jornada da destruição que havia escolhido. Agradeceu a Deus por Décimo, por sua entrada no reino de Deus, e orou para Febe também encontrar seu caminho para o Senhor. Rezou para que Deus abrisse uma rota de fuga para Prometeu. Orou para que Deus tivesse piedade de Primo e Calabah. Durante o restante da noite, rezou sem cessar.

Por fim, Hadassah se permitiu pensar em Marcus. Seu coração gritou de dor quando as lágrimas rolaram.

— Oh, Senhor, tu conheces os desejos de meu coração. Sabes o que quero para ele. Eu te imploro humildemente, Senhor, abre os olhos de Marcus. Abre os olhos dele para que ele veja a verdade. Chama seu nome em voz alta, Senhor, e permite que seja escrito no Livro da Vida.

A tocha estalou e alguém gritou.

— Estou com medo — disse uma mulher.

Ao que um homem respondeu:

— O Senhor nos abandonou.

— Não — disse Hadassah gentilmente. — O Senhor não nos abandonou. Nunca duvide na escuridão do que Deus nos deu na luz. O Senhor está conosco. Ele está aqui agora. Ele nunca nos deixará.

Ela começou a cantar e outros se juntaram a ela. Após um momento, inclinou a cabeça de novo, usando o pouco tempo que tinha para orar por aqueles que amava. Marcus. Febe. E Júlia.

Ao amanhecer, a porta se abriu e o jovem guarda que havia acompanhado Atretes entrou.

— Ouçam — anunciou, olhando diretamente para ela. — Hoje vocês vão morrer. Ouçam o que eu digo, e talvez possa ser rápido. Os leões famintos não são necessariamente violentos. Eles estão fracos e se assustam com facilidade, especialmente quando a multidão começa a gritar. Vocês serão presas estranhas para eles. Façam o seguinte: fiquem tranquilos. Espalhem-se. Mexam-se devagar para os leões saberem que estão vivos e que não são uma ameaça. Se fizerem isso, eles vão atacar. Assim, o fim chegará mais rápido.

Ele ficou em silêncio por um momento, ainda olhando para Hadassah.

— Estão vindo buscá-los.

Ela se levantou.

— Que o Senhor o abençoe por sua bondade — disse.

Ele deu meia-volta. Todos se levantaram e começaram a louvar o Senhor, até que a cela foi tomada pela canção. Chegaram outros guardas, gritando e empurrando os prisioneiros através do corredor escuro, da escada estreita e, finalmente, dos portões. Hadassah ouviu um som pesado, como de um trovão. A luz do sol refletiu na areia, cegando-a. Ela ouviu metal raspando metal quando os portões se abriram.

— Vão para o meio! — gritaram os guardas, empurrando-os. — Depressa! Mexam-se!

Um chicote estalou, alguém deu um grito de dor e cambaleou, caindo em cima de Hadassah. Ela segurou o braço do homem e o ajudou a caminhar até o portão. Então sorriu para ele e foi para a areia. Os outros a seguiram.

Após passar dias na escuridão, a luz do sol a fez arfar. Ela protegeu os olhos com a mão. A multidão gritava zombarias e insultos.

— Peçam a seu deus para salvá-los! — gritou alguém, e risos zombeteiros ecoaram.

— Eles são magros demais para tentar um leão! — gritou outro.

A plebe lhes atirava ossos, frutas e vegetais podres.

— Tragam os leões! Tragam os leões!

Hadassah olhou para a massa inebriada de crueldade, gritando por sangue. Por *seu* sangue.

— Que Deus tenha piedade deles — sussurrou, com os olhos marejados.

Ao ouvir o rugido dos leões, uma frieza familiar tomou o estômago de Hadassah. Sua garganta se fechou e a boca secou. Seu velho inimigo a dominou, mas ela já sabia como combatê-lo. Firme, rogou ao Senhor:

— Oh, Jesus, que estejas comigo agora. Defende-me e me dá forças para que eu possa te glorificar.

A calma voltou, levando o medo e enchendo-a de alegria por saber que sofreria pelo Senhor.

Mais portas se abriram, e a multidão ovacionou de forma selvagem quando uma dezena de leões foi levada para a arena. Aterrorizadas com os gritos da multidão, as feras ficaram coladas às paredes, sem notar o grupo de prisioneiros esfarrapados parados no meio da arena.

— Mamãe, estou com medo — choramingou uma criança.
— Lembre-se do Senhor — respondeu a mãe.
— Sim — disse Hadassah, sorrindo. — Lembre-se do Senhor.

Ela se separou do grupo, caminhou calmamente em direção ao centro da arena e começou a cantar louvores a Deus.

Cresceram os gritos enlouquecidos da multidão. Escravos cutucavam com lanças sem ponta os animais ainda colados à borda da arena, afastando-os das paredes. Eles se viraram para o centro, nervosos. Uma leoa se voltou para Hadassah e se agachou, avançando com cuidado. Sem parar de cantar, Hadassah levantou os braços e os abriu, devagar. Vendo que ela estava viva e não representava ameaça, a fera atacou e a multidão gritou selvagemente. O animal cobriu a distância a uma velocidade surpreendente e saltou, abrindo as garras e a boca.

Júlia dava risadinhas e jogava uvas em Marcus.

— Você é terrível, Marcus — disse ela, reclinada confortavelmente enquanto ele ria.

— Como eu poderia negar um apelo tão doloroso de minha amada irmãzinha? — ele brincou, recostado, com o pé apoiado em um banquinho. — Você parecia desesperada por minha companhia.

— Quem mais me faz rir como você? — ela perguntou e estalou os dedos. — Preste atenção, garota.

Sua nova escrava agitou o grande leque novamente. Marcus sorriu, passando os olhos pelo corpo ágil da garota.

— Nova aquisição?

— Fico feliz de ver que você se recuperou — Júlia comentou, divertida. — Ela é bonita, não é? Muito mais bonita que Hadassah — falou, observando-o disfarçadamente.

Marcus deu um riso frio e voltou a atenção para os gladiadores, que desfilavam diante do público. Não queria pensar em Hadassah. Havia ido aos jogos para esquecer. A sangria seria uma liberação catártica para sua frustração reprimida.

— Capito e Secundo lutam hoje — disse ele, sabendo que Júlia o observava. Ela estava pensativa, e ele se perguntava por quê.

— Eu soube. Quem você acha que vai ganhar?

— Secundo.

— Ah, mas ele é tão enfadonho. Atravessa a arena como um velho touro cansado.

— Isso é o que o mantém vivo. Ele espera a oportunidade e ataca.

A *pompa* terminou e as bigas saíram aceleradas da arena. As trombetas soaram alto, anunciando o início dos jogos. A ovação da multidão cresceu, agitada e faminta. Marcus se levantou.

— Aonde você vai? — perguntou Júlia, endireitando-se.

— Comprar vinho. — Ele olhou para o céu sem nuvens. — Já está ficando quente. Os toldos não vão ajudar muito.

— Eu trouxe bastante vinho, e da melhor qualidade. Não saia, os jogos já vão começar.

— Não há nada de interessante no início. Só alguns criminosos jogados aos leões. Há bastante tempo antes que comecem as lutas sangrentas de verdade.

Júlia estendeu a mão para ele, dizendo:

— Sente-se, Marcus. Nós quase não conversamos. Primo pode ir buscar tudo o que necessitarmos. Não é, Primo?

— Claro que sim, querida. Tudo o que seu coração desejar.

— Sente-se aqui, Marcus — Júlia pediu, dando um tapinha no assento ao lado dela. — Por favor! Faz tanto tempo que não vemos os jogos juntos! Era muito mais divertido quando eu vinha com você. Você sempre sabia o que estava para acontecer, sempre me mostrava coisas que escapavam da minha atenção.

Ele se sentou ao lado dela, sentindo seu nervosismo.

— O que há de errado, Júlia?

— Não há nada de errado. Eu só quero que as coisas sejam como antes. Quero as coisas como eram em Roma, antes de eu me casar com Cláudio, antes que houvesse alguém entre nós. Lembra-se da primeira vez que me levou aos jogos, Marcus? Eu estava tão animada! Eu era uma criança. Você riu de mim porque eu era escandalosa. — Ela sorriu, recordando.

— Você superou isso depressa — disse ele, com um sorriso pesaroso.

— Sim, e você ficou orgulhoso de mim. Disse que eu era uma verdadeira romana. Você se lembra?

— Sim, eu me lembro.

— As coisas voltarão a ser como antes, Marcus, eu prometo. Depois de hoje, esqueceremos tudo que aconteceu entre aquela época e agora. Vamos esquecer todos que nos magoaram.

Marcus franziu o cenho e tocou a face da irmã. Pensou em Caio e Atretes. Ela nunca dizia nada, mas ele sabia que ambos haviam lhe deixado profundas cicatrizes, que ela escondia até mesmo dele.

— Você me ama, Marcus? — ela perguntou, com intensidade no olhar.

— É claro que eu a amo.

Mas não da maneira que a amara antes, ela sabia. O semblante de Marcus era misterioso, sofrido. Mas tudo isso mudaria em breve. Esse dia limparia o passado e vingaria as feridas dele. E as dela.

— Você sempre foi a única pessoa com quem pude contar, Marcus — disse e pegou sua mão. — Você era a única pessoa que eu sabia que sempre me amaria, independentemente do que eu fizesse. Mas outros entraram no caminho e fizeram as coisas mudarem. Nós os deixamos entrar no caminho. Não deveríamos ter feito isso.

— Eu nunca deixei de amá-la, Júlia.

— Talvez não, mas as coisas mudaram entre nós. As pessoas as fizeram mudar. Eu vejo o jeito que você me olha às vezes, como se não me conhecesse mais. Mas você me conhece, Marcus. Você me conhece tão bem quanto a si mesmo. Nós somos muito parecidos, ervilhas da mesma vagem. Você só se esqueceu disso.

Sentindo sua mão fria e forte, ele perguntou novamente, preocupado:

— O que há de errado, Júlia?

— Não há nada de errado. Está tudo certo. Ou vai ficar. Eu garanti isso.

— Garantiu o quê?

— Tenho uma surpresa para você, Marcus.

— Que surpresa?

Ela riu.

— Ah, não. Não vou lhe contar. Espere e verá. Não é mesmo, Calabah?

A mulher sorriu, com seus olhos gelados e negros.

— Os jogos começaram, Júlia.

— Oh, sim — disse ela ansiosamente, apertando a mão do irmão ainda mais. — Sim, sim. Vamos assistir, Marcus. Você vai ver o que eu fiz por você.

Um arrepio premonitório percorreu o corpo de Marcus.

— O que você fez? — ele perguntou, desejando que sua voz tivesse saído calma e firme.

— Veja! — Júlia estendeu o braço direito e apontou. — Os portões estão se abrindo. Está vendo? Malditos infelizes. Eles merecem morrer. Todos eles. Veja! Está vendo? *Cristãos!*

Com o coração batendo forte, Marcus viu os prisioneiros cambaleando à luz do sol.

Oh, deuses...

Mesmo àquela distância, ele reconheceu Hadassah. Seu coração parou.

— Não! — gritou, e sua voz foi um sussurro rouco, tentando negar o que seus olhos viam.

— Sim! É Hadassah — disse Júlia, vendo-o empalidecer. — Ela vai ter o que merece.

Ele viu Hadassah conduzir o grupo, caminhando calmamente.

— O que você fez, Júlia?

— Eu ouvi o que ela disse a você! Eu ouvi quando ela pegou o seu amor e o desprezou. Ela preferiu o deus dela a você, Marcus. Você disse que aquele deus podia ficar com ela. Pois agora ele vai ficar.

— Você planejou isso? — ele perguntou, com a voz dominada pelo desespero e pela repugnância. Puxou a mão, sentindo vontade de esbofeteá-la. — Você fez isso com ela?

— Ela fez isso sozinha. Eu a levei à festa de Vitélio.

— Você sabe que Vitélio odeia judeus!

— Sim, ele odeia, e com razão. Os judeus são a raça mais miserável da face da Terra! Cheios de orgulho. Rebeldes desde o útero. Ela não se retratou; eu sabia que não se retrataria. Eu sabia! Ficou ali parada, olhando para mim com aqueles olhos patéticos, cheios de alma, como se tivesse pena de mim.

— Ela salvou sua vida! Ou você esqueceu que Caio quase a matou? E ainda assim você a entregou para os leões?

— Ela é uma escrava, Marcus. Quando me protegeu, não fez mais que sua obrigação. Devo agradecer por isso? A vida dela não significa nada.

Marcus sentiu o desespero crescer dentro de si, quase o impedindo de respirar.

— A vida dela significa tudo para mim! *Eu amo Hadassah!* — ele gritou.

De repente a multidão bradou com selvageria e Marcus se voltou, vendo que os leões haviam entrado na arena. Ele se levantou.

— *Não!* Ela é inocente! Ela não fez nada de errado!

— Nada? — Júlia se levantou com ele, segurando seu braço. — Ela pôs seu deus acima de você. Pôs seu deus acima de Roma! Ela é um fedor em minhas narinas. É um espinho em meu flanco, e quero que seja arrancada, destruída. *Eu a odeio!* Está me ouvindo? — Olhou para a arena. — Isso! Afastem os leões dos muros!

— Não! — ele gritou, sacudindo Júlia. — Volte, Hadassah! Volte!

— Cutuquem os leões! — Júlia berrou novamente, com uma crueldade ainda maior.

— *Não!* — Marcus arrancou as mãos da irmã de seu braço. — Volte, Hadassah!

Os gritos da plebe cresciam enquanto Hadassah caminhava calmamente para o centro da arena. A leoa se agachou. Ela ergueu as mãos devagar, estendendo os braços para receber a fera quando atacasse.

— *Não!* — Marcus gritou novamente, e seu semblante convulsionou quando o leão a atingiu. Ele virou o rosto ao vê-la tombar, e algo morreu dentro dele.

— Pronto — disse Júlia, triunfante. — Acabou.

Os gritos de prazer extático cresceram, e os espectadores aplaudiram descontroladamente. Mais rugidos de leões. Gritos de medo e dor, e alguém riu perto de Marcus.

— Olhe para eles, estão fugindo!

Mais vaias.

— Veja os leões brigando pela carcaça daquela primeira garota!

E, nesse instante, Deus atendeu à oração de Hadassah.

Marcus olhou novamente, e seus olhos se arregalaram quando viu Hadassah caída, retorcida na areia, com a túnica rasgada e manchada de sangue. Duas leoas brigavam por seu corpo, mutilando-o. Uma delas pegou uma perna de Hadassah, tentando arrastá-la. A outra repetiu o ataque.

— Eu me vinguei pelo que ela nos fez — disse Júlia, agarrando-se a Marcus. — Podemos esquecê-la agora.

— Eu nunca esquecerei Hadassah — ele cuspiu com a voz rouca, segurando os pulsos de Júlia com força e fitando-a como se ela fosse algo sórdido e odioso. — Mas esquecerei você.

— Marcus — disse ela, assustada com seu olhar. — Você está me machucando!

— Vou esquecer que já tive uma irmã — continuou ele, afastando-a. — Que os deuses a amaldiçoem pelo que você fez!

Ela ficou olhando para ele, lívida, com os olhos arregalados de choque.

— Como pode me dizer coisas tão cruéis? Eu fiz isso por você! *Eu fiz isso por você!*

Ele lhe deu as costas, como se ela não estivesse falando, como se não existisse

— Você a quer, Calabah? — perguntou com a voz baixa e cheia de nojo.

— Eu sempre a quis — a mulher respondeu, com seus olhos escuros brilhantes.

— Pois fique com ela. — Marcus deu as costas a Júlia, saindo e passando por Primo, que voltava com os odres de vinho. — Saia do meu caminho!

— Não! — gritou Júlia. — Segure-o! Marcus, volte!

Calabah pegou a mão dela, apertando-a de um jeito forte e implacável.

— Tarde demais, Júlia. Você fez suas escolhas.

— Me solte — gritou Júlia, chorando histericamente. — *Marcus!* — Ela se debatia para ir atrás do irmão. — Me solte!

— Ele se foi — disse Calabah, com satisfação na voz.

Júlia olhou para Hadassah caída na areia, manchada de sangue. Um grande vazio se abriu dentro dela quando fitou aquela forma inerte. Havia ido embora também o sal que a mantinha longe da completa corrupção.

— Marcus! — ela gritou. — *Marcus!*

Desesperado para fugir dali, Marcus passou pelos espectadores enlouquecidos. O som da multidão crescia ao seu redor com paixão descontrolada, ébria de sangue e sofrimento humanos, ansiando mais, frenética. Forçando passagem, ele chegou ao topo dos degraus e saiu do outro lado. Correu portões afora, cego pelas lágrimas. Ele não sabia aonde estava indo nem se importava. Corria para se afastar do som, do cheiro, da visão gravada em sua mente. Corria para se afastar da imagem de Hadassah caída na areia, dos animais lutando por seu corpo como se fosse só mais um pedaço de carne.

Seus pulmões queimavam enquanto ele corria, desesperado. Correu até as forças o abandonarem e então cambaleou sem rumo por uma rua de mármore ladeada por ídolos que não podiam ajudá-lo. A cidade estava quase vazia; a maioria dos cidadãos estava na arena, desfrutando os jogos. Havia legionários em cada esquina, impedindo saques. Observaram-no quando ele passou.

Recostando-se firmemente em uma parede, Marcus olhou o cartaz que anunciava os jogos. Então se lembrou das incontáveis vezes em que estivera no estádio observando sangue inocente ser derramado, sem nem pensar nisso. Lembrou-se das vezes que rira ao ver as pessoas fugindo para se salvar, ou gritara palavrões quando uma luta sangrenta se estendia. Lembrou-se de ficar entediado quando os prisioneiros eram jogados aos animais ou crucificados.

E, ao recordar, reconheceu sua participação na morte de Hadassah.

Marcus ouviu o rumor familiar ao longe... Humanidade frustrada. Tampou os ouvidos e um som surgiu do fundo de si, um grito de dor e desespero, um grito de culpa e remorso, que o dilacerou e cresceu, ecoando pela rua vazia.

— *Hadassah!*

Ele caiu de joelhos. Encolhendo-se, cobriu a cabeça e chorou.

EPÍLOGO

Eis que os olhos do Senhor estão sobre os que o temem, sobre os que esperam na sua misericórdia; para lhes livrar as almas da morte...

SALMOS 33,18-19

GLOSSÁRIO

Afrodite: deusa grega do amor e da beleza; corresponde à deusa romana Vênus.
amorata (pl. *amoratae*): entusiasta, ou fã, masculino ou feminino, de um gladiador.
andábata: gladiador que lutava a cavalo. Os andábatas usavam um elmo com a viseira fechada, o que significava que lutavam com os olhos vendados.
Apolo: deus grego e romano do sol, da profecia, da música e da poesia. O mais bonito dos deuses.
Ártemis: deusa grega da lua. Seu templo principal ficava em Éfeso, onde um meteoro caiu (e foi mantido no templo), supostamente designando Éfeso como a morada da deusa. Embora os romanos equiparassem Ártemis a Diana, os efésios acreditavam que ela era irmã de Apolo e filha de Leto e Zeus, e a viam como uma deusa-mãe da natureza que abençoava com fertilidade a terra, os homens e os animais.
Asclépio: deus greco-romano da medicina e da cura. Na mitologia, Asclépio era filho de Apolo e da mortal Corônis e aprendeu a curar com Quíron, um centauro.
Atena: deusa grega da sabedoria, das habilidades e da guerra.
átrio: pátio central de uma habitação romana. A maioria das casas romanas consistia de uma série de salas que cercavam um pátio interno.
Ave, Imperator, morituri te salutant: "Salve, Imperador. Aqueles que estão prestes a morrer o saúdam." Frase perfunctória dita pelos gladiadores antes do início dos jogos romanos.

baltei: muros circulares da arena romana. Havia três muros, formando quatro seções sobrepostas.
batavos: tribo gaulesa que lutou com catos e brúcteros contra Roma.
bestiário: homem responsável por perseguir os animais selvagens soltos na arena, como parte dos jogos romanos.
braçadeira: peça de armadura que cobre a parte superior do braço.

brúcteros: tribo germana que lutou com os catos contra os romanos. Aparentemente, os brúcteros eram inimigos dos catos antes de se unir a eles contra Roma.

caduceu: cajado de Hermes. Possuía duas serpentes enroladas e asas na ponta.

caldário: nas termas romanas, câmara mais próxima das caldeiras, o que fazia dela a mais aquecida de todas (provavelmente semelhante à sauna de hoje).

Caminho, o: termo usado na Bíblia (livro de Atos) para se referir ao cristianismo. Os cristãos teriam sido chamados de "seguidores do Caminho".

Caronte: na arena romana, Caronte era um dos libitinários ("guias dos mortos"). Usava uma máscara com bico e empunhava um malho. Essa imagem era uma combinação de crenças gregas e etruscas. Para os gregos, Caronte era a representação da morte, o barqueiro do Hades que transportava os mortos pelos rios Estige e Aqueronte, mediante o pagamento de uma moeda, se tivessem tido um bom enterro. Para os etruscos, Caronte era aquele que dava o golpe mortal.

catamita: menino usado por homem mais velho com a finalidade de manter relações homossexuais.

catos: uma das tribos germanas.

cávea: arquibancada da arena romana.

cena: nome dado ao jantar ou à refeição principal entre os romanos.

Ceres: deusa romana da agricultura.

Cibele: deusa frígia da natureza adorada em Roma. Na mitologia, Cibele era consorte de Átis, deus da fertilidade.

cimitarra: sabre ou espada com lâmina curva, com o gume no lado convexo.

císio: carroça rápida e leve, de duas rodas, geralmente puxada por dois cavalos.

coempção: forma romana de casamento caracterizada pela compra da noiva. Por meio desse tipo de união, o casal podia se divorciar mais facilmente.

confarreatio: forma romana de casamento irrevogável.

cônsul: chefe magistrado da república romana. Havia dois cargos, eleitos anualmente. O cônsul era um título honorífico abaixo do imperador.

corbita: navio mercante de navegação lenta.

coxote: peça de armadura que cobria a coxa.

curul: cadeira oficial das mais altas autoridades civis de Roma, as únicas com o privilégio de se sentar nela. Era semelhante a um banquinho dobrável, com pernas pesadas e curvilíneas.

Diana: deusa romana do parto e da floresta, geralmente retratada como uma caçadora.

dimaquero: "homem de duas facas". Gladiador que lutava com uma espada curta em cada mão.

Dioniso: deus grego do vinho e da folia, mais comumente conhecido pelo nome romano Baco.

Eros: deus grego do amor carnal. Corresponde ao deus romano Cupido.

espina: plataforma longa e estreita no meio da arena romana, onde havia um monumento aos deuses romanos e uma fonte ornamentada. Suas dimensões aproximadas eram 230 x 20 metros. Mas parecia pequena perto da enorme fileira de bigas que a cercavam. A espina era protegida das bigas por postes em forma de cones chamados metas.

essedário: gladiador que lutava sobre uma biga geralmente ornamentada, puxada por dois cavalos.

estola: vestido talar usado pelas romanas.

fano: templo maior que um santuário, mas menor que os templos comuns.

far: farinha, grão.

frâmea: lança com cabeça longa e afiada usada pelas tribos germanas. Podia ser lançada como um dardo ou empunhada como um bastão.

frigidário: nas termas romanas, câmara onde a água era gelada.

gladiadores: prisioneiros treinados à força para "competir" nos jogos romanos. Sua prisão/escola se chamava *ludus*; seu treinador era o lanista. Havia vários tipos de gladiadores, cada um identificado pelas armas que recebia para usar e para que tipo de jogo era designado. Exceto em raras situações, os gladiadores lutavam até que um deles morresse.

gládio: espada romana padrão, com cerca de sessenta centímetros de comprimento.

guarda pretoriana: guarda-costas imperiais romanos.

gustus: entradas servidas no início de um banquete.

Hades: deus grego do submundo.

Hera: rainha grega dos deuses. Na mitologia, Hera, irmã e esposa de Zeus, corresponde à deusa romana Juno.

Hermes: na mitologia grega, Hermes guiava as almas para Hades. Também era o mensageiro dos deuses, conhecido por sua astúcia. Na arena romana, Hermes era o libitinário, retratado como uma pessoa que portava um caduceu incandescente, com o qual agulhava as pessoas para se assegurar de que estavam mortas.

Héstia: deusa grega do lar; corresponde à deusa romana Vesta.

***insulae*:** grandes e altos edifícios de apartamentos que ocupavam um quarteirão cada um.

Juno: deusa romana, equiparada à deusa grega Hera. Juno era a deusa da luz, do nascimento, das mulheres e do casamento. Esposa de Júpiter, era a rainha dos céus.

Júpiter: supremo deus romano e marido de Juno, Júpiter também era o deus da luz, do céu, do tempo e do Estado (assistência e leis). Era equiparado ao deus grego Zeus.

***keffiyeh*:** lenço usado como turbante pelos árabes.

lanista: treinador de gladiadores. O lanista chefe de um *ludus* podia conquistar estima ou desgraça.
laqueário: "homem do laço". Gladiador que lutava armado de uma corda, com a qual laçava seu oponente.
larário: parte da habitação romana reservada a imagens e ídolos.
libelo: programa que listava a sequência de eventos dos jogos romanos.
Liber: Liber e Libera eram deuses romanos da fertilidade e do cultivo. Ambos eram associados a Ceres, deusa romana da agricultura. Liber correspondia ao grego Dioniso, deus do vinho. No festival Liberália, os meninos que já tinham idade suficiente eram autorizados a começar a usar a toga viril, a roupa de um homem feito.
libitinários: os dois "guias" dos mortos (Caronte e Hermes, da mitologia grega) nos jogos romanos. Eram encarregados de tirar os cadáveres da arena. Nos jogos, Caronte era retratado por uma pessoa que usava uma máscara de bico e empunhava um malho, e Hermes, por uma pessoa que portava um caduceu incandescente.
locário: porteiro dos jogos romanos.
***ludi* (plural):** refere-se aos jogos romanos. Ex.: *Ludi Megalenses*.
***ludus* (pl. *ludî*):** prisão/escola onde os gladiadores eram treinados.
***lusorii*:** gladiadores que lutavam com armas de madeira para animar a multidão antes que os jogos mortais começassem.

***maenianum*:** seções de assentos atrás e acima do pódio na arena romana. Os cavaleiros e tribunos se sentavam no primeiro e no segundo *maeniana* para assistir aos jogos, e os patrícios, no terceiro e no quarto.
manica: manga/luva com escamas de couro e metal.
Marte: deus romano da guerra.

megabuzoi: sacerdotes eunucos do templo de Ártemis.
melissai: sacerdotisas virgens consagradas ao serviço da deusa Ártemis.
mensor: trabalhador do estaleiro que pesava a carga e registrava os valores em um livro-razão.
Mercúrio: na mitologia romana, o mensageiro dos deuses; identificado com o deus grego Hermes.
metas: cones altos da arena romana que também serviam para proteger a espina durante as corridas. Tinham seis metros de altura e imagens de batalhas romanas esculpidas.
mirmilão: gladiador armado ao estilo gaulês, com um elmo com cristas em forma de peixe, uma espada e um escudo. Geralmente enfrentava o trácio.

Netuno: deus romano do mar (ou da água), muitas vezes acompanhado por sete golfinhos sagrados. Seu correspondente grego é Poseidon.

ocrea: peça de armadura que cobria a perna.

paegniari: simuladores de luta dos jogos romanos. Como os *lusorii*, que entravam depois deles nos jogos, eram usados no início das competições para animar a multidão.
pali: rodas montadas, deitadas no chão.
palus: veste, como uma capa, usada pelas mulheres romanas sobre a estola.
patrício: aristocrata romano.
peculium: dinheiro dado aos escravos por seu dono. Os escravos podiam considerar o *peculium* como de sua propriedade, mas, em certas circunstâncias, o dono poderia pegá-lo de volta.
peristilo: parte da habitação romana, que encerrava um pátio, cercado por colunas no interior. No peristilo geralmente ficavam os quartos da família, o santuário doméstico (larário), a lareira e a cozinha, a sala de jantar (triclínio) e a biblioteca. Em casas mais ricas, o pátio do peristilo era um jardim.
plebeus: o povo de Roma.
pódio: parte dos assentos mais próximos da arena, onde o imperador ficava para assistir aos jogos.
pollice verso: nos jogos romanos, sinal de aprovação para matar. Geralmente o sinal era dado voltando-se o polegar para baixo.
pretor: magistrado romano abaixo do cônsul, cujo papel era especialmente de natureza judicial.
procônsul: governador ou comandante militar de uma província romana, que respondia ao Senado.
pullati: parte mais alta (e menos desejável) dos assentos na arena romana.

quadrante: moeda de bronze romana.

reciário: "homem da rede". Gladiador que se valia de uma rede para prender o oponente, para em seguida matá-lo com um tridente. O reciário usava apenas uma túnica curta e geralmente enfrentava um secutor.
reda: carroça grande e pesada, com quatro rodas, geralmente puxada por quatro cavalos.

sacrarii: trabalhadores do estaleiro que descarregavam as carroças e pesavam a carga em uma balança.
sagitário: gladiador cuja arma era o arco e flecha.
sago: manto curto usado pelos membros das tribos germanas durante a batalha. Era preso ao ombro por um broche.
samnita: gladiador que usava as armas nacionais — uma espada curta (gládio), um grande escudo oblongo e um elmo com viseira emplumado.
sburarii: trabalhadores do estaleiro que descarregavam a carga dos navios e a colocavam nas carroças.
scutum: escudo de ferro coberto de couro, usado por tribos germanas.
secutor: gladiador totalmente armado e considerado "perseguidor", ou seja, aquele que deveria perseguir o oponente e matá-lo. O secutor normalmente combatia com um reciário.
sestércio: moeda romana que valia um quarto do denário.

tepidário: nas termas romanas, câmara onde a água era morna e calmante.
Tiwaz: deus da guerra das tribos germanas (catos, brúcteros e batavos), simbolizado pela cabeça de uma cabra.
toga viril: a toga era a veste masculina característica dos romanos, embora seu uso tenha sido lentamente abandonado. Constituía-se de um pedaço de tecido solto, oval, que caía sobre os ombros e os braços. A cor e o padrão das togas eram rigorosamente determinados: políticos, pessoas de luto, homens e meninos tinham togas diferentes. Os meninos usavam uma toga com barrado roxo, mas, quando atingiam a idade apropriada, podiam usar a toga viril, ou toga pura, que era lisa (*ver também* Liber).
trácio: gladiador que lutava com uma adaga curva, ou cimitarra, e usava um pequeno escudo redondo, geralmente no braço. O trácio normalmente combatia um mirmilão.
triclínio: sala de jantar de uma habitação romana. Frequentemente era muito ornamentado, com colunas e uma coleção de estátuas.

urinator (pl. ***urinatores***): trabalhador do estaleiro que mergulhava atrás de uma carga que acidentalmente caísse no mar durante o descarregamento.

usus: forma menos vinculativa de casamento entre os romanos. Provavelmente era semelhante ao que hoje chamamos de "morar junto".

vélite: gladiador cuja arma era uma lança.

Vênus: deusa romana do amor e da beleza; corresponde à deusa grega Afrodite.

Zeus: rei dos deuses gregos e marido de Hera; corresponde ao deus romano Júpiter.

AGRADECIMENTOS

Quero agradecer a muitas pessoas que me ajudaram em minha carreira de escritora: meu marido, Rick; meus filhos, Trevor, Shannon e Travis; minha mãe, Frieda King; meus segundos pai e mãe, Bill e Edith Rivers; meu irmão e minha cunhada, Everett e Evelyn King; e tia Margaret Freed — todos vocês me amam incondicionalmente e me encorajam em tudo o que faço. Também agradeço a Jane Jordan Browne, minha agente. Sem sua persistência e experiência, este livro talvez nunca houvesse encontrado uma casa, e quem sabe eu teria desistido de escrever há muito tempo.

Ofereço um agradecimento especial a Rick Hahn, pastor da Igreja Cristã de Sebastopol, que abriu meus olhos e ouvidos para a beleza da Palavra de Deus, e aos membros de minha família da igreja, que me mostraram que Deus realmente transforma vidas todos os dias. Muitos de vocês me encorajaram de maneiras que jamais imaginarão, e eu me alegro de ter tantos irmãos e irmãs.

Um destaque a Jenny e Scott. O que eu faria sem vocês? Os dois são muito preciosos para mim. Que o Senhor os abençoe, sempre, com saúde e felicidade e, claro, filhos.

Acima de tudo, quero agradecer ao Senhor por tudo o que fez em minha vida. Rezo para que ele abençoe esta obra e a aceite como minha humilde oferenda, usando-a para seu bom propósito na vida de todas as pessoas.

Impresso no Brasil pelo Sistema Cameron da Divisão Gráfica da
DISTRIBUIDORA RECORD DE SERVIÇOS DE IMPRENSA S.A.